Heinrich Steinfest
Das Leben und Sterben der Flugzeuge

PIPER

Zu diesem Buch

Kann man ein ganz gewöhnlicher Pariser Bahnhofsspatz sein und gleichzeitig ein deutscher Kommissar namens Blind? Kann es in Belfast ein Hochhaus mit einer geheimen Etage geben, das für Spatz und Kommissar lebenswichtig ist, obwohl dieser Wolkenkratzer doch nie gebaut worden ist? Und vor allem: Kann an einem verborgenen Ort das Wrack eines gewissen Flugzeugs der Malaysia Airlines liegen, das doch erst Monate später spurlos verschwinden wird? Wer die Romane Heinrich Steinfests kennt, weiß: In seinen Welten ist das alles ein Leichtes. Die Gratwanderung zwischen Fantastischem und Realität gerät ihm auch diesmal wieder zu einem hochliterarischen Drahtseilakt, der die Lektüre dieses Romans zu einem überaus spannenden, ja, atemberaubenden Vergnügen macht.

Heinrich Steinfest wurde 1961 geboren. Albury, Wien, Stuttgart – das sind die Lebensstationen des erklärten Nesthockers und vielfach preisgekrönten Autors. Nach dem großen Erfolg von »Der Allesforscher« (Shortlist Deutscher Buchpreis 2014) erschien 2016 der mit dem Bayerischen Buchpreis prämierte Roman »Das Leben und Sterben der Flugzeuge«.

Heinrich Steinfest

Das Leben und Sterben der Flugzeuge

Roman

PIPER

Mehr über unsere Autoren und Bücher:
www.piper.de

Von Heinrich Steinfest liegen im Piper Verlag vor:
Tortengräber
Cheng. Sein erster Fall
Ein sturer Hund. Chengs zweiter Fall
Nervöse Fische
Der Umfang der Hölle
Ein dickes Fell. Chengs dritter Fall
Der Mann, der den Flug der Kugel kreuzte
Wo die Löwen weinen
Die feine Nase der Lilli Steinbeck
Mariaschwarz
Gewitter über Pluto
Batmans Schönheit. Chengs letzter Fall
Die Haischwimmerin
Der Allesforscher
Das grüne Rollo
Gebrauchsanweisung für Österreich
Das Leben und Sterben der Flugzeuge

Ungekürzte Taschenbuchausgabe
ISBN 978-3-492-31030-7
November 2017

Umschlaggestaltung: Rothfos & Gabler, Hamburg
Umschlagabbildung: Heinrich Steinfest
Satz: Kösel Media GmbH, Krugzell
Gesetzt aus der Adobe Garamond
Druck und Bindung: CPI books GmbH, Leck
Printed in the EU

Für Bruno, der die Sperks erfand.

*

Und außerdem für alle außer Horst.

Abschlag

»Du stehst falsch, Schatz.«

Ich dachte mir: »Na, das kommt drauf an.« Und genauer: »Das kommt drauf an, was man vorhat.«

Ich spürte, wie die Frau, die mich »Schatz« nannte, von hinten meine beiden Schultern berührte und mit leichtem Druck versuchte, meinen Körper in eine Position zu dirigieren, die geeignet war, den Golfball hinunter auf den Fairway zu spielen. Statt hinein in die Bäume, wie zu befürchten war, sollte ich so stehenbleiben, wie ich stand.

Über den Sinn des Golfspiels kann man streiten. Erst recht, wenn der Spieler blind ist. Richtig blind. Mein Augenlicht ist vor Jahren verloschen. Vieles kenne ich von früher, als ich noch sehen konnte. Etwa auch diesen Golfplatz, der sich glücklicherweise kaum verändert hat.

Im Wissen um das eigene langsame Erblinden schaut man sich die Welt sehr viel genauer an, als wenn man sich ihres Anblicks sicher zu glauben meint. Welcher Sehende könnte aus dem Gedächtnis schon sagen, wo denn alle Dinge stehen und wie ihre äußere Form beschaffen ist? Wobei ich nicht sagen will, die visuelle Welt auswendig gelernt zu haben sei ein guter Ersatz für die Schlampigkeit derer, die sehen. Natürlich wäre ich lieber geblieben, was ich war: ein nachlässig Sehender statt ein genauer Blinder. Doch das ging eben nicht. Die Blindheit zwang mich zur Präzision.

Freilich stolpern auch Blinde. Und auch blinde Golfspieler stehen mitunter falsch zum Ball, falsch zum Platz und zielen in die falsche Richtung.

Die Frau hinter mir – eine gute Freundin, die sich die spezielle Anrede erlauben durfte – meinte also, mich ein wenig umlenken zu müssen, damit ich meinen Ball nicht ins sogenannte Rauhe schlug, einen Bereich unberührter oder wenigstens fast unberührter Natur. Wobei das Rauhe an dieser Stelle gar nichts Rauhes hatte, eher lieblich zu nennen war: ein Wäldchen aus hohen Bäumen und Hecken, so gut wie undurchdringlich, an dessen Rand ich Jahre zuvor einmal einen Parasol gefunden hatte, also einen Gemeinen Riesenschirmling, einen herrlichen Speisepilz. – Klar, das Pilzesammeln hatte ich aufgegeben, das wäre dann doch zu weit gegangen; als Pilze sammelnder Blinder wäre ich mir wie ein Clown vorgekommen.

Ach ja?! Und kleine Bälle blindlings in ebenfalls nicht sehr große Löcher zu schlagen, war das keine Clownerie? – Nun, es war nicht so, daß ich einbeinig oder einarmig auf Berge stieg und dabei die Luft anhielt oder auf einem Rollstuhl einen ganzen Marathon auszusitzen versuchte, sondern ich schlug meinen Ball in der gewohnten Weise über den mir vertrauten Platz. Wobei ich diesen Ball sogar besser wahrnahm als früher. In der Dunkelheit, in der ich nun lebte – mehr ein Blau als ein Schwarz, aber das satteste Blau, das sich denken läßt –, erschien mir der Ball als ein großer, fetter Leuchtkäfer. Gut, das war natürlich ein eingebildeter Ball, doch er befand sich stets exakt an der Stelle, wo ich auch den tatsächlichen Ball plaziert hatte. Während wiederum die Landschaft vor meinem geistigen Auge etwas von einer Skizze besaß: zarte Linien, umrißartig, aber perfekt gestrichelt. Ein Golfplatz, gezeichnet wie von Gustav Klimt – eine nackte liegende Dame als domestizierte Natur. (Ich bin mit Klimt aufgewachsen, meine Mutter liebte ihn. Und überall sehe ich seine Frauen eingebunden, erst recht, seitdem ich blind bin.)

Ich stand also ein wenig falsch und bemerkte die leichte Irritation meiner Golffreunde, die so etwas nicht gewohnt waren. Noch nie war ich falsch gestanden, schon gar nicht beim Abschlag.

Ich aber beharrte: »Ich bin schon richtig, danke.«

Die Hände der guten Freundin glitten von meinen Schultern, als hätte mir jemand zwei kleine Singvögel heruntergeschossen.

Worauf ich erklärte: »Heute versuche ich mal einen Double Albatross.«

Nun, das war absurd, weil man einen *Double Albatross* nicht versuchte. Man kündigte ihn nicht an, sondern er geschah wie ein Wunder. Und zwar ein seltenes, was zu einem Wunder wiederum bestens paßt.

Double Albatross bedeutete, daß man auf einer Bahn, für die ein Topspieler durchschnittlich fünf Schläge benötigte, mit einem einzigen Schlag einlochte, einem Hole-in-one. Etwas, was den normalen Bedingungen und Möglichkeiten einer Anlage widersprach, die ja ganz darauf ausgerichtet war, es einem schwer und nicht leicht zu machen. Einen solchen Schlag gab es derart selten, daß man nicht einmal darauf wetten konnte (und heutzutage auf etwas *nicht* wetten zu können war an sich schon ein Wunder. Das ganze Leben kann einem als eine Wette erscheinen und darin die Wirtschaft als die Wette schlechthin – aber das galt offensichtlich nicht dafür, auf einen doppelten Seevogel zu setzen).

Realistisch wurde ein solcher Schlag nur, wenn die Architektur des Platzes sowie die Architektur des soeben blasenden Windes dies zuließen und somit ein perfektes, wenngleich verrücktes »Haus« entstand. Und natürlich der Spieler selbst verrückt genug war, das Wesen dieses Hauses zu erkennen und nutzen zu wollen.

Ich war verrückt genug. Und blind. Sehend hätte ich es gar nicht erst versucht.

Die Spielbahn, an dessen Abschlagbereich wir standen, hatte in etwa die Form eines Bumerangs, auf dessen längerem rechten Flügel wir uns aufhielten, während das weit entfernte Loch am Ende des etwas kürzeren linken Flügels lag. In der Tat wurde dieser Fairway intern der »Australian Way« genannt. In der gewaltigen Achselhöhle, die zwischen den beiden Flügeln und der verbindenden Biegung lag, befand sich jenes Rauhe in Gestalt einer dichten und üppigen und windbewegten Waldlandschaft, in der auch schon mal Pilze wuchsen und eine kleine Tierwelt versammelt war. Um auf dieser Spielbahn einen *Double Albatross* zu spielen, ihn zu wagen, war es also nötig, daß man die beträchtliche Strecke von 450 Metern mit all ihren schmucken Hindernissen umging und stattdessen den Ball in direkter Linie über das Waldstück schlug. Auf daß der Ball auf der anderen Seite landen und den steil abfallenden Hang hinunter zum sogenannten Grün rollen konnte, also zu jenem besonders kurz geschorenen Bereich, der im Vergleich zu den anderen Rasenflächen eines Golfplatzes gar nicht so grün wirkt, eher blaß: ein krankes Grün, ein Grün mit Migräne. Darin das zielgebende Loch.

Keine Frage, die Wahrscheinlichkeit, daß der Ball in den Wald flog und dort einen Hasen oder ein Reh traf, war um einiges größer (dafür hätte sich vielleicht sogar ein Wettbüro gefunden), als ihn über die Wipfel oder durch die Lücken im Geäst zu schlagen und ungebremst auf die andere Seite zu befördern, hinein in das migränoide Grün und von diesem ins Loch.

Aber genau das war es, was ich vorhatte. Nicht zuletzt, weil ich den günstigen Wind bemerkte und mir die feine Landschaftsskizze in meinem Kopf – die auf ihre linke Seite gebettete dösende Klimt-Frau – eine vorzügliche Flugbahn suggerierte, wie in einem Video, wenn die eingeblendete Flugkurve dem Zuseher die ideale Zukunft eines Schlags vorgaukelt. Die beste aller möglichen Welten dank des besten aller möglichen Winde.

Ich erklärte also meinen Freunden, ich würde schon richtig stehen, faßte den Schläger in einer Weise, als würde ich ein Seil halten, an dem drei Kinder – und eins der Kinder mit einem Hund im Arm – über einem Abgrund hängen, holte weit aus und traf den Ball, wie ich ihn noch nie zuvor getroffen hatte.

Ich schwang den Schläger durch, atmete aus und schaute dem Ball hinterher.

Blind, wie ich war, sah ich ihn noch, da war er bereits aus unserem Blickfeld geraten.

*

Ein Buch ist nichts anderes als eine Vorbereitung auf das Sterben – und auf das, was danach kommt, gleich, ob es sich um ein ewiges Gähnen, eine Wiederholung, eine Verwandlung oder um eine Party handelt, eine Party, bei der endlich einmal niemand zu kurz kommt.

I
Quimp

1

Mein Name ist Quimp, und ich bin ein Spatz. Ein richtiggehender, was nicht bedeutet, richtig zu gehen, weil ich ja eher hüpfe und vor allem fliege, aber ich will damit klarstellen, daß ich tatsächlich ein Vogel bin und nicht etwa ein süßer Spatz, wie es von manchen Kindern heißt. Oder wie diese französische Sängerin, die sehr klein und sehr berühmt war und von den Leuten »der Spatz von Paris« genannt wurde. Das erwähne ich nicht zuletzt darum, weil ich genau dort lebe, in Paris nämlich. Ein Spatz *in* Paris. Ein junger Spatz, selbständig, frei, flink, ziemlich redegewandt und absolut flugtüchtig, ich bin überlebensfähig.

Denkende und sprechende Tiere, die noch dazu erklären, in welcher Stadt sie leben, werden von den meisten Menschen als etwas Phantastisches und Märchenhaftes abgetan, zumindest von den erwachsenen Menschen. Bei Kindern ist es manchmal anders, aber so was gilt dann weniger als Beweis für ihre Klugheit und Weitsicht, sondern eher für ihre Blödheit. (Auch wenn nicht alle Erwachsenen das so ausdrücken, sondern halt meinen, Kinder würden Dinge sehen und hören, die gar nicht da sind, was sie aber gerne dürfen, solange sie klein sind und dies entwicklungstechnisch zum Kleinsein dazugehört. Später aber nicht mehr. Später ist so was nur mehr erlaubt im Kino und in Büchern und in Träumen, aber nicht im wirklichen Leben. Im wirklichen Leben gilt es sodann als Ausdruck von Verrücktheit.)

Wirkliches Leben der Menschen einerseits und Wahrheit der Natur andererseits ist jedoch zweierlei.

Die Wahrheit ist nämlich, daß Spatzen sehr wohl denken und sehr wohl reden, auch wenn ich nicht behaupten will, es würde immer etwas Intelligentes dabei herauskommen. Keine Frage, es wird auch bei den Spatzen viel Unsinn gesagt. Oft geht es nur um Streit oder Besserwisserei, oder das Gesagte ist einfach dazu da, beim Mundaufmachen Worte herauskommen zu lassen. Lieber *etwas* zu sagen als *nichts*. Bei den Spatzen wie bei den Menschen gilt, daß gerade dann, wenn man nichts zu sagen hat, dies besonders vieler Worte bedarf. Würden Spatzen statt Menschen in Talkshows auftreten, die Talkshows würden darum also nicht unbedingt besser werden.

Natürlich, auch Spatzen werden vom Reden, gleich wie sinnvoll oder sinnlos, selten satt. Die Jagd nach dem Futter bestimmt unser Leben wie bei den Menschen die Jagd nach dem Geld, welches dem Futter vorgeschoben ist. Und damit bin ich schon bei einem Problem, das erst jüngst eines wurde. Vorher habe ich mir nie darüber Gedanken gemacht.

Die meiste Zeit verbrachte ich im Inneren eines Bahnhofs, des Gare Montparnasse, auch schlief ich dort und trieb mich nur selten in einem der benachbarten Parks herum. Die Parks waren mir fremd, und ich wußte um die Gefahren, die an solchen halbwilden Orten drohen. Im Bahnhof kannte ich mich aus, kannte jede Ritze, jedes Loch, jeden Fluchtweg und durfte mir eines stets gedeckten Tisches sicher sein. Beziehungsweise vieler Tische. All der Tische in den Bistros und Restaurants, die die Hallen und Gänge dieses Bahnhofs füllen und in denen mehr oder weniger gehetzte Menschen sich verköstigen lassen. Und im Zuge dieser Verköstigung kommen auch die Spatzen zu ihrem Futter.

Strenggenommen könnte man sagen, ich und meinesgleichen, wir sind weder Sammler noch Jäger, sondern Diebe. Manchmal Bettler. Manchmal Nervtöter. Wir warten ja nicht einmal mehr, bis die Menschen sich von den Tischen erheben, um den Moment auszunützen, bevor irgendeine Hilfskraft die Überreste abräumt, nein, wir steuern die Plätze an, an denen Erwachsene und Kinder soeben ihre Croissants, ihre Baguettes, ihre Wraps, ihre Muffins und Donuts verzehren, landen an den Kanten der Tischplatten und setzen alle Tricks ein, um an die Mahlzeit zu gelangen. Ich will es ganz deutlich sagen: Wir landen praktisch mitten im Essen von Personen, die uns absolut fremd sind. Von manchen verscheucht, von manchen gefüttert, von manchen nicht einmal bemerkt. Wobei wir im Laufe der Zeit jeglichen Respekt eingebüßt haben, niemanden fürchten. Schon gar nicht jene, die uns wegzujagen versuchen. Solchen Leuten auf den Wecker zu fallen macht besonders viel Freude. Ihre Tische immer wieder anzufliegen und ungeachtet ihrer rudernden Arme ein Stück ihres Essens zu erhaschen, nicht nur das Alte und Stehengelassene, sondern lieber das soeben erst Gekaufte, das noch Ofenfrische. Ofenfrisch ist angeblich ungesund, kann ich aber nicht bestätigen.

All das stellte ich nie in Frage. Warum auch? Niemals litt ich unter Bauchschmerzen oder Übelkeit oder schlechtem Gewissen. Niemals. Ich wuchs auf diesem Bahnhof auf und kannte nichts anderes. Doch dann …

Merkwürdig schon, wie sehr ein bestimmter Moment etwas ändern kann. Ein einziger Blick und eine einzige kritische Bemerkung.

Hier die Geschichte meiner Verwandlung.

Ich saß wie immer in der Dachkonstruktion über meinem Lieblingsbistro und überlegte, welcher Tisch sich am besten eignen würde und ob ich mich eher mit Überresten zufriedengeben oder einen noch besetzten Tisch aufs Korn nehmen sollte. Ich entschied mich für zweiteres. Eine ganze Familie hatte sich soeben niedergelassen, zwei Erwachsene, vier Kinder, und mit ihnen ein Haufen von Speisen. Ich stieß mich ab und stürzte nach unten, bremste kurz davor in der Luft, flog eine Weile im Stand, so in der Kolibriart, und landete schließlich auf der Breitseite des Tisches.

Ich schaute in ihre Gesichter, sie in das meine. Das Übliche: die Eltern skeptisch, weil Eltern nämlich immer die Frage der Hygiene im Kopf haben und sich Tiere, die nicht ihre eigenen sind, vor allem als Krankheitsüberträger denken. Wobei auch solche Eltern oft nicht umhinkommen, einen Vogel wie mich lieb und herzig zu finden. Ihr Gefühl war somit ein gespaltenes. Die Kinder wiederum begeistert ob der Frechheit, mit der ich mich ihnen genähert hatte. Und natürlich begeistert ob meines Aussehens. Es gibt einen Begriff, der das erklärt: Kindchenschema. Was bedeutet, daß mein eigener Kopf eher dem eines kleinen Kindes entspricht. Ich bin wie ein Spiegel, in dem die Kinder sich selbst sehen und die Eltern ihre Kinder, in ein Tier verwandelt.

Aber diesmal ... bei einem der Kinder war es anders. Während seine drei Geschwister sofort begannen, Stückchen von ihrem Gebäck abzubrechen und zu mir herüberzuwerfen, so daß ich sogar einen Hüpfer zur Seite machen mußte, um nicht getroffen zu werden, gleich darauf aber einen Krümel geschickt aus seiner Flugbahn pickte, währenddessen also bemerkte ich den Blick des vierten Kindes, eines vielleicht elfjährigen Mädchens, das mich überaus kritisch betrachtete. Kritisch und mit einem deutlichen Widerwillen. Einen Moment dachte ich, sie hätte, als die Älteste der vier, den Hygienewahn der Eltern bereits übernommen und fürchtete darum, ich könnte jetzt gleich mitten auf den Tisch kakken (was ich niemals tue, zumindest nicht absichtlich), aber dann sagte sie etwas, was in eine ganz andere Richtung ging, sie sagte: »Ich glaube nicht, daß dieser Piepmatz es überhaupt noch schaffen würde, sich selbst was zu fangen. Das kriegt der doch gar nicht mehr hin. Schick den in die freie Natur, und er verhungert gleich.«

Sicher, man könnte sagen, dies war die Äußerung eines dieser altklugen Kinder, die ständig ein Haar in der Suppe suchen und natürlich auch finden, aber dennoch, ich merkte, wie ein Gefühl der Scham groß in mir wurde. Ich wäre, wie man so sagt, gerne im Erdboden beziehungsweise in der Tischplatte versunken. Da ich nun aber kein Illusionist bin, stieg ich mit raschem Flügelschlag in die Höhe und flüchtete hinüber zu einer Betonverschalung, aus der ein Stück herausgebrochen ist und sich eine kleine Höhle gebildet hat. Meine Nische. Mein Kabinett. Meine »Ecke«, ein Begriff, den ich vom Boxen kenne. In die eigene Ecke ging man weniger, um seinen Gegner nicht mehr zu schlagen, als um selbst nicht mehr geschlagen zu werden. Wenigstens für einen kurzen Moment.

Und in dieser Ecke hockte ich nun und dachte nach. War das wirklich würdelos, was ich tat? Darauf zu verzichten, meine Nahrung zwischen den Sträuchern, in den Bäumen und auf den Wiesen zu suchen, Raupen und Würmer zu zerkleinern und zu fressen, fliegende Insekten im Flug zu fangen und zu schlucken? Statt dessen stillte ich meinen Hunger mit dem, was dic Menschen unter Fast food verstanden, eine Ernährungsform, die genausooft kritisiert wurde, wie sie zur Anwendung kam. Kein Wesen auf der Welt – und so jung ich noch war, das Menschsein kannte ich fast so gut wie das Vogelsein – stellte derart das eigene Handeln in Frage. Je grimmiger etwas hinterfragt wurde, um so lustvoller taten es die Leute. Eben auch auf der Straße essen anstatt zu Hause, wo es früher üblich gewesen war. Während sie jetzt überall stopften und kauten: im Stehen, im Gehen, auf dem Weg zur Arbeit, auf dem Weg in den Urlaub und somit auch, wenn sie auf einen Zug warteten. Sie warteten und aßen, oft mit den Händen, was auch dazu führte, daß vieles auf die Seite fiel – überall wurde gebröselt und gekleckert. Weshalb ich und meine Artgenossen sowie einiges andere Getier ja überhaupt erst auf die Idee gekommen waren, diese Möglichkeit zu nutzen. Ebenfalls Fast food zu uns zu nehmen, wobei wir Spatzen auf Grund unserer Geschwindigkeit und Wendigkeit viel eher als die Menschen dem Begriff des »schnellen Essens« gerecht wurden.

War das ein Verbrechen? Ein Verrat an meiner Natur? War ich ein »schlechter« Spatz, eine Schande für meine Rasse, verdorben, verkommen, eine fliegende Maus, so wie man sagt, Tauben seien fliegende Ratten? Oder müßte ich mir sogar gefallen lassen, »menschlich« genannt zu werden, weil ich mein eigenes Handeln derart in Frage stellte? Und hätte es nicht genügt, ein bißchen über mich selbst zu schimpfen, kurz, ein schlechtes Gewissen zu haben, um danach recht vergnügt mit allem fortzufahren wie zuvor?

Aber genau das wollte nicht gelingen. Zu sehr klebte der verächtliche Blick des kleinen Mädchens auf meiner Seele. Ja, dieser Blick! Und da ich ihn noch immer spürte und er mir fortgesetzt weh tat, schien mir dies geradezu ein Beweis dafür, überhaupt so etwas wie eine Seele zu besitzen. Einen sensiblen Punkt in meinem Inneren, eine Art höchst empfindlichen Unterleib, so eine Stelle, wo sich Fußballer mit gutem Grund beim Freistoß immer die Hände vorhalten. Freilich ein Unterleib mit Hirn und darum noch sehr viel verletzlicher.

Der Blick des Mädchens bewirkte etwas in mir. Ich hatte ja noch immer das Stückchen Kruste im Schnabel, das mir eines der Kinder zugeworfen hatte und das ich – als sei ich ein gottverdammter Seelöwe, der im Zoo den Kasperl macht – aufgefangen hatte. – Ich spuckte es aus.

Das war sicher pathetisch, denn ich hätte das bißchen blätterigen Plunderteig ja schlucken und erst nachher beginnen können, mein Leben zu ändern. Aber das Pathos ist etwas, was zur Seele dazugehört. Das Pathos ist der Farbanstrich der Seele: ein buntes Kleid oder eine funkelnde Rüstung oder ein T-Shirt mit einem geilen Spruch drauf, in der Art von *Fuck the Starlings*.

Ich ließ den kleinen Bissen also fallen, stieß mich von der Kante meiner »Ringecke« und flog durch die Halle hinunter ins Erdgeschoß, wo ich durch eine hohe Türe ins Freie glitt und sodann einen benachbarten kleinen Park ansteuerte, in dem ich bisher nur ein einziges Mal, und das sehr kurz, gewesen war. – Stimmt, über den Gleisen des Bahnhofs befindet sich eine durchaus üppige Grünfläche, die noch viel näher gelegen hätte, der Jardin Atlantique, wo ich aber auch nur einmal und nie wieder gewesen war. Bei diesem einen Mal hatte ich einen Alarmruf meiner Artgenossen nicht ernst genommen, war hocken geblieben und von einem ziemlich großen Vogel angegriffen worden; einem Monstervogel in meiner Erinnerung, auch wenn es wahrscheinlich nur ein Sperber gewesen war. Aber auch die sind reine Schlächter. Jedenfalls war ich knapp entkommen und hegte seither eine starke Aversion gegen diese Gartenanlage. Das Gefühl einer Wunde, sobald die Sprache darauf kam. Nein, dann schon lieber hinüber zum so viel kleineren Square Gaston Baty.

Freilich war ich kein ungebildeter Trottel, nur, weil ich in einem Bahnhof aufgewachsen war. Ich wußte sehr wohl ein längliches Stück Eichhörnchenkot von einem ähnlich langen und ähnlich dünnen Regenwurm zu unterscheiden. Doch als ich dann auf einem Ast saß und auf einen solchen angeblich sehr gesunden Wurm hinunterschaute – geradezu einen Biowurm, auch wenn die Erde, durch die er sich fraß, nicht ganz giftstofffrei sein mochte –, kam mir vor, er unterscheide sich von einem länglichen Stück Kot in erster Linie dadurch, eine Bewegung zu vollführen: ringelnde Scheiße zu sein. Und als ich nun abwärts flog, nahe neben ihm landete und es darum gegangen wäre, mit meinem Schnabel seinen schwabbeligen, aus einem einzigen Darm bestehenden Körper aufzupicken, da wurde mir übel. Nicht nur wegen des unappetitlichen Anblicks, sondern auch wegen der Vorstellung, es hier mit einem Zwitter zu tun zu haben, jemand, der praktisch Mann und Frau zugleich war. Wobei ich wohl ganz grundsätzlich ein Problem damit hatte, etwas Lebendiges zu töten. Letztlich fragte ich mich, ob Regenwürmer überhaupt zum sogenannten Speiseplan eines Sperlings gehörten. Denn ein Sperling war ich ja, was einfach ein anderes Wort für Spatz ist und etwas vornehmer klingt, wie es vornehmer klingt, einen Affen als Primaten zu bezeichnen oder einen Landesmeister als Staatsmeister, wie das die Österreicher tun, die ein Faible fürs Vornehme haben.

Insekten aber gehörten ganz sicher zu meinem Speiseplan. Und sie waren hier in großer Menge vorhanden. In der warmen Parkluft schwirrten sie umher wie Fischfutter in einem Aquarium. Es wäre ein leichtes gewesen, sich eins von ihnen zu angeln. Doch auch davor scheute ich mich. Ich scheute mich, eine x-beliebige Mücke praktisch abzustechen. Ich empfand einen Widerwillen gegen das Töten, aber nicht, weil ich das Töten als solches ablehnte, welches ja ganz sicher zu einem normalen Leben dazugehörte. Die Natur hatte es so eingerichtet, daß allerorts getötet wurde. Daran konnte nichts Falsches sein, sowenig es falsch war, daß es im Winter kalt wurde, auch wenn man vom Standpunkt eines Vogels, der kein Zugvogel war, wenig Freude daran hatte. Nein, mein Widerwille galt dem Akt als solchem, etwas zu essen, was noch lebte oder eben erst durch mich gestorben war. Anstatt es zu begraben oder – noch besser – einfach in Frieden zu lassen. Das Töten mochte moralisch in Ordnung gehen, häßlich war es dennoch.

»Alles ist eine Frage der Gewohnheit«, hatte ich einmal einen älteren Spatzen reden hören. Da war es freilich darum gegangen, daß seit einiger Zeit das Baguette an einem bestimmten Stand so anders schmeckte. Allerdings schien dieser Satz für fast sämtliche Dinge des Lebens zu gelten.

Ich pickte schneller zu, als ich denken konnte. Ich hielt die kleine Mücke für einen Moment zwischen den Teilen meines Schnabels, verhinderte ihre Flucht, registrierte ihre heftigen Bewegungen. Als sie tiefer in meinen Schlund geriet, spürte es sich an, als rotiere dort eine winzige Schlittschuhläuferin. Ihr Sterben kitzelte mich. Endlich schluckte ich sie hinunter.

Und wozu das Ganze? Um schlechter zu essen, mich aber besser zu fühlen? Mich für einen »echten« Sperling halten zu dürfen?

Übrigens, es versteht sich, daß ich in diesem Park ebensowenig der einzige Spatz war wie im Bahnhof. Die Spatzen wie die Menschen treten gerne in Massen auf, was wissenschaftlich als »gesellig« bezeichnet wird. Auch so ein vornehmes Wort, welches erklärt, daß jemand nicht alleine zu sein braucht. Wie schön es sein kann, sich zu drängen.

Allerdings war ich hier – obgleich nahe dem Bahnhof – bereits ein Fremdling. Nicht, daß man mich attackierte oder zu verjagen versuchte, aber man machte einen Bogen um meine Person, wodurch in meiner unmittelbaren Umgebung das Gedränge ein geringeres war. Vielleicht hing es einfach mit meinem Geruch zusammen. Vielleicht duftete ich zu sehr nach Bäckerei und Imbißstube und Frittierfett und Cola.

Keine Frage, auch im Park mußte man sich nicht unbedingt von tierischer Beute ernähren, immerhin gab es Gräser und Samen, und auch hier saßen die daueressenden Menschen auf Parkbänken und verstreuten mit oder ohne Absicht kleine Stücke ihrer belegten Brote und gefüllten Fladen. Es war jetzt Mittagszeit und sämtliche Plätze besetzt. Mehrere Sperlingsgruppen umtanzten die Bänke und bewiesen in Konkurrenz mit anderen Vögeln ihr Geschick.

Ich probierte gar nicht erst, mich einem Schwarm anzuschließen. Flog statt dessen auf einen Ast hoch, sozusagen meine eigene

Parkbank, und gab mich einem Gefühl der Traurigkeit hin. Mir war melancholisch zumute.

Wie alt war ich jetzt? Etwa ein dreiviertel Jahr?

Und wie alt würde ich werden können? Zwei Jahre, drei Jahre? Immerhin hatte ich die gefährlichste Phase bereits hinter mir. Leider bedeutete in der Stadt zu leben nicht gerade, ohne Bedrohung zu sein. Allein, wenn man den Verkehr bedachte. Und die Krankheiten. Weiter draußen wäre es gesünder gewesen, in den Vorstädten, von denen ich viel Gutes gehört hatte, allerdings auch, daß dort Katzen lebten. Ich hatte noch nie eine gesehen. Eichhörnchen, Marder, sogar Falken, das schon, aber noch nie eine Katze. Ich kannte Katzen nur aus der Werbung. Aus der Werbung für Katzenfutter. Als Bahnhofsspatz konsumierte ich viel Werbung, zudem Nachrichten, kurze Filme, wechselnde Plakate. Sport, Politik, Erregungen. Und hatte mich oft gefragt, wieso es keine Werbung für Spatzenfutter gab. Wieso waren Katzen den Menschen so lieb, obwohl sie doch als besonders geschickte Mörder galten? Oder war es etwa so, daß die Menschen genau darum die Katzen fütterten, damit sich das Morden an uns Vögeln in Grenzen hielt?

Das Verhältnis zu uns Spatzen wirkte ungleich schwieriger. Zwar gab es den Begriff »süßer Spatz«, so wie es Leute gab, die uns fütterten, doch die, die das ausgiebig taten, wirkten merkwürdig, als gehörten sie nicht wirklich zu den Menschen, zumindest nicht zu den normalen. Einmal hatte ich etwas gelesen wie: »Spatzen vertreiben – so werden Sie die Vögel los.« Auch das war eine Art Werbung gewesen. Unvorstellbar hingegen, daß irgendwo gestanden hätte: »Katzen vertreiben – so werden Sie die Katzen los.«

Die Katzen, Mörder hin oder her, schienen ganz zu den Menschen zu gehören, die Spatzen nicht.

Wollte ich überhaupt zu den Menschen gehören? Eigentlich schon. Ich war ja in ihrer Nähe aufgewachsen, in einem Nest im Dach des Bahnhofs. Ich war immer von ihnen fasziniert gewesen, nicht zuletzt davon, wie alt sie werden konnten. Achtzig, neunzig, manche sogar hundert Jahre. Das war gewaltig im Vergleich zu Spatzen, von denen viele im Kindes- oder Jugendalter starben, und auch die Erwachsenen wurden kaum mehr als ein paar Jahre alt. Angeblich gab es auch Ältere, sogar richtig Uralte, doch die mußten sich das hohe Alter mit Gefangenschaft erkaufen. Es waren jene, die in einem Käfig lebten. Ansonsten aber…

War das gerecht?

»Sei froh«, erklärte mir einmal ein älterer Spatz, »daß du keine Fliege bist, dann wär's schon nach ein paar Wochen aus mit dir.« – Das war typisch für die Alten, der Verweis darauf, es hätte auch noch schlechter sein können. Was allgemein als Weisheit galt. Altersweisheit. Wenn es kalt war, sagten sie, es könnte auch kälter sein. Wenn die Hitze schlimm wurde, erzählten sie sich Geschichten von katastrophalen Jahrhundertsommern aus früherer Zeit. Wenn ein Junges seine Eltern verlor, sagten sie, daß jene Kinder, die von Zieheltern aufgezogen wurden, letztlich zu den Stärksten und Klügsten zählten. Als wäre es nicht besser, weniger stark und nicht ganz so klug zu sein und dafür seine Eltern zu behalten. Oder?

Obgleich ich mich an die eigenen gar nicht mehr so richtig erinnern konnte. Doch da war ein Gefühl, ein warmes. Ein Nestgefühl eben. Wäre ich jetzt meinen Eltern begegnet, ich glaube, ich hätte sie dennoch wiedererkannt. Nicht das Gefieder, nicht die Form des Schnabels, nicht einmal ihre Stimmen, sondern… ich glaube, ich hätte sie an ihrer Zweisamkeit erkannt, an ihrer Liebe zueinander. Einer Liebe, in die wir Kinder für eine kurze Zeit eingebunden gewesen waren. – Man kann sicher sagen, daß Spatzen ziemlich gut in der Liebe sind.

Aber eben schlecht im Altern. Und genau dieser Umstand quälte mich in diesem Moment. Ich weiß schon, daß gerade unter den Menschen viele meinen, man müsse sich mit der eigenen Lebenserwartung abfinden, alles andere sei töricht, wenn nicht gottlos, aber so zu denken ist halt sehr viel leichter, wenn man eine Riesenschildkröte ist oder so ein Fisch mit dem Namen Koi oder eben ein Mensch.

Deprimiert ob meiner Altersaussichten, deprimiert ob meiner Unfähigkeit, mit Genuß einen Wurm, eine Fliege, eine Raupe oder einen Käfer zu verspeisen, verfiel ich weiter in Schwermut. Schwermut ist ein Zustand, in dem man paradoxerweise die Dinge des Lebens durch den Schleier der eigenen Traurigkeit sieht, das aber ungemein klar und deutlich. Als würde man ausgerechnet beim Blick durch ein Glas naturtrüben Apfelsafts die Welt besser erkennen als je zuvor.

Die Zeit verging, der Mittag drehte sich wie eine Schraube in den Nachmittag und machte ihn fest.

Doch dann geschah etwas. Und die Art und Weise, wie es geschah, kratzte an meiner Vorstellung, wie sehr alles im Leben ein Zufall sei. Ich will jetzt nicht sagen, die folgenden Erlebnisse hätten mich dazu verführt, direkt an einen Gott zu glauben, gleich ob Spatz oder Mensch, aber doch an einen Plan, an ein Schicksal, das seine Finger im Spiel hat und das nicht so blind ist, wie ich bis dahin angenommen hatte. Das weiß, was es tut und vor allem wieso. Nicht immer, mag sein, weil eben ein solches wegweisendes Schicksal nicht überall und zu jeder Zeit sein kann, aber doch in entscheidenden, eine Geschichte verursachenden Momenten.

Es ist *eine* Sache, wenn einem ein Ding auf den Kopf fällt, etwa ein Wassertropfen oder ein Blatt, ein Modellflugzeug, eine Frisbeescheibe, vielleicht sogar ein Ziegelstein, das alles ist unangenehm oder sogar lebensgefährlich, es ist echt *bad luck*, aber es hat nichts zu bedeuten. Manche von uns sind in der Tat Opfer gänzlich ungeplanter Vorfälle.

Eine ganz *andere* Sache hingegen ist, wenn du, der du ein Spatz bist, auf einem Ast hockst und von einem anderen Spatzen getroffen wirst. Damit ist kein Zusammenstoß in der Luft gemeint, nein, was in diesem Moment allen Ernstes geschah, war, daß ein seiner Flugfähigkeit beraubter Haussperling aus dem Himmel stürzte und zentimetergenau auf meinen Schädel auftraf, mich dadurch vom Ast riß, so daß wir zusammen hinunter auf die Erde fielen.

Als ich aus kurzer Betäubung hochschreckte, bemerkte ich das viele Blut. Unrealistisch viel Blut für einen bloßen Sturz, der ja nicht ungebremst gewesen war, denn natürlich hatte ich meine Flügel eingesetzt, nichts war gebrochen, nichts verletzt. Aber es war auch nicht mein eigenes Blut, sondern das des Artgenossen, der auf mir gelandet war und jetzt zu meinen Füßen auf dem gepreßten Lehmboden lag. Er blutete aus zwei Stellen seines Körpers. Das konnte nie und nimmer vom Aufprall stammen. Offensichtlich war er angeschossen worden. Beziehungsweise waren die Kugeln oder Pfeile durch seinen Körper gedrungen, vorne rein und hinten raus, kleine Kugeln oder kleine Pfeile, weil größere hätten ihn völlig zerfetzt. Doch todbringend würden sie trotzdem sein. Daß der Getroffene noch immer atmete, war ein Wunder. Und eine Frage des Willens, denn auch Wunder mußten erzwungen werden. Dieser stark verwundete Spatz wehrte sich gegen den unvermeidlichen Tod. Er war das, was die Menschen einen Helden nannten.

Und was war ich dabei? Welche Rolle spielte ich? War ich der Außenseiter, der im wahrsten Sinne *kleine* Spatz? Auf den jedoch das Schicksal mit dem Finger gezeigt und erklärt hatte: »Der da! Den holen wir rein in die Geschichte. Damit wir eine Figur aus dem Volk haben.«

So kam es mir vor, als ich mich jetzt zu dem Sterbenden hinunterbeugte, dessen Augen hinter den engen Lidspalten fern glänzten, so, als würden diese Augen schon eher ins Jenseits als ins Diesseits schauen. Seine Stimme jedoch war auf mich gerichtet, schwach, die Worte deutlich. Deutlich und von jener Art, wie Spatzen sprechen, die von der Welt mehr gesehen haben als einen Vorgarten oder den Freiluftbereich eines McDonald's. Gewählt und gebildet, obgleich er gerade am Sterben war. Auch klang es, als rede er durch die Löcher oberhalb seines Schnabels, als er jetzt sagte: »Der Tod wartet auf mich, mein Junge. Ich kann ihn sehen, den Tod, und so wie er dreinschaut, merke ich eine gewisse Ungeduld. Wir müssen uns also beeilen.«

Wenn einer so redet … Ich meine, ein normaler Spatz hätte gesagt: »Verdammt, ich sterbe!« oder »Wär ich bloß im Nest geblieben.« Darum begriff ich jetzt, mit wem ich es zu tun hatte. Mit einem *Menschenspatzen*. Was weder den Begriff des Menschenaffen imitiert, noch ein Hinweis darauf ist, daß ein Spatz anstelle eines Kanarienvogels in einem hübsch dekorierten Käfig sitzt und eine freundliche alte Dame anzwitschert. Nein, das Wort »Menschenspatz« bedeutet, daß ein solcher Spatz tatsächlich im Dienst eines Menschen steht. Eines Menschen oder einer Firma.

Auch wenn denkende, intelligente Vögel für die meisten Menschen nur im Märchen vorkommen, hatte vor allem das Militär schon vor langer Zeit die Möglichkeiten erkannt, sich gefiederter Helfer zu bedienen. Offensichtlich stehen Leute, deren Beruf es ist, Krieg zu führen, den Geheimnissen des Lebens sehr viel offener gegenüber als die, die sich mit dem Frieden zufriedengeben. Bereits im Mittelalter herrschte die Praxis, Spatzen einzusetzen, deren Flugleistungen und vor allem Flugdistanzen weitaus größer sein können, als in den Lehrbüchern beschrieben. Aber das Entscheidende war und ist etwas anderes: wie gut nämlich Spatzen verstehen, was Menschen sagen. Sie verstehen jedes Wort, auch wenn nicht alle jedes Wort auch begreifen. Einige Menschen wissen darum. Darum werden Spatzen rekrutiert. Zur Nachrichtenüberbringung, zur Sabotage, zur Spionage, auch zum Transport winziger, aber effektiver Sprengkörper, ja sogar zur Tötung, indem sie Giftnadeln in die Körper von Zielpersonen befördern. Wer auch könnte eine Bedrohung ahnen, wenn statt eines Kampfflugzeugs ein Spatz vorbeifliegt? Nur jene Leute, die selbst Spatzen beschäftigen, werden nervös, sobald sie unter Spatzen geraten.

Auch wenn meinesgleichen also die menschliche Sprache versteht, sind wir selbstverständlich außerstande, wie Menschen zu sprechen. Das wäre dann wirklich wie im Märchen oder in einer Kinokomödie. Nein, Spatzen sind Singvögel, singen also, beziehungsweise praktizieren ein getrillertes Rufen, wobei es sich um ziemlich komplexe und textlastige Rufe handelt, die zu entschlüsseln den Menschen nie gelang und nie gelingen wird. Darum ging man den umgekehrten Weg und begann, Systeme der Übertragung zu entwickeln. Anfänglich eine Art von Morsen, während heutzutage Tastaturen und tastempfindliche Bildschirme zum Einsatz gebracht werden. Der Spatz schreibt mit seinem Schnabel mindestens so schnell wie ein Mensch mit seinem Zehnfingersystem. Und die Beherrschung von Rechtschreibung und Zeichensetzung ist durchaus erlernbar. – Die meisten Spatzen setzen mehr Beistriche als die meisten Menschen.

Wenn jetzt jemand wissen will, wieso die Intelligenz und die Möglichkeiten der Sperlinge nicht allgemein bekannt sind, dann muß ich entgegnen: Was für eine naive Frage! Denn schließlich stehen solche Spatzen im Dienste diverser Geheimdienste, der Militärs, der Agenten weltbeherrschender Konzerne, und dort hat niemand Interesse daran, daß ein Sperlingsvogel von der Art *Passer domesticus* im französischen oder deutschen Fernsehen oder sonstwo auftritt und – ich sag mal – ein Gedicht von Baudelaire oder einen supergescheiten Satz von André Glucksmann auf einen Bildschirm hinpickt oder vor aller Augen eine Bombe entschärft. Oder eine wirft.

Können alle Spatzen schreiben?

Nein, natürlich nicht. Allerdings können alle lesen, was sicher mysteriös ist, diese so gut wie angeborene Fähigkeit, den Menschen zu verstehen und eben auch das Geschriebene zu begreifen, jedoch nicht in der Lage zu sein, die menschliche Schrift einzusetzen. Dies beherrschen nur jene Spatzen, die sich auf die Menschen eingelassen haben oder das Pech hatten, gefangen zu werden. Ein Menschenspatz ist immer auch ein unfreier Spatz. Mag sein, daß er die beste Nahrung erhält, das beste Training, vor allem natürlich das Schreiben und das Kämpfen betreffend, aber er ist unfrei. Es gibt immer etwas, mit dem man ihn zwingen kann, weiter für seine Dienstherren zu arbeiten. Herren, die auf die perfide Idee kamen, den von ihnen rekrutierten Spatzen winzige Geräte einzubauen, die per Signal Schmerzen bereiten. Zuerst Schmerzen. Und wenn die Schmerzen nicht fruchten: Wunden.

Wunden wie diese beiden hier, das wurde mir jetzt klar. Keine Kugeln, keine Pfeile hatten das verursacht, sondern ferngesteuert zum Platzen gebrachte Stellen im Körper des Spatzen. Welcher sich offensichtlich dem Signal zur Rückkehr widersetzt und trotz größter Qualen einen Befehl verweigert hatte. Und darum nun sterben mußte.

Während er schwächer wurde, sagte er: »Fahr nach Wien.«

Ach ja, dachte ich mir, da bin ich ohnehin noch nie gewesen.

Das war natürlich ironisch gedacht, weil ich überhaupt noch nie irgendwo gewesen war außerhalb eines Radius von ein paar hundert Metern um den Bahnhof. Ich war noch nicht mal so richtig hoch geflogen. Bereits den Eiffelturm kannte ich nur vom Hörensagen. Und jetzt sollte ich also so einfach nach Wien fahren. Ha!

»Na, einfach wahrscheinlich nicht. Aber fahren wirst du trotzdem.« Das hatte nicht der Menschenspatz zu mir gesagt, sondern meine innere Stimme. Sie meldete sich ab und zu. Sie war recht tief und klang so, als würde da ein sehr viel älterer, sehr viel größerer Vogel sprechen, etwa ein Albatros. Diese Stimme hörte nicht auf, mir fremd zu sein, trotzdem stammte sie aus meinem Inneren und war folglich nicht abzustellen. Hätte ich mir also die Ohren zuhalten können, hätte das auch nichts genutzt. Die innere Stimme kam und ging, wie es ihr paßte. Ein Albatros in meinem Kopf.

»Warum Wien?« fragte ich den sterbenden Sperling.

Der aber sagte: »Geh zu Pinesits.«

»Den gibt es doch gar nicht wirklich!«

»Und ob es den gibt.«

Pinesits! Ein Name, wie wenn eine Tüte mit Walnüssen aufplatzt und ihren Inhalt freigibt. Und zwar einer ewigen, sich stets aufs neue füllenden, sich schließenden und wieder öffnenden Tüte, eingedenk dessen, daß Pinesits als der Älteste aller bekannten Spatzen galt. Wobei ich freilich niemals geglaubt hatte, er würde tatsächlich existieren. Außer als erfundene Figur, damit die Kleinen was zum Einschlafen und Träumen haben.

Doch der sterbende Spatz bestand darauf, mich nach Wien zu schicken, um dort Pinesits aufzusuchen und ihm eine Nachricht zu überbringen, nur ihm persönlich.

»Was für eine Nachricht?«

»Daß ein Angriff bevorsteht«, antwortete er. »Sag Pinesits, daß er die Sperkkrieger warnen muß.«

»Sperks, im Ernst? Und warnen wovor?«

»Ich sterbe«, sagte der Menschenspatz, »und du redest immer dazwischen.«

Da hatte er recht. Ich nickte.

Er nahm noch einmal alle Kraft zusammen und setzte fort, mir zu erklären, hier in Paris befinde sich die Zentrale eines Konzerns mit dem Namen *Facette Totale.* Intern nannten sich diese Leute »Totalisten«. Leute, für die er arbeite, seit er denken könne. Er sei dort aufgewachsen, zuerst als Versuchstier, später als Bote und Spion. Allerdings war er vor kurzem in die Fänge eines konkurrierenden Unternehmens geraten und hatte sein Leben nur retten können, indem er auch diesen Leuten seine Dienste anbot. So sei er zum Doppelagenten geworden. Und als solcher habe er ein Gespräch der Totalisten abgehört. Ein Gespräch von größter Bedeutung. Eines, das er aus guten Gründen nicht an seine neuen Dienstherren weitergegeben habe.

»An die nicht«, sagte er. »Aber an dich.«

So erfuhr ich, daß es den Totalisten nach langer Suche mit Hilfe ihrer Satelliten gelungen war, das Hauptquartier der legendären Sperks ausfindig zu machen. Leider waren bei diesem Gespräch, das der Menschenspatz belauscht hatte, weder der Name des Ortes noch seine Koordinaten gefallen, allein ein Begriff, der einen Code darstellen mußte, nämlich *Dezember.* Es war definitiv nicht der Monat gemeint, sondern jene geheime Stelle, an die sich die Sperkkrieger zurückgezogen hatten.

Sperks also. Europäische Hausspatzen, die sich vor einigen Generationen entschieden hatten, einen dritten Weg zu wählen neben der Lebensweise der Menschensperlinge und jener der durchschnittlichen Stadt- und Landspatzen. Eine Kaste von Kriegern, die eine neue Kultur gegründet hatten sowie einen eigenen Staat.

Stimmt, ich hatte das Ganze bisher für eine Erfindung gehalten, eine Sage, eine Fantasygeschichte, genau so wie eben auch die Existenz eines in Wien lebenden Uraltspatzen namens Pinesits. Mein Gott, wer glaubt schon ernsthaft an so etwas?

Klar, für einen gewöhnlichen erwachsenen Menschen klingt bereits die Vorstellung von Spatzen, die über die Frage nachdenken, ob eher Fast food oder Naturessen zu bevorzugen sei, ziemlich phantastisch, wenn nicht absurd. Und doch gibt es solche Spatzen. Wer wüßte das besser als ich?

Das Interessante an den Sperks war – und genau dies war für die Totalisten essentiell –, daß sie für sich selbst eine Rüstung entwickelt hatten. Eine Rüstung, die ihren ganzen Körper bedeckte.

Klar, Rüstung und Krieger, das gehört eigentlich zusammen. Doch wie hatte man sich eine solide Schutzkleidung bei einem Wesen vorzustellen, das um die dreißig Gramm wiegt und dessen Überleben nicht unwesentlich davon abhängt, in die Luft gehen zu können? Ein Spatz mit Rüstung, das hört sich an wie ein Fisch mit Betonflossen. Doch angeblich war es den Sperks gelungen, ein Material herzustellen (oder aber sie hatten das Material als mysteriöses Geschenk empfangen), das die Eigenschaften einer ultraharten Kohlenstoffform mit extremster Leichtigkeit verbindet, man könnte sagen: fester als fest und leichter als leicht, leichter als Luft, zudem stabil und elastisch. Widerstandsfähiger und gewichtsärmer als sämtliche von Menschenhand hergestellten Feststoffe. Angeblich. Und angeblich träumten die Totalisten schon lange davon, mittels eines solchen Materials auch menschlichen Kriegern eine zauberisch anmutende Unverletzbarkeit bei gleichzeitig fabelhafter Beweglichkeit angedeihen zu lassen. Einen Anzug zu fertigen, der als *Siegfried completed* den modernen Krieg revolutionieren sollte. Oder was sich mit diesem exotischen Material sonst noch so alles produzieren ließe.

Ein Material, dem die Totalisten den Namen *Feathers* gaben wegen jener winzigen Einschlüsse in Diamanten in Gestalt einer Feder.

Der tödlich verwundete Spatz zu meinen Füßen sagte: »Totalisten sind definitiv keine Tierfreunde. Jetzt, wo sie wissen, wo die Sperks leben, werden sie dort auftauchen, aber kaum, um ein Geschäft anzubieten. Wenn sie erklären: Wir kommen in Frieden, dann ist's eine Falle. Nein, die Sperks müssen gewarnt werden.«

Ich dachte mir, daß es den Totalisten doch eigentlich genügen müßte, in den Besitz einer einzigen Rüstung zu gelangen, um den Stoff analysieren zu können. Andererseits konnte man die Rasse Mensch ganz gut dadurch definieren, indem man sie – im Gegensatz zur Rüstung der Sperks – als sowohl superweich wie auch ultraschwer bezeichnete. Vor allem in charakterlichem Sinn. Dieser Mischung war zu verdanken, daß sie so gerne Dinge unter Schutz stellten, die sie gleichzeitig ausrotteten. Man konnte nie wissen, ob sie einen demnächst füttern oder vergiften würden.

Ich beugte mich noch tiefer zu dem Sterbenden. Das glänzende Schwarz seiner Augenschlitze erschien mir jetzt als das Entfernteste, was ich je gesehen hatte. Lichtjahre, aber ohne Licht. Ich fragte ihn: »Und wo finde ich Pinesits?« Und fügte an: »So klein ist Wien ja auch wieder nicht.«

»Er lebt bei einem gewissen Engel.«

»Wie bitte?«

»Der Mann heißt Engel. Er ist keiner, er heißt nur so. Arthur Engel.«

Der Menschenspatz erzählte mir jetzt mit der Atemlosigkeit eines vom Tode Gehetzten: »Es wird gesagt, man könne von Pinesits' Fenster auf einen Friedhof schauen. Einen Friedhof am Rande von Wien. Wo in der Mitte ein großer goldener Christus an ein Kreuz genagelt ist.«

Weil ich um die Masse der Friedhöfe und Christusse auf dem ganzen Kontinent wußte, fand ich das ziemlich unpräzise. Aber der Menschenspatz erklärte mir: »Mehr kann ich nicht sagen. Und weiß ja auch nicht, wo das Quartier der Sperks liegt. Pinesits aber schon. Er ist der einzige, der die Sperks warnen kann. Er ist unser aller Wissen und Gewissen.«

Ich meinte: »Die werden dort in Wien doch auch Telefone haben, oder?«

Der verwundete Menschenspatz überhörte meinen Sarkasmus, denn selbstverständlich war uns Spatzen dieser Kommunikationsweg verwehrt.

Ihm blieben nur noch wenige Sekunden. Er verlangte: »Versprich mir, nach Wien zu fahren und ihn zu suchen.«

»Warum ich?« wollte ich mich erkundigen. Aber das wäre überflüssig gewesen. Ich hatte nun mal im entscheidenden Moment auf dem Ast gesessen, nicht irgendwo, sondern millimetergenau an der Stelle, an die ein lenkendes Schicksal mich geführt hatte. Weder würde ich diesen Auftrag einfach vergessen noch ihn an jemand anders weitergeben können. Keine Frage, ich mußte hier und jetzt schwören. Und sagte darum: »Okay, versprochen, ich schaue, wie ich nach Wien komme, und falls ich das wirklich schaffe, werde ich Pinesits suchen und ...«

Die Augen des Blutenden schlossen sich, sein Kopf glitt zur Seite, sein Herz blieb stehen, und sein Atem verrauchte gleich einer kleinen Wolke aus drei Buchstaben: SOS.

Ich hatte das Bedürfnis, etwas zu sagen, so wie die Menschen sagen: Ruhe sanft! Ich flüsterte: »Schlaf schön!«

Sodann richtete ich mich wieder auf und überlegte, was zu tun war. Ob ich jemand ins Vertrauen ziehen sollte. Einen der anderen Spatzen. Einen Freund. Allerdings war da niemand, den ich ernsthaft als meinen Freund hätte bezeichnen können. Kollegen, Kameraden, Typen, die zusammen eine Gang bildeten, das schon, aber kein Freund. Und für eine Gefährtin war ich noch zu jung. Ich wußte, daß ich in einigen Monaten nicht mehr zu jung wäre und in der Folge eine Menge Theater aufführen würde, um an ein Weibchen zu gelangen. Was ein merkwürdiges Gefühl war. Wie wenn man sagt: »Ich mag nicht schwimmen gehen, ich mag nicht naß werden, aber ich ahne, daß ich spätestens in einem halben Jahr wie ein Verrückter – mit dem Kopf voran und Salto und zig Schrauben – ins Wasser springen und mit Freude untergehen werde.«

Jetzt aber war ich allein. Allein mit diesem Auftrag, in eine Stadt zu fahren, von der ich nur den Namen und ein paar Klischees kannte. Etwa, daß dort wahnsinnig viel Hundedreck lag und sich die Menschen auch schon zu Lebzeiten am liebsten auf Friedhöfen aufhielten. Passend also, daß dieser Mann, der Engel hieß, ein Haus bewohnte, von dem aus man einen Blick auf einen »Grabsteinpark« hatte. Sowie auf einen goldenen Christus.

Während ich noch überlegte, wie man am schnellsten nach Wien kam und wo Wien überhaupt lag, bemerkte ich zwei Männer, die sich näherten. Auch sie ein Klischee verkörpernd, in ihren schwarzen Anzügen und mit Sonnenbrillen. Selbst wenn man die Apparaturen nicht gleich sah, die ihnen da im Ohr steckten, ihre typische Kopfhaltung war unverkennbar, so, als müßten sie nicht bloß ein System aus Knopf im Ohr und schultergebundenem Mikrophon tragen, sondern ein ganzes Storchennest auf ihrem Scheitel balancieren. Und auf dem Storchennest eine Satellitenschüssel.

Agenten!

Ich hüpfte ein paar Meter zurück und pickte am Boden herum, um mich »spatzenhaft normal« zu geben. Lugte aber hinüber zu den zwei dunkel Bebrillten, die neben dem toten Menschenspatzen zum Halten kamen. Einer kniete sich hin. Er trug trotz der Wärme Handschuhe, griff damit nach dem leblosen Körper, tütete ihn in eine durchsichtige Hülle ein und steckte diese wiederum in die Tasche seines Jacketts. Wäre jetzt ein Polizist gekommen und hätte ihn kontrolliert... Wie hätte er die Vogelleiche in seiner Tasche erklärt? Aber da kam kein Polizist, nur eine ältere Frau schaute herüber. Die zwei Männer drehten sich rasch in die Richtung, aus der sie gekommen waren, und gingen davon.

Hätte ich noch einen Beweis benötigt, um diese Geschichte ernst zu nehmen, hier hatte ich ihn.

Einen Beweis und ein Versprechen.

Paris–Wien also!

Fliegen kam nicht in Frage. Weder aus eigener Kraft, denn dafür wäre die Distanz sicherlich zu groß gewesen, noch wollte ich zum Flughafen, um mich in ein Flugzeug zu schwindeln. Ich war ein Bahnhofsvogel. Es war nur natürlich, einen Zug zu nehmen.

Wir hatten im Bahnhof einen älteren Spatzen, der alle Zugverbindungen im Kopf hatte. Nicht, weil ihm das irgendwas gebracht hätte. Er war noch nie gereist, keinen einzigen Kilometer. Nein, das mit den Zeiten und den Zahlen war ein Zwang bei ihm. Er besaß ein unglaubliches Gedächtnis und füllte es, so gut er konnte. Je mehr Daten, um so besser. Wobei ich nicht wußte, wie er an all diese Informationen gelangte, nicht allein die Abfahrts- und Ankunftszeiten auf dem Gare Montparnasse kannte, sondern auch die von allen anderen großen Bahnhöfen. Zudem hatte er den vollständigen Plan der Pariser Metro im Kopf und konnte einem sämtliche Verbindungen nennen. Uns anderen erschien sein Wissen grandios, aber ohne jeden Sinn, eine geniale Idiotie. Allerdings hatte ich einmal das Gerücht vernommen, es gebe Menschenspatzen, die ihn zu Rate zogen.

Ich hob ab und flog zurück in den Bahnhof, um das »Superhirn« aufzusuchen. Dabei pickte ich von einem der Restauranttische einen Krümel auf, den ich dem alten Spatzen, der wie ein gefiederter Computer in einer Nische hockte und Zugzeiten vor sich hersagte, in den Schnabel steckte.

Er zerkleinerte das Teil, schluckte es hinunter und fragte: »Was willst du?«

»Den Zug nach Wien.«

»Was glaubst du denn, Junge? Von hier aus direkt dorthin zu kommen?«

»Keine Ahnung. Darum frage ich Sie ja, weil ich es nicht weiß.«

»Werd nicht frech.«

»Tschuldigung.«

Er überlegte. Wobei ich nicht glaubte, daß er über die Zugverbindung nachdachte, denn die war in dem Moment, als ich »Wien« gesagt hatte, praktisch in seinem Kopf aufgeleuchtet, in Windeseile. Nein, er überlegte, ob er mir überhaupt helfen sollte. Er fragte: »Willst du mich testen, Kleiner?«

»Nein, ich muß wirklich nach Wien. Ein Auftrag.«

»Das ist doch ein Scherz, oder?«

»Kein Scherz«, versicherte ich. »Ich würde noch gerne heute fahren. Besser gesagt: ich muß.«

Er lachte verächtlich. Wie Politiker, wenn gerade ihre Kontrahenten sprechen (im Bahnhof gab es überall Fernseher, ich wußte um die politische Debatte und um die vielfältigen Formen des Grimassenschneidens). Aber ich hatte nicht vor, aufzugeben. Ich versuchte es mit einer Provokation, indem ich erklärte: »Na, vielleicht wollen Sie sich bloß ein bißchen Zeit verschaffen, um länger nachdenken zu können.«

Er mochte ja ein Genie sein, aber ein ziemlich durchschaubares. Sofort öffnete er seinen dunklen Schnabel und sprach im Schnellton: »Also erstens, du kleiner Depp, bist du am falschen Bahnhof. Du mußt zum Gare de Lyon. Zwar könntest du auch einen Zug vom Gare de l'Est nehmen, aber da müßtest du um diese Uhrzeit lange warten. Die nächste gute Verbindung ist die um 18 Uhr 15 vom Gare de Lyon nach Zürich, und dort steigst du um 22 Uhr 40 in den Nachtzug, dann bist du am Morgen in

Wien. Ich kann mir zwar nicht vorstellen, wie du das schaffst, aber die Zeiten stimmen hundertprozentig, da kannst du Gift drauf nehmen.«

»Gift?«

»Laß mich endlich in Frieden, Kleiner. Ich habe nachzudenken.«

Ich wollte aber noch wissen, wie man zum Gare de Lyon kam.

Erneut lachte er in der unguten Art und sagte: »Flieg doch, du Vogel!«

»Selber Vogel!« dachte ich, bat ihn jedoch höflich, mir ein letztes Mal zu helfen.

Ohne mich noch einmal anzuschauen, erklärte er: »Die 6 bis Bercy und dann eine Station mit der 14 Richtung St. Lazare. Und jetzt zisch endlich ab.«

Ich dankte, schraubte mich hoch und ließ mich sodann Richtung Metro fallen, als sei ich ein kleiner Komet.

2

Mit der Metro unterwegs zu sein war nicht wirklich schwierig. Niemand von den Erwachsenen bemerkte einen mit der Bahn fahrenden Spatzen, der irgendwo oben saß, auf einer Stange oder einem unbesetzten Griff. Die Leute schauten immer gerade nach vorn oder hatten den Blick zum Boden gerichtet, oder sie klebten mit ihren Nasen an den kleinen Fenstern in ihren Händen. Die wenigen, die hochsahen, schliefen mit offenen Augen. Während wiederum kleine Kinder, die mich entdeckten – also die, deren Nasen noch zu jung waren, um sich an den Aussichtsscheiben von Telefonen zu reiben –, mich anlächelten oder interessiert den Kopf zur Seite legten. So, als würden sie eine erstaunliche Zeichnung betrachten. Ich hatte einmal gehört, Kinder seien sogar in der Lage, Engel wahrzunehmen. Was mir selbst noch nie gelungen war. Allerdings hatte ich so eine gewisse Ahnung, wobei ich nicht wußte, ob die Ahnung einfach auf Wunschdenken beruhte. Wie der Glaube an ein Jenseits. Allerdings mochte das auch für jene gelten, die an gar nichts glaubten. Die sich einfach wünschten, die Welt sei nichts anderes als eine perfekte, aber letztlich sinnlose Rechnung. Auch Logik war vielleicht nur ein Wunsch.

Immerhin, ich war soeben auf dem Weg zu jemand, der zumindest Engel *hieß*. Und Arthur dazu. Während ich selbst mich mit einem einzigen Namen begnügen mußte. Quimp und sonst nichts. Um sich als Spatz einen zweiten Namen zu verdienen, einen Nach- oder Beinamen, mußte man etwas Besonderes leisten. Bei den richtig alten Altspatzen allerdings, den lebenden Legenden wie Pinesits, genügte wiederum ein einziger Name.

Sperks dagegen, so hatte ich gehört, hatten fast alle zwei oder drei Namen, weshalb die Geschichten, die über sie erzählt wurden, immer ein wenig kompliziert klangen. Da hieß es dann etwa, der Sowieso-von-Sowieso-Sperk habe sich mit einem Sowieso-van-der-Sowieso-Sperk duelliert. Für solche Berichte war es nötig, ein gutes Gedächtnis zu besitzen, ein wenig wie unser Superhirn.

Gemäß der Anweisung ebendieses Superhirns wechselte ich nun an der Station Bercy die U-Bahn und fuhr mit der 14 eine Station weiter zum Gare de Lyon, verließ den Wagen und flog mit jenen Passanten mit, die Koffer hinter sich herzogen. – Um ehrlich zu sein, einen Koffer hätte ich auch gern besessen, also die Möglichkeit, mich umzuziehen, das Federkleid zu wechseln, mal blau statt braun zu sein, obwohl dann wahrscheinlich die meisten aus meinem Clan gemeint hätten, das schaue »schwul« aus. Ein Wort, das auch bei uns Spatzen ständig fiel. Tat man irgendwas außerhalb des Üblichen, sogleich war es schwul. Im Grunde hätte man sagen können, daß das, was ich derzeit unternahm, nämlich nach Wien zu fahren, auch ziemlich schwul war.

In der Bahnhofshalle pickte ich noch mehrere Brösel auf, schluckte einige Schokoladenstreusel und gleich darauf die Rinde eines Camemberts, an dem ein wenig Papier klebte, das köstlich war, das Papier. Ich meinte sogar, die Schrift zu schmecken, die hübsch verzierten Buchstaben. Ein Gedicht.

Zum Abschluß nippte ich kurz an der kleinen Lache, die ein umgestoßener Becher 7 Up auf dem Boden verursacht hatte. Natürlich mußte man da aufpassen, nicht von einem der vorbeimarschierenden Reisenden getreten zu werden. Aber die Bewegung der Menschen erzeugt einen Wind, den sie vor sich hertreiben, weshalb also jedem Bein eine Luftbewegung vorausging und ein Vogel meiner Größe immer erst von einem Luftstoß getroffen wurde, bevor ein Fuß ihn hätte erwischen können.

Gesättigt flog ich nach oben und verrichtete in einer entlegenen Ecke der Dachkonstruktion meine Notdurft, entließ einen Klecks Deckweiß. Was ich übrigens so viel hübscher fand als das Kotbraun der Hunde und Menschen. Nichtsdestotrotz zog ich mich in solchen Momenten gerne zurück. Das »Öffentlichkeitskacken«, wie ich es nannte und wie es ja viele meiner Artgenossen praktizierten, war nie meine Sache gewesen. Ohne Zweifel, ein starker Aspekt meiner Persönlichkeit war die Scham. Ich genierte mich schnell. Gehörte zu denen, die sich weniger vor einer Ungeschicklichkeit fürchteten als davor, dabei beobachtet zu werden. Und noch mehr als den Tod fürchtete ich, mitten auf der Straße zu sterben und in kläglicher Form Aufsehen zu erregen. Gleichzeitig war ich nicht jemand, der je den Mut verlor. Der Mut steckte mindestens so tief in mir wie meine Angst vor allem Peinlichen. Fast wie ein Geschwisterpaar.

Nachdem ich mein Geschäft erledigt hatte, flog ich wieder in die Halle hinunter, landete auf dem Dach eines Bistros und schaute zusammen mit den vielen Reisenden auf die große Anzeigetafel, wo immer zwanzig Minuten vor Abfahrt der Züge die Gleisnummern aufschienen. Weshalb die Leute wie in unsichtbaren Startboxen standen oder unruhig kleine Kreise um ihr Gepäck zogen.

Und dann war es soweit. Alle, die es betraf, stürmten los. Als hätten sie nicht zwanzig Minuten Zeit, sondern bloß zwanzig Sekunden. Ich paßte mich an. (Spatzen gehören unter den Tieren zu den sogenannten Kulturfolgern, was bedeutet, nicht nur den Menschen in die Städte und Dörfer zu folgen, sondern eben auch ihre Kultur nachzuahmen. Hektik beim Reisen erscheint als die Kulturleistung schlechthin. Das begriff ich. Gelassenheit war wohl eher was für Götter, Schwerbehinderte und Obdachlose; vielleicht rührte daher das Gerücht, erstere würden vorzugsweise in Gestalt der beiden letzteren auf Erden wandeln und Menschen testen.)

Es war ein TGV – ein Zug, der etwas Geducktes besaß, etwas von der Haltung eines Einbrechers –, in den ich über die Köpfe weg hineinflog und mir rasch zwischen den Koffern oben in den Gepäckfächern eine Ecke suchte, allerdings achtgeben mußte, in Folge einiger Umschichtungen nicht zerquetscht zu werden. Es gab ein Hin und Her, bevor dann endlich Ruhe war, sich alle Gegenstände an ihren Plätzen befanden und die Passagiere ebenso. Das Stimmengewirr schwoll ab. Schließlich vernahm ich das

Signal der sich schließenden Türen. Ich spürte, wie das Gefährt sich in Bewegung setzte. Das war jetzt anders als in der Metro zuvor, endgültiger, dramatischer, dazu kam bald die beträchtliche Geschwindigkeit, von der ich bisher nur gehört hatte und die ich, auf einem Koffer sitzend, ähnlich erlebte wie ein Astronaut in seiner Kapsel. Mein Herz klopfte. Und sowenig ich von meiner Position aus etwas sehen konnte, spürte ich doch, wie sich Paris nach und nach entfernte, kleiner wurde, verschwand.

Mitten hinein in das Gefühl der Aufregung, auch in das Gefühl, sehr bald etwas Wesentliches, die Spatzenwelt Bewegendes zu erleben, mischte sich erneut eine Schwermut. Und zwar die des Heimwehs, was bisher auch nur ein Wort gewesen war. Zum Wort gesellte sich nun aber wirkliches Empfinden. Heimweh spürte sich an, als würde jemand hinter meinen Augen stehen – ähnlich der Stimme, die von einem Albatros stammt – und kräftig dagegendrücken. Als müsse ich gleich weinen. Auch wenn ich das als Vogel gar nicht konnte. Aber der Druck war dennoch da.

Heimweh also. Dabei war ich ja noch nicht einmal aus Frankreich heraus. Aber das Gefühl schien kaum von der Distanz abzuhängen. Es kam und ging. Und wie ich bald feststellen würde, kam es am liebsten, wenn es Abend wurde.

Und Abend war ja nun. Ich kauerte mich zu einem Knäuel zusammen, einer gefiederten Muschel, und schloß meine Augen, vernahm jedoch noch einige Zeit die Gespräche der Menschen und die Geräusche des Zugs, bevor der Schlaf und seine Träume mein Leben von außen nach innen kehrte.

Träumen Vögel vom Gehen auf zwei Beinen, so wie Menschen gerne vom Fliegen träumen?

Nun, bei mir war es sogar so, daß ich fast immer träumte, ein Mensch zu sein. Ich fühlte dann die Schwere meines Körpers wie auch die potentielle Langlebigkeit. Und betrachtete die Welt nicht mehr von oben, sondern zumeist aus einer Höhe von etwa ein Meter achtzig.

Es gab da einen Traum, der sich oft wiederholte. Besser gesagt, wiederholte sich die Persönlichkeit, die ich zu sein träumte. Wobei ich mich eben nicht nur im Körper dieses Mannes befand, sondern wirklich meinte, *er* zu sein, *seine* Gedanken zu denken. Solange ich träumte, führte ich seine Existenz, lebte seine Abenteuer, und damit auch die für einen Traum so typischen Verwicklungen, und war mir in keinem Moment bewußt, in Wirklichkeit ein Spatz zu sein. Natürlich nicht. In meinen Träumen kamen Spatzen nicht vor, zumindest nicht in einer persönlichen Weise, sie waren halt Vögel, die Parks und Biergärten frequentierten und ein wenig Lärm machten.

Ich hätte den Mann im Traum, der ich war, nicht beschreiben können. Nie schaute er in einen Spiegel. Aber es fühlte sich so an, als sei er nicht nur recht großgewachsen, sondern auch etwas, was die Menschen als »gutaussehend« bezeichnen und damit eine gewisse Ebenmäßigkeit meinen. Eine Mustergültigkeit. Etwas Normales, Vertrautes, das aber dennoch besonders ist. Wie ein konventioneller Satz, der allerdings hervorgehoben wird, kursiv gesetzt. Ja, es handelte sich um einen kursivierten Mann.

Dieser Mann war einer von denen, die auch bei größter Hitze kaum schwitzten, ohne daß er darum, wie das Spatzen tun, zu hecheln anfing. Er schien eine andere Möglichkeit zu besitzen, seine Temperatur zu regulieren. Als sei er wechselwarm.

Er war beliebt, provozierte aber auch Neid. Allerdings nicht nur Neid, ebenso Mitleid. Wobei ich lange Zeit den Grund für dieses Mitleid nicht verstand. Das tat ich erst in dem Moment, als mir von einem Tennisspiel träumte, an dessen Ende mir der Gegner seine feuchte Hand reichte und erklärte: »Alle Achtung, mein Lieber, es ist umwerfend, wie Sie spielen, obwohl Sie den Ball gar nicht sehen.«

»Wie meinen Sie das?«

»Na ja …« Der andere zögerte. Dann sagte er: »Fast könnte man glauben, Sie sehen ihn doch. Anders halt. Als würden Sie ihn spüren. Und beim Spüren sehen. Man könnte vermuten, daß sie ihn … äh … blind erkennen. Wenn Sie verzeihen, daß ich das so ausdrücke. Gegen Sie, mein Bester, verliere ich am liebsten. Nicht, weil Sie blind sind, sondern *obwohl* Sie blind sind. Sie sind ein Zauberer.«

Zum ersten Mal wurde ich mir der Brille in meinem Gesicht

bewußt. Und ahnte, daß sie schwarze Gläser besaß und ich sie seit eh und je, Winter wie Sommer, trug. Aber ganz sicher nicht wegen der Sonne.

Von diesem Tennistraum erwacht, verstand ich endlich, daß der Mann, den ich so oft in meinen Träumen verkörperte, tatsächlich ohne Augenlicht war. Auf eine ziemlich vollkommene Weise. Vollkommen blind, so vollkommen, daß ich lange nicht kapiert hatte, mir die Dinge, so wie sie möglicherweise aussahen, nur vorzustellen. Und daß mein lockerer Gang allein der Routine zu verdanken war, mit der ich mich durch die Straßen in meinen Träumen bewegte. Ich erkannte die Stimmen vertrauter Personen, von denen ich schon lange ein Bild im Kopf hatte, so wie mir auch die Stimmen unvertrauter Personen augenblicklich ein Gesicht offenbarten. Oder eben die Vorstellung von einem Gesicht. Einem gedachten Gesicht. Ich bildete mir die Wirklichkeit ein. Offensichtlich gut genug, um sogar in einem Tennisspiel bestehen zu können.

Aber blind ist trotzdem blind. Und ich muß leider sagen, daß von dem Moment an, als mir klar wurde, mit welcher Behinderung ich lebte, sich diese auch viel stärker bemerkbar machte. Plötzlich stolperte ich, hatte manchmal Schwierigkeiten, einen Gegenstand zu finden, wußte nicht immer gleich, wer mich gerade angesprochen hatte, und vermied es nicht zuletzt, Tennis zu spielen. Ich sagte mir, daß ein Tennis spielender Blinder sich zum Narren macht, ein unwürdiges Schauspiel bietet, wie Löwen, die durch Feuerreifen springen, oder kleine Kinder, die als Quizkönige im Fernsehen auftreten. Aber in Wirklichkeit fürchtete ich, den Ball nicht mehr zu treffen.

Dennoch, auch ohne Tennis blieben mir viele Bewunderinnen erhalten. Ja, ich muß sagen, so spärlich in meinem realen Dasein als Spatz der Kontakt zum anderen Geschlecht ausfiel – ein halbes Kind noch –, so intensiv war er als erwachsener blinder Mensch in der Welt meiner Träume. Etwas, das immer dann, wenn ich erwachte, mir ein peinliches Gefühl bescherte. Und einen gewissen Schmerz im Unterleib, also ausgerechnet dort, wo ich den Sitz der Seele vermutete.

Es war komisch, als Vogel noch ein von der Sexualität unangetastetes Jugendleben zu führen, im Traum aber längst in diesen zwiespältigen Bereich vorgestoßen zu sein. Weshalb mir auch ganz recht war, mich nicht an alles erinnern zu können. Die Details verschwammen, und es blieb allein der morgendliche Druck auf meine unterleibige Spatzenseele.

Aber das sollte sich bald ändern.

Es war der Lautsprecher im Zug, der mich aus meinem Traum vom blinden Mann herausholte. Eine weibliche Stimme gab bekannt, wir würden demnächst Zürich erreichen, und auf dem gegenüberliegenden Bahnsteig stehe der Nachtzug nach Budapest über Wien-Westbahnhof bereit. (Die Mitteilung erfolgte in Französisch wie auch auf Deutsch, wobei ich doch mit einigem Erstaunen feststellte, nicht nur die vertraute Sprache, sondern ebenso die unvertraute bestens zu verstehen. Aber wie ich schon erwähnt habe, ich hatte die französische Sprache ja nicht erlernt. Das Verstehen schien automatisch, angeboren und intuitiv. Was offensichtlich bei jeder Sprache funktionierte, während mir etwa das Gekläff eines Hundes rein gar nichts sagte. Andererseits bemerkte ich durchaus die Unterschiede, ich würde sagen: die verschiedenen Geschmäcker. Französisch schmeckte zugleich salziger und süßer als das Deutsche, das ich – mir ein Brot vorstellend – als deren Rinde ansah, keine harte oder trockene, aber eben Rinde, leicht knusprig, dazu der Eindruck von etwas Verbranntem. Zusätzlich war es so, daß mir die eigentliche Bedeutung mancher Begriffe unklar blieb. Doch auch im Gespräch der Spatzen untereinander war nicht immer eindeutig, was mit einem bestimmten Wort genau gemeint war. So blieb es absolut verwirrend, was verschiedene Spatzen etwa unter »Frieden« verstanden.

Ich beeilte mich, den Platz zu wechseln, bevor wieder die Kofferschieberei losging, und flog hinüber in den Vorraum, dort, wo die Außentüren waren. Ich quetschte mich in eine Nische und wartete. Klein und kompakt. Beinahe wäre ich wieder eingeschlafen. Schließlich gehörte ich nicht zu den nachtaktiven Vögeln. Allerdings würde ich in der nächsten Zeit eine diesbezügliche Flexibilität entwickeln müssen. Das ahnte ich bereits, mich nicht auf den normalen Rhythmus eines Spatzen berufen zu können. Sondern noch stärker das Prinzip zu leben, einer Kultur zu folgen. Der Kultur des Abenteuers, zu dessen markanten Attributen eine Durchbrechung typischer Schlafgewohnheiten gehörte.

Die Türen öffneten sich, und die Menschen drängten hinaus. Über ihren Köpfen flog ich auf den Bahnsteig und glitt direkt in den wartenden Nachtzug, der hier »Euronight« hieß, obgleich wir durch kein einziges englischsprachiges Land fahren würden. Ich hätte darum vorgezogen, in einem Zug zu sitzen, der den schönen Namen »Europäische Nacht« trägt, so wie umgekehrt das englische »pea« sich so viel hübscher anhört als das deutsche »Erbse«.

Dieser Nachtzug war in seinem Inneren ganz anders als der möblierte TGV, aus dem ich gerade gekommen war. Hier waren es kleine Schlafkabinen, in die sich nun die Umsteigenden hineinzwängten. Die meisten Türen waren bereits verschlossen, aber ich spürte die Anwesenheit derer, die dahinter auf ihren schmalen Betten lagen und stöhnten. Vor Hitze stöhnten. Auch auf dem Gang war es fürchterlich warm und die Luft mehr zu schlucken als zu atmen. Wirklich hörte ich, wie einer der Zugbegleiter von einer defekten Klimaanlage sprach. Der Gast, dem er dies erklärte, beschwerte sich lautstark ob der unerträglichen Hitze und verlangte, in einem anderen Waggon untergebracht zu werden. Er tat dies in einem Deutsch, von dem mir erst später klar wurde, daß es sich um jene spezielle Version des Deutschen handelte, wie man sie in Wien pflegte und wie man vielleicht sagen kann, Rückenschwimmen sei eine spezielle Form der Fortbewegung im Wasser. Eine Schwimmtechnik, bei der man nicht sehen kann, wo man hinschwimmt. Ja, ich sollte noch begreifen, wie sehr das Wienerische an jemand erinnert, der sich mit seinem Rücken voran bewegt, aber seinen Mund am Hinterkopf trägt. Nur den Mund. Er redet also praktisch nach vorne, schaut aber nach hinten. Schaut in die jüngste Vergangenheit, dorthin, wo er vor kurzem gewesen war.

Ich scheute mich, in eines der noch offenen Abteile zu fliegen. Da drinnen würde ich eingesperrt sein, zudem war mir klar, daß sich in diesen engen Räumen die warme Luft noch schlimmer staute. Wie peinlich es doch gewesen wäre, bereits zu Beginn dieser Reise, dieser Mission, einen Hitzschlag zu erleiden, zu sterben allein auf Grund einer körperlichen Schwäche. Des Makels, nicht schwitzen zu können.

Wasser! Richtig, ich mußte trinken. Ich spürte bereits einen leichten Schwindel. Während ich nun etwas verkrampft durch den Gang trudelte, bot sich die Möglichkeit, den Waggon zu wechseln, da soeben zwei Zugbegleiter herüberkamen. Zusammen mit einem dritten Mann bildeten sie ein Team der Hilflosigkeit. Ein freundliches Team, wie ich bald beurteilen konnte. Ein Inder, ein Türke und jemand, der Slowake war. Inder und Türken kannte ich aus Paris, Österreicher und Slowaken lernte ich erst auf dieser Reise kennen. Jedenfalls versuchten die drei vergeblich, die gottverdammte Klimaanlage unter Kontrolle zu bringen, drehten verzweifelt an den Knöpfen und Reglern und fingen schließlich damit an, Gäste in den nächsten Waggon umzuquartieren. In ein völlig entgegengesetztes Klima. Denn auch die Kühlung, die dort bestand, blieb völlig unkontrolliert. Es herrschte Eiszeit. Die kalte Luft strömte aus den Gebläsen und verband sich zu arktischen Wirbeln. Fehlte eigentlich nur noch, daß es zu schneien anfing. Dennoch fand ich es hier um einiges erträglicher als in der stehenden Hitze zuvor. Zudem entdeckte ich einen guten Platz im vorderen Abteil, wo die Lebensmittel untergebracht waren und die Türe stets offenstand, da die Zugbegleiter ein und aus gingen. Um sich zu beraten, kurz auszuruhen oder Getränke und kleine Speisen bereitzustellen.

Einmal kam ein Junge im Schlafanzug vorbei. Er trug eine Baseballkappe, einen Schal und verlangte eine Flasche Fanta. Der Inder blickte ewig lange in die geöffnete Kühlbox. Es sah aus, als wolle er die vielen verschiedenen Flaschen hypnotisieren. Oder aber die hypnotische Kraft ging von den Getränken aus. Irgendwann beugte sich auch der Junge über den Rand und schaute ebenso gebannt auf die Flaschen. Endlich zog der Inder eine davon heraus und reichte sie dem Kind.

»Das ist keine Fanta, sondern ein Apfelsaft gespritzt«, erklärte der Junge. Und meinte: »Sie sind ein Rekrut, gell?«

»Ein Rekrut?«

»Na, wie in diesem Star-Trek-Film, *Der Zorn des Khan*, wo fast nur Rekruten auf dem Schiff sind, und die sollen ja eigentlich bloß trainieren, dann aber kommt ein Notruf, und es wird ernst.«

Der Inder gestand: »Das ist mein erster Tag hier.«

»Also, ich nehm auch den Apfelsaft«, sagte der Junge, was ich erstaunlich fand, weil er ja mit einem einzigen Griff eine Fanta hätte herausziehen können.

Es hatte dann sehr viel Würde, wie der indische Zugbegleiter deutscher Sprache die Flasche öffnete und einen Strohhalm durch die schmale Öffnung führte. Es wirkte magisch, rituell, indisch natürlich, so, als füge er ein künftiges Glück in diese Flasche, aus welcher nun der Junge einen ersten Schluck nahm.

Ja, bei diesen drei Zugbegleitern schien es sich tatsächlich um Rekruten zu handeln, Rekruten ohne einen Captain weit und breit, ohne Ingenieur, der die Klimaanlage hätte reparieren können. Auch wäre mir nicht aufgefallen, daß einer von ihnen über den anderen beiden gestanden hätte. Keiner, der das Sagen hatte. Weshalb sie viel diskutierten. Die Klimaanlage gaben sie freilich irgendwann auf. Sie beugten sich dem Geist der Maschine und verbrachten die halbe Nacht damit, Passagiere aus der Sauna in den Eisschrank umzusiedeln. Den anderen Teil der Nacht waren sie mit der Vorbereitung des Frühstücks beschäftigt, welches kurz vor der Ankunft in Wien ausgeteilt werden sollte. Sie besprachen immer wieder ihren Plan, einen Wer-was-wohin-Plan. Keinesfalls wollten sie zulassen, daß einer der Gäste ohne Mahlzeit den Zug verlassen mußte. Zudem waren ja verschiedene Arten von Frühstück bestellt worden, das mußte alles bedacht werden. Wiederholt studierten sie Papiere und Listen und waren bemüht, in dem kleinen Raum sämtliche Zutaten aufzutreiben. Keiner von ihnen schien jemals zuvor in diesem Zug gewesen zu sein. Man kann sagen: Sie befanden sich auf einem fremden Schiff. Sie waren nicht dumm, und schon gar nicht waren sie faul, aber sie waren Dilettanten, die man ohne jede Ausbildung in dieses Fahrzeug gesteckt hatte (auch wenn keine Bahngesellschaft so etwas zugeben würde, doch es stimmt, daß auf gewissen Strecken ungelernte

Höllenfahrtkommandos zum Einsatz kommen, Leute, die dem Fluch der Lohnarbeit erlegen sind und die, anstatt in Indien oder in der Türkei oder Slowakei glücklich oder unglücklich zu werden, jetzt zwischen Zürich und Wien den Zorn des Khan ertragen müssen).

Ich hatte mich ganz oben in einen schmalen Spalt zwischen einem Kästchen und dem Plafond gedrückt. Dort saß ich gleichsam wie in einer dunklen Loge und konnte die Komödie der Rekruten verfolgen. Allerdings war es auch an dieser Stelle eiskalt, und ich hatte alle Mühe, meinem sommerlichen Federkleid eine winterliche Dichte zu verleihen. Sobald die drei Männer die Kabine verlassen hatten, flog ich hinunter, setzte mich in das Abwaschbecken und drückte meinen Schnabel in einen großporigen Schwamm, um das Wasser herauszusaugen. Es schmeckte wie aus der Toilette, allerdings begriff ich es als Teil meines Abenteuers, solches Wasser zu trinken. Mich zu überwinden. Zur Not vielleicht doch noch Würmer zu essen.

Apropos. Oberhalb des Beckens entdeckte ich eine offene Pakkung, deren Inhalt mich zuerst erschreckte, weil ich dachte, es handle sich der Form wegen tatsächlich um Würmer, ockerfarbene Köder, die ein Angler hier vergessen hatte (wie jener Bahnhofsangestellte auf dem Gare Montparnasse, der die grauslichen Dinger immer ins Büro mitnahm). Doch dann registrierte ich die absolute Bewegungslosigkeit dieser Gebilde, erkannte den Geruch von etwas Gebackenem. Und begriff endlich, daß es sich um sogenannte Erdnußflips handelte, von denen ich zwar schon gehört, sie aber noch nie gesehen oder probiert hatte. Was sich nun änderte. Ich fiel über das gepuffte Maismehl her. Der Geschmack von Erdnuß und Sonnenblumenöl, nicht zuletzt das Aroma gesalzener Luft erzeugten in meinem Körper eine erlösende Wärme. Ich stopfte mich richtig voll, wie um eine Dampfmaschine in Bewegung zu setzen. Erst die Stimmen zweier heranrückender Rekruten bereiteten meinem Schmaus ein Ende. Ich flog hoch zur Loge. Und fühlte mich nun weitaus gewappneter, die Nacht an diesem im wahrsten Sinne zugigen Ort zu verbringen.

Ich nickte ein. – Richtig, Vögel schlafen anders als Menschen, kürzer, dafür öfter, die Nacht mittels vieler einzelner Schlafphasen punktierend, man könnte sagen: eine Schlafnaht stickend, ein regelmäßiges Muster mit kleinen Wachpausen. Man muß halt auf der Hut sein und hat bei Gefahr nicht die Zeit, sich ewig lange zu strecken und zu gähnen und aus dem Bett hochzukommen. Allerdings war ich auch in dieser Hinsicht bislang ein echter »Kulturfolger« gewesen, nämlich ein guter Schläfer. Dank meines Nachtquartiers in der Dachkonstruktion des Gare Montparnasse, wo man sich mit anderen zusammendrängen konnte und wie in einer wollenen Wolke steckte. Und dabei sehr viel länger durchschlief und sehr viel mehr träumte – und vor allem ganz anders –, als in der Wissenschaft über Spatzen allgemein behauptet wird.

Aber das wandelte sich an diesem Ort. Immer wieder schreckte ich aus dem Schlaf und meinen Träumen hoch, für einen Moment fürchtend, entdeckt worden zu sein. Doch es war allein das Hin- und Herschieben von Laden und Kisten, die Klospülung um die Ecke, das Gerede der Rekruten, das mich weckte, oder das Gedonner, das erfolgte, wenn unser Zug an einem anderen vorbeifuhr und man meinen konnte, zwei Autorennfahrer, in entgegengesetzter Richtung unterwegs, würden einander *beinahe* küssen. – Meiner Vorstellung drängten sich schon seit einiger Zeit Bilder auf, die ziemlich eindeutig nicht aus meinem Spatzengehirn stammen konnten, sondern aus dem Gehirn des blinden Mannes, der ich gleichfalls war.

Natürlich träumte mir auch diese Nacht von ihm. Wobei es mir im nachhinein so vorkam – nachdem mich das wärmende Rotorange der Sonne auf dem Weiß der Milchglasscheibe endgültig geweckt hatte –, als würde er langsam zu zweifeln beginnen. Ohne jetzt sagen zu wollen, er hätte geahnt, in Wirklichkeit ein Spatz zu sein. Aber doch, daß etwas nicht stimmte. Ähnlich den Leuten, die auf einem Gemälde, das sie seit Jahren kennen, eine Veränderung bemerken. Eine Veränderung, die erstaunlicherweise auch auf allen Reproduktionen dieses Gemäldes zu sehen ist. Und man sich fragt, ob man wahnsinnig geworden ist. Oder vielmehr, ob man vielleicht vorher wahnsinnig war und, endlich geheilt, des wahren Bildes ansichtig wird.

Die Rekruten befanden sich in größter Eile, um alle Frühstücke an die richtigen Plätze zu befördern. Es roch herrlich nach Kaffee, ein Geruch, der mir natürlich aus meinem Bahnhofsleben bestens vertraut war. Allerdings hatte ich noch nie davon gekostet. Die älteren Spatzen rieten davon ab. Sie meinten, daß man die Bewußtseinssteigerung, die mit dem Genuß einherging, teuer bezahlen würde. Womit eigentlich, das sagten sie nicht. Aber die Angst vor dem Kaffee kursierte und hatte auch mich bislang abgehalten. Doch ich roch ihn so gerne. Als rieche man ein Miniuniversum. Gute dunkle Materie.

Nachdem alle Gäste versorgt waren und morgendliches Gemurmel und Gelächter aus den offenen Kabinen drang, standen die drei Zugbegleiter beisammen und nippten ihrerseits an den mit Kaffee gefüllten Plastiktassen. Da trat ein Fahrgast zu ihnen und verlangte nach Zucker. Er beschwerte sich nicht, sondern bat einfach darum. Der Inder beeilte sich, ihm zwei Päckchen zu reichen. Ich konnte gut hören, wie die kleinen Kristalle sich aneinander rieben.

In diesem Moment bemerkte ich den Blick. Den Blick des Mannes, der wegen des Zuckers gekommen war. Er war schon etwas älter, sein fürsorglich gestutzter Bart weiß, das Haar grau, so, als sei der Bart bereits ein Stück weiter in der Zukunft. Der Mann trug eine dunkle Krawatte zum weißen Hemd und einen sehr ordentlich sitzenden dunkelgrünen Wollanzug mit dünnen blauen Streifen kreuz und quer. Er besaß den Körper von jemand, der gerne gut aß und dessen Flecken im Gesicht vom hohen Blutdruck oder vom Genuß der Schnäpse oder von beidem herstammen mochte. Aber er war nicht dick, sondern kompakt. Jemand, an dem man schwer vorbeikam, dem allerdings auch eine plötzliche Beweglichkeit zuzutrauen war. Die Schnelligkeit eines Bären. Und dieser mögliche Bär sah zu mir hoch, ohne dabei den Kopf zu heben. Nur seine Pupillen fuhren ein kurzes Stück aufwärts. Das dauerte keine Sekunde, aber in dieser Beinahesekunde hatte er mich entdeckt und mit seinen Augen fixiert. Dieser Blick ging, wie man so sagt, durch mich hindurch. Aber eben nicht vollständig wie eine Kugel, sondern nur bis zur Mitte des Körpers. Nachher, als der Blick sich wieder zurückgezogen hatte, war etwas geblieben. Etwas in der Art eines Senders, einer Bombe oder einer Krankheit. Ich fühlte mich augenblicklich unwohl. Dabei war ja nicht wirklich etwas geschehen. Der Mann mit weißem Bart und grauem Haar dankte für den Zucker und trat wieder in den Gang hinaus.

War es purer Zufall gewesen, daß er nach oben geblinzelt hatte? Warum aber hatte er nichts gesagt? Hätte es sich denn nicht angeboten, die Zugbegleiter zu fragen, ob sie wüßten, einen Vogel in ihrem Abteil zu haben? Oder hatte er gedacht, dieses still stehende Tier sei aus Kunststoff? Oder gar ausgestopft? Dann allerdings hätte sein Blick doch etwas überraschter ausfallen müssen. Präparierte Vögel in Zügen?! Man stelle sich vor!

Na gut, vielleicht hatte er mich auch gar nicht gesehen. Vielleicht hatte ich seinen Blick mißverstanden, und selbiger war überhaupt nicht in mich eingedrungen, sondern knapp vorbeigesegelt, und allein die Nähe hatte mir ein Gefühl des Getroffenseins beschert. Wie bei Boxern, die von einem Schlag zu Boden gehen, der sie verfehlt hat und wo nachher alle »Betrug« und »Schiebung« rufen.

Wien Westbahnhof!

Ich wartete ab, bis auch die Rekruten das Abteil verließen, dann flog ich in den Gang hinaus und flatterte oberhalb des Menschen- und Koffergedränges hinaus ins Freie. Froh um einen Bahnhof. So war die Fremde nicht ganz so fremd. Darum auch strebte ich vorerst nicht ins Freie, sondern wechselte vom Bahnsteig in die Halle und steuerte auf ein Gebilde in der Mitte zu, eine kreisrunde Informationssäule, deren obere Abdeckung mir einen idealen Ausblick zu bieten versprach. Die ganze Bahnhofsanlage wirkte auf mich sehr viel sauberer, als ich das gewohnt war. Dieser Wiener Westbahnhof hatte etwas Glattes und Glänzendes, Goldenes und Aufgeräumtes. Was nun ganz im Widerspruch zu dem Klischee stand, Wien sei eine eher dreckige Stadt, zwar nicht dreckiger als Paris, aber dreckiger als zum Beispiel Hamburg oder Kopenhagen. In jedem Fall konnte ich hier nirgends Spatzen entdecken. Gab es überhaupt Spatzen in Wien? Außer dem einen, der Pinesits hieß und der vielleicht genau darum in diese Stadt gezogen war, um von seiner Art verschont zu bleiben?

Nun, das war ein Irrtum, wie sich bald herausstellen würde. Vorerst aber bemerkte ich etwas ganz anderes. Etwas …

Chiummmzupf!

Ein Schlag holte mich von der Kante, auf der ich eben noch gesessen hatte. Ich stürzte. Aber diesmal war es kein vom Himmel gefallener Artgenosse, der mich mitgerissen hatte. Sondern etwas sehr viel Kleineres und sehr viel Schnelleres. Ich schlug hart auf den steinernen Boden auf. Eine kurze Bewußtlosigkeit ereilte mich, ein Sekundenschlaf. Als ich die Augen wieder öffnete, erkannte ich sofort die zerfetzte Stelle an meiner linken Flanke. Zuerst sah ich sie, dann spürte ich sie. Gott sei Dank unterhalb des Flügels. Es würde mich weder umbringen noch am Fliegen hindern. Weh tat es trotzdem.

Auch wenn ich etwas Derartiges noch nie in natura gesehen hatte, wußte ich sofort, daß es sich um einen Streifschuß handelte. Es gab eine richtiggehende Spur, einen Graben im Gefieder, der bis zur Haut führte und dort eine Wunde verursacht hatte. Nicht tief, aber auch kein Spaß. Klar, ich hätte tot sein können und wohl auch sein sollen. Der Schuß war wohl kaum als bloße Warnung gedacht gewesen.

Nicht als die Warnung, zu der er nun geworden war.

Ich rappelte mich hoch, flatterte zur Seite und ging neben einem massiven Pfeiler in Deckung. Eine allgemeine Panik der Passanten wäre mir jetzt sehr recht gewesen. Doch niemand schien den Schuß bemerkt zu haben. Vielleicht war er im Lärm einfach untergegangen. Oder zusätzlich gedämpft gewesen. Wattiert.

Wäre ich eine Taube gewesen, ich hätte einen Taubenhasser vermuten können. Oder … Es gab da etwas, was die Menschen »verirrte Kugeln« nannten. – Dann aber sah ich ihn, den Mann im Wollanzug. Er näherte sich, in der einen Hand den Griff des Koffers, den er hinter sich herrollte, in der anderen einen dünnen dunkelblauen Mantel, der wie ein erlegter Schatten über seinem angewinkelten Unterarm hing.

Ich erkannte seine Verblüffung, als er die Stelle, wo ich hätte liegen müssen, leer vorfand. Er hob den Kopf, drehte ihn ... jetzt erblickte er mich. Da hockte ich, ein paar Schritte von ihm entfernt, gegen den kalten Stein des Pfeilers gepreßt, starr, nun tatsächlich wie ausgestopft.

Sich totstellen war in diesem Fall jedoch eine schlechte Lösung. Nicht bei Leuten, die Vogelleichen einzusammeln und in Plastiktüten zu stecken pflegten. Der Kerl war mit Sicherheit ein Agent der Totalisten. Ein Agent und Scharfschütze. Weit weniger stereotyp als die beiden Ohrstöpselträger tags zuvor in Paris. Was jedoch alles andere als ein Trost war.

Ich bemerkte, wie er seinen Arm und damit auch seinen Mantel ein Stück in meine Richtung schob. Nicht, daß ich den Lauf der Waffe hätte erkennen können beziehungsweise die Mündung eines Schalldämpfers, aber mir war klar, was jetzt geschehen sollte. Er würde diesmal versuchen, meinen Kopf zu treffen. Eine Kugel in mein Spatzenhirn zu jagen. (Daß dieser Begriff, der des Spatzenhirns, unter Menschen als Ausdruck für Dummheit steht, finde ich in Ordnung, schließlich spricht unsereins auch gerne vom Menschenhirn und meint damit nicht das von Genies.)

Mag sein, daß es als romantische Verklärtheit gilt zu sagen, es seien immer die Kinder, die Tiere retten. Und daß einige Kinder – willentlich oder auch ferngelenkt – in höherem Auftrag handeln. Faktum war, daß in diesem Moment ein Junge zwischen mich und den weißbärtigen Mann trat. Hätte er sich hinuntergebeugt oder wäre in die Hocke gegangen, der Agent hätte gut und gern das Projektil auf die bereits feststehende Flugbahn schicken können. Doch der Junge stand einfach da, erstaunlich breit für seine etwa dreißig Kilo, und schaute interessiert auf mich hinunter. Mir kam vor ... War er nicht derselbe, der sich mit dem Apfelsaft statt der bestellten Flasche Fanta zufriedengegeben hatte? Nur, daß er jetzt keinen Pyjama trug, sondern kurze Hosen und ein übergroßes Leibchen, so ein Fußballtrikot, mit einer Spielernummer darauf, *33*, wenn ich mich in der Aufregung nicht irrte.

Einen Moment dachte ich an die Möglichkeit, der Killer – man stelle ihn sich ohne jeden Skrupel vor – könnte versuchen, durch das Kind hindurchzuschießen, um mich trotz des lebendigen Schilds zu treffen. Schließlich konnte man bei den Menschen nicht ausschließen, daß sie die Tötung eines Kindes billigend in Kauf nehmen. Nicht nur im Krieg nicht. Selbst durchschnittliche Autofahrer schienen zu akzeptieren, im Zuge einer gewissen sportlichen Fahrweise die Kleinsten und Schwächsten zu gefährden. Nicht, daß sie unmittelbar auf eine Tötung aus waren, doch nur wegen einer bloßen Möglichkeit das Tempo zu drosseln …

Ich hätte eigentlich, um jegliche Schädigung des Jungen ausschließen zu können, zur Seite hüpfen und erneut ein ungedecktes Ziel abgeben müssen.

Ich hätte …

Wenn der Agent der Totalisten es jetzt unterließ zu schießen, dann vielleicht ja doch, um das Kind zu schonen, vielleicht auch nur, weil er fürchtete, die Kugel könnte im Zuge einer »Kindesdurchquerung« abgelenkt werden und mich ein weiteres Mal verfehlen. Beziehungsweise zu einem weiteren Streifschuß führen. Was dann dem Ruf dieses Mannes und Scharfschützen sehr geschadet hätte, zweimal einen Spatzen nur *fast* getötet zu haben.

So viele Gedanken in so kurzer Zeit.

Wie auch immer, kein Schuß fiel. Ich nutzte das Gottesgeschenk dieses zwischen mich und den Killer getretenen Kindes, löste mich endlich aus meiner Starre, drehte mich um, hüpfte zwischen die Stangen des Geländers und ließ mich in den unteren Teil der Halle fallen. Schaffte es, knapp über dem Boden gerade noch nach oben zu ziehen, und steuerte mit aller Kraft, mir den Schmerz verbeißend, dorthin, wo Rolltreppen in den unterirdischen Bereich führten. Es hätte jetzt eines Marschflugkörpers bedurft, mit der Fähigkeit, die Kontur eines Sperlings zu erkennen, mich noch zu treffen.

3

Ich flog tiefer, dem Buchstaben *U* folgend. Das französische *M* war in Österreich ein *U*.

So geriet ich in ein Geschoß, das zu mehreren Untergrundbahnen führte. Auch hier war es anders als ich es aus Paris kannte, moderner, sehr viel ausgedehnter, neuer, sauberer, allerdings die gleiche Hektik großer Massen, nur unterbrochen von Zeitungsverkäufern und jenen Menschen, die offenkundig keine Termine hatten, auf die niemand wartete und die sitzend oder stehend, manchmal bettelnd, manchmal wie im Gebet versteinert, mich an diese Flaggen erinnerten, die Astronauten in fremde Böden rammten.

Weil ich ja noch gar nicht wußte, wo ich genau hinmußte, und nicht aufs Geratewohl in eine der U-Bahn-Linien hineinfliegen wollte, steuerte ich durch einen Ausgang nach oben, nach draußen, ins Freie, geriet auf eine breite Straße, flog in flachen Wellen ziellos umher, spürte, wie meine Wunde brannte, was aber meine Flugfähigkeit nicht einzuschränken schien. Eher war ich gewandter als bisher. Als hätte dieser Streifschuß, dieses Gerade-noch-überlebt-Haben eine Kraft freigesetzt. Vielleicht einfach die Kraft, die dem Abenteuer nachgesagt wird, wie sehr es uns wachsen läßt. Zudem vernahm ich von jenem Albatros, der in meinem Kopf saß, ein richtiggehendes Lob, es tatsächlich bis nach Wien geschafft zu haben. So kannte ich ihn gar nicht, den alten Stänkerer.

Nachdem ich von der einen großen Straße nach rechts abgebogen war – einer Eingebung folgend, die Instinkt heißt und einer Perlenschnur aus Vogelfutter gleicht –, geriet ich zu einem hohen Gebäude, das mitten aus einer Parkanlage aufragte. Kein Haus, sondern ein massiver Turm aus Beton, dessen eine Seite von einem mächtigen gläsernen Anbau dominiert war. Hinter den Scheiben erkannte ich einen dichten Dschungel und in diesem Vögel. Wie natürlich auch im Park selbst Vögel lebten. Unter ihnen Spatzen. Ich hörte sie, bevor ich sie sah, und wußte nun also, daß Pinesits nicht nach Wien gezogen war, um seiner Art zu entkommen.

Es war somit das erste Mal, daß ich auf einen Zoo schaute, ein Zuchthaus für Tiere, ein beeindruckendes dazu. Ein gutes Beispiel für die paradoxe Haltung des Menschen, Gefangene zu machen, sie aber nicht in Ketten zu legen oder an die Wand zu stellen, sondern – wie in diesem Fall – einen gigantischen Wintergarten zu errichten. Wobei sich dort drinnen ja nicht nur bunt schillernde Vögel und kleine Äffchen bewegten, die scheinbar sinnlos, irrenhausartig, hinauf- und hinuntersprangen, sondern auch Besucher, die über Treppen hinauf- und hinuntermarschierten. Die also den Häftlingen einen Besuch abstatteten und dabei deren Getue kopierten. Darunter viele Kinder, was der Albatros in meinem Kopf als schädlich kommentierte: Kinder im Gefängnis.

Nun gut, ich wollte ja auch gar nicht hinein, sondern herausfinden, wie ich zu Pinesits kam. Weshalb ich mich einem Schwarm Spatzen näherte, die am Rande des Parks sich zusammen mit einigen Tauben um eine Parkbank scharten, auf der ein alter Mann saß mit einem Gebäck in der Hand, das hier Semmel hieß. Diese Semmel jedoch nicht verfütterte, sondern selbst aß. Dennoch umtanzten ihn die Spatzen in der Hoffnung auf einen Abfall.

Von der Seite her rief ich ihnen zu: »Kennt einer von euch Pinesits? Und weiß jemand, wo ich ihn finde?«

Fast alle unterbrachen ihr Gehüpfe, drehten die Köpfe zu mir hin und starrten mich böse an. – Meine Güte! Als wäre ich ertappt worden. Als wäre ich tatsächlich mit einem blauen statt einem graubraunen Gefieder bekleidet; ein Schwuler, der soeben seine neue Schulklasse betrat.

Einer sagte: »Hau ab!«

»Gerne«, antwortete ich, »sobald du meine Frage beantwortet hast.«

Er war älter und größer als ich, kam heran und sagte: »Ach ja. Und wenn nicht, was dann, du Franzosenarsch?«

Keine Ahnung, woher er so schnell wußte, daß ich aus Paris stammte. Vielleicht doch ein Akzent, der mir selbst gar nicht bewußt war. Ich sagte ihm: »Keine Sorge, ich kann sehen, daß du stärker bist als ich. Dafür bin ich aber der Klügere, und als ein solcher müßte ich jetzt eigentlich nachgeben und würde auch sehr gerne …«

»Was redest du da?«

Ich merkte, wie sehr ich ihn verwirrte. Ich sagte: »Es geht um die Sperks. Schon mal gehört?«

»Du willst jetzt aber nicht behaupten, daß du ein Sperk bist«, meinte er und lachte spöttisch. Es hörte sich an, als lache ein Schraubenzieher beim Schrauben.

»Nein, ich bin ein Menschenspatz mit einer Nachricht für Pinesits.«

Warum hatte ich das gesagt? Nun, ein klein wenig stimmte es ja. Oder? Dadurch nämlich, den Auftrag von jenem Doppelagenten übernommen zu haben, der mir auf den Kopf gefallen und zu meinen Füßen verstorben war. Ganz abgesehen von dem Umstand, in meinen Träumen ein blinder Mann zu sein.

Ich sah, wie mein Gegenüber nachdachte. Natürlich lieferte ich nicht das Bild, das er sich bislang von einem Menschenspatzen gemacht hatte. Er hatte sicher noch nie einen getroffen und sich wohl kaum einen Jungspatz darunter vorgestellt. Dennoch schien ihn meine Selbstsicherheit zu beeindrucken. Er fragte jetzt: »Was für eine Nachricht denn?«

Ich darauf: »Das glaubst du aber selbst nicht, daß ich dir das verrate, oder? Komm schon! Entweder pickst du mich jetzt nieder, oder du gibst mir eine gescheite Antwort.«

»Mach ihn fertig!« prollte ein Halbstarker von der Seite.

»Gusch!« rief ihm mein Gegenüber zu, offensichtlich ein hiesiges Wort dafür, gefälligst den Schnabel zu halten.

Wieder an mich gerichtet, sagte er: »Inzersdorf.«

»Ach! Und was heißt das?«

»Dort lebt Pinesits, heißt das.«

»Ich dachte, in Wien.«

»Inzersdorf gehört zu Wien«, erklärte er, »auch wenn es nicht so klingt. Ich hab das auch nur mal so aufgeschnappt. War aber noch nie dort. Frag mich nicht nach dem Weg. Ich weiß nur, daß es ganz weit draußen liegen soll. Am Rand. Am Ende.«

»Inzersdorf also«, wiederholte ich, dankte dem Spatzen und brachte meine Flügel in Position. In diesem Moment ließ der Semmelesser ein paar Krumen fallen und zog alle Aufmerksamkeit auf sich.

Ich stieg in die Höhe und flog – noch immer ziellos, dennoch im Kopf ein Ziel namens *Inzersdorf*, auf welches wiederum ein Ziel namens *Dezember* folgen würde – aus dem Park hinaus und ließ mich von einem Windstrom talwärts auf einen langgestreckten Markt tragen. Was natürlich vor allem den Vorteil hatte, auf der Rückseite der Verkaufsstände auf einiges an Eßbarem zu stoßen. Viele Spatzen auch hier, doch ich fand abseits von ihnen Futter, darunter Dinge, die ich noch nie gekostet hatte, zum Beispiel etwas, von dem ich später erfahren sollte, es handle sich um eine Olive. Im Moment aber war es nur ein grün glänzender, ellipsoidischer Ball, dessen salzig schmeckendes Fleisch gut zu dem Gefühl paßte, mich trotz aller Schwierigkeiten in einer Art von Urlaub zu befinden.

Was ist das, ein Zufall? Diese Frage beschäftigt Spatzen gleichermaßen wie Menschen, zumindest die mit einer philosophischen Ader. Wobei man meinen könnte, das Wort selbst sei das Problem. Denn wenn man sich den Zufall als eine Person denkt, dann als eine, die glaubt, die freieste auf der Welt zu sein, tun und lassen zu können, was sie möchte. Aber Hand aufs Herz: Eine völlig freie Person ist einfach ein Witz. Die gibt es nicht. Man kann sich so was maximal vorgaukeln. Die Person namens Zufall wäre somit in Anlehnung an den »eingebildeten Kranken« ein »eingebildeter Gesunder« (während der Umstand, von einem vom Himmel gefallenen Artgenossen getroffen worden zu sein, wohl eher den Einmischungen eines »gesunden Eingebildeten« zu verdanken war, um jetzt mal die Erwähnung von Gott zu vermeiden).

Während ich nun ein Stück Olive hinunterschluckte, trat so ein eingebildeter Gesunder in mein Leben. Dadurch nämlich, daß nur unweit von mir die Stimme einer Frau erschallte und ich aus der ungeduldig vorgetragenen Rede das Wort »Inzersdorf« heraushörte.

Ich blickte rasch hinüber in Richtung Straße und sah eine kleine, dicke ältere Frau, die mit einem Blumenstrauß im Arm die Tür eines Taxis öffnete und sich und ihr Bouquet umständlich hineinzwängte.

Schon möglich, daß ich mich verhört hatte, bloß einen Wunsch im Ohr. Aber für einen Zweifel war keine Zeit und die Frau bereits vollständig im Fond des Wagens verschwunden. Glücklicherweise hatte sie aber Schwierigkeiten, ihre Blumen so zu halten, daß sie mit der freien Hand nach der weit offenen Türe greifen und sie wieder schließen konnte. Offenkundig war sie zu weit in die Mitte gerückt. Sie sagte etwas zu dem Taxifahrer, der nun ausstieg...

Ich hob ab und düste los. Schneller, als ich denken konnte, durchaus in einem Tempo, das den Geschwindigkeiten innerstädtischen Autoverkehrs entsprach: fünfzig Sachen sicher. Jedenfalls geriet ich in das Innere des Fahrzeugs. Konnte allerdings nicht rechtzeitig abbremsen und landete im Blumenstrauß, der wie eins dieser Auffangnetze auf Flugzeugträgern funktionierte. Dennoch blieb ich vorerst unbemerkt. Die kleine, dicke Frau war viel zu sehr damit beschäftigt, sich zu beschweren. Sie behauptete, es rieche hier nach Zigaretten. Was natürlich nicht besser wurde, als der Fahrer ihr die Türe schloß. Man konnte sich gut vorstellen, wie er bereute, diesen Fahrgast überhaupt aufgenommen zu haben. Während ich mich fragte, ob ich den Verstand verloren hatte. Dabei zog ich mich eng zusammen und rutschte ein wenig tiefer in das Arrangement aus Schnittblumen. Aber richtig tief ging es halt nicht. So dünn ich mich auch machte. Dünn und steif, in der wilden Hoffnung, nicht entdeckt zu werden.

Der Fahrer kehrte zurück an sein Steuer und schnallte sich an.

Die dicke Frau war noch immer damit beschäftigt, sich über den Zigarettengestank zu beschweren und mit einer Anzeige zu drohen. Schließlich sei dies doch verboten, erst recht für ihn, den Fahrer. Welcher aber nur fragte: »Wohin also?«

»Das sagte ich doch schon«, keifte sie, »nach Inzersdorf.«

»Wohin nach Inzersdorf, liebe Dame? Inzersdorf ist ja größer als einen Quadratmeter, oder?«

»Na, was denken Sie wohl, wohin man in Inzersdorf will, wenn man Blumen dabeihat.«

»Zu Freunden? Auf den Friedhof? Was weiß ich?«

»Natürlich auf den Friedhof. Fahren Sie jetzt los. Und machen Sie Ihr Fenster zu. Ich vertrage keinen Zug.«

Er seufzte. Aber gehorchte. Merkte immerhin an: »Regen Sie sich jetzt nur bloß nicht wieder wegen dem Geruch auf.«

»Was? Wollen Sie mir den Mund verbieten?«

»Und Sie?« fragte er zurück. »Wollen Sie das Taxi wechseln?«

»Sicher nicht.«

In dieser Art ging es noch eine Weile hin und her. Bis dann aber die Frau das Gespräch einstweilig beendete und damit anfing, an dem Blumenstrauß herumzufingern. Sie schien unzufrieden mit der Anordnung. Und klar, sie war nicht blind. Sie entdeckte den gefiederten Körper, der da zwischen Chrysanthemen, Geranien und weißen Lilien steckte.

»Gott, ist der aus Plastik oder ausgestopft?« rief sie aus.

»Wer?« kam es von vorn.

»Mit Ihnen rede ich nicht.«

Der Fahrer murmelte einen Satz, in dem das Wort »irrsinnig« vorkam. Gleichzeitig waren wir schon lange genug unterwegs, daß ich mir vorstellen konnte, er hielt das alles nur durch, weil es sich um eine einträgliche Fuhre handelte. Wahrscheinlich wie immer, wenn man ins entfernte, die äußerste Grenze bildende Inzersdorf fuhr und nicht schon in Inzersdorf war oder wenigstens in der Nähe davon. Vergleichbar der Reise zum Mond, die ja auch stets recht lang ist, gleich, ob man von Paris oder Florida startet.

Die Frau redete jetzt zu sich selbst. Sie schüttelte den Kopf und meinte, es sei absurd, was heutzutage alles so an Schmuckzeug in einen Blumenstrauß gestopft werde. Mit einem Seufzen, abgründiger als das des Taxifahrers, holte sie mich aus dem Gestrüpp der

Blumeninsel hervor, hielt mich dicht vor ihre bebrillten Augen und quetschte mich ein wenig zusammen. Ich brauchte alle Kraft, um nicht aufzuschreien. Die Frau sagte: »Der ist sicher aus China.«

China? Das verstand ich erst später, als ich kapierte, daß alles, was billig und kitschig und eigentlich unnötig war, in China hergestellt wurde. Ein Umstand, den jedermann beklagte, allerdings die Klage mit einer beträchtlichen Lust am Einkaufen verband. Ähnlich der Paradoxie, den Krieg zu verachten und ihn zu führen.

Die Frau wunderte sich: »Der Vogel ist ja ganz warm.«

»Wie bitte?« meldete sich jetzt doch wieder der Fahrer.

»Der Spatz hier«, sagte sie, und dabei hielt sie mich so, daß mich der Chauffeur im Rückspiegel betrachten konnte.

»Ist der echt?« fragte er.

»Mein Gott, natürlich nicht«, sagte die Frau. Und erzählte, ihr Blumenhändler habe ihr beim letzten Mal so einen kleinen Fliegenpilz ins Bouquet getan. »Denken Sie etwa, *der* war echt?«

Weil mich die Frau leicht zur Seite gedreht hatte, konnte ich das Grinsen des Fahrers sehen. Offensichtlich stellte er sich gerade vor, wie jener Florist, bei dem die nervige Alte ihre Blumen einzukaufen pflegte, versuchte, sie mittels der jeweiligen Dekoration – giftige Blumen, giftige Pilze, giftige Vögel – nach und nach umzubringen.

Die Frau drückte auf einen Knopf und ließ das Fenster zu ihrer Linken heruntergleiten.

»Was haben Sie vor?« wollte der Fahrer wissen.

»Ich werf den Vogel raus. Mit dem stimmt was nicht.«

»Nicht aus meinem Taxi!« wurde der Fahrer laut. »Den können Sie entsorgen, wenn Sie draußen sind aus meinem Wagen.«

Die Alte schnaubte richtiggehend. Aber jetzt war sie es, die gehorchte und das Fenster wieder schloß. Dann schaute sie mich an, als denke sie darüber nach, mir die Federn auszureißen und sie gleichmäßig über den Strauß zu verteilen. Steckte mich jedoch nach einer Weile zurück in die Mitte.

Richtig, Vögel schwitzen nicht. Man hätte sonst dauernd verklebte Federn. Dennoch meinte ich, so etwas wie Schweiß zu fühlen. Als stamme er von dem Albatros in meinem Kopf. Der Albatrosschweiß tropfte durch mein Inneres.

Immerhin, ich konnte endlich wieder meinen Schnabel öffnen, hecheln, den Körper ein wenig lockern und das Gefieder aufplustern, damit mehr Luft an meine Haut gelangte. Soweit man von Luft sprechen konnte inmitten der heftig duftenden Blumen, was aber immer noch besser war als der Atem der alten Frau, der zuvor auf mich niedergegangen war, als hätte mich ein Teufel angepinkelt, wenn man sich vorstellt, Teufel würden aus dem Mund pinkeln. Und das kann man sich ja vorstellen.

Ich war derart erschöpft, zudem betäubt von der Hitze, daß mir die Lider zufielen und ich einschlief. Einschlief und träumte. Wie so oft fand ich mich im Traum als blinder Mann wieder. Hinter mir eine Person, die mich mit »Schatz« ansprach, ihre Hände auf meinen Schultern hatte und mit leichtem Druck versuchte, mich zu dirigieren.

Ich vernahm weitere Stimmen. Zu fünft standen wir im Freien. Ich spürte die gebändigte Natur unter meinen Füßen, kurzgeschnittenes Gras, das dank dem Druck meiner Schuhe nachgab wie eine Armee gedrungener Papiersoldaten. Ich widersetzte mich dem Dirigat auf meiner Schulter, blieb in meiner Position und umfaßte mit beiden Händen einen ledernen Griff. Den Griff eines Schlägers, den ich nach oben und nach hinten zog, weit ausholte und ihn dann mit großer Geschwindigkeit und Wucht hinuntersausen ließ. Ich traf jenen kleinen Ball, der auf Höhe der Innenkante meines linken Fußes gewartet hatte und der nun ein Geräusch von sich gab, als würde ein Drache einen Kern ausspukken.

Der Kern flog.

Flog und flog.

Wie es schien, hatte ich zwar mit Tennis aufgehört, dafür aber mit dem Golfen angefangen. – War das denn so viel besser? So viel weniger absurd, wenn ein seines Augenlichts beraubter Mensch Golf spielte? In Löcher zielte, die er nicht sehen konnte?

Gut, die anderen sahen die Löcher ebenfalls nicht. Zumindest nicht vom Abschlag aus. Bloß ein fernes Fähnchen. Doch bei dieser Spielbahn nicht einmal das Fähnchen. Das Grün und das im Grün befindliche Loch lagen am Ende einer bumerangförmigen Strecke, dessen entfernter Flügel sehr viel tiefer lag, verdeckt von einem hohen Waldstück. Es handelte sich um ein sogenanntes Par-5-Loch, also eine Bahn, die ein guter Spieler mit fünf Schlägen absolviert haben sollte. Doch zu jedem Sollen gibt es natürlich auch ein Wollen, jene Form der Übertreibung, die das Außerordentliche schafft. Statt Werke Meisterwerke.

Und bereits mit diesem Abschlag und indem ich mir der Kraft und der idealen Verhältnisse bewußt wurde – ein Wind kam von hinten wie ein rasender Fernbus –, ahnte ich die beträchtliche Sensation. Und hörte es ja auch deutlich am Stöhnen und Ächzen und an den Ausrufen meiner Mitspieler. Jemand sprach davon, der Ball habe tatsächlich das Waldstück überquert, müsse also auf der anderen Seite gelandet sein, um dort den Abhang hinunter auf das Grün zuzurollen. Vielleicht sogar auf das Loch im Grün.

Der Begriff *Double Albatross* fiel, die Bezeichnung für ein Score von vier Schlägen unter Par, ein im Grunde unmöglicher Schlag, der manchmal halt doch möglich wurde. Was im Fall dieser Bahn eine extreme Vereinfachung darstellte, sich statt der fünf Schläge mit einem einzigen zu begnügen, einem Hole-in-one-Schlag. Keine Frage, hier war viel Glück im Spiel, neben dem gütigen Rückenwind und dem stark abschüssigen Gelände auch noch jenes Genie, das eigentlich nur mit einem Makel, einem Handicap denkbar ist und in der Regel den Amateuren vorbehalten bleibt.

»Aufwachen!« Es war die Stimme eines Albatros. Aber natürlich nicht die eines zweifachen, sondern die jenes einzelnen, der da in meinem Kopf lebte. Beziehungsweise spukte.

Wie gerne hätte ich weitergeträumt. Nur so lange, bis wir das Ende des Fairways erreicht hatten, um nachzusehen, ob der kleine Ball …

Ich erwachte mit einem Seufzen und einem Zucken meines Körpers. Durchaus noch mit dem Gefühl des Golfspielers, der ich eben gewesen war und der nun durch das Ende dieses Traums um die Chance gebracht wurde, Golfgeschichte zu schreiben.

Sofort drehte die Frau im Taxi ihren Kopf, senkte den Strauß, blickte zwischen die Stengel und sagte: »Was soll das?«

»Was soll was?« meldete sich der Taxifahrer.

Schon wieder erklärte die Frau dem Fahrer, ihn gar nicht gemeint zu haben.

»Sondern …?« Wahrscheinlich grinste er wieder.

Und tatsächlich verlangte sie: »Hören Sie auf zu grinsen.«

»Na, vor allem höre ich jetzt mal auf zu fahren. Wir sind nämlich am Ziel. Gott sei Dank.«

Sie überhörte das Letztgesagte und öffnete mit der freien Hand ihre Handtasche.

Der Fahrer brachte den Wagen zum Stillstehen und verkündete: »Fünfundzwanzigdreißig.«

»Ist das eine Schätzung?« wollte die Frau wissen.

»Da müssen Sie den Taxameter fragen, ob das eine Schätzung ist.«

»Sehr lustig!« feixte sie. »Letzte Woche habe ich viel weniger gezahlt.«

»Dann würde ich Ihnen empfehlen, beim nächsten Mal wieder den billigen Kollegen zu bestellen. Der freut sich sicher.«

»Sie sind ein ungezogener Kerl«, verkündete die Frau.

»Sie auch«, sagte der Fahrer, aber er sagte es leise.

Die Frau bezahlte, und dank des Geflatters zweier Geldscheine, eines größeren und eines kleineren, sowie des Geklingels dreier gleich schwerer Münzen konnte ich mir denken, daß sie den Betrag nicht etwa aufgerundet hatte.

Sie stieg wortlos aus. Ich hätte jetzt eigentlich sofort davonfliegen können, blieb aber weiter im Strauß, reckte nur ein wenig meinen Kopf und konnte sehen, wie der Fahrer im Inneren seines Wagens eine Zigarette anzündete. Die Frau kommentierte: »Verbrecher.«

Ich hörte, wie er lachte.

Ich blieb noch ein wenig in meinem Versteck, schlief aber nicht noch einmal ein. Mein Blick ging nach oben. Der Himmel makellos blau. Schade nur, daß es so verdammt heiß war. Was sich erst besserte, als die kleine, dicke Frau den Friedhof betrat und eine langgezogene Allee beschritt. Von der sie bald nach links abbog.

Plötzlich hörte ich sie wieder sprechen, das übliche Gift in ihrer Stimme: »Was machst du da?«

Ich dachte natürlich, sie meinte mich. Vernahm jetzt aber eine weitere Person, die erwiderte, genauso das Recht zu haben, an diesem Grab zu stehen und zu trauern. Um gleich anzufügen: »Mein Schmerz ist sowieso echter als deiner. Ich hab den Karli wirklich lieb gehabt.«

»Hure!« stieß die Frau hervor, in deren Strauß ich steckte. – Ich hatte zwar das Wort schon mal gehört, ohne aber seine Bedeutung zu kennen. Begriff freilich, wie wenig freundlich es gemeint war. Doch bei einem Teufel, der aus dem Mund pinkelt, war das auch kaum eine Überraschung.

Ich fand, es sei an der Zeit, mich nach dem goldenen Christus umzuschauen.

Christus! Von dem Mann dieses Namens wußte ich, daß er, indem er gestorben war, eine wegweisende und ziemlich erdumspannende Religion begründet, besser gesagt verursacht hatte. Ob das überhaupt in seinem Sinn gewesen war, ließ sich nachträglich schwer beurteilen. Jedenfalls hatte man ihn ans Kreuz genagelt, und er war an diesem Kreuz gestorben. Genau dieser tragische Punkt in seinem Leben wurde nun mittels unterschiedlichster Darstellungen ins beinahe Unendliche wiederholt, fast so, als wollte man ihn immer wieder aufs neue sterben sehen. Das war vom Standpunkt eines Spatzen nicht einfach zu begreifen. Zwar verstand ich durchaus das Bedürfnis nach Symbolen und Zeichen und Formeln der Erlösung, aber wieso ausgerechnet, indem man das Sterben dieses Mannes derart hervorhob? Auch wenn er angeblich für alle anderen gestorben war – was eigentlich eine maßlose Andichtung darstellt, genauso dümmlich, als behaupte man, die, die ihn töteten, hätten für alle anderen getötet. Jedenfalls dachte ich mir, es wäre doch ein weit stärkeres Zeichen gewesen, wäre dieser Mann der Menschheit als ein Lebender im Gedächtnis geblieben. Oder? – Wollte man sich denn einen geliebten Menschen, der unter einen Laster oder Zug geraten war, stets als ein zerquetschtes Stück Fleisch vorstellen? Richtig, Christus war auferstanden, aber Fakt blieb doch, daß nicht die Auferstehung zum wegweisenden Symbol geworden war, sondern sein qualvoller Tod.

Vielleicht war vor diesem Hintergrund das Morbide der ganzen Konfession erklärbar. Das Christentum erschien mir als eine Religion des Sterbens, gar nicht so sehr des Jenseits, nein, sie betonte diesen einen speziellen Moment, da man das Leben hinter sich ließ, ohne noch woanders angekommen zu sein (vielleicht dadurch aber auch ganz bei sich selbst war).

Ich weiß, ich philosophiere. Aber ein älterer Spatz sagte mir einmal, das sei genau der Grund, wieso man überhaupt Spatz sei. Wegen des Nachdenkens. Der Hausspatz sei die personifizierte Nachdenklichkeit. Auch wenn man es nicht allen sofort ansehe.

Vielleicht, vielleicht.

Jedenfalls stieß ich mich nun ab und flog aus dem Bouquetdickicht senkrecht nach oben. Begleitet vom überraschten Schrei jener Frau, die ein Teufel war.

Nach einigen Metern wurde mir schwindelig. Natürlich nicht wegen der Höhe. Nein, es war die Hitze, die lange Fahrt in einem Taxi, die Reise in einem Blumenstrauß, der schwere Geruch der Alten, der heftig nachwirkte … Ich brauchte Wasser. In mir und an mir. Ließ mich fallen und steuerte ein rechteckiges steinernes Becken an, in dem die Friedhofsbesucher wohl ihre Gießkannen aufzufüllen pflegten. Auf dem Beckenrand gelandet, nahm ich mit meinem Schnabel Wasser auf, schluckte und tauchte schließlich meinen kompletten Kopf hinein. Eine ganze Weile. Wie man das von Enten kennt. Es tat so ungemein gut, den Schädel und damit auch das Hirn, das die nördliche Hemisphäre dieses Schädels dominierte, ins kühle Naß zu halten. Allerdings spürte ich nach einer Weile …

Ich hob den Kopf. Links von mir stand ein älteres Ehepaar. Die Frau hatte ein Handy in der Hand, mit dem sie mich photographierte. Dabei grinsten sie und ihr Mann übers ganze Gesicht. Offensichtlich hielten sie es für ein gelungenes Motiv. – Daß Menschen so gerne photografieren, ist für einen Spatzen ein Rätsel. Nicht wegen der Technik, die sicher beeindruckend ist, jedoch kaum die Häufigkeit erklärt, mit der ständig Bilder produziert werden. Ist es, weil die Menschen so vergeßlich sind? Machen sie etwa Photos von ihren Kindern, um sie beim nächsten Mal wiederzuerkennen? Oder ist es eher so, daß sie sich auf diese Weise der Wirklichkeit vergewissern? Also etwa den als kurios empfundenen Anblick eines haubentauchenden Hausspatzen dank der Wiedergabe auf dem Display als »real« einstufen können. Und eben nicht als Halluzination infolge der Sommerhitze.

Ich ließ mich jedenfalls nicht verjagen, streckte meine Flügel und flog ganz knapp über das Becken, um flatternd das Wasser aufzuschaufeln. Landete auf der anderen Seite, beutelte die Tropfen in die Höhe und stand dann da wie in einem kurzen Regenschauer. Diesen Vorgang wiederholte ich einige Male. Das Klikken der Kamera dabei störte mich nicht. Solange diese Leute nicht versuchten, mich zu ertränken. Oder mich zu retten. Füttern wäre okay gewesen. Aber auch das unterließen sie.

Immerhin war ich jetzt einigermaßen erfrischt, schoß wieder in die Höhe, weit genug, um mir einen Überblick zu verschaffen. Und entdeckte nun auch die im Sonnenlicht gleißende Gestalt des gekreuzigten Christus. Hinter dem Kreuz eine Bank. Eine gänzlich unscheinbare Sitzbank, dennoch kam mir sogleich die Vorstellung, es könnte in jenen Augenblicken, da niemand sich auf dem Friedhof befand, der vom vielen Hängen müde Christus vom Kreuz steigen und sich auf dieser Bank niederlassen. Und wie schön ein solcher Anblick wäre, wieviel tröstlicher als sein Genageltsein. Leider halt weniger geeignet, den christlichen Glauben mit seiner ganzen Bitterkeit zu symbolisieren.

Ich sauste direkt hinüber zu der hohen Statue und steuerte den Kopf der Figur an, magisch angezogen vom goldenen Schein. Aber auch die Magie gilt es zu kontrollieren. Es gehört sich einfach nicht, auf einem Kopf zu landen, auch nicht auf dem einer Skulptur. So etwas tun Tauben. Darum drehte ich im letzten Moment ab und setzte auf dem Querbalken des Kreuzes auf. Ohnehin saß es sich dort besser, auf der ebenen Fläche aus Holz.

Ich schaute mich um. Ein freier Blick auf Häuser war nur nach einer Seite hin gegeben. Und wenn es also stimmte, daß man von der Wohnung, in der Pinesits lebte, auf diesen Friedhof und diesen goldenen Christus sehen konnte, dann mußte dort drüben … Allerdings kamen gleich mehrere Gebäude in Frage.

Ich hob ab und flog in direkter Linie hinüber zu der niedrigen Friedhofsmauer, suchte mir einen guten Platz, nahm meine ganze Stimmkraft zusammen und entließ einen Ruf, in den der Name »Pinesits« unverkennbar eingebettet war. Etwa, wie wenn man sich vorstellt, eine leuchtend rote Weichsel steche aus dem Weiß eines cremigen Joghurts heraus.

Pinesits! Pinesits!

4

Wenn ich zuvor sagte, der Instinkt gleiche einer Perlenschnur, auf der Vogelfutter aufgezogen sei, so liegt das Problem natürlich darin, daß es sich bei manchem ausgelegten Futter um eine Falle handelt. In dem einen oder anderen harmlos wirkenden Sonnenblumenkern steckt ein winziger Dämon. Dessen Macht sich genau darin zeigt, befähigt zu sein, sich in solchen Kernen zu verstecken.

Als ich da auf der Friedhofsmauer saß, war ich so vollkommen konzentriert darauf, in meinen Gesang den Namen jenes legendären Spatzen deutlich hörbar zu fügen, daß ich den Dämon im Kern überschmeckte. Die drohende Gefahr. Und das, obgleich ich doch in den letzten zwei Tagen mehr denn je erfahren hatte, daß die Welt ein gefährlicher Ort ist. Und daß das Leben sich durch seine Zerbrechlichkeit auszeichnet. (Ich würde es später noch zu schätzen wissen, wie sehr die Rüstung der Sperks ein Versagen der Natur ausglich. – Natürlich, jetzt werden viele sagen, die Zerbrechlichkeit der Lebewesen diene der Balance, dem Fressen und Gefressenwerden. Aber wenn es wirklich um Balance geht, wieso hat die Natur dann den Menschen hervorgebracht? Nein, die Natur ist ein Experiment mit absichtlich eingebauten Fehlern da und dort.)

Flapppf!

Zuerst dachte ich, nun doch noch eine Gewehrkugel abbekommen zu haben, nicht bloß einen Streifschuß. Aber das Gewicht lastete nicht *in* mir, sondern *auf* mir. Ein kräftiges Etwas drückte mich zusammen, ließ meine Beine einknicken und preßte mich auf den warmen Stein der Mauer. Zusätzlich zu dem Gewicht spürte ich an mehreren Stellen einen punktuellen, nadeligen Druck. Nadeln? … nun, es waren Krallen, die sich durch mein Gefieder bohrten. Gerade so stark, sie auf der Haut zu spüren, wie sie da die Spannkraft meiner Haut testeten, ohne aber ins Fleisch zu dringen. Noch nicht.

Ich drehte meinen Kopf nach links, den einzigen Körperteil, den ich weiterhin bewegen konnte. Und sah nun zum ersten Mal in meinem Leben eine leibhaftige Katze. – Man stelle sich vor, wie riesenhaft sie auf mich wirkte: der breite Schädel, Ohren wie die Schalen der Oper von Sydney, Barthaare in Flügelspannbreite, dazu Augen aus glänzendem Grün und mittig sehr schmale schwarze Scheiben.

Der Blick der Katze wirkte aber in erster Linie amüsiert. Und natürlich war es der Kraft ihrer Pfote samt den ausgefahrenen Krallen zu verdanken, daß ich einzig meinen Kopf rühren konnte. Damit aber auch immerhin meinen Schnabel. Ich hätte etwas sagen können. – Aber ich denke, ich habe schon einmal erwähnt, wie schwierig eine intelligente Kommunikation zwischen den verschiedenen Tierarten ist. Wobei unklar bleibt, ob die eine Kreatur die andere nicht verstehen kann oder nicht verstehen mag. Trotzigkeit ist auch unter Tieren ein weitverbreitetes Phänomen.

Diese Katze war jedenfalls nicht gekommen, um sich meine Lebensgeschichte anzuhören, sondern um mich zu quälen, den Anblick meiner Angst zu genießen und mich mit Verzögerung umzubringen. Es ging hier nicht um Hunger oder Arterhaltung. Die Katze gehörte ganz sicher zu denen, die sich von den Menschen bewirten ließen.

Ich sah das Glöcklein um ihren Hals. Und hätte sie gerne gefragt, ob sie eine Kuh sei. Ersparte mir aber jegliche Provokation, die wiederum nur eine gewesen wäre, hätte die Katze überhaupt begriffen, was ich da sagte.

Eine Weile ging die Sache hin und her. Ich spürte, wie sie ihren Griff lockerte und mir eine geringe Bewegung zugestand, bevor sie gleich wieder den Druck erhöhte und ihre Krallen etwas heftiger in mein Fleisch drückte. Dabei öffnete sie leicht ihr Maul.

Die warm herausströmende, übelriechende Atemluft fuhr mir ins Gesicht. Hitze inmitten der Hitze. Ähnlich wie bei der alten Frau im Taxi.

Ich schloß meine Augen. Ich wollte einfach nicht zusehen, wie mir dieses Scheusal jetzt den Kopf abbiß. Denn einer Gefahr ins Auge zu schauen, ohne daß man wirklich etwas hätte ändern können …

Dann aber bemerkte ich, wie rechts von mir etwas oder jemand auf der Mauerbrüstung landete. Ich drehte den Kopf und öffnete meine Augen wieder. Da saß ein Spatz. Ich wußte gleich, es mußte sich um Pinesits handeln. Nicht nur, weil sein hohes Alter deutlich zu erkennen war, eine gewisse »Staubigkeit« des Gefieders, sondern vor allem darum, weil sich ein normaler Spatz ganz sicher nicht in diesem Moment an dieser Stelle postiert hätte.

Pinesits fragte: »Was machst du da?«

»Reden Sie mit mir oder mit der Katze?« fragte ich zurück und bewies immerhin eine gewisse Lässigkeit in dieser schwierigen Situation.

»Mit dir natürlich«, antwortete Pinesits, dessen Stimme mich an den Albatros in meinem Kopf erinnerte: dunkel und souverän. Eine Stimme, aus der durchaus die Wunden des Lebens herauszuhören waren, aber auch etwas Geheiltes. Anders gesagt, keine dieser Wunden war eine offene. Narben, die ein Muster ergaben. So eine Art Tattoo, aber keinen Anker, kein Geweih, eher eine vollkommene geometrische Form. Einen Würfel.

Pinesits erklärte, daß seine Frage »Was machst du da?« darum mir gelte, weil schließlich ich es sei, der sich am falschen Ort befände, nicht die Katze. Diese Mauer sei *ihr* Territorium. »Ein Spatz«, sagte er, »der hier landet, ist nicht ganz bei Trost. Bist du das, nicht ganz bei Trost?«

Ich verzichtete darauf festzustellen, daß er ja ebenfalls hier gelandet sei. Offenkundig lag bei ihm der Fall anders. Ich sagte: »Ich bin fremd hier. Und ich bin auf der Suche nach Ihnen.«

»Ach was? Und woher kommst du?«

»Aus Paris.«

»Na, das wäre dann schon ziemlich traurig, nach einer so langen Reise im Maul einer Katze zu enden. Das hättest du in Paris einfacher haben können.«

»Nun …«, zögerte ich. Um sodann zu erklären, dies sei wirklich meine allererste Katze. Und, wie ich sehr hoffen würde, nicht meine letzte.

Ebendiese erste Katze meines Lebens war jetzt spürbar unsicher geworden. Der Griff ihrer Krallen wurde schwächer. Sie gab ein kurzes Mauzen von sich, das sich eher wie eine Klage denn wie eine Drohung anhörte. Ganz offensichtlich irritierte es sie, daß hier zwei Spatzen trotz allerhöchster Lebensgefahr miteinander plauderten. Gut möglich, daß sie sich ein wenig verarscht fühlte.

»Also los!« sagte Pinesits. »Kriech unter der Pfote hervor. Das schaffst du. Die Katze da ist alt und halbblind, und sie besitzt bloß noch einen einzigen Zahn. Würde sie versuchen, dich zu töten, du würdest eher vor Schreck sterben als von ihrem Gebiß.«

Merkwürdig, mir schien die Katze gar nicht so alt zu sein. Aber was wußte ich schon?

Ihre Krallen jedenfalls funktionierten. Das schon, doch als sie nun im Zuge des dauernden Ein- und Ausziehens alle fünf wieder in die Hautfalten ihrer Pfote zurückzog, streckte ich meinen Körper durch, stemmte meine Beine hoch und expandierte in Form einer beginnenden Explosion. So daß ich für einen Moment sehr viel breiter war als gewöhnlich, unter der Katzenpfote hervorbrach, rasch wieder meine angestammte Größe annahm und zu Pinesits hinüberhüpfte. Gemeinsam flogen wir hoch. Die Katze unternahm rein gar nichts, um einen von uns vielleicht noch im Sprung zu erwischen.

»Dort drüben!« rief Pinesits und flog voraus.

Ich folgte ihm zu einem der Häuser, die hier alle sehr ähnlich waren. Sehr ähnlich und sehr einfach. Und die den Reiz von Verpackungsmaterial besaßen.

Pinesits steuerte ein offenes Fenster im obersten Stockwerk eines Reihenhauses an und ließ sich auf dem Sims nieder. Ich wirbelte eine Weile auf Fensterhöhe, dann landete ich an seiner Seite.

»Aus Paris also.«

»Genau.«

»Hast du Hunger?«

»Und wie.«

»Na, dann komm mal mit.«

Er flog in das Zimmer hinein, setzte auf einer Tischplatte auf und hüpfte von dort durch das offene Türchen einer Gitterkonstruktion.

»Das ist ein Käfig!« rief ich aus.

»Ach wirklich!« tönte Pinesits und deutete auf einen mit Körnern gefüllten Napf. Gleich darüber steckten einige rote Beeren zwischen den metallenen Streben, und eine durchsichtige Plastikröhre war mit Wasser gefüllt.

Soeben war ich der ersten Katze meines Lebens begegnet, und nun sah ich meinen ersten Vogelkäfig. Allerdings einen offen stehenden und zudem recht hübsch eingerichteten. Mehr ein Hotel als ein Gefängnis.

Ich flog ebenfalls hinüber zum Tisch, hüpfte unsicher vor und zurück, begab mich schließlich in das Innere der Konstruktion und näherte mich der Futterschale, darin geschälte Sonnenblumenkerne, Hirse, gehackte Erdnüsse und Stückchen von rotem Mais, was optisch sehr einladend aussah. Immerhin war ich einer von denen, die auch mit den Augen zu essen pflegten.

»Lecker«, kommentierte ich, rührte mit meinem Schnabel in der Masse und suchte mir einzelne Stücke heraus. Farbe für Farbe. Was ich in diesem Moment nicht begriff, war, daß es sich bei den gelben, länglichen, mit einer Ringstruktur ausgestatteten Gebilden nicht um eine verdichtete Form jener Erdnußflips handelte, die ich im Nachtzug verspeist hatte, sondern um getrocknete Mehlwürmer. Die Flips hatte ich zuerst für Würmer gehalten, hier aber war es umgekehrt. (So kam ich zu ausreichend Eiweiß, ohne mir dessen bewußt zu sein.)

Danach saugte ich an einer der Beeren, einer Himbeere wohl, und trank aus dem Schälchen des Spenders lauwarmes Wasser.

»Und? War das gut?« fragte Pinesits, der die ganze Zeit auf einer Stange gesessen hatte, die den vergitterten Raum querte.

»Ja, fabelhaft«, antwortete ich, erklärte aber, wieder hinaus zu wollen. Mich bedränge ein Gefühl von Platzangst. Ein Käfig sei für mich eine neue, unangenehme Erfahrung.

Pinesits ersparte mir eine Lobrede auf das Käfigleben, und wir kehrten zurück ans offene Fenster.

»Wo ist der Mann, der Engel heißt?« fragte ich.

»Ach, schau an, davon weißt du also auch.«

Ich schilderte Pinesits, wie ich in Paris, auf einem Ast sitzend, von einem halbtoten Menschenspatzen getroffen und mitgerissen worden war, erzählte, was mir der Sterbende erzählt hatte, daß nämlich die Totalisten den Ort in Erfahrung gebracht hätten, an dem die Sperks lebten. Ein Ort, den der französische Konzern unter dem Namen *Dezember* führe. Und berichtete weiter, wie sehr der tödlich verletzte Menschenspatz darauf gedrängt habe, jemand müsse ihn, Pinesits, aufsuchen und informieren.

»Na, und dieser Jemand bin ich«, erklärte ich. »Was für ein Job! Ich wurde angeschossen.« Anklagend hob ich meinen linken Flügel und offenbarte die Wunde, die der Streifschuß verursacht hatte. »Wäre da nicht der Junge gewesen…«

»Welcher Junge?«

»Ich weiß nicht, er stand plötzlich da, zwischen mir und dem Mann, der ein zweites Mal schießen wollte, aber nicht konnte, sonst hätte er den Jungen getroffen. Und das habe ich ausgenützt und hatte Glück, nach Inzersdorf zu finden. Ich will Ihnen gar nicht sagen, *wie*. Wenn man dann später solche Geschichten seinen Freunden erzählt, greifen die sich alle an den Kopf.«

»Spatzen greifen sich nicht an den Kopf«, sagte Pinesits. »Du redest wie ein Mensch.«

Ich hätte jetzt von meinen Träumen erzählen können, in denen ich ein blinder Mann war, der sich durchaus hin und wieder an den Kopf griff oder wenigstens meinte, eine bestimmte Sache sei Zum-an-den-Kopf-Greifen. Doch ich behielt es für mich und fragte, was es eigentlich mit diesen Sperks auf sich habe. Mir selbst seien sie ja stets als Figuren aus einer Sage erschienen, nicht viel anders als feuerspeiende Spatzen oder Spatzen, die am Nordpol leben. (Freilich vermied ich zu erwähnen, auch ihn, Pinesits, für eine Phantasiegestalt gehalten zu haben.)

Der real existierende Pinesits erklärte mir nun, bei den frühen Sperks habe es sich um gelernte Bombenpiloten gehandelt.

»Bomberpiloten?«

»Nein, Bomb*en*piloten«, betonte Pinesits und erläuterte, alles habe mit den Forschungen eines gewissen Herrn Skinner seinen Anfang genommen. Skinner, ein amerikanischer Psychologe und Verhaltensforscher, habe sich gegen Ende des Zweiten Weltkriegs als Reaktion auf die ferngelenkten V2-Raketen der Deutschen eine ungewöhnliche Lösung ausgedacht. Er brachte Tauben dazu, mittels ihrer Pickbewegungen sogenannte Fernraketen zu dirigieren beziehungsweise im Flug Korrekturen vorzunehmen. Später hieß es, diese Versuche hätten nie zu irgendeiner Form von Realisierung geführt, und überhaupt sei die ganze Sache eher dem Bereich des Obskuren zuzuordnen. Aber das stimmte nicht. Ein Mitarbeiter Skinners hatte die Idee, von Tauben zu Spatzen zu wechseln. Von einem klugen zu einem intelligenten Vogel. Er schuf richtiggehende Cockpits im Inneren der Bomben, perfektionierte das Lenksystem und unternahm es sogar, eine Art von Schleudersitz zu entwickeln, der es den Spatzen ermöglichte, kurz vor der Detonation die Bombe zu verlassen. Im Grunde stellte dieses Verfahren eine Weiterentwicklung der »Futterbelohnung« dar, nämlich die »Überlebensbelohnung«.

Bomben dieser Art kamen zwar nicht mehr im Zweiten Weltkrieg zum Einsatz, aber dafür in späteren kriegerischen Auseinandersetzungen, etwa dem Koreakrieg und auch in Laos und Vietnam. Was natürlich nie öffentlich wurde. Die breite Masse hätte sich sicher unwohl gefühlt bei der Vorstellung – erst recht inmitten des sogenannten Kalten Krieges –, daß Tiere derartige Waffen zu steuern verstanden. Denn immer schon hatte der Mensch gefürchtet, die Tiere könnten sich gegen ihn wenden. So wie er später begann, die Rache der Maschinen zu fürchten.

Es brauchte natürlich eine sehr spezielle Ausbildung und ein intensives Training, um Spatzen auf dergleichen Einsätze vorzubereiten. So kam es auch zur Rekrutierung von Sperlingen in Europa, die man fing, um sie für einen Einsatz in amerikanischen Pershingraketen zu unterrichten. Das war dann schon weit entfernt von simpler Dressur, um so mehr, als man sich bewußt geworden war, es erstens mit nicht nur cleveren, lernfähigen, sondern vor allem sich ihrer Sterblichkeit bewußten Wesen zu tun zu haben und zweitens mit tierischen Persönlichkeiten, die die menschliche Sprache verstanden. Und die – gerade weil sie sich der Kürze ihrer natürlichen Lebenserwartung bewußt waren – einen massiven Überlebenswillen besaßen. Aus dem Überlebenswillen entsprang aber auch ihre Erpreßbarkeit.

Fast alle dieser Spatzen wurden in einem geheimen Labor irgendwo im Süden Deutschlands ausgebildet, einem Labor, das nicht ohne eine gewisse Ironie den Codenamen *Von Brauns Nest* trug. Dort lebten sie, wurden gezüchtet, trainiert, entwickelten aber auch einen äußerst kritischen Verstand. Welcher gar nicht so sehr auf Rache ausgerichtet war, eher auf Flucht. Das war, noch bevor man begonnen hatte, Menschenspatzen schmerzauslösende Mikrochips und das Leben auslöschende Sprengkapseln zu injizieren. Vielmehr erhielt man sich die Abhängigkeit mittels eines Systems aus Strafe, Belohnung und in erster Linie Privilegien. Die Spatzen erlangten erst in dem Moment die Fähigkeit, sich zu befreien, als sie aufhörten, sich vom Diktat der Privilegien leiten zu lassen. Sie wurden zur Gemeinschaft, indem sie aufhörten – bildlich gesprochen –, jeder für sich von einem Ferrari zu träumen.

Sie setzten ihren Geist und ihre Kraft nicht länger ein, etwas zu bekommen, was ein anderer nicht bekam – beziehungsweise taten sie nur mehr so, als ob –, schmiedeten einen Plan, brachen eines Nachts aus dem Trainingsraum aus, überwanden die längst durchschauten Alarm- und Sicherheitssysteme und flohen. Und ebendiese Flucht führte zur Gründung jener »Kaste«, die alsbald unter dem Namen »Sperks« bekannt wurde.

Eine Legende? Eine Geschichte? Ein Märchen?

Nun, allein für die Ahnungslosen. Wozu leider die Totalisten so gar nicht gehörten. Denn bald erfuhren Mitarbeiter des Konzerns – wie auch die einiger anderer Waffenproduzenten – von der Existenz der Sperks und daß diese sich an einen geheimen Ort zurückgezogen hätten. Einen Ort, an dem sie zum Zwecke einer perfekten Rüstung ein gleichzeitig superleichtes und superhartes Material entwickelt hätten. Welches die Totalisten »Feathers« nannten und von den immensen Möglichkeiten einer Vermarktung träumten. Doch lange Zeit hatten sie den Stützpunkt der Sperkskolonie nicht herausfinden können. Der ja auch für so gut wie alle Spatzen ein Geheimnis war. Nur für den einen nicht: Pinesits.

Ich sagte: »Die Sperks müssen gewarnt werden. Und sie müssen ihren Standort wechseln.«

»Ja«, meinte Pinesits, »dumm nur, daß sie nicht gerade um die Ecke wohnen.«

»Sondern?«

»Sehr entfernt. Weit weg.«

»Wie weit?«

Pinesits blieb stumm.

Ich fragte ihn, warum er mir nicht antworte.

Er schaute mich von der Seite her an, skeptisch, kritisch, und erklärte: »Wäre es nicht ein simpler Totalistentrick, würden sie einen ihrer Spatzenknechte zu mir schicken, damit er mir entlockt, wo sich die Kolonie der Sperks befindet?«

»Aber das haben die Totalisten doch schon herausbekommen.«

»Behauptest du. Sagst aber nicht, *wo* das ist.«

»Dezember, der Ort heißt Dezember.«

»So heißt kein Ort.«

»Natürlich nicht, es ist nur ein ... Codewort, ein Ersatz ... mehr weiß ich eben nicht.«

»Und bist vielleicht genau darum hier. Um es aus mir herauszukitzeln.«

»Also ganz ehrlich«, erklärte ich und machte mich etwas größer, als ich war, »wenn Sie wirklich der berühmte und legendäre Pinesits sind, dann müßten Sie doch eigentlich gleich durchschauen, ob Sie gerade mit einem Lügner reden oder nicht.«

»Wer weiß«, meinte der solcherart Angesprochene, »ich könnte es mit einem begnadeten Schauspieler zu tun haben, bei dem man die Schauspielerei nicht merkt. Bei den Menschen gilt so was als die größte Leistung überhaupt.«

»Sind wir denn Menschen?« fragte ich.

»Bei dir bin ich mir nicht so sicher«, äußerte Pinesits. Blickte mich aber dennoch schon um einiges freundlicher an.

»Also, was unternehmen wir?« fragte ich. »Oder soll ich einfach sagen: Das war's, ich habe meine Pflicht erfüllt, habe die Nachricht überbracht und flieg jetzt zurück nach Paris? Soll die Sperks der Teufel holen oder nicht.«

»Brauchst nicht beleidigt zu sein«, erklärte Pinesits. Ich sah in seinen Augen, daß er sich soeben entschieden hatte, mir zu trauen. Er forderte mich auf mitzukommen, er wolle mir etwas zeigen.

Der Spatz aller Spatzen, dessen wahres Alter die Ornithologen von ihrem Glauben hätte abfallen lassen, stieß sich ab und flatterte durch das Zimmer hinüber in einen Nebenraum. Ich konnte ihn nicht mehr sehen, weil er um die Kurve flog. Also hinterher. Ich folgte seiner Flugspur. Und es ist kein Witz, wenn ich sage, ich konnte die jüngst durcheinandergewirbelte Luft gut erkennen: Abdrücke in der Raumluft. Sodann landete ich neben dem Altspatzen auf einer Vorhangstange.

5

Unter uns hockte ein Mann, ein wirklich alter, auch wenn ich ihn nur von hinten sah. Doch auch von hinten offenbarte sich sein Alter. Es war die Art, wie er saß, gleich einer sehr weit heruntergebrannten Kerze. Dazu kam so ein Geruch, wie geparkte Autos riechen, wenn sie lange nicht gefahren wurden. Gemischt mit den Ausdünstungen von Ölfarben und Terpentin. Denn der Mann saß vor einer Staffelei beziehungsweise vor dem Bild auf der Staffelei und hielt einen Pinsel in die Luft.

Zuerst dachte ich, die Leinwand würde nichts anderes zeigen als einen dunkelbraunen, leicht grünstichigen Hintergrund, aber nein, da war etwas … ungefähr in der Mitte des Bildes: eine Winzigkeit.

»Früher hat er Blumen gemalt«, erklärte Pinesits.

»Herr Engel?«

»Ja. Arthur Engel. Tolle Blumenbilder. Erstaunliche Technik, allerdings komisch, wenn heutzutage jemand malt, als lebte er im siebzehnten oder achtzehnten Jahrhundert. Andererseits ist die altmeisterliche Art noch immer die beste, um eine Blume auf die Leinwand zu bringen.«

»Ich kann hier nirgends Blumen sehen.«

»Jetzt nicht mehr, früher, sagte ich doch. Zuerst hörte Arthur auf, ganze Stilleben zu malen, er malte nur mehr einzelne Blumen und einzelne Blüten, dann bloß noch die Kronblätter, später Einzelheiten wie Fruchtknoten oder Staubblätter. Und schließlich fing er an, sich ganz allein auf die Tropfen zu konzentrieren.«

»Tropfen?«

»Wassertropfen, Tau. Er malt seit Jahren nichts anderes. Er ist besessen von der Idee, er müßte einen solchen Tropfen nur perfekt genug malen, dann würde dieser lebendig werden.«

»Na, wenn so was ginge, müßte es doch auch mit einer ganzen Blume funktionieren, oder? Die sich dann wiegt im Wind. Oder verblüht.«

»Nun, so vermessen ist er nicht. Ein Tropfen würde ihm schon reichen. Ein Tropfen, der sich sodann – weil ihn die Schwerkraft bedrängt – in Bewegung setzt und die Leinwand abwärts rinnt.«

Jetzt interessierte es mich schon, warum Pinesits ausgerechnet hier lebte, bei einem vom Blumenmaler zum Wassertropfenmaler gewandelten Künstler, der es mit dem, was die Menschen Verwandlung nennen, sehr ernst zu nehmen schien.

»Eine alte Geschichte«, sagte Pinesits, »was ja zu einem alten Mann und einem alten Spatzen auch paßt. Daß hier alles Alte ineinandergreift.«

Pinesits berichtete, wie er fünfzehn Jahre zuvor, als er selbst bereits über fünfzehn gewesen war – so wußte ich also, daß er mindestens dreißig Jahre zählte –, daß er damals also in einen Verkehrsunfall verwickelt gewesen war. Nicht in der Stadt, sondern draußen am Land, am Rand des nördlichen Schwarzwaldes, wo er in jenen Tagen lebte. Er war von einer Seite der Landstraße auf die andere geflogen, viel zu niedrig, hatte den rasch näher kommenden Wagen übersehen und war dabei mit der Windschutzscheibe kollidiert.

»Eigentlich hätte ich tot sein müssen«, sagte Pinesits.

Vor allem wunderte mich, daß ein zu dieser Zeit sicher schon legendärer und im Kampf um das Dasein versierter Spatz etwas so Banales wie einen Verkehrsunfall erleiden konnte. Anstatt zum Beispiel bei Auseinandersetzungen mit tierischen oder menschlichen Agenten verletzt zu werden. Oder auch bloß mit Falken, Eichhörnchen oder Katzen, zumindest Katzen, die mehr als einen Zahn im Maul hatten. Andererseits gab es Dinge im modernen Leben, an die zu gewöhnen uns Spatzen einfach schwerfiel. Autos gehörten dazu. Nicht, wenn sie stillstanden. Aber einmal in Bewegung, entwickelten sie sich für unsereins zu einer echten Bedrohung. Eher waren sie dann zu spüren als zu sehen, manchmal jedoch zu spät. Anscheinend galt das auch für Spatzen, die legendär waren.

Jedenfalls war Pinesits schwerverletzt auf der Motorhaube eines Wagens gelegen, den die damalige Ehefrau Arthur Engels gelenkt hatte. Er war mit einem seiner Flügel im Scheibenwischer des alten Opel Kapitän steckengeblieben, und Frau Engel war ausgestiegen, um mit einem Ast, den sie vom Straßenrand aufgehoben hatte, den blutenden Vogel von ihrem Auto zu befördern. Immerhin befanden sie und ihr Mann sich auf dem Weg zu einem Oldtimertreffen in Baden-Baden, und Frau Engel fürchtete um die Makellosigkeit ihres geliebten Wagens (wobei eine solche Liebe ja eher den Männern nachgesagt wird, aber hier war es umgekehrt, Arthur bloß der Mann auf dem Beifahrersitz, der auch nicht ans Steuer gedurft hätte, hätte er gewollt).

Als nun seine Frau versuchte, den vermeintlich toten Vogel mit der Astspitze von ihrem vierzig Jahre alten Opel Kapitän zu kratzen – der mit seinen weiß gestreiften Reifen einem Mann mit Gamaschen glich –, da erkannte Arthur von seinem Beifahrersitz aus, wie der Vogel sich ein wenig regte. Arthur stieg aus und sagte zu seiner Frau: »Ich glaub, der Vogel lebt noch.«

»Ach ja, meinst du also. Und was willst du jetzt tun? Ihn ins Krankenhaus fahren?«

Man muß sagen, es war keine wirklich gute Ehe. Marlin war eine reiche und zänkische Frau, Arthur arm (zumindest, wenn man ihn sich ohne Marlin dachte) und verbittert, beide bereits über sechzig, kinderlos, die Frau in ihre Autos verliebt, der Mann in seine Malerei. Der Sinn ihrer Ehe war mysteriös, doch mysteriös sinnlose Ehen scheinen zu den wenigen Dingen der Menschen zu gehören, die so gerecht über die gesellschaftlichen Milieus verteilt sind wie eigentlich sonst nur noch der Tod.

Die beiden lebten aber weniger im Streit als in einer diskussionslosen Verachtung füreinander. Marlin bestimmte, und Arthur erduldete. Beide wären sofort bereit gewesen, die Seele des anderen an den Schlechtbietendsten zu verkaufen. Doch kein Teufel nirgends, der sich fand …

Was sich nun aber gefunden hatte, war ein wegweisendes Schicksal in Form eines gegen die Scheibe geprallten Spatzen, den Marlin einfach nicht von der Metallstrebe des Scheibenwischers wegbekam und die darum jetzt versuchte, den halbtoten Vogel richtiggehend aufzuspießen, um ihn doch noch herunterziehen zu können, ohne ihn anfassen zu müssen.

»Hör auf!« rief Arthur. »Du bringst ihn ja um.«

»Ich erlöse ihn«, behauptete Marlin. »Oder glaubst du, der kann noch fliegen?«

»Ach ja! Wird das jetzt eine gute Tat?« Arthur hustete gequält. Einen Moment sah man sein Gebiß. Als wäre ein kleines Saurierskelett in seiner Mundhöhle ausgestellt.

»Setz dich wieder in den Wagen und gib Frieden, wenn du schon nicht selbst mit anpackst«, wies Marlin ihn an.

»Nein!« erklärte Arthur trotzig.

Er tat das immer wieder mal, ein »Nein« auszusprechen. Aber er hätte genausogut »Zuckerrübe« sagen können. Seine Neins erwiesen sich üblicherweise als ein folgenloses Aufbegehren. Ein Wind, eine kleine Blähung, die nicht einmal den Stoff einer lokker gespannten Unterhose beben ließ. Und schon gar nicht Marlin beeindruckte.

Diesmal jedoch ... Arthur hätte selbst nicht sagen können, was mit ihm geschah. Vielleicht ahnte er die erstaunliche Macht, die darin bestehen könnte, ein Leben zu erhalten, welches soeben von seiner Frau bedroht wurde. Obgleich es nur das Leben eines Sperlings war. Klar, er hätte auch einen Schlüssel nehmen und in Marlins geheiligten Opel Kapitän einen tiefen, langen Kratzer machen können, aber das hätte ihn den letzten Rest von Würde gekostet, dieses Spatzenleben zu retten hingegen ...

Er griff nach dem Tier, umfaßte den kleinen, warmen Körper, zog vorsichtig den geknickten Flügel unter dem Scheibenwischer hervor und nahm den Verwundeten an sich.

»Jetzt drehst du endgültig durch«, äußerte Marlin und lachte durch die Nase.

»Sei doch froh, ich hab dir erspart, einen Mord zu begehen.«

»Ach ja, danke auch!« höhnte sie, vergaß aber nicht, mit einem grauen Ledertuch die Stelle zu reinigen, die durch das schwerverletzte Tier in Mitleidenschaft gezogen worden war.

Man muß wohl sagen, daß Arthur Engel für einen Moment bereute, was er getan hatte. Denn dies erforderte Konsequenzen. Zumindest hätte er sich nun entschließen müssen, den Vogel am Wegrand abzulegen und ... Ja, wollte er wirklich ein guter Mensch sein, hätte er dem Tier das Leid langen Sterbens ersparen, einen Stein nehmen und ihm ein gnädiges Ende bereiten müssen. Was aber de facto nicht viel anders gewesen wäre, als hätte Marlin den Vogel abgestochen, nur, daß dieser dann schon etwas früher erlöst gewesen wäre.

Wollte Arthur hingegen einen echten Kontrapunkt setzen, dann mußte er versuchen, das Tier auch *richtig* zu retten und nicht nur *anders* umzubringen. Er sagte zu seiner Frau: »Wenn du mit dem Wagen fertig bist, laß uns bitte zum nächsten Tierarzt fahren.«

Sie sah ihn ungläubig an, dann auf ihre Uhr und meinte: »Ich werde ganz sicher nicht zu spät in Baden-Baden ankommen, mein Lieber.«

»Das geht sich schon noch aus.«

»Das geht sich *nicht* schon noch aus«, entgegnete sie, warf den Lappen ins angrenzende Feld und nahm wieder Platz hinter dem Steuer ihres vanillefarbenen Kapitän.

Arthur wollte jetzt ebenfalls einsteigen, um Marlin zu ersuchen, ihn zumindest in der nächsten größeren Ortschaft hinauszulassen, damit er dort einen Veterinär aufsuchen konnte.

»Mit dem blutenden Vogel kommst du mir nicht in den Wagen. Nur über meine Leiche.«

Das war eine schöne Vorstellung. Aber während sich Arthur noch ein Bild von seiner im Zuge einer Spatzenrettung notwendigerweise getöteten Ehefrau machte, hatte die sich zur angelehnten Beifahrertüre gebeugt, sie zugeworfen, den Wagen gestartet und war losgefahren.

Arthur sah ihr hinterher, schüttelte den Kopf und dachte: »Immerhin, es regnet nicht.« Im Leben mit dieser Frau war er gewohnt, immer dann, wenn eine fürchterliche Situation eintrat, sich vorzustellen, es hätte fürchterlicher sein können. (Ganz so, wie das auch die alten Spatzen in Paris gerne taten.)

Es war jetzt das erste Mal in seinem bereits über sechzigjährigen Leben, daß Arthur Engel autostoppte. Zusammen mit einem schwerverletzten Vogel in seiner Hand.

Es war eine nur schwach befahrene Landstraße, und es dauerte einige Minuten, bevor der nächste Wagen vorbeikam, der aber sofort anhielt, denn Arthur Engels gutbürgerliche Erscheinung suggerierte, es sei ein Unglück geschehen. Und das war es ja auch.

»Ich muß zu einem Tierarzt«, erklärte Arthur durch das offene Fenster dem Fahrer des Mercedes, der sich zwar etwas wunderte, aber erstens aus der Umgebung stammte und sich zweitens bereit erklärte, »Vogel und Mann« zu einer Frau Doktor Sowieso zu bringen, der Veterinärin vor Ort, auch wenn sie es in der Regel mit Pferden zu tun hatte.

Frau Doktor Sowieso hieß Moon, womit nicht der englische Mond, sondern der koreanische Begriff für »Tor« oder »Schrift« gemeint war, der eben auch als Familienname diente. Frau Moon war noch damit beschäftigt, die Geburt eines Fohlens zu begleiten. Es dauerte. Der Spatz hätte wirklich Zeit gehabt zu sterben. Aber er tat es nicht. Man könnte sagen, er wartete geduldig, bis die Niederkunft neuen Lebens vollbracht war und sich Frau Moon nun auch um die Heilung alten Lebens kümmern konnte.

Glücklicherweise war es kein Trümmerbruch, sondern eine glatte Fraktur des rechten Flügels, den die Ärztin mit einer Schiene versah. Mit der gleichen ruhigen Umsicht, mit der sie auch die Wunden an Körper und Kopf versorgte und um den Rumpf einen lockeren Verband anlegte.

»Das wird jetzt eine Weile dauern«, sagte Doktor Moon, »bis der kleine Kerl wieder vollständig genesen ist. Ich gehe davon aus, daß Sie selbst ihn pflegen werden, nicht wahr?«

»Eigentlich dachte ich…« Nun, Arthur hatte gemeint, seine Pflicht sei erfüllt und er könne den Vogel in der Tierarztpraxis lassen. Doch es ist keine geringe Wahrheit – und nicht bloß eine weisheitssprüchliche –, wie sehr jede Lebensrettung eine Verantwortung und Bindung nach sich zieht. Eine halbe Rettung erscheint dabei schlimmer als gar keine. Nein, Arthur Engel hatte einen dramatischen Schritt getan und mußte die einmal eingeschlagene Richtung fortsetzen. Er verbeugte sich reflexartig vor Frau Moon und versprach: »Ja natürlich, ich werde auf ihn schauen.«

»Geben Sie ihm einen Namen«, empfahl die Ärztin, »ein Name stabilisiert. So wie die Schiene an seinem Flügel.«

»Er nennt mich seither Fritz, nach seinem verstorbenen Bruder«, erklärte mir Pinesits, während wir von der Vorhangstange hinunter auf den Maler sahen. »Das klingt natürlich schon sehr nach einem blöden Wellensittich. Aber woher sollte er auch wissen, daß ich Pinesits heiße?«

Ich wandte ein, diese Sache liege doch viele Jahre zurück, und daß die Heilung des Flügels und was da sonst noch beschädigt worden war, kaum so lange gedauert haben könne.

»Natürlich nicht. Aber so, wie Engel *mich* nicht verlassen hat, konnte nachher ich *ihn* nicht verlassen. Ich hatte damals fünfzehn Jahre freies Spatzenleben hinter mir, gut so!, und dachte mir, jetzt folgen halt fünfzehn Jahre Haustierdasein, auch gut so!«

Pinesits erzählte, wie bald nach dem Vorfall auf der Landstraße nach Baden-Baden die Ehe zwischen Marlin und Arthur ihr Ende nahm und Arthur zurück nach Wien zog, die Stadt, aus der er stammte, zurück nach Inzersdorf, mit Blick auf einen Friedhof, den er liebte und auf dem zu spazieren zum Schönsten gehörte, was er sich denken konnte. Ein Ort, der ihn zudem als Künstler beflügelte, während das Leben mit Auto-Marlin für seine Blumenbilder weniger gut gewesen war.

Es war übrigens so, daß Arthurs bis dahin völlige Bedeutungslosigkeit für die Kunstwelt dank des Artikels eines bekannten amerikanischen Kritikers, der wohl zufällig auf eins der Blumenbilder gestoßen war, einen kleinen Einschnitt erhielt. Zwar stand außer Frage, daß seine Malerei über keinerlei innovativen Aspekt verfügte, nicht einmal in einem absichtsvoll ironischen Sinn, aber genau das war der Punkt: so völlig auf jegliches Augenzwinkern zu verzichten und eine Meisterschaft zu praktizieren, die an alte Meister wie Jan van Huysum herankam. Arthurs Hyperrealismus, eigentlich Hypernaturalismus, war frei von phototechnischen Imitationen, nicht einmal als illusionistische Malerei zu bezeichnen, sondern erschien wie beim alten Huysum wie ein alchimistischer Akt; kein Trick, keine optische Täuschung, sondern echte Zauberei. – Besagter renommierter Kritiker meinte, angesichts dieser Blumenbilder erscheine Malerei als Ausdruck einer Parallelwelt, einer real existierenden Sphäre, in der Blumen etwas anderes bedeuteten als in unserer Welt, zum Beispiel die Verkörperung verstorbener Seelen. Und weiter, überlegte der Kritiker, könne man sich vorstellen, wie irgendwann ein kleiner Teil aus einem dieser Gemälde herausfalle, hinein in unsere Welt – eine Ameise vielleicht, ein Staubgefäß, ein Härchen oder etwa einer dieser unglaublich fein gemalten Tautropfen. Tropfen, die Jan van Eycks Konvexspiegel aus der Arnolfini-Hochzeit zitieren würden. Ja, der Kritiker sprach in diesem Zusammenhang von »Engelstropfen«, welche einen Höhepunkt der Malerei darstellten und völlig unabhängig seien von der Frage, ob man heutzutage überhaupt noch so malen dürfe.

So bedeutend der Kritiker war, in diesem Fall blieb seine Meinung so einsam wie Arthur Engel selbst. Zumindest war keines der wichtigen Museen, kein wichtiger Sammler bereit, ein Bild zu erstehen, die Kunstmagazine berichteten nicht, schon gar nicht drohte ein Kunstpreis, allerdings sprach es sich doch ein wenig herum. Vor allem bei jungen Künstlern. So erhielt Arthur hin und wieder Besuch von ihnen – und zwar nicht den malenden, sondern eher den konzeptionell arbeitenden –, welche die spezielle »Realität« der Engelschen Blumen und vor allem der Engelstropfen studierten.

Der Artikel des Amerikaners hatte in Arthur das Verlangen bestärkt, einen Tropfen zu malen, der die Fähigkeit besäße, aus seiner eigenen Welt in die unsere überzutreten. Und auch Pinesits verfolgte voller Spannung die diesbezüglichen Bemühungen, einen solchen weltenwandelnden Tropfen zu malen.

»So was gibt's doch nicht wirklich«, meinte ich. »Das muß man doch wohl in einem übertragenen Sinn verstehen, oder?«

Darauf Pinesits: »Sperks muß man dann wohl gleichfalls in

einem übertragenen Sinn verstehen, nicht wahr? Und Spatzen, die sich über Kunst unterhalten?«

Stimmt, dieses Dilemma kannte ich ja bereits. Wie sehr das Phantastische immer nur aus der Ferne phantastisch wirkte. Gemäß dem alten Spatzenspruch: Man hält sich so lange für ein Ei, bis man daraus hervorbricht und begreift, daß fliegende Wesen kein Märchen sind.

Pinesits erklärte, daß er sich natürlich nicht sicher sei, ob es Arthur je gelingen könne, einen derartigen Tropfen zu malen. Allerdings sei er überzeugt von einer solchen Möglichkeit, durchaus in einem physikalischen Sinn. Und würde sich sehr wünschen, die Flüssigkeit eines auf diese Weise in unsere Welt geratenen Wassertropfens zu schmecken.

»Was erwarten Sie sich«, fragte ich, »ein Wunder? Ich meine, neben dem physikalischen Wunder. Erdbeergeschmack? Eigentlich müßte eine solche Träne doch genauso schmecken wie eine hier bei uns.«

»Sagtest du *Träne*?«

Hatte ich Träne gesagt? »Habe ich Träne gesagt?«

»Hm, hast du. Und das ist auch gar nicht auszuschließen, daß ein Tropfen dort drüben eher wie eine Träne schmeckt, so, wie manche meinen, in Arthur Engels Blumen steckten die Seelen Verstorbener.«

»Na gut. Aber Sie wollen mir doch nicht sagen, Sie hätten keine Zeit, die Sperks zu warnen, weil Sie nämlich hier bleiben müssen, um auf eine Träne oder einen Tropfen zu warten, der irgendwann aus dem Bild fällt oder nicht aus dem Bild fällt.«

»Du hast einen kiebigen Ton, mein Junge.«

»Ich will mich auskennen.«

»Schau mal, es ist so, daß zwischen mir und diesem Mann ein Vertrag besteht, unausgesprochen, ungeschrieben, aber ein Vertrag. Er hat mein Leben gerettet, und ich werde dieses gerettete Leben so lange mit ihm zubringen, wie sein eigenes dauert. Das hat nichts mit seiner Malerei zu tun.«

»Die Sperks«, wandte ich ein, »sollten doch wohl wichtiger sein als der Vertrag mit einem Menschen.«

»Nichts ist so wichtig wie ein Vertrag. Der Vertrag ist eine Vereinigung von zweien.«

»Ist das nicht eher eine Ehe?«

»Wenn du willst.«

Meine Leute in Paris hätten jetzt gleich wieder gemeint, das würde sich ziemlich schwul anhören. Allerdings hätte keiner von denen gewagt, Pinesits zu widersprechen. Eher hätten sie sich ganz klein gemacht. Mich wunderte ohnehin, daß ich so selbstverständlich mit ihm auf dieser Stange saß und mir auch noch einen »kiebigen Ton« erlaubte. Wahrscheinlich war ich einfach high von der Sonne und den halluzinatorischen Düften von Schnittblumen und der ganzen verrückten Reise.

Pinesits sagte: »Arthur Engel lebt nicht mehr lange. Einen Tag, zwei Tage, ein paar vielleicht, genau kann ich es nicht sagen, aber ich spüre deutlich sein nahendes Ende. Und er selbst spürt es ebenfalls. Darum sein Ehrgeiz, diesen einen Wassertropfen noch fertigzubekommen. – Du kannst mit mir warten. Oder vorausfliegen. Aber ich bleibe hier. Man hält nicht fünfzehn Jahre einen Vertrag ein und kündigt dann im letzten Moment. Zudem: Sperks sind keine kleinen Kinder. Sie sind Krieger, nicht vergessen.«

»Trotzdem müssen wir sie warnen.«

»Müssen wir, keine Frage. Aber eins nach dem anderen.«

»Und wenn der Mann noch zwei Monate lebt?«

»Ich sagte dir doch, du kannst vorausfliegen.«

»Wohin?«

»Nach Dezember.«

»Halten Sie mich denn noch immer für einen Agenten der Totalisten?«

Er lächelte: »Nein, nicht wirklich.«

Ich darauf: »Ehrlich gesagt, ich möchte diese Reise sehr ungerne ohne Sie machen, weil ich fürchte, sie wird noch komplizierter werden als die von Paris nach Wien. Darum ... also ich warte mit Ihnen, bis Engels Leben zu Ende gegangen ist.«

Pinesits nickte mir zu und war seinerseits bereit, mir den wirklichen Namen von Dezember zu verraten. Er sagte: »Belfast.«

Belfast?!

Eigentlich hatte ich einen fernen, einen entlegenen, abenteuerlichen Ort erwartet, so etwas wie die Nordspitze von Grönland oder eine Vulkaninsel, die auf keiner Karte zu finden war, eine verlassene Forschungsstation im Pazifik oder ein Höhlensystem in unwegsamem Gebirge. Statt dessen ... Belfast!

»Ist das nicht, wo dieser berühmte Roman spielt?«

»Das ist in Dublin«, korrigierte Pinesits und meinte: »Knapp vorbei ist auch daneben, vielleicht sogar schlimmer, so schlimm wie ein Vertrag, den man im letzten Moment seines Bestehens kündigt.«

Das fand ich recht übertrieben und ärgerte mich, überhaupt den Mund aufgemacht zu haben. Sagte dann aber doch noch etwas, auch, weil ich mir jetzt hundertprozentig sicher war: »Das ist die Stadt, wo die Christen sauer aufeinander sind.«

»Das ist die Stadt, richtig.«

»Und wie kommen wir dorthin? Ich glaube, da ist ziemlich viel Wasser dazwischen. Reisen wir mit Zug und Schiff?«

»Wie sehr wir Vögel uns auch scheuen«, sagte Pinesits, »uns einer Flugmaschine zu überantworten, die etwas tut, was wir selbst ja viel besser können, muß man den Treibstoffdingern dennoch lassen, daß sie schnell unterwegs sind. Ich meine, wenn man in Eile ist und selbst nicht gerade zu den Zugvögeln zählt, nicht wahr? – Also, wir werden diesmal auf die Bequemlichkeiten der Bahn und die Schönheiten einer Seereise verzichten und uns ein Flugzeug nehmen. Beziehungsweise zwei Flugzeuge, weil ich nicht glaube, daß wir direkt nach Belfast kommen, sondern in London umsteigen müssen.«

Das war somit entschieden, auch ging ich davon aus, Pinesits kenne den Weg zum Flughafen (der sich, wie ich noch nicht wußte, recht nahe befand, an einem Ort namens Schwechat).

Bis dahin aber ...

Ich spürte es jetzt ebenfalls, das bevorstehende Ende des Arthur Engel, der praktisch im Zeitlupentempo, aber ohne eigentliche Unterbrechung an seinem Wassertropfen arbeitete. Ich flog näher heran an den Mann, ja wagte es sogar, mich auf seiner Schulter niederzulassen. Er schien es gar nicht zu bemerken, rührte weiter die Farben auf seiner Palette an, die auf seinen breiten Schenkeln lag. Als trage er die ganze Welt in seinem Schoß. Er vermischte soeben ein dunkles Rot mit einem Zitronengelb, um die solcherart gewonnene Farbe als winziges Pünktchen in die Reflexion des Wassertropfens zu setzen. Ich meinte zu erkennen, wie sich in diesem Tropfen genau jenes Zimmer spiegelte, in dem wir alle uns befanden. Und damit auch die Gestalt des Malers sich dort abzeichnete. Ja, nicht nur er, sondern ... War es eine Einbildung, daß ich jetzt glaubte, in der Spiegelung sogar mich selbst zu erkennen, wie ich da auf der Schulter des Arthur Engel saß? Welcher mich ja noch gar nicht bemerkt hatte, also auch nicht gemalt haben konnte. – Eine Illusion also? Was aber, wenn nicht? Nun, dann mußte es bedeuten, daß der Tropfen bereits »lebte« und soeben dabei war, seinen Aggregatzustand zu wechseln, sich im Übergang vom Festen zum Flüssigen zu befinden. Wie man ja auch sagen konnte, Arthur Engel mache einen ähnlichen Wechsel durch: vom Lebenden zum Toten. Beziehungsweise vom Festen zum Gasförmigen.

Der Wechsel zog sich dahin; der des Tropfens wie der des Malers. Der Tag verging, der Abend kam, auch er eine Mischung aus Dunkelrot und Zitronengelb. Als verteile sich der Saft einer gepreßten Blutorange übers Land. Ich flog mit Pinesits nach draußen auf den Friedhof. Wir setzten uns rechts und links des Gekreuzigten und schauten auf das vom Restlicht eingefärbte Gräberfeld. Überall zuckten Grablichter. Aus den Bäumen drang das Getratsche der Vögel: Streit, Diskussion, Gesang, Selbstgespräch. Erste Sterne, auch sie zuckend.

Zur Nachtruhe kehrten wir zurück in die Wohnung, zurück in den Engelschen Atelierraum, setzten uns auf die Vorhangstange und nickten beide ein.

In meinem Traum war ich wie üblich blind. Ich begriff gleich, mich noch immer auf dem Golfplatz zu befinden, spürte das kurzgeschnittene Gras unter meinen Sohlen. Und wie der warme Wind meinen Schweiß trocknete. Vernahm das Geräusch einer wehenden Flagge.

Doch irgendetwas war schiefgegangen. Eine tiefe Wut stieg in mir auf und nebelte mich ein. Ich ließ den Golfschläger auf den Rasen fallen (um ihn nicht in weitem Bogen wegzuschleudern, wie ich es gerne getan hätte, aber doch niemand ernsthaft verletzen wollte), drehte mich um und ging davon. Während ich vorher noch genau hatte sagen können, wie der Platz aussah, ahnte ich jetzt nicht einmal, wohin ich da marschierte. Ich war endgültig blind. Bewegte mich von Schritt zu Schritt, sehr zügig, jederzeit bereit, gegen ein Hindernis zu stoßen. Und brummte in mich hinein: »Ich hasse diesen Sport.«

»Na, ein richtiger Sport ist es eigentlich nicht«, meinte jemand. Wahrscheinlich der Albatros.

Es war aber nicht der Albatros, der mich frühmorgens weckte, sondern Pinesits. Noch immer brannte die Lampe, die den Maler und sein Bild bestrahlte. Gemeinsam flogen wir hinunter und setzten uns rechts und links auf die Schulter.

Schwer zu sagen, ob Arthur Engel genau in diesem Moment starb oder ob er schon eine kleine Weile tot gewesen war und – in sich zusammengesackt – eine aufrechte Haltung beibehalten hatte. Jedenfalls rutschte er im Zuge unserer synchronen Landung nach vorn und fiel mit seinem gesenkten Haupt auf die fest verankerte Leinwand. Sein Kopf blieb so liegen, daß er den gemalten – den zu Ende gemalten – Wassertropfen knapp nicht verdeckte. Dieser glänzte nun oberhalb des Scheitels dessen, der ihn geschaffen hatte.

Ich verkrallte mich etwas stärker in den Stoff, um wegen der ruckartigen Bewegung nicht von der Schulter zu rutschen, und befand mich jetzt, schräg nach oben schauend, keine zwanzig Zentimeter von dem Wassertropfen entfernt. Oder eigentlich mußte ich sagen: ein bißchen weniger. Denn es war ja nicht mehr so, daß der Tropfen ganz glatt auf der Leinwand lag, sondern … ich erkannte, daß er ein Stück aus dieser herausragte. Wie das richtige Tropfen eben tun.

»Verdammt!« stöhnte ich. »Sehen Sie das, Pinesits?«

Pinesits saß auf der anderen, der linken Schulter, weshalb er eine schlechtere Aussicht auf die Stelle des Bildes hatte. Doch er begriff wohl, was hier geschehen war und noch geschehen würde.

Es konnte nicht mehr allzu lange dauern, bis dieser lebendig gewordene Tropfen seine Spannung und damit seine Gestalt verlieren und sich als Rinnsal die Leinwand hinunterbewegen würde. Ich hätte jetzt gerne versucht zu kosten. Zu überprüfen, ob der Tropfen den Geschmack einer Träne besaß, wie ich mir zumindest vorstellte, Tränen würden schmecken. Aber dies stand natürlich Pinesits zu.

Der legendäre Spatz rückte näher an das linke Ohr des Verstorbenen und ... Nun, er flüsterte. Ja, Pinesits sprach leise in den Gehörgang hinein. Und wenn er das tat, sicher in der Überzeugung, auf eine gewisse Weise verstanden zu werden. Sodann flatterte er ein kleines Stück nach oben, kam auf dem Hinterkopf des toten Arthur Engel zu stehen, ließ sich nach vorne seitlich abrutschten, beugte sich etwas vor und erreichte mit seinem Schnabel den Wassertropfen. Ich konnte hören, wie er die Flüssigkeit aufsaugte. Es war kein Gluckern, aber doch so, als schlucke er eine weit größere Menge, als realistischerweise in einem solchen Tropfen stecken konnte. Wie es bei Menschen klang, wenn sie Cognac oder Whisky oder superteuren japanischen Grüntee zu sich nahmen. Es klang dann immer nach *mehr*. Als verschluckten sie zusätzlich zu der Flüssigkeit auch einen liquiden Geist.

Pinesits sprang zu mir hinunter auf die rechte Schulter.

»Und?« fragte ich.

Er darauf: »Jetzt können wir los. Nach Belfast.«

Klar, meine Frage hatte dem Geschmack des Tropfens gegolten. Doch Pinesits blieb mir die Antwort schuldig. Statt dessen flog er einmal durch die gesamte Wohnung und schließlich aus dem Fenster hinaus, das auf den Friedhof führte. Ich ihm hinterher.

Richtung Schwechat. Richtung Belfast. Vorbei an einem goldenen Christus, der vom morgendlichen Tau glänzte.

Ich grüßte den Gekreuzigten.

II
Blind

6

Mein Name ist Blind, und ich bin ein Mensch. Ich bin nicht blind, heiße nur so, auch wenn man sich bei einem derartigen Namen, zusammen mit einem solchen Beruf, nämlich dem eines Kriminalpolizisten, die eine oder andere ironische Bemerkung anhören muß. Nicht von den Kollegen, das nicht, dazu ist mein Dienstgrad zu hoch, aber doch aus dem Freundeskreis. Es ist im Grunde eine Fortführung der wohlvertrauten »Späße« aus meiner Schulzeit. Ein Scheitern an der Tafel führte so gut wie immer zu einer offenen oder versteckten Anspielung. Sadistenlehrer zitierten dann die Blindheit von Fischen oder Maulwürfen; Lehrer aber, die eine Achtung vor ihren Schülern behaupteten, begnügten sich damit, meinen Nachnamen mit einer leichten Höhung auszustatten – ihn mehr zu singen als zu sprechen. Das eine wie das andere zwang mich zusehends, ein guter Schüler zu werden, der infolge zumindest tadelloser Leistungen keinen Anlaß mehr bot, einen Mißbrauch seines Namens ertragen zu müssen. (Auch gelang es mir, meine naturgegebene Attraktivität – als häßliches Kind geboren, zum schönen Jungen gereift – bei den männlichen Heteros zurückzuhalten und beim weiblichen wie schwulen Lehrkörper hervorzuheben, wie ein Vogel, der innerhalb eines einzigen Tages mehrmals Brutkleid und Schlichtkleid wechselt.)

Ich bin also nicht blind, aber ich habe es mit dem Herzen. Mein Herz ist mein schwacher Punkt. Worüber ich nicht spreche. Ein Kriminalpolizist mit einem wehen Herzen wird als schlechter

Scherz empfunden. Ja, ich denke manchmal, die Leute würden eher akzeptieren, wäre ich tatsächlich blind. Einem blinden Kommissar könnte man eine gesteigerte Intuition nachsagen, ein Erkennen und Erfühlen von Dingen, wie es denen, die sehen können – und damit auch vieles *über*sehen –, verwehrt bleibt. Aber ein krankes Herz … damit ist nichts gewonnen.

Trotzdem, ich habe Karriere gemacht, bin im vorigen Jahr in den Rang eines Ersten Kriminalhauptkommissars aufgestiegen und habe die Leitung des *Dezernats für organisierte Kriminalität und besondere Deliktsformen* übernommen. Sechsundfünfzigjährig und mit gewissen Chancen, einmal Chef der Abteilung für Ermittlungen zu werden, die wie eine Krone über uns allen schwebt. Ursprünglich aus dem Sachbereich *Handschriften* stammend, wurde ich bei meinem Wechsel zur *organisierten Kriminalität* anfangs gerne der »Antiquar« genannt. Wobei man mich nicht bloß als einen Akademiker empfand, das sind ja andere auch, sondern als regelrechten Intellektuellen – was bei uns in erster Linie heißt, von richtiger Polizeiarbeit keine Ahnung zu haben. Und das stimmte ja auch, wenigstens bezüglich der Arbeit in freier Wildbahn. Doch ich lernte dazu, und ich lernte schnell. Mir gelang, der Tatsache, nicht nur die Fachhochschule für öffentliche Verwaltung und Rechtspflege abgeschlossen, sondern auch Germanistik studiert zu haben, den Eindruck der Übertreibung und Exaltiertheit zu nehmen, nicht zu wirken wie die Erfindung eines Schriftstellers, der meint, seinem Kommissar eine exotische, herausstechende Note andichten zu müssen.

Die Germanistik begleitet mich seither wie eine gute Uhr, auf die ich hin und wieder schaue, auch wenn man natürlich keinen einzigen Verbrecher mit dieser Uhr einfangen kann. Aber man weiß halt die Zeit, was gerade in jenen Momenten, wenn man sonst gar nichts weiß, etwas Beruhigendes hat.

Ich sagte es bereits, ich bin attraktiv, und wenn ich es sage, dann ohne Eitelkeit. Schließlich habe ich nichts dafür getan. Es wird so manchem komisch erscheinen, aber ich halte alles, was uns zustößt, vor allem Dinge wie Aussehen, Intelligenz, Gesundheit, Krankheit, Glück und Unglück, für eine Prüfung. All dies geschieht, weil jemand oder etwas – und von mir aus kann man anstelle der Unbekannten das Wort »Gott« einsetzen, weil's sich mit einem Wort leichter sagen läßt – zusehen möchte, wie wir reagieren, was wir aus den Dingen machen, die uns zustoßen. Ganz gleich, ob es sich um einen Lottogewinn, einen Gehirntumor oder um die Nachbarin handelt, die an der Tür klopft und vorgibt, ihr sei der Zucker ausgegangen. – Gott verteilt Noten. Ohne daß ich darum aber glaube, Leute mit schlechten Noten kommen automatisch in die Hölle und die mit den guten in den Himmel. Es muß wohl komplizierter sein. Aber es ist dennoch nicht ohne Bedeutung, welche Noten man kriegt und wie am Ende das Zeugnis aussieht. Beziehungsweise der ganze Packen von Zeugnissen – eingedenk derer, die ein paarmal leben müssen.

So gut ich aussehe – eine Mischung aus Liam Neeson und Sam Shepard – und so leicht es mir naturgemäß fällt, Frauen ins Bett zu bekommen, so glücklos verliefen all meine Bemühungen um eine gute Beziehung. Ich war nie verheiratet, und wäre ich es gewesen, sagen wir dreimal, dann wäre ich jetzt genausooft geschieden. Ich denke, was mir fehlt, was ich nie ganz hinbekommen habe, ist ein echter, tiefsitzender Charme. Es ist so, wie wenn man Tag für Tag einen Kaffee zubereitet, und zwar mit der besten Espressomaschine der Welt, dazu erstklassige Bohnen, selbst gemahlen, Designergeschirr, und man über die Erfahrungen eines langjährigen Barista verfügt, und dennoch ... etwas fehlt, und man kann gar nicht sagen, was genau. Am ehesten das, was unter »Kunst« verstanden wird. Die Frauen verlieben sich in mein Gesicht, meine geschickten Hände, meinen guten Geschmack und haben Sehnsucht nach meinem trainierten Körper, den in Form zu halten ich auch mit den Jahren nicht aufgehört habe, aber sie verlieben sich leider nicht in die Art, wie ich etwas sage. Sie verlieben sich weder in meine Traurigkeit noch in meinen Humor, noch in die Melodie, mit der ich über das Verbrechen oder die Literatur spreche. Klar, sie halten mich für gescheit, aber das ist etwas anderes. Gescheitheit alleine, Gescheitheit ohne »Kunst«, ist kaum attraktiver als Dummheit. Und wahrscheinlich ist Dummheit *plus* Kunst mehr wert als Gescheitheit *ohne*.

Für echten Charme hätte ich einen Arm gegeben. Aber nirgends niemand, mit dem solche Geschäfte zu machen waren.

Stimmt, Heiraten hätte ich trotzdem können, wie viele andere, denen der Charme abgeht, denen die »Kunst« fehlt und die nie einen wirklich guten Kaffee hinbekommen, die sich aber eignen, Nachwuchs zu zeugen und Sicherheit zu geben (denn selbst ein möglicher Bankrott liefert noch eine Sicherheit, einen bürgerlichen Rahmen). Doch ich wollte – um es mit Noten auszudrükken – in diesem Fach, dem Fach der Liebe, immer eine Eins haben und mich nicht mit einem Befriedigend abfinden. Aber zu dieser Eins brachte ich es nie. Weshalb ich das Fach wechselte. Von der Liebe zum Sport, von der einen bestimmten Frau zu den vielen verschiedenen Frauen, genau das, was zu meiner Traurigkeit führte: es nur zu einer Sporteins gebracht zu haben.

Apropos Sport. Die Sportart, die ich bevorzuge, ist Golf. Zuerst Tennis, dann Golf, ganz zu Anfang Judo, was damals aber nichts mit meiner Tätigkeit als Polizist zu tun hatte. In meiner ganzen Karriere habe ich niemals einen Täter oder Verdächtigen auch nur angefaßt. Ich sage mal so: Ich fasse Männer grundsätzlich nicht gerne an. Es ist aber keine Homophobie, es ist eher … ein gewisser Ekel vor dem, was ich selbst bin: ein Paket. Jeder Mann ist ein Paket, auch dann, wenn er wenig Muskeln hat. Ein Mann hat stets etwas Verpacktes und Verklebtes und Eingeschnürtes. Und er ist ständig unterwegs, ständig auf dem Postweg. – Klar, es gibt auch Frauen unter den Kriminellen. Die mir aber, sexy oder nicht, auf eine männliche Weise paketmäßig erscheinen. Alle Frauen tun das, die männertypische Karrieren verfolgen, ob als Polizisten oder Verbrecher. Keine Frage, das ist natürlich ihr gutes Recht. Es ist ihr Recht, die Form eines Pakets anzunehmen. Schön ist es trotzdem nicht. (Und nein, die Welt wird nicht besser, wenn zusehends mehr Frauen in den Vorständen und bei der Polizei arbeiten. Sie wird gerechter, aber das ist erstens etwas anderes, und zweitens besitzt diese Gerechtigkeit die Größe und Form eines Mehlwurms.)

Mehlwurm? Komisches Bild. – Nun, das komische Bild dürfte daher rühren, daß ich in meinen Träumen … Diese Träume stellen eine Sonderlichkeit dar so wie mein schwaches Herz. Und beides verheimliche ich vor meinen Mitmenschen.

Es mag ja vorkommen, daß Menschen hin und wieder das gleiche träumen und sich einzelne Elemente ihrer Träume wiederholen, Schreckliches zunimmt, Vages eine konkrete Form annimmt, Klares verschwimmt, aber es ist doch etwas anderes, fast jede Nacht zu träumen, ein- und dieselbe Person zu sein. Derart, daß man meint, eine Art von Doppelleben zu führen. Im Wachsein das eine, im Traumsein das andere. Und man kaum sagen könnte, das eine sei echt, das andere nicht. Oder eines echter als das andere.

Dabei wäre es noch leichter zu verstehen, in diesen Träumen einen bestimmten Mann oder eine bestimmte Frau zu verkörpern, aber in meinem Fall ist es so, daß ich träume, ein Spatz zu sein, ja genau, ein Sperling, ein Vogel, ein denkender natürlich, einer, der das besitzt, was ich nicht besitze: Charme. Ohne daß er diesen Charme den Frauen gegenüber einsetzen würde. Dazu ist er zu jung. Und er weiß, daß er zu jung ist. Er philosophiert gerne. Er ist ein Zweifler. Aber ein flexibler.

Wenn ich oft unausgeruht erwache, braucht mich das also nicht zu verwundern. Doch was soll ich meinem Arzt sagen? Die Wahrheit? – Der Spatz, der ich im Traum bin und der gerne Beispiele aus dem Menschenreich anführt, hätte geantwortet: »Die Wahrheit läßt sich nicht vermitteln. Sie ist wie diese Leute, die über fünfzig sind und die niemand mehr anstellen möchte. Es ist immer nur die halbe Wahrheit, die einen Job kriegt.«

So träume ich also Nacht für Nacht, mich im Körper eines Spatzen zu befinden. Eines Spatzen, der aus der Beschaulichkeit großstädtischen Lebens – ich glaube in Paris – gerissen wurde und nun die Höhen und Tiefen abenteuerlichen Lebens erfährt. Er reist nach Wien, wird angeschossen, flüchtet in einen Blumenstrauß, begegnet Christus, entgeht dem Tod durch Katzenbiß und ist soeben – begleitet von einem mysteriös langlebigen Altspatzen – auf dem Weg nach Belfast.

Herrje, Belfast!

Warum das denn, möchte man fragen. Nicht, daß ich irgendwann dort war und oder mich irgendein Glück oder Unglück an diese Stadt gebunden hätte. Freilich könnte man genausogut fragen: Warum überhaupt ein Spatz? Ich hatte nie einen, war nie einem so wirklich und richtig begegnet, ich meine, wie man Haustieren begegnet, etwa jener Katze, die mir als Kind zulief. Oder diesem Dalmatinermischling meiner Freundin, der aussah, als hätte Jackson Pollock ihn gemalt. Warum aber ein Spatz? Wofür soll der bitte stehen?

Nicht, daß ich mich an viele Details meiner Träume erinnern kann, aber eben sehr wohl, mich so vollkommen im Denken und Fühlen dieses Spatzen aufzuhalten. Die Welt einzig durch seine Augen zu betrachten. Und manchmal scheint mir, dieser Spatz, der Quimp heißt und der ich im Traum bin, hätte seinerseits Träume. Träume, in denen er nicht Spatz, sondern Mensch ist.

Ein Mann?

Vielleicht genau der Mann, der ich bin?

Meine Nächte verwirren mich. Aber auch meine Tage haben einiges zu bieten.

Es war mein Vorgesetzter, der ins Büro kam. Wie ich selbst besaß er einen Doktortitel, mit dem Unterschied, mit dem seinen – als der Jurist, der er war – auch wirklich angesprochen zu werden. Mein eigener Dr. phil. hingegen kam nie zur Sprache. Er glich eher einer namenlosen Strahlung als einem akademischen Grad. Eine kleine Aura rechts über meinem Ohr (einfach weil ich als Rechtshänder auch über eine rechtsseitige Akademikeraura verfügte).

Dr. Arntz pflegte gerne zu sagen, mein Büro sei so viel schöner als sein eigenes, weshalb er lieber zu mir komme, als mich rufen zu lassen.

Er bewegte sich hinüber zu dem gerahmten Autographen, das ich im letzten Jahr erstanden und seitlich meines Schreibtischs angebracht hatte. Es handelte sich um einen Brief von Bram Stoker an einen Freund, darin er von der Arbeit an seinem später so berühmten Dracula-Roman berichtet, aber auch von einem Blumenbild, das er kürzlich gesehen und dessen »tödliche Genauigkeit« ihn fasziniert habe. Dr. Arntz wunderte sich nicht zum ersten Mal über etwas derart Wertvolles in meinem Büro. Und nicht zum ersten Mal erklärte ich ihm, an diesem Ort doch viel eher zu leben als bei mir daheim. Weshalb ich schließlich nicht nur meinen Stoker-Brief, sondern auch die beiden japanischen Farbholzschnitte und die kleine Bronze von Giacometti mitgebracht hätte. Diese vier Dinge stellten meinen in jeder Hinsicht kostbarsten Besitz dar. Den ich im Büro auch wirklich betrachten konnte. Betrachten und genießen und daraus die eine oder andere Idee gewinnen, den einen oder anderen Trost. Hätte ich diese Objekte zu Hause gelassen, wären sie zur Dekoration in der Wohnung eines Erschöpften verkommen. (Ich weiß schon, erschöpfte Polizisten sind ein Klischee; daß sie spät heimkommen und, kaum liegen sie im Bett, das Telefon läutet und sie zum nächsten Fall beordert werden. Aber es war mir halt wichtig, eine Kraft aus diesen Kunstwerken zu schöpfen, die ich während meiner Arbeitszeit viel nötiger hatte als dort in meiner Wohnung, wo ich ich meistens bald schlafen ging und im Schlaf das Leben eines Spatzen führte.)

Der Leiter der Abteilung für Ermittlungen bewunderte noch eine kleine Weile das Autograph, dann nahm er auf einem der beiden mit dunkelblauem Stoff bezogenen Art-déco-Sessel Platz, Originale, die ich bei einem Besuch im Staatsministerium des Inneren entdeckt hatte. Sie waren in einem schrecklichen Zustand gewesen, und der zuständige Beamte hatte gerne zugestimmt, sie mir als Dauerleihgabe zu überlassen. Ich ließ sie auf eigene Kosten restaurieren und fügte sie mit Liebe in mein Büroensemble.

Und da saß nun also Dr. Arntz, hatte seine Unterarme auf den breiten Lehnen abgelegt, die Beine übereinandergeschlagen und sprach mit einer Stimme, die einen wehmütigen Klang besaß. Einen Klang – so dachte ich oft –, der sich wunderbar für Lyrik geeignet hätte. Für Trakl oder Rilke und besonders für Ingeborg Bachmann. Eine Stimme aus dem Off, so daß es fast paradox anmutete, zu dieser Stimme den Mann zu sehen, von dem sie ausging. Ja, die Stimme alleine, ohne den Mann, den Doktor, wäre viel perfekter und stimmiger gewesen.

Wie auch immer, Dr. Arntz rückte ein wenig hin und her, wie um seinem Hinterteil ein kleines Nest zu bauen, dann erklärte er: »Ich weiß schon, daß Sie derzeit genügend zu tun haben. Andererseits fällt mir niemand ein, an den ich mich lieber wenden würde. Es ist mehr ... fast etwas Privates. Es geht um eine alte Freundin. Deren Mann im vorletzten Sommer gestorben ist. Besser gesagt: Er hat sich umgebracht. Seine Frau, Greta, hat das nicht wirklich verkraftet. Dabei hatte ich nie den Eindruck, die beiden würden eine ungewöhnlich gute Ehe führen. Andererseits scheinen manche Menschen so vollständig miteinander verkettet zu sein, selbst im Streit noch, daß sie den anderen, kaum ist er weg, schrecklich vermissen. Derart vermissen, daß es dem Verstand schadet.«

»Wollen Sie mir sagen, die Dame ist verrückt geworden?«

»Ich will sagen, sie ist nicht gesund geblieben.«

»Ist das ein Unterschied?«

»Vielleicht kann man sagen, Greta marschiert auf einer dünnen Linie und gerät mal auf die eine Seite, dann wieder auf die andere.«

Ich wendete ein, daß man das doch von den meisten Menschen behaupten könne. Und fügte an: »So groß und rund die Erde ist, die Welt selbst scheint gefährlich schmal.«

Er lachte mitleidig und meinte, im Falle Frau Nelsons sei der an sich schmale Weg nach dem Tod ihres Mannes noch ein wenig schmaler geworden. Dennoch bleibe sie eine großartige Frau, großartig, aber paranoid. Was man ja von einigen großartigen Menschen behaupten könne.

»Sagten Sie Nelson?«

Dr. Arntz lächelte. »Ich dachte mir, daß Sie das interessiert. Greta Nelson ist die Witwe von Karel Nelson.«

Ich wußte, wer Karel Nelson gewesen war. Natürlich. Neben Karel Gott der wohl berühmteste Träger dieses tschechischen Vornamens, obgleich kein Tscheche, sondern das Kind englischer Eltern, begeisterter Faschisten, die kurz vor Beginn des Zweiten Weltkriegs nach Berlin gezogen waren, nicht ohne Informationen über die britische Luftabwehr im Gepäck. Nach dem Krieg wurden sie von ihren englischen Landsleuten interniert, kamen jedoch ohne größere Schrammen wieder frei – anscheinend war ihr Geheimnisverrat weniger bedeutsam als der Umstand, »Deutsche« geworden zu sein. Englischdeutsche, die nach ihrer Freilassung nach Bayern gingen. Während der Haftzeit kam auch ihr erstes und einziges Kind zur Welt. Wieso sie ihm einen tschechischen Vornamen gaben, blieb ihr Geheimnis und blieb später auch das Geheimnis des Trägers dieses Namens. Ein Mann, der in den Siebzigern zur Berühmtheit wurde und ein Vermögen verdiente. Ein Vermögen, das wuchs und wuchs und das Nelson in immer neue Projekte steckte, von denen sich nicht alle hätten rechnen müssen, es aber taten.

Es hatte einige mediale Aufregung gegeben, als kurz nach seinem Tod – offenkundig hatte er mit Absicht seinen Wagen an einen Baum gelenkt, den einzigen Baum auf einer Strecke von vierhundert Metern – die Witwe vor die Öffentlichkeit trat, um zu behaupten, kein Selbstmord habe stattgefunden, sondern ein Verbrechen. Allerdings hatte sich in diesem Wagen noch eine junge Frau befunden, die ebenfalls sofort tot gewesen war, die Geliebte Nelsons, hieß es. Die geheime Geliebte, eine Studentin Mitte Zwanzig, von der aber nur wenig bekannt wurde. Daß Nelsons Witwe die Selbstmordthese der Ermittler bezweifelte, interpretierte man darum als die Abwehr einer schmerzhaften Wahrheit, die sich aus dem Umstand eines nicht nur toten, sondern zusätzlich untreuen Ehemanns ergab. Nein, es blieb dabei: Selbstmordversuch mit Todesfolge für Fahrer und Beifahrerin.

»Greta Nelson«, sagte Dr. Arntz, »hat aber nicht aufgehört, mich mit Anrufen einzudecken. Ich sagte Ihnen schon, wir sind alte Freunde. Sie wollte unbedingt, daß ich den Fall neu aufrolle. Ich habe ihr immer geantwortet: Bei allem Respekt, was heißt *neu aufrollen*? Wir hatten doch gar keinen richtigen Fall. Nicht den geringsten Verdacht auf Fremdeinwirkung. Keinen defekten Wagen, keine gelockerte Schraube, keine Manipulation des Straßenbelags, dazu einen, alkoholisch gesehen, nüchternen Fahrer und eine nüchterne Beifahrerin, und keine Verletzungen außer den tödlichen aus dem Aufprall. So daß allein das Indiz blieb, hier sei jemand mit Absicht dort geradeaus weitergefahren, wo eigentlich eine Kurve war. Und zwar mit hoher Geschwindigkeit.«

»Warum wurde eigentlich ein simpler Unfall ausgeschlossen?« fragte ich. »Ich meine, vielleicht war der Mann bei aller Nüchternheit einfach ein Raser. Ein Raser, aber ein schlechter Fahrer. Oder er hatte einen Infarkt, den man im nachhinein nicht feststellen konnte.«

»Das war eine Möglichkeit«, sagte Dr. Arntz. »Und wäre mir auch lieber gewesen. Zudem existiert kein Abschiedsbrief, weder von ihr noch von ihm. Allerdings litt Nelson unter Depressionen, er war in Behandlung. Und war alles andere als ein lebenslustiger älterer Herr, dem es Spaß bereitet hat, seiner Freundin zu zeigen, daß er noch aufs Gas steigen kann. Noch einmal: Es war kein Fahrfehler. Nirgends eine Bremsspur. Vielmehr eine gewollte Kollision. Wenn wir etwas bezweifeln können, dann allein, inwieweit das Mädchen einverstanden war zu sterben. Das ist das eine. Das andere ist, daß Frau Nelson ja nicht nur einen Selbstmord ausschließt, sondern genauso ein Versagen ihres Mannes. Sie besteht auf einem Verbrechen.«

»Kann sie das denn irgendwie begründen?«

»Nicht wirklich.«

»Feinde? Drohungen?«

»Na ja, wenn man so mächtig ist, wie Nelson mächtig war, wird man nicht nur geliebt. Aber Greta konnte mir niemand Speziellen nennen. Sondern hat immer nur darauf insistiert, die tote junge Frau im Wagen ihres Mannes sei nicht dessen Geliebte gewesen. Und ganz sicher nicht die Person, mit der zusammen er sich das Leben hätte nehmen wollen.«

»Klingt in der Tat sehr nach Verdrängung.«

»Was allerdings gar nicht zu ihr paßt, muß ich zugeben«, merkte Dr. Arntz an. »Sie war nie naiv oder verträumt. Eher der Typ mit klarem Verstand. Darum dachte ich mir auch: armer Verstand. Schwindet mit dem Tod des Gatten. – Jedenfalls hat sie mich vor zwei Tagen angerufen. Und grade vorher wieder. Aber ehrlich, lieber Blind, ich kann da nicht mehr hingehen und die Frau trösten. Trösten, weil wir nichts tun können und nichts tun werden.«

»Aha! Und? Sie meinen jetzt, statt dessen sollte *ich* ihr sagen, daß wir nichts tun werden und nichts tun können?«

»Nun ... im Grunde, wenn ich ehrlich bin: Ja! – Damit Greta endlich merkt, daß es nicht an mir liegt. Das glaubt sie nämlich. Sie denkt, ich sei ein unwilliger Abteilungsleiter, der Angst hat, seine Statistik könnte Schaden nehmen. Und der niemals dort bohrt, wo der Erfolg gefährdet wäre. Der sich sagt, lieber *kein* Fall als ein ungelöster.«

»Und ich soll die Dame davon überzeugen, wie wenig das stimmt? Oder soll ich ihr auch richtig zuhören?«

»Das können Sie gerne machen, Herr Blind. Greta ist im Prinzip eine kluge, faszinierende Frau. Aber es wäre halt besser, wenn sie begreift, daß es weder aus Faulheit noch aus Feigheit geschieht, wenn auf dieser Angelegenheit der Deckel bleibt. – Tun Sie das für mich? Erklären Sie Greta die Unabwendbarkeit des Deckels?«

Ich nickte. »Okay. Ich rede mit ihr.«

»Wirklich?« Er sah mich so verblüfft wie erfreut an.

Der eigentliche Grund war, daß ich dankbar war für eine Abwechslung. In diesen Tagen dominierte der Terror. Es hatte Anschläge in Paris gegeben, das muslimische Gespenst ging um in Form von all den Individuen, deren Frustration über ihr Leben die Frustration von Raupen war, Raupen, denen jeglicher bürgerlicher Weg versperrt war, ihr Larvenstadium zu beenden. Und die darum um so empfänglicher für die Illusion waren, zu Gotteskriegern verwandelt, das luftige Dasein der Schmetterlinge zu führen. Flügelschlagend Angst zu verbreiten und mordend ins Himmelreich zu gelangen.

In Deutschland bestand fortgesetzt eine sogenannte abstrakte Terrorgefahr, mit gelegentlichen Hinweisen, wo und wann am ehesten die Abstraktion konkrete Züge annehmen könnte. In erster Linie waren wir damit beschäftigt, eine Unmenge von Daten auszuwerten und zu spekulieren, welche davon wirklich von Bedeutung sein könnten. Aber um es offen auszusprechen: Hätten wir sichergehen wollen, hätten wir das ganze Pack auf Verdacht hin festnehmen und auf einer einsamen Insel aussetzen müssen. Andererseits ist es ein bekanntes Phänomen, daß, wenn man ein Pack festsetzt, genau aus diesem Umstand heraus ein neues Pack geboren wird. Für Fanatiker und Kriminelle, klein wie groß, gilt das gleiche wie für Politiker und Führungskräfte, daß nämlich das eigentliche lebendige Wesen nur aus der Position besteht, die irgendein Mensch besetzt. Und nach ihm halt der nächste. Anders gesagt: Wo ein Tresor ist, wird sich immer jemand finden, der ihn knacken möchte, auch wenn der Tresor jetzt Computer heißt. Kriminalität ist eine Form von Natur. Eine ungute Form, keine Frage. Und die Polizei gezwungen, Leute zu jagen, anstatt nämlich die Position, die sie bekleiden (wir erschießen einen oder nehmen einen gefangen, und was wir dann haben, ist also ein Kleid).

Jedenfalls waren gleich zwei Sonderermittlungsgruppen in meinem Dezernat damit beschäftigt, die organisierten dschihadistischen Gruppen zu überwachen, unter anderem, indem wir verschiedene V-Leute eingeschleust hatten. Doch bedrohlicher erschienenen im Moment die »sich selbst lenkenden Einzeltäter« oder verwandtschaftlich verbundene Grüppchen, die sich einredeten, im Namen großer Organisationen – etwa der im Radikalinskiwettstreit befindlichen al-Qaida und IS-Gruppen – zu operieren, ohne daß aber ein wirklicher Auftrag bestand. Diese jungen Kämpfer meinten, den Auftrag zu *erspüren*. Die Rechtfertigungsargumente holten sie sich aus dem Internet. Es würde noch der Tag kommen, wo man sich solche Rechtfertigungen bei Amazon bestellen konnte und keine propagandistischen Seiten mehr aufzusuchen brauchte. Nein, diese Leute waren keine Schläfer. Sie waren nicht das Produkt einer bestimmten Ideologie, sondern aller zusammen. Auf eine tragische Weise symbolisierten sie unser aller Scheitern.

Das Undankbare für uns, die Polizei, bestand darin, ein Komplott aufzudecken, das eher die Miniatur eines Komplotts darstellte, eine gedankliche Spielerei, die mit großer Plötzlichkeit real werden könnte. Mitunter war unsere Arbeit eine Frage von Glück und Pech, unser Gelingen so wenig absichtsvoll wie unser Versagen Ausdruck einer Nachlässigkeit oder Dummheit. – Wo uns sonst gar nichts blieb, blieb uns nur noch der Fleiß. (Man muß es so sagen: Polizisten haben es lieber, wenn etwas geschieht, auf das sie reagieren können, so wie Ärzte lieber eine Krankheit behandeln, als ein Unwohlsein zu analysieren, aus dem eine Krankheit erwachsen wird oder auch nicht.)

Dr. Arntz erhob sich, beugte sich über meinen Tisch und schrieb auf ein leeres Blatt Papier die Adresse der Greta Nelson. Dann fragte er: »Ich will nicht unverschämt sein, aber wäre es möglich, gleich loszufahren? Ich hab Frau Nelson versprochen, es würde noch heute Nachmittag jemand vorbeischauen.«

Ich sah auf meine Uhr und erklärte, in einer halben Stunde eine Einsatzbesprechung leiten zu müssen, aber nur die Besprechung, nicht den Einsatz. Ich könne also danach zu Frau Nelson fahren.

»Ich bin Ihnen etwas schuldig«, versprach Dr. Arntz.

»Was Kleines oder was Großes?«

»Was Mittelgroßes«, antwortete er ernst und wandte sich noch einmal dem Bram-Stoker-Autograph zu, ganz in der Art, als verabschiede er sich mit einer höflichen Geste von einer höheren Instanz. Dann trat er nach draußen. Die gläserne Türe fiel sachte ins Schloß. Ich griff in meine Lade, zog ein Döschen hervor, aus der ich eine Tablette nahm und sie mir auf die Zunge legte. Ich schluckte das Medikament hinunter und schickte einen Schluck Wasser hinterher. Mein Magen grüßte.

7

Es wurde wieder kälter. Nach Tagen der Wärme. Ein komischer Winter war das. Eher ein April von Winter.

Nelsons Villa lag weit oben, zur Straße hin von einer hohen, hellen Mauer und seitlich von massiven, nicht minder mächtigen Hecken abgeschirmt. Hecken, derart glatt gestutzt, daß sie wie spiegelnde Flächen wirkten. Oder handelte es sich um grünes Glas? Es gibt diese Architekturen, die gerne tricksen. Die sich mit jedem Schritt verändern, so daß man nie drauf kommt, was wirklich stimmt. Dazu kann man dann »raffiniert« oder »perfid« sagen.

Ich parkte vor dem Eingang dieses raffiniert perfiden Gebäudes und läutete. Die Türe sprang auf, ohne daß ich meinen Namen genannt hatte. Entweder wußte Frau Nelson, ich würde kommen, oder sie war weit weniger paranoid, als die Umzäunung vermuten ließ. Um eine bedienstete Person jedenfalls konnte es sich nicht handeln. Die wollen immer den Namen wissen und sind zu Polizisten etwa so freundlich wie zu Prospektverteilern.

In der Tat war es unverkennbar die Dame des Hauses, die mich am Ende der Treppe auf einer dem Eingang vorgelagerten Terrasse empfing. Eine Frau um die Sechzig, die bei aller Attraktivität nicht jünger wirkte, als sie war. Sechzig herum. Ich sage mal so: Man sah Frau Nelson die Witterung an, der sie sechs Jahrzehnte lang ausgesetzt gewesen war; den Regen, den Wind, die Hitze in all den Jahren, die innere wie äußere Hitze, die Frostperioden, den Föhn, die Sonnenbäder, die Martinis am frühen Nachmittag und den Wein an langen Abenden, die vielen Hautcremes im Widerstreit mit den vielen gerauchten Zigaretten, die Pilates-Stunden, die Friseurstunden, die Wanderungen durch die Boutiquen. Ich vermutete Kinderlosigkeit genauso wie das Fehlen eines Berufes, zumindest eines klassischen. Diese Frau war nie im Büro gesessen, zumindest nicht lange genug, um einen Bürokörper entwickelt zu haben (einen Körper, der, gleich, ob dick oder dünn, stets etwas Stühlernes und Scharniertes besitzt und dazu eine Aura von Verbitterung). Greta Nelson fehlte eine solche Aura. Unabhängig davon war sie ausgesprochen schlank – sie stand quasi mit einem Fuß über dem Abgrund zum Ausgemergeltsein, während aber das andere Bein über einen sehr sicheren Halt verfügte und den ganzen Körper im Gleichgewicht hielt. So würde sie nie den Grat verlassen, aber auch nie fallen. Sie war ohne Mantel, trug ein rosafarbenes Kostüm, wobei ich erst im Näherkommen das Karomuster aus Rosa und Weiß erkannte. Knielanger Rock und taillierter Blazer paßten in einer Weise, wie man sagt, etwas sei angegossen, und zwar, als sei es vor zwanzig Jahren angegossen worden und habe den darunter liegenden Leib in diesen zwanzig Jahren gezwungen, die Form beizubehalten. Der Hals lag frei, kein Hinweis auf eine Bluse. Das rotblonde Haar war zu einer sich selbst umarmenden Kurve hochgeschraubt. Augen, Nase, Mund und Wangen besaßen insgesamt etwas *Scharfes*, etwas von einem Set japanischer Messer, die ja wirklich schön anzusehen sind, diese Messer aus Stahl und aus über sechzig Lagen, welche freilich an die tausend Euro kosten, bei deren Anblick man stets die Vorstellung eines mit allergrößter Leichtigkeit durchtrennten Fingers entwickelt. So ein Gesicht war das. – Es war aber kein böses Gesicht, hatte nichts von blöder Keiferei oder Hinterlist oder Geldgier, bloß diese präzise Schärfe.

»Sie sind der Kommissar, den mir Herbert schickt, nicht wahr?«

»Erster Kriminalhauptkommissar«, präzisierte ich. Und fügte an: »Ich sage das nur, damit Sie nicht glauben, Dr. Arntz hätte Ihnen den Hausmeister vom LKA geschickt. Mein Name ist Blind.«

»Gott, Sie Armer, da müssen Sie sich wohl einigen Unsinn anhören.«

»Ich hoffe, nicht von Ihnen.«

»Wenn Sie bereit sind, zu sehen, wo es etwas zu sehen gibt, dann ganz bestimmt nicht«, sagte sie und reichte mir ihre Hand. Ihre linke, die ich darum auf eine Weise berühren mußte, wie man nach einem Kind greift, um es zu führen. Freilich schielte ich augenblicklich nach jener Hand, die ich eigentlich erwartet hatte. Und merkte jetzt, daß an ihrer Rechten sämtliche Finger außer dem Daumen fehlten. Nur die Ansätze knapp oberhalb der Mittelhandknochen waren zu sehen, vier Stummel. Die Hand hatte etwas von einem Kugelfisch. – Sie verbarg sie nicht. Erklärte aber auch nicht, warum sie so war. Und sagte ebensowenig *Verzeihen Sie meine Hand!*, natürlich nicht. Sondern bat mich einzutreten.

Es war auch im Inneren ein modernes Haus, wobei »modern« ein schwieriger Begriff ist, weil fast alles so heißt, was nicht alt ist. Jedenfalls dominierten klare Formen und die Farbe Weiß. Ich dachte mir: Wäre der Himmel eine Klinik, dann wäre es dort wohl ähnlich eingerichtet. Und es würde bedeuten, daß in den Himmel nur die Reichen kommen.

Frau Nelson führte mich über eine breite Mitteltreppe in einen weiten Raum, der mittels verglaster Rückfront ebenerdig auf eine dahinterliegende kleine Parklandschaft wies. Nicht wirklich klein, aber kaum breiter als die Villa, dafür von beträchtlicher Tiefe. Zwei Reihen von Obstbäumen bildeten eine Allee, deren Ende ich nicht mehr ausmachen konnte. Das Ende war gleich dem Ende meiner Sehkraft: ein dunkler Schwamm.

»Machen Sie es sich bitte bequem«, sagte Frau Nelson. »Ich bin sofort bei Ihnen. Ich muß nur ein Telefonat zu Ende führen.«

Sie verschwand im Osten des Hauses (nicht, daß ich wirklich wußte, wo Osten lag, aber wenn ich in ein Haus kam, geriet ich in ein persönliches System der Himmelsrichtungen; sobald ich saß, war Osten rechts von mir). Ich sah mich um. Um es auf den Punkt zu bringen: Kamin und Kunst. Aber natürlich auch eine Sitzgruppe von jener Größe, die schwerhörige Menschen fürchten, weil dann alle so weit auseinander sitzen. Ich ließ mich im Zentrum dieser Möbelanordnung nieder und schloß meine Augen.

Minutenschlaf.

Ich war ein Meister des Minutenschlafs. Nickte in solchen Momenten für vier, fünf Minuten ein. Sehr tief. Manchmal träumte ich und erwachte dann mit dem Gefühl, soeben in einem Nest gelegen zu haben. Und immer vernahm ich in meinem Ohr den Schlag meines kranken Herzens.

Als ich jetzt die Augen öffnete, erkannte ich Frau Nelson, die mir gegenübersaß und deren beide Hände – Kugelfisch und Seestern – auf den Knien ruhten. Sie betrachtete mich mit ihren japanischen Messeraugen und fragte, wieviel mir Herbert denn erzählt habe.

»Dr. Arntz«, sagte ich, »meint, Sie würden den Selbstmord Ihres Mannes bezweifeln.«

»Das tue ich.«

»Darf ich offen sein?«

»Bitte.«

»Es wird behauptet, Sie hätten Schwierigkeiten zu akzeptieren, daß Ihr Mann mit einer sehr viel jüngeren Frau zusammen war. Mit der er dann auch noch gemeinsam in den Tod ging. Man kann ruhig sagen: Das ist ein zweifacher Betrug. Und der zweite wiegt noch sehr viel schwerer als der erste. Aber … aber es ist eben nichts, was die Polizei interessieren müßte. Außer Sie können mir etwas Konkretes in die Hand geben. Mehr als ein Gefühl, etwas würde nicht stimmen.«

»Ach! Dabei ist es doch immer ein Gefühl«, sagte sie, »das am Anfang einer Aufklärung steht. Nicht ein Beweis. Hätte man gleich einen Beweis, bedürfte es keiner Polizei, oder?«

»Frau Nelson, ich bitte Sie, Ihr Mann starb vor eineinhalb Jahren. Und der Unfallwagen wurde genauestens untersucht. Hätten wir Fremdverschulden festgestellt …«

»Haben Sie sich den Wagen denn angesehen?«

»Persönlich? Sie wissen sicher, daß ich mit dem Fall damals gar nicht betraut war.«

»Aber *jetzt*, jetzt sind Sie doch betraut damit, denke ich«, sagte sie und schenkte mir ein Stirnrunzeln. »Oder warum sind Sie hier?«

»Ich …«

»Wenn Sie gekommen sind, um mir einen Therapeuten zu empfehlen, kann ich Ihnen versichern, ich habe schon einen. Oder wenn Sie gekommen sind, um sich ein paar Minuten auszuschlafen, dann …«

»Sie müssen verzeihen.«

»Müdigkeit verzeihe ich, Ignoranz nicht. – Aber ich weiß schon, Sie brauchen etwas, um in Gang zu kommen. Treibstoff. Also: Mein Mann war nicht der Geliebte von Mona, weil … nun, Mona war *meine* Geliebte.«

»Wie bitte?«

»Sie sind aber keiner, der so was für pervers hält, oder?«

Ich hob die Hände zur liberalen Geste und zitierte den Titel eines Woody-Allen-Films: »Whatever works.« Um nachfolgend zu erklären: »Ich frage mich nur, warum Sie das erst jetzt sagen. Zumindest hat Dr. Arntz mir gegenüber dies mit keinem Wort erwähnt. «

»Sehen Sie. Ich dachte mir immer, wenn ich das erzähle, würde es die Polizei in eine völlig falsche Richtung lenken. Man würde zwar abrücken von der These, hier habe ein alter Mann sich und seine junge Geliebte getötet, dafür aber annehmen, ein betrogener Ehemann hätte beschlossen, die verhaßte Geliebte seiner Frau umzubringen. Und sich dazu.«

Nun, da lag sie nicht ganz falsch. Der Rachegedanke konnte ungleich stärker gelebt werden, indem man, anstatt die betrügerische Ehefrau zu erledigen, sie am Leben ließ und statt dessen deren junge Geliebte mit in den Tod nahm. Wenn man ohnehin schon dabei war, Selbstmord zu begehen.

»Ich wollte vermeiden«, sagte Greta Nelson, »daß Ihre Kollegen auf eine solche Idee kommen. Außerdem habe ich Mona versprochen, ihre Eltern zu schützen. Und genau darum muß ich Sie sehr bitten: Behalten Sie für sich, daß nicht mein Mann es war, der ein Verhältnis mit dieser jungen Frau hatte, sondern ich.«

»Gut. Da fragt sich dann allerdings, was die junge Frau, mit der Sie in Liebe verbunden waren, im Wagen des Mannes verloren hatte, mit dem Sie in Ehe verbunden waren. Ausgerechnet in dem Moment, wo er mit Höchstgeschwindigkeit zielgenau an einen Baum rast.«

»Ich weiß es nicht«, sagte Greta Nelson. »Es ist mir ein Rätsel. Aber es ist eben nicht das, was die Polizei vermutet hat. Ich will, daß Sie begreifen, wie wenig es stimmen kann, hier habe ein verzweifelter alter Mann die ewige Vereinigung mit seiner jugendlichen Mätresse gesucht. Da hätte schon ich selbst diesen Wagen steuern müssen. Eine verzweifelte alte Frau.«

»Und wenn es doch aus Rache geschah?«

»Hätten Sie meinen Mann gekannt, wüßten Sie, wie lächerlich eine solche Annahme ist. Glauben Sie mir. Das kann Ihnen Ihr Chef, der liebe Herbert, sicher bestätigen. Und noch etwas: Haben Sie den Abschlußbericht gelesen?«

Stimmt, das war nachlässig gewesen, mich so gar nicht vorbereitet zu haben. Daß ich mir das Ganze als einen bloßen »Besuch« gedacht hatte. Und mußte also gestehen, rein gar nichts gelesen zu haben.

Sie forderte: »Holen Sie das nach.«

»Und was werde ich finden?«

»Ungenauigkeiten.«

»Noch einmal, Frau Nelson, wer soll Ihrer Meinung nach hinter dem Tod Ihres Mannes stecken, wenn es weder ein Selbstmord noch ein Unfall war?«

»Schauen Sie doch einfach, wer von seinem Tod profitiert hat.«

»Entschuldigen Sie schon, aber ich denke, in erster Linie Sie selbst.«

»Ich rede doch nicht von Geld, Herr Kommissar. Geld ist nur ein Argument für die, die keines haben. Ich spreche von Macht. Schauen Sie sich die Positionen an, die mein Mann besetzt hat, und wer sie jetzt an seiner Stelle besetzt.«

»Es heißt, Ihr Mann sei depressiv gewesen«, erwähnte ich das wenige, das ich wußte. »Und in Behandlung.«

»Er war schwermütig. Das war er immer gewesen.«

»Manche Schwermut ist irgendwann nicht mehr auszuhalten.«

»Er hatte einen guten Weg gefunden, damit umzugehen. Die

Schwermut war ein unverzichtbarer Teil seines Wesens, seiner Kraft. Er war ein kraftvoller Depressiver. Und niemand, der eine fremde Person mit in den Tod nimmt. Ich weiß nicht, was er und Mona zu besprechen hatten, warum sie gemeinsam in diesem verfluchten Wagen saßen, aber ganz sicher nicht, um zu sterben.«

»Hatten Sie nie die Idee?«, fragte ich, »jemand anzuheuern, der in dieser Sache recherchiert? Sie können sich das doch wohl leisten.«

»Wen oder was meinen Sie? Ein Detektivbüro? Kleine Männer mit Ferngläsern? Nein, ich finde, Sie sind genau der Richtige. Ich habe das auch immer wieder zu Herbert gesagt: Schick mir endlich den Richtigen! Es hat gedauert, aber meine Sturheit hat sich gelohnt.«

»Na, wenn Sie sich da nicht irren.«

»Tue ich nicht«, erklärte sie bestimmt.

Ich sagte: »Erzählen Sie mir von Mona. Mona ...«

»Mona Oldenberg. Ich lernte sie kennen, weil sie reiche Frauen suchte.«

Ich lachte: »Im Ernst?«

»Ja, für ihre Doktorarbeit, die – das ist kein Scherz und auch kein Spaß – den Titel *Reiche Frauen* trug, eine soziologische Studie über Frauen mit Geld und was das viele Geld mit ihnen anstellt. Also nicht etwa die Frauen reicher Männer, sondern Frauen, die auch ohne ihre Männer über ein großes Kapital verfügen. Wobei Mona nicht einen bestimmten Typus behandelt hat, sondern das ganze Spektrum. In diesem Spektrum besetzte ich den Platz der ›reichen Frau ohne Ambitionen‹. Ohne das Bedürfnis, ein Unternehmen zu führen, eine Stiftung zu gründen, dem Staat meine Kunstsammlung zu vermachen, in die Politik zu gehen, Kinder zu zeugen, noch besser, sie zu adoptieren, Delphine zu retten. Ich besitze, was ich geerbt habe. Ich bin mit einem silbernen Löffel im Mund geboren, hatte aber nie den Ehrgeiz, darum Aktien von Löffelherstellern zu kaufen. Mein Vermögen ist dennoch gewachsen, natürlich. Wenn Sie Geld haben und das Geld nicht absichtsvoll in die Luft sprengen, beginnt es automatisch zu wachsen. Sie können dem Geld dabei zusehen wie einer größer werdenden

Herde von Kühen. Weil Sie dann nämlich ständig von Leuten umgeben sind, die sich bemühen, Sie reicher zu machen, um selbst reicher zu werden.«

Ich war etwas erstaunt, weil ich gedacht hatte, Frau Nelsons Vermögen sei allein dem Erfolg ihres Mannes zu verdanken. Doch es war gerade umgekehrt, wie sie mir jetzt erklärte. Nun begriff ich auch ihre Bemerkung, inwieweit Geld nur für die ein Argument sei, die keines besäßen. Das war bei ihr nie der Fall gewesen. Sie hatte die Geschäftsideen ihres Mannes, seine Forschung, seine Innovationen finanziert. Von Anfang an. Die beiden hatten jung geheiratet, die reiche Erbin und der arme Mikrobiologe.

»Eine gute Ehe?« fragte ich und dachte an Dr. Arntz' Bemerkung, die Liebe zwischen den beiden habe sich in Grenzen gehalten.

Sie aber sagte: »Eine gute. Eine wirklich gute. Was nicht bedeutet, daß wir vierzig Jahre Händchen gehalten haben. Gab es Streit, dann nur kurz, weil wir es vorzogen, dem Streit auszuweichen. Manchmal war ich wochenlang ohne ihn unterwegs und er wochenlang ohne mich. Für andere war das Ausdruck einer Krise. Für uns nicht.«

»Warum dann Mona?«

»Träumen Sie nie davon, mit einem jungen Menschen zusammen zu sein? Die Jugend zu spüren. Die Vergangenheit. So wie umgekehrt der junge Mensch sich in einen alten verliebt, um die Zukunft zu spüren. Zu spüren, was er einmal sein wird, wenn er nicht mehr jung ist. Die Liebe zwischen einem alten und einem jungen Menschen ist die einzig durchführbare Form der Zeitreise.«

Ich überlegte. Sehnte auch ich mich nach Zeitreisen mittels Tuchfühlung? Na, ganz so jung wie Mona Oldenberg – bei ihrem Tod vierundzwanzig – waren die Frauen in meinen letzten Jahren nicht gewesen.

Es ist natürlich kein Verbrechen, mit einer Vierundzwanzigjährigen ins Bett zu gehen. Aber so was hat doch … keine Zukunft. Genau das dachte ich jetzt, *keine Zukunft*, und schmunzelte, weil ja soeben Frau Nelson von der Reise in Vergangenheit und Zukunft gesprochen hatte.

Sie sah mein Grinsen und meinte: »Ich war nie eine Lesbe, wenn es das ist, was Sie denken. Und werde auch keine werden. Aber bei Mona … nun, es war so, daß ich mich in den Menschen Mona verliebt habe. Nicht, weil sie eine Frau war, sondern, obwohl sie eine Frau war. Ich habe ihren Körper begehrt, weil ich sie als Ganzes begehrt habe. Wissen Sie, wäre Mona eine Tulpe gewesen, hätte ich mich nicht gescheut, Sex mit einer Tulpe zu haben.«

»Soll ich mir das jetzt bildlich vorstellen?« fragte ich.

»Stellen Sie es sich zärtlich vor, gleich, ob Frau oder Tulpe.«

»Und mit Ihrem Mann …?«

»Wir hatten unsere Jahre mit Sex, und dann hatten wir unsere Jahre ohne. Ich finde nicht, daß die letzteren die schlechteren waren.«

Endlich stellte ich die entscheidende Frage: »Wußte Ihr Mann von Mona?«

»Nun, er wußte natürlich, daß es sie gab. Sie war ja oft hier, um die Interviews zu führen. Blieb auch mal zum Essen, brachte Freunde mit. Aber ob er geahnt hat, daß ich mit ihr ein Verhältnis habe … Ich habe es ihm nicht gesagt. Und es wäre auch nicht seine Art gewesen, sich darum zu kümmern. Wissen Sie, es mag Ihnen ungewöhnlich erscheinen, aber für ihn war der entscheidende Punkt wirklich der, daß ich ihm, als wir noch jung waren, das viele Geld für seine Forschung überlassen habe. Ohne ihn das ständig spüren zu lassen. Dieses Geld hat uns verbunden, gut verbunden. Ich habe ja früh geerbt. Meine Eltern kamen bei einem Hotelbrand ums Leben, während übrigens seine Nazieltern … Wissen Sie von seinen Nazieltern?«

Ich nickte.

»Also, die leben noch immer, werden bald neunzig. Ich persönlich glaube, daß Nazis älter werden als andere Menschen, weil sie sich vom Leben nach dem Tod wenig Gutes erwarten. – Aber Sie sind ja nicht hier, um sich meine Nazitheorien anzuhören. Also: Nein, er wußte von Mona, aber nicht von unserer Liebe.«

»War es das wirklich: Liebe?«

»Sie nehmen sich einiges heraus«, sagte sie.

»Was nur beweist, daß ich beginne, den Fall ernst zu nehmen. Beziehungsweise so etwas wie einen *Fall* überhaupt zu sehen.«

»Es war Harmonie«, erklärte Nelson. »Wenn ich Mona gesehen habe, kam mir das vor, als schaue ich ein gelungenes Bild an. Ein Bild, in das ich mich praktisch selbst hineinstellen konnte, ohne daß dann das Bild zerstört gewesen wäre. Was meistens der Fall ist, wenn man sich in ein Bild hineinstellt.«

Da hatte sie wohl recht. Ich nickte und sagte: »Apropos Bild. Können Sie mir ein Photo von Mona geben? Die Photos, die wir von ihr haben, zeigen eine tote Frau. Mir wäre aber lieber das Bild einer Lebenden.«

»Ungewöhnlich für einen Polizisten.«

»Nun, es ist meine Reaktion auf die vielen Krimiserien im Fernsehen, wo die Kommissare ihre Pinnwände mit den Photos schrecklich entstellter Leichen anfüllen. Absurd. Nur weil jemand Kanalräumer ist, sammelt er ja keinen Kot, oder?«

»Sie könnten im Internet nachsehen.«

»Ich gönne mir aber den Luxus, um ein Photo zu bitten.«

»Gut«, sagte Nelson, »ich hole Ihnen eines.«

Sie verschwand kurz, kam zurück und reichte mir eine Photographie.

»Da ist sie aber noch ziemlich jung«, kommentierte ich den Anblick.

»Nein, das wurde ein paar Monate vor ihrem Tod aufgenommen. Aber es stimmt, sie hat da eher wie achtzehn als wie vierundzwanzig ausgesehen.«

»Sechzehn«, sagte ich.

»Sie hätten sie reden hören müssen. Ich meine nicht die Stimme, die Stimme war jung. Aber ihr Blick auf die Dinge … als sei sie steinalt.«

»Ich darf das Photo mitnehmen?«

»Ich kopiere es Ihnen.«

»Ich hätte lieber das Original.«

»Welcher Jahrgang sind Sie?« fragte sie.

»Achtundfünfzig«, antwortete ich.

»Sie glauben noch an die Aura des Originals, nicht wahr? Und daß ein Original etwas weiß, was die Reproduktion nicht weiß. Wobei, im Falle eines Photos muß man sich fragen, ob denn nicht nur das Negativ als Original gelten kann.«

»So ein einzelner, abgegriffener Abzug«, sagte ich, »geht bei mir auch als Original durch. Und richtig, wenn ich an eine Aura glaube, dann an die.«

Ich betrachtete die Abbildung der jungen Frau, die allein ihren Kopf zeigte, und zwar vor dem Hintergrund einer spiegelnden Scheibe, auf der sich die Lichter einer nächtlichen Stadtlandschaft abzeichneten. Es waren sicher auch ihre Zöpfe, die sie so jung erscheinen ließen. Dazu ein sehr feines, eher schmales Gesicht, schmal, aber ohne Vertiefungen, ohne Furchen. Zudem Sommersprossen, ganz dicht im Bereich der Nase, an den Wangen zusehends abnehmend, so daß nur noch ein paar Ausreißer bis zum Gesichtsrand reichten. Eine hübsche Explosion. Die Augen grau, ein Samtgrau, wie man es von Sofas oder Mäusen kannte. Ihr Haar blond, fast gelb.

Ich sagte: »Sie könnte Ihre Tochter sein.«

Nelson zog ihre Stirn kraus und erklärte: »Das ist jetzt aber platt.«

»Nein, Sie mißverstehen mich. Ich spiele nicht auf den Altersunterschied an. Ich meine die Ähnlichkeit zwischen Ihnen beiden. Keine frappante, aber doch … die gleiche Gesichtsform, der gleiche Ausdruck.«

»Sehen Sie bei mir irgendwelche Sommersprossen?«

Ich darauf: »Ich könnte mir vorstellen, daß Sie einmal welche hatten.«

Sie blickte mich interessiert an. Gab aber keine Antwort. – Hatte ich etwas Treffendes gesagt? Hatte sie früher tatsächlich welche besessen? Konnten Sommersprossen im Alter verschwinden? Oder waren sie nur unsichtbar, weil wir gerade Winter hatten? Oder aber hatte Nelson sie sich entfernen lassen?

Ich merkte, wie ich mich nach und nach in diesen Fall verliebte. Daß mich diese Geschichte so viel mehr anzog, als mich um Salafisten und Terrorschutz und politisierte Gangsterrapper und die verdammte organisierte Kriminalität zu kümmern und ständig Wege zu finden, den Datenschutz zu umgehen. Es erschien mir um einiges anregender, sich um diesen Sommersprossenengel, der eine Doktorarbeit zum Thema »Reiche Frauen« verfaßt hatte und so jung und mysteriös verstorben war, Gedanken zu machen, als Beweise gegen albanische Zuhälterbanden zu sammeln. (Jeder von uns weiß, wie wenig es nützt, einige dieser Leute ins Gefängnis zu bringen, damit sie dann vom Gefängnis aus weiter operieren. Niemand kann und will das so sagen, aber im Grunde müßten wir diese Typen an die Wand stellen oder sie zum Mond schießen oder lieber zum Mars, und zwar ohne ihnen die Möglichkeit zu geben, sich dort fortzupflanzen und ihre Kinder auf den Strich, den Marsstrich, zu schicken.)

Frau Nelson; Mona Oldenberg; die Liebe zwischen einer jüngeren und einer älteren Frau; der Autounfall; die geheime Kraft, die möglicherweise diesen Unfall bewirkt hatte …

Ich nahm dieses Geschenk an.

Und schaute auf die Rückseite der Photographie.

»Da steht etwas«, sagte ich. »*Golden Awakening,* 15. 4. 13.« Und wollte wissen, was das bedeutet.

»Ich weiß es nicht«, sagte Frau Nelson. »Ich mochte einfach das Bild, und Mona hat es mir gegeben. Einer von ihren Freunden muß es aufgenommen haben. Ich denke, von ihm stammt auch die kurze Notiz.«

»Hat der Freund einen Namen?«

»Wahrscheinlich schon. Aber Mona hat ihn mir nicht genannt, und ich habe auch gar nicht danach gefragt. Warum auch?«

»Mal sehen«, sagte ich und sagte weiter: »Sie sind also einverstanden, wenn ich das Photo mitnehme. Im Sinne einer Originalhuldigung.«

»Huldigen Sie.«

Ich steckte das Bild ein und erhob mich. »Gut, Frau Nelson. Ich werde mir das Untersuchungsergebnis von damals ansehen. Und mir die Leute anschauen, die Ihrem Mann in seine Positionen folgten. Ja, und ich werde mich um ein *Goldenes Erwachen* kümmern. Sollte tatsächlich etwas faul sein …«

»Das ist es, glauben Sie mir.«

»Wenn da eine Wunde ist, in die man den Finger legen kann, werde ich das auch tun.«

»Ich vertraue Ihnen«, sagte Greta Nelson und brachte mich in den Vorraum. Sie reichte mir ihre Hand, ihre linke. Ich konnte nicht anders, als die Unhöflichkeit zu begehen, sie zu fragen, was mit ihrer anderen Hand geschehen sei.

Sie fragte zurück, ob ich denn glauben würde, dies sei für den Tod ihres Mannes und den Tod ihrer Geliebten von Bedeutung. Könnte zur Aufklärung beitragen.

Ich darauf: »Wie soll ich das jetzt schon wissen? Ob etwas wichtig oder unwichtig ist, weiß man ja oft erst am Ende. Kriminalistik ist der Versuch, so gut wie alles zu beachten eingedenk eines überraschenden Schlusses.«

Nelson blickte hinunter auf ihre verkrüppelte Hand, dann zu mir hoch und sagte: »Ein Unglück, als ich vierzehn war. Beim Reiten. Mein eigener Fehler und nicht die Schuld des Pferdes. Jedenfalls waren meine Finger Matsch und eine Amputation die einzige Lösung. Ich habe bald festgestellt, wie sehr so etwas als Stigma empfunden wird. Ich bin vielen Leuten unheimlich. Auch wenn keiner das so ausspricht. Die meisten Männer würden es nicht wagen, mit mir ins Bett zu gehen. Es würde ihnen vorkommen, als schliefen sie mit einer Nonne oder einer Werwölfin.«

War das nicht eine Übertreibung? Oder war es vielmehr genau die Erfahrung, die alle Leute machten, bei denen ein Körperteil die gewohnte Gestalt eingebüßt hatte? Auch wenn jemand eine Schönheit war? Eigentlich erst recht als Schönheit. Und eine solche war Greta Nelson ganz sicher. Reich, schön, stigmatisiert. Vielen Menschen erschien ein schöner Krüppel, selbst wenn's nur eine Hand betraf, wie eine Art dämonischer Intervention. Kam einem übernatürlichen Spott gleich. Aufklärung hin oder her.

Als die Stigmatisierte die Türe öffnete, trieb es einige Flocken herein. Endlich gab der bislang so schwächliche Winter ein Lebenszeichen von sich. Wenn ich Schneeflocken sah, fühlte ich mich wie ein junger Hund.

Mit dem Gefühl des Schwanzwedelns ging ich in den Abend hinaus.

8

Kurz nach neunzehn Uhr kam ich im Büro an. Die Einrichtung lag im warmen Licht einer Stehleuchte. Keine Frage, Frau Sterlitz, meine Sekretärin, hatte sie vorsorglich angedreht. Frau Sterlitz, die Perfekte. Die Nimmermüde. Die erste und letzte. – Es ging ihr wie mir. Sie war nicht so gerne zu Hause. Sie war Witwe, stand zwei Jahre vor einer gefürchteten Pensionierung und empfand die Arbeit im LKA als einzige Freude in ihrem Leben. Sie hielt sich so gut wie immer zur Verfügung. Manchmal ging sie ins Theater, in die Oper, nicht ohne schlechtes Gewissen und nicht ohne mir zu versichern, stets erreichbar zu sein und sofort bereit, die Oper oder was auch immer zu verlassen, um nächtens ins Büro zurückzukehren. Sie und ihr Gedächtnis. (Ich gebe gerne zu, daß niemand in diesem Dezernat es eher verdient hätte, mehr zu verdienen als sie, während in Wirklichkeit niemand so wenig verdiente. Aber auch dies hielt ich für eine Prüfung. Eine göttliche, vielleicht auch eine des Schicksals. – Ich weiß nicht, ob viele Menschen diesen Zustand kennen, aber ich bin tatsächlich jemand, der halb gläubig und halb ungläubig ist, und zwar gar nicht hintereinander, sondern gleichzeitig, wie diese Katze, die von Herrn Schrödinger stammt und die zur selben Zeit tot *und* lebendig ist. – Ich vermute, bei Frau Sterlitz war es ähnlich, ich meine, daß sie gleichzeitig gläubig und ungläubig war und nicht etwa gleichzeitig tot und lebendig, auch wenn man das bei vielen Sekretärinnen vermuten könnte.)

Klar, jetzt werden einige denken, es handle sich hier um das typische Verhältnis einer alternden Schreibkraft zu ihrem angehimmelten Chef. Aber Frau Sterlitz war nicht in mich, sondern in ihre Tätigkeit verliebt, welche freilich ganz unmittelbar mit mir zusammenhing. Weil es Verbrechen gab, gab es auch Kommissare, vielleicht sogar umgekehrt. Sekretärinnen waren eine Folge davon. Wobei ich klug genug war, Frau Sterlitz spüren zu lassen, wie wichtig sie für mich war. Ich hatte keine Gewalt über ihre Entlohnung, aber sehr wohl über ihre Bedeutung. Und wußte, wie sehr sie weiße Rosen schätzte. Wann immer sich die Gelegenheit bot, offerierte ich ihr einen Strauß. Sie sagte dann nie: »Ach, das wäre nicht nötig gewesen«, sondern: »Wie lieb von Ihnen.« Und damit war nicht zuletzt gemeint, die Impertinenz vermieden zu haben, ihr billige Blumen zu schenken, Geiz-ist-geil-Blumen, sondern welche, die nicht binnen kürzester Zeit an die Vergänglichkeit allen Lebens erinnerten.

Ich kam jetzt an ihrem Tisch vorbei, der meinem mit einer Glasfront abgetrennten Büro vorgelagert war, und bat sie, mir die Akte zu besorgen, die bei der Untersuchung des Todes von Karel Nelson zustande gekommen war.

»Der Erfinder und Millionär?«

»Genau der.«

»Ich erinnere mich«, sagte Frau Sterlitz. »Die Sache mit der jungen Geliebten. Sommer 2013. Frontal gegen einen Baum. Das tragische Ende einer unmöglichen Liebe, hat es geheißen. Ein Fressen für die Boulevardpresse. – Mache ich gerne.«

»Und stellen Sie mir einen kleinen Überblick über Mona Oldenberg zusammen. Sie war die junge Frau, die in diesem Wagen starb.«

Das war eigentlich nicht ihr Job, die Recherche. Aber ich wußte, wie gerne sie so was neben dem Schreibkram tat und wie groß ihr Geschick war, einen »Überblick« zu verfassen. Eine Quintessenz. Eine … Charakterstudie. Und daß sie vor allem sofort damit beginnen würde, ohne sich zu erkundigen, ob wir denn zur Zeit – während Europa mit der »islamistischen Grippe« im Bett lag – nicht Besseres zu tun hätten, als eine vor zwei Sommern verstorbene Soziologin auszugraben.

»Kaffee?« fragte ich. Es gehörte zu den Spezialitäten im Verhältnis zwischen mir und Sterlitz, daß nicht sie, die Sekretärin, sondern ich, der Kommissar, den Kaffee bereitete, wahrlich keine Hexerei dank dieser Maschine, die schließlich auch der »Sexiest Man Alive« aus 1997 und 2006 bedienen konnte; und dank deren Müllberge hervorgingen, die von Jeff Koons hätten stammen können. Entscheidend war, daß ich das reaktionäre Prinzip »Sekretärin macht Kaffee« durch jenes konservative ersetzte, einer Dame die Türe aufzuhalten (Kaffee war auch nur eine Türe).

»Ach ja, das wäre freundlich«, erklärte Frau Sterlitz, »einen Arpeggio bitte.«

»Die grünblaue Kapsel?« fragte ich.

»Nein, das ist Dharkan. Arpeggio ist die violette. Und mit ein bißchen Milch wäre fein.«

Ich mußte ständig nachfragen. In meinem Hirn pflegten sich die Farben und Namen zu vermischen. – Ich ging zu der Maschine, wählte aus einem Körbchen die violette Kapsel für Frau Sterlitz und für mich eine rosafarbene, denn um diese Zeit trank ich immer nur Rosa.

Kurz darauf saß ich in meinem Büro, hielt mir die Tasse an die Lippen, die Wärme spürend, den Kaffeedampf inhalierend, und befragte meinen Computer, welche Erklärungen er mir zum Begriff *»Golden Awakening«* anbieten konnte.

Berauschend viel war es nicht. Offensichtlich existierte diese Bezeichnung in einem Massen-Online-Rollenspiel der Firma Nexon, und zwar als »Stamp«... War das jetzt eine Briefmarke oder ein Stempel? Und so hieß auch der Titel des siebzehnten Kapitels eines japanischen Mangas, das von Poltergeistern handelte. Zudem gab es ein Computerspiel namens *Awakening* mit einer *The Golden Age Collector's Edition.* Das war's dann auch schon, zumindest solange man die beiden Wörter zusammenhielt. Und dazu alle Seiten auf englisch. Nicht, daß ich kein Englisch konnte. Aber diese Dinge hätte ich auch auf deutsch kaum verstanden. Es war die Sprache von Spielern, deren Bewußtsein geprägt war von dem Umstand, unendlich oft sterben zu können. Sterben, leben, sterben, leben. Über ihre Computer befanden sie sich längst in einem abenteuerlichen Jenseits. – War es möglich, daß Mona an einem Rollenspiel teilgenommen hatte? Oder sollte diese Phrase vom goldenen Erwachen eine poetische Umschreibung ihres Wesens sein, ausgedacht von einem schwärmerischen Verehrer, der dieses Photo geschossen hatte? Oder …

Ich griff nach dem Telefon und wählte die Nummer eines Mannes, der von jedermann nur »der Parachutist« genannt wurde; ein Künstlername, den man französisch genauso wie englisch aussprechen konnte – wobei der Parachutist behauptete, tatsächlich immer wieder zum Fallschirmspringen zu gehen. Was ihm niemand glaubte, weil er nicht nur ziemlich übergewichtig war, sondern von ausgesprochen schwammiger Gestalt. Er schien eher ein Meeresbewohner denn ein Luftbewohner. Jedenfalls war er das, was man eine Szenefigur nennt: ein Konzeptkünstler ohne Werk und Werktätigkeit, dafür ein famoses Schnorrertum lebend. Wozu auch gehörte, mir hin und wieder als Informant zu dienen.

Als ich an Frau Sterlitz vorbeikam, hielt sie mir einige Papiere entgegen. Die Kopie des Ermittlungsprotokolls, das nach dem Tod Karel Nelsons erstellt worden war, sowie eine erste Übersicht der Oldenbergschen Biographie. Ich nahm die Unterlagen, dankte und erklärte, ich würde jetzt gleich den Parachutisten treffen.

»Das vom Himmel gefallene Dickerchen?«

»Genau den«, antwortete ich und wünschte ihr eine gute Nacht.

Der Parachutist war gerade beim Essen in einem der besseren Restaurants der Stadt. Er war nicht allein, natürlich nicht, er war nie allein, er benötigte stets jemand, der die Rechnung übernahm. Es war eine größere Gesellschaft, die um den Tisch saß. Ich bat eins der beiden Mädchen, die den Parachutisten flankierten, zur Seite zu rücken, ließ mir einen Stuhl bringen, bestellte ein Glas Wein, ein Mineralwasser und setzte mich.

»Saugut, diese Zandersülze«, kommentierte der Essende seine Vorspeise. »Sie sollten auch was bestellen, Herr Kommissar. Sie werden immer dünner.«

»Das ist das Alter«, erklärte ich. »Allerspätestens ab fünfzig kann man nicht bleiben, wie man ist. Entweder man wird hager oder verfettet, aber die Mitte wird unmöglich. Die Mitte ist das Privileg der Jüngeren.«

»Sehe ich wie die Mitte aus?« fragte er, der vielleicht Dreißigjährige. Sein kleiner Kinnbart wirkte wie ein gestricktes Häubchen auf der kugelig-fleischigen Masse unter seinem Mund. Er senkte den Kopf und schaute wieder auf seinen Teller, erkundigte sich aber, was er für mich tun könne.

»Golden Awakening«, sagte ich. »Haben Sie das schon mal gehört?«

»Sie meinen aber nicht dieses Rollenspiel, MapleStory, wo man Berufe wie Flammenmagier oder Pirat ausübt, oder? Außerdem heißt ja nicht das Spiel so, sondern nur eine der Zugangsmarken.«

»Ich bin mir nicht sicher, was ich meine«, gestand ich und erzählte von der Notiz auf dem Photo, ohne aber den Namen Monas zu erwähnen.

»Na … es gibt tatsächlich … ein Spiel. Ein Spiel in echt«, sagte er, »wo die Beteiligten von ihren Aktionen als *Golden Awakening* sprechen. Aber darüber werden Sie weder was im Internet noch sonstwo finden. Die Jungs und Mädchen, die das tun … nun, sie sprechen ziemlich hochtrabend von einem *klandestinen Spiel im realen Raum.* Das sind Leute, die ganz ohne Handys sind, ohne Computer, Leute, die es sich allen Ernstes angewöhnt haben, einander Postkarten zu schicken oder sich an fixen Orten zu fixen Zeiten zu treffen. Oder die ihre Nachrichten auf Servietten schreiben, die sie in irgendwelchen Kneipen zurücklassen. Dabei sind das nicht mal Politische, weder links noch rechts.«

»Und was ist das, was sie spielen?«

»Sie frisieren die Realität.«

»Friseure?«

»Friseure des Lebens. Und zwar wirklich«, erklärte der Parachutist. »Sie brechen irgendwo ein und verändern dort etwas. Sie nennen das *minimalinvasiv.* Eigentlich ein Begriff aus der Medizin. Kleine, feine Eingriffe. Vertauschen oder austauschen. Es geht nicht um irgendeinen Gewinn. Sie stehlen nichts. Manchmal verräumen sie etwas. Oder räumen auf. Es heißt, sie seien einmal in den Justizpalast in Bayreuth eingestiegen, um dort eine Art von Kehrwoche zu veranstalten. Mir scheint, sie verstehen das als pures Abenteuer. Einbrechen um des Einbrechens willen. Zu zeigen, daß man es kann. Sich in ein Autohaus schmuggeln, nur um einen weißen Wagen schwarz zu lackieren, so absolut perfekt, daß der Verkäufer dann halt einen schwarzen statt eines weißen Wagens verkauft. Oder in ein und derselben Nacht in zwei Kirchen einbrechen und die Kruzifixe auswechseln. Angeblich haben sie sich vor kurzem sogar in die Neue Pinakothek einsperren lassen, haben das Sicherheitssystem lahmgelegt, und das alles nur, um die Plätze zweier Gemälde zu tauschen.«

»Davon sollte ich eigentlich gehört haben.«

»Also, ich weiß jetzt nicht, ob das überhaupt aufgefallen ist. Vielleicht aber hat die Museumsleitung die Bilder ganz rasch wieder umhängen lassen und dann halt brav den Mund gehalten. – Seien wir doch ehrlich, wer möchte, daß so etwas publik wird? Wie leicht es ist, dort einzusteigen. Und schließlich war es nicht einmal ein richtiger Raub und Versicherungsfall. Nur eine Demonstration.«

»Man sollte meinen«, sagte ich, »zumindest die Leute, die das veranstalten, haben ein Interesse, die Welt erfahren zu lassen, was sie so treiben.«

»Tun die aber nicht. Sie scheinen das wirklich für sich selbst zu machen. Kein Auftritt nirgendwo, keine Bekennerschreiben, nicht mal die Erklärung, das alles sei eine Form von Kunst. Die sind wie die Leute, die irgendeinen Berg in Weltrekordzeit raufklettern, ohne daß aber das Fernsehen dabei ist und ihnen so ein Red-Bull-Etikett auf der Stirn klebt.«

»Und woher wissen Sie davon, wenn das alles so ungemein geheim ist?«

Er schenkte mir einen verblüfften Blick und meinte: »Dann frage ich mich umgekehrt, wieso Sie überhaupt zu mir kommen?«

»Touché«, sagte ich. Denn es stimmte ja, der Parachutist wußte Bescheid in dieser Stadt. Dort, wo sie geheim oder besonders und anders war. Sein Wissen war sein Kapital. Er kannte jeden und alles und besaß auch noch die zauberische Gabe, Geheimnisse zu verraten, ohne sich dabei Feinde zu machen.

Ich fragte ihn, wie groß die Gruppe der Beteiligten sei.

»Ein kleiner Kreis«, antwortete er, »fünf, sechs Leute vielleicht.«

»Könnten Sie mir einen Kontakt herstellen?«

»Ich habe nicht gesagt, daß ich einen von denen persönlich kenne.«

Worauf ich erwiderte, ich würde immer gleich bemerken, wenn er mich anschwindele. Er habe dann so Flecken auf seiner Wange, ähnlich einem Häufchen kleiner roter Beeren. – Nun, das mit den Flecken war meinerseits eine Flunkerei. Trotzdem, immer wenn ich ihn darauf ansprach, lag ich richtig. Auch jetzt. Der Parachutist gab nach: »Okay, gut, ich sehe einen aus der Gruppe ab und zu. Aber Sie glauben doch nicht, daß diese Leute – die Golderwachten – sich mit einem Polizisten treffen möchten.«

»Vielleicht kann ich denen was anbieten.«

»Und was können Sie *mir* anbieten?«

Der Parachutist war ein Mann der Naturalien. Es entsprach seinem Prinzip – und so gesehen, war er den Golderwachten nicht unähnlich –, ohne Geld zu sein. Niemals hätte er sich einen Anzug gekauft, allerdings war er befreundet mit einer wunderbaren Schneiderin, die ihm offensichtlich etwas schuldig war. Benötigte er ein Auto, borgte er sich eines. Oder besser noch, er fuhr bei jemand mit. Immer war da einer, der in seine Richtung unterwegs war. Hatte er ein gesundheitliches Problem, fragte er denselben Arzt, der ihn des öfteren in seine Staatsopernloge einlud. Apotheker, Bäcker, Weinhändler, er gab den Leuten die Informationen, die sie benötigten, und sie gaben ihm von ihren Fähigkeiten und Produkten.

Es wäre also unsinnig gewesen, dem Parachutisten Geld anzubieten. Auch hatte ich ihn nicht etwa in der Hand. Ohnehin entsprach es nicht meiner Art, Informanten zu drohen. Das Drohen war die erste Stufe der Folter. Und die Folter führte stets zu einer Lüge. Außerdem war zu vermuten, daß der Parachutist selbst noch im Gefängnis eine gute Figur gemacht hätte. Nein, ich drohte ihm nicht und bot ihm kein Geld an, sondern …

Ich überlegte und entschied: Das Zauberwörtchen sollte *Sterlitz* heißen. Jawohl, ich versprach dem Parachutisten, ihm ein Rendezvous mit meiner Sekretärin zu verschaffen. Er war ihr ein paarmal bei mir im Büro begegnet, und ich wußte, wie sehr, geradezu närrisch, er für sie schwärmte. Was erstaunlich war, wenn man bedachte, daß er in der Regel von photomodellartigen Begleiterinnen und flamingohaften Damen aus dem hiesigen Staatsballett umgeben war. Und auch gar nicht schüchtern, weil er so fett war. Das Fettsein war bei ihm kein Problem, es wirkte eher wie ein Schmuckstein.

Ja, verwunderlich, sein Interesse für diese ältliche Witwe, die das Leben verachtete. Aber so war es nun mal, vielleicht ein Mutterkomplex, keine Ahnung. Tatsache war, daß ich ihm jetzt die allergrößte Freude machte, indem ich ankündigte, mich für ihn bei meiner Sekretärin stark zu machen. Allerdings meinte er, der ja sonst nie seine Körperform beklagte: »Und wenn ich ihr zu rund bin?«

»Dann nehmen Sie halt ab. Und zwar vor ihren Augen. Für den Fall, daß Frau Sterlitz so was als Liebesbeweis benötigt.«

»Das würde ich aber ungerne tun.«

»Ihr Problem. – Wollen Sie oder wollen Sie nicht?«

Er senkte ein wenig den Kopf, seufzte hinein in seine Beilage aus Orangen-Fenchel-Salat und meinte: »Sie stellen das aber bitte geschickt an, okay? Nicht, daß ich hernach dastehe wie ein Pennäler. Machen Sie's raffiniert.«

»Ich mach's raffiniert. Versprochen.«

»Gut«, sagte er und wollte nun wissen, was er den Golderwachten anbieten könne als Gegenleistung, sich ausgerechnet mit einem Mann vom LKA zu treffen.

»Nennen Sie denen einen Namen: Mona Oldenberg.«

»Und das soll was bringen?«

»Versuchen Sie es.«

»Gut. Mona Oldenberg also. – Ich werde schauen, ob das funktioniert.«

»Bald«, verlangte ich.

»Ich melde mich morgen Vormittag«, versprach er.

Ich trank mein Mineralwasser. Der Wein hingegen blieb ... nicht unangetastet, aber ungekostet. Wie so oft. So gerne ich mir ein Glas bestellte, mich an dem Anblick erfreute, mit meinen Augen die Farbe schmeckte, das Glas gegen das Licht hielt und den Inhalt hin und her wiegte und sodann über den Rand schnupperte, so stellte ich es dennoch immer wieder ab, ohne einen Schluck genommen zu haben. Was seinen Grund hatte. Der Alkohol war für mich eine Schönheit, die man gerne betrachtet, von der man sich aber nicht küssen lassen möchte. Schon gar nicht auf den Mund.

Ich erhob mich und ging hinüber an die Theke, um zu zahlen.

»Das geht aufs Haus«, sagte der Kellner.

»Nein danke«, antwortete ich und legte ihm einen Schein hin.

Als Polizist lief man ständig Gefahr, irgendwo eingeladen zu werden. Was sich gar nicht lohnte. Gleich, ob es sich um ein Glas Wein oder eine ganze Kiste handelte. Als hätte man so was nötig. Die meisten, die sich bestechen ließen, taten das – anders als im Kino dargestellt – nicht aus Not, nicht, um ihre Kinder in bessere Schulen zu schicken oder ähnlich Heroisches. Bestechung war schlichtweg Ausdruck einer Faulheit. Der Faulheit, die dazu führt, auf ein *Nein* zu verzichten, ein Nein, das man vielleicht auch noch begründen müßte, während *Ja* zu sagen um die Hälfte kürzer ist und in der Regel ohne Erklärung auskommt. Es ist die Ersparnis von zwei Buchstaben, die so vielen Leuten später Ungemach beschert.

Ich ging noch in ein anderes Lokal, eine Bar, wo in einer hinteren Ecke ein kleiner Tisch stand, der ständig für mich reserviert war. Was ich nicht verlangte, wie ich auch in diesem Lokal meine Rechnungen stets selbst bezahlte. Aber der Tisch war immer bereit, mich aufzunehmen. Mich und, hätte ich gewollt, eine zweite Person. Aber in der Regel blieb ich allein. Fragte mich jedoch zum ersten Mal, warum ich noch nie Frau Sterlitz mitgenommen hatte. Komisch. Ich wußte ja, daß sie nicht nur lange arbeitete, sondern auch spät schlafen ging. Wie ich selbst. Wenn ich in meinem Bett lag und die Augen schloß, spürte ich mein krankes Herz…

Warum spreche ich die ganze Zeit von einem *kranken* Herzen?

Das stimmt ja so nicht. Mein krankes Herz war längst woanders, in irgendeiner Weise entsorgt. Ich hatte damals, vor vier Jahren, als man mir ein Spenderherz einsetzte, nicht gefragt, was mit meinem bisherigen, meinem in mir gewachsenen und halt leider auch etwas *ver*wachsenen Herzen geschehen würde (stellte mir aber einen zynischen Moment lang vor, wie dieses »schlechte« Herz immer noch gut genug wäre, um anderswo als Spenderorgan zu dienen, so wie wir Europäer unsere abgelaufenen Medikamente und unsere Überschüsse an Billigfleisch nach Afrika schicken – und daß jetzt also irgendein armes Schwein mit meinem desolaten Herzen herumlaufen mußte).

Es stimmt schon, in der Regel erfuhren die Empfänger nicht, von wem sie ihr neues Herz erhalten hatten. Doch es war mir wichtig gewesen, Bescheid zu wissen, und als Polizist konnte ich auch an die Information gelangen (und zwar ohne darum den Parachutisten fragen zu müssen). Das Herz stammte von einem zwanzigjährigen Österreicher, einem Skifahrer, der schwer gestürzt war und dessen Hirntod man festgestellt hatte. Ganz gleich, wie sehr ein skifahrender Österreicher ein Klischee sein mochte – Tatsache war, daß in Deutschland bei Organspenden eine Zustimmungsregelung bestand, in Österreich aber eine Widerspruchsregelung, man sich also zu Lebzeiten absichern mußte, wollte man auch wirklich mit all seinen Teilen begraben werden. Das hatte der junge Mann nicht getan, auch sonst hatte niemand Einspruch erhoben, und so war sein wunderbar gesundes Herz via Eurotransplant nach Deutschland und in meinen Körper gelangt.

So war ich gewissermaßen zum halben Österreicher geworden, und zwar mindestens zum halben angesichts der Bedeutung eines Herzens für das Bestehen des Organismus. Ein österreichisches Herz pumpte Blut durch meinen deutschen Körper. Und wenn man nun die Anschauung vertritt, mit einem Organ würde auch etwas von der Seele eines Menschen mitgeliefert werden, so…

Es ist kein Scherz, wenn ich sage, seitdem häufig daran gedacht zu haben, einmal zum Skifahren zu gehen. Vielleicht bloß als Geste dem Mann gegenüber, dem ich mein Weiterleben verdankte, vielleicht aber doch einem Bedürfnis folgend, das im wahrsten Sinne als ein *angeborenes* gelten konnte. Und wollte in diesem Jahr auch wirklich ernst damit machen. Ich hatte für den kommenden Winter ein Hotelzimmer in Tirol sowie einen Anfängerkurs gebucht. Klar, mein Herz war jetzt vierundzwanzig, meine Beine und Arme und vor allem mein Hirn hingegen sechsundfünfzig, aber ich wollte zumindest den Versuch wagen. Dies erschien mir nach vier Jahren überfällig.

Mein krankes Herz war also gar nicht krank, vielmehr ein erstklassiges Skifahrerherz. Das Problem halt nur, daß ein Körper sich gegen derartige Neuzugänge zu wehren pflegt und man darum ein Leben lang Medikamente schlucken muß, um das Immunsystem an die Kandare zu nehmen. Wie man eine Gesellschaft zwingt, etwas Fremdes, Neues zu akzeptieren. Was ja oft zum Vorteil dieser Gesellschaft ist, sie bereichert; das vermischte Blut ist immer das bessere. Aber es bedarf eben doch des Zwangs. Und nicht zuletzt gibt es natürlich immer das Problem, wie sehr ein unterdrücktes Immunsystem dem eigentlichen Plan widerspricht, nämlich als Abwehr zu funktionieren. Und man darum eine Empfänglichkeit für Infektionen entwickelt.

Es ist ein banaler Spruch, der mir aber trotzdem guttut: Man kann nicht alles haben. – Ich habe ein Skifahrerherz. Immerhin. Vollkommene Gesundheit und Hundertjährigkeit wird es in meinem Leben einfach nicht spielen. Vielleicht beim nächsten Mal.

Ich setzte mich und bestellte einen Tomatensaft. Tomatensaft erschien mir als eines der wenigen alkoholfreien Getränke von einer alkoholartigen Lebendigkeit und Tiefe wie sonst nur Kaffee oder mancher grüne Tee. Aber um diese Zeit war für mich die Stunde der Tomate. Die rote Stunde, die Stunde nach Mitternacht.

Ich studierte die Unterlagen, die mir Frau Sterlitz zusammengetragen hatte. Las den Unfallbericht, sodann das Untersuchungsprotokoll, das den Tod Nelsons und Oldenbergs betraf – er war obduziert worden, sie nicht –, betrachtete die Photographien der völlig zerstörten Audi-Limousine, betrachtete …

Ich erschrak heftig. Sicher heftiger als ein anderer Mensch, der etwas Derartiges entdeckte. Denn auf einer der Abbildungen des Autowracks erkannte ich – hineingepreßt in die Mulde zwischen den zersplitterten Teilen der Windschutzscheibe und der deformierten Ablage oberhalb des Handschuhfachs – einen zerquetschten kleinen Körper … den Körper eines Spatzen, wobei es so aussah, als befände er sich *hinter* der Scheibe, also im Wageninneren.

Nun, das konnte wohl nicht der Unfallgrund gewesen sein, wie man es von plötzlich auf die Fahrbahn laufenden Rehen kannte. Und wahrscheinlich war der Vogel bloß im Zuge der heftigen Kollision durch die zerbrochene Scheibe ins Innere geraten und nicht schon dort gewesen, als der Unfall geschehen war. Dennoch starrte ich fassungslos auf den kleinen Leichnam.

Ein Kollateralschaden? Ein Spatz im falschen Moment auf dem falschen Baum? Oder in der falschen Flughöhe? Oder …

Es waren also nicht zwei, sondern drei Tote gewesen. Auch wenn Frau Nelson dies sicher nicht gemeint hatte, als sie von Ungenauigkeiten im Bericht gesprochen hatte. Aber für mich, der ich Nacht für Nacht träumte, ein Spatz zu sein – ein Spatz, von dem ich ahnte, er sei seinerseits in der Lage, sich als Mensch zu träumen –, für mich also war es durchaus keine Nebensächlichkeit, diesen zierlichen Körper entdeckt zu haben. Vom Spatzenstandpunkt stellte sich nämlich die Frage, ob es sich hier wirklich bloß um ein so unglückliches wie zufälliges Zusammentreffen handelte oder inwieweit zwischen dem toten Spatzen und den beiden toten Menschen eine Verbindung bestand, eine sinnvolle Verbindung.

Ich überprüfte alle Bilder, aber nur auf dem einen war der Vogelkörper richtig gut zu erkennen: die gespreizten Flügel, die nach unten hängenden Beine, die schwarzgefiederte Brust, der fast rechtwinklig zum Körper abgebogene Schädel, ein Flecken von Blut auf dem Schnabel, die geschlossenen Lider. – Ich dachte mir, der Vogel erinnere an den Gekreuzigten.

Ich legte das Bild links von mir auf einen freien Platz und las mir den Kurzbericht über Mona Oldenberg durch:

Geboren in Lübeck am 2. 5. 1989 als Kind zweier Spitzensportler, Leichtathleten, die später als Trainer deutscher Nationalmannschaften tätig werden. Sie selbst bleibt trotz frühkindlicher Konditionierung frei von sportlichem Ehrgeiz, entwickelt dafür große Talente auf der Geige, was dann aber doch nicht der Mittelpunkt ihres Lebens wird, sondern das Studium menschlichen Verhaltens. Politisch bleibt sie unauffällig: keine Partei, keine engagierte Gruppe, keine religiöse Anbindung, keine nachweisbare Tendenz ins Rechte oder Linke oder Grüne. Abitur mit Auszeichnung, Auszug aus der elterlichen Wohnung, eine kurze Karriere als Photomodell (!), möglicherweise aber nur als eine Art von Feldforschung, gleichzeitig Beginn eines Soziologiestudiums, konzentriert sich zusehends auf die Frauenforschung, ohne wiederum eine dezidiert feministische Position zu vertreten. Ihre Bachelorarbeit trägt den Titel »Domäne der Träne. Wenn Frauen weinen. Strategie, Klischee und Wirkung«. Eine Arbeit, für die sie zahlreiche Interviews führt, wie auch als sie dann ihre Doktorarbeit »Reiche Frauen« in Angriff nimmt. Im Nebenfach studiert sie nicht, wie man meinen könnte, Philosophie oder Psychologie, sondern Informatik. Sexuelle Kontakte zu Männern sind sowenig belegt wie sexuelle Kontakte zu wem auch sonst. Belegt ist hingegen der Besuch eines Ikebanakurses (auch dies möglicherweise Teil ihrer Feldforschung, wobei – ich erlaube mir diese Anmerkung – bei Soziologen immer schwer zu sagen ist, ob sie irgend etwas tun, was nicht ihrer Wissenschaft dient). Mona Oldenberg lebt alleine in einem kleinen, aber luxuriösen Appartement, das aus der Hinterlassenschaft einer Tante stammt. Geldflüsse aus dem Hause Nelson, gleich, ob Herr oder Frau, lassen sich nicht nachweisen. Oldenbergs Lebensstil scheint nobel ohne Übertreibungen. Sie trägt junge Designerkleidung, aber sie fährt mit der Straßenbahn. Ihr Kontakt zu Greta Nelson ist belegt, aber eben allein im Rahmen der Reiche-Frauen-Forschung, während ihr »Verhältnis« zu Karel Nelson erst in dem Moment offenkundig wird, als man die beiden tot in dem verunglückten Wagen findet.

Von irgendeinem »*Golden Awakening*« war in diesem Bericht nicht die Rede.

Ich schob das Papier unter das Bild mit dem toten Spatzen und packte sie zusammen mit den anderen Unterlagen in meine Umhängetasche, die ich immer bei mir hatte. Eine alte, vergammelte, oft geflickte, aber unzerstörbare Pan-Am-Tasche, wirklich und wahrhaftig aus den Sechzigern und wirklich und wahrhaftig das einzige Stück, das ich von meinem Vater geerbt hatte (schlichtweg, weil nach seinem plötzlichen Verschwinden meine Mutter alles andere entsorgt hatte; ich war damals zehn gewesen und hatte meinen Vater dafür gehaßt, abzuhauen wie diese Leute, die in Witzgeschichten nur mal kurz zum Zigarettenautomaten wollten; die türkise Tasche aber versteckte ich vor meiner Mutter, und als sie gestorben war, begann ich sie zu tragen, auf ihr das Logo einer Welt, in der manchmal Menschen einfach verlorengingen).

So erhob ich mich, mit der Tasche meines Vaters und dem Herzen eines Österreichers, fuhr nach Hause, schluckte noch zwei Pillen, legte mich in mein breites Bett und schlief bei brennender Nachttischlampe ein. Noch nie in meinem Leben hatte ich mich ganz der Dunkelheit überlassen, von klein auf die vollkommene Finsternis gefürchtet. Es war mir stets ein Rätsel gewesen, wie andere das aushielten. Mit der absoluten Stille ging es mir ähnlich. Immer lief mein Radio, ganz leise, aber es lief.

Licht und Ton – eine Wiege.

Von zwei bis drei lag ich wach da, dann endlich fand mich mein Schlaf.

Wenig später träumte mir, ich sei ein Vogel.

III
Belfast

9

Ich war ein fliegender Vogel.

Und zwar in derselben Weise, wie wenn man sagt, ein Geschäftsmann fliegt oder eine Postsendung fliegt.

Die Formulierung »fliegender Vogel« amüsierte mich angesichts der Tatsache, jetzt in einem Airbus 320 zu hocken, also nicht aus eigener Kraft in der Luft zu sein, sondern befördert von dieser viele Tonnen schweren Maschine, in deren Innerem man leicht vergessen konnte, sich einige tausend Meter über dem Boden aufzuhalten. Und wo die meisten Menschen ziemlich entspannt saßen. So, als würde unsereins, statt zu fliegen, sich metertief ins Erdreich befördern lassen und gar nichts dabei finden. Selbst nicht auf die Gefahr hin, mit Wühlmäusen und Hamstern zusammenzustoßen.

Ich saß mit Pinesits fest zusammengekauert in einer Nische der Deckenverschalung, ganz vorne, wo der Passagierbereich begann. Wir wären zweifelsohne in einem der verschlossenen Gepäckfächer besser versteckt gewesen. Andererseits denkt man beim Flugzeugfliegen auch immer ans Abstürzen und wie ungünstig es dann wäre, zwischen Taschen eingesperrt zu sein.

In der ersten Reihe hielt eine Frau ein Baby auf ihrem Schoß. Das Kind schaute die ganze Zeit zu uns hoch und ruderte mit seinen Ärmchen in unsere Richtung. Ich sag mal: Ein Glück, daß es nicht fliegen konnte. Ansonsten blieben wir unbemerkt. Wurden also nicht einmal mit Maskottchen verwechselt. (Übrigens, mein Blumenstrauß-Erlebnis auf der Fahrt zum Inzersdorfer Friedhof sollte wohl besser mein Geheimnis bleiben.)

Es wurde ein ruhiger Flug. An dessen Ende wir zu einem Zwischenstop in London-Heathrow landeten. Zwei Stunden Aufenthalt, Zeit, um an die Verpflegung zu denken. Die üblichen Brösel, die Menschen bei ihrer Nahrungsaufnahme so leichtfertig verloren. Und die in London auch nicht viel anders schmeckten als in Paris.

Wir wechselten den Terminal und flogen über die Köpfe der Passagiere erneut in einen Airbus von der gleichen Größe. Der allerdings nicht zur Gänze besetzt war, so daß wir unter den Sitzen einer leeren letzten Reihe Platz und Ruhe fanden. Dort unten, im Halbdunkel, spürte ich eine drängende Müdigkeit. Mein Rhythmus war ziemlich im Eimer. Ich schlief ein.

Und träumte. Träumte klarer und deutlicher als je zuvor. Und als ich kurz vor unserer Landung in Belfast erwachte, begriff ich, dort, im Traum, gar nicht blind zu sein, sondern nur so zu heißen. Großer Gott! Es waren nicht meine Augen, mit denen etwas nicht in Ordnung war, sondern mein Herz. Ein Herz, das Jahre zuvor am Rande des Zusammenbruchs gestanden hatte und welches entfernt worden war, um Platz für ein fremdes, neues zu schaffen. Menschen unternahmen Unglaubliches – Frankensteinhaftes –, um ihre ohnehin lange Lebenszeit noch zu verlängern.

Weiters realisierte ich, dort drüben Polizist zu sein, genauer gesagt, Kriminalist. Ein Mann, der sich anfänglich mit deutscher Literatur beschäftigt hatte und später beim Verbrechen gelandet war, was möglicherweise eine logische Folge darstellte. Und der nun einen alten Fall wiederaufgenommen hatte. Einen Fall, in dem – und dies zu erkennen hatte ihn ziemlich erschreckt – ein Spatz eine gewisse Rolle zu spielen schien.

Also: Dort drüben war ich Kommissar Blind und hier Spatz Quimp.

»Raus mit uns!« drängte Pinesits und stieß mich mit seinem Schnabel an. Das Flugzeug leerte sich, und es wäre unklug gewesen, es ganz zum Schluß zu verlassen, dabei doch noch Aufmerksamkeit zu erregen und irgendwelche Vogelfänger auf den Plan zu rufen.

Im flinken Flug gelangten wir ungesehen in das Airportgebäude, das nach einem nordirischen Fußballstar benannt worden war, was ich nicht ganz verstand. Vielleicht war der Mann zusätzlich ja noch Pilot gewesen? (Man kann sagen, daß mir das Wissen um die Welt sprichwörtlich zuflog, mit jedem neuen Ort strömten automatisch Informationen über diesen Ort in mein Spatzenhirn, einerseits, andererseits aber blieben manche Fragen offen, eben auch die nach der Logik, einen Flughafen nach einem in den Alkohol verliebten Mittelfeldspieler von Manchester United benannt zu haben.)

Immerhin lag dieser Flughafen nahe der Innenstadt, so daß wir kein weiteres menschliches Fortbewegungsmittel benötigten, um das Zentrum von Belfast zu erreichen. Nach zwei Flügen tat es gut, eine Strecke wieder aus eigener Kraft zurückzulegen. Es war kurz nach acht Uhr. Die Sonne würde erst in zwei Stunden untergehen, ein klein wenig später als in Paris. – Paris. Da war er wieder, dieser Druck auf der Brust, der Heimweh hieß. Nahe meinem eigenen Herzen, das schon immer mein eigenes gewesen war.

Aber wie sicher war das denn? Wie sicher konnte man sein, alles an einem sei hundertprozentig eigene Natur? Dümmere Vögel als die Spatzen – ich nenne jetzt mal als Beispiel Enten oder Wachteln – pflegten die metallenen Markierungsringe, die man ihnen zu Forschungszwecken um die Beine schloß, nach und nach für einen gewachsenen Teil von sich selbst zu halten. Sie vergaßen und verdrängten den menschlichen Eingriff und meinten, mit diesen Ringen auf die Welt gekommen zu sein. Und jetzt stelle man sich einen Eingriff vor, der halt raffinierter vonstatten ging, als ein Stück numeriertes Metall übergestreift zu bekommen.

Auf dem Weg zur Stadt mußten wir einige Pausen einlegen, da für Pinesits eine solche Distanz doch recht anstrengend war. Daß sein übernatürlich hohes Alter auch ganz natürliche Einschränkungen mit sich brachte, ließ ihn für mich viel glaubwürdiger erscheinen; glaubwürdiger, als wäre er hier mit der Kraft des immerwährenden Superhelden durch die Gegend gesegelt. Wenn die Menschen sich Gott als alten Mann mit Bart vorstellen, so paßt das doch wirklich sehr viel besser zu jemand, der schon ewig existiert. Besser jedenfalls, als würde er die hundert Meter noch immer unter 9,6 Sekunden laufen.

In diesen Pausen schien es, als schlafe Pinesits. Vielleicht aber döste er auch nur oder meditierte. Ich wußte es nicht und wagte auch nicht, ihn zu fragen. Ich saß einfach daneben, auf irgendeinem Belfaster Ast, einem Fenstersims, einer Stromleitung, und schaute auf die Leute, die Häuser, die Autos. Und stellte fest, was mir auch schon in Wien aufgefallen war, wie sehr Städte – trotz der Wiederholung des Straßenverkehrs und damit der Verkehrsgeräusche – ihren eigenen Klang hatten. Paris schallte wie ein euphorisierter Gefangenenchor, Wien wie ein gewaltig prasselndes Lagerfeuer, und Belfast erinnerte mich an einen Demonstrationszug, wo aber nicht nur die Menschen demonstrierten, auch die Autos, die Busse, der Wind, die Blätter, die Luftgeister, wo alles und jeder einen parolischen Charakter zu besitzen schien – aber das dachte ich vielleicht nur, weil ich um jene Auseinandersetzungen zwischen Unionisten und Nationalisten wußte, die im Englischen als »The Troubles« bezeichnet werden, was sich wiederum so anhört, als handle es sich um eine Vorabendserie.

Sobald Pinesits sich ein wenig erholt und aus seiner Starre gelöst hatte, ging es weiter, wobei ich stets hinter ihm herflog. Natürlich, denn wie hätte ich wissen sollen, wo es langgeht? Sechster Sinn?

Sechster Sinn ist etwas, was die Menschen in übertriebenem Maße den Tieren zuordnen, um ihnen nämlich andere Dinge *nicht* zuordnen zu müssen. Wie man das mit Kindern tut, indem man behauptet, sie seien *kreativ*. – Nein, es war Pinesits, der sich vor Ort auskannte. Dank Erinnerung, Gedächtnis und Kenntnis. Ganz offensichtlich hielt er sich nicht zum ersten Mal in Belfast auf.

Als die Sonne gerade unterging, landeten wir auf dem Gebäude der Ulster Bank in der Great Victoria Street, von wo aus wir auf die unregelmäßig erleuchtete Fassade eines Hochhauses sahen. Auf einen Komplex, der die übrigen weit überragte. Und von dem

Pinesits sagte, es handle sich um das Ziel unserer Reise: das *Aurora Building*.

Was für eine hübsche Ironie, dachte ich, ausgerechnet im Augenblick der untergehenden Sonne auf ein Haus zuzusteuern, dessen Name die Morgenröte bezeichnete. Und daß es eigentlich sehr viel passender gewesen wäre, das »Building« nicht bei untergehender, sondern bei aufgehender Sonne anzufliegen. Genau das erwähnte ich dann auch.

Pinesits jedoch erwiderte, daß die Namensgebung sich im vorliegenden Fall auf das Nordlicht oder Polarlicht beziehe, Aurora borealis, abgesehen davon, daß wir auch gar nicht die Zeit hätten, bis morgen zu warten.

Ich dachte mir: Meine Klugscheißerei hätte ich mir wirklich sparen können.

Pinesits erklärte weiter, bei diesem Gebäude handle es sich um das höchste von ganz Irland: 109 Meter hoch, 37 Stockwerke. Offiziell.

»Und inoffiziell?« fragte ich.

»Tatsächlich sind es nicht 37, sondern 38. Aber es kommt halt niemand auf die Idee, von der Straße aus die Etagen eines Hochhauses zu zählen. Das tun nur Verrückte. Und auf die hört sowieso keiner. – Man stelle sich vor, jemand geht zur Polizei und gibt bekannt, er habe die Stockwerke nachgezählt und …«

»Und was ist mit den Aufzügen?«

»Ja, die Aufzüge zeigen natürlich nur 37 Etagen an. Schließlich benötigen Spatzen keinen Lift, oder?«

»Das ist jetzt nicht Ihr Ernst?«

Mein Erstaunen meinte nicht, es sei so verwegen, sich Spatzen in einem Hochhaus vorzustellen – Spatzen kamen schließlich überall vor –, nein, absurd erschien mir ein offiziell nicht existentes Stockwerk zum Nutzen einer ganzen Sperlingsgemeinde … oder besser gesagt: Sperksgemeinde.

Aber genau so verhielt es sich. Pinesits berichtete mir, daß in der Zeit, als mit den Planungen für dieses Gebäude begonnen wurde, der Bauherr dem beauftragten Architektenteam vorgeschrieben habe, ein »geheimes« Stockwerk zu integrieren, ein

Stockwerk zwischen 33. und 34. Etage, wo dann weder die verschiedenen Aufzüge stoppen noch direkte Verbindungen über das Stiegenhaus möglich sein sollten. Und für das man in keinem der eingereichten Pläne einen Hinweis finden durfte. Was natürlich in grober Weise gegen sämtliche Baugesetze verstieß. Aber meine Güte, das kommt schon mal vor in dieser Branche und bringt keinen erfahrenen Architekten um den Verstand. Zudem sollte dieses eine Stockwerk ja nicht der menschlichen Nutzung dienen und auch niemals von einem Menschen betreten werden. Nicht einmal, um Staub zu wischen. Dafür dachte man sich Maschinen. Helferchen. Es würde sich um eine vollkommen menschenfreie Etage handeln.

Dort nun, wo in Zukunft die Aufzüge ein wenig länger unterwegs waren als üblicherweise zwischen zwei Etagen – ohne daß dies aber je auffiel, und wenn es auffiel, blieb es dennoch ohne jede Klage* –, entstand ein hochkomplexes System, das die Architekten als eine technisch brillante und gleichzeitig absolut zweckfreie Konstruktion entwarfen: ein pures Kunstwerk. Und als ein solches – eine kostspielig-absurde Extravaganz ihres Klienten – verwirklichten sie es ebenso auftragsgemäß wie die Wintergärten im Bereich der Ost- und Westfassade und den gewaltigen Dachgarten auf dem halbhohen Sockelgebäude in Richtung Ulster Bank. (Eigentlich mehr ein Park als ein Garten: hohe Bäume, eng an eng auf vier unterschiedliche Levels gepflanzt. Ja, man hätte meinen können, es handle sich um den ausgedehnten Park einer historischen Schloßanlage, den man zuerst zusammengequetscht und dann im Zustand der Quetschung auf diesem Dach abgestellt hatte.)

---

* Apropos auffallen: Die Engländer zum Beispiel merken schon seit Jahrzehnten nicht, daß ihre geliebte Queen von einer Doppelgängerin gespielt wird, die ursprünglich nur bei einigen wenigen Terminen einspringen sollte, um die IRA zu täuschen. Ironischerweise waren sich Double und Queen nur entfernt ähnlich – eigentlich eine fürchterliche Schlamperei –, trotzdem wurde die Einspringerin von der Bevölkerung in einer Weise akzeptiert und für echt gehalten, daß der verantwortliche MI5 es später nicht mehr wagte, sie wieder durch die echte Queen zu ersetzen.

Natürlich erfuhren die Architekten nie, daß dieses eine Stockwerk durchaus zweckgebunden war und einer sehr speziellen Art von Spatzen dienen würde. Spatzen, die sich lange vor Fertigstellung des Vierzig-Millionen-Euro-Gebäudes im März 2013, nämlich bereits in Achtzigern – kurz nach ihrer Flucht aus Süddeutschland –, in Belfast niedergelassen und mehrfach ihr Quartier gewechselt hatten. Und die sich zuletzt entschlossen hatten, es den großen Wirtschaftsunternehmen gleichzutun und ihre zentrale Behausung in einen Wolkenkratzer zu verlegen.

»Du mußt wissen«, sagte Pinesits, »die Sperks haben sich zwischenzeitlich die Fähigkeit angeeignet, mit abstrakten Werten zu spekulieren, aus denen ein konkreter Reichtum hervorgeht.«

»Aktien?« fragte ich und lachte laut auf.

»Ja, richtig. Du weißt doch, was man von uns Spatzen sagt: Wir seien Kulturfolger.«

»Schon, aber …«

»Warum nicht? Sperks besitzen genügend Intelligenz, und sie verstehen, Computer zu bedienen. Wer Bomben lenken kann, kann auch Geldströme lenken. Wobei ihr Ziel aber weniger darin besteht, sich, wie man so sagt, eine goldene Nase zu verdienen beziehungsweise einen goldenen Schnabel, sondern bestimmte Entwicklungen der Stadtplanung zu beeinflussen. Ohne darum eine Spatzenpartei gründen zu müssen.«

»Eine Partei nicht«, meinte ich. »Aber eine Baufirma schon, scheint mir.«

»Nun, es hat wohl genügt, sich in die Firma des Bauherrn einzukaufen. Für die Sperks war es jedenfalls ungemein wichtig, daß dieses Gebäude auch wirklich realisiert wird. Es erschien ihnen als das richtige Objekt am richtigen Platz. Strategisch. Die geeignete Lage, die geeignete Höhe.«

Und so geschah es. Die Sperks hatten nun erstmals die Möglichkeit, im Zuge eines Neubaus eine Wohnstätte ganz nach ihren Vorstellungen errichten zu lassen. Ein perfektes Quartier inmitten der Stadt. Allerdings gab es Ärger. Zuerst bürokratischen, da die zuständigen Beamten das Hochhaus als für die Umgebung »unangemessen« bewertet und die Baugenehmigung verweigert hatten.

Später kam hinzu, daß der Betreiber des Projekts, ein Bauunternehmer und Hotelbesitzer, in erhebliche finanzielle Schwierigkeiten geriet. Beide Probleme lösten die Spatzen, indem sie wirksam Geld fließen ließen. – Es war nun einmal ein Faktum, wie sehr fließendes Geld geeignet war, die Welt zu bewegen. Und man durch die Richtungsbestimmung des Geldflusses auch die Marschrichtung der Menschen lenken konnte. Dies allein als Bestechung abzutun … Eher stellte es eine Art von Wasserwirtschaft und Strömungstechnik dar.

Natürlich war es nicht so, daß die Sperks – noch dazu in ihren Ritterrüstungen – vor die Menschen traten und Forderungen stellten. Aber sie verstanden es, mittels Computern und elektronisch beauftragten Mittelsmännern die Dinge in jene Richtung zu dirigieren, die dann doch zum Bau und zur Fertigstellung des *Aurora Building* führten. Ergänzt um ein namenloses, nein nummernloses Stockwerk.

»Nur *ein* Stockwerk?« fragte ich. »Genügt das denn für eine ganze Sippschaft?«

»Die Sperks halten sich im Zaum, wenn ich das so sagen darf.«

»Wie ›im Zaum‹?«

»Sie achten darauf, nicht zahlreicher zu werden, als sie schon sind. Seit zwanzig Jahren ist ihr Bestand nicht kleiner und nicht größer geworden.«

»Soll das heißen, die treiben … Geburtenkontrolle?«

Ja, ich kannte dieses Wort. Wie ich auch wußte, daß bei den Menschen, so sexualisiert sie sein mochten, die Sexualität ein konträres Phänomen hatte: nämlich den Verzicht. Selbst im Frühling. Selbst über Jahre und Jahrzehnte. Nichts zeichnete den Menschen vor den Tieren so sehr aus wie diese eine Fähigkeit. Und vielleicht hatten ja auch die Sperks …

Aber es war anders. Pinesits sagte: »Nicht die Geburten werden kontrolliert, sondern nur die Größe der Gemeinschaft.«

Ich sprach sofort einen schrecklichen Verdacht aus: »Soll das heißen, sie töten ihre Jungen? Töten die, die zuviel sind? Die Schwächeren natürlich.«

»Nein, nein, sie bringen sie nicht um«, versicherte Pinesits.

»Sie schicken sie weg. Aber nicht die Schwächsten. Weil die Sperks längst begriffen haben, wie dumm eine solche Auslese wäre. Aus dem größten Küken wird nicht automatisch der intelligenteste und mutigste Krieger. Nein, sie losen aus, wer bleibt und wer geht. Die Sperks haben erkannt, daß das Los zielführender ist als jegliche Auslese. Es ist eben nicht nur gerechter, sondern auch klüger.«

»Wow!« rief ich.

»Ja, wow«, nickte Pinesits.

Ich sprach jetzt aus, was ich schon seit einiger Zeit dachte. Ich sagte: »Sie waren selbst einmal ein Sperk, stimmt's? Darum wissen Sie das alles. Darum kennen Sie sich in Belfast so gut aus.«

»Ich war kein richtiger Sperk«, antwortete Pinesits. »Ich war ihr Gefangener. Es gab nämlich eine Zeit, da ich selbst ein Menschenspatz war, ein Spion, und den Auftrag hatte, das Versteck der Sperks aufzuspüren. Das geht ja nun schon über dreißig Jahre so, daß die Totalisten hinter den Sperks her sind wie hinter dem Heiligen Gral. Man vermutete die Sperks damals in Grönland, wohin sie ursprünglich auch wirklich geflüchtet waren. Aber Grönland ist halt selbst für einen robusten Vogel eine schwierige Gegend.«

Ich wußte, wovon die Rede war, und sagte: »Kalt.«

»Nicht nur«, äußerte Pinesits, »sondern in jeder Hinsicht öde. Geistreiche Vögel brauchen die Stadt, die Gebäude, die Nähe des Menschen, sie brauchen den Reiz des Wahnsinns. – Jedenfalls bin ich ihrer Spur bis nach Belfast gefolgt, dort aber in die Falle gegangen. Glücklicherweise. Sie haben mich ... *gedreht* heißt das. Damals gab's noch keine Chips, die einem Menschenspatzen unsägliche Schmerzen hätten bereiten können. Bloß einen Sender im Gefieder, den mir die Sperks entfernt und auf einen englischen Geschäftsmann übertragen haben. Herrliche Zeiten, als so was noch ging.«

»Und dann?«

»Zuerst war ich ein Gefangener, dann ein Gast. Ein Gast und Schüler. Aber letztlich war ich einfach nicht geeignet für das Rittertum. Vor allem habe ich auf diese Rüstungen allergisch reagiert. Tolles Material, keine Frage, aber nicht jeder verträgt das. So leicht es ist, ich hatte immer das Gefühl, in einer Taucherglocke eingesperrt zu sein. Ich hatte Schwierigkeiten mit dem Atmen.«

»Das war doch aber lange, bevor die Sperks in dieses Hochhaus umgezogen sind.«

»Natürlich. Als ich die Sperks verließ und nach Deutschland ging, um dort ausgerechnet gegen die Windschutzscheibe eines alten Opel Kapitän zu prallen, da lebten die Sperks in einem baufälligen Haus nahe dem Dunville Park. Ich ging weg, ja, aber mein Kontakt blieb erhalten. Auch als ich mit Arthur Engel nach Wien zog.«

»Wie denn? Telefon oder Telepathie?«

»Besuch.«

»Besuch?«

»Die Jungspatzen, die per Los gezwungen sind, die Sperks zu verlassen, verteilen sich in alle Welt. Und manch einer erreicht auch Wien und besucht mich. Es ist wohl, weil sie mich in der Zwischenzeit für eine Legende halten. Weil sich herumgesprochen hat, daß ich so alt geworden bin. Das hohe Alter scheint für viele Spatzen die allergrößte Magie zu besitzen. Auch für die, die von den Sperks abstammen.«

»Es ist aber gar nicht leicht, Sie zu finden.«

»Nun ja, wäre es leicht, könnte jeder kommen. – Jedenfalls habe ich immer erfahren, wenn die Sperks mal umgezogen sind. Mit Verspätung natürlich, aber doch. Und wenn sich nicht jüngst etwas geändert hat, nun, dann werden wir ihnen dort drüben, zwischen dem 33. und 34. Stockwerk begegnen.«

Das klang jetzt, als könnte man – zumindest, wenn man Vogel war – in das Reich der Sperks so einfach rein- und rausspazieren.

Weit gefehlt. Und schon gar nicht von außen. Da standen keine Fenster offen, auch keine kleinen Luken. Dieses eine Stockwerk war nicht nur verglast wie alle anderen, sondern versiegelt und verschweißt, zudem wäre durch dieses Panzerglas nicht mal eine Rakete gedrungen. Nein, man mußte zunächst in das Gebäude gelangen, in einen der Wintergärten. Vorher aber interessierten wir uns für die Parklandschaft, die auf dem vorgelagerten Sockelgebäude hochragte.

Menschen und Vögel.

Zwischen den mit Vögeln vollbesetzten Bäumen standen die ebenso vollbesetzten Tische eines Restaurants. Es war ein warmer Abend. Lampions an Stricken, als wäre hier die Buntwäsche zum Trocknen aufgehängt. Eilende Kellner, Gelächter, der Klang von Gläsern und Besteck und sich aneinanderschmiegenden Blättern.

Ich weiß nicht, warum, aber mein Blick fiel auf einen der kleineren Tische, an dem zwei Frauen saßen, Mutter und Tochter, wie ich gleich erkannte. Einerseits die Ähnlichkeit, gleichzeitig aber der deprimierende Unterschied zwischen den beiden. Nicht allein, weil die eine jung und die andere alt war, sondern wie hübsch die Junge und wie häßlich – trotz aller Kosmetik – ihre Mutter.

Etwas, was mir immer wieder bei den Menschen auffällt, ist, wie sehr das beneidenswert hohe Lebensalter schon recht früh, ab dreißig, vierzig, in einen deprimierenden Verfall des Äußeren übergeht. Wie da eine Entformung und Entgleisung stattfindet, trotz Wellness und Biogemüse. Wie desolat die Menschen mit der Zeit anmuten, bevor ihnen dann erst das richtig hohe Alter eine gewisse Schönheit zurückgibt.

Merkwürdig freilich, daß ich – der Geschlechtsunreife – mir überlegte, wie das wäre, ein Mensch und Mann zu sein, der sich angesichts dieser jungen Frau denkt: »Gott, wenn die mal wie ihre Mutter aussieht.«

Es war wohl der Kommissar Blind in mir, der sich trotzdem an der reizvollen Erscheinung der Tochter erfreute. Sechzehn vielleicht. Ein Stiller Ozean von Gesicht. Schlimm, sich auszumalen, wie dieser Ozean später einmal unter einer Ölpest leiden würde.

Vögel wurden im Alter nie so unansehnlich wie Menschen.

Angesichts der vielen Spatzen, die hier herumsaßen und herumflogen, ich aber keinen einzigen mit Rüstung sah, fragte ich Pinesits: »Sind unter denen auch Sperks?«

»Nein, das sind ganz normale Iren.«

»Müßte man nicht von Nordiren sprechen?« spielte ich auf die Trennung Irlands in den britischen Nordteil und die Republik Irland an.

»Nein, die Vögel hier, alle, empfinden sich prinzipiell als Iren.

Die Aufspaltung in Nord und Süd, Katholiken und Protestanten geht ihnen, wie man so sagt, am Arsch vorbei. Allerdings hatte ich früher stets den Eindruck, sie würden komisch dreinschauen, wenn man mal die Briten erwähnt. So gesehen, sind sie vielleicht doch Nationalisten.«

Okay, irische Vögel also. Aber nirgends Sperks.

Ich folgte Pinesits, flog ihm hinterher, hinunter auf die Great Victoria Street und sodann durch eine wegen der vielen ein- und austretenden Menschen ständig offene automatische Türe. So gelangten wir in eine hohe Halle mit Galerien, Rolltreppen und hell erleuchteten Geschäften, an einen dieser Orte, die zu jeder Jahreszeit das Wort »Weihnachten« ausatmen. Selbst im Sommer noch der Geruch von heißen Maroni.

Linker Hand eröffnete sich eine weitere Gartenlandschaft, allerdings sehr viel weniger üppig als draußen auf dem Dach, zudem vogelfrei. Wenigstens auf den ersten Blick. Auch waren allein die Stimmen der Menschen zu vernehmen, die trotz der späten Stunde in noch immer geöffnete Läden strebten. Irgendeine Art von Fest fand statt. Auf einer Bühne stand eine Kapelle und versuchte ihre Musik unters dauerquasselnde Volk zu bringen.

Die Gartenlandschaft war jedoch abgesperrt und lag bloß noch im Licht einiger Bodenleuchten. Pinesits und ich flogen zu einer einzeln dastehenden Eiche, die weit ausholend aus einer kreisrunden Öffnung ragte. Als schlüpfe eine Hydra aus einer Kanalöffnung. Unter ihr ein glänzender, glatter Findling. Vielleicht kultisch. Vielleicht touristisch.

Wir hockten uns auf einen der obersten Äste.

»Und jetzt?«

»Wir warten«, antwortete Pinesits.

»Worauf?«

»Wir warten«, wiederholte er.

Im Warten schlief ich ein.

IV
Erwachen in Gold

10

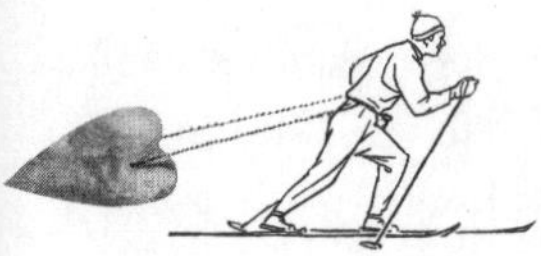

Sechs Uhr in der Früh.

Ich schreckte hoch. So wie jeden Morgen um diese Zeit. Aufrecht im Bett sitzend, im Halbdunkel meines von der kleinen roten Schirmlampe mild beschienenen Schlafzimmers, atemlos. Und mit dem Gefühl, mein Herz verloren zu haben. Ein Herz, das mir ja nicht wirklich gehörte – und von dem man nicht einmal sagen konnte, es sei ein geschenktes oder geborgtes, sondern ein de facto gestohlenes – und das nun in einer Ecke des Raums schwebte. Ganz für sich, wie ein befreites Tier, wie ein Vogel, der aus seinem Käfig entflohen war, ohne sich aber anzuschicken, nach draußen zu fliegen, in die Freiheit, die Natur, sondern der in der Nähe des Käfigs blieb, eines Käfigs, in den er nach einer Weile wieder zurückkehren würde.

Es dauerte stets eine gute halbe Minute, bevor ich dieses Herz wieder ganz in mir fühlte. Doch in dieser halben Minute empfand ich mich als gestorben. Und die ganze Regelmäßigkeit, mit der dies geschah, Morgen für Morgen, änderte nichts an dem jedesmal wiederkehrenden Schrecken, ohne Herz zu sein. Dieses leere Kabinett in meiner Brust zu spüren. Und wie dort ein gleichmäßiger Wind blies und ein Pfeifen verursachte. Und nichts anderes zu sehen war als der in dünner Luft kreiselnde Staub.

Herzstaub.

Heute morgen gab es nicht nur kreiselnden Herzstaub drinnen, sondern auch kreiselnde Schneeflocken draußen. Ich konnte deutlich das Kratzen der Schneeräumfahrzeuge und der über die

Gehwege geschobenen Schaufeln hören. Was freilich nicht bedeuten mußte, es würde noch immer schneien. Eine Jalousie verdeckte mein Fenster. Und trotzdem: Zusätzlich meinte ich die sachten Bewegungen der dicht herabfallenden Flocken zu registrieren, wie da eine auf der anderen landete und sie gemeinsam den Dingen einen weißen Panzer verliehen.

Wie immer in dieser halben Minute gewöhnte ich mich an den Schrecken, ohne daß er sich darum auflöste, auch nicht weil ich glaubte, das Herz komme ohnehin zurück. Denn wie sicher konnte ich da sein?

Aber wie gesagt, nach einigen Sekunden legte sich die Panik, ersetzt von der Gelassenheit des chronisch Kranken. Oft hing ich, auch wenn das ausgeflogene Herz wieder vollständig seinen alten neuen Platz eingenommen hatte, noch meinen Gedanken nach.

Heute – eingedenk des Schnees, den ich fühlte und der ja in der Tat keine drei Armlängen von mir entfernt die Luft erfüllte – mußte ich an ein Gedicht von H.C. Artmann denken: *heit bin e ned munta wuan*, was übersetzt bedeutet *Heute bin ich nicht aufgewacht.* Ich erinnerte mich, wie Artmann den sich ringelspielartig drehenden Schnee beschreibt, der beim Fenster hereinkommt und den Parkettboden vor dem Bett einweißt und der immer höher wird, gleich einem Engel *med ana koedn haund*, ein Engel mit einer kalten Hand, der den im Bett ausgestreckt Daliegenden anschaut, welcher murmelt: *und i schlof und i schlof und i schlof…*

Heute bin ich nicht aufgewacht.

Ja, es gab Tage – und heute war ein solcher –, an denen ich meinte nicht aufgewacht zu sein. Daß also die Person, die soeben aus dem Bett stieg und sich anzog und den Fernseher andrehte, um sich mit einer gewissen perversen Lust die übernatürlich fröhlichen Moderatoren des sogenannten Morgenmagazins anzusehen, daß diese Person in Wirklichkeit ein Gespenst war. Welches in die Welt hinausging, um Kommissar Blind zu spielen, während der tatsächliche Blind weiterhin in diesem Bett lag und ihm – wie H.C. Artmann schreibt – *winzege schdeandaln aus eis en de aungbram zun woxn aufaungan;* winzige Sternchen aus Eis in den Augenbrauen zum Wachsen anfangen.

Das hatte seinen guten Grund, daß mir ausgerechnet das Gedicht dieses österreichischen Autors einfiel. Die Österreicher waren während des Germanistikstudiums meine Spezialität gewesen. Zuerst einfach, um der deutschen Nachkriegsliteratur auszuweichen – wie man zu St. Pauli hält, um nicht zum HSV halten zu müssen, oder zu Union Berlin, um nicht für die Hertha sein zu müssen, oder zu 1860 München … Nach und nach war ich aber immer tiefer in die österreichische Nachkriegsliteratur hineingerutscht, mit immer mehr Liebe für diesen »fremden Planeten innerhalb des gleichen Sonnensystems«. Der mir ferner zur zentralen Sonne schien, aber näher zum fernen Universum.

Und man kann sich vielleicht vorstellen, wie »gelenkt und gelenk« auf mich der Umstand wirkte, als ich erfuhr, ausgerechnet das Spenderherz eines Österreichers erhalten zu haben, auch wenn er kein Literat, sondern Skifahrer gewesen war. Aber für einen einzelnen Deutschen war das dann doch extrem viel Österreich. Zu viel, um von einem Zufall sprechen zu können.

Unaufgewacht, ein Gespenst meiner selbst, absolvierte ich meine morgendlichen Gepflogenheiten und trat schließlich auf den Weg vorm Haus, den mein Nachbar gerade freiräumte. Er schaute mich finster an. Er tat das mit der gleichen Regelmäßigkeit, mit der ich jeden Morgen für eine halbe Minute mein Herz verlor. Immer stand er draußen, immer beschäftigt, immer wütend auf die Welt. Er gehörte zu den Leuten, die der Meinung waren, die Polizei würde sich mit boshafter Absicht ständig an den falschen Stellen aufhalten und würde mit Vorliebe die falschen Leute verhaften und die falschen freilassen. – Ich malte mir gelegentlich aus, wie ich im Zuge eines verwickelten Falls auf ihn, den finster Dreinschauenden, stoßen, ihn festnehmen und dann erklären würde, endlich, endlich einmal den Richtigen erwischt zu haben.

Statt dessen sagte ich: »Guten Morgen.« Er erwiderte den Gruß, als spreche er vom Grund des Marianengrabens. Ich ging zu meinem Wagen, ließ ihn dann aber unter seiner Schneehaube weiterschlafen und spazierte zur Straßenbahn, die mich mit Verspätung, jedoch warm und sicher zum Landeskriminalamt beförderte.

Nach einem mit Besprechungen und Einsatzplanungen vollen Vormittag kehrte ich kurz vor zwölf zurück in mein Büro. Als ich an Frau Sterlitz vorbeikam, teilte sie mir mit: »Ihr Freund, der Parachutist, er hat vor einer Viertelstunde angerufen.«

(Für die, die sich jetzt gleich fragen, ob's denn bei der Polizei keine Handys gibt, darf ich sagen, meine Handynummer ist ein kleiner Schatz, der nicht für die große, weite Welt bestimmt ist. Ein kleiner Schatz in einer kleinen Welt mit wenigen Figuren. Darunter etwa meine Putzfrau. Aber nicht der Parachutist. Auch nicht meine Freundinnen, was eine von ihnen dazu brachte, mich als »Festnetzversteher« zu titulieren.)

Frau Sterlitz reichte mir einen Zettel, auf dem die Nummer stand, unter der ich meinen Informanten derzeit würde erreichen können.

»Danke«, sagte ich. »Übrigens, ich hätte eine große Bitte ...«

»Ja?«

»Es ist etwas ... delikat. Ich will aber nicht um den heißen Brei herumreden, liebe Frau Sterlitz. Sie würden mir einen großen Gefallen tun, wenn Sie mit ihm, also dem Parachutisten, einmal ausgehen könnten. Theater oder Oper, Restaurantbesuch, so was in der Art. Der Mann ist ein großer Bewunderer von Ihnen. Geradezu fanatisch.«

»Das muß ich jetzt aber nicht glauben, oder?«

»Was? Daß er ein Bewunderer ist oder daß Sie mit ihm ausgehen sollen?«

»Beides«, antwortete Frau Sterlitz.

»Wie gesagt, es ist eine Bitte. Ich bin dem Mann – vorausgesetzt, er liefert mir, was er versprochen hat zu liefern – etwas schuldig.«

»Er ist ein Kind. Und ein Koloß dazu.«

»Also ein Kind ...? Ich denke, er wird so an die Dreißig sein. Aber Sie haben recht, er ist fett. Doch er besitzt Charme, das muß man ihm lassen. Es heißt, er habe das Angebot abgelehnt, eine eigene Fernsehsendung zu gestalten. – Ich meine, das hat schon was, oder?«

»Das macht ihn nicht schlank.«

»Wäre das eine Voraussetzung … das mit dem Schlanksein?«

»Also mein Mann«, sagte Frau Sterlitz, »war auch nicht dünn. Aber der war wenigstens in meinem Alter.«

Ich dachte mir, wie blöd, weil abnehmen könnte der Parachutist, aber halt nicht älter werden, als er war. Ich sagte: »Sie müßten nur einen Abend … Der Mann weiß sich zu benehmen. Er wünscht sich halt sehnlichst, mit Ihnen ausgehen zu dürfen. Das ist bei ihm eine fixe Idee. Wenn Sie freilich gar nicht wollen …«

»Na gut, und was bekomme *ich* dafür?«, überraschte mich Frau Sterlitz.

Ich zögerte, dann fragte ich: »Was würden Sie sich denn wünschen?«

»Ich … nun, ich träume seit langem davon, einmal nach Oslo zu reisen. Es ist seit Mädchentagen mein Wunsch. Allein der Name. Die Stadt ist für mich einer dieser Orte, an denen man nie gewesen ist und doch meint, sie von früher zu kennen. Und das würde ich halt gerne überprüfen. Spät, aber doch. Ob Oslo mir wirklich so vertraut ist, wie ich das glaube. – Meine Güte, das klingt jetzt albern. Albern und esoterisch.«

»Tut es nicht«, versicherte ich ihr. Und überlegte, ob Frau Sterlitz Probleme hätte, sich einen dortigen Aufenthalt zu leisten.

Aber das war es nicht. Es ging nicht ums Geld. Sie erklärte mir, als solo reisende Frau immer wieder in unwürdige Situationen zu geraten. »Wenn man allein in der Schlange vor dem Museum steht und allein beim Abendessen sitzt oder im Hotel an seinem Tischchen beim Frühstück, und die Leute, die herübersehen, denken sich, wie traurig, die arme Person. – Verstehen Sie mich nicht falsch, Herr Blind, ich will Sie nicht in Verlegenheit bringen, bitte, das wäre mir ganz arg. Es geht mir einzig darum, einen Menschen dabeizuhaben, mit dem ich mir die Stadt ansehen kann, gemeinsam frühstücken, gemeinsam zu Abend essen, nicht mehr. Es wäre einmalig und auch nichts, was irgend jemand zu erfahren braucht. Ich mag nur einfach nicht ohne Begleitung nach Oslo reisen. – Sie werden jetzt denken, ich könnte doch eine Freundin mitnehmen. Aber ich habe keine Freundin. Und es widerstrebt mir, mich einer Reisegesellschaft anzuschließen, Leuten, die sich nicht wirklich für diese Stadt interessieren, sondern denen die Einsamkeit zu schaffen macht. Mir macht sie nicht zu schaffen, das ist es nicht ... Mein Gott, ich rede mich um Kopf und Kragen.«

Sie bereute ihre Offenheit. Es war eine Schwärze in ihrem Gesicht, eine Verdunkelung und ein Schmerz. Weshalb ich mich beeilte zu erklären: »Völlig in Ordnung, Frau Sterlitz, ich verstehe Sie schon ganz richtig.«

Allerdings war es so, daß, wenn die Sterlitz und ich zur gleichen Zeit in Urlaub gingen, dies durchaus auffallen würde.

Na und? Sollte es mich denn wirklich stören, wenn es das tat? Irgendein Gerede gab es immer. Und jeder wurde mal Opfer internen Tratschs. Das war eine Sache, die man einfach erledigen mußte. Es hatte mich ohnehin schon lange nicht mehr erwischt.

Ich sagte: »Abgemacht. Ich begleite Sie nach Oslo.«

»Getrennte Zimmer«, versicherte sie, »und keine Pflicht, sich mit mir etwas anzusehen, was Sie sich nicht ansehen wollen.«

»Ach was, wir finden schon einen Nenner. – So darf ich also dem Parachutisten Hoffnung machen?«

»Hat er tatsächlich abgelehnt, fürs Fernsehen zu arbeiten?«

»So heißt es.«

»Aber nicht, weil er ein Linker ist, hoffentlich?«

»Finden Sie, daß er so aussieht?«

»Nein, nicht wirklich. Allerdings auch nicht wie ein Fallschirmspringer.«

»Das ist wohl eher als Symbol gemeint.«

»Als Symbol wofür?« fragte sie.

Ich überlegte. »Vielleicht sieht er sich als Engel oder Luftgeist. Als ein Luftgeborener.«

Frau Sterlitz grinste und meinte, für sie wirke er vielmehr wie ein Erdgeist. Dann fügte sie an: »Okay, er soll einen Vorschlag machen. Aber kein Kino.«

Ich verzichtete auf die Frage, was gegen Kino einzuwenden sei, und bekundete statt dessen, sie sei ein Schatz. Danach begab ich mich in mein Bram-Stoker-Büro. – Was mir hier am meisten abging, war ein Kamin. Aber einen Kamin hätte mir die Behörde einfach nicht erlaubt, auch nicht als Selbstzahler. Auch nicht als Attrappe, um den wohl etwas aufwendigen Einbau eines Kaminschachts zu vermeiden.

Ich setzte mich, griff nach dem Telefon und wählte die Nummer auf dem Zettel.

Des Parachutisten Stimme meldete sich.

»Hallo, hier spricht Blind«, sagte ich. »Haben Sie was für mich?«

»Und Sie? Haben Sie was für mich?«

»Absolut. Ich habe gerade Frau Sterlitz von Ihnen vorgeschwärmt. Derart, daß sie jetzt mit Ihnen ausgeht. Sie sollen einen Vorschlag machen. Nur nicht ins Kino.«

»Kino muß auch nicht sein«, erklärte der Parachutist. »Aber ... ich bin morgen zu einer Modenschau eingeladen. Eine Kaviar-Gauche-Präsentation. Das wäre doch das Passende.«

Ich öffnete meine Glastüre und rief hinüber: »Modenschau statt Kino! Morgen schon. In Ordnung?«

Frau Sterlitz nickte.

»Frau Sterlitz nickt«, sagte ich und schloß an: »So, mein Lieber, und jetzt machen *Sie* mich bitte glücklich.«

»Es würde sogar bereits heute abend klappen«, erklärte der Fallschirmspringer. »Sie müssen aber versprechen, Ihr Wissen um diese Gruppe für sich zu behalten. Ich muß mich da auf Sie verlassen. So, wie diese Leute sich nämlich auf mich verlassen. Nicht, daß demnächst etwas über die Golderwachten in der Presse steht.«

»Solange die niemanden umgebracht haben.«

»Gott behüte. Das sind reine Artisten. Reiner geht es gar nicht mehr. – Na, zuerst wollten die auch gar nicht mit Ihnen reden. Aber als ich diesen Namen nannte ... Mona Oldenberg ... die Frau ist tot, nicht wahr?«

»Ja.«

»Der Mann, den Sie treffen werden, scheint ein Freund von ihr gewesen zu sein. Er nennt sich Felix. Ich habe ihm gesagt, Sie seien einer von den Guten. Das sind Sie doch, oder?«

»Unbedingt«, antwortete ich und fragte, wo und wann ich diesen Felix sehen könne.

Der Parachutist nannte mir den Namen einer kleinen Kneipe, von der ich noch nie gehört hatte, eigentlich keine Kneipe, sondern eine Bäckerei, die bis sieben am Abend offen hatte und wo zwischen Theke und Colaautomat ein paar Tische standen. Eine Bäckerei namens Launer. Siebzehn Uhr.

»Woran erkenne ich diesen Felix?«

»Es scheint ihm lieber zu sein, wenn zuerst er auf Sie zukommt.«

»Und was haben Sie ihm gesagt, woran er mich erkennt?« Ich war gespannt auf die parachutistische Charakterisierung meiner Person.

»Daß Sie der schönste Mann der Stadt sind.«

Ich lachte.

»Na ja, und an Ihrer Pan-Am-Tasche«, ergänzte der Meister des theoretischen Fallschirmsprungs.

»Gut. Dann sind wir erst mal quitt. Ich verbinde Sie jetzt mit Frau Sterlitz wegen der Details für morgen abend.«

Ich spürte sein Zögern und fragte: »So schüchtern und ängstlich?«

Er darauf: »Das kommt davon, wenn man etwas ernst meint. Leichtigkeit ist meistens der Ausdruck von etwas Unernstem.«

Aha, dachte ich mir, der Mann ist eben nicht blöd, und ließ mir von ihm den Ort und die Zeit der Modenschau geben. Ich versprach, Frau Sterlitz Bescheid zu sagen. Erklärte allerdings: »Dort kann ich aber nicht dabeisein, um zu helfen, gell!«

»Ja, natürlich.«

Er legte auf. Ich legte auf. Und dachte mir nicht zum ersten Mal, wie mühsam das später einmal sein würde, wenn es keine richtigen Telefonhörer mehr gab, die man schlußpunktartig auflegen konnte. Mit einem Geräusch, wie wenn jemand einen Knochen einrenkt.

Tagsüber hatte es kaum mehr geschneit, aber als ich kurz vor halb fünf das LKA-Gebäude verließ, um in ein Taxi zu steigen, ging es wieder heftig los. Ich ließ mich zur Bäckerei Launer fahren. Das einzige Geschäftslokal zwischen Wohnhäusern, hinter denen ein kleiner Park in den dämmrig-rotgrauen Himmel ragte – so ein

Erster-Weltkrieg-Himmel. Dazu passend der Geruch von Feuerwerkskörpern. Durch die beiden großen Scheiben der Bäckerei, auf denen die Angebote des Tages schwungvoll geschrieben standen, warf das Licht zwei helle, breite Schneisen auf den Gehweg und machte den Schnee noch weißer.

Ich betrat das Geschäft. Drei von fünf kleinen, runden Tischen waren besetzt. Damen aus der Umgebung, würde ich sagen, die genauso aussahen, wie ich mir vorstellte, Mütter schauen aus, die darauf warten, daß die Ballettstunde ihrer Töchter oder der Judokurs ihrer Söhne zu Ende geht. Das war hier natürlich kein nobles Kaffeehaus, dennoch die Atmosphäre gediegen, zudem wirkte der hübsche junge Türke hinter der Theke, als warte er nur darauf, daß Hollywood vorbeikam, um ihn zu entdecken. Und zwar unter dem Applaus der Damen, die sich so gerne von ihm bedienen ließen.

Ich nahm an einem freien Tisch Platz. Stellte meine Pan-Am-Tasche auf den Sessel neben mir. Ich saß jetzt direkt in der Auslage. Hätte mich jemand erschießen wollen, er hätte beste Bedingungen vorgefunden. Trotz Schneetreibens.

Ich bestellte einen Cappuccino.

Ich wartete.

Gäste kamen und gingen. Abendliche Brötchen fanden ihre Abnehmer.

Und dann endlich war er da, Felix, der zuerst meine Tasche ansah, dann mich. Ich nahm die Tasche vom Stuhl, und er setzte sich.

Ich schaute auf die Uhr und stellte fest: »Zehn Minuten zu spät. Das überrascht mich bei einem Meistereinbrecher.«

»Wenn Sie mich für einen Einbrecher halten, Meister oder nicht, wird das ein schwieriges Gespräch«, prophezeite Felix, drehte sich kurz zur Theke hin und bestellte bei dem jungen Hollywoodtürken einen Kaffee ohne alles.

»Kein Einbrecher also«, sagte ich, »aber Einbruch ist schon nötig bei dem, was Sie tun, denke ich.«

»Und ich denke«, erwiderte Felix, »daß *Sie*, auch wenn Sie eine Waffe benutzen, darum noch kein Killer sind, oder? Und sogar für den Fall, daß Sie jemand töten, nicht automatisch ein Mörder. Sondern eben Polizist. Der Einsatz der Waffe ist ein manchmal notwendiger Teil Ihrer Tätigkeit. Bei uns ist das der Einbruch. Aber wir stehlen niemals. Eher legen wir etwas dazu. Oder wir machen sauber. Oder stellen etwas richtig. Auch wenn das nicht alle so sehen mögen. Aber glauben Sie mir, wenn wir in einem Museum die Gemälde umhängen, dann aus der Überzeugung, daß die Bilder so, wie wir sie neu hängen, besser hängen. Und natürlich tun wir es zu unserer eigenen Freude.«

»Sinnfreie Freude?«

»Freude ist nie ohne Sinn«, sagte der Mann, der Felix war. Mitte Zwanzig. Mit einem leicht verbogenen Gesicht, in einer Weise verbogen, daß man schwer sagen konnte, ob dies von einem Unfall herrührte oder einfach angeboren war. Doch es wirkte nicht häßlich, nur besonders. Er trug eine schwarze Hornbrille und hatte glattes, dunkles Haar, das ihm in die Stirn hing und mit einem Linksschwung seine Brauen verdeckte. Er war recht dünn, seine Kleidung leger, aber von der Qualität der Weltumsegler. Vor allem hatte er auffallend lange und schlanke Hände. Die Hände eines Diebes, auch wenn er diesen Vergleich nicht hätte hören wollen. An vier von zehn Fingern trug er Ringe. Gold und Silber und einen mit einem großen schwarzen Stein, der aussah wie ein Tresor für einen kleinen schwarzen Stein.

Und dieser beringte Mann erklärte nun, keine Freude sei sinnlos. Ganz offensichtlich war es so, wie der Parachutist bereits angekündigt hatte, daß nämlich die Golderwachten ihr Treiben als pure Kunst ansahen. Pure Kunst und pure Freude. Und natürlich: Handwerk.

Fragte sich, welche Rolle dabei Mona Oldenberg gespielt hatte. Genau das wollte ich von meinem Gegenüber erfahren.

Doch Felix' Antwort war: »Ich habe Mona geliebt.«

»Da waren Sie, glaube ich, nicht der einzige.«

»Sie spielen auf den Mann an, in dessen Wagen Mona starb.«

»Nein, eigentlich nicht. – Aber sagen Sie mir, was Ihre Freundin, wenn nicht aus Liebe zu Karel Nelson, in diesem Auto verloren hatte.«

»Es hieß damals überall, Nelson habe Mona mit in den Tod genommen.«

»Hat er das?«

Felix zögerte. Er trank seinen Kaffee. Dann erklärte er: »Bevor ich Ihnen etwas erzähle, muß ich erst wissen, was Sie überhaupt vorhaben. Und ob mir gefällt, was Sie vorhaben.«

Ich legte meine Hände mit den Rückseiten vor ihm auf den Tisch. Das war so eine Geste von mir noch aus Kindertagen, eine Geste der Ehrlichkeit. Ich tat das automatisch. Und erklärte ihm, ich hätte Zweifel am Ergebnis der Untersuchungen. Ich würde mich für die Wahrheit interessieren.

»Das kommt aber spät.«

»Da haben Sie recht, absolut. Aber damals war ich nicht involviert, jetzt bin ich es.«

»Sie müssen mir versprechen«, sagte er, »Ihren Kollegen gegenüber niemals den Begriff *Golden Awakening* zu erwähnen oder gar, was wir tun. Sie müssen ...« Er unterbrach sich, dachte kurz nach und sagte dann: »Nein, ich habe eine bessere Idee. Sie kommen heute mit, okay?«

»Wohin?«

»Zu einer Aktion. Einer ... Intervention.«

Ich verstand. Felix meinte wohl, indem ich ihn zu einer solchen illegalen Umräumung oder Ausräumung begleitete, würde ich, der Polizist, gezwungen sein, darüber zu schweigen. Um mich nicht mitschuldig, zumindest aber lächerlich zu machen. – Oder aber ich stand jetzt auf und schickte ihn zum Teufel.

Tat ich aber nicht, sondern fragte: »Wo?«

»Geben Sie mir Ihre Adresse. Ich hole Sie ab. Kurz nach Mitternacht.«

»Ich könnte auf die Idee kommen, Sie festzunehmen, wenn es so weit ist«, gab ich zu bedenken.

»Es geht doch gar nicht um mich. Sie wollen Mona.«

Merkwürdig ausgedrückt, aber es stimmte: Ich wollte eine Tote. Ich nannte ihm Straße und Nummer. Ich, der ich heute ein Gespenst war. Durchaus mit dem Gefühl, mir als Gespenst eine derartige Verrücktheit leisten zu können: den Golderwachten bei ihrer Arbeit zuzusehen. Wobei mich nicht zuletzt die Möglichkeit anzog, diese Nacht mal nicht um das Einschlafen kämpfen zu müssen. – Leute mit einer Schlafstörung werden mich verstehen. Man genießt die Nächte, in denen man sich mit gutem Grund die Mühe einer Nachtruhe, die keine ist, erspart.

Felix ging.

Ich wartete noch eine Weile, verlangte schließlich die Rechnung, wobei ich den hübschen jungen Mann fragte, ob er Felix kenne. Er sagte aber nur: »Vier Euro sechzig.«

Ich öffnete meine Geldbörse. In diesem Moment dachte ich an ein altes Schwarzweißphoto, das ich einmal gesehen hatte, meterhoch aufgeblasen am Eingang einer ethnologischen Ausstellung. Man sieht darauf den halbnackten Bewohner irgendeiner exotischen Inselwelt, der vor einer steinernen Münze posiert, die allen Ernstes größer ist als der Mann, dessen Zahlungsmittel sie darstellt. – Man denke einmal, wir wären alle gezwungen, solche gewaltigen Steine durch die Stadt zu rollen, um unsere Rechnungen zu begleichen. Wie würde dann der Konsum aussehen? Wie wäre unser Kaufbewußtsein? Unser Kapitalbewußtsein? Jedenfalls stark geprägt von unserem Körperbewußtsein. Wir wären alle sehr viel schlanker und sehr viel kräftiger.

Hätte ich jetzt mit einem gewaltigen Fünf-Euro-Stein bezahlt, ich hätte um einiges befreiter aus dem Lokal treten können. Doch das Gewicht in meiner Geldbörse reduzierte sich in einer nicht zu spürenden Weise. Ein dünnes Papierchen bloß, kaum merklich.

Aber noch immer Freude über den Schnee draußen. Wahrscheinlich mein Skifahrerherz, das sich so freute.

Ich verließ die Bäckerei und begab mich zur nächsten U-Bahn-Station.

11

Zu Hause angekommen, ging ich unter die Dusche. In der ich für einige Minuten einschlief. Im Stehen. Wie ein Pferd. Ein Pferd unter der Dusche, das träumte, ein Spatz zu sein. Dabei war ich nie ein Tierfan gewesen. Auch nicht als Kind. Ich hatte niemals halbtote Vögel zu Hause angeschleppt. Keinen Terror gemacht, um einen Hund zu kriegen. Oder mich für stupide Meerschweinchen begeistert. Oder mich mit plötzlicher Heftigkeit dem Thunfischsalat verweigert. Und dennoch … Ich träumte, wie ich soeben mit angelegten Flügeln auf hohen, heftigen Winden dahinglitt, unter mir eine Terrasse mit Menschen und Vögeln, die einen die anderen im Lärm überbietend. Ich umflog ein Hochaus. Tolles Ding. Es war Nacht, das Gebäude hell erleuchtet, mehrfarbig, glitzernd. Und während ich es betrachtete, bemerkte ich … bemerkte ich, nicht alleine zu sein. Da war noch ein zweiter Spatz. Klar, Spatzen waren überall. Aber dieser eine war – das begriff ich jetzt, im wahrsten Sinne im Schlaf – der für mich entscheidende andere Spatz. Ein alter Spatz, sogar uralt, dennoch kein Greis. Ein Schriftsteller wie der Österreicher Thomas Bernhard hätte diesen anderen Spatzen so charakterisiert: *mein Lebensspatz.*

Damit erwachte ich aus dem kurzen Stehschlaf. Geduscht, erholt, hungrig. Ich bereitete mir eine Portion Spaghetti und grünen Salat. Dazu ein Glas Rotwein, an dem ich roch, sowie ein Glas Wasser, aus dem ich trank. Zum Essen setzte ich mich vor den Fernseher und schaute mir die Nachrichten an. Während ich mir die zu einer Rolle zusammengewickelten Nudeln in den

Mund schob, vernahm ich die Meldung, ein syrischer Soldat sei von Islamisten bei lebendigem Leib verbrannt worden.

Mir gingen drei Dinge durch den Kopf: erstens, wie verrückt die Welt war, zweitens, wie viele ähnlich schreckliche Dinge wohl zur gleichen Zeit geschahen, die es aber – weil ohne politische Implikation – nicht ins Fernsehen schafften, und drittens, wie das funktionierte, daß ich mir derartige Meldungen ansehen und gleichzeitig mein Abendessen zu mir nehmen konnte. Mir wurde ja nicht etwa übel, vielmehr kaute und verdaute ich und genoß den süßlichen Geschmack der Tomaten, während sich in meinem Kopf die Vorstellung eines verbrennenden Leibs samt den fürchterlichen Schmerzen manifestierte. Dazu das Bewußtsein, daß jetzt eine ganze Menge anderer Zuseher ebenfalls vor ihrem Essen und den Fernsehnachrichten saßen. – Am stärksten ist die Menschheit im Horror verbunden. Selbst bei den Wettermeldungen sind die Leute in dem Moment vereint, da das Wort »Sturmwarnung« fällt.

Auf die Nachrichten folgte ein Krimi. An manchen Tagen hat man das Gefühl, es würden nur noch Krimis laufen. Was mich natürlich, angesichts meines Berufs, besonders merkwürdig anmutete. Vergleichbar am ehesten mit einem Koch, der stirnrunzelnd die Flut von Kochsendungen konstatiert.

Kochen und Töten. Was ja auch ganz gut zusammenpaßt. Kochen ist ein schönes Spiel, das auf ein häßliches Töten folgt.

Fünf Minuten nach zwölf läutete es. Ich schlüpfte in meinen Mantel, nahm die Tasche meines Vaters, in der immer auch meine Dienstwaffe untergebracht war, und trat nach draußen.

Felix stand neben einem kleinen weißen Auto. Ein Schwan im Schnee. Wir stiegen ein und fuhren los.

Kein Wort während der Fahrt. Ich wartete ab, wohin er mich bringen würde. Wie schwer das »Verbrechen« sein würde, in das er mich da hineinzog.

Ich seufzte, als wir vor der Zentrale der Christlichen Partei hielten. Wenige Dinge eigneten sich so sehr, sich schmutzig zu machen, wie das Politische. Politik – davon konnte ich als weisungsgebundener Polizist ein Lied singen – hatte etwas von jenem zähen Dreck, der sich dort bildet, wo Klebstoff ausgelaufen war oder Speiseöl auf den Boden tropfte und sich der Staub zu kleinen Klümpchen verdickte.

»Das wird hoffentlich keine Entführung«, sagte ich.

»Gewissermaßen schon«, erwiderte Felix. Und präzisierte: »Die Entführung einer Büroeinrichtung.«

Bald begriff ich, was darunter zu verstehen war. Nachdem wir über einen offenen (beziehungsweise sorgsam geöffneten) Hintereingang das Gebäude betreten und über das Stiegenhaus nach oben gelangt waren, stießen wir auf weitere Mitglieder der Golden-Awakening-Gruppe; etwas mehr Leute, als der Parachutist behauptet hatte. Wobei nur der eine Teil der Mannschaft vor Ort war, der andere befand sich in der Parteizentrale der Sozialdemokratischen Partei, um dort in derselben Weise wie hier das Büro eines Abgeordneten zum Landtag ... *auszuräumen* war ein zu harmloses Wort, nein, besser war: *herauszuschälen*. Also wirklich absolut alles aus dem jeweiligen Büro zu lösen und zu verladen und sodann in die andere Zentrale hinüberzuführen und damit den entleerten Raum neu einzurichten. Was natürlich auf Grund der unterschiedlichen Grundrisse nicht ganz einfach war, allerdings derart klug vorausberechnet, daß eine perfekte Angleichung an die jeweilige räumliche Situation erfolgte. Eine lückenlose Unterbringung des sozialdemokratischen Mobiliars im christlichsozialen Umfeld sowie umgekehrt. Dies dauerte einige Stunden. Und war peinlichst genau koordiniert mit den Kontrollgängen des Gebäudeschutzes, der aber nie in das sich soeben verwandelnde Büro eintrat, sondern allein die Gänge überprüfte. Während dieser Momente standen wir unbeweglich im Dunkel und hielten die Luft an. Was mir aus mehrfachen Gründen das Gefühl gab, gerade einen großen Fehler zu machen.

Aber wie hatte mein Großvater gerne gesagt: »Ohne Fehler bist du kein Mensch.«

Immerhin, die Vorgangsweise der Security schien den Golderwachten bestens vertraut, und wir blieben unentdeckt. Zwischen den Kontrollgängen wurde die Arbeit Schritt für Schritt durchgeführt, ganz so, als ginge es um die disziplinierte und professionelle Umsetzung eines Einrichtungswunsches.

»Das ist jetzt aber schon ein hochgradig politisches Statement, was Sie hier treiben«, meinte ich zu Felix. »Austauschbarkeit der beiden Großparteien.«

»Wäre es ein Statement, müßten wir es öffentlich machen. Tun wir aber nicht. Keiner wird es je erfahren. Und spannend ist allein die Überraschung der Betroffenen. Was sie tun, wie lange sie brauchen, um den alten Zustand zu erzeugen. Oder vielleicht aber gar nichts unternehmen. Das kommt bei unseren Aktionen immer wieder vor. Daß sich die Menschen ins Mysterium fügen. Als hätten nicht wir, sondern eine höhere Macht die Möbel ausgetauscht. Denn das paßt ja ganz gut zu einer höheren Macht, zu handeln, ohne sich zu erklären.«

Ich lächelte bei der Vorstellung, wenigstens der christlich-soziale Abgeordnete könnte dies so sehen, und meinte dann: »Na gut, Sie werden aber nie erfahren, ob das geschah oder nicht.«

»O ja, durchaus. Wir installieren kleine Kameras.«

»Nicht Ihr Ernst!«

»Aber natürlich. Wir dokumentieren, was wir tun, sowie die Folgen unseres Tuns. Das ist eine ästhetische Notwendigkeit. Das Vermeiden jeder Öffentlichkeit schließt ja nicht das Bedürfnis aus, das Geschehene festzuhalten. Auch das unausgestellte Bild will gemalt werden.«

»Gut. Jetzt will ich aber wissen, welche Rolle Mona Oldenberg dabei spielte.«

»Sie war eine von uns. Sie können sich vielleicht vorstellen, wie interessant es für eine Soziologin ist zu beobachten, was geschieht, wenn so etwas geschieht. All die Verwirrung, aber auch Verdrängung. Oder Verwandlung. Das Glück oder Unglück, das daraus folgt.«

»Glück?«

Felix erzählte von den beiden Kruzifixen, die auch der Parachutist erwähnt hatte. Eine Idee von Mona damals. Nämlich einen Christus aus einer evangelisch-lutherischen Kirche mit dem einer katholischen zu vertauschen. Was anfangs zu einer nicht ganz unkomplizierten und auch unwürdigen Diskussion über die unterschiedlichen kunsthistorischen Werte der beiden Kreuze geführt hatte. Doch bald kam es zu einer erstaunlichen Wendung in der Beziehung der zwei Gotteshäuser. Zu einer speziellen Ökumene. Ja, was zuerst als Schabernack oder bösartige Provokation empfunden worden war, wurde nach und nach bei den Mitgliedern der beiden Gemeinden als ein mystisches Ereignis gedeutet. Eine Überzeugung, die sich derart verfestigte, daß man beschloß – nachdem die beiden Objekte zuerst ziemlich eilig an ihre angestammten Plätze zurückgebracht worden waren –, den Zustand der »Verkehrung« wiederherzustellen. Gegen alle bürokratischen, theologischen und rechtlichen Einwände. Mit sturer Konsequenz und schließlich sogar mit Einwilligung der jeweiligen Verwaltungen. Vor allem aber kam es nun zu regelmäßigen Treffen der beiden Gemeinden und, sich daraus ergebend, zu zwei interkonfessionellen Ehen. Was nicht ohne Skandal blieb, da diese Vermählungen nicht nur quasi aus dem »Wunder« der Christusvertauschung hervorgegangen waren, sondern die beiden Pfarrer sich darauf einigten, die Trauung nach dem sogenannten Formular C zu vollziehen, also dem Prinzip einer absolut gleichberechtigten doppelkonfessionellen Eheschließung. Wie das sonst nur in jenem Land möglich war, das einst als der souveräne Staat Baden gegolten hatte. Dabei gingen die beiden Pfarrer noch ein Stück weiter als bei den Badenern und ließen die Hochzeiten jeweils gleich zweimal stattfinden, einmal in der einen, dann in der anderen Kirche. Beziehungsweise konnte man sagen, einmal unter den Augen des einen vertauschten Christus, dann unter denen des anderen. Wie gesagt, ein Skandal. Aber ein guter Skandal.

»Sehen Sie, was ich meine?« äußerte Felix. »Wie faszinierend es ist zu verfolgen, was durch solche Eingriffe entsteht. Ohne darum eine Bombe schmeißen zu müssen, jemand zu entführen oder etwas zu zerstören.«

Ich fragte ihn: »Hoffen Sie denn, daß diese Aktion zu einer Verbrüderung von CSU und SPD führt?«

»Es geht nicht um Hoffnung, sondern um Beobachtung. Das

war es ja auch, was Mona so begeistert hat. Sich anzusehen, wie die Dinge sich mitunter verwandeln, indem man einfach zwei Gläser umstellt. Für sie war es das Wunder des Lebens. Genauso, schwebte ihr vor, habe alles begonnen: indem eine göttliche Hand einst ins Regal griff und ein Glas mit einem anderen vertauschte.«

Ich merkte an, Mona Oldenberg habe wohl kaum sterben müssen, weil sie die beiden Kruzifixe ausgewechselt und damit gleich zweimal das Glück einer Ehe mitangezettelt habe, damit allerdings auch den Ärger der Ökumenegegner.

»Nein, natürlich nicht«, sagte Felix, während er half, den Schreibtisch, dessen Einzelteile man soeben geliefert hatte, wieder zusammenzusetzen. – Nicht vergessen, während wir uns da unterhielten, wurde emsig gearbeitet. Nur ich selbst stand tatenlos dabei. Denn das wäre dann doch zuviel des Guten gewesen, hätte ich auch noch mitgeholfen, die CSU mit der SPD zu vertauschen.

Während Felix eine Schraube eindrehte, erzählte er mir, wie er Mona ein Jahr vor deren Tod auf einer studentischen Veranstaltung kennengelernt hatte. Wie er zuerst dachte: Na, die sieht ein wenig jung aus. Und wie er nur wenig später dachte: eine reife Frau im Körper einer jungen. Und insgesamt gefunden hatte: eine Königin. Ohne Reich, ohne Hof und ohne den Willen, etwas zurückzuerobern.

»Sie hören es«, sagte Felix, »ich war bald vernarrt in Mona. Vernarrt genug, sie einzuweihen in das Geheimnis der Golderwachten. Eigentlich verboten, ohne zuvor die anderen zu fragen. Aber ich gestehe, ich wollte mich interessant machen. Ich ahnte ja, sie würde auf so was abfahren. Tat sie auch und wurde rasch ein Mitglied unserer Gruppe. Genau in der Zeit, als sie anfing, an ihrer Arbeit über *reiche Frauen* zu schreiben. Und dabei in Kontakt mit den Nelsons kam, in erster Linie natürlich mit ihr, der reichen Frau, nicht mit ihm, dem reichen Mann.«

»Und Sie selbst? Sie sind den beiden doch sicher auch begegnet.«

»Nein, keinem von ihnen.«

»Frau Nelson hat mir aber erzählt, Mona hätte hin und wieder ihre Freunde mitgebracht.«

»Nicht uns. Nicht die Golderwachten. Beileibe nicht. Allerdings war es Monas Idee, für eine unserer Aktionen Karel Nelsons Unternehmen auszuwählen. Schon allein darum, weil manche seiner Büros bekanntermaßen zu den bestgesicherten auf der Welt gehören. Einer Welt, von der man immerhin sagen kann, Nelson habe ihr heutiges Aussehen mitgeprägt.«

Das stimmte. Karel Nelson war des öfteren mit dem Begriff des Universalgenies bedacht worden. Anfang der siebziger Jahre war er an der Entwicklung des ersten kommerziellen Computertomographen beteiligt gewesen, erfand aber ganz nebenbei – aus einer »haushälterischen Laune« heraus – die bald unverzichtbare Küchenrolle, die er »Lerak« taufte, zudem machte er eine Menge Geld mit der Produktion eines neuen Autolacks und entwarf einige innovative Sportwagenmodelle. Überhaupt liebte er Autos, wie er auch Möbel liebte. Bekannt war sein Ausspruch, ein gutes Auto sei ein mobiles Möbel. Und das beste Autodesign sei damit auch das beste Möbeldesign. Wobei er auch sehr schöne Tische und Sessel kreierte. Er investierte in die Medizin wie in die Computerentwicklung und galt bis zuletzt als Verfechter alternativer Antriebstechniken. Das Anagramm seines Namens, jenes »Küchenrollen-Lerak«, setzte er später für eine ganze Generation von ihm erfundener Serviceroboter ein: Staubsauger, Rasenmäher und Fensterreiniger. Das letzte Projekt vor seinem Tod hatte er »Invisible Helpers« getauft, winzig kleine Maschinen, deren Aufgabe darin bestehen sollte, das Leben der Menschen zu erleichtern, ohne sich wirklich bemerkbar zu machen. Nelson erklärte es so: »Invisible Helpers sind wie Herzschrittmacher. Nur daß sie außerhalb des menschlichen Körpers agieren.«

Der erste »unsichtbare Helfer« war entstanden, als Nelson einen durchaus sichtbaren Staubsaugerroboter um ein winziges Gerät ergänzte, nicht größer als eine Raupe, ausgestattet mit einer transparenten Hülle und auf zwei Reihen dünner Kunststoffbeine stehend. Beine, mit denen sich das Dingelchen nicht nur auf ebenen Flächen bis in die letzten Winkel bewegen konnte, sondern dank Vakuumtechnik auch senkrecht. Eine superleichte Apparatur, die alles »abgraste« und jenen Staub aufsaugte, den das über den Fußboden rollende »Muttertier« niemals würde erreichen können: den Staub auf Türleisten, auf Regalen, auf Heizkörpern, Bilderrahmen und Vorhangstangen, den Staub auf Topfpflanzen und Kinderspielsachen. Wobei es zum Standard gehörte, daß die unsichtbaren kleinen Helfer mittels Infrarot von jenen Bereichen ferngehalten wurden, die der Besitzer nicht gereinigt haben wollte. Etwa wenn selbiger meinte, wenigstens das Familiensilber selbst putzen zu wollen. Keine Frage, daß diese insektenhaften Apparaturen sich sehr rasch mit Staub füllten und ihre hellen Körper dann einen gräulichen Schimmer erhielten. Aber ebensorasch dockten sie an das »Muttertier« an, leerten dort ihre kleinen Staubbeutel, zogen von der Mutter ein wenig Energie ab und gingen in der Folge wieder daran, die schwer zugänglichen Stellen einer Wohnung zu bereisen und zu entstauben.

War das unheimlich?

Ja, manchen Leuten schon, vor allem weil man die kleinen Helfer kaum zu Gesicht bekam, nur dann, wenn sie fast voll waren und man zufälligerweise dorthin sah, wo sie gerade vorbeizogen. Ein silbergrauer Schatten, flink und gefräßig. Woran man sich freilich gewöhnen konnte. Beziehungsweise den Umstand einfach vergaß. Den Strom sah man ja auch nicht, wie er da durch die Kabel floß, und machte sich trotzdem keine Sorgen, er könnte Böses im Sinn haben.

Es war nun gerade dieser Aspekt der Unsichtbarkeit, weshalb es die Golderwachten so gereizt hatte, in Nelsons Firmenzentrale eine Intervention vorzunehmen.

»Wissen Sie«, sagte Felix, »für einige von uns geht es um philosophische Aspekte, um die Soziologie oder die Kunst. Aber ein paar sind darunter, die einfach Lust am Einbruch haben, ohne aber Kriminelle sein zu wollen. Die beweisen wollen, daß sie so was können. Daß kein Raum der Welt existiert, in den einzudringen sie nicht in der Lage wären. – Genau der Anspruch, den man braucht, will man bei Nelson hineinmarschieren. Das ist nicht so einfach wie bei einer Parteizentrale, wo man rein und raus kann, als wär's 'ne Kirche.«

Felix berichtete, wie fünf von den Golderwachten – er und

Mona sowie drei ihrer Kollegen, die etwas von superschlanken Panzerknackern an sich hatten – mit gefälschten Mitarbeiterausweisen in die Nelsonsche Firmenzentrale gelangt waren. Allerdings konnte man die Planungsbüros nur über einen unterirdischen Gang erreichen, der speziell überwacht wurde. Zudem hätte es einer Markierung bedurft, die nicht zu fälschen war. Völlig unbewacht waren hingegen der genau darunter verlaufende Kanalschacht geblieben wie auch ein Zugang zu diesem. Das war sicher eine Schlamperei, aber seien wir ehrlich, in jeder Überwachung steckt auch eine Lücke. Das muß sie. Die Lücke in der Technik ist wie die Krankheit im Leben. Unvermeidlich. Eine Art Signatur der Schöpfung.

Die Golderwachten stiegen also in den Kanal hinab. Man könnte sagen, sie folgten dem Weg, den die Scheiße ging. Und als sie dann ungesehen den ebenerdigen Forschungstrakt erreichten, wechselten sie ihre Kostüme. Zwei trugen Laboranzüge, zwei die Uniformen des Wachpersonals, und Mona tarnte sich mit der Montur einer Putzkraft.

Man befand sich nun an einem jener Orte, in die man sinnvollerweise nicht in der Nacht einstieg, wenn der Einbruch geradezu erwartet wurde, sondern tagsüber, und konnte so die Geschäftigkeit der Belegschaft imitieren und eins werden mit einem »normalen« Bild. Immerhin entsprach es dem Prinzip der Golderwachten, keine andere Spur zu hinterlassen als die der Intervention selbst. Und nicht etwa gesprengte Türen, durchbrochene Mauern und durchschnittene Kabel. Das hätte ja die »wundersame« Wirkung der Aktionen zunichte gemacht, den Eindruck des Übernatürlichen.

Felix erzählte, der Plan sei gewesen, einige der Entwurfszeichnungen für eine neue Generation von Servicerobotern um minimale Details zu verändern: zum Beispiel durch Änderung der Farbe oder mittels Umgestaltung der äußeren Form. Aber nicht etwa ein kreisförmiges Objekt in ein quadratisches zu verwandeln, sondern bloß eine scharfe Kante abzurunden oder ein Erdbeerrot mit einem Marsrot zu tauschen. Oder den Pfeil auf dem Display einer Fernbedienung durch ein lateinisches Kreuz zu ersetzen, so eines, wie es verwendet wird, um jemandes Tod zu bezeichnen. Oder vielleicht das Sternchenzeichen * um zwei Klammern zu bereichern – (*) –, was dann dem Symbol für »außereheliche Geburt« entsprochen hätte.

»Das war meine Lieblingsidee«, sagte Felix, »die Fernbedienung zu verändern. Mit der Hoffnung, diese kleine Einmischung würde sich bis zur Marktreife durchsetzen. – Aber so weit kamen wir leider nicht.«

Die Golderwachten hatten sich sinnvollerweise die Mittagszeit für ihr Vorhaben ausgesucht, dann, wenn die meisten Nelson-Entwickler die Kantine aufsuchten, die im Hauptgebäude lag und deren Küche ausschließlich vegane und vegetarische Speisen vorsah und als eine der besten der Stadt galt. Es handelte sich um die einzige Kantine in Deutschland, die je einen Michelin-Stern erhalten hatte. Trotz typischer Kantinenpreise. Weshalb es in diesem Unternehmen kaum jemand gab – auch unter den Fleischessern nicht –, der mittags im Büro blieb, um dort in Wurstbrote zu beißen (abgesehen davon, daß die Firmenleitung in Wurstbroten auf ihrem Gelände wenn schon keinen Kündigungsgrund, so doch einen Karriereverhinderungsgrund sah).

»Wir wußten genau, in welchen Raum wir zu gehen hatten und ab welchem Moment die Ingenieure ihn verließen, um die Kantine aufzusuchen. Aber wir marschierten nicht durch die Vordertür hinein, dazu hätten wir einen Code eingeben müssen. Beziehungsweise hätten wir ihn knacken müssen und wären dabei aufgefallen. Natürlich wurden die Gänge videoüberwacht. Da konnte man nicht ewig an einer Türe herumstehen … Statt dessen sind wir von einem kleinen Abstellraum in den Entlüftungsschacht geklettert, der zu dem Büro führte.«

»Mission Impossible«, sagte ich, auf die Filmszene mit Tom Cruise anspielend, in der bereits ein auf den Boden fallender Schweißtropfen einen Alarm auslöst. Von einem nicht dorthin gehörenden Fuß ganz zu schweigen.

»Wir haben den Raum nie erreicht«, erklärte Felix, »um irgend etwas auszulösen. Aber ins Schwitzen kamen wir trotzdem. Nämlich darum, weil wir uns verirrt hatten.«

»Wie verirrt? Im Belüftungssystem?« Ich grinste.

»Wir waren zu dritt: Mona und ich und einer von unseren Technikern. – Was soll ich sagen? Wir sind leider nicht dort hingelangt, wo wir hingelangen sollten. So sieht eben die Wirklichkeit manchmal aus. Selbige führte uns anstatt in das Büro, in das wir wollten, zu einem schräg geneigten Schacht, hinunter in eine tiefere Ebene. Dorthin, wo gemäß den Bauplänen, die wir uns besorgt hatten, eigentlich gar nichts hätte sein dürfen. Auch kein Keller. – Aber da war etwas.«

Gleich den Sicherheitslücken da und dort gibt es immer auch diese Räume, die auf keinem Plan eingezeichnet sind. Klar, das klingt sofort nach Verschwörungstheorie. Doch es braucht solche »planlosen« Räume. Manch einer verfügt über sie in seinem eigenen Kopf. Und manchmal bilden sie den entscheidenden Teil eines Gebäudes, genau dort, wo jener Satz zur Anwendung kommt, welcher – selten ausgesprochen, aber oft gedacht – lautet: »Die Wahrheit ist dem Menschen nicht zumutbar.«

Mona, Felix und ein Mann namens Charly, der in seinem Brotberuf als Berater für eine Sicherheitsfirma arbeitete und seine Beteiligung am *Golden-Awakening*-Projekt als einen lehrreichen Praxistest begriff, diese drei also gerieten in einen sehr tief gelegenen Abschnitt. Wobei ihnen bald bewußt wurde, es entweder mit mehreren Etagen oder aber einer Halle zu tun zu haben. Und als sie schließlich das Lamellengitter gelöst hatten, das den Belüftungsschacht von dem zu belüftenden Raum trennte, öffnete sich vor ihnen eine in diesem Moment menschenleere, aber keineswegs objektlose hohe, weite Halle. Besser gesagt, ein unterirdischer Hangar, der vom Licht starker Scheinwerfer erhellt war. Und in dessen Mitte – an ein Gerüst montiert – man die verknüpften wie auch losen Teile eines Flugzeugwracks sah. Beginnend mit dem fast vollständig erhaltenen Cockpit, an das sich der stark fragmentierte Teil des vorderen Rumpfs anschloß, wobei dank vieler Lücken mehrere Sitzreihen zu erkennen waren. Sodann klaffte ein kurzer Abstand, wo sich rein gar nichts befand. Diesem Abstand folgten die zusammengeflickten Elemente des rückwärtigen Teils, viele verrußte »Fetzen«. Sollte irgend jemand dieses Unglück überlebt haben, dann sicher keiner, der dort hinten gesessen hatte.

Am Ende des Gerüsts ragte eine halbwegs intakte Seitenflosse in die Höhe. Nach links hin, allerdings auf dem Boden liegend, befand sich eine zertrümmerte Tragfläche, davor lagerte ein verbeultes Triebwerk. Eine rechte Tragfläche fehlte völlig, und vom anderen Triebwerk waren bloß »Scherben« vorhanden, allein verifizierbar durch die Stelle, an der sie innerhalb dieser Anordnung positioniert waren.

Was sich ihnen hier offenbarte, waren die aufgelesenen Überbleibsel einer verunglückten Passagiermaschine, die man entsprechend ihrem exakten räumlichen Verhältnis zueinander aufgestellt hatte. Die Rekonstruktion eines Wracks, wie man es von den Untersuchungen nach einer Flugkatastrophe kannte.

Wieso aber hier? Tief unter der Erde. Und wieso auf dem Firmengelände des Nelsonschen Unternehmens?

»Wir waren völlig perplex«, erzählte Felix, »sind um das Ding herumgeschlichen. Ich hatte so was ja noch nie in echt gesehen. Absolut faszinierend. Eine Art moderne Archäologie. Wie da aus Vorhandenem und Nichtvorhandenem ein komplettes Bild entsteht. Ein Bild des Unglücks: verbrannte Stellen, verbeultes Blech, Kratzer, Löcher, Splitter, der Rest einer Bordküche, eine quasi im Freien stehende Toilette, deformierte Sitzreihen.«

Ich war gar nicht so überrascht, meinte dazu, mir gut vorstellen zu können, ein Unternehmen wie das von Nelson sei in der Flugzeugtechnik und eben auch in der Analyse von Flugunfällen tätig. Erinnerte mich zudem, gelesen zu haben, eine von Nelsons Firmen sei an der Entwicklung eines neuen Flugsicherungssystems beteiligt gewesen. Wenig erstaunlich also, daß …

»Das wirklich Erstaunliche kommt erst«, unterbrach mich Felix. »Denn man muß sich ja fragen: Wieso unterirdisch? Wieso derart geheim? – Und als wir uns das Wrack näher angeschaut haben, da sahen wir, wenn auch schwer beeinträchtigt, aber trotzdem erkennbar, den Schriftzug auf dem vorderen Rumpfteil. Also wenigstens haben wir die lesbaren Buchstaben mit den unlesbaren kombiniert. Und heraus kam: MALAYSIA.«

Ich stellte fest: »Eine inzwischen berüchtigte Fluggesellschaft.«

»Es kommt aber noch heftiger«, versprach Felix. »Wir entdeckten nämlich auch noch ein kleines Stück des unteren Heckteils samt der hinteren Passagiertür. Und links von ihr, auf dem zerschundenen Rot, das Kennzeichen des Fliegers, sogar vollständig: 9M-MRO.«

»Und das haben Sie sich gemerkt?«

»Ach, wissen Sie. Damals, das war Mai 2013. Ich konnte mich überhaupt nicht erinnern, von einem solchen Unglück mit einer Maschine der Malaysia Airlines gehört zu haben. Und das hätte ich doch eigentlich müssen, nicht wahr? Also habe ich mir die Nummer notiert, um nachzuschauen, wo und wann das passiert war.«

»Und?«

»Es gab kein Vorkommnis. Ja, eine Maschine mit diesem Code, das schon, aber eine, die sich in ganz normalem Betrieb befand. Eine 777er-Boeing im Dienst der malaysischen Fluggesellschaft, seit elf Jahren im Einsatz. Es hatte zwar ein Jahr zuvor einen kleinen Vorfall am Boden gegeben, aber da war nicht viel geschehen, bloß ein minimaler Schaden an der Tragfläche. Jedenfalls war diese Maschine so offiziell wie de facto im Einsatz. Nichtsdestotrotz standen wir vor den Trümmern eines Flugzeugs mit der exakt gleichen Kennzeichnung.«

»Sie können sich geirrt haben.«

»Hätte ich mich geirrt, hätte ich dennoch auf ein Flugzeugunglück stoßen müssen, das zu dieser Zeit mit einer Boeing geschehen war. Tat ich aber nicht. Beziehungsweise nicht sofort. Denn zehn Monate später – und Mona war da natürlich bereits tot –, zehn Monate später, hören Sie!, stieß ich erneut auf diesen Code. – Sie ahnen, wovon ich spreche, nicht wahr?«

Ich lachte in der hustenden Weise des Ungläubigen. Denn natürlich begriff ich, worauf Felix anspielte, konnte es aber schwer glauben. Es war ja lange in den Schlagzeilen gewesen und würde wahrscheinlich immer wieder mal aufs neue in selbige geraten: der Flug MH370. Jene Maschine der Malaysia Airlines, die in der Nacht des 8. März 2014 von Kuala Lumpur nach Peking unterwegs gewesen war und deren Verschwinden einerseits zu einer so umfangreichen wie vergeblichen Suche und andererseits zu zahlreichen Spekulationen über das Verbleiben der Maschine und der zweihundertsiebenundzwanzig Passagiere sowie zwölf Besatzungsmitglieder geführt hatte. Absolut kein Hinweis auf die Absturzstelle war entdeckt worden, wobei es fast ein Jahr nach dem Unglück noch immer Leute gab, die romantische Vorstellungen von der sicheren Landung auf einem entlegenen Eiland hegten. Eine Idee, die auch einige der Angehörigen vertraten, deren vermißte Verwandte und Freunde von den Behörden als »mutmaßlich tot« erklärt worden waren.

Jedenfalls, konnte man sagen, besaß dieses Unglück mit all seinen Details – vor allem dem Umstand, daß der Flieger nach seinem »offiziellen« Ende noch lange Zeit weitergeflogen war, allerdings mit geändertem Kurs – zu den magischen Ereignissen des Jahres 2014 zählte. Und nirgends erlebten die Menschen die Magie mit solcher Heftigkeit und Überraschung wie in Kombination mit der Technik. Flugzeuge hatten nicht spurlos zu verschwinden. Taten sie es doch, wankte die Aufklärung und blühte die Phantasie.

Und jetzt das!

»Sie wollen mir also ernsthaft weismachen«, fragte ich, »Sie hätten im Mai 2013 das zusammengeklebte Wrack einer Maschine gesehen, die dann erst im März 2014 wirklich verunglückt ist? Beziehungsweise verschwunden und nicht wieder aufgetaucht.«

»Ich beschreibe alleine, was wir gesehen haben: ein stark zerstörtes Flugzeug, für dessen Absturz es damals – aber eben nur damals – in den Medien kein einziges Anzeichen gab. Und was ja vielleicht erklären könnte, wieso das Wrack in einem geheimen Hangar eines privaten Unternehmens untersucht wurde.«

»Und Mona?«

»Mona hat sich wohl entschieden, mit Nelson darüber zu sprechen. Diese Sache hat sie nicht losgelassen.«

»Und Sie?«

»Ich habe Mona gewarnt. Es gibt einfach diese Dinge – so spannend sie sein mögen –, von denen man die Finger lassen sollte. Zum Schutze der Finger. Aber das hat sie nicht gekümmert. Und ein paar Monate später war sie tot.«

Ich wendete ein, es würde noch immer naheliegen, Nelson habe sich umgebracht und Mona mit in den Tod genommen. Und es hätte rein gar nichts mit dieser Flugzeuggeschichte zu tun.

»Glauben Sie das wirklich?« fragte Felix und strich mit einem feuchten Tuch über die sozialdemokratische Tischplatte in christlich-sozialer Sphäre.

Glaubte ich das wirklich? Nun, erstens führte ich dieses Gespräch überhaupt nur darum, weil ich meinerseits die Selbstmordtheorie anzweifelte. Und zweitens … die Sache mit dem Flugzeug besaß die magnetische Wirkung eines »Wunders«, vor dessen Hintergrund alle Dinge und Ereignisse eine neue Farbe gewannen. – Ich fragte Felix, ob er oder Mona denn damals irgend etwas an dem rekonstruierten Flugzeugwrack verändert hätten. Weil dies ja schließlich zum Prinzip aller *Golden-Awakening*-Aktionen gehöre.

»Nun, wir waren zuerst einmal ziemlich kopflos«, sagte Felix, »sind dann aber über das Gerüst ins Innere des Flugzeugs und … wir haben zwei Sitzreihen auf der rechten Seite vertauscht. Kein berauschender Einfall. Eher, um irgend etwas zu tun statt nichts. Dann aber hörten wir Stimmen und sind rasch zurück in den Entlüftungsschacht. – Später habe ich festgestellt, daß Mona etwas mitgenommen hat. Was absolut gegen unser Prinzip ist, eine ersatzlose Entwendung vorzunehmen. Haben wir noch nie getan, weil's ja eine Art von Diebstahl ist.«

»Sagen Sie schon, was war es?«

»Ein halbverbranntes Plüschtier, das Mona in einem der Sitze eingeklemmt fand.«

»Herr im Himmel, was für ein Tier?« fragte ich.

»Eine Robbe, aber nicht grau oder braun, sondern gelb. Knallgelb dort, wo sie nicht verbrannt war. Eine zur Hälfte verbrannte, zur Hälfte knallgelb leuchtende Stoffrobbe.«

Ich blies Luft aus. Mir fiel, wie man so sagt, ein Stein vom Herzen.

Felix betrachtete mich verwundert und meinte: »Hey! Sie wirken richtig erleichtert. Ist das denn irgendwie von Bedeutung, was für ein Tier es war?«

Ich wollte meine Angst lieber nicht erklären, es hätte sich bei diesem Stofftier um einen Hausspatzen handeln können. Freundlicherweise kam mir die Zeit zur Hilfe. Denn einer von Felix' Kollegen rief, wir sollten uns beeilen, die Zeit werde knapp.

Felix gab Gas. So geschah es, daß entsprechend einem ausgebreiteten Lageplan die letzten Stücke der sozialdemokratischen Einrichtung ihren richtigen Platz fanden – bis hin zur Position eines gerahmten Familienphotos, diverser Schreibwerkzeuge oder der zerdrückten Papiere im Mülleimer.

Es sah aus, als wäre es nie anders gewesen.

Als wir das Gebäude verließen, war es fünf in der Früh. Ich verabschiedete mich von Felix, ohne noch einmal die Sache mit dem Stofftier angesprochen zu haben.

Dafür aber fragte Felix: »Sie werden schweigen? Ich meine, was die Arbeit von *Golden Awakening* betrifft.«

»Ich sehe keine Grund, diesen schönen Beitrag zur hiesigen Kultur zu gefährden.«

Felix lächelte.

Ich lächelte zurück, meinte aber, der Sache mit dem Flugzeugwrack natürlich nachgehen zu müssen.

Felix warnte mich in der gleichen Weise wie einst Mona: »Verbrennen Sie sich Ihre Finger nicht.«

Ich versicherte: »Meine Finger sind aus Stahl.«

»Ich dachte, das sagt man über Nerven.«

»Sagt man, ist aber dumm, weil, Nerven sollten elastisch sein.«

Wir reichten uns die Hand und gingen auseinander. Ich nahm ein Taxi und ließ mich zu einem Café bringen, in dem sich um diese morgendliche Stunde die Verkäufer eines nahe gelegenen Marktes trafen. Man kannte mich in diesem Lokal. Sie nannten mich den »frühen Polizisten«.

Ich stellte mich an die Theke, schlürfte meinen Kaffee und

überlegte, welche Möglichkeiten sich mit dieser Flugzeuggeschichte auftaten.

Viele.

Wie bei einem Karton, bei dem sich gleichzeitig sechs Seiten öffnen. Aber keine davon hätte das Wort »plausibel« verdient.

Ratlos, aber auf eine merkwürdige Weise glücklich – ein Abenteurer auf seiner ersten Etappe –, schlief ich einen kurzen Stehschlaf.

Kurz und dennoch lang genug, um …

Das Leben zwischen 33 und 34

12

»Aufwachen!«

Es war Pinesits, der mich anstieß, indem er mir mit seinem Schnabel gegen die Brust klopfte, derart, daß ich – halb noch ein Mensch namens Blind – dachte: »Herein!«

Der Ast, auf dem wir saßen, schwang ein wenig auf und ab.

Ich öffnete meine Augen, jetzt wieder ganz Spatz.

»Dort drüben«, sagte Pinesits und wies mit seinem Schnabel in Richtung einer hohen Wand, die bis zur Decke der Eingangshalle reichte und jenen Abschnitt markierte, der den Kern des Gebäudes bildete. Eine quadratische Säule, durch die sämtliche Aufzugschächte führten. An dieser Wand aus hellem, mattem Stein hing eine monumentale Skulptur. Auf den ersten Blick hatte ich es einfach für eine nicht näher identifizierbare Ansammlung von Schrott gehalten, wurde mir dann aber bewußt, es müsse sich um die ineinander verkrallten und verschmolzenen Teile zweier Autos handeln: eines roten und eines grünen; der größere rote Wagen von oben kommend, der kleinere grüne von unten. Jedoch viel stärker ineinander verkeilt als bei einer herkömmlichen Kollision denkbar.

Auf den ersten Blick war das Objekt also abstrakt gewesen, auf den zweiten als das eines Zusammenpralls erkennbar geworden, und beim dritten – quasi symbolischen – Blick, da meinte ich wieder einmal ein Kruzifix wahrzunehmen, jedoch ein auf dem Kopf stehendes.

Aber es war noch ein vierter Blick nötig. Einer, der sehr viel mehr ins Detail ging und zu dem mich Pinesits nun aufforderte. Denn an einer Stelle dieser Skulptur, die aus zwei Aston Martins der sechziger Jahre zusammengefügt und allein schon vom Materialwert her *teuer* zu nennen war, entdeckte ich die Silhouetten zweier Vögel, wirklich nur schwer auszumachen im Schatten einer Pforte, die zwischen den verbogenen Stoßstangen entstanden war.

»Das ist der Eingang«, sagte Pinesits und erklärte, daß man nur dann versuchen solle, dort hineinzukommen, wenn auch die beiden Wächter zu sehen waren. Ohne Wächter sei es kein Eingang, sondern eine Todesfalle.

»Also los!« gab Pinesits das Kommando und stieß sich ab. Ich folgte ihm hinüber ins Zentrum der Skulptur, wo wir auf einem Scheinwerfer nahe der Stelle mit den beiden Wachposten landeten. Da waren sie gut zu sehen: die ersten Sperks meines Lebens. Ihre Rüstungen hatten einen silbergrauen Farbton und wirkten auf mich wie ... eine zweite Haut. An den meisten Stellen leicht durchsichtig, so daß man das darunter liegende Gefieder erahnen konnte. Ich stellte mir vor, daß diese Rüstungen die Wirkung diverser Materialien verband: Stein mit Metall und hauchdünnem Holz sowie einem künstlichen elastischen Gewebe; und wie sehr das eine Material in das andere überging und jeweils die Nachteile des anderen auflöste, so daß allein die Kombination der Vorteile übrigblieb. Wie bei einer Schulklasse, wo einer dem anderen hilft, was aber nicht zu einem Haufen von Strebern führt, sondern zu einer verschworenen Überlebensgemeinschaft.

Die gesamte Oberfläche der beiden Rüstungen war mit einem sehr feinen Muster überzogen, gar nicht so sehr wie bei einem Tattoo oder einer Ätzung, sondern gleich einem durchgehenden Spinnfaden, der abstrakte und konkrete Formen schuf: Schädel, Knochen, Pilze, Lanzen, Buchstaben, Zahlen, Blüten, Blätter, Kreise, Dreiecke, Spiralen – aber alles verbunden durch den einen fortlaufenden Faden. Auch die Köpfe der Wächter lagen unter einem verzierten Helm, allein Augen und Schnabel blieben frei.

Keine Frage, diese Sperks waren zugleich schön und furchteinflößend, was ja wohl auch jeder Ritter oder Krieger bewirken möchte: Angst und Achtung zu erregen.

Die beiden bewegten ganz leicht ihre Gesichter zu uns hin. Ich hätte nicht sagen können, ob sie Waffen trugen. Vielleicht an den Flügelteilen ihrer Panzerung. Oder seitlich an den Helmen.

»Ich bin Pinesits«, erklärte Pinesits.

Klar, theoretisch hätte das jeder behaupten können. Auch will ich nicht sagen, daß Spatzen niemals logen. So wie die Menschen, denen die Wahrheit oft peinlich war und sie darum die Lüge als Ausdruck guten Benehmens verstanden. – Wenn einem Menschen ein Furz entwich, pflegte er sich erstaunt und mit der Nase rümpfend umzusehen, als suchte er den Täter, der er ja selbst war. Solche Notlügen waren auch bei Sperlingen an der Tagesordnung. *Nein, mein Nachbar war's, der dir auf den Kopf geschissen hat.* Freilich waren die Menschen derart in die Lüge verstrickt, daß sie die Tatsächlichkeit solcher und anderer Fürze für eine »Sonderform der Wirklichkeit« hielten und die Täuschung für das eigentlich Normale. Bei den Spatzen hingegen wäre niemand so weit gegangen, sich vor zwei Sperkwächter zu stellen und vorzugeben, der legendäre Pinesits zu sein. Außer er war tatsächlich Pinesits.

Das wußten die Wächter. Sie verlangten keine Beweise. Wollten aber immerhin wissen: »Und der Kleine neben Ihnen?«

»Mein Assistent.«

Nun, das klang gar nicht so schlecht. Besser, als hätte er mich als »Schüler« oder »Zauberlehrling« bezeichnet.

Pinesits erklärte, er müsse sofort mit einem der Sperkgeneräle sprechen, es sei absolut dringend und betreffe die Sicherheit der Sperksgemeinde.

»Gut«, sagte der eine Wächter. Und der andere verlautete: »Box 25.« Beide bewegten sich etwas zur Seite und ließen uns passieren. Als ich an ihnen vorbeihüpfte, empfand ich ihre enorme Körperlichkeit, obgleich sie ja nicht viel größer oder kräftiger waren als die Spatzen, die ich gewohnt war. Und doch verliehen ihnen ihre Montur und ihre Haltung – ich würde sagen: ihre kontrollierte Aggressivität – eine massive Aura. Die Aura eines Atomkraftwerks.

Mir war mulmig, als wir jetzt durch einen engen Schacht hüpften, der wahrscheinlich ohne Wächter jene erwähnte Todesfalle bildete. Ich hoffte, daß man nicht vergessen hatte, sie auszuschalten.

Aber wir kamen heil durch und gelangten in eine senkrecht aufsteigende Röhre. Von ganz oben drang Licht herab, das gleiche wohl, welches vom Dach aus in den Himmel strahlte und das Polarlicht zitierte, dem dieses Gebäude seinen Namen verdankte.

»Hoch also«, sagte Pinesits und seufzte, denn es war nicht so einfach, an dieser schmalen Stelle aufwärts zu fliegen. Am besten mittels einer kreiselnden Bewegung.

Als Pinesits auf halbem Wege schwächelte, flatterte ich direkt unter ihn und drückte ihn nach oben. So ging es weiter. Irgendwann im letzten Drittel gerieten wir in eine starke seitliche Drift, die uns nach links in eine dunkle Nische beförderte. Wo wir hübsch heftig gegen eine Wand prallten.

»Grundgütiger«, ächzte Pinesits. Ich half ihm auf, indem ich meinen Kopf unter seinen Bauch zwängte.

Im gleichen Moment glitt die Abdeckung zur Seite und eröffnete den Blick auf den Westteil jener Etage, die zwischen 33. und 34. Stockwerk das Zentrum der Sperks bildete.

»Wummm!« entfuhr es mir. »Echt stark.«

Was hatte ich erwartet? Ein Großraumbüro? Ein Cockpit? Eine Waffenschmiede? Ein Dorf?

Was ich sah, als wir da nun auf einer schmalen, sprungbrettartigen Platte einige Schritte ins Innere machten, war eine von keiner einzigen Wand durchtrennte weite Etage, in der unzählige Boxen von der Größe einer oder mehrerer Schuhschachteln oben wie unten den Raum füllten. Viele Hunderte. Zuerst dachte ich, sie würden an Fäden hängen – Fäden von der Art wie auf den Rüstungen –, aber nein, die Boxen schwebten, obwohl nicht etwa eine Schwerelosigkeit im Raum herrschte. Auch befanden sich die Behältnisse in einer leichten Rotationsbewegung, und zwar genau in der Art, wie Gesteinsbrocken ein ovales Ringsystem um einen Planeten bilden. Siehe Saturn. Jawohl, diese Boxen zogen linksläufig um jene zentrale Säule, aus der wir eben gekommen waren und die den Sperks als Eingang und Ausgang diente. Eine langsame und gleichmäßige Drehung, bei der die einzelnen Boxen ihren Abstand zueinander hielten. Dazwischen flogen die Sperks hin und her, alle in ihren Rüstungen, so daß ich selbst mich … Ich empfand eine gewisse Scham.

Je öfter ich jetzt Sperks in ihren perfekten Rüstungen sah, um so mehr erschien mir das eigene bloße Federkleid als Ausdruck von Nacktheit. Von etwas Primitivem. Ich entwickelte ein Gefühl der Unterlegenheit allein aus dem Umstand, ein Nackter unter Angezogenen zu sein.

Nicht so Pinesits. Da war ich mir sicher. Er mahnte: »Box 25.«

Allerdings waren auf den rötlichbraunen Quadern auf die Distanz keine lesbaren Numerierungen zu erkennen.

»Meine Stimme ist nicht so stark wie deine«, erklärte Pinesits. »Pfeif die Fünfundzwanzig für mich.«

Ja, das konnte ich machen. Ich pfiff sie, die Zahl.

Und tatsächlich, inmitten der rotierenden Körper – zwar verdeckt von vielen anderen, weil zu einem der äußeren Ringe gehörend, jedoch durch ein starkes Glimmen zu verorten – zeigte sich die Position jener Box, nach der ich gepfiffen hatte.

Ich wiederholte mich: »Wumm!«

Wir flogen los. Wobei es viel Geschick verlangte, nicht eins der bewegten Gehäuse zu touchieren. Zudem waren ja Sperks unterwegs. So mußten wir immer wieder mal in der Luft bremsen, kurz die Position halten, die Höhe ändern und sodann den Weg fortsetzen. Allerdings war der Raum um diese späte Zeit gut beleuchtet. Auch in dieser Hinsicht schienen Sperks radikale Kulturfolger.

Die Box 25 befand sich im äußersten Ring, nahe der durchgehenden Fensterfront, die eine herrliche Aussicht auf das nächtliche Belfast bot. Die Scheiben ermöglichten den Blick von innen nach außen, aber sinnvollerweise nicht umgekehrt.

Sobald wir die Box erreichten, verschwand eine ihrer Längsflächen in der Art eines sich verziehenden Nebels und gab den Weg ins Innere frei. Wir flogen hinein und landeten auf einer samtigen Unterlage. Hinter uns schloß sich die bewegliche Wand.

Wir hockten im Grünen.

Ich begriff rasch, mich in einer Simulation zu befinden. Der

Himmel über mir, die Bäume rundherum, das Rauschen der Blätter, das Gezwitscher, Kinderlachen, ganz hinten eine Bank mit zwei alten Männern, die Vogelfutter verteilten – eine Idylle. Echt waren nur drei Dinge: der samtige Boden, echt synthetisch; zweitens der warme Luftstrom, der durch mein Gefieder blies; und natürlich der Sperkgeneral, vor dem wir standen und der jetzt sagte: »Pinesits also. Wirklich erstaunlich, daß Sie noch immer leben. Ich glaube, Sie kannten meinen Urgroßvater.«

»Möglich«, antwortete Pinesits.

Ich überlegte nicht zum ersten Mal, wie alt Pinesits tatsächlich sein konnte. Sicher war, daß er Mitte der achtziger Jahre als Spion der Menschen nach Belfast gelangt und dort erstmals den Sperks begegnet war. Logisch, daß er da selbst schon einige Jahre auf der Welt gewesen sein mußte. Fünf Jahre mindestens, stellte ich mir vor. Was also bedeutete, daß er derzeit nicht jünger als fünfunddreißig Jahre sein konnte. Wenn man Wikipedia glauben durfte – dieser menschlichen Schlaumeierei –, so betrug das »bisher beobachtete maximale Alter« eines Haussperlings dreiundzwanzig Jahre. Ganz offensichtlich war es nicht Pinesits gewesen, den man hier beobachtet hatte. Übrigens war auf derselben Wikipedia-Seite ein Satz zu lesen, der angesichts der Verhältnisse im *Aurora Building* zum Lachen Anlaß gab: »Moderne und sanierte Gebäude bieten kaum noch Nischen oder Hohlräume, die als Brutplätze verwendet werden können.« (Einmal hörte ich ein Kind sagen, Wikipedia sei »Wiki ohne starke Männer«.)

Auch die meisten Sperks erreichten ein für Spatzenverhältnisse ziemlich hohes Alter, manche wurden zwischen zehn und vierzehn Jahre. Und trotzdem lag es drei Generationen zurück, daß Pinesits die frühen Belfaster Sperkkrieger entdeckt hatte und von ihnen »umgedreht« worden war.

Es stimmte übrigens nicht, daß die Sperks noch immer komplizierte Namen samt »von« oder »van der« oder »de« besaßen. Früher vielleicht einmal. Der General aber hieß einfach Fein, General Fein (was wiederum nichts mit Sinn Féin zu tun hatte, dem politischen Arm der IRA – ein purer Zufall, erklärte der General, der viel Wert auf seine deutsche Abstammung legte).

Die Rüstung des Generals unterschied sich von der der anderen Sperks in einem ganz wesentlichen Punkt. Aber nicht etwa durch eine gesteigerte Form der Verzierung – die mochte sich im Detail vielleicht unterscheiden, aber keineswegs auffällig. Auch verfügte sein Helm über den gleichen nach hinten verlaufenden Streifen kurzer aufgesteckter Federn, den ich bereits bei den Wächtern gesehen hatte; war nicht größer, nicht mächtiger, nicht bunter. Ebensowenig besaß der General Orden oder andere Applikationen seiner Macht. Sondern …

Ich hätte wieder gerne »Wow!« oder »Toll!« gesagt, hielt mich aber zurück, als ich den roten, pulsierenden Flecken vorne auf dem Brustteil der Generalsrüstung sah, wie er da durch Panzerkleid und Federkleid schien. Wie auch immer das funktionierte, es handelte sich eindeutig um das klopfende Herz des Befehlshabers, das hier mit seiner Farbe und Bewegung hindurchleuchtete. Gleich einem pulsierenden Kontrollämpchen. Vielleicht echt, vielleicht eine Projektion, jedenfalls beeindruckend. Man stelle sich einen menschlichen Regierungschef vor, dessen oder deren pochendes Herz durch sein Jackett oder ihr Kostüm schimmert.

Allein das bewies die Größe dieser Sperlingsart, dieser Kriegerkaste, sich nicht nur mit aller finanziellen, technischen und architektonischen Raffinessen eine planetenringartig ausgestalteten Hochhausetage geschaffen zu haben, sondern die eigenen Kommandeure auf eine derartige Weise herauszustellen. Durch Präsentation eines Organs. Was für die gesamte Elite galt. Denn wie ich später feststellte, tauchte bei einigen Sperks vorne wie seitlich auf dem Helm die Form ihres Gehirns auf: das grünlich illuminierte glatte Vorderhirn und ein eher rosafarbenes, gar nicht kleines Kleinhirn. Was mich veranlaßte, diese Spatzen als Philosophen oder Denker oder Ratgeber einzuordnen. Um so erstaunlicher, daß das »herausragende« Organ des Generals – immerhin nicht der Chef der Caritas, sondern ein militärischer Führer – ausgerechnet sein Herz war. Ich meine, wenn man das symbolisch deutete.

Wie auch sonst?

Ein gutherziger – in jedem Fall ein offenherziger – General.

Der sich nun verwundert zeigte, daß Pinesits nach all den Jahren nach Belfast und zu den Sperks zurückgekehrt war.

»Das verdanken wir meinem eifrigen Assistenten«, sagte der Alte und stellte mich als Quimp vor. Und ließ mir nun auch die Freiheit, selbst zu berichten, was in Paris geschehen war, wie da ein Menschenspatz tödlich verletzt auf mich niedergestürzt war und mir das Versprechen abgenommen hatte, nach Wien zu reisen und Pinesits zu informieren, um eine Reise zu tun und eine Warnung auszusprechen. Ich erzählte von dem Attentat auf mich und wie ich (natürlich ohne Blumenstraußgeschichte) einen Ort namens Inzersdorf erreicht hatte und auf Pinesits gestoßen war.

»Und darum sind wir hier«, sagte dieser. »Um euch Sperks dringend zu warnen. Scheint's, die Totalisten haben herausgefunden, wo genau in Belfast euer Hauptquartier sich befindet. Sie sprechen von diesem Ort als *Dezember.*«

»Dezember?«

»Nun, die haben halt ihre eigenen Codes. Auch für das Material der Sperksrüstungen. Sie sagen dazu *Feathers*. Das Objekt ihrer Begierde. – Des Menschen Begierde ist ein Strick, der alles und jeden erwürgt. Jedenfalls wird es nicht mehr lange dauern, bis die Totalisten in dieses Gebäude und diese Etage eindringen. Und ich befürchte, sie schicken diesmal nicht die Dümmsten und nicht die Zögerlichsten. Und ganz sicher werden sie nicht verhandeln. Nicht mit Spatzen. Entweder also, General, Sie geben diesen Ort auf, oder ...«

»Wir sind Krieger«, erinnerte der General.

»Und das heißt was?«

»Daß Flucht nicht die erste Wahl ist.«

»Aber mit einer Flucht hat die Existenz der Sperks doch überhaupt erst begonnen«, erinnerte Pinesits. »Und dazu der ständige Ortswechsel in drei Jahrzehnten.«

»Richtig. Aus strategischen Gründen, aber auch aus Unzufriedenheit mit unseren jeweiligen Domizilen. Hier jedoch ... hier haben wir uns einen optimalen Platz geschaffen. Den können wir nicht einfach aufgeben.«

»Also müssen Sie eine Falle stellen«, folgerte Pinesits.

Der General nickte. Eile war angesagt. Man mußte davon ausgehen, daß eine Eliteeinheit der Totalisten sich bereits in Belfast befand und Vorbereitungen traf. Vielleicht standen sie schon in den Startlöchern. Vielleicht aber warteten sie auf Regen (Menschen bevorzugten – laut einer Theorie der Spatzen – im Krieg schlechtes Wetter, darum die auffällige Tendenz, sich dem russischen Winter auszusetzen).

Vielleicht.

Es war das Wesen des Kriegs, aus vielen Vielleichts zu bestehen.

Jedenfalls rief der General die anderen beiden Sperkgenerale sowie sämtliche Offiziere zu sich, um den allgemeinen Verteidigungsplan durch einen speziellen zu ersetzen. Eine Falle zu errichten, die sich eignete, die totalistischen Söldner abzuwehren. Und zwar in einer Weise, die so schmerzlich sein mußte, daß nicht alle paar Wochen mit einem erneuten Angriff zu rechnen wäre.

Bei dieser Besprechung mußte ich noch einmal meine Geschichte zum besten geben. Dabei zeigte ich auf die Wunde, die der Streifschuß mir beschert hatte. Solcherart also auch einen roten, allerdings dunkelroten Flecken präsentierend.

Einer von den Generälen unterbrach mich und meinte ... besser gesagt, es war eine General*in*, eine Sperkkriegerin, was mich sehr überraschte, hatte ich mir das sperksche Militär doch ohne Frauen gedacht. Ich war zwar kein sexistischer Kleingeist, allerdings überzeugt vom Sinn geschlechtsspezifischer Unterschiede. Ja, sowenig Ahnung ich vom Sex hatte, war ich dennoch sehr vertraut mit dem Wesen der Rollenverteilung. Mit dem natürlichen Regelwerk, das etwa darin bestand, daß Männer nie schwanger wurden. Der Streit gehörte zwar beiden Geschlechtern, der organisierte Krieg jedoch – der militärische Arm des Streits – erschien mir eher als eine Obsession der Männer. Eine Frau (»Weibchen« würde ich niemals sagen) als Mitglied der Generalität, das zeigte, wie sehr die Sperks auch in dieser Hinsicht dem menschlichen Prinzip folgten, die Natur zu konterkarieren. Was freilich bei Wesen, die in einem Wolkenkratzer lebten, eine gewisse Logik besaß.

Diese Generalin, die den irischen Namen O'Neill trug, war übrigens kein Sanitätsoffizier, sondern mit taktischen Aufgaben betraut. Sie war es nun, die mir vorwarf, ich hätte mit großer Wahrscheinlichkeit den Mann im dunkelgrünen Wollanzug erst so richtig auf die Spur der Sperks geführt.

Ich erwiderte, daß die Totalisten doch ohnehin wüßten, wo die Sperks sich aufhielten. Und außerdem habe keine andere Möglichkeit bestanden, unsere Warnung zu überbringen, als selbst nach Belfast zu reisen. (Denn sosehr die Sperks über spezielle Computer Zugang zur Welt besaßen, war es umgekehrt kaum möglich, *sie* zu erreichen; das war einer ihrer Tricks: das Weltgeschehen zu verfolgen, aber selbst unverfolgbar zu sein. Zumindest elektronisch. Um so erstaunlicher, daß die Leute von *Facette Totale* mittels ihrer Agenten und Überwachungssysteme dennoch das geheime Quartier der Sperkkrieger entdeckt hatten.)

Anschließend sagte ich: »Wieso wollte er mich töten, wenn er vorhatte, mir zu folgen?«

»Vielleicht wollte er dich gar nicht töten«, meinte die Generalin O'Neill und fügte hinzu, daß der Mann, dessen Kugel mich in Wien gestreift hatte, eventuell gar nicht zu den Totalisten gehöre und man darum mit einer Attacke von zwei verschiedenen Seiten rechnen müsse. Einer großen, massiven durch die totalistische Eliteeinheit und einer kleinen, sehr viel schwieriger zu kalkulierenden durch diesen einen für wen auch immer arbeitenden Spezialisten. Und da ich nun der einzige sei, der diesen Mann zu Gesicht bekommen habe, würde sie, die Generalin, mit mir zusammen es übernehmen, ihn unschädlich zu machen.

»Was? Wir zwei ... allein?«

»Ist das ein Problem für dich?« fragte die Generalin.

Auch von ihr mußte ich – der noch nicht Geschlechtsreife, der ich war – mich mit einem Du ansprechen lassen. Schicksal der Jugend! Ich antwortete: »Nein, kein Problem.«

»Gut. Dann komm. Wir haben keine Zeit zu verlieren. Wir müssen diesen Mann finden, bevor er uns findet. Mein Instinkt sagt mir, daß er bereits in Belfast ist.«

»Instinkt?« zeigte ich mich erstaunt, während ich jetzt O'Neill aus der Kommandobox hinausfolgte. »Ist das nicht ein Klischee, daß Vögel sich auf ihren Instinkt verlassen?«

Na, ein wenig Instinkt hätte mir in diesem Moment nicht geschadet. Denn als ich mich anschickte, die Box zu verlassen, und mich mit einer simplen Schnabelbewegung von Pinesits verabschiedete – ein Hauch von Gruß –, da schwieg mein Instinkt. Und sagte mir mit keinem Wort und keiner Geste, daß es vielleicht besser wäre, auf eine ordentliche Weise dem alten Sperling Lebewohl zu sagen. – Das ist sowieso die beste Regel, bei jedem Abschied sich vorzustellen, es könnte das letzte Mal sein.

Ich stand zusammen mit der Generalin an der Kante. Sie blickte mich von der Seite her an: »Ganz schön vorlaut.«

»Ich wollte nur eine Frage stellen«, versicherte ich.

»Instinkt«, erklärte die Generalin, »schließt die Lücke des Nichtwissens, bevor dann das Wissen die Lücke füllt und den Instinkt ersetzt. Unnütz ist der Instinkt nur dort, wo er eine Lücke schließt, die gar nicht da ist. Wo nämlich schon das Wissen drinnen steckt.«

»Meine Güte«, dachte ich mir, »was für eine Frau!« Und das war jetzt das erste Mal, daß ich einen solchen Satz dachte. Dabei betrachtete ich sie verstohlen. O'Neill war in der üblichen Sperlingsmanier etwas kleiner als ihre männlichen Pendants, das durchscheinende Federkleid matter im Ton, aber auch feiner, einfacher, ihre Gestalt graziler (männliche Spatzen erinnerten im Vergleich dazu an jemand, den die Italiener »Duce« genannt hatten). Die Rüstung O'Neills hingegen wirkte genau wie die von General Fein, mit dem Unterschied, daß ihr Herz noch ein wenig röter aussah. – War nicht genau *das* ein Klischee? Ein stärkeres Rot bei einem Frauenherzen?

Ich spürte meine Begeisterung für diese Sperkkriegerin an meiner Seite, auch wenn es eher hätte heißen müssen: ich an ihrer Seite. In der Art der Beiboote.

Begeisterung für eine Frau?

Für die Kriegerin? Die Schönheit? Das pochende Herz hinter einer famosen Rüstung? Die Erinnerung an meine Mutter? Begeisterung für ... Wenn ich richtigliege, würde ich sagen: Ich erlebte das erste Mal in meinem Leben eine Schwärmerei. Eine romantische Regung.

So, wie ich zuvor Pinesits hinein in dieses Quartier gefolgt war, folgte ich O'Neill jetzt hinaus.

Ich erwähnte es schon einmal: Ich fühlte mich nackt.

Ein nackter Vogel neben einem angezogenen. Aber keine Zeit, das zu ändern. Die Welt mußte gerettet werden.

13 oder (für die, die 13. Reihen und 13. Stockwerke meiden) 14

Wir flogen durch die Belfaster Nacht. Ich hinter O'Neill her, unter uns der Verkehr, die bewegten Lichter. – Hierzu dem Anlaß entsprechend eine weitere Äußerung aus der wikipediaschen Schlaumeierei (ich weiß auch nicht genau, woher mein Wikipedia-Wissen stammt, aber ich nehme an, aus meinen Träumen, dann, wenn ich Blind bin): »Belfast ist eine recht kompakte Stadt, und die wichtigsten Sehenswürdigkeiten hat man schnell erledigt.«

Nun gut, im Vergleich zu Paris und Wien war das sicher ganz richtig. Zwei Städte, in denen das vielfach Sehenswürdige sich über weite Gebiete des Häusermeers verteilte, beulenartig, wie bei einem Bodybuilder, der selbst noch seine Zehen trainiert beziehungsweise Muskeln, von denen unsereins noch nie etwas gehört hat. Belfast war im Vergleich dazu eher ein robuster Minotaurus, symbiotisch verbunden mit seinem Labyrinth. Ein Labyrinth, in dem eigentlich nur zwei Sippen existierten. Woran der Einbruch der internationalen Spekulanten nichts geändert hatte.

In dieser »kompakten Stadt« flogen wir nun in einer direkten Linie die Great Victoria Street hinauf, vielleicht auch hinunter, jedenfalls erreichten wir nach einer Linkskurve eine Bahnstation, einen Kopfbahnhof, was mir guttat: das Gefühl, die Welt sei an dieser Stelle auf einen einzigen Punkt zusammengeschmolzen, alles Ferne vereint. Als würde in diesen Mauern sogar ein wenig von meinem geliebten Gare Montparnasse stecken.

Vereint waren hier auch eine Menge Spatzen unter einer über die Gleise führenden Brücke.

Boyne Bridge. Da war es wieder, dieses Wissen, das in meinen Schädel so plötzlich wie ungebremst hineinströmte. Wie da mit einem Mal Namen und Fakten sich meiner bemächtigten. Auf solch fließende Weise wurde mir jetzt klar, daß dieses Gelände einst einen beeindruckenden Bahnhof beherbergt hatte, der aber in den sechziger und siebziger Jahren nach und nach zerstört worden war, vor allem, um einem gräßlichen Gebäude namens *Europa* Platz zu machen. Schließlich hatte man den Bahnhof ganz geschlossen. Allerdings machte sich sein Fehlen bemerkbar, wie sich halt bemerkbar macht, wenn eine Fußballmannschaft den Torhüter aus dem Tor nimmt. Erst 1995 wurde diesem torhüterlosen Zustand ein Ende bereitet, und man eröffnete eine neue *Great Victoria Street Railway Station*, leider ohne im Gegenzug das häßliche Europa-Gebäude, ein Fünf-Sterne-Hotel, rüber auf den Kontinent zu schießen oder wieder hoch zum gleichnamigen Jupitermond (immerhin, dieses Haus wurde mit achtundzwanzig Bombenanschlägen während der sogenannten Troubles zum »most bombed hotel in the world«).

Das Wissen um all diese Ereignisse war einfach da. Aber auch ein sentimentales Gefühl, das wohl dem verlorengegangenen Bahnhof galt. Dieser beiseite geräumten Schönheit. Mir ging es wie den Leuten, die an den Ort ihrer Jugend zurückkehren und sich wundern, was alles fehlt. Und die man »alte Trottel« schimpft.

Ein junger Spatz als alter Trottel.

Immerhin, die Brücke stammte noch aus früherer Zeit. Ein massives Ding. Und dort also ... Ich war noch nie in einem Pub gewesen, hatte aber davon gehört. Und genau so ein Pub-Gefühl – hochschwangere Luft, schwanger von praktisch allem – verspürte ich, als ich O'Neill auf die Unterseite folgte. Ins Innere der Brücke. Ein Vogelpub in den Eingeweiden der Metallkonstruktion. Wobei ein Teil der Population sich in korrekter Vogelmanier im Schlaf befand, ein anderer Teil aber im Gespräch war, im Gespräch mit dem jeweiligen Nachbarn sowie im Selbstgespräch. Manche gaben konkrete Äußerungen von sich, in einer Weise, die die Menschen dem »Stammtisch« zuordnen und darunter eine Beschwerde über das Leben im allgemeinen und die Politik im speziellen verstehen (man könnte sagen: die Politik kultiviert die Schwierigkeiten des Lebens so wie das Fernsehen die Scham und der Sport die Begierde). Daneben wurde aber auch dem reinen Gesang gefrönt, in eher gedämpfter Weise, der Nachtstunde entsprechend. Und natürlich war es ausgesprochen eng, wie auch die Luft eng war. Dicht an dicht hockten die Sperlinge in einer von schmalen Lichtstreifen und Spots durchschnittenen Dunkelheit.

Ich äußerte gegenüber O'Neill, mir nicht vorstellen zu können, der Mann im grünen Wollanzug habe die Reise von Wien nach Belfast mit dem Zug gemacht. Wenn überhaupt. Immerhin dachte ich noch immer, ihn nach der Begegnung auf dem Wiener Westbahnhof abgeschüttelt zu haben.

Was aber, wenn er darüber informiert gewesen war, wo in Wien Pinesits lebte? Und er uns von dort aus gefolgt war?

Vielleicht, vielleicht.

Jedenfalls erklärte mir O'Neill, daß sich an dieser Station auch das *Europa Bus Centre* befinde und viele der Fluggäste hier ankämen. Aber darum gehe es gar nicht, sondern darum, daß im Bereich dieser Brücke zahlreiche Informationen, die Stadt betreffend, zusammenliefen.

»Was für Informationen?«

»Ich weiß schon«, sagte O'Neill, »anderswo kümmern sich die Spatzen nicht viel darum, was die Menschen so treiben. Nur, soweit es sie selbst betrifft. Wir haben das aber in Belfast geändert. Die Sperks haben es geändert, und die anderen Spatzen haben es akzeptiert. Es war nötig, um in die Geschehnisse in Belfast einzugreifen, vor allem den Bau des *Aurora Building* möglich zu machen. Strippen zu ziehen. Menschliche Fäden. Nicht nur tierische.«

»Wie soll ich das verstehen?« fragte ich. »Ist das hier eine Geheimdienststelle?«

»Ach, das ist ein böses Wort. Weniger geheim, mehr Dienst. Die Hausspatzen sind einfach aufmerksam. Sie hören zu, sie sammeln, und ich glaube, sie haben ihre Freude daran, das Leben der Menschen zu verfolgen, ihren Tratsch, ihre Politik, den Sport, die Kultur, das Verführerische und die Abgründe.«

»Aber die Spatzen werden doch kaum bemerken, wenn irgendein Mann im grünen Wollanzug in Belfast einreist. Falls er überhaupt immer nur Grün trägt. Außerdem: Wäre er wirklich schon in Belfast, müßte er eigentlich mit denselben beiden Flugzeugen gereist sein, in denen auch Pinesits und ich gewesen sind. Oder?«

O'Neill meinte, das hänge davon ab, ob ich diesen Mann erst hierhergeführt habe oder er bereits informiert gewesen war, wo genau in Belfast sich die Sperks aufhielten. Jedenfalls müßte ein Mann, auf den eine solche Beschreibung passe – graues Haar, weißer Bart, kompakt, bürgerlich, möglicherweise Franzose oder wenigstens in Frankreich operierend, da er mir ja von Paris aus gefolgt sein müsse und wohl kaum erst in Zürich meine Spur aufgenommen habe –, aus der Menge der jüngst Angekommenen durchaus herauszufiltern sein. Selbst dann, wenn er sich umgezogen habe, ja sogar für den Fall, er sei verkleidet. Verkleidung sei oft etwas, das auffalle. Wenn zum Beispiel jemand, der alt ist, jung zu sein vorgibt. Oder ein Falke einen Kolibri imitiert, die Morgendämmerung sich abendlich stellt und der Hörende sich taub. Zudem habe es dieser Mann sicher bereits unternommen, hier in Belfast an eine Waffe zu gelangen, seinen Ansprüchen gemäß ein Präzisionsgewehr. Wenn in Belfast eine Waffe seinen Ort und seinen Besitzer wechselt, bleibe das nicht ohne jegliche Spur.

Ich war dennoch skeptisch, als wir nun zwischen den Metallstreben in einer Nische landeten, im Licht einer Neonröhre. Überall waren Spinnweben, in vielen davon gefangene Fliegen und ruhende Spinnen. Für einen Aasfresser paradiesisch. Ich selbst paßte auf, nirgends anzukommen. Auch klebte hier an vielen Stellen Kot. Übrigens war das etwas, was mir im Hauptquartier der Sperks sofort aufgefallen war, und ich hatte mich gefragt, wie sie es hinbekamen, alles so ungemein sauberzuhalten. Der weiße Kunststoffboden war mir makellos erschienen, das Innere der Boxen geradezu steril. Mußte ich mir sperksche Toiletten vorstellen? Einen Reinigungstrupp? Invisible Helpers? Oder waren alle Sperks verpflichtet, ihre Notdurft außerhalb des Gebäudes zu verrichten? Eine Frage, die ich O'Neill noch stellen wollte. Dann, wenn wir Zeit haben würden für die haushälterischen Details des Lebens.

Die Generälin … Ich gewöhnte mir jetzt an, von ihr nicht mehr als »Generalin«, sondern als »Generälin« zu denken – das klang so viel eleganter, schnittiger, entsprach mehr ihrem souveränen Wesen, welches auch ohne den Eindruck auskam, von jedermann ein Strammstehen zu verlangen. Die Generälin also wandte sich einer Gruppe von vier Hausspatzen zu, die hübsch aufgereiht unter der Leuchtstoffröhre hockten, als wollten sie sich selbst ausbrüten. O'Neill erklärte, worum es ging, daß man sich auf der Suche nach einem bestimmten Mann befinde, der mit größter Wahrscheinlichkeit in den letzten Stunden oder Tagen in Belfast angekommen sei. Wobei zu dieser Wahrscheinlichkeit zähle, daß er einen dunkelgrünen Wollanzug mit dünnen blauen Streifen kreuz und quer trage, daß er in einem der besseren Hotels der Stadt abgestiegen sei und daß er im Moment wohl dabei sei, sich ein Präzisionsgewehr liefern zu lassen. Wenn er es nicht schon erhalten habe.

Die vier Spatzen entfernten sich ein Stück, steckten ihre Köpfe zusammen und redeten. Ich konnte aber nicht verstehen, was sie sagten. Es hörte sich an, als würden sie beim Sprechen Sonnenblumenkerne knacken. Merkwürdig, weil ich ja in der Regel alle Spatzen verstand, nicht immer deutlich, aber doch so ungefähr. Hier jedoch … Vielleicht eine Geheimsprache, vielleicht aber hockte ich einfach zu weit weg. Vielleicht war mein Gehör gar nicht so gut, wie ich dachte. Oder es war das Schnarchen des Albatros, das kurz lauter wurde und die Stimmen der irischen Spatzen überlagerte (ja, mitunter vernahm ich die Geräusche, die er machte, wenn er tagsüber schlief, und fragte mich: wovon träumen innere Stimmen?).

Plötzlich rappelte sich einer der Belfastspatzen hoch und flog davon.

»Wir warten«, befahl O'Neill.

»Okay«, antwortete ich.

Ich saß mit ihr zusammen auf einer dünnen Strebe. Nahe genug, die genaue Gestalt ihres Herzens zu erkennen. Es nicht nur als einen Flecken, sondern als einen Körper wahrzunehmen: eine Knospe beim Kopfstand.

Sie bemerkte meinen Blick und fragte streng: »Was ist denn?«

»Ich bewundere Ihr Herz.«

Sie meinte: »Deines schaut auch nicht anders aus.«

»Ja. Aber meines sieht man nicht.«

»Wer weiß? Vielleicht kommt das noch.«

Wollte sie damit sagen, daß man mir demnächst das Herz herausreißen würde? Obduktion? Brustschuß? Oder daß ich ebenfalls einmal Sperkgeneral werden könnte?

Ich wollte zu einer Frage ansetzen. Aber sie hatte soeben ihre Augen geschlossen. Offensichtlich gehörte auch die Generälin zu den Zwischendurchschläfern. Dennoch hatte ich vor, wach zu bleiben. Wie man vorhat, keine Fehler zu machen.

Aber die Fehler kommen unweigerlich. Und der Schlaf ebenso. Mir fielen die Lider zu. Ich meinte sogar das Geräusch zu hören, das sie dabei machten. Als schlössen sich die Türchen zweier Kukkucksuhren.

Umweg

15

Als ich die Augen öffnete, merkte ich das nur, weil ich spürte, wie meine Lider hochgingen. Ich merkte es aber nicht am Licht. Da war nämlich keines, nicht das geringste, sondern absolute Dunkelheit. Das, was ich so hasse und so fürchte. Die dickste schwarze Decke, die sich denken läßt.

Immerhin fühlte ich deutlich, in einem Bett zu liegen. Aber es war nicht das meine. Mein eigenes war um einiges härter, und hätte ich darin gelegen, wäre es auch nicht so absolut dunkel gewesen. Und nicht so still. Wo ich doch stets das Radio laufen und vor allem stets ein Licht brennen ließ. Zudem roch es hier völlig anders als in meiner Wohnung. Hygienischer. Hygienischer, aber gleichzeitig staubiger, wie man das von den meisten Hotelzimmern kennt, wo regelmäßig aufgeräumt wird und beim Aufräumen und Saubermachen unentwegt Staub entsteht, welcher, einmal aufgewirbelt, sich dank der Klimaanlage ewig weiterdreht, einen Spiralnebel bildend.

Sollte das aber tatsächlich ein Hotelzimmer sein, dann ein bewegliches. Ich fühlte die Vibration. Ein leichtes Zittern. Und zum Zittern ein fernes Dröhnen. Wie bei fliegenden Objekten.

Einen schrecklichen Moment lang befürchtete ich, mich in einem Sarg zu befinden, und zwar in einem Sarg in einem Flugzeug. Ich hob die Arme und stellte erleichtert fest, sie ungehindert ausstrecken zu können. Es mußte sich zumindest um einen sehr großen Sarg handeln. Ja, der Schrecken ob der Möglichkeit schlimmster Beengung wurde nun ersetzt von der Angst, mich quasi in einem endlosen Raum aufzuhalten, dessen einzige Materialität die eines Bettes war und daß ansonsten völlige Leere herrschte. Ein Tod auf vier kurzen Beinen.

Auf diese Weise abgelenkt, vergaß ich völlig, wegen meines wie üblich ausgebrochenen Herzens in Panik zu geraten, ja, ich bemerkte sein Fernbleiben erst, als es nach der halben Minute zurück an die offene Stelle in meiner Brust schlüpfte und in korrekter Weise zu pochen anfing. Ich war also noch immer am Leben.

So nach und nach fiel mir alles wieder ein. Ich erinnerte mich, wo ich zuletzt gewesen war, bevor schlagartig ein Dunkel mich zugedeckt hatte. Erinnerte mich, wie ich nach der Nacht mit Felix – in der er und seine Golderwachten ein christlich-soziales Büro mit einem sozialdemokratischen vertauschten, als würde man zwei verschiedene Arten von Buchstabensuppen auswechseln, was natürlich kaum jemand merkt –, wie ich danach noch in mein Morgencafé gegangen war, mir vor einer Schale Kaffee sitzend die ominöse Geschichte mit dem Flugzeugwrack der Malaysia Airlines noch einmal durch den Kopf hatte gehen lassen und im Überlegen einen kurzen Stehschlaf geschlafen hatte. Um hinterher ins Büro zu fahren. Und wie ich vormittags einen inhaftierten Drogendealer befragt hatte, der gegen seine Bosse aussagen wollte, dafür aber hohe Forderungen stellte. Und wie ich später von Felix angerufen worden war. Der mir erklärt hatte, da sei noch etwas.

»Und was ist da noch?«

»Kurz bevor Mona starb«, erzählte Felix, »erhielt ich eine Mail von ihr. Darin viele liebe Sachen standen, Persönliches, Fürsorgliches – ich denke, sie wollte mir mitteilen, mich wie einen Bruder zu lieben. Herzlichen Dank. Exakt das, was ich so gar nicht gebraucht habe ... Wie auch immer, jedenfalls endete ihre Mail damit, mir einen Kuß zu schicken, einen schwesterlichen wohl, und darunter stand, in Klammern gesetzt: *Aurora Building.* So, als sei das gerade ihr Aufenthaltsort. – Also, ich hab mir nicht wirklich erklären können, was sie damit meint oder mir sagen will. Fakt ist, es war das allerletzte, was sie mir geschrieben hat. Stunden später war sie tot. – Ja, Herr Kommissar, das ist mir gerade wieder eingefallen, und ich dachte mir halt, es könnte Sie interessieren.«

Ich nickte in den Hörer hinein und sagte: »Das tut es. – Und Sie haben wirklich keine Ahnung, was es bedeuten könnte?«

»Nun, wenn Sie googeln«, meinte Felix, »werden Sie feststellen, daß es sich um ein Hochhaus in Belfast handelt. Allerdings schwer zu glauben, daß es das ist, was Mona meinte. Ich hatte nie den Eindruck, sie hätte irgend etwas mit dieser Stadt zu tun. Keine Erwähnung, nie. – Mehr kann ich leider nicht sagen.«

Ich dankte Felix und begann meinerseits, im Internet zu recherchieren. Und stellte fest, daß Felix nicht ganz aufmerksam gewesen war. Ja, es stimmte, beim *Aurora Building* handelte es sich um ein Belfaster Hochhaus, allerdings ein ungebautes, ein nur geplantes, welches zuerst auf Grund einer nicht erteilten Baugenehmigung, dann wegen des Konkurses des Bauherrn niemals realisiert worden war. Und welches, so gesehen, nur im Netz wirklich existierte, dort aber mit vielen hyperrealistischen Animationen der Planer, einer Menge von Bildern, deren optische »Handfestigkeit« dem eiligen Betrachter das Gefühl geben konnte, es handle sich leibhaftig um das höchste je gebaute Gebäude auf der Insel Irland.

Manchmal habe ich verrückte Ideen. Nur daß ich nicht viel darüber rede, sondern sie einfach umsetze. Diese hier bestand darin, mir zwei Tage Urlaub zu nehmen, um nach Belfast zu fliegen.

»Und was wollen Sie dort?« fragte mich Dr. Arntz mit seiner eigentlich für die Lyrik geborenen Stimme.

Ich sagte ihm, ich wolle einem Hinweis in der Sache Nelson nachgehen.

»Mein Gott, lieber Blind, Sie sollten Frau Nelson die Sache doch ausreden und nicht Ihrerseits da hineingeraten. Und dann auch noch Urlaub dafür nehmen! Wenn das unbedingt nötig ist, könnten wir doch Amtshilfe beantragen.«

»Mir wäre es aber lieber so. – Sie wissen, daß ich dort keinen Unfug treiben werde.«

»Natürlich. Aber wieso Belfast? Was hat Nelsons Tod mit Belfast zu tun?«

»Ich möchte das gerne erst überprüfen, bevor ich mich dazu äußere. Einverstanden, Dr. Arntz?«

Vor allem wollte ich nicht zugeben, darum nach Belfast zu reisen, um mir eine Stelle anzusehen, an der ein bestimmtes Gebäude *nicht* errichtet worden war. Dafür um Amtshilfe anzufragen hätte mir den Verdacht beschert, eher psychologische Betreuung zu benötigen. Oder eben Urlaub. Den ich mir lieber gleich genehmigen ließ; wie gerade geschehen.

»Gut, gut«, sagte unser aller Chef, »Sie wissen sicher, was Sie tun. Auch wenn mich ein schlechtes Gewissen plagt. Schließlich hab ich Ihnen diese Sache angehängt, und jetzt opfern Sie wertvolle Urlaubszeit. Und müssen das auch noch selbst bezahlen.«

»Ich bin nicht der Ferientyp, mir ist um solche Tage nicht leid«, äußerte ich. Und das stimmte nun wirklich. Urlaub machte mich depressiv. Urlaub war wie ein Kunstwerk, von dem man nur die Hälfte zu sehen bekam. Ich war aber eher der Typ für ganze Kunstwerke.

Für die meisten Leute gilt, sich kurz nach dem Wachwerden an den einen oder anderen Traum zu erinnern, aber bereits wenig später fast alles vergessen zu haben. Was der Grund sein dürfte, daß viele Menschen ihre Träume nicht ganz so ernst nehmen wie die Realität (an die sie sich freilich während ihrer Träume noch sehr viel weniger erinnern können, eigentlich so gut wie gar nicht). Auch bei mir war das immer so gewesen. Bis zu dem Moment, da sich ein Spatz einfand und kein Schlaf verging, ohne daß ich in die Person dieses denkenden und sprechenden Haussperlings schlüpfte. Während aber knapp nach dem Erwachen immer nur eine bloße Ahnung an die Geschehnisse bestand – mehr ein Geschmack auf der Zunge, um nicht zu sagen, ein Geschmack im Schnabel –, geschah es seit kurzem, daß sich später am Tag, und zwar mit überraschender Plötzlichkeit, ein sehr deutliches Bild aus dem letzten Traum meiner bemächtigte: eine Szene, ein Dialog, ein Abenteuer, eine Spatzenerkenntnis. Und auch die Orte und Umstände offenbarten sich dann verblüffend klar.

An diesem Abend nun, nach dem Gespräch mit Dr. Arntz und nachdem Frau Sterlitz mir für den Folgetag einen Flug nach Belfast gebucht hatte, saß ich noch im Büro. Meine Sekretärin war bereits gegangen. Nicht ohne Bedauern und Entschuldigung, aber schließlich mußte sie ja noch zu einem von mir verschuldeten Rendezvous und wollte sich vorher umziehen, immerhin handelte es sich um eine Modenschau, zu der der Parachutist sie eingeladen hatte.

»Sie werden sehen, der Mann hat was!«, rief ich ihr nach.

»Das glaube ich gerne, daß der was hat«, kam es spöttisch zurück.

Keine Frage, was sie hier tat, tat sie für mich. Und dennoch merkte ich ihrem Schritt eine gewisse Heiterkeit an. Es war sicher gut, daß sie mal wieder unter Leute kam, die *keine* Polizisten waren.

Ich saß also alleine in der Abteilung, als mir blitzartig einige Bilder aus meinem letzten Spatzentraum in den Kopf schossen.

Ich war schon ziemlich perplex, begreifen zu müssen, wie sehr auch in der Spatzengeschichte dieses nordirische Hochhaus eine Bedeutung besaß. Mit dem wesentlichen Unterschied, daß es dort tatsächlich errichtet worden war, und zwar dank der manipulativen Fähigkeiten sogenannter Sperks, einer Kriegerkaste, die zu retten sich ausgerechnet der Dreikäsehoch Quimp vorgenommen hatte.

Das Irritierende war nun aber nicht der Unterschied zwischen Traum und Wirklichkeit – einmal ein Haus gebaut, einmal ein Haus nicht gebaut –, das war eigentlich eher logisch und entsprach der typischen Verzerrung des Realen im Irrealen und wie sehr Träume auf unser Leben reagierten. Nein, hier hatte, wenn überhaupt, der Traum die Realität bestimmt. Denn zuallererst hatte ich ja von einem tatsächlich errichteten *Aurora Building* geträumt, bevor mir dann klar wurde, es sei gar nie verwirklicht worden.

Schau an! Als versuche der Spatz, der ich in meinen Träumen war, eine Dominanz und Überlegenheit seiner Welt zu behaupten. Einen Vorrang vor der meinen.

Ich blieb noch eine Weile im Büro, marschierte vor meinem

Bram Stoker und den zwei japanischen Farbholzschnitten auf und ab – Kirschblüte in Osaka und sich erdolchender Samurai – und dachte angestrengt darüber nach, als was ich die Quimp-Geschichte auffassen sollte. Als eine Intervention von innen oder von außen? Als etwas, was allein meinem Kopf entsprang oder eher dem Kopf von jemand anderem?

Schwer.

Ich nahm meine Pan-Am-Tasche und machte mich auf den Heimweg. Ich wollte noch ein paar Sachen packen, mir eine Portion Nudeln bereiten und vor dem Fernseher lümmelnd ein wenig Schlaf finden, bevor es dann frühmorgens zum Flughafen ging.

Fliegen war so gar nicht meine Sache. Dabei hätte ich nicht sagen können, es sei die Angst vor dem Abstürzen und damit vor dem Sterben, das ja irgendwann stattfinden mußte. Im Zuge meiner Herzgeschichte lebte ich ohnehin frei von der Illusion, alt zu werden. Nein, es war eher … Fliegen erschien mir unanständig. Die Umweltverschmutzung ist dabei nur ein äußeres Zeichen dieser Unanständigkeit. Fliegen ist vor allem der zugleich extremste, fortgeschrittenste und auch lächerlichste Ausdruck der menschlichen Hybris, nämlich alles zu können, wenn man es nur will.

Im Flugzeug kam ich mir immer vor, als würde ich mit heruntergelassener Hose Gott meinen Arsch zeigen und ihn verhöhnen.

Ich übertreibe?

Ja, ganz sicher. Und zwar kein bißchen.

Als ich meine Wohnung betrat, brannte Licht. Das tat es immer, ich ließ stets mindestens zwei Leuchten an, eine im Vorzimmer sowie meine Schreibtischlampe. Manchmal auch die Stehleuchte. Die jetzt ebenfalls brannte, obgleich ich meinte, in diesem Zimmer allein das Licht auf dem Schreibtisch angelassen zu haben. Ich rieb mir die Augen. Mag sein, daß mir die Müdigkeit das Hirn vernebelte. Darin bestand ihr Wesen. Mitunter vermischte die Müdigkeit das eine mit dem anderen, und es konnte geschehen, daß man – obgleich man die Mengenangaben eines Rezepts exakt zu befolgen glaubte – einen unhaltbaren Teig produzierte, ein Unglück von Kuchen.

Ich unternahm, was ich vorgehabt hatte, bereitete mir einen Tee, fügte mein iPad ans Stromnetz, begab mich ins Schlafzimmer und legte auf der glatten Bettdecke eine Reihe von Wäsche auf: je drei Unterhosen, Socken und Hemden, gekrönt von zwei Krawatten. Und überlegte noch, ob es nötig sein würde, etwas Winterfestes nach Belfast mitzunehmen. Weshalb ich mich schlau machen wollte.

Als ich mich aufrichtete, um in mein Arbeitszimmer und damit zum Internet und zu den Wetternachrichten zu wechseln, fiel mein Blick auf den wandhohen Spiegel, der in der Mitte zwischen dem rechten und linken Schrankteil selbst noch einem Zweimetermann Raum gegeben hätte, sich vollständig zu betrachten.

Der Mann, den ich nun aber darin entdeckte und der also wenige Schritte hinter mir stand, war keine zwei Meter groß, sondern etwas kleiner als ich, älter, mit weißem Bart und grauem Haar. Ein stämmiger Mann. Sehr ordentlich gekleidet. So landadelmäßig. Mit seinem dunkelgrünen Anzug hätte er sowohl beim Nachmittagstee als auch auf der Jagd eine gute Figur gemacht.

Klar, zum Tee war er nicht gekommen. Uneingeladen in meinem Rücken stehend. Eher zur Jagd.

Ich will nicht sagen, daß ich nicht erschrak. Mein Atem stockte. Und in meine Finger fuhren Nadeln. Meine Brust vergletscherte. Und dennoch war der stärkste Gedanke der, daß dieser Mann es gewesen sein mußte, der die Stehlampe angedreht hatte. Ich fragte mich, *wozu*. Um besser sehen zu können? Und fragte mich, wieso die Leute immer etwas anfassen mußten. Sosehr ich als Kriminalist von Fingerabdrucken lebte, ärgerte mich diese Anfasserei, diese Mißachtung privater Sphären.

Leider kam ich nicht mehr zum Klagen. Als ich nämlich versuchte, meinen linken Arm in Richtung Bettrand zu strecken, um nach meiner Tasche und damit nach meiner Waffe zu greifen – und während ich gleichzeitig mit dem linken Ellenbogen eine abwehrende Figur beschrieb, die gut aussah, aber wenig nützte –, traf mich etwas im Nacken. Nicht ein Schlag, sondern ein Stich. Schmerzhaft und plötzlich und wirksam.

Ein Moment starker Betrunkenheit. Die Welt in Auflösung. Die Welt eine Schliere. Dann der Sturz ins Nichts.

Große Pause.

Und nach dieser großen Pause erwachte ich also im absoluten Dunkel einer dicken, festen Decke. So eine selbstgestrickte aus Omas Händen, die gut und gerne auch als Panzer hätte dienen können. Aber kein leichter, angenehmer wie bei den Sperks. Einer, der fürchterlich kratzte, in dem man zu ersticken meinte.

Als ich mich panisch aufsetzte und neben mich griff – denn ich war mir sofort der Breite des Bettes bewußt –, war da nichts zu spüren. Ich war definitiv alleine. Was ich in dieser sitzenden Position allerdings bemerkte, war, daß entgegen dem ersten Eindruck in liegender Haltung doch etwas wie ein Licht existierte, minimal, aber immerhin. Ganz so schwarz war die dicke Decke also gar nicht. Sie verfügte über einen kleinen roten Flecken und einen kleinen grünen. Der rote schwebte auf halber Höhe, der grüne weit oben, wobei mir nun auffiel, daß, etwas tiefer gesetzt, ein zweiter grünlicher Schein schimmerte, etwas schwächer als der erste, verschwommener. Und entdeckte auch noch einen dritten grünen linker Hand. Die letzten beiden muteten so an, als seien sie ein Nachhall des Originals in der Mitte. Grüne Geister. Triptychongeister. Wie man vielleicht auch sagen kann, die deutsche Kanzlerin und der deutsche Vizekanzler seien die Triptychongeister der deutschen Automobilindustrie oder Christen und Moslems die Triptychongeister der Juden.

Ich streckte meine linke Hand aus. Meine Finger tasteten über eine glatte Fläche und fanden etwas, das sich wie ein Kippschalter anfühlte. Ich zögerte, besorgt darüber, was sich mir nun sogleich offenbaren würde, falls ich ihn drückte. (Es stimmt nämlich überhaupt nicht, Polizisten seien weniger ängstlich als andere Menschen, so wie auch Bergsteiger sich nicht weniger vor der Höhe fürchten, aber sie beißen in die Höhe wie andere in ein Stück Brot.)

Ich biß zu, drückte den Schalter.

Licht! Lampenlicht!

Normaler ging es eigentlich gar nicht. Keine Schlachtbank, kein Gefängnis, kein Bordell, sondern eine Schlafkabine: holzgetäfelte Wände, zwei Spiegel, einer vor mir, einer hinter mir, harmlose Graphiken an der Wand, je eine Lampe an den beiden Seiten des Doppelbetts, davor ein Flachbildschirm. Selbigem war das rote Pünktchen zu verdanken, während im schmalen Eingangsbereich ein Feuermelder an den Plafond montiert war, der das grüne Licht ausschickte. Ein Licht, das sich in den Wandspiegeln rechts und links wiederfand. Besagte Triptychongeister, entzaubert.

Was als normal zu bezeichnen ist, erklärt sich über den Zusammenhang. Wäre eine nackte Frau neben mir gelegen, wäre die Annahme eines Bordells gar nicht so abwegig gewesen. Allerdings wußte ich ja noch, zuletzt in meinem Schlafzimmer gewesen zu sein, um dort den Koffer für die Belfastreise vorzubereiten, als da ein Mann in meinem Rücken aufgetaucht war. Ein älterer Herr, der mit seinem konservativ-gepflegten Äußeren gut in eine elegante Teegesellschaft gepaßt hätte (der Tee, der nach der Jagd kam), nicht in ein fremdes Schlafzimmer. Dem es aber zweifellos zu verdanken war, daß ich gleich darauf mein Bewußtsein verloren hatte, um nun hier …

Ja, um in einer Kabine aufzuwachen, einer Schiffskabine, was somit ganz und gar nicht als *normal* gelten konnte, auch wenn die Kabine selbst nichts Ungewöhnliches aufzuweisen hatte. Aber eine Schiffskabine war es ganz sicher, denn als ich aus dem Bett stieg, um mich weiter umzusehen, entdeckte ich an der Gangtüre einen Notfallplan und darauf den Querschnitt eines Passagierschiffes mit den verschiedenen Decks und den ausgewiesenen Fluchttreppen. Wobei der deutsche Begriff »Notalarm-Fluchtplan« zuunterst stand, darüber die englische Übersetzung, an erster Stelle jedoch … *Nødalarm-Rømningsplan.*

In welchen Sprachen gab es durchgestrichene Os?

War das Dänisch oder Norwegisch?

Und überhaupt! Ich öffnete vorsichtig die Türe und lugte nach draußen. Es zeigte sich ein langer, menschenleerer Gang. Türen mit stilisierten Bullaugen an beiden Seiten, darauf fünfstellige

Zahlen. Grelles Kunstlicht. Der Teppichboden strahlte Blau und Rot und zeigte ein Muster aus Kompassen und Wellen.

Übrigens trug ich einen Pyjama, dabei hatte ich mein Leben lang immer nur in Unterhosen geschlafen. Seit ich Erwachsener war. In diesem Pyjama kam ich mir vor, als wäre ich in ein Puppenhaus geraten. Und fragte mich ja auch, wer da gerade mit mir spielte (in der Tat würde sich einiges leichter erklären lassen, würden wir uns Gott als kleines Kind vorstellen, das, geprägt von seinen Launen und einer gewissen Experimentierwut, sich dazu verführen läßt, hin und wieder die soeben hochgestapelten Bauklötze mit einem Schlag umzuwerfen; oder zu schauen, ob Meerschweinchen unter Wasser überleben können, wenn man ihnen einen Strohhalm in den Mund steckt).

Ich kehrte zurück in meine Kabine, um mich umzuziehen. Immerhin, es war eine mir vertraute Kleidung, die da ordentlich zusammengelegt auf der unbenutzten Betthälfte lag. Bloß der Pyjama war fremd. Auch fand ich meine Pan-Am-Tasche, plaziert auf einer sehr schmalen Schreibfläche, darin meine Geldbörse und meinen Dienstausweis, mein Smartphone sowie die Flann-O'Brien-Biographie, die ich angesichts der geplanten Irlandreise aus dem Regal genommen und in die Tasche getan hatte, doch kein Tablet und vor allem keine Dienstwaffe. Nicht, daß sie die heilige Kuh in meinem Herzen war, doch ihr Fehlen verunsicherte mich ähnlich wie das Tragen des Pyjamas, aus dem ich jetzt schlüpfte und meine Arme und Beine nach weiteren Zeichen einer Veränderung untersuchte. Doch es war nichts zu entdecken, das mir erklärt hätte, wie ich an diesen Ort geraten war.

Und mein Handy fragen?

Jeder halbwegs bei Verstand befindliche Mensch hätte sofort sein liebstes elektronisches Gerät um Rat gebeten. Hätte zumindest einen Versuch unternommen. Nachgesehen, ob es auf diesem Schiff einen Empfang gab. Ob das Gerät noch über genügend Energie verfügte. Nachgesehen, wie viele Leute sich in der Zwischenzeit auf den verschiedenen Kanälen gemeldet hatten. Was sich auf dem Bankkonto getan hatte. Hätte Freunde angerufen, sich bei Facebook zurückgemeldet, bei WhatsApp, bei Amazon, das Büro benachrichtigt, die Polizei, nach der Wetterprognose gesehen.

Das Wetter in … Richtig, dafür mußte ich erst einmal herausfinden, wo genau ich mich befand. Ich zog mich an und betrachtete mich in dem Rundspiegel über meinem Bett, auch er ein Bullauge zitierend. Und was ich nun sah … nun, das war schon ich selbst, der Anblick eines Mannes und nicht etwa der Anblick eines Spatzen. Allerdings hatte sich etwas verändert: Ich trug einen Bart. Keinen Rauschebart, aber doch einen dunklen Flecken in der unteren Gesichtshälfte. Als hätte ich Kinn und Wangen in Kaffeesud getaucht. Wie diese Leute, die eine gewisse Zeit auf einer einsamen Insel zugebracht haben.

Ich zog noch meine Schuhe an und betrat das kleine Badezimmer, um mein Haar zu ordnen. Studierte hierbei eingehend meinen Bart – in der Tat der erste meines Lebens, was mir schon so vorkam, als wäre da ein spätes Kind, ein Nachkömmling, in mein Gesicht geboren worden. Sodann verließ ich die Kabine.

Draußen auf dem leeren Gang, der das Geräusch meiner Schritte vollständig schluckte, meinte ich, der letzte Mensch auf der Welt zu sein. Zumindest auf diesem Schiff.

Doch nichts hätte weniger zutreffend sein können.

Als ich aus dem langgestreckten Gang in eine Art Stiegenhaus geriet, vernahm ich das anschwellende Geräusch versammelter Stimmen. Nach links hin, durch eine Scheibe, sah ich das Meer, sehr grau, dazu den Himmel, ebenfalls sehr grau. Ich trat zur Raummitte hin: viel blauer Teppich, viel Glas, viel Metall, blitzblank, glänzend, schließlich eine gläserne Brüstung, über die ich mich beugte und mehrere Stockwerke nach unten schaute. Als ich mich umdrehte, zur Wand hin, erkannte ich zwei Dinge: erstens, mich gemäß der Ziffer an der Wand im elften Stockwerk dieses Schiffes zu befinden. Und zweitens fiel mein Blick auf einen Bildschirm, der soeben *The ship's position* offenbarte. Woraus hervorging, seit einigen Stunden auf dem Weg von Kiel nach Oslo unterwegs zu sein.

»Belfast!« Ich sagte es laut. Trotzig. Ja, Belfast war mein angepeiltes Ziel gewesen. Nicht Oslo.

Aber Faktum war, auf einem norwegischen Schiff zu stehen und dieses vermutlich auch nicht verlassen zu können, bis wir die norwegische Hauptstadt erreicht hatten, welchen Gründen ich auch immer mein Hiersein verdankte. Man würde mir sicher keinen Helikopter spendieren, solange ich noch mit zwei gesunden Beinen und meinen Organen an den angestammten Stellen durch die Gänge lief. Ein »neuer Bart« war da kein Argument.

Ich stieg über die mit Teppichböden ausgekleideten Stufen abwärts ins achte Stockwerk. Das Stimmengewirr wuchs zügig an. Und als ich nun über eine gläserne Brücke trat, blickte ich nach beiden Seiten auf eine Art von Einkaufsstraße. Dicht gedrängt bewegten sich Menschen hinauf und hinunter, vorbei an Läden und Restaurants. Es gab Clowns für Kinder, Musikgruppen für die Erwachsenen, dazu üppige Dekoration, bunte Lichter und kaum einen Hinweis, sich im Inneren eines Schiffs aufzuhalten. In seinem Bauch. Nur so ein leichtes Gerüttel, ein freundliches Beben ab und zu, eine Ahnung von Wasser. Doch nicht die geringste Ahnung, wie tief dieses Wasser war.

Noch ein Stockwerk, und ich befand mich auf dem Boulevard, drängte mich bugwärts durch die Flaneure, vorbei an einer Rezeption, und gelangte eine weitere Etage tiefer zu einem Spielcasino, drehte aber wieder um, stieg hoch und und nahm den Weg über die Einkaufsstraße Richtung Heck, wo sich der Raum nach unten und oben hin öffnete und Platz schuf für einen über zwei Ebenen führenden Restaurantbereich. Hier gab's immerhin einen Blick aufs Meer. Eine hohe, gegliederte Fensterfront wies auf die schaumige Spur, die das Schiff, bis zum Horizont reichend, in die Meeresfläche gegraben hatte. Einen vergänglichen Acker. Vom hohen Plafond des Raums hing ein schwerer Lüster. Säulen, geschwungene Brüstungen, lackiertes Holz; dazu unsichtbar in die Luft gemalte Benimmregeln, die der Anblick weißer Tischtücher und polierter Gläser stets hervorruft. Das Ganze besaß Ballsaalniveau.

Jetzt, am frühen Abend, waren aber nur wenige Tische besetzt. Ich begab mich zu dem auf der Steuerbordseite gelegenen Barbereich und nahm auf der Galerie in einem der tiefen Lederfauteuils Platz. Von dieser Stelle aus hatte ich einen guten Blick auf das Meer. Zudem spürte ich nun stärker die Bewegung, die Kraft, mit der sich diese Fähre – denn bei aller kreuzfahrtschiffartigen Gebärde handelte es sich um eine solche – ihren Weg bahnte. Es tat gut, die Realität der Umgebung zu empfinden sowie das Schiffsein des Schiffs.

Ein Kellner trat heran und begrüßte mich mit einem norwegischen *Hei*. Ich heite zurück, wechselte dann aber zur englischen Sprache, um ein Glas Rotwein zu bestellen. Und als er es mir kurz darauf servierte, war mir sehr danach, es diesmal auch wirklich zu konsumieren.

Ich sagte mir, dies sei der absolut richtige Moment, um nach all den Jahren damit anzufangen, am Wein nicht nur zu riechen, sondern auch zu nippen und ihn schlußendlich sogar zu trinken. Und genau das tat ich nun, nahm einen Schluck, behielt diesen eine Weile im Mund – mir kam vor, ich trage ein flüssiges kleines Ei auf der Zunge – und ließ ihn sodann abwärts gleiten. Dabei floß der Wein so knapp an meinem Herzen vorbei, daß ich ihn genau dort am stärksten fühlte, also vom Herzen aus. Wie man etwa, im Bett liegend, seine hübsche Nachbarin durch die Wand beim Telefonieren hört. Und sich denkt: Was für eine tolle Stimme! Und mein österreichisches Herz dachte: Was für ein guter Wein! (Auch wenn alle meinen, dies würden allein Zunge, Nase und das Hirn untereinander ausmachen.)

Ich stellte das Glas zurück und überließ mich für einen Moment ganz dem überwältigenden Gefühl des wirkenden Alkohols.

»Darf ich Ihnen Gesellschaft leisten?«

Ich drehte meinen Kopf nach rechts und ein Stück hoch, um die Person zu betrachten, die mir diese Frage gestellt hatte. Und deren Anblick mich zusammenzucken ließ. – Teufel! War das nicht genau jener Mann, der so unvermutet in meinem Schlafzimmer gestanden hatte und den ich im Spiegel …?

Gut, der Anzug, den er jetzt trug, war ganz anders, nicht aus fester dunkler Wolle, sondern aus einem leichten grauen Leinen. Der ganze Mann wirkte leichter und schmaler als der, den ich in Erinnerung hatte, mich überfallen zu haben, einerseits, andererseits verfügte auch dieser hier über einen weißen Bart, über graues, von einem präzisen Seitenscheitel geteiltes Haar, eine rötliche Gesichtshaut und über einen Glanz in seinen Augen, der von einem ewigen Kaminfeuer zu stammen schien. Wie bei Leuten, die nun mal mit Kaminfeuern aufgewachsen sind und die diese Spiegelung nie wieder aus ihren Augen herausbekommen. Selbst wenn sie verarmen und zwanzig Jahre lang keinen Kamin mehr sehen.

Manche interpretieren dieses Lagerfeuer als Whisky. Andere als den Ausdruck eines Lebens, das viel zu oft auf Pferden und auf Golfplätzen verbracht wurde und damit in viel zuviel frischer Luft. Wobei eben auch dieses Luftleben mit großer Häufigkeit zum Genuß edelster Brände führt.

Wie auch immer, ich war mir unsicher, ob dieser Mann wirklich derselbe sein konnte. Oder doch nur einer aus der gleichen Alters- und Güteklasse. Er wirkte nicht, als wollte er jetzt gleich bekennen, wie leid es ihm tue, mich ausgeknockt zu haben. Ich entschied mich, ihm mit einer Geste anzubieten, sich zu mir zu setzen.

Er tat es und gab dem von der Bar herübersehenden Kellner ein Zeichen, ihm gleichfalls ein Glas Wein zu servieren. Dann schenkte er mir einen freundlichen Blick und fragte mich, ob ich mich im Urlaub befände.

Ich fragte zurück: »Wirke ich so?«

Er sagte: »Wenige Leute an Bord sind geschäftlich unterwegs. Dieses Schiff ist ja eher ein Vergnügungspark. Und ein Alkoholparadies. Aber ich verstehe schon, Sie reisen nicht um des Spaßes willen.« Sodann stellte er sich mit seinem Namen vor: »Hans Nybråten.«

Angesichts dieses Namens staunte ich über sein Deutsch. Es klang nicht wie das eines Norwegers.

»Ich lebe seit meiner Studienzeit in Deutschland«, erklärte Nybråten. »Meinen Akzent hört man nur mehr heraus, wenn man quasi zwischen den Zeilen zu hören versteht.«

»So gut höre ich nicht«, gestand ich und wollte meinerseits wissen, wie er auf dieses Schiff gekommen sei. Er sehe mir gleichfalls nicht wie ein Tourist aus.

»Flugzeuge sind nicht so meine Sache«, erklärte Nybråten. »Wenn ich das Fliegen vermeiden kann, tue ich es auch. Natürlich, das hier ist eine lange Fahrt, zwanzig Stunden, und man verliert Zeit. Aber lieber verliere ich Zeit als die Nerven, die es kostet, mich einer Fluglinie auszuliefern.«

Ich sagte ihm, ich würde ihn bestens verstehen.

Er wiederum: »Und was, wenn ich fragen darf, haben Sie in Oslo zu tun?«

Ich überlegte nur ganz kurz und sagte dann: »Eigentlich möchte ich nach Belfast.«

»Ach ja. Das ist dann aber wohl ein wenig ein Umweg.«

»Stimmt. Ich kann mir das auch nicht erklären.«

»Was? Die geographische Lage von Belfast?«

»Nein, meine eigene geographische Lage. Hier zu sein anstatt in einem Flugzeug nach Irland.«

»Oha!« staunte Nybråten. »Wie soll ich das verstehen? Daß Sie anstatt ins richtige Flugzeug ins falsche Schiff gestiegen sind?«

»Ja, eigentlich schon. Jedoch nicht aus eigener Dummheit.«

»Sondern?«

»Kann ich nicht sagen«, gestand ich.

»Sie wissen aber schon, wer Sie sind und woher Sie kommen, oder?«

»Natürlich, keine Amnesie«, versicherte ich und stellte mich nun als den vor, der ich war – zumindest wenn ich nicht träumte –, nämlich als Hauptkommissar Blind. Und fügte an: »Ich weiß also, wer ich bin. Ich weiß nur nicht, wie ich hierherkam.«

»Spannend«, meinte Nybråten und lächelte.

Ich erklärte: »Ich bin auch nicht betrunken, wenn Sie das meinen.«

»Nein, keinesfalls. Ein Glas Wein führt noch zu keinem Gedächtnisverlust.«

Wir hoben beide unsere Gläser hoch und stießen an. Mein zweiter Schluck innerhalb von fünf Minuten, aber eben auch erst der zweite seit sieben Jahren. Er schmeckte schon ein wenig anders: vertrauter, selbstverständlicher, schlanker, flüssiger, allerdings auch – wie ich leider sagen muß – nicht mehr so stark vom Herzen aus zu spüren.

»Polizei also«, sagte Nybråten und griff nach ein paar Erdnüssen auf dem Tisch zwischen uns.

Es war mir jedoch unmöglich zu durchschauen, ob ihm das neu war oder nicht. Also fragte ich ihn, was er beruflich tue und welches Geschäft ihn nach Oslo führe.

»Nun …« Er grinste. »Das ist jetzt ein wenig haarig, lieber Herr Hauptkommissar. Was ich tue, ist nämlich illegal. Ihnen dies hier und jetzt aber zu gestehen … also, Sie waren mir gleich sympathisch, als ich Sie da sitzen sah. So was erkennt man ja mit einem einzigen Blick und täuscht sich so gut wie nie. Darum auch habe ich Sie angesprochen. Ich rede gerne. Ich sage auch gerne die Wahrheit, so wie auch Sie offensichtlich gerne die Wahrheit sagen. Die Wahrheit schmeckt so viel würziger als eine flache Lüge, während man tiefe Lügen halt selten zuwege bringt. Doch würde ich Ihnen nun im Detail erzählen, wie ich mein Geld verdiene, dann wäre das einfach zuviel der Wahrheit. Ich würde Sie praktisch zwingen, mich augenblicklich festzunehmen, wenigstens festnehmen zu lassen. Das wäre schlichtweg ungemütlich. – Können wir uns also damit begnügen, wenn ich sage, beruflich gesehen stehe ich Ihnen sehr nahe?«

»Aha!« Mir war ebenfalls nach einem Grinsen. Ich beugte mich ein Stück zu ihm hin und meinte, unwillkürlich flüsternd: »Dann ist es wahrscheinlich so, daß ich es Ihnen verdanke, auf dieses Schiff geraten zu sein, nicht wahr? Ich dachte es mir schon.«

»Wie kommen Sie darauf? Nein, gar nicht, Herr Kommissar. Ich habe keine Ahnung, was mit Ihnen geschehen ist. Da ist nichts, woran ich beteiligt wäre. Ich bemühe mich, bei aller zwangsläufigen Nähe zur Polizei dennoch einen vernünftigen Abstand zu halten.«

»Also wirklich!« Ich nahm einen dritten Schluck. Einen Schluck, den mein Herz – trotz des Vorbeifließens – nur noch schwach wahrnahm, recht ähnlich dem, wie Herr Nybråten soeben sein Verhältnis zur Exekutive beschrieben hatte. Bei aller Nähe fern. Dennoch entgegnete ich, nur schwer glauben zu können, er habe mich grundlos angesprochen. Das könne er mir nicht weismachen.

»O ja doch!« antwortete er. »Mir war einfach danach, mein Glas Wein nicht alleine zu trinken. Aber Sie können mir natürlich gerne von dem Fall berichten, der Sie ursprünglich nach Belfast führen sollte.«

»Ist das fair?« fragte ich. »Sie erzählen mir auch nicht, warum Sie nach Oslo wollen.«

»Sie möchten das wirklich wissen?«

»Na, wenn Sie es schon so spannend machen.«

»Also gut«, meinte Nybråten, »wie ich gerade sagte, ich habe es nicht so mit Flugzeugen. Der eigentliche Punkt aber ist, daß der Transport von Teilen eines Gewehrs auf Flughäfen stets zur Irritation des Personals führt. Es geht da eine große Angst um. Nicht aber auf solchen Schiffen. Natürlich, auch hier begleiten Beamte das Einsteigen der Passagiere. Aber es ist eben in der Tat mehr ein Begleiten, weniger ein Kontrollieren. Es wäre ein Klacks, eine Bombe an Bord zu bringen. Tut nur keiner. Terroristen sind auf Flugzeuge fixiert, als hätten sie in der Kindheit niemals mit solchen spielen dürfen. Wie auch unsere ganze Gesellschaft auf Flugzeuge fixiert ist. Kein Erdbeben, kein Bankencrash, kein entgleisender Zug, nichts, was an ein abstürzendes Flugzeug herankäme.«

»Soll das wirklich heißen, Sie hätten eine Waffe an Bord gebracht?«

»Ich fragte Sie doch, ob Sie es unbedingt wissen wollen. – Jawohl, ich transportiere ein Gewehr. Eine spezielle Anfertigung. Erstklassige Ware. Aber keine Angst, niemand hier auf diesem Schiff soll zu Schaden kommen.«

»Und in Oslo?«

»Ihnen das zu sagen ginge jetzt wirklich zu weit. Das müssen Sie zugeben.«

Nun, er hatte recht. Gleich, was mit diesem Gewehr später geschehen sollte, es war schon an mir selbst, es herauszufinden. (Vorausgesetzt, daß mich das überhaupt zu kümmern brauchte. Nicht jedes Verbrechen war auch *mein* Verbrechen.) Das »Spiel« zwischen der Polizei und der Unterwelt hätte sich erledigt, hätten die Verbrecher vorher gesagt, was sie vorhaben. – Und in der Tat hatte es einst irreal angemutet, als die IRA ihre Bombenattentate vorher ankündigte, gleich einer Person, die schlimm sein will, aber nicht richtig; bösartig, aber nur halb; ein Teufel, aber ein lieber. Und es ist ja wirklich nicht ganz auszuschließen, daß die Briten die eine oder andere Warnung gleich einem unsittlichen Angebot ignorierten und die Bomben hochgehen ließen.

Dennoch sah ich mich jetzt verpflichtet, auch etwas von der Geschichte preiszugeben, die mich letztlich auf dieses Schiff gebracht hatte. Und erzählte darum von Karel Nelson und wie dieser zusammen mit einer jungen Frau im Sommer 2013 bei einem mysteriösen Unfall ums Leben gekommen war.

»Der Nelson mit den Robotern?« erkundigte sich Nybråten.

»Genau der«, antwortete ich und erklärte, Nelsons Witwe habe nie an einen Unfall geglaubt und nie aufgehört, eine neue Untersuchung einzufordern. Allerdings ließ ich unerwähnt, daß mein eigentlicher Auftrag gelautet hatte, der Witwe die Aussichtslosigkeit ihres Unterfangens zu verdeutlichen. Statt dessen war ich meinerseits in diesen Fall hineingerutscht. Urlaubstage opfernd.

Nybråten fragte: »Und was hat das mit Belfast zu tun?«

Jetzt war es an mir, eine Grenze zu ziehen. Tat ich auch, und Nybråten verstand es. Absurd genug, was wir uns hier leisteten, der eingestandene Polizist und der eingestandene Kriminelle, die sich interessiert austauschten.

»Was halten Sie davon«, fragte Nybråten, »wenn ich Sie zum Abendessen einlade? Und nachher könnten wir im Casino vorbeischauen. Was denken Sie?«

»Eigentlich spiele ich nicht.«

»Nun, eigentlich trinken Sie auch keinen Wein, oder?«

Ich schreckte hoch: »Woher wissen Sie das?«

»Es stimmt doch, nicht wahr? Ich meine damit nicht die Art, wie Sie Ihr Glas halten, sondern wie Sie einen Schluck nehmen. Als … wenn ich das so sagen darf, es hat schon etwas vom Aussetzen eines Zölibats. – Mir scheint, Sie befinden sich im wahrsten Sinne auf einer Reise, nicht nur nach Oslo und dann nach Belfast. Nein, das geht viel tiefer.«

Ich konnte nicht glauben, daß er an meiner Art zu trinken erkannte, wie lange ich nicht mehr … Dennoch sagte ich: »Und Sie denken also, zur Tiefe würde ein Besuch im Casino passen?«

Er blickte auf die Uhr und meinte, er müsse sich jetzt entschuldigen, er habe noch einige Telefonate zu führen, »und ja, Herr Kommissar, ein Besuch im Casino gehört unbedingt dazu. – Neunzehn Uhr im Restaurant? In Ordnung?«

Ich nickte ihm zu. Schwächlich. Ich fühlte mich angenehm müde mit meinen drei Schlucken Wein, versunken in dieser ledernen Sitzgrube. Und gänzlich unsicher, was ich von dem Mann und seiner Offenheit – einer Offenheit, die letztlich verschlossen blieb – halten sollte.

Er ging und ließ mich zurück. Der Alkohol wurde nun ganz mächtig in mir. Ich nickte ein. Ein paar Minuten vielleicht. In diesen Minuten waren finstre Nacht und dichter Nebel, und der Spatz, der Quimp war, flog ohne jede Orientierung durch die schwarze Suppe. Unmöglich für ihn, sich zurechtzufinden, unmöglich, eine Stelle zu erreichen, wo er hätte landen und darauf warten können, bis Nacht und Nebel sich verzogen hatten. Vielmehr fürchtete er, demnächst gegen irgendeine Hauswand, irgendeinen Laternenpfahl oder Baumstamm zu prallen. Welch Glück, daß es nicht geschah. Denn egal, ob er die Richtung oder Flughöhe änderte, die Verhältnisse blieben die gleichen. Er würde so lange fliegen, bis ihn jegliche Kraft verlassen hätte und er abstürzte. Und wäre dann einer dieser Vögel, die einfach vom Himmel fallen und die den Menschen als ein Beweis für die Zerstörung der Umwelt gelten.

Doch er flog weiter, ohne Ziel, fast bewußtlos, aber eisern.

Guter Spatz!

16

Als ich nach diesen Minuten geträumten Schlafs erwachte, ein wenig heiß und mit einem feuchten Film auf der Stirn, bemühte ich mich um eine aufrechte Haltung. Mein Glas auszutrinken unterließ ich hingegen. Drei Schlucke erschienen mir genau die richtige Menge für den Anfang. So, wie man einen langen Lauf auch langsam angehen sollte. Seinen ganz persönlichen *Weinlauf*.

Ohnehin kam mir vor, ich wäre bereits jetzt leicht verkatert. Mit dem Seufzer eines sich aufrichtenden Gewichthebers stemmte ich mich aus dem Sessel, geriet auf meine Beine und wollte an der Bar die Rechnung bezahlen, wo man mir jedoch erklärte, dies sei bereits erledigt.

Ich sagte: »A-ha!«, was ja immerhin der Name einer norwegischen Popband ist, nickte und ging.

Da ich beschlossen hatte, mich unter der Dusche meines kleinen Badezimmers frisch zu machen, marschierte ich hinüber zu den Aufzügen.

Auf dem Weg dorthin …

Erneut meinte ich jemand zu erkennen. Jemand, dem ich noch nie begegnet war.

Ich nicht, Quimp schon. Es handelte sich um einen Jungen. Er stand vor einem kleinen Pavillon, darin ein Reich aus Legobausteinen. Mir kam vor, er denke darüber nach, ob er dafür nicht schon zu alt sei. Ich schätzte ihn auf zehn oder elf. Er trug eine Baseballkappe, knallgelbe Turnschuhe und ein bis auf die Oberschenkel reichendes FC-Bayern-Leibchen. Überhaupt wirkte er wie der allernormalste Junge westeuropäischen Zuschnitts. –

Hätte ich freilich ein wenig mehr Ahnung vom Fußball gehabt, wäre mir aufgefallen, daß hier etwas nicht stimmte. Auf dem Leibchen war nämlich die Trikotnummer 34 zu lesen und dazu der Name *Gomez*, was sich natürlich auf den als Stürmer spielenden Mario Gómez bezog. Richtig. Doch seit 2013 spielte Gómez ja gar nicht mehr bei den Bayern, sondern stand beim AC Florenz unter Vertrag (und würde – allerdings erst in naher Zukunft – an Beşiktaş Istanbul ausgeliehen werden, um letztlich bei den Wolfsburgern zu landen). Das alles war aber nicht das eigentliche Problem, denn natürlich existierten noch immer Leibchen aus Gómez' Zeit bei den Münchnern. Nein, das Problem … nun, Gómez hatte dort niemals mit der Nummer 34 gespielt, sondern mit der 33, jener Nummer, die er zuvor schon bei den Stuttgartern getragen hatte wie danach bei den Italienern. Keine 34 aber, die gehörte derzeit einem dänischen Nationalspieler, den die Bayern jedoch an die Augsburger ausgeliehen hatten … Ja, das war also ein minimaler Unterschied, minimal, aber trotzdem wesentlich. Ein Unterschied, der entweder etwas Ähnliches bedeutete wie im Fall jener kostbaren Briefmarken, deren immenser Wert durch einen Fehldruck zustande gekommen war. Oder aber diese frei von einem zwingenden Hintergrund bestehende Verwandlung einer 33 in eine 34 bewies, wie hier irgend jemand oder irgend etwas die Textur des Lebens korrigierte. Korrigierte ausgerechnet mittels »Fehlern«.

Und obgleich ich die Sache mit der Trikotnummer ja gar nicht durchschaute, hatte ich doch einen ähnlichen Verdacht, als ich jetzt dieses Kind sah und daran erinnert wurde, wie Quimp auf seiner Bahnfahrt nach Wien einen Jungen bemerkt hatte, der eine Fanta bestellt, sich dann aber mit einem gespritzten Apfelsaft zufriedengegeben hatte. Und wie dann derselbe Junge wenig später am Wiener Westbahnhof Quimp das Leben rettete, indem er sich – absichtlich oder unabsichtlich – in die Schußlinie stellte und den weißbärtigen, grauhaarigen Killer am Abdrücken hinderte.

War es möglich, daß beide Figuren – der alte Mann und das Kind – in beiden Welten vorkamen, in Quimps *und* in der meinen? Wie ja auch das *Aurora Building* in beiden Welten auftauchte, bloß einmal gebaut und einmal nicht gebaut. Und daraus die Frage folgte, ob sich dieses Prinzip des Einmal-errichtet-und-einmal-nicht-errichtet-Werdens irgendwie auch auf das Kind und den Mann übertragen ließ? Die zwei also einerseits etwas tatsächlich Bestehendes besaßen und andererseits etwas bloß Geplantes oder Erdachtes. Und sich weiters die Frage stellte, ob die beiden *hier bei mir* eine andere Funktion besaßen als *dort bei Quimp*. Abgesehen von der Frage, ob ich mir das alles nur einbildete. Und ich in Wirklichkeit in einem Rollstuhl saß und mir soeben eine freundliche oder genervte Krankenschwester einen Löffel Brei in den Mund schob. Einen Brei, dessen chemische Zusammensetzung das Wesen dieser ganzen Geschichte widerspiegelte.

Mein Kopf drehte sich. Ein deutscher Slalomkopf zum österreichischen Slalomherzen.

Ich ging an dem Jungen vorbei und blieb gleich darauf stehen. Ich gab vor, in das Schaufenster einer Parfümerie zu sehen, aber aus dem Augenwinkel heraus konnte ich ihn beobachten. Er schien fortgesetzt unschlüssig. Seine Arme hingen gerade herunter, während seine Fingerspitzen sich leicht im Saum des Trikots verkrallt hatten und er fortgesetzt zögerte, sich zu der Gruppe aus Drei- und Vierjährigen zu gesellen, die da drinnen am Boden saßen und Legotürme errichteten, niederrissen, errichteten … Schließlich gab er sich einen Ruck und trat mit ein paar raschen Schritten in den Pavillon. Dort nahm er auf einem niedrigen Hocker Platz und begann damit, in einer Kiste nach passenden Steinen zu wühlen.

Sollte dieser so ungemein normal wirkende Junge tatsächlich jemand sein, der willentlich zwischen Scharfschützen und denkende Spatzen trat und der nun auch noch in meine Welt gekommen war, um was auch immer zu begünstigen oder zu verhindern?

Lächerlich!

Ich sagte mir: »Mach dich nicht zum Narren. Das hier ist ein Fünftklässler mit einem zu großen FC-Bayern-Leibchen, wobei die wahrscheinlich zu groß sein müssen, damit sie ordnungsgemäß cool wirken.«

Ich schüttelte den Kopf. Das einzige, was hier absonderlich

war, war ich selbst. Ein Mann auf einem Schiff, der sich nicht erinnern konnte, wie er auf dieses Schiff geraten war.

Ich ging los, zurück zu den Aufzügen, die als gläserne Kapseln die Halle hochfuhren. Dabei schaute ich noch einmal kurz ins Legoland, um mich von der Unauffälligkeit dieses Zehnjährigen zu überzeugen. Und genau in diesem Moment …

Er sah zu mir herüber. Kein Zweifel. Den Kopf erhoben, war sein Blick auf mich gerichtet. Kein bohrender Blick, kein überraschter, kein zufälliger. Sondern … ein vertrauter. Ein Blick, als betrachte er mich durch eine Scheibe, auch wenn da keine war. Und als betrachte er mich schon eine kleine Ewigkeit durch diese Scheibe.

Derart, daß ich mich fragte, ob das, was er da betrachtete, eher ein Mann oder ein Spatz war.

So vertraut der Blick auch schien, er war nicht einladend. Wirkte nicht wie die Aufforderung, jetzt hinüberzugehen und mich zu erkundigen, woher er mich kenne. Und was das alles zu bedeuten habe. Zudem kamen nun ein Mann und eine Frau vorbei. Die Frau rief dem Jungen zu, man wolle vor dem Abendessen noch einmal an Deck gehen und sich das Meer ansehen. – Ganz offensichtlich seine Eltern. Auch vernahm ich jetzt den Namen des Kindes: Frederik.

Frederik also. Ein Junge mit Eltern.

Ich löste mich aus meiner Starre, setzte den Weg fort, gelangte zu den Aufzügen, gelangte in mein Stockwerk, in meine Kabine, in mein Badezimmer, unter meine Dusche und seifte mich dort ordentlich ein. Es war, als wollte ich mir sämtliche Ungereimtheiten vom Körper schrubben, um endlich wieder ein Mensch mit Überblick zu werden.

Vorerst aber wurde ich einfach nur sauber.

Danach legte ich mich nackt aufs Bett, den Kopf etwas aufgerichtet, damit ich meinen Körper sehen konnte. – Gott, war ich weiß! Mit meiner Haut hätte man ein Gebäude von Richard Meier auskleiden können. Nun gut, weiß war ich sogar im Sommer. Ich gehörte nicht zu denen, die ihren Körper gerne der Sonne auslieferten und der frischen Luft und dem offenen Raum. War ich nie gewesen, auch als Kind nicht. Die Aufforderung »Geh doch nach draußen, es ist gerade so schön« war mir stets als ein Betrug erschienen, eine Ausrede, weil die Eltern einen aus dem Haus haben wollten. Für mich war es draußen nie schöner gewesen als drinnen. Und später hatte ich argumentiert, es habe die Menschen nicht geringe Mühen gekostet, sich von der Natur zu befreien. Es sei lächerlich, sich mittels von »Aktivitäten im Freien« eine Naturnähe und Naturliebe einreden zu wollen. Sex im Wald etwa. Einmal probiert, niemals wiederholt. Sex im Wald ist Sex mit Insekten.

Stimmt, die Frauen in meinem Leben waren von der Blässe meines Körpers immer ein wenig irritiert gewesen. Obgleich sie natürlich meinen Körperbau schätzten. Und die Kanten meines Gesichts, das gerade Kinn, die graublauen Augen, die noch besser zur Geltung kamen, wenn ich Brillen trug. Doch der Umstand derart heller Haut verunsicherte und führte wiederholt zu der Äußerung, ich hätte etwas von einer Marmorstatue. So schön muskulös ich sei, so wunderhübsch mein Hintern, so perfekt die Gestalt, wirkte ich eben auch modelliert. Und würde mich ausgesprochen kalt anfühlen.

Und das war ja richtig. Ich konnte es selbst spüren. Es gab Tage, da waren meine Füße kälter als eine Dose Bier aus dem Eisschrank. Es gab Tage, da fönte ich abends meine Beine. Gleichzeitig war die einzige Zeit, wo ich hin und wieder gerne draußen war, der Winter. Den Schnee mochte ich, den weißen.

Mir vorzustellen, ich wäre eine lebendig gewordene Skulptur – eine alte Idee, die, glaube ich, auch Jean Cocteau einmal aufgriff –, erschien mir manchmal als eine geradezu logische Erklärung für die klimatischen Umstände meines Körpers. Viele mir rätselhafte Empfindungen beziehungsweise Mißempfindungen ließen sich auf diese Weise begründen. Denn nicht zuletzt gab es Regionen meines Körpers, die ich so gut wie gar nie spürte. Die dazugehörenden Sinneseindrücke kannte ich bloß aus Erzählungen, die ich zu meinen eigenen gemacht hatte. Ein wenig wie ein Gehörloser, der die Leute versteht, indem er von ihren Lippen abliest und von dem Ausdruck der Gesichter auf ihre Stimmen schließt. Zudem konnte sich aus der Vorstellung, ich sei eine zum Leben erweckte Marmorplastik (von Michelangelo natürlich, aber mit einigen Furchen, die von Baselitz oder Lüpertz herrührten), ganz gut begreifen lassen, warum mein eigenes Herz nie so richtig funktioniert hatte und es dessen eines toten Österreichers bedurft hatte. Mein kaltes Marmorherz war durch ein warmes Skifahrerherz ersetzt worden.

So lag ich da und bemitleidete mich eine Weile – das Mitleid aber auch genießend, ganz in der Art dieser Lebensmittelwerbung, die da heißt: *Ich will so bleiben, wie ich bin! – Du darfst!* –, bis mir dann doch zu kühl wurde, ich an die Bettkante rutschte und mich anzog, wobei ich zwischen zwei Krawatten zu wählen hatte, genau den beiden, die ich für meine Belfastreise vorbereitet hatte. Überhaupt war mein Koffer perfekt gepackt.

Ich wählte die dunkelblaue Krawatte zum weißen Hemd, zum dunkelgrauen Anzug und den schwarzen Rauhlederschuhen und frisierte meine hellbraunen Haare so lange, bis ihre Oberfläche einen hellen Glanz gewann (das Gelb aus dem Braun hervorleuchtete), zuletzt tat ich etwas Eau de toilette auf mein Gesicht, in der Art der Kriegsbemalungen. Ich setzte je einen unsichtbaren Streifen auf die Backenknochen, strich über die Stirn knapp oberhalb der Augenbrauen und fügte einen Punkt in das Grübchen am Kinn sowie eine abschließende Senkrechte entlang des Kehlkopfes.

Derart »bewaffnet« – ausnahmsweise aber ohne meine Pan-Am-Tasche –, verließ ich die Kabine und begab mich nach unten in das Restaurant. Dort hielt ich vor einem Objekt gleich einem Dirigentenpult, darauf eine Aufschrift, die verlangte, stehenzubleiben und zu warten.

Ein Kellner kam, fragte mich auf deutsch nach meinem Namen und führte mich zu einem Tisch, an dem Nybråten bereits saß. Die ganze Haltung, mit welcher der Norweger an diesem Tisch »residierte« und vom Kellner die Weinkarte entgegennahm, legte nahe, daß er öfter mit diesem Schiff unterwegs war.

»Es gibt da einen sehr schönen Bordeaux aus 2009, Château Clinet«, sagte Nybråten und fügte kritisch an: »Ich weiß schon, es findet ein ziemliches Theater um diesen Jahrgang statt; Weine, die hundert Punkte von hundert Punkten bekommen, als werde hier das Zentralkomitee der Bordeaux-Weine bestätigt. Aber schlecht ist der Tropfen halt wirklich nicht. Einverstanden?«

»Absolut«, antwortete ich, mich auf den vierten Schluck dieses Tages freuend. (Und fragte mich, ob ich sie alle zählen würde, die noch zukünftig stattfindenden Schlucke. Bis ans Ende meiner Tage.)

Als Nybråten die Karte schloß, um sie dem Kellner zu überreichen und besagte Flasche zu bestellen, meinte ich einen dreistelligen Eurobetrag zu erkennen, etwas mit einer 2 vorn dran. Ziemlich übertrieben, fand ich. Es zeigte jedoch, daß Nybråten nicht zu den Sparern gehörte und ebensowenig zu denen, die über Geld redeten.

Zum Wein bestellten wir etwas vom Rind. – Als Jugendlicher war ich übrigens Vegetarier gewesen, weil mir das angesichts meiner Ablehnung der Natur als der geeignetere Weg erschienen war. Die Argumentation meiner Eltern und Freunde, auch das Gemüse komme aus der Natur, hatte ich damit beantwortet, kein Akt schaffe so viel Nähe wie die Gewalt und das Töten. Eine Karotte aber müsse man nicht töten. So bleibe eine gewisse Distanz erhalten. Fleisch essen hingegen, das sei, als würde man sich tief in einen fremden Körper bohren.

Daß ich später doch wieder damit begann, mit dem Fleischkonsum, war und ist schlichtweg ein Ausdruck von Trägheit und Dummheit.

Der Wein kam. Er schmeckte mir aber nur halb so gut wie der, den ich wenige Stunden zuvor im Barbereich getrunken hatte. War das die Schuld des Weins? Oder war es einfach wie bei den Leuten, die so gerne an ihren ersten Kuß dachten und denen die restlichen Küsse ihres Lebens nur noch halb so gut mundeten. Und »halb« ist in diesem Zusammenhang ein Euphemismus.

Dennoch tat ich Nybråten die Freude, den Wein zu loben, und nahm bald auch einen fünften und sechsten Schluck.

Beim Essen erzählte ich Nybråten, ursprünglich »aus der Germanistik zu stammen« – ich sagte es genau mit diesen Worten – und mich vor allem mit österreichischer Literatur beschäftigt zu haben.

»Österreich also«, meinte Nybråten nachdenklich. Und erklärte: »Am liebsten bin ich in Linz. Gar nicht so sehr in Wien. Wien ist schon ungemein aufdringlich. Ich muß immer an einen Zwerg denken, obwohl Wien ja so groß ist. Aber ich sehe Wien, und ich sehe einen Zwerg, einen, der ständig auf Säulen steht und so tut, als wären diese Säulen ein Teil seines Körpers. Als seien sie, wenn ich das so ausdrücken darf, sein Schwanz. Ein Schwanz, auf dem er steht. – Nein, Linz ist viel schöner. Kein Zwerg, sondern ein stattlicher Mann, der nicht zu klein und nicht zu groß ist.«

»Sie sind viel unterwegs«, schätzte ich.

»Kein Land in Europa«, erklärte Nybråten, »wo ich nicht schon mal gewesen bin.«

»Und alles ohne Flugzeug?«

»Fast.« Er lächelte und meinte, man könne sagen, kein Land in Europa, in das er nicht schon mal ein Gewehr geliefert hätte. Und dabei handle es sich natürlich um sehr spezielle Waffen, die man auf keinem der üblichen Märkte – den erlaubten wie den verbotenen – kaufen könne.

Weil dies so gut zu Nybråtens Offenbarung paßte, entschloß ich mich zu einer direkten Frage. Über Wein und Rind hinweg wollte ich wissen: »Haben Sie schon einmal auf einen Spatzen geschossen?«

»Wie? Sie meinen sprichwörtlich? Mit Kanonen?«

»Nein, nein, so richtig auf einen Haussperling.«

»Wie kommen Sie auf etwas Derartiges?«

»Soll ich ehrlich sein?« fragte ich.

»Bitte darum. Treiben wir es weiter mit der Ehrlichkeit.«

»Ich hatte einen Traum«, sagte ich, »und in diesem Traum kam ein Mann vor, der Ihnen sehr ähnlich sah. Besser gesagt, umgekehrt: *Sie* sind ihm sehr ähnlich, denn zuerst einmal habe ich ja diesen Mann geträumt.«

Na, ganz so ehrlich war ich doch nicht. Denn weder verriet ich

Nybråten, daß ich ihn – oder jemand, der ihm sehr ähnlich war – jüngst im Schrankspiegel meines Schlafzimmers gesehen hatte, noch wollte ich ihm gestehen, daß der Spatz, von dem ich da berichtete, gewissermaßen ich selbst war. Statt dessen beschränkte ich meine Erzählung darauf, im Traum erlebt zu haben, wie er, Nybråten, mitten auf einem Bahnhof in Wien stehend, auf einen Sperling geschossen hatte.

Ich erkannte in Nybråtens Gesicht ein aufrichtiges Staunen. Fragte mich freilich, ob seine Verblüffung dem merkwürdigen Traum galt, meiner geistigen Verfassung oder vielleicht doch dem Umstand, daß ich über dieses Attentat Bescheid wußte.

Er sagte: »Wollen Sie mir damit zu verstehen geben, daß Sie mich für einen Killer halten? Auch wenn die Tötung von Spatzen nicht gerade zu den Kapitalverbrechen zählt.«

»Na ja«, äußerte ich, »das hängt vielleicht davon ab, was mit der Tötung eines Spatzen bezweckt wird.«

»Ist das jetzt der juristische Kommentar eines Polizisten?« fragte Nybråten mit einem Lächeln. Allerdings einem Lächeln, in dessen Scharnier ich meinte, einen rostigen Nagel zu entdecken.

Ich darauf: »Eher ein rechtsphilosophisches Urteil. Noch dazu einen Traum betreffend. Wobei ... Kann man denn sagen, ob das in einem Traum begangene Verbrechen ohne Relevanz ist?«

Nybråten äußerte, kein Gericht der Welt würde jemand für ein Verbrechen bestrafen, welches er im Traum begangen habe.

»Kein Gericht in *dieser* Welt«, betonte ich. »Aber stellen wir uns ein Gericht im Traum vor. Und zwar eines, das noch strengere Maßstäbe anlegt als die, die bei uns gelten. Ein Gericht, dessen Anschauung vom Tierschutz weit radikaler wäre.«

»Oder der Richter gar ein Spatz«, grinste Nybråten.

»Nein«, sagte ich, »das wäre dann wie in der Fabel oder im Bilderbuch. Davon rede ich nicht. Sondern von einer Welt, in der nicht nur die Gesetze schärfer ausfallen, sondern vor allem das Recht konsequenter ausgelegt wird.«

»Egal«, meinte Nybråten. »Es ist *Ihr* Traum gewesen. Nicht unser aller, oder? Das unterscheidet schließlich die Traumwelt von der wirklichen ganz wesentlich. Eine einzige reale, aber unzählig viele geträumte. Und in einer davon ein Mann, der auf Spatzen schießt und der mir ähnlich sieht ... Aber hallo, lieber Kommissar, daraus können Sie mir keinen Strick drehen.«

Ich dachte nach. Stimmte das? Waren alle Träume quasi »privat«, und war es darum auch einerlei, was man dort tat oder unterließ? Weil eben auf einer privaten Rechtsprechung beruhend beziehungsweise auf gar keiner? Und hätte eine solche Anschauung nicht eine einzige Antwort verdient: *Träum weiter!*

Dennoch, wir ließen das Traumthema fallen und wechselten zu Oslo, das ich nicht gut kannte, ein einziges Mal zu einer Tagung dort gewesen und während der Stadtrundfahrt eingeschlafen war. Nybråten besaß nahe dem Holmenkollen eine Wohnung, auch wenn diese nicht sein Hauptwohnsitz war. Der befand sich im Osten der Slowakei, wo er nahe der Stadt Poprad ein altes Schloß gekauft und renoviert hatte.

»Ein Schloß in der Slowakei?«

»Das Angebot eines Kunden«, erzählte Nybråten. »Der wollte das Ding loswerden. So ein altes Gemäuer ist ein Haufen Arbeit. Und umsonst kriegen Sie da auch nichts mehr. Die haben dort sogar einen internationalen Flughafen. Nicht, daß ich ihn benutzen würde.«

»Und wieso dann eine Wohnung in Oslo?«

»Ja, weil ich auch noch eine in Paris und Mailand habe. Ich nenne das mein europäisches Viersternehotel: Poprad, Oslo, Paris und Mailand.«

»Das kostet«, sagte ich.

»Vom Schloß abgesehen, sind es eher mittelgroße Unterkünfte. Und man erspart sich, in ein Hotel zu gehen. Andere Leute leisten sich Kinder. Oder Urlaube. Ich war das letzte Mal im Urlaub, als ich zwanzig war.«

»Sie kommen auch so zum Reisen«, stellte ich fest.

»Das komme ich, keine Frage. Zudem sammle ich ein wenig Kunst. Und die muß man ja auch irgendwo unterbringen. Die ganze Sammlung nur ins Schloß zu tun käme mir unsicher vor. Meine besten Bilder habe ich über alle vier Domizile verteilt. Ein kleiner Picasso braucht keine große Wohnung, nicht wahr? Aber für ein Monstrum von Julian Schnabel benötigen Sie natürlich schon so eine Wand im Schloß.«

Picasso, Schnabel, Schloß – die kriminellen Machenschaften dieses Mannes schienen sich wirklich zu lohnen, auch wenn er an Kindern und Urlaub sparte.

Ich konnte es mir übrigens nicht verkneifen zu erwähnen, in meinem Büro würde ein Bram-Stoker-Autograph hängen. Nur damit dieser Mann sah, daß auch der Polizei die Kultur unterkam.

Er aber meinte: »Sie wissen, daß Sie eine Ausnahme sind. Allein, wenn man Ihr Vorleben als Germanist bedenkt.«

»Ach ja. Aber alle Kriminellen sind Kunstsammler, was?«

»Schauen Sie sich die Wohnungen von Waffenhändlern an, und schauen Sie sich die Wohnungen derer an, die Waffenhändler verfolgen.«

Was sollte ich dazu sagen? Der Mann begann mir unsympathisch zu werden. Es lag schon einiges an Selbstherrlichkeit in der Art, wie er die Dinge beschrieb: den Wein, die Kunst, Immobilien in ganz Europa, keine Kinder zu haben. Ich hatte auch keine Kinder. Aber erstens hätte ich gerne welche gehabt, und zweitens ... ja, auch zweitens hätte ich gerne welche gehabt. Aber mit der richtigen Frau. Es waren nur leider immer die falschen Frauen gewesen – und *das*, nur *das* war der Grund.

Wir redeten noch ein wenig über Bücher und Bilder, verzichteten auf einen Nachtisch, nahmen dafür aber Espresso. Den angebotenen Cognac ließ ich aus. Danach gingen wir kurz an Deck, wo uns der kühle Wind um die vom Wein etwas aufgeheizte Nase wehte. Das Meer war sehr indigo, während der noch dunklere Himmel wie ein unglücklich Verliebter schien, der dieses Meer nie würde umarmen können, immer nur seine Wange ein wenig daran reiben konnte.

Wir kehrten zurück ins Innere und begaben uns schlendernd hinunter ins Casino, wo wir zwischen vielen Automaten an dem einzigen Roulettetisch Platz nahmen. Eigentlich ein Ort, an dem ich mich nur aus Gründen einer Straftatverfolgung hätte aufhalten sollen, nicht um das eigene Spielglück zu verfolgen. Doch was ich tat, tat ich ohnehin im Dienst der Sache, so schwer es mir derzeit fiel, die *Sache* genau zu benennen.

Verwirrend und ärgerlich.

So verwirrend und ärgerlich wie der Umstand, daß die Roulettekugel sich völlig gegen mein Spielsystem verhielt. Ein System, das darin bestand, immer *mit* der Farbe zu gehen also wenn Rot gekommen war, erneut auf Rot zu setzen, und beim Wechsel der Farbe mitzuwechseln. Was sich aber als höchst ruinös erwies, weil die Kugel gleich zwölfmal hintereinander Rot und Schwarz tauschte. Ein Gefühl der Ohnmacht bemächtigte sich meiner. Wie dies ja oft im Spiel geschieht. Immer dann, wenn das Spiel Pech ist – *bad luck* drückt es viel besser aus: böses Glück.

Und in diesem Moment leiser Wut, begleitet von der Tatsache, soeben meinen letzten Jeton verspielt zu haben (verbunden mit der Frage, ob besagtes böses Glück eigentlich die Kugel oder aber den Kessel manipuliert, wenn es gegen die Menschen spielt), fiel mein Blick auf einen der Bildschirme, wo gerade tonlos einige Kurznachrichten liefen. Und während da die Bilder irgendeines Krieges an die Ödnis eines zwar von Fouls geprägten, aber letztlich schlechten Fußballspiels erinnerten – der moderne Krieg ist nie spannend –, konnte ich auf einem Balken am unteren Rand das heutige Datum lesen: 25.3.2015.

Fünfundzwanzigster März?

War ich nun ganz meschugge?

Mir fiel wieder der syrische Soldat ein, dessen Verbrennung durch Kämpfer des IS-Staates vor zwei Tagen die Schlagzeilen bestimmt hatte. Zwei Tage gemäß meiner Erinnerung.

Ich erhob mich, entschuldigte mich mit der Ausrede des Sich-frisch-Machens bei Nybråten und begab mich auf die Toilette, wo ich nun also doch mein Mobiltelefon zu Hilfe nahm, eine WLAN-Verbindung herstellte und jene Meldungen aufrief, die sich auf die Tötung des syrischen Soldaten bezogen.

Ich hatte mich nicht getäuscht. Das Ereignis hatte sich Anfang Februar zugetragen: 4.2. Ein Februarmittwoch. Und am anschließenden Februardonnerstag hatte ich die Reise nach Belfast beschlossen und war am selben Abend in meinem Schlafzimmer in eine Falle gegangen. Und jetzt ... nun, es war ebenfalls ein Mittwoch, aber ein Märzmittwoch, ein später dazu. Zwischen den beiden Mittwochen lagen fast zwei Monate.

Zwei Monate!

Ich rief meine Mails auf. Werbung aus zwei Monaten. Privates aus zwei Monaten. Die eine oder andere Frage nach meinem Befinden und wieso ich mich nicht melden würde. Vor allem mein Vorgesetzter, der dringend nach einem Lebenszeichen verlangte und mir schließlich versicherte, mehrere Beamte seien mit meinem Verschwinden beschäftigt. Einmal schrieb er, er hoffe, daß mir einfach das Polizeileben auf den Wecker gegangen sei und ich in radikaler Weise mein ganzes Leben ausgewechselt habe. Dann wieder legte er die diversen Möglichkeiten dar, Kontakt aufzunehmen und einen Hinweis auf meinen Verbleib zu übermitteln. Seine letzte Mail hingegen klang so, als spreche er mit einem Toten.

Immerhin, jetzt begriff ich den Bart in meinem Gesicht. Solche Bärte entstanden nun mal, wenn wochenlang nichts gegen ihren Wuchs unternommen wurde.

Als ich in den Casinoraum zurückkehrte, holte ich meinen vorletzten Geldschein aus dem Portemonnaie, tauschte ihn gegen Jetons ein und kehrte an den Platz neben Nybråten zurück. Er fragte mich, ob es mir gutgehe.

»Wieso?«

»Sie schauen aus, als hätten Sie ein Gespenst gesehen.«

»Stimmt. So könnte man es ausdrücken.«

Ich entschied mich nun, *gegen* die Farbe zu spielen. Im Grunde forderte ich das »böse Glück« heraus, mich endgültig fertigzumachen, dadurch, daß es ebenfalls sein System wechselte.

Tat es aber nicht. Nein, es begünstigte weiterhin die fast regelmäßige Abfolge von Schwarz und Rot, so daß ich mein gesamtes Geld zurückgewann. Als ich das Casino verließ, hatte ich null eingenommen und null verloren. Nybråten hingegen war um seinen gesamten Einsatz gekommen. Es kostete ihn ein Lächeln. Keine Frage, er war der Meinung, daß sich seine außerordentliche Stellung im Leben nur durch hohes Gewinnen oder hohes Verlieren ausdrücken ließ und ganz sicher nicht mittels der philiströsen Weise, einen Raum mit demselben Vermögen zu verlassen, mit dem man ihn betreten hatte.

»Morgen zum Frühstück?« bot er mir an.

»Ich schlafe lieber aus«, antwortete ich. – Um zehn Uhr vormittags würde die Fähre in Oslo anlegen.

»Wir sehen uns aber noch, oder?«

»Wir sehen uns«, versprach ich, dankte ihm für die Einladung und begab mich nach oben, während Nybråten die Bar aufsuchte.

In meiner Kabine fiel ich aufs Bett. »Kann man siebenundvierzig Tage einfach verlieren?« Mit dieser Frage schloß ich die Augen.

Der Schlaf war ganz nahe. Hätte ich die Hand ausgestreckt, ich hätte ihn berühren können. Unterstand mich aber. Statt dessen vernahm ich die Geräusche, die tief vom Boden des Schiffes zu mir drangen: den schweren Atem der Maschinen. Aber da war noch etwas anderes. Zum gleichmäßigen Rauschen der Motoren gesellte sich ... ja, es war Musik, so als hätte dort unten irgendein Maschinist eine Platte aufgelegt.

Wie wunderbar und verführerisch! Während ich gerade noch so wütend auf mein Schicksal gewesen war, das mich in diese unübersichtliche Situation befördert und mir nicht einmal einen dramatischen Verlust oder dramatischen Gewinn im Casino zugestanden hatte, fühlte ich mich versöhnt mit ebendiesem Schicksal, wie es mir da aus dem Unterleib des Schiffes eine derartige Musik hochschickte: Bachs *Air*.

Ja natürlich, tausendfach gespielt und tausendfach arrangiert, hin und her gebogen, verkitscht, versüßt, verpoppt; klassische Musik für Schlagerfreunde und Minderbegabte ... Und doch, es war ganz einfach das schönste Stück Musik, das sich denken läßt und das noch in der billigsten und laienhaftesten Interpretation seinen Zauber behielt.

Wie mußte man sich diesen Mann, der Bach gewesen war, eigentlich vorstellen? Hatte er wirklich begriffen, was er da tat? Eine Musik schreiben, die nichts anderes war als eine einzige lang anhaltende Träne, eine Träne, die Gott und der Mensch gemeinsam weinten.

Genau das geschah: Als ich das *Air*-Stück hörte, sammelten sich Tränen hinter meinen geschlossenen Augen.

Der Schlaf kam jetzt ganz nahe. Ich spürte seine Lippen und wie er mir die Tränen aufsaugte. Und ich begriff seinen Durst. Des Schlafes Durst nach dem Leben.

Krieg

17

Als ich erwachte, steckte unter der Brücke noch die Nacht. Nur zwischen den Streben war die Dämmerung schon als ein Schimmer von blauem Grau zu erkennen. Weil es hier unten aber noch so dunkel war, konnte ich gut das Herz der Generälin sehen, eine geduldige Sirene: ein errötendes Rot, das gleich darauf wieder verblaßte, errötete, verblaßte …

Das war schon echt betörend. Und obgleich ich noch nicht ganz in der Geschlechtsreife angekommen war, fragte ich mich, ob ich mich jemals mit einer Partnerin würde begnügen können, deren Herz ich *nicht* sehen konnte. – War ich also bereits verdorben für ein normales Spatzenleben? Ein Leben ohne Rüstung? Ohne die Bedeutung, die sich aus einem Dasein als Krieger ergab?

Die andere Frage war die, wie kräftezehrend es auf die Dauer sein würde, meine Träume – und damit meinen Schlaf – in Gestalt eines ermittelnden Polizisten zu verbringen, der gezwungen worden war, auf dem Weg nach Belfast einen Umweg über Oslo zu nehmen. Mir ging's nämlich ähnlich wie ihm: Im Laufe des Tages wurde ich mir sämtlicher Szenen meines zurückliegenden Traums bewußt und bekam auf diese Weise ein messerscharfes Bild der Geschehnisse geliefert. Zudem teilte ich die Gedanken des Kommissars, sein Wissen, sein Unwohlsein, erfuhr nicht zuletzt, wie er es empfand, in seinen Träumen ein Spatz zu sein.

Kein Zweifel, es bestand eine Konkurrenz zwischen unser beider Leben, dem meinen als Spatz und dem seinen als Kommissar.

Und wie jeder von uns die Existenz des anderen als bloßen Traum definierte, sich aber zugleich immer unsicherer wurde, ob das auch wirklich stimmte.

Um so entscheidender für mich, meine eigene Realität mit jedem Detail und mit aller Eindringlichkeit wahrzunehmen. Mich von meinem Leben zu überzeugen. Beziehungsweise es mit Überzeugung zu leben.

Und da kam mir meine Begeisterung für das leuchtende Herz einer Sperkgenerälin sehr entgegen. Was konnte Kommissar Blind dagegenhalten? Das Skifahrerherz eines Österreichers? – Ha, ich fand, daß das ziemlich absurd klang. So was dachte man sich eher aus, als daß es wirklich geschah, oder?

Ich löste mich aus meiner nächtlichen Starre, beutelte mein Gefieder und streckte meinen Hals, so daß mein Schnabel für einen Moment meinen höchsten Punkt bildete. Ich flog hinunter zu einer kleinen Wasserlache, an der ich zusammen mit einigen Belfastspatzen meinen Durst löschte. Ich merkte gleich, wie die anderen auf die Seite rückten, als ich dazukam. Was gar nicht darum geschah, weil ich ein Fremder war, ein Ausländer, einer, der roch, zumindest *anders* roch, sondern weil ich zu O'Neill gehörte. Auf eine gewisse Weise wurde ich hier als Sperk wahrgenommen. Einer ohne Rüstung, aber ein Sperk. Ein Jungsperk halt, der erst in seine auf ihn wartende Rüstung hineinwachsen mußte.

Mir war's recht. Es tat gut, diesen Respekt zu spüren. Auch ohne Rüstung eine Ausstrahlung zu besitzen, die einen Raum um mich schuf, in den einzudringen sich die anderen zweimal überlegten.

Ich flog wieder nach oben und sah, wie O'Neill mit einigen höherrangigen Belfastspatzen auf der Brüstung der Brücke hockte. Ihr Gefieder war jetzt derart illuminiert vom rötlichen Licht der aufgehenden Sonne, daß ihr Herz kaum zu sehen war. Ich landete links neben ihr, dort, wo man eine kleine Lücke für mich gelassen hatte.

Ich sagte: »Guten Morgen.«

Alle schauten mich an. Und zwar indigniert.

Stimmt, Spatzen sprechen. Aber sie sagen nicht »Guten Morgen«. Kommissare sagen das oder die Angestellten im Frühstückscafé und viele andere Menschen. Spatzen hingegen grüßen nicht den Morgen. Es ist eher ein Zunicken, das sie nach dem Aufwachen praktizieren, oder die Andeutung davon.

Darum sagte ich nun: »Entschuldigung.«

Die Generälin betrachtete mich streng. Als überlege sie, inwieweit es ein Fehler gewesen war, mich weiter an dieser Geschichte teilhaben zu lassen.

»Ich bin auf einem Bahnhof aufgewachsen«, versuchte ich mich zu rechtfertigen. Was freilich nicht der Grund war. Sondern mein traumgemäßer Hintergrund als menschliche Figur: mein blinder Fleck.

Immerhin, die Generälin lockerte ihren strengen Ausdruck und berichtete nun, ein Mann, auf den meine Beschreibung passe, habe gestern Abend im *Fitzwilliam* eingecheckt. Und ja, dieses Hotel befinde sich ebenfalls in der Great Victoria Street. Zwar habe dieser Mann keinen dunklen Wollanzug getragen, sondern hellgraues Leinen, doch sein Aussehen entspreche sehr dem von mir beschriebenen. Vor allem aber sei er mit denselben beiden Flugzeugen von Wien über London nach Belfast geflogen, mit denen ich und Pinesits angereist waren.

»Ich habe ihn nicht gesehen«, versicherte ich.

»Mag sein«, sagte O'Neill, »er war trotzdem an Bord. Vielleicht hast du dich zu sehr auf einen dunkelgrünen Wollanzug konzentriert. Weil du glaubst, so was wäre bei den Menschen angewachsen.«

Mein Gott, dachte ich, nur weil mir ein menschlicher Morgengruß herausgerutscht war, brauchte sie jetzt nicht schnippisch zu werden.

Aber das würde ich noch lernen, wie schnippisch Frauen grundsätzlich waren, die gescheiten wie die dummen. Es schien ein Prinzip ihres Umgangs mit dem anderen Geschlecht. Wie eine Rache. – Eine Rache wofür? Dafür, ein weniger kontrastreiches Gefieder zu besitzen?

O'Neill erklärte, man verfüge bereits über die Zimmernummer der Zielperson. Sie sagte: »Wir sollten rasch los. Solange der gute Mann, der sicher kein guter Mann ist, noch schläft.«

Ich antwortete: »Okay.« Okay sagen nämlich auch Spatzen.

Wir flogen los. Den kurzen Weg zum Hotel. Denn ganz unrecht hat *Wiki ohne starke Männer* ja nicht, wenn es behauptet, Belfast sei eine »kompakte Stadt«.

Beim *Fitzwilliam*, welches natürlich *The Fitzwilliam* hieß, handelte es sich um ein Fünfsternehotel. Ein massives Gebäude, das zur Vorderseite hin – nicht zuletzt dank der beiden geschwungenen F oben auf der Fassade – den Charme einer Bonbonniere besaß. Wenigstens bei Sonnenschein und blauem Himmel, wie glücklicherweise jetzt gerade. Wobei das Gebäude keinesfalls den Vergleich mit dem *Aurora Building* hätte aufnehmen können.

Niemals hätten die Spatzen hier eine Etage beanspruchen können oder wollen. So komfortabel dieses Hotel auch sein mochte, so teuer eingerichtet, es war viel zu niedrig, hatte viel zu wenig Stockwerke, um eins davon unauffällig in eine Spatzenburg zu verwandeln. Zudem wären die Sperks nie auf die Idee gekommen, sich – wie etwa in diesem Film mit John Malkovich – mit einem in der Horizontalen halbierten Stockwerk zufriedenzugeben und das Leben »halber Portionen« zu führen.

Nicht zuletzt war die äußere Gestalt dieses Gebäudes bei aller inneren Vornehmheit ... Also, das *Fitzwilliam* besaß einfach keinen Geist, es war nicht einmal richtig häßlich, nicht einmal ein Monster, es war einfach belanglos (außer man meint, Bonbonnieren seien von Belang). Es hatte zwar Fenster, aber kein Gesicht. Sein Stil war etwas, was man in Fachkreisen als »stuttgarterisch« bezeichnet. Gemäß der Information, die von den Spähern der Belfaster Spatzen stammte, mußte sich unser Mann in einem Zimmer der vierten Etage befinden. Und zwar dort, wo ein herauskragender Gebäudeteil jene Räume beherbergte, die sich als »de luxe« verstanden. Breite Fenster. Allerdings ... Fluch der Moderne: die Klimaanlage. Und damit natürlich geschlossene Fenster. Auch das von uns angepeilte.

Wir flogen eine Runde um das Gebäude, dann hoch zum Dach, wo wir zwei Männer sahen, bekleidet mit den weißen Kitteln von Kochgehilfen. Sie standen zusammen wie verliebte Schwäne und rauchten. Hinter ihnen eine offene Türe.

Wir hätten größer sein müssen, um von ihnen bemerkt zu werden. Obgleich doch die Rüstung der Generälin durchaus geeignet gewesen wäre, einem Menschen aufzufallen. Tat sie aber nicht. Die meisten Menschen sind fixiert auf *große* Sensationen, auf fliegende Elefanten oder, noch besser, auf abstürzende Elefanten.

So gelangten wir ungesehen in das Innere des Gebäudes. Und ebenso ungesehen in einen der Aufzüge, mit dem wir allerdings einige Zeit hinauf- und hinunterfahren mußten, bis die Kabine endlich im vierten Stockwerk zum Stehen kam und wir sie verlassen konnten.

Wir flogen zum Ende des Flurs und landeten vor der Türe, hinter der wir unseren Mann vermuteten. Allerdings schien er nicht mehr zu schlafen. Denn vorausgesetzt, er war die einzige Person in diesem Zimmer, so stand er gerade unter der Dusche. Wir konnten eindeutig das Geräusch des auf die harte Fläche eines emaillierten Bodens wie auch auf die weit weniger harte Fläche eines menschlichen Körpers niederprasselnden Wassers hören. Konnten allerdings nicht sagen, ob es sich um den Körper eines Mannes oder einer Frau handelte (wäre es jedoch ein Kind gewesen, wir hätten den Unterschied, der sich akustisch ergab, herausgehört: weniger Körper, mehr Email). Gewiß war, daß diese Dusche zu dem Raum gehörte, vor dessen Eingangstüre wir hockten und überlegten, wie da hineinzukommen war. Jedenfalls nicht mit einem Schlüssel. Die Schlüsselzeiten waren lange vorbei. Hoteltüren verlangten Plastikkarten (originellerweise also Objekte, mit denen früher Einbrecher und Spione elegant und leise Türen geöffnet hatten).

In diesem Moment des Überlegens vernahmen wir von drinnen näher kommende Schritte. Schritte, die so klangen, als stanze ein Specht winzig kleine Golflöcher in den Teppichboden. Die Türe ging auf, und wir mußten zur Seite hüpfen, um nicht vom Schuhwerk der heraustretenden Person erwischt zu werden. Aber es waren nicht die Schuhe eines Mannes. Männerschuhe verfügten so gut wie nie über zehn Zentimeter hohe Absätze und auch über keine dünnen Riemen wie diese beiden mit silbernen Nieten besetzten Sandaletten. Sandaletten, in denen nackte Füße steckten, die in nackte Beine übergingen und welche wiederum in einen Rock mündeten, den man – aus meiner bodennahen Position – auch für einen breiten Gürtel hätte halten können.

»Eine Nutte«, kommentierte die Generälin und meinte damit sicherlich die Frau, die soeben an uns vorbeimarschierte. Oder zumindest die Art, wie sie ging. Oder das Schuhmodell. – Gut, ich hatte das Wort noch nie gehört, kannte seine Bedeutung nicht. Auch nicht aus meinen Träumen.

Keine Zeit nachzufragen. Wir mußten uns beeilen, ins Zimmer zu kommen. Wobei half, daß die Frau, die »Nutte« hieß, sich nicht um das Schließen der Türe kümmerte. Die Türe glitt von selber wieder zu. Langsam genug für uns, um durch den Spalt zu fliegen und über den kleinen Vorraum in den großen Hauptraum zu gelangen, wo wir auf der Rückenlehne eines gelblichgrünen Samtsofas landeten. Welches aussah wie die ausgebreitete Haut eines Granny-Smith-Apfels. Hinter uns die Fensterfront, die hinüberzeigte zum Hauptquartier der *Presbyterian Church of Irland*, wo man passenderweise auch ein Konferenzzentrum und eine exklusive Shopping-Mall untergebracht hatte. Denn wenn man ehrlich war, ging es ja weniger um *God Save the Queen!* oder auch nur *God Save Ulster!*, sondern um *God Save the Market!*.

Wir saßen da an der Kante und schauten auf das breite Doppelbett, in dem die weißen Laken kreuz und quer lagen. Keine Frage, das war ein de-luxe-Bett, und gleichzeitig wirkte es auf mich… desolat. Ähnlich einem Nest, das aus den Fugen geraten war.

Direkt hinter dem Bett schien sich ein Schreibtisch zu befinden, denn ich konnte eine Lampe erkennen. In weiterer Folge ging zwar der Raum zu Ende, doch dank zweier auseinandergeklappter Türen öffnete sich der Blick auf das umfangreiche Badezimmer, beginnend mit einer Badewanne, seitlich fortgeführt von einer Nische, in der sich wahrscheinlich Waschbecken und Klomuschel befanden, während sich am Ende dieser Raumflucht eine Dusche von der Breite der Wanne zeigte. Das gesamte Badezimmer war mit kleinen weißen und schwarzen Fliesen ausgekachelt. Hinter der hohen Scheibe der Dusche stand ein Mann im kräftigen Wasserstrahl.

Er war nackt.

Klar, ein nackter Mann war keine Sensation. Aber ich hatte noch nie zuvor einen gesehen. Dort, wo ich mich bisher als Spatz herumgetrieben hatte, waren die Menschen angezogen gewesen. Und wenn ich also am Tag zuvor das Gefühl gehabt hatte, angesichts einer mit einer Rüstung bekleideten Sperkgenerälin gleichsam nackt dazustehen, dann war dieser Mann hier *doppelt nackt* zu nennen. Der Anblick seiner hellen Haut bescherte mir einen Grusel.

Und sie, die Haut, erinnerte mich an Kommissar Blind, der ja ebenfalls nicht zu den Braungebrannten oder von Natur aus Farbigen zählte. Aber natürlich war dieser dickliche und ältliche Mann dort drüben nicht Blind. Sondern … Ich hätte nicht mit hundertprozentiger Sicherheit sagen können, es sei derselbe Mann wie der, der damals auf dem Wiener Westbahnhof auf mich geschossen hatte, aber es war ganz eindeutig jener Mann, der Kommissar Blind auf dem Schiff nach Oslo angesprochen und sich einen Abend lang mit ihm unterhalten hatte: Nybråten.

Nybråten ohne graues Leinen, Nybråten nackt und naß. Das graue Kopfhaar und das weiße Barthaar hingen in glänzenden Zöpfen herunter, dazu ein kleiner feuchter Pelz auf der Brust, der einen leicht rötlichen Schimmer besaß, als sei dieser Mann in puncto Haar ein Schildpatt. Seine Arme und Beine waren fleischig, seine Oberschenkel verdienten ihren Namen.

Er war soeben dabei, sein Geschlecht einzuseifen, auf welches er mit einem strengen Blick hinuntersah. Und nicht etwa auf uns, die wir da auf der Sofakante saßen.

»Wie häßlich Menschen sein können«, kommentierte die Generälin im Ton eines Kopfschüttelns.

»Nybråten«, sagte ich.

»Wie bitte?«

Es war mir einfach herausgerutscht. Zu spät, um es zurückzunehmen. Also wiederholte ich: »Nybråten. So heißt der Mann.«

»Und woher weißt du das?«

Ich hätte mich in den Hintern zwicken können, meinen Schnabel nicht gehalten zu haben. »Ich weiß es einfach.«

»Gestern aber noch nicht, oder?«

»Stimmt, gestern noch nicht.«

»Aha! Hattest du eine Vision während der Nacht?«

Warum nicht? So konnte man es eigentlich ausdrücken. »Eine Eingebung.«

»Grundgütiger!« stöhnte die Generälin. »Ein hellsichtiger Jungspatz.«

Dann aber fiel ihr Blick auf ein Beistelltischchen rechts neben dem Sofa. Sie rückte ein Stück näher und gab einen Laut des Erstaunens von sich. Noch einmal sagte sie: »Grundgütiger!« Und dazu: »Da steht es: Nybraten.«

Ich hüpfte zu ihr hin und schaute nun ebenfalls auf das Schriftstück. Und wirklich, der Name stand in gedruckten Lettern in der Mitte eines großen weißen Kuverts. Allerdings ... Ich sagte: »Es fehlt der kleine Kreis über dem a.«

»Was fehlt?«

»Der Kreis. Das nordische å. Ein a, das lieber ein o wäre.«

Da war es wieder, das plötzlich in mich hineinströmende Wissen. Die massive Einflüsterung. Und weiter erklärte ich: »Der Mann ist schließlich gebürtiger Norweger. Offensichtlich hat man übersehen, seinen Namen korrekt zu schreiben.«

»Woher weißt du das ...? Nein, sag's nicht. Eingebung, richtig?«

Nun, wenn sie schon so fragte. »Ja, richtig.«

O'Neill sprang hinüber auf die seitliche Kante des Sofas und von dort auf die kleine Fläche des Tischchens, um mit ihrem Schnabel das fehlerhaft beschriftete Kuvert zur Seite zu schieben und damit den Blick freizugeben auf das darunter liegende Papier.

»Fuck!« gab sie von sich. – Schon komisch, »guten Morgen« sagte kein Spatz, »fuck« aber alle.

Doch die Generälin hatte schon recht, es war wirklich *fuck*. Ich erkannte sofort, daß es sich um einen Konstruktionsplan handelte, der die 33. und 34. Etage sowie das zwischen ihnen gelegene Sperksstockwerk des *Aurora Building* zeigte. Und zwar auf die allerpräziseste Weise. Man sah darauf auch sämtliche »Eingeweide«: die Schächte und Leitungen und Wandverkleidungen sowie am Rand diverse Notizen, die sich – wie mir O'Neill jetzt erklärte – auf die Materialeigenschaften dieser Wände, Türen und Fenster bezogen. Etwa auf den Umstand, daß die Fenster der Sperksetage von absolut keinem Geschoß zu durchdringen waren. Und es also gar nichts genutzt hätte, noch so teure und noch so spezielle Spezialmunition zu verschwenden. Vor allem aber …

O'Neill sagte: »Warum muß es immer einen geben, der zum Verrat neigt?«

»Was für ein Verrat denn?« fragte ich.

O'Neill deutete mit ihrem Schnabel auf eine Stelle in der Mitte des Plans. Dabei handelte es sich um eine Röhre, die zwischen zwei Aufzugschächten hoch- und hinunterführte und über einen Zugang zum Innenraum der Sperksetage verfügte. Ein Zugang, der viel größer war als der, durch den ich zusammen mit Pinesits Eintritt erhalten hatte. Ein Zugang nicht allein für Spatzen, auch für Menschen und Maschinen. Ein Zugang, der aus bautechnischen Gründen nötig gewesen war und der auch weiterhin bestehen mußte, um etwa den Austausch jener Boxen zu bewerkstelligen, die das schwebende Ringsystem der Sperksetage bildeten und die periodisch durch neue Generationen von Boxen ersetzt wurden (hergestellt von Leuten, die für die Sperks arbeiteten, ohne freilich zu wissen, daß ihre Auftraggeber Spatzen waren; ein solches Wissen hätten sie kaum verkraftet).

Der Plan zeigte auch, wie dieser Zugang sowohl hinunter in den Keller als auch hinauf aufs Dach führte, dort verbunden durch Türen, die es offiziell natürlich nicht gab und die dennoch existierten. Und die als Türen auch gar nicht erkennbar waren, wenn man nicht wußte, wonach man zu suchen hatte. Türen, die praktisch unsichtbar in die Wände übergingen, in die sie eingefügt waren. Keine Klinken, keine Schlösser oder Lesegeräte, hingegen »sensible Stellen«, *Häute*, auf die man seinen Finger oder seinen Schnabel plazieren konnte und allein mit einem sanften Druck die Öffnung bewerkstelligte. Tat man es zu kräftig, blieben sie verschlossen. Der Plan zeigte diese Punkte und definierte die genaue Druckstärke. Allerdings konnte man, wenn man genau wußte, wo sie eingebaut waren, die Türen auch aufsprengen.

Denn was bei den Fenstern *nicht* funktionierte, bei den Türen *schon*.

So unverzichtbar diese Verbindung zwischen Sperksetage und Außenwelt war, bildete sie die eine Schwachstelle dieser so gut wie uneinnehmbaren »Burg«. Wobei jede Schwachstelle – wie O'Neill soeben festgestellt hatte – oft erst zu einer solchen wird dank der Schwäche eines einzelnen.

Dem Verräter von Geheimnissen.

Einem sogenannten Bäcker, wie Spatzen es ausdrücken, wenn sie von jenen sprechen, die aus Gründen der Vermögenserweiterung oder aus Gründen der Überzeugung Geheimnisse ausplaudern, was möglicherweise mit der Phrase zusammenhängt, jemand würde »seine eigenen Brötchen backen«.

Das war es, was mir O'Neill erklärte. Daß diese Pläne nicht etwa aus einem der Architekturbüros stammen konnten, die einst für den Entwurf und Bau des *Aurora Building* zuständig gewesen waren. Pläne, die man zur Gänze vernichtet hatte. Nein, ein Sperk selbst mußte die Einzelheiten an Nybråten weitergegeben haben. Nur ein hochstehender Sperk sei heutzutage noch in der Lage, einem Menschen zu verraten, wie er in das Herz des Gebäudes eindringen konnte.

»Das hier ist ein verdammter Hinterhalt«, schloß O'Neill.

Und da hatte sie wirklich recht.

Im gleichen Moment vernahm ich ein Geräusch, das so war, wie wenn jemand sagt: »Kein Pardon mehr!«, sich dabei aber die Hand vor den Mund hält. Das Geräusch eines gedämpften Pistolenschusses.

Der freie Blick auf das Badezimmer war kein Zufall gewesen. Denn natürlich bedeutete es umgekehrt einen freien Blick vom Badezimmer in den Wohnraum. Von der Dusche aufs Sofa. Beziehungsweise auf das Tischchen neben dem Sofa, darauf sich ja nun nicht nur ein Kuvert mit Nybråtens unkorrekt geschriebenem Namen und ein sehr kompletter Gebäudeplan des *Aurora Building* befanden, sondern derzeit auch zwei Spatzen saßen.

Zwei Spatzen, die Nybråten erwartet hatte.

Er war, ohne die Dusche abzudrehen, aus ihr herausgetreten

und hatte nach einer bereitgelegten Waffe gegriffen, sie angehoben und geschossen.

Swwuuuup! – O'Neill flog davon. Allerdings nicht aus eigener Kraft. Sondern angetrieben von dem Projektil, das sie voll erwischt hatte und nun durch die Luft trug, bis sie gegen den unteren Teil des wandhohen Fensters prallte. Regungslos fiel sie zu Boden. Regungslos, aber ohne ein Loch im Körper. Denn keine Kugel wäre imstande gewesen, ihre Rüstung zu durchdringen. Freilich war die Wucht des Geschosses dennoch enorm gewesen.

Ich schaute hinunter zu O'Neill und rief sie. Keine Antwort. Immerhin, ich konnte deutlich die Auf-und-Ab-Bewegung ihres Herzens erkennen, den anhaltenden Wechsel von Erröten und Erblassen. Es war kein Sterben, das ich sah. Nur eine Pause. Ein willenloses Verschnaufen.

Ich wandte mich um und blickte hinüber zum Badezimmer. Betrachtete den nackten, tropfenden, vom warmen Wasser dampfenden Mann, der seine Waffe ein kurzes Stück schwenkte, um mich ins Visier zu nehmen. Diesmal jedoch unter sehr viel besseren Bedingungen als in der Schalterhalle des Wiener Westbahnhofs. Ich war mir jetzt sicher, daß Nybråten auch der Mann war, der damals versucht hatte, mich zu töten. Klar, er würde seinen Fehler nicht wiederholen und mich mit einem Streifschuß davonkommen lassen. Eher geschah hier eine Art von Strafstoß, ein Elfmeter, der ein Sechsmeter war. Und es darum ging, den Torwart zu treffen. Den Torwart zu bestrafen.

Er drückte ab.

Es stand außer Frage, daß diese Kugel, als sie da durch den Schalldämpfer austrat – und damit der Ruf vom Ende jeglichen Pardons erneut wie von einer vorgehaltenen Hand gemildert schien –, daß diese Kugel sich auf einem perfekten Weg in Richtung auf meinen Spatzenkörper befand. Viel zu schnell, als daß ich noch die Möglichkeit gehabt hätte auszuweichen. Nicht mal die paar Zentimeter, die nötig gewesen wären, abermals mit einem Streifschuß davonzukommen. Ich stand in der Mitte des Tors und würde den Ball fangen, ob ich wollte oder nicht. Keine Chance.

Fast keine. Die einzige Möglichkeit, die sich auftat …

Man denkt nämlich sehr viel schneller, als man in der Lage ist, sich zu bewegen, sogar schneller, als eine Pistolenkugel zu fliegen imstande ist. Gedanken sind mitunter mit etwas unterwegs, was wir – nicht nur in der Science-fiction – »Überlichtgeschwindigkeit« nennen. Und während nun die Kugel unausweichlich auf mich zuflog, rasend schnell, keine Frage, aber weder mit Licht- noch mit Überlichtgeschwindigkeit, hatte ich immerhin genügend Zeit, mir etwas zu überlegen, das vielleicht verhindern konnte, demnächst tödlich verletzt zu werden.

Ich mußte einschlafen.

Stimmt, es war nur eine Theorie. Aber eine begründete Theorie. Immer wenn ich eingeschlafen war, war Kommissar Blind erwacht, um sein Leben und seine Geschichte fortzuführen, und umgekehrt ebenso. – Wir beide waren eine Kette von sich abwechselnden Elementen, wo jedes für sich stand, die aber dennoch ineinandergriffen. Wie bei diesem Hit aus den siebziger Jahren: *From New York to L. A., from L. A. to New York.* Und mir nun die Idee kam, mich in ein Blindsches »Element« zu flüchten, bevor ich von Nybråtens Kugel getroffen wurde. In L. A. anzukommen, bevor noch in New York mich das Projektil erreicht hatte.

Der Haken bei meiner Theorie war sicherlich der, daß ja, während ich schlief und träumte und während Blind schlief und träumte, die jeweilige Zeit nicht anhielt, vielmehr die Stunden in der üblichen Weise vergingen. Beziehungsweise die Sekunden oder Minuten eines Sekunden- oder Minutenschlafs. – Hätte es, während ich schlief und Blinds Leben lebte, in meiner Spatzenwelt ein Erdbeben gegeben, hätte es wohl kaum etwas genutzt, das Erdbeben zu verschlafen.

Andererseits überlegte ich, inwieweit das sofortige Einschlafen und das damit einhergehende sofortige Erwachen des Kommissars Blind diesem die Möglichkeit gäbe, in seiner Welt etwas zu tun, was dann eine Auswirkung auf meine eigene hätte, sobald ich wieder erwacht war. – Also: Was wäre, gelänge es Blind, Nybråten auf der Reise nach Oslo aus dem Weg zu räumen, seine Existenz zu beenden? Würde das – zumindest rückwirkend – die Situation verändern, in der ich mich gerade befand?

»Blödsinn«, sagte der Albatros in meinem Kopf. »Selbst wenn Blind Nybråten außer Gefecht setzt und damit derselbe Norweger hier im Badezimmer zusammenbricht oder sich sogar in Luft auflöst – was nützt's? Die Kugel fliegt ja bereits. Sie fliegt, ganz gleich, was noch mit Nybråten geschieht.«

»Vielleicht«, sagte ich.

»Ganz sicher.«

»Ach was«, dachte ich mir, »auch Albatrosse können irren.«

Und überlegte, daß, indem ich augenblicklich einschlief und ebenso augenblicklich in Gestalt des Kommissars Blind erwachte, zumindest die Möglichkeit eines Aufschubs gegeben war. Selbst wenn die Kugel demnächst meinen Körper querte, so würde ich mich da bereits in der Welt dieses deutschen Polizisten befinden. Träumend würde ich eine Verlängerung genießen, zumindest so lange, bis Blind wieder einschlief und in einem Spatzen erwachte, der dann tot war.

(Dies ist vielfach von Spatzen im Zuge sogenannter Nahtoderfahrungen berichtet worden, daß man nämlich trotz eines im Schlaf stattfindenden Herzstillstands den bereits begonnenen Traum weiterträumt. Und man nachher halt weiß, bereits tot gewesen zu sein, aber weitergeträumt und im Weiterträumen doch noch die Kurve gekratzt zu haben. – Klar, aufgeklärte Spatzen halten derartige Dinge für unwissenschaftlich. Für so unwissenschaftlich wie den Glauben, es könnte selbst nach dem Tod mancher Vögel noch zu einem Wachstum ihrer Federn kommen. Doch ich war jetzt bereit, vieles zu glauben.)

Und dachte all dies also mit Überlichtgeschwindigkeit, während die Kugel eben erst den Lauf verlassen hatte. Dennoch wollte ich nicht bis zum letzten Moment warten. Auch Licht hat seine Grenzen. Ich schlief augenblicklich ein. Ein und weg.

From New York to L. A.

18

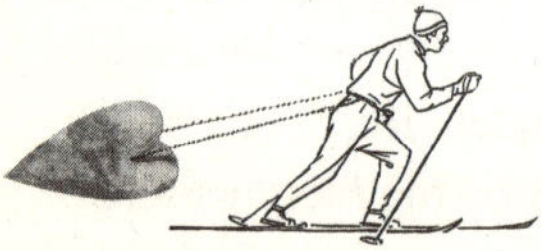

Ich fuhr aus dem Traum hoch, ein Schweißtuch meiner selbst, obgleich ich doch selten schwitzte. Über mir der Plafond meiner Schiffskabine mit ihren diversen kleinen Lämpchen. Immerhin, es war nicht wieder stockdunkel wie beim ersten Mal, als ich auf diesem Schiff erwacht war.

Ein Blick auf die Uhr zeigte mir, daß es kurz nach Mitternacht war. Und indem ich den Fernseher einschaltete und den schiffseigenen Informationskanal wählte, konnte ich mit Erleichterung feststellen, nicht schon wieder siebenundvierzig Tage verloren zu haben. Nein, soeben hatte der 26. März begonnen, der in bester Tradition dem 25. desselben Monats folgte. Immerhin, so viel Ordnung bestand also.

Aber sonst?

Wie war das eben noch gewesen? In meinem ... Traum?

Diesmal brauchte ich nicht mehr einen halben Tag zu warten, bis der Nebel verschwunden war und sich die Bilder vor meinem geistigen Auge zusammengesetzt hatten, vielmehr taten sie es mit der Rasanz eines in Zeitraffer aufgenommenen Legespiels. Eines Spatzenpuzzles der besonderen Art. Ich erkannte somit das aus dem Schalldämpfer tretende Projektil, das im Vergleich zur Überlichtgeschwindigkeit der Quimpschen Gedanken geradezu in einem Gelee der Zeit zu stecken schien und nur äußerst langsam vorankam, nichtsdestotrotz in jenem Punkt landen würde, dem es zugedacht war. Auch vernahm ich die Gedanken des Vogels, dem diese Kugel galt und der sich eiligst in den Schlaf geflüchtet hatte.

Und damit hinein in die Existenz jenes Mannes, welcher ich war, ein Mann, auf den ja glücklicherweise nicht geschossen wurde. Zumindest im Moment nicht.

Ganz ehrlich, ich war der gleichen Meinung wie der Albatros. Diese Aktion brachte nichts. Die Kugel war unweigerlich und unbremsbar unterwegs, brauchte sich nicht mehr darum zu kümmern, was mit dem Schützen hier oder dort, früher oder später geschah. Quimp war des Todes. Bedauerlich, aber wahr. Auch wenn ich natürlich keinem meiner Bekannten davon erzählt hätte, wie bedauerlich, aber wahr das war. Gut, meine Bekannten befanden sich ohnehin in weiter Ferne.

Ich verhielt mich somit völlig normal, indem ich aus dem Bett stieg, in das kleine Badezimmer wechselte, meine Blase entleerte und mich eilig unter die Dusche stellte, um eine angenehme Wärme auf meine kaltfeuchte Haut zu befördern. Eine Wärme, die auch meinen Unterleib erfüllte. Ich hätte jetzt wirklich große Lust auf Sex gehabt. Aber nicht mit mir selbst. Auf Onanie verzichtete ich unter allen Umständen. Das mochte lächerlich und altmodisch klingen, doch Selbstbefriedigung erschien mir als eine Schwäche und als unappetitlich. Und auch wenn das jetzt die Diplompsychologen auf den Plan ruft: Es erinnerte mich ans Nasenbohren und sich dabei die Popel herauszuziehen, ganz zu Schweigen vom Verzehr dieses Sekrets.

Kein Wichsen unter der Dusche also. Aber eine gewisse Härtung meines Glieds beim Wunsch nach einer Frau.

Wie spät war es? Sollte ich hernach noch an die Bar gehen? Ganz sicher gab es dort eine paar betrunkene Norwegerinnen. Wollte ich das? Eine betrunkene Norwegerin?

Ich cremte mich sorgfältig ein und überlegte, was sich jetzt wohl Quimp denken würde. Wie es ihn – der nicht einmal das Wort *Nutte* kannte – irritieren mochte, mich auf diese Weise denken zu hören. Über Sex mit betrunkenen Frauen. Er, der offensichtlich für ein sichtbares Organ zu schwärmen begonnen hatte. Etwas… Nun, ich konnte das schon verstehen, daß ihm diese Generälin gefiel und wie sehr ihn die Außerordentlichkeit eines »offenen« Herzens anzog.

Okay, ich verdrängte vorerst einmal den Gedanken an eine willige Frau und vollendete bei erschlaffendem Glied meine Waschung. Hernach stellte ich mich vor den Badezimmerspiegel und begann mich zu rasieren. Der in beinahe zwei Monaten gewachsene Bart mußte verschwinden, obgleich er mir sogar gefiel. Ich sah mit ihm ein wenig aus wie der bärtige George Clooney, während ich ohne Bart Ähnlichkeiten mit einem blassen Colin Firth besaß (was wiederum die von mir bereits erwähnte Mischung aus Liam Neeson und Sam Shepard ergab). Sosehr es vielen Frauen als ein schlechter Tausch erscheinen mag – jeglicher Wechsel von Clooney zu wem auch immer –, für mich bedeutete es eine Rückkehr zum Gewohnten und Vertrauten. Eine zumindest optische Verdrängung der siebenundvierzig-Tage-Lücke.

Ich schlüpfte in ein weißes Hemd und einen dunkelgrauen Anzug – die immer noch einzige überzeugende Kombination, über die Männer ab Vierzig verfügen, wenn sie nicht schwul sind. Die Krawatte ließ ich weg, denn dafür war es einfach zu spät, während wiederum nichts schlimmer ist als gelockerte Krawatten. Männer mit gelockerten Krawatten verströmen den simplen Umstand eines im Grunde deprimierenden Lebens, dessen Sinn und Unsinn darin besteht, einen Beruf zu haben und erschöpft zu sein.

Die beiden obersten Hemdknöpfe geöffnet, zudem mit aufgefrischter »Kriegsbemalung«, verließ ich meine Kabine und begab mich nach unten. Auf der »Einkaufsstraße« flanierten nur noch wenige Leute, der Barbereich hingegen war gut gefüllt. An den Tischen kleine Gruppen, an der Theke Männer und Frauen eng gestellt. Glücklicherweise löste sich soeben jemand vom Tresenrand, dort, wo ein breites Fenster aufs Meer wies. Ein Meer, das man freilich im Moment nicht sehen konnte. Was ich allerdings sah … nun, es waren Schneeflocken, die im Dunkel rasch vorbeitrieben. Gleich einem Haufen ohnmächtig gewordener Teenager.

Wie schön! Meeresschnee im späten März. Schnee, durch eine Scheibe betrachtet, war mir der liebste Schnee. Aquariumsschnee.

Ich rutschte auf den frei gewordenen Hocker. Von meiner Position aus betrachtete ich die aufgereihten Flaschen und entschied mich für einen Whisky, den ersten meines Lebens, darum auch einen Ardbeg. Ich begann schlichterweise mit einem A-Whisky.

Ich kostete aber vorerst nicht, sondern handelte wie früher, indem ich in kurzen Abständen meine Nase über das Glas führte.

Wonach roch das?

Ich erinnerte mich, einst von einem »Angels' share« gelesen zu haben, einer Teilverdunstung im Rahmen der Faßlagerung, einer Abgabe an die Engel. Nun, mir kam so vor, als hätte der Engel hier nicht nur etwas mitgenommen, sondern auch etwas zurückgelassen, nicht unbedingt Kot oder Urin oder Blut, aber doch eine Art von Ausdünstung: Schweiß, Engelsschweiß, logischerweise stark bestimmt von dem Umstand, daß er, der Engel, eine ganze Menge Whisky konsumiert hatte. Trinken und schwitzen. Folglich konnte man am Geruch dieses Whiskys ganz gut erkennen, wie selbiger mittels Engelskörper gefiltert worden war. Er roch, gelinge gesagt, aufregend.

Und als ich nun doch einen Schluck versuchte, dann nicht einfach nur, um Alkohol zu trinken, sondern mir damit auch etwas von dieser zwar immateriellen, aber dennoch geflügelten sowie alkoholabhängigen Existenz einzuverleiben. Nicht zuletzt die Sexualduftstoffe, über die ein jeder Schweiß verfügt, sicher auch der von Geistwesen, deren Geschlechtlichkeit sich vermutlich von der unseren dadurch unterscheidet, praktisch mit *allen* Dingen Sex zu haben, mit Menschen, Tieren, Gegenständen und eben auch mit Whisky.

Ich trank.

Ich schaute mich um.

Ich dachte nach.

Und Klischee hin oder her, mein Schwanz dachte mit.

Erst im nachhinein würde ich begreifen, wie sehr es auf reiner Einbildung beruhte, mir diese eine Frau ausgewählt zu haben, ihren Blick gesucht zu haben. Nein, ihre Kunst bestand ganz sicher darin, einem Mann dieses Gefühl zu geben, auch wenn es genau umgekehrt war. Sie hatte mich bereits betrachtet und begutachtet und analysiert, da war ich noch damit beschäftigt gewesen, mir Gedanken über den Anteil der Engel nicht nur am

Verlust von Alkohol und Wasser, sondern auch am Gewinn von Geschmack zu machen.

Doch in diesem Moment meinte ich, sie sei *meine* Entdeckung. Das silberblonde lange Haar glatt, zu den Spitzen hin gewellt, zum schmalen Gesicht große Augen und volle Lippen. Lippen wie aus einer Tomatensuppe herausgeschnitzt, also nicht etwa flüssige Lippen, aber doch gleich etwas Flüssigem als Standbild. Eingefroren, jedoch warm eingefroren. Die ganze Frau schien warm eingefroren. So, wie später einmal die Roboter sein würden, wenn sie gelernt hatten, sich elegant zu bewegen.

Die vielleicht Fünfundzwanzigjährige saß mit einem Mann zusammen, der ungefähr in meinem Alter war.

Warum auch immer, mir fiel jetzt ein, nach Nybråten Ausschau zu halten. Ich hob den Kopf, blickte hinüber zu den vielen Tischen entlang der Brüstung. Aber ich konnte ihn nirgends entdecken.

Als ich wieder zu der Frau sah, trafen sich unsere Blicke. Jemand wie Quimp würde sagen: mit Überlichtgeschwindigkeit, aber dafür wiederum ziemlich lange. Lange genug jedenfalls, um mir sicher sein zu können, sie habe mich wahrgenommen. Wahrgenommen und angestrichen. Mit etwas von der Tomatenfarbe ihrer Lippen.

So geschah es noch drei-, viermal, daß unsere Blicke sich kreuzten. Dann sah ich, wie der Mann neben ihr vom Hocker rutschte und sich entfernte. Na ja, es konnte gut sein, daß er einfach die Toilette aufsuchte. Doch die Frau mit der Kombination aus glattem Haar und Locken schaute in der Folge derart herausfordernd und einladend zu mir herüber, daß ich mein Whiskyglas nahm und um die Theke herum auf sie zuschritt.

Das Kleid, das sie trug… Es ließ mich an eine hübsche Szene aus einem Buch von John Irving denken, wo ein Kind von einem Geräusch spricht, das so ist, »wie wenn jemand versucht, *kein* Geräusch zu machen«. Dieses Kleid wiederum erinnerte an ein Kleid, wie wenn jemand versucht, *kein* Kleid zu tragen. Was bedeutete, von dieser Frau eine sehr genaue Vorstellung zu bekommen, wie sie nackt aussehen würde. Schlank, aber kompakt schlank; feste mittelgroße Brüste; die breiten Schultern einer

Schwimmerin; der Bauch mit einer leichten, ebenmäßigen Wölbung; die Hüften gerade, aber nicht kerzengerade, eher gerade wie die Dinge, die rund sind, aber in ihrer Ausdehnung gerade erscheinen (am berühmtesten die Erde); lange Beine, Beine, die auf dem bis zu den Knien reichenden Rock eine durchscheinende Skizze bildeten; und eine braune Haut selbst dort, wo üblicherweise Bikiniteile weiße Flecken hinterließen.

Obwohl sie saß, war ich überzeugt, daß sie – zumindest in Union mit ihren Stöckelschuhen – mich um einige Zentimeter überragte, obgleich ich ja nicht gerade klein bin. Aber warum auch nicht? Beim Sex war es wie beim Judo, wo ich mich auskenne, und ich denke, auch beim Tanzen, wo ich mich nicht auskenne: daß es sicher kein Nachteil ist, ein bißchen kleiner zu sein als sein Gegner.

Sie zeigte mit ihren Augen auf den frei gewordenen Hocker neben sich.

»Kommt Ihr Freund nicht mehr?« fragte ich, es erst einmal mit Deutsch versuchend.

»Kein Freund. Aber Sie haben recht, er kommt nicht mehr«, sagte sie. Ihre Stimme war etwas tiefer, als ich erwartet hatte. Und frei von einem nordischen Akzent. Eher ein Tick Slawisch.

Ich stellte also mein Glas ab, schob meinen Hintern auf die lederne Fläche des hohen Sitzes und nahm eine Position ein, bei der meine Beine zur Bar zeigten, mein Oberkörper aber zu der Frau, nach deren Namen ich mich jetzt erkundigte.

Sie erklärte: »Raten Sie!«

»Wie bitte?«

»Meinen Namen. Raten Sie, wie ich heiße.«

Mein Gott, wie viele slawische Frauennamen kannte ich überhaupt? Zum Beispiel ... Milena! Klar, daß ich – der von der österreichischen Literatur Infizierte – zuerst an Kafkas Milena dachte.

Ich sagte also: »Milena.«

Sie darauf: »Warum nicht? Gefällt mir.«

»Und wie heißen Sie wirklich?«

»Ich trage immer genau den Namen, von dem mein Gegenüber meint, daß er zu mir paßt.«

Nun, das klang schon ziemlich danach, als gehöre dies zu ihrem Angebot an eine potentielle Kundschaft. Eine Kundschaft, die sich eben nicht nur eine bestimmte Praktik wünschen durfte, sondern auch einen bestimmten Namen der Praktizierenden. – Sollte ich wirklich annehmen, sie sei eine Professionelle? Hier auf diesem Schiff, wo absolut der falsche Platz dafür gewesen wäre, trotz der durchgehenden norwegischen und deutschen Sauferei an allen Ecken und Enden? Denn es war doch naheliegend, daß an Bord ein strenges Prostitutionsverbot bestand. Und die Möglichkeit zur Flucht gering war.

Ich fragte sie aber nicht, ob sie hier »arbeite«, sondern wollte wissen, wie sie von dem Mann, der vor mir an dieser Stelle gesessen hatte, genannt worden war.

»Natascha. Aber das ist ein Name, den ich gar nicht leiden mag. Darum hab ich den Kerl auch weggeschickt. Wenn einer mich Natascha nennt, hat er … wie sagt man bei Ihnen, *ausgeschissen*?«

»Und Milena gefällt Ihnen also?«

»Ja, wunderbar. Er fühlt sich gut an, der Name. Er duftet gut. Er duftet wie Rosenblätter, wenn sie eine Weile im Wasser liegen.«

»Und zu mir?« fragte ich. »Welcher Name paßt zu mir?«

Sie betrachtete mich mit dem Blick einer Künstlerin, die gerade darangeht, aus einem Menschen eine Skulptur zu machen (also den umgekehrten Weg geht als den, den ich mir zuvor – meine sehr weiße Haut registrierend – vorgestellt hatte), dann sagte sie mit ihrer hübschen Gewitterstimme: »Matthew.«

»Ist das nicht Englisch? Beziehungsweise Hebräisch?«

»Ja, sicherlich. Aber ich finde, Matthew paßt zu Ihnen. Meinen Sie nicht auch?«

Nun, im Vergleich zu meinem tatsächlichen Namen …

Das war der Moment, da ich in einer Weise erschrak, die weit über den Schrecken hinausging, den die Kenntnis mir beschert hatte, die letzten siebenundvierzig Tage vergessen oder verschlafen zu haben.

Mein Vorname?!

Wenn ich jetzt versuchte, an meinen Vornamen zu denken, fiel mir immer nur der Begriff »Kommissar« ein, Kommissar Blind, aber eben nicht ein Vorname, Herbert Blind oder Michael Blind oder … Es machte in keiner Weise *klick!*. Vielmehr war da ein Loch, ein sechs, sieben, vielleicht acht Buchstaben großes Loch, in das nun mit Beharrlichkeit der Name Matthew hineinrutschte. – Ich nahm ihn wieder heraus, er aber rutschte zurück. Und konnte das ja nur, weil mir einfach nicht der Name einfiel, der hier ursprünglich seinen Platz gehabt hatte und die Lücke hätte schließen können.

Vorausgesetzt, daß ich überhaupt je einen Vornamen besessen hatte. Und nicht etwa jemand war, der sich erst nach und nach zusammensetzen mußte – von der Skulptur zum Menschen oder aber vom Menschen zur Skulptur – und der zwar bereits eine ganze Weile als Kommissar unterwegs gewesen war sowie als ein Mann namens Blind, aber ohne echten Vornamen.

Bis nun diese Frau …

»Sie haben recht«, sagte ich ernst, geradezu demütig, »ich heiße Matthew.«

»Meine Güte, ich wollte aber nicht, daß Sie das für ein Todesurteil halten.«

»Nein, nein, schon gut. Es ist ein schöner Name. *Matthew*. Ich hätte es wirklich schlimmer treffen können.«

»Matthew und Milena«, meinte die Frau in einem rauchig-singenden Ton. »Und was machen Sie so, Matthew?«

»Eigentlich bin ich Polizist.«

»Eigentlich?«

»Ach, wissen Sie, bei mir ist gerade viel durcheinandergeraten.«

»Ein Polizist in was denn? Verfolgen Sie die Bösen?«

»Würde ich die Guten verfolgen, gäb's kein Geld dafür.«

»Aber geh, Matthew! Tät' der Staat Sie dafür bezahlen, wären Sie dann nicht auch bereit, die Guten zu verfolgen?«

Keine schlechte Frage, schließlich war es nicht meine eigene Entscheidung, hinter wem ich her war. Das war zu jeder Zeit eine politisch gewachsene, auch wenn ich meinte, sie in aller Regel zu teilen.

Ich sagte Milena, mein Aufgabenfeld betreffe die organisierte Kriminalität. In diesem Bereich würde sich die Präsenz der Guten sehr in Grenzen halten.

»Ja, schon. Aber in den Vorständen der börsennotierten Konzerne halten sich die Guten doch auch in Grenzen, oder nicht?«

»Um Himmels willen, Milena, Sie schauen mir gar nicht wie eine Revoluzzerin aus.«

»Dafür aber schauen Sie mir wie ein Träumer aus«, entgegnete sie.

»Komisch, daß Sie das sagen.«

»Wieso? Hat Ihre Mutter das auch schon gemeint?«

Immerhin, ich war jetzt doch ziemlich beruhigt, bei der Erwähnung meiner Mutter sogleich das Bild einer bestimmten Frau im Kopf zu haben, die diese Mutter war, und nicht etwa wie bei meinem Vornamen in ein leeres Loch zu stieren. Nein, gut erkennbar tauchte die Gestalt der Frau auf, von der ich nach dem Weggang des Vaters allein großgezogen worden war und die ich vor acht Jahren zu Grabe getragen hatte. Und die mich in der Tat gerne einen Träumer genannt hatte. Daß mich dieser Begriff jetzt derart in den Bann zog, hatte freilich andere Gründe. Ich sagte: »Sie haben recht, Milena, ich gehöre eher zu den Vielträumern.«

»Ich meinte es ...«

»Ich weiß, wie Sie es meinten. Trotzdem. Ich finde es schon bemerkenswert, daß Sie das jetzt ansprechen.«

»Ach was, wir reden doch einfach rum, oder?« fand sie. »Zur Überbrückung.«

»Und was ist am Ende der Brücke?«

Sie fragte zurück: »Wie groß ist Ihre Kabine?«

»Wieso? Gibt es hier verschiedene Größen?«

»Es gibt auch Luxus.«

»Ich denke nicht, daß ich Luxus habe. Nicht mal ein Fenster zum Meer hin.«

»Gut«, sagte sie, »das finde ich ohnehin besser. – Gehen wir zu Ihnen.«

»So rasch?«

»Wollen Sie noch weiterreden?«

Wollte ich noch weiterreden? Über das sogenannte Gute und das sogenannte Böse?

Ich gab dem Barkeeper ein Zeichen und zahlte, wobei auf der Rechnung auch zwei Gläser Bier standen, die weder von mir noch von Milena stammten. Offenkundig jedoch von dem Mann, der zuvor hier gesessen hatte und … Ich hätte etwas sagen können, aber ich sagte nichts. Immerhin verfügte ich noch über ein wenig Bargeld, das in den letzten siebenundvierzig Tagen – und selbst nach dem Casinobesuch – nicht weniger geworden war.

Wir gingen zu den Aufzügen. Tatsächlich überragte mich Milena dank ihrer Schuhe ein wenig, doch für eine großgewachsene Frau besaß sie einen ausgesprochen harmonischen Gang. Ich blieb einen Moment etwas zurück und konnte ihre hübschen Pobacken betrachten, die unter dem roten Seidenstoff ihres Kleides eine Bewegung vollführten, die in sich geschlossen anmutete, kreislaufartig, allein auf sich selbst konzentriert. Ein Doppelsternsystem aus zwei gleich großen Körpern, die um einen gemeinsamen Schwerpunkt kreisten.

Kurz darauf sah ich denselben Hintern entblößt, wie allein noch das dünne Band eines Höschens zwischen seinen Backen verschwand. Ich sah die ganze Frau von hinten, als sie sich über die Bettkante beugte, ohne Kleid, ohne BH, nun auch aus dem Höschen schlüpfend, und wie da die Wellen von Haar über ihren Rücken schwangen. Enormer Glanz. Dabei hatte ich immer gedacht, derart geschmeidiges Haar existiere allein in den Zeitlupenaufnahmen von Shampoowerbungen.

»Das kommt vom Volumenspray«, sagte eine Stimme in mir, die schon sehr nach jenem Albatros klang, der Quimp hin und wieder auf die Nerven fiel.

Milena beugte sich weiter über die Kante des Bettes und spreizte ihre Beine. Ich vernahm ein schmatzendes Geräusch. Das wohl davon herrührte, daß sie sich ein Fingerpaar in den Mund steckte, um es anzuspeicheln. Mit ebendiesen Fingern faßte sie sich an ihr Geschlecht, das jetzt deutlich in meinen Blick geriet. Wieder schmatzte es. So kräftig rieb sie ihre Bucht und drückte schließlich ihre Schamlippen in einer Weise auseinander, daß die daraus resultierende dreieckige Öffnung als eine kleine Umkehr der Beinstellung erschien.

»Du, Matthew, besorg's mir!« sagte die Frau, der ich den Namen Milena gegeben hatte und die ihren Kopf kurz nach hinten drehte, um mich gierig anzusehen. »Fick mich!«

Das klang schon ungemein gut. Und weil ich gar so leicht entzündbar war – erst recht nach dieser kleinen, aber effektiven Menge Alkohol in mir: *flammable* –, mußte ich aufpassen, nicht gleich zu kommen. Allein von zwei Worten und einem Ausrufezeichen.

Ich war auch meinerseits bereits vollkommen nackt. Mein in einer Gummihülle steckendes Glied von jener Härte, die einen etwas schmerzt. Immerhin, ein Teil der Begierde besteht darin, den Schmerz loszuwerden. Ihn aber beim Loswerden gleichzeitig in die Länge zu ziehen. – Wenn Menschen in der Wirklichkeit und in der Pornographie abwechselnd »Ja« und »Nein« schreien, drückt das eigentlich sehr schön aus, worum es geht: nämlich den Schmerz und das Nachlassen des Schmerzes zu versöhnen und damit stellvertretend einen fundamentalen Widerspruch des Lebens zu verdeutlichen: sich ausgerechnet nach einem Tod zu sehnen, den man so fürchtet.

Orgasmus ist ein anderes Wort für Schizophreniehöhepunkt. Und daß wir uns auf diese Weise fortpflanzen ... Man stelle sich vor, man könnte auch vom Auspeitschen Kinder kriegen. Wäre das wirklich so viel anders?

Wobei das nicht heißen muß, es ginge nicht auch um Liebe. Die Liebe ist der politische Arm des zwischen Ja und Nein agierenden Sexus. Und nach nichts hatte ich mich in meinem Leben so gesehnt, wie den politischen und den militärischen Arm dieser grundlegenden und lebensstiftenden Sache in Allianz verbunden zu wissen.

Nur war das leider nie geschehen.

Und es geschah natürlich auch an dieser Stelle nicht, nicht mit einer Frau, die nur für mich und nur für diesen Moment Milena hieß. Und bei der es sich, da war ich mir nun doch sicher, um eine Prostituierte handelte. Sie agierte einfach zu routiniert. Mir schien in aller Heftigkeit und Leidenschaft auch etwas wie Langeweile begraben. Allerdings war in keinem Moment von Geld die Rede. Wobei … irgendeine Form von Bezahlung würde folgen. Keine Frage. Was Milena hier tat, fiel nicht in ihre Freizeit.

Jetzt aber … ich drang in sie ein. Mein Glied verschwand mit einer langsam-kontinuierlichen Bewegung in ihrer Öffnung. Wie man eine Hand in einen passenden Seidenhandschuh fügt (im Gegensatz zu jenen ruckartigen Bemühungen, mit denen man dieselbe Hand in einen ärgerlich engen Skihandschuh quetscht). Ich packte sie an den Hüften, spürte ihre Knochen, die mir als Griffe erschienen. Gute Griffe, fest, unverrückbar. Sie fühlten sich vorgefertigt an. Wie viele Männer wohl schon …

Ich stieß zu. Meine Hoden klatschten. Mein Atem marschierte. Mein Bauch wirkte jetzt größer, als er war. Als staue sich dort ein Ballon von Sehnsucht.

Milena stöhnte genau in jener Tonlage, die weder nahelegte, sie sei ziemlich gelangweilt, noch daß sie sich zu einem Orgasmustheater verpflichtet fühlte. Was ich mit ihr tat, schien ihr bei aller Professionalität eben auch den Spaß am Beruf zu erhalten.

Ich vermied gerade noch rechtzeitig einen zu frühen Erguß, war in der Folge für einige Augenblicke abwesend, man könnte sagen, ich dachte in eine ganze andere Richtung, erinnerte mich an einen verfluchten alten Fall, den ich nie hatte aufklären können und bei dem ein chinesischer Detektiv mit nur einem Arm eine Rolle gespielt hatte, übrigens ein geborener Österreicher, wobei ich ihm aber nichts von meinem Spenderherzen erzählt hatte. Der Fall hatte mich Zeit und Nerven …

Nach diesem kurzen Abdriften in meine Vergangenheit wurde ich wieder sehr hart und fest und willig und drang rhythmisch in Milena ein. Mit einem Mal forderte sie: »Komm, fick mich zu Ende!«

Nun, die spezielle Formulierung war sicher dem Umstand zu verdanken, daß Deutsch nicht ihre Muttersprache war, aber dieses »zu Ende« ließ mich zusammenzucken. In das Zucken hinein nahm ich jedoch einen neuen Anlauf und erhöhte die Kraft und das Tempo meiner Stöße, die Schmerzhöhe.

Wir kamen gleichzeitig.

Und wenn ich zuvor diese gewisse Sehnsucht nach dem Tod erwähnt hatte, ein *Vorschmecken* des Todes, und wenn man daran denkt, daß die Franzosen vom Orgasmus als dem »kleinen Tod« sprechen, dann fühlte sich mein Kommen in Milena zugleich auch als ein Willkommen an, als ein »kleines Leben«. Ein Leben im Tod.

Übrigens, die Synchronität unserer beider Orgasmen ließ mich bei aller Freude auch an eine göttliche Ironie denken. Ähnlich wie Stunden zuvor im Casino, als ich nach heftiger Niederlage in ebenso heftiges Gewinnen geraten und schließlich so arm und reich als wie zuvor gewesen war. Ja, es war ironisch, zum wahrscheinlich wirklich ersten Mal gleichzeitig mit einer Frau einen Orgasmus zu erleben, für die das sowenig zum Ziel ihrer Berufsausübung gehörte, wie es mich zu kümmern brauchte. Die Gleichzeitigkeit war das Ideal der Liebenden, aber weder Zweck noch Wunschbild beim Verkehr mit einer bezahlten Frau.

Stellte sich noch die Frage, wie die Bezahlung erfolgen würde.

Und als sich Milena nun mittels einer halben Rolle seitwärts auf das Bett und auf ihren Rücken beförderte und dort liegenblieb, so daß ich erstmals ihre festen Brüste sehen konnte, legte ich mich dazu und war frech genug zu fragen: »Wieviel bekommst du?«

»Später«, sagte sie. »Komm her. Schlaf ein bißchen. Ruh dich bei mir aus.«

Sie schob ihren Arm unter meinen Kopf und lenkte ihn mit der Armbeuge auf ihre Schulter. Dort lag mein Kopf jetzt müde und schwer. Dabei betrachtete ich die rund in die Höhe stehende Warze ihrer rechten Brust. So rot und schimmernd, als stecke die Warze in einer kleinen Samthaube.

Milena hatte recht. Mir war sehr nach Schlaf. Und mir war sehr danach, hier, auf ihrer Schulter liegend, ihren Geruch in der Nase – erneut den Geruch eines Engels, aber eines gefallenen: erdig –, meine Augen zu schließen und im Zuge meiner glücklichen Erschöpfung Erlösung zu finden.

Ihre Hand legte sich auf meine Stirn. Gäbe es leichte Ziegelsteine, genau so würden sie sich anfühlen. Jedenfalls lag nun ein Druck auf meinen Lidern, der ihnen half, abwärts zu gleiten.

»Schla…fen«, murmelte ich.

»Ja«, flüsterte sie.

Keine Frage, es würde wenige Sekunden dauern, bis ich jegliche Kontrolle verloren hatte und mein Bewußtsein aufhörte, mich in diesem Zimmer mit dieser Frau zu wissen. Sondern …

Es stimmte, wenn ich jetzt einschlief, so hieße das höchstwahrscheinlich, entweder sofort oder spätestens in meiner ersten REM-Phase im Körper eines toten Spatzen aufzuwachen. Und da drängten sich natürlich einige Fragen auf: Gab es ein Leben nach dem Tod? Und gab es das auch für Spatzen? Und gab es das auch für Spatzen, die man nur träumte? Und wenn es kein Leben nach dem Spatzentod gab, was würde ich *dann* träumen? Mich in den endlosen Weiten von *nichts* zu befinden? Oder eingegraben zu sein in kalter Erde?

Nun, im Falle von Nybråtens Attacke wäre die Folge wohl eher, in der Toilette von diesem Belfaster Hotel… Fitzirgendwas…, dort also hinuntergespült zu werden.

Ich hatte somit zwei gute Gründe, *nicht* einzuschlafen. Einerseits den ganz selbstsüchtigen, es vermeiden zu wollen, mich in einem höchst unbequemen, meine schlimmsten klaustrophobischen Ängste bestätigenden Zustand des Todes wiederzufinden – und sei's auch nur für wenige Momente einer ersten Traumphase. Und zweitens meldete sich der Albatros zurück, erstaunlicherweise aber nicht mittels eines Appells an die Vernunft, sondern eines Appells an mein Gewissen. Er meinte nämlich, es gehöre sich nicht, den kleinen Spatzen Quimp derart im Stich zu lassen. Quimp, der versucht habe, Zeit zu gewinnen. Zeit, um mir – seinem Alter ego – die Möglichkeit zu geben, gegen Nybråten vorzugehen. Zumindest irgend etwas zu unternehmen, um das auf dem Weg befindliche Projektil doch noch zu stoppen.

Ich wollte den Albatros daran erinnern, er selbst habe doch … Er aber bestimmte: »Keine Ausreden.«

Gegen den Druck von Milenas sanftschwerer Ziegelsteinhand riß ich meine Augen auf und hob den Kopf an.

»Was ist denn?« In Milenas Stimme waren Ärger und Ungeduld.

»Ich habe noch was zu tun.«

»Das kannst du auch später machen.«

»Nein, genau das nicht. Später ist zu spät«, erklärte ich, löste mich aus der Umarmung der Frau und richtete mich auf. Und jetzt endlich erkannte ich sie …

Nicht die Frau. Die Schuhe.

Die Sandaletten, deren dünne, mit silbernen Nieten besetzte Riemen die schmalen Sohlen und den hohen Absatz mit den nackten Füßen verbanden. Exakt diese Sandaletten hatte jene Frau getragen, die beinahe auf Quimp getreten wäre und die von O'Neill, der Sperkgenerälin, als »Nutte« bezeichnet worden war.

Diese Frau war aus Nybråtens Hotelzimmer gekommen. Und es lag also nahe, daß sie da wie dort vom Norweger beauftragt und bezahlt wurde. Wenn hier jemand Milenas Liebesdienste an mir bereits entgolten hatte, dann Nybråten selbst. Ihm, dem daran gelegen sein mochte, mich so rasch wie möglich wieder im Schlaf zu wissen.

Während ich das dachte, ging mein Blick instinktiv von den glitzernden Sandaletten hoch zu dem Spiegel, der gegenüber dem Bett die Wandecke zum Flur ausfüllte. In diesem Spiegel sah ich nun, wie Milena mit ihrem Oberkörper rasch nachrückte. Ganz ohne mit den Beinen Schwung nehmen zu müssen. Sehr gerade, sehr robotisch.

»Na ja«, sagte sie fast gleichgültig.

Dann sah ich ihre geöffneten Hände, die sich von der Seite her meinem Hals näherten. Lange Finger und lange Fingernägel.

Im Grunde wiederholte sich, was bereits in meinem Schlafzimmer geschehen war, als ich im Spiegel Nybråten bemerkt hatte. Und er auf mich zugekommen war. Nur daß ich damals versucht hatte, nach meiner Waffe zu greifen …

Das konnte ich mir diesmal ersparen. Da war keine Pistole in meiner ohnehin zu weit wegstehenden Pan-Am-Tasche. Nur ein Taschenmesser, das ich aber kaum mehr würde erreichen können.

Das ist einer der wichtigsten Aspekte des Lebens: einen Fehler nicht zu wiederholen. Die meisten wirklichen Katastrophen erweisen sich bei genauem Hinsehen als ein Resultat der Wiederholung eines Fehlers.

Ich schnellte mit meinen Armen hoch und konnte gerade noch meine Hände zwischen meinen Hals und Milenas Griff befördern. Dennoch drückte sie auf eine Weise zu, als wollte sie versuchen, mich zusammen mit diesen meinen Händen zu erwürgen. Aus meinen Händen das Blut herauszupressen und aus meinem Hals die Luft. Ihre Kraft war erstaunlich, ihr Handeln versiert. Das schon, aber nicht übernatürlich, auch wenn jetzt klar war, daß für sie das gleiche galt wie für Nybråten und für den Jungen namens Frederik, nämlich in meiner wie in Quimps Welt zu agieren. Und in ihrem Fall dabei nicht einmal die Schuhe zu wechseln.

Ich sammelte meine ganze Kraft, um meine linke Hand aus der Umklammerung zu befreien. Wodurch sich der Druck auf meinen Hals natürlich erhöhte. Allerdings nutzte ich den Schwung des gelungenen Herausziehens, um meinen Ellenbogen in die Magengrube meiner Gegnerin zu stoßen.

»Urgh!« Milenas Bauch ging nach hinten, ihr Kopf aber nach vorne, so daß sie mit ihrer Stirn gegen meinen Hinterkopf prallte. Dabei entglitt ihr für einen Moment die Kontrolle über meine Kehle. Ich schlüpfte aus dem Griff heraus, drehte mich zu ihr hin, führte in der Drehung meine rechte Faust auf ihr Gesicht zu und traf sie mit großer Wucht. Der Treffer katapultierte sie zur Seite. Derart, daß es sie aus dem Bett heraus gegen die Wand schleuderte.

Sofort rutschte ich von der Kante, kam auf die Beine und faßte mir an den Hals. Er fühlte sich unregelmäßig an, in der Art leicht verbeulter Bierdosen. Dennoch, ich konnte ihn bewegen. Und ich konnte atmen. Und während ich das tat, vernahm ich jetzt erneut Musik aus dem Unterleib des Schiffs. Aber nicht dieselbe wie zuvor. Musik von Bach, das schon, da war ich mir sicher, jedoch nicht mehr das *Air*, sondern ein Klavierstück, das ich nicht kannte, das mir aber wie eine Konsequenz auf das vorhergehende Stück erschien: indem nämlich – in Anschluß daran, daß Mensch und Gott gemeinsam eine Träne geweint hatten – der Mensch sich wieder von seinem Schöpfer entfernte und sich weismachte, eine solche Begegnung habe niemals stattgefunden. Und Tränen seien nichts anderes als eine Notwendigkeit für das einwandfreie Funktionieren von Augen.

Trotzdem war das eine tolle Musik (ohne daß ich ahnte, daß sie aus dem sogenannten Wohltemperierten Klavier stammte, aber aus dem zweiten Buch; mir war nur das erste vertraut). Ich genoß die Klänge, genoß sie an meinem Ohr, während ich mich neben die am Boden liegende Milena kniete und feststellte, sie habe das Bewußtsein verloren. Nicht aber ihr klopfendes Herz.

Ich hob sie wieder aufs Bett – gefühlte achtzig Kilo –, warf sie vornüber auf die Decke, kreuzte ihre Handgelenke auf dem Rükken, griff nach ihrem BH und fesselte damit ihre Hände. Es war ein teurer BH, keiner, der reißen würde. (Das war übrigens ein Denkfehler von mir, denn ein teurer BH bestand ja vorwiegend aus heikler Spitze. Aber teuer oder nicht, er hielt.)

Übrigens war die ganze Frau teuer. Vor den Ohrringen bis zum Nagellack. Und sicher auch nicht billig, was ihre Bezahlung betraf. – Ich ging davon aus, daß ihr ursprünglicher Auftrag gar nicht gelautet hatte, mich zu erwürgen oder wenigstens zu betäuben, sondern einfach meine Gedanken von der Spatzengeschichte wegzubringen, mir guten Sex zu verschaffen und schlußendlich dafür zu sorgen, daß ich einschlief. Ohne Narkose, ohne Gewalt, bloß ein befriedigter Mann in den Armen einer schönen Frau.

So hätte es sein sollen. Und hätte ja auch bloß einen Spatzen das Leben gekostet. *Ihn* das Leben gekostet und *mir* möglicherweise einen unangenehmen Traum vom Im-Klo-hinuntergespült-Werden beschert. Statt dessen …

Ich drehte sie auf den Rücken, holte einen Gürtel aus meinem Koffer und fixierte nun auch ihre Beine. Den Mund ließ ich unangetastet. Das mochte unvernünftig sein, aber es war mein Prinzip, niemals eine Person zu knebeln. Zu sehr quälte mich die Vorstellung, was ein »verschlossener« Mund etwa in Kombination mit einer verstopften Nase bewirken konnte. Nein, ich verschonte Milena diesbezüglich, obgleich sie mir an den Kragen hatte wollen und obgleich sie keinen Schnupfen zu haben schien.

Ich zog mich an, erstaunlich ruhig und gelassen. Im Endeffekt war ich froh, mich endgültig entschieden zu haben, das Schicksal des Spatzen Quimp ernst zu nehmen und – daraus schließend – das Unnatürliche der Ereignisse als eine Sonderform des Normalen zu begreifen. (So, wie wenn man zum dritten Mal am selben Tag auf den Balkon tritt, um dort zum dritten Mal auf einer bestimmten Bodenfliese einen Flecken Marmelade wegzuwischen. Und dabei erkennt, daß der Flecken die immer gleiche Gestalt aufweist, eine Gestalt, die einen an das eigene Profil erinnert oder an die Umrisse von Europa. Und das alles, obwohl es gar keine Marmelade im Haus gibt und man auch ganz alleine lebt und niemand über einem wohnt. – Okay, man putzt also zum dritten Mal das klebrige Zeug vom Boden, um Stunden später an exakt derselben Stelle ... Für ein Wunder reicht so was nicht. Aber für eine Sonderform durchaus.)

Angezogen betrat ich mein kleines Badezimmer und wusch mir das Gesicht mit dem kältesten Wasser, das dieser Hahn hergab. Sodann griff ich zum Eau de toilette und vollzog eine weitere Auffrischung meiner »Bemalung«. Duft in Zeiten des Krieges.

Wieder im Zimmer, hörte ich, wie Milena zu sich kam. Sie richtete sich mühevoll auf, fluchte ein zweifaches »Merde!«, hob ihren Kopf, schüttelte ihr Haar und rief: »Dočerta!«

Ich fragte sie: »Ukrainisch?«

Sie antwortete: »Slowakisch.«

»Und heißt was?«

»Zum Teufel!«

»Ja, genau zu *dem* geh ich jetzt«, erklärte ich. »Zu Ihrem Freund Nybråten.«

»Und was ist«, beschwerte sie sich, »wenn in der Zwischenzeit dieses verdammte Schiff sinkt? Und ich lieg gefesselt da auf Ihrem Bett und ersaufe.«

»Sie hätten mich vorher fast erwürgt«, erinnerte ich sie.

»Ach was! Ich wollte, daß Sie schlafen.«

»Sie hätten mir was vorsingen sollen, anstatt mir den Hals umzudrehen«, schlug ich vor. Da war ich bereits an der Türe angelangt.

»He!« rief sie mir nach. »Lassen Sie mich nicht so liegen. Machen Sie mir die Fesseln auf. Ich verspreche Ihnen, Sie sehen mich nie wieder.«

»Sie arbeiten für Nybråten.«

»Ich habe versagt. Es wäre klug, ihm lieber eine Weile aus dem Weg zu gehen. Ehrenwort, ich will klug sein.«

»Verzeihen Sie, wenn sich das jetzt nicht ganz so nett anhört, aber auf die Versprechen gefesselter Frauen verlasse ich mich ungerne.«

»Ach was, fesseln Sie öfter Frauen?«

»Nein, das war prinzipiell gemeint. Sie sind wirklich die erste.«

Sie verzog den Mund, wobei ihre Lippen die Fesselung zu imitieren schienen.

Ich erklärte: »Aber selbst wenn Sie Nybråten in dieser Welt entkommen, wie schaut es mit der anderen aus? – Sie verstehen mich, oder?«

Sie sagte kein Wort.

Ich fragte: »Warum sagen Sie nichts?«

Sie zuckte mit den Schultern und meinte: »Sie wissen doch selbst, wie es funktioniert. Der Schlaf ist eine Illusion. Der Traum nicht. Und manche von uns haben das halt begriffen.«

»Na ja, aber ich bin im Traum ein Spatz. Bei Ihnen ist das anders, Sie sind hier eine Frau und drüben eine Frau. Und Nybråten ist immer Nybråten.«

»Bei mir ist das nicht ganz so ...«

»Was ist nicht ganz so?«

Aber sie wollte mir dann doch nicht erklären, was mit »nicht ganz so« gemeint war. Statt dessen sagte sie, ihr wäre auch lieber, zwischen Tier und Mensch zu wechseln. »Glauben Sie mir. Ich finde es gar nicht super, ständig nur blond zu sein. Da wie dort.«

»Das sagen Sie jetzt nur, damit ich Mitleid habe, was?« lächelte ich mit dem linken Mundwinkel.

»Möglich«, lächelte sie mit ihrem rechten zurück.

»Scheiße!« dachte ich mir. »Mach ihr in Herrgottsnamen die Fesseln auf, und laß sie laufen. Wenn wirklich irgendwas mit dem Schiff passiert oder wenn Nybråten sie hier findet ...«

Ich griff in meine Pan-Am-Tasche, zog mein Taschenmesser heraus, trat hinter sie und schnitt durch ihren BH. Ich konnte mir vorstellen, daß sie sich gerne darüber beschwert hätte, wie ich soeben ihre sündteure Unterwäsche ruinierte. Aber sie hielt sich zurück, rieb sich die Handgelenke.

Dann befreite ich sie von dem schwarzen Ledergürtel an ihren Fußgelenken. Einen Gürtel, den ich wieder zu einer lakritzeartigen Schnecke zusammenwickelte und in meinen Koffer tat.

Ich sagte: »Dafür können Sie mir aber die Kabinennummer von Nybråten verraten.«

»Das geht wirklich nicht, nein.«

»Wieviel hat er Ihnen eigentlich bezahlt?«

»Für das hier? Nichts. Zwischen uns läuft das anders. Drüben jedoch, drüben zahlt er fünfhundert die Stunde. Aber das ist eine ganz andere Geschichte, glauben Sie mir.«

»Sind fünfhundert dort so viel wert wie hier?« fragte ich.

»Natürlich. Die Spatzen sind schließlich auch immer die gleichen, oder?«

»Nicht ganz«, äußerte ich angesichts der Tatsache, daß in Quimps Welt Sperks existierten. Andererseits hätte ich nicht zu hundert Prozent sagen können, es gebe hier bei uns *keine* Sperks. Ja, im Grunde fiel es mir im Moment schwer, überhaupt zu definieren, was »hier bei uns« genau bedeutete.

Vielleicht würde es mir Nybråten erklären, bevor ich ihn …

Ich ließ Milena nackt, aber frei zurück und trat in den Gang hinaus. In die hell erleuchtete Nacht des Schiffs.

Milena rief mir hinterher. Ich verstand es nicht. Aber es klang, als hätte ein Vogel gerufen.

19

Als ich die Bar erreichte, fand ich den Raum deutlich gelichtet vor. Nur noch wenige Gäste standen an der Theke, im benachbarten Restaurant bereitete man bereits die Frühstücksgedecke. Zwei Frauen mit weißen Schürzen standen beieinander, hielten ihre Köpfe zusammen und flüsterten sich etwas zu. Sie erinnerten mich an die beiden Köche auf dem Dach des Belfaster *Fitzwilliam Hotel*, die Quimp als zwei verliebte Schwäne erschienen waren. – Es wurden eben nicht nur Quimps Erlebnisse immer mehr ein Teil meines Gedächtnisses, sondern auch die Bilder und Vergleiche, die aus seinem Spatzenkopf stammten.

Ich schaute mich weiter um. Doch von Nybråten keine Spur.

Draußen trieb jetzt noch heftiger der Schnee vorbei. Die bewußtlosen Teenager fügten sich zu glitzernden Häufchen. Verklebte Groupies.

Ich nahm dort Platz, wo ich zuvor meinen Ardbeg bestellt hatte. Diesmal aber wählte ich einen Espresso, so schwarz und so doppelt wie möglich. Ich hatte das dringend nötig, derart machte mir die Müdigkeit zu schaffen. Jene Art von Müdigkeit, die ich sicherlich mit einem Minutenschlaf, vielleicht sogar Sekundenschlaf für eine Weile aus der Welt hätte schaffen können. Aber wohin würde das geführt haben? Sehr wahrscheinlich wäre die Folge eines noch so kurzen Schlafes gewesen, daß die Kugel Quimp erreicht und einen toten Vogel aus ihm gemacht hätte.

Der Kaffee kam, und ich trank ihn in wenigen Schlucken. Ich zahlte gleich und suchte einen Weg ins Freie, um zusätzlich die erfrischende Kälte zu nutzen. Im Stockwerk über der Bar fand ich eine automatische Türe, die zur Seite glitt. Ich trat hinaus aufs Deck. Ein eisiger Wind umfing mich. Flocken stachen mir ein Muster ins Gesicht: viele kleine Anker und bepfeilte Herzen. Die Nacht war nicht weniger schwarz und doppelt als der zuvor servierte Espresso. Ich begann zu frieren, kämpfte mich aber dennoch eine kleine Runde ums Deck, um dann auf der anderen Seite wieder ins Innere zu gelangen.

Solcherart belebt und erweckt, durchwanderte ich das Schiff. Eigentlich ohne Plan, aber in der wilden Hoffnung, bereits die Bewegung könnte mich zu einem Ziel führen. Nicht zuletzt in der Annahme, auch Nybråten sei noch unterwegs und liege nicht etwa auf dem Bett seiner Kabine und schlief. Er, der in beiden Sphären ein Mann mit weißem Bart war, der mit Waffen zu tun hatte. Wobei mir schien, daß Nybråten in unserer Welt – die ich der Einfachheit halber »die Blindwelt« nennen möchte, wie ich die andere als Welt als »Quimp- oder Spatzenwelt« bezeichne –, daß Nybråten also in der Blindwelt mit Waffen handelte, während er auf der anderen Seite als Scharfschütze auftrat. Das war ein kleiner, jedoch wesentlicher Unterschied. Wenn er denn wirklich bestand.

Ich schaute abermals im Casino vorbei, aber unter den wenigen, die da noch saßen, war kein Nybråten. Ich ging wieder nach draußen und durchschritt die menschenleeren Gänge und Fluchten. Als ich erneut bei den Aufzügen vorbeikam … sah ich den Jungen. Den Jungen, der Frederik hieß und ein Trikot mit der Nummer 34 trug. Er war ohne seine Eltern und stand vor einer weißen Tür, auf der in roter Schrift und in drei verschiedenen Sprachen der Hinweis erfolgte, die Benutzung sei dem Personal vorbehalten.

Ich bewegte mich auf das Kind zu, die Hände leicht geöffnet, vertrauensvoll lächelnd, dabei an eine Szene aus einem Film denkend, wo eine Figur erklärt, sie komme in Frieden. Um gleich darauf anzufügen: »Das wollte ich schon immer einmal sagen.«

Was ich selbst aber sagte, war: »Keine Angst, mein Junge.«

»Warum sollte ich Angst haben? Sie sind doch der Polizist.«

Stimmt, da hatte er recht. Ich war der Polizist. Somit vom

Standpunkt moralischer Konvention der *Gute*, einer, bei dem Eltern ihrem Kind – das sie sonst ständig davor warnten, mit Fremden mitzugehen – durchaus empfahlen, im Notfall mit so jemand mitzugehen, im Notfall sich bei einem solchem Mann und Menschen Hilfe zu suchen.

Ich nickte: »Genau, Frederik, ich bin der Polizist. – Du heißt doch Frederik, nicht wahr?«

»Auf dieser Seite heiße ich Frederik. Auf der anderen Clemens. Was ein blöder Name ist. Aber dort habe ich ja auch blöde Eltern. Und dort bin ich schlecht in der Schule.«

»Ist die Schule drüben denn so viel schwerer?« fragte ich, als würden wir uns über den Unterschied zwischen Regelschule und Montessori unterhalten.

Frederik sagte, er wisse auch nicht genau, warum das so sei. Der Unterrichtsstoff sei eigentlich auf beiden Seiten der gleiche, die Lehrer würden sich nicht viel schenken, die Hausaufgaben seien da wie dort ziemliche Zeitfresser, und dennoch würde ihm *hier* das meiste so leichtfallen, wie es ihm *dort* schwerfalle. Die gleiche Bruchrechnung sei einmal eine Kleinigkeit, dann eine Katastrophe. Andererseits denke er sich, daß sein Auftrag drüben ja auch nicht darin bestehe, in der Schule zu brillieren, sondern immer wieder den Spatzen Quimp zu retten. Das passe schließlich auch besser zu einer Traumwelt, nämlich schlecht in der Schule zu sein, aber gut beim Vogelretten. Stehe in der Traumwelt ein verdammtes Referat an, mache er sich, wie man so sagt, in die Hose, wenn hingegen die Situation es erfordere, sich zwischen einen Mann mit einer Pistole und einen Spatzen zu stellen, spüre er einen phantastischen Mut.

Ich sagte ihm: »Dafür ist es diesmal aber leider zu spät, gell! Die Kugel aus der Pistole ist bereits unterwegs.«

Der Junge machte ein schuldbewußtes Gesicht. Er sagte: »Ich hab mir das schon gedacht. Aber ich hab meine blöden Eltern nicht dazu bringen können mit mir nach Belfast zu fliegen. Sie haben gesagt, das sei zu teuer und überhaupt. Das ist das, was die am liebsten sagen, beide, als wären sie Zwillinge, immer sagen sie: *und überhaupt.*«

»Na, immerhin hast du deine anderen Eltern überreden können, mit dem Schiff nach Oslo zu reisen.«

»Das wollten die sowieso. – Wissen Sie, ich kann ja auch nicht sagen, warum das alles so geschieht, wie es geschieht. Das ist für ein Kind schon ziemlich verwirrend.«

»Glaub mir, Frederik, für einen Erwachsenen ebenso. Aber was mich interessiert: Wie hast du mich denn jetzt erkannt? Woher weißt du, daß... tja, daß ich irgendwie mit diesem Spatzen namens Quimp zusammenhänge. Daß ich der bin, der Quimp zu sein träumt.«

»Das sieht man«, erklärte Frederik, »weil Sie beide sich so ähnlich sehen. Vor allem im Gesicht. Sogar obwohl Sie vorhin noch einen Bart hatten. Ohne Bart natürlich noch mehr. Als Sie zuerst vorbeigekommen sind, da hab ich mir gleich gedacht: Ah, schau, der Quimp als Mensch.«

»Echt?« staunte ich. – Wobei, es stimmte schon, Tiergesichter und Menschengesichter konnten große Ähnlichkeiten aufweisen, nicht nur zwischen Hunden und ihren Herrchen und Frauchen.

»Das erklärt aber nicht«, sagte ich, »woher du weißt, daß ich ein Polizist bin, ein Kommissar. Oder sieht man mir das ebenfalls am Gesicht an?«

Der Junge lachte. Er meinte, es sei lustig, sich vorzustellen, man könnte den Beruf eines Erwachsenen in seinem Gesicht ablesen. Daß man zum Beispiel bei Leuten, die als Lokführer oder Flugkapitäne arbeiten – etwa dann, wenn sie sich beim Fernschauen oder Zeitungslesen konzentrieren –, die Geschwindigkeit in ihrem Ausdruck erkennt plus die Wangen und Ohren vom starken Wind zugeschnitten. Oder bei Lehrern, wo es ausschaut, als wären Mund und Augen mit Kreide gezeichnet. Oder eben Polizisten, deren Gesichter eine Oberfläche wie aus Metall besitzen, worin sich für alle Ewigkeit jene spiegeln, die von den Polizisten gejagt wurden. Aber ist das wirklich so? Gibt es Gesichter, die einem den Beruf eines Menschen verraten? Ganz sicher jedenfalls bei Schauspielern, die selbst über gar kein eigenes richtiges Gesicht verfügen, sondern immer nur eines spielen. Immer ein anderes. Oder im Falle eines Seriendarstellers immer das gleiche.

Ich dachte mir: »Sapperlot, der Junge hat recht.«

Dann jedoch meinte Frederik: »Nein, nein, daß Sie Polizist sind, wenn Sie nicht Spatz sind, das weiß ich, weil ich Nybråten belauscht habe. Denn der kapiert ja gar nicht, daß ich derselbe Junge bin – na ja, fast derselbe – wie der damals in Wien am Westbahnhof. Ich hab gehört, wie er mit so einer Frau gesprochen und von einem Kommissar Blind erzählt hat und daß, wenn der Blind schläft, er dann Quimp ist. Und daß Quimp wohl demnächst tot sein wird. Wird er das wirklich?«

Ich wollte nicht pessimistisch sein und versprach, genau dies verhindern zu wollen. Dazu aber müsse ich Nybråten erst mal finden.

Frederik grinste übers ganze Gesicht und erklärte, er habe Nybråten fast die ganze Zeit über verfolgt und beobachtet. Trotz Schule und Eltern und Klavierunterricht und Rudertraining. Er sei ein richtiger guter Detektiv geworden. Wahrscheinlich seien Kinder sowieso die geborenen Detektive, weil sie natürlich sehr viel weniger auffallen und viel besser getarnt sind. Ja, man könnte sogar sagen, Kinder tarnen sich als Kinder. So werden sie fast unsichtbar. Und eben erst im allerletzten Moment sichtbar, etwa wenn sie sich vor einen Vogel hinstellen, um zu verhindern, daß dieser erschossen wird.

Ich fragte mich, auf welches Alter ich den Jungen bislang geschätzt hatte. Zehn oder elf, richtig. Doch jetzt, nachdem ich mit ihm gesprochen, seine Stimme, seine Art zu reden gehört hatte, hielt ich ihn doch für älter, eher dreizehnjährig als elfjährig, eher zwölfjährig als zehnjährig, und zwei Jahre waren in dieser Phase eines Menschenlebens ein gewaltiger Unterschied. – Überhaupt kann man sagen, wie sehr sich das Bild einer Person verändert, sobald man sie sprechen hört. Bevor man sie reden hört, sieht man sie praktisch immer nur von hinten, immer nur die Haare oder die Glatze, den Rücken, den kleinen oder großen Hintern, die langen oder kurzen Beine, aber keine Nase, keinen Mund, keine Augen, keine Brust. Mit der Stimme sehen wir endlich auch das Gesicht und die Vorderseite und müssen nicht selten unser Bild revidieren.

Dieser Junge war ganz sicher älter und reifer als ursprünglich angenommen. Ich fragte ihn aber nicht nach seinem tatsächlichen Alter, sondern bat ihn, mir zu sagen, wo ich Nybråten finde könne.

»Unten«, antwortete Frederik.

»Wo unten?«

»Na, hier im Schiff. Darum stehe ich ja hier vor der Türe, weil durch die müssen wir durch. Und dann müssen wir hinunter, noch unter das Deck, wo die Autos parken. Zu den Maschinen.«

»Was tut Nybråten dort?«

»Karten spielen. Pokern.«

»Du meinst das Casino. Das liegt aber nicht so tief.«

»Nein, ich meine nicht das Casino«, erklärte Frederik. »Dieser Nybråten ... schon ein komischer Name; ich muß da immer an ein Stück total knuspriges Fleisch denken ... Also, ich hab gehört, wie er sich mit einem Mann verabredet hat und gesagt hat, sie würden sich zum Pokern im Keller treffen. Aber ich glaub nicht, daß er mit Keller das Casino gemeint hat. Außerdem hab ich gesehen, wie er durch diese Türe durchgegangen ist. Und er ist ja kein Matrose, oder?«

»Stimmt. Er ist kein Matrose. – Gut, dann schau ich da hin. Und du schaust, daß du ins Bett kommst.«

»Nein«, entgegnete Frederik bestimmt.

»Hör zu«, erklärte ich, »ich bin dir sehr dankbar. Aber erstens ist das jetzt Polizeiarbeit, und zweitens kriegen wir beide große Schwierigkeiten, wenn deine Eltern dir draufkommen, daß ...«

»Die schlafen wie Steine. Vor allem, wenn sie ein bißchen getrunken haben. Und das tun sie immer im Urlaub. Da kann ich aufstehen und am Computer spielen, und wenn was explodiert, sie würden trotzdem nicht aufwachen, Tatsache.«

»Mag sein«, sagte ich. »Aber es ist zu gefährlich, dich mitzunehmen.«

»Wäre es nicht gefährlich, wäre es nicht viel wert.«

»Wo hast du das denn her?«

Statt eine Antwort zu geben, sagte er: »Ich komme mit.«

Das ist genau das Schlimmste an Kindern: ihre Sturheit und ihre Unempfänglichkeit für vernünftige Argumente. Ihre Leidenschaft. Ihre Leidenschaft an sich und ihre Leidenschaft für das Unvernünftige.

Aber was sollte ich tun, ihn am Arm packen und in seine Kabine zerren? Abgesehen davon, daß ich die Nummer dieser Kabine gar nicht kannte und er sie mir im Moment kaum verraten würde. Außer ich drohte… Womit denn? Ihn bei seinen Eltern anzuschwärzen? Zu verraten, was er so trieb, wenn er nicht schlief, und erst recht, was er so trieb, wenn er schlief und träumte? Nämlich Spatzen retten, dafür aber schlecht in der Schule sein. Aber wirklich!

»Meine Güte«, dachte ich mir und sagte: »Gut, komm also mit. Aber immer hinter mir bleiben. Und machen, was ich dir sag, okay?«

»Koscher!« meinte Frederik nickend.

Koscher? Redeten die Jungen jetzt so? War »koscher« das neue »positiv«?

Ich öffnete die unverschlossene Türe und trat mit Frederik auf eine abwärts führende weiß lackierte Metalltreppe, die uns am Parkdeck vorbei in die tiefer gelegenen Regionen des Schiffes führte. Die Geräusche der Motoren rückten näher, es wurde wärmer, die Luft stickiger. Ich konnte die Luft richtiggehend schmekken, als hätte ich leicht versalzene, lauwarme Grießnockerln im Mund, die sich unter sanftem Druck aufzulösen begannen.

Wir hörten Stimmen von Leuten, die sich etwas zuriefen, konnten aber niemanden sehen und stiegen weiter nach unten.

»Hey!« brüllte jemand hinter uns her.

Ich wandte mich um, faßte nach Frederiks Schulter und blickte auf einen mittelgroßen, rotschopfigen Mann, dessen überbreiter Oberkörper in einem ärmellosen Shirt steckte und vollständig seine feuchtglänzenden, muskulösen Arme freigab. Der Typ sah aus wie ein Hammerwerfer, der zur Not aber auch bei den Ringern oder bei den Steinmetzen hätte unterkommen können. Er fragte mich in einem Englisch, das sich anhörte, als zerbeiße jemand die Buchstabensteinchen eines Scrabble-Spiels, was ich hier verloren hätte.

Ich sagte ihm, ich sei zum Pokern eingeladen.

»With the kid?« wunderte sich der Mann.

Wie hieß doch gleich das englische Wort für Glücksbringer?

Es fiel mir aber leider nicht ein, weshalb ich erklärte: »My wife isn't well. She needs silence.«

Nun, das war um diese Uhrzeit keine wirklich überzeugende Erklärung dafür, einen Minderjährigen zum Pokern mitzunehmen. Doch der Matrose schien damit zufrieden, zeigte mir sogar den Weg. Wir befanden uns nämlich viel zu weit am Heck, mußten noch ein ganzes Stück Richtung Schiffsbug marschieren und gelangten über eine Wendeltreppe zum untersten Deck. Frederik fand, man fühle sich wie in einem U-Boot. Von Wasser umgeben, das man nicht sehe.

»Und von Spielern, die man nicht sieht«, ergänzte ich.

Was sich aber änderte, als wir durch eine schmale Luke in einen gar nicht schmalen Raum gelangten. Einen Raum, der nicht dem entsprach, was ich mir angesichts eines illegalen Pokerspiels erwartet hatte. Die Einrichtung war um einiges geschmackvoller als oben im Casino. Denn damit kannte ich mich schließlich aus. Mit Möbeln. Möbeln von Philippe Starck, dem Mann, von dem die vielleicht schönste, aber ganz sicher katastrophalste Zitronenpresse aller Zeiten stammte (es soll Leute geben, die bei deren Gebrauch ums Leben gekommen sind) und welcher einst für das Café Costes in Paris sogenannte Stuhlsessel entworfen hatte. Sessel, die mit ihren mahagonifarbenen Rückenlehnen und ihrer eleganten Dreibeinigkeit hier unten um vier Spieltische gruppiert waren. Tische, die zur Gänze mit Spielern besetzt waren. Einige salopp gekleidet, ein paar geradezu verdreckt, andere hingegen noch in der Garderobe, mit der sie wohl zuvor beim Abendessen gesessen hatten. Somit also Passagiere wie auch Leute, die eindeutig zur Mannschaft des Schiffes zählten. Vorwiegend Männer, nur eine Frau. Und indem ich mit Frederik an diesem Ort auftauchte, sogar ein Kind.

Ein Mann im dunkelblauen Anzug, der offenkundig für die Sicherheit an diesem Ort zuständig war, trat mir entgegen und fragte, ob er mir helfen könne. Und erklärte auch gleich, daß Minderjährige unerwünscht seien.

»Somit ist es aber keine Hilfe, die Sie mir da anbieten«, gab ich mich obergescheit und versuchte gleichzeitig, unter den Spielern Nybråten zu entdecken.

»Ich muß Sie bitten, sich mit Ihrem Sohn zu entfernen«, forderte mich der Schiffsangestellte auf und legte dabei seine rechte Faust in seine linke Handinnenfläche. Als füge er einen kleinen runden Schädel in einen festen Helm.

Sollte ich ihm sagen, daß ich Polizist bin? Und wie illegal das war, was hier geschah? Trotz schöner Möbel.

Doch Frederik kam mir zuvor, indem er erklärte: »Das ist nicht mein Vater.« Er sprach es nicht erregt aus, sondern nur sachlich darum bemüht, ein Mißverständnis aufzuklären.

Der Sicherheitsmann freilich fragte mit deutlich ansteigender Stimme: »Was sagst du da?«

Jetzt drehten sich auch die zu uns um, die mit dem Rücken zum Eingang saßen.

»Sie? Ach, schau! Und rasiert dazu.«

Es war Nybråten. Ich bemerkte sofort die Überraschung und den Ärger in seinem Gesicht. Nicht, weil ich ohne Bart war. Sondern weil ich wach war. Anstatt neben einer nackten Frau zu liegen und gegen meinen Willen – tief im Schlaf – einer Kugel den Weg ins Ziel zu bahnen.

Dennoch, er hatte seinen Ärger unter Kontrolle. Da war er wieder, dieser joviale Ausdruck, der alles bei ihm überlagerte. Dazu sein Lächeln. Das Lächeln jener, die auch gelassen zu ihrer Hinrichtung marschieren.

Klar, so weit waren wir noch nicht. Es würde mich noch einige Mühe kosten, diesen Monsieur an irgendeine Art von Galgen zu befördern. – Mir war spöttisch zumute, so daß ich sagte: »Ja, wissen Sie, ich kann einfach nicht einschlafen.«

»Und der Kleine, kann der auch nicht einschlafen?«

»Ich heiße Frederik«, sagte der Kleine. »Und eigentlich schlaf ich ganz gut, aber nicht immer.«

»Ich habe ihn auf dem Weg hierher aufgegabelt«, erklärte ich. »Manche Eltern meinen halt, im Urlaub nicht aufpassen zu müssen. Ich begleite ihn nachher zurück.«

Der Sicherheitsmensch aber wiederholte, Kinder hätten an diesem Ort nichts verloren, weshalb der Junge nicht später, sondern sofort zu seinen Eltern gebracht werden müsse.

»Ach, Jakob«, sprach Nybråten den Angestellten an, »Herr Blind ist Kommissar bei der deutschen Polizei. So verleiht er unserem kleinen Spiel einen geradezu offiziellen Anstrich. Da wollen wir die Kindersperrstunde mal nicht so ernst nehmen.«

»Wenn Sie meinen, Herr Nybråten«, sagte der Sicherheitsmensch, den ich mir wegen seines Namens und seiner sehr geraden Erscheinung als einen späten Jakobiner dachte. Er trat einige Schritte von mir zurück, um sich wieder am Rand des Raums zu positionieren und in der typischen Art seiner Berufsgruppe eine Hand über der anderen vor dem Unterleib zu einer kleinen Schwangerschaft zu verschränken. Er hatte seine Beine genau so breit gestellt, daß ein Baby hätte durchkrabbeln können.

»Also, Herr Blind«, sagte Nybråten, »dann möchten Sie uns also Gesellschaft leisten.«

»Leider bin ich ganz schlecht im Pokern«, gestand ich.

»Bestens, das hören einige unserer Mitspieler sicher gerne. – Gut, kommen Sie. Setzen Sie sich.«

Ich wollte soeben darauf hinweisen, es sei ja gar kein Stuhl frei, als einer der Männer an Nybråtens Tisch sich erhob und mir zu verstehen gab, ich könne gerne seinen Platz einnehmen. – Ob dies auf ein Zeichen Nybråtens geschehen war, hätte ich nicht wirklich sagen können, war mir aber sicher.

Und genau das fragte ich Nybråten nun, während ich mich auf dem schwarzen Ledersitz niederließ, ob er möglicherweise der Eigner dieses Schiffes sei. Es komme mir so vor.

»Natürlich nicht«, sagte er. »Ich zahle bloß vernünftige Trinkgelder. In unserer Zeit peinlicher Sparsamkeit an den immer falschen Stellen führt ein angemessenes Trinkgeld dazu, daß man überall ein kleiner König wird. Und auch dort mitbestimmen darf, wo man gar keine Funktion hat.«

»Gilt das drüben genauso? Sie wissen doch, was ich mit *drüben* meine?« fragte ich und erinnerte Nybråten daran, er habe behauptet, es existiere nur *eine* reale Welt, aber unendlich viele Traumwelten. »Jetzt ist die Wahrheit aber die«, sagte ich weiter, »daß eben doch *zwei* Welten existieren. Und niemand weiß das so genau wie Sie, Herr Nybråten.«

»Schön, daß Sie das endlich begriffen haben.«

»Und weil ich das begriffen habe, sitze ich hier, anstatt zu schlafen und zuzulassen, daß Sie einen Vogel erschießen.«

»Der Vogel ist doch längst tot«, erklärte Nybråten.

»Ist er nicht«, erwiderte ich. »Sie hätten sich sonst kaum die Mühe gemacht, diese ... diese Dame zu engagieren, damit ich auch verläßlich in den Schlaf finde.«

»Na, irgendwann, lieber Kommissar Blind, werden Sie das ja auch tun.«

Richtig, ich würde nicht ewig aufbleiben können. Doch Nybråtens Bemühen, mich so bald wie möglich unter den Träumenden zu wissen, zeigte doch eindeutig seine Unsicherheit in diesem Punkt.

Während wir so sprachen, trat jemand von hinten an mich heran und stellte mir mehrere Stapel verschiedenfarbiger Jetons hin. Ich erklärte ihm, das sei mir zuviel, im übrigen hätte ich nur wenig Bargeld bei mir. Klar, ich könnte ihm meine Kreditkarte ...

Er aber entgegnete: »Wir verrechnen nachher.«

Ich fand, das klang gar nicht gut. Erst recht als der Polizist, der ich war und der soeben tief in die kriminelle Sphäre geriet. Ohne die Ausrede, undercover zu wirken. Aber was sollte ich tun? Es ging hier um mehr als um meine Reputation als Staatsdiener, es ging um Quimps Leben. Und eingedenk meiner *träumerischen* Verbundenheit mit ihm möglicherweise auch um mein eigenes.

Die Karten wurden verteilt. Frederik hatte sich einen Sessel besorgt – oder der Securitymensch war so lieb gewesen – und drängte sich nun zwischen mich und meinen Sitznachbarn. Welcher den Jungen gleich warnte, ihm in die Karten zu schauen.

»So was haben wir nicht nötig«, erklärte Frederik.

Und da hatte er wirklich recht. Er besaß Ahnung von dem Spiel. Erstaunlich viel. Er erklärte mir leise, sein Vater – sein anderer Vater, sein blöder Vater – sei ein professioneller Pokerspieler, professionell deshalb, weil er nichts anderes tue.

»Er verliert dauernd und hat schon das ganze Geld von der Oma und dem Opa ausgegeben«, erklärte Frederik. Immerhin aber habe er, Frederik, das Pokern ziemlich gut erlernt, weil es nun mal das einzige sei, was sein Vater bislang bereit gewesen sei, ihm beizubringen: ein gleichermaßen trotteliges wie wundersames Kartenspiel.

Natürlich widersprach es den Regeln, wenn einer der Spieler von einem vielleicht zehnjährigen, eher zwölf- oder dreizehnjährigen Jungen Einflüsterungen erhielt. Doch vorerst beschwerte sich niemand darüber, daß mir Frederik immer wieder etwas ins Ohr sprach und mich auf geschickteste Weise dirigierte. Man konnte wirklich sagen, daß ich in diesem Spiel an einen blinden Ödipus erinnerte und Frederik an dessen Tochter Antigone, die ihren Vater durch die Welt führt beziehungsweise in die Verbannung. Und was wäre ein Glücksspiel – das sich der Mensch als Geschicklichkeitsspiel denkt – anders als der Versuch, mit der Verbannung, die uns Gott auferlegt hat, fertig zu werden?

Müßte man Pokern mit einem einzigen Wort beschreiben, ich würde sagen: Flurbereinigung. – Als sei es der Versuch, aus der Wildheit der gemischten und verteilten und offengelegten Karten eine mehr oder wenige bereinigte, kanalisierte, hochwassersichere, landwirtschaftlich nutzbare und letztlich häßliche, dafür aber profitable Zurechtrückung der Natur zu bewerkstelligen. Und die wohl bezeichnendste Kartenkonstellation für eine solche »Bereinigung« ist eine *Straße*, auch wenn sie nicht die höchste Wertung darstellt (so wie der K2 nicht der höchste Berg der Welt ist, aber der bergigste und Freiburg nicht über die beste deutsche Fußballmannschaft verfügt, aber über die sympathischste).

Hier bei unserem Spiel gab es sogar die Möglichkeit, eine Wildcard einzusetzen, eine Jokerkarte, mit der man zum Beispiel eine solche Straße vollenden, aber auch einen Fünfling kreieren konnte. Einen Fünfling, der dann den größten Wert überhaupt besaß. Vier normale Karten – und eine abnormale. Vier reale Asse und ein irreales. Wobei das Zauberische dieser einen Jokerkarte noch dadurch gesteigert wurde, daß darauf nicht etwa der obligate Spaßmacher abgebildet war, sondern …

Man sagte mir, daß unser Kartendeck über einen einzigen Joker verfüge, den man jedoch auch ohne die Figur eines Hofnarren bestens erkenne, sobald man ihn in Händen halte.

Klar, zu einem derartigen Spiel gehört auch die Psychologie, das Täuschen und Tarnen, das Gesichtstheater. Einige der Mitspieler trugen dunkle Brillen; manche hielten sich ihre Karten wie tragbare Organe an Brust oder Bauch: flache Nieren, flache Herzen; manche schwitzten; manche waren trocken wie frisch geföhnt. Einige wechselten ihren Gesichtsausdruck alle paar Sekunden, andere meinten in der Versteinerung ihr Heil zu finden. Aber sämtliche Spieler an unserem Tisch waren in verdeckter oder offener Weise auf Frederik konzentriert, der mir stets ins Ohr flüsterte, was ich zu tun hatte. Ich folgte ihm blind.

Und während ich ihm folgte, überlegte ich, welche Möglichkeiten ich hatte, Quimps Tod zu verhindern. Denn einfach *nicht* zu schlafen mochte zwar eine Lösung sein, aber keine für die Ewigkeit.

Zwei von fünf Dingen erschienen mir unabänderlich in der derzeit eingefrorenen Spatzenwelt: Nybråtens Position und Quimps Position. Der Schütze hatte seinen Schuß abgegeben und das Opfer seinen Opferplatz eingenommen. Daran würde sich nichts ändern lassen. Blieben die drei anderen Dinge: der Raum, die Zeit und das Objekt, also die Kugel, die sich auf halbem Weg zwischen Nybråten und Quimp befand.

Daß ich den Raum und die Zeit entscheidend würde ändern können – indem ich den Raum krümmte oder verbog oder Teile herausschnitt oder indem ich in der Zeit zurückreiste –, daran glaubte ich nicht. Blieb die Kugel. Denn um so mehr ich all die Geschehnisse überlegte, reifte in mir die Vorstellung, daß wirklich nur zwei Welten existierten und nicht etwa unendlich viele. Eine reale und eine geträumte, wobei vom Standpunkt der einen Welt immer die andere die geträumte war. Und daß es also nicht so war, wie die meisten da und dort glaubten, daß nämlich jeder seine völlig eigenen Träume hatte. Nein, die Wahrheit war die, daß wir alle schlafend entweder in die eine oder die andere Traumwelt gerieten. Mit dem Unterschied, daß manche sich in derselben oder einer ähnlichen Gestalt wiederfanden, andere aber in völlig veränderten. Nybråten war auf beiden Seiten Nybråten und hatte auf beiden Seiten mit Waffen zu tun, der Junge war überall ein Junge, aber mit anderen Vornamen, anderen Eltern und anderen Schulnoten, und ich war eben hier ein Mensch und dort ein Spatz beziehungsweise umgekehrt.

Eine der Fragen, die ich mir stellte, war die, ob all das auch für Objekte galt. Ob jemand hier ein Mensch sein konnte und drüben zum Beispiel ein Fernsehgerät (was somit die Tücke mancher Objekte erklärt hätte beziehungsweise das Gefühl, das uns manchmal beschleicht, in einigen Maschinen würde eine gute Seele sitzen oder ein böser Geist).

Wenn dem so war, dann könnte also auch eine Kugel etwas sein, das von jemand geträumt wurde. Oder es war sogar so, daß ein Gegenstand einen anderen träumte.

Ich überlegte weiter, daß vermutlich dieselben Personen oder Tiere oder Objekte, die soeben in der Spatzenwelt eine bestimmte Szene dominierten, auch in der Blindwelt zusammentrafen, was ja an Nybråten, an mir und an Frederik zu erkennen war. Aber etwa auch für Nybråtens Milena galt, die mir in beiden Welten über den Weg gelaufen war.

Wenn das stimmt, spekulierte ich, könnte es einer der Personen oder Gegenstände in dieser »Spielhölle« obliegen, auf der anderen Seite die Rolle einer Pistolenkugel einzunehmen. Um sodann die Welt und das Leben ganz und gar vom Standpunkt eines kleinen, extrem schnellen, sehr zielorientierten Objekts zu erleben. (Und das ist vielleicht genau der Grund, daß wir unsere Träume im nachhinein als wirr oder unlogisch empfinden. Die Haltung einer Kugel ist nun mal eine gänzlich andere. Kugeln sehen anders und denken bestimmt anders. Im Vergleich dazu sind Spatzen geradezu menschlich zu nennen. Außerdem entsteht ein gewisses Durcheinander dadurch, daß wir ja nicht alle zur gleichen Zeit schlafen und zur gleichen Zeit träumen, woraus sich folgerichtig Verzerrungen, Unschärfen und blendende Glanzlichter ergeben. Wie wir im Traum oft das Gefühl haben, jemand Bekannten zu treffen, der aber ganz anders aussieht. Und sei es ein Lenkrad, das wir *so* nicht in Erinnerung hatten, das sich aber beim Anfassen doch sehr vertraut anfühlt.)

Die Frage war also: Wer oder was in diesem Raum übernahm in der Spatzenwelt die Funktion und Rolle besagter Pistolenkugel?

Während ich all das überlegte, hatte sich die Menge der Jetons, die sich vor mir auf dem Tisch stapelten, mindestens verdoppelt. Das machte mich zu einem *Bigstack*, freilich war es noch immer Nybråten, der über die meisten Chips verfügte, wenngleich er einige eingebüßt hatte.

Es war aber nicht er, der nun doch noch eine Beschwerde einlegte. Sondern andere Spieler, denen es zu bunt wurde – nein, es gehe nicht an, daß ein Kind hier sitze, ganz offenkundig ein Medium, hellsichtig, möglicherweise Trickspieler, und mir ständig zuflüstere, was zu tun sei.

Okay, für alle in diesem Raum, die es noch nicht begriffen hatten, erklärte ich jetzt, von der Polizei zu sein, und wenn man mich weiterärgern wolle, nur weil ich den Jungen bei mir hätte, könnte ich mich gezwungen sehen, diese ganze Veranstaltung zu einem polizeilichen Ende zu führen.

Stimmt, wir hatten deutsches Seegebiet bereits verlassen, stimmt, mein Agieren war dubioser als die ganze Veranstaltung, stimmt, der Junge war nicht wirklich *mein* Junge. Aber diesmal ließ Frederik es durchgehen, während wiederum die versammelte Spielergemeinde samt der Spielleitung dieser von mir eingeforderten Sonderregelung, einflüsternde Kinder zuzulassen, zähneknirschend zustimmte. Zudem erklärte ich, rein gar nichts dagegen zu haben, würden auch andere ihren Nachwuchs oder wenigstens Schutzbefohlene mit an den Spieltisch bringen.

Klar, das geschah natürlich nicht, sondern eine neue Runde begann. Gleichzeitig gab ich dem anwesenden Kellner ein Zeichen und bat ihn, mir einen Kaffee zu servieren. Frederik nutzte die Möglichkeit, eine Cola zu bestellen.

»Mit viel Eis, bitte«, ersuchte er.

Ich unterdrückte den Impuls, Frederik zu erklären, um diese Zeit – immerhin nach Mitternacht – sei eine Cola das falsche

Getränk. Mit viel Eis sowieso. Und daß ich sicher Schwierigkeiten mit seinen Eltern bekommen würde, wenn sich herausstellte, eine solche Getränkeauswahl erlaubt zu haben. Von allem anderen einmal abgesehen. Aber in bezug auf Kindererziehung schienen derzeit nur zwei Dinge wirklich von Bedeutung: das Computerthema (früher Fernsehthema) und das Ernährungsthema. Und insofern war es vielleicht gar kein Problem, ein Kind nachts zum Pokern mitzunehmen. Blieb die veflixte Cola.

Doch heute war eben ein typischer Tag für Ausnahmen. Ich ließ ihn gewähren.

Wir waren neun Leute, die um den Tisch herum saßen. Neun Leute, neun Männer, allerdings eine Frau in der Position einer Croupière. Sie trug eine Art Uniform, eher militärisch als livreemäßig. Sie hatte ihr kurzes, dunkles Haar streng zurückgekämmt, wobei diese Strenge ohne Haarband oder Spange auskam. Das Gesicht war schmal, fast spitz, ein senkrecht stehender Gipfel ... Ich will nicht sagen, es war das Gesicht eines Vogels, dennoch kam ich nicht umhin – wohl auch wegen der Uniform –, mir zu denken, daß diese Frau, die hier mit großer Kunstfertigkeit die Karten mischte, soeben von der Generälin der Sperkkrieger geträumt wurde (welche ja, von der ersten abgefeuerten Kugel Nybråtens getroffen, gegen die Scheibe des Hotelzimmers geschleudert worden war und im Zuge des Aufpralls ihr Bewußtsein verloren hatte).

Bei der Pokervariante, die auf diesem Schiff gespielt wurde, handelte es sich um eine der populären Versionen: *Texas Hold'em*. Allerdings spielten wir eine Mischform, abwechselnd *mit* Limit und *ohne* Limit, wie eine Mischung aus *ernst* und *unernst*, ohne daß aber wirklich klar war, was hier für das eine und was für das andere stand. Jedenfalls war es so, daß in diesem Moment, da ich mich das erste Mal richtig auf das Spiel konzentrierte und nicht nur den Anweisungen Frederiks folgte, eine No-Limit-Runde an der Reihe war.

Ich spürte wohl, daß es eine Runde sein würde, die in die Geschichte einging. Wenigstens in die eigene Geschichte.

Nachdem sowohl der erste als auch der zweite Pflichteinsatz – Small Blind und Big Blind – gesetzt waren, verteilte die generalische Croupière die Hole Cards, zwei sogenannte Handkarten für jeden Spieler.

Ich faltete meine Hände über den beiden sich überlagernden Karten und erlaubte mir, mittels einer theatralischen Geste so zu tun, als wüßte ich allein auf solch übersinnliche Weise, um welche genau es sich handelte. Um in der Folge die Karten mit der Oberkante voran nur darum zu lüpfen, hochzustellen und für einen Moment zu betrachten, um das längst Bekannte bestätigt zu bekommen. Während ich es in Wirklichkeit vor allem tat, damit Frederik sie sehen konnte. Sodann legte ich sie ruhig zurück auf den Bauch. Wie man zwei erschöpfte Soldaten bettet.

Was ich so gar nicht wußte, war, um welche Summen wir überhaupt spielten, da die Chips ohne Angabe von Beträgen waren. Ich konnte nur vermuten, daß die übliche Farbregelung galt und etwa der größere senfgelbe Jeton einen vielfachen Wert des kleineren hellgelben besaß. Und daß man sich mit den weißen Chips kein Haus verdienen konnte, mit den grauen aber schon. Doch wie sicher war das an einem solchen Ort? Jedenfalls war sämtlichen Jetons gemein, daß sie wie polierte Steine glänzten. Sie waren ungemein glitschig und drohten ständig aus den Fingern zu rutschen. Kleine, flache Fische. Babyflundern. Glitschig und glänzend.

Es war also gar nicht so einfach, meine Stapel hinüber zum Pot zu schieben und somit den Einsatz meines Vorgängers zu verdoppeln. Vor allem wollte ich dabei so gelassen wie möglich wirken beziehungsweise den Eindruck vermitteln, meine Schwierigkeit, die Jetons zu bewegen, sei ganz allein deren feindlicher Oberfläche geschuldet. Und nicht der Aufregung, die ich tatsächlich empfand.

Aus gutem Grund. Denn bei einer der beiden Karten, die ich erhalten hatte, handelte es sich um den Joker. Wie angekündigt, war darauf keine typische Hofnarrenfigur zu sehen, sondern die Karte erwies sich als vollkommen weiß – weiß, aber nicht leer, was ein bedeutender Unterschied ist. Sie besaß die Weiße von etwas, in das man meint greifen zu können. Schnee oder eine Sauce oder ein Lack. Es war eine volle Weiße. Sogar extrem voll. Das Gegenteil von einem schwarzen Loch: ein weißer Überfluß, in den absolut nichts mehr eindringen konnte.

Zu Beginn der zweiten Wettrunde zog die Generälin (der Begriff paßte so viel besser als Croupière) eine Karte vom Stapel und legte sie verdeckt auf den Tisch, um daran drei offene Karten anzuschließen.

Was folgte, war die übliche Mixtur aus Halten, Erhöhen oder Aussteigen. Vorgänge, die man im Zuge der Theorie von der Flurbereinigung auch als eine Kombination aus Gutachten, politischen Entscheidungen und Wettbewerbsverzerrung hätte definieren können.

Eingangs der dritten Wettrunde fügte die Generälin eine weitere Karte verdeckt und eine weitere Karte offen an, um dann vor der finalen Runde eine letzte verdeckte und schließlich eine letzte offene und damit fünfte sichtbare Karte in die Tischmitte zu befördern. Die beiden, die noch immer auf dem Bauch lagen, konnte man vergessen (beziehungsweise *verbrennen*), denn sie hatten allein der Spielsicherheit gedient – ein Zeichen der generalischen Oberhoheit.

Da lagen sie, die fünf offenen Karten – eine schon ziemlich bereinigte Landschaft: zwei Asse, das mit dem Herz und das mit dem Kreuz, sowie zwei Zweier, Kreuz und Pik. Sowie eine Karo-Vier.

Bei der derzeitigen Konstellation ergab sich somit bereits eine als *Zwei Paare* bezeichnete Ordnung. Die achthöchste Ordnung … nein, wegen der Pokerkarte und damit der Möglichkeit eines »gefälschten Fünflings« war es korrekterweise die neunthöchste Ordnung nach Fünfling, Royal Flush und Straight Flush, einem lieblichen Vierling, Full House und Flush, einer straighten Straße und einem unvollkommenen Drilling. Eine Ordnung, die nun noch gesteigert werden konnte. Von mir oder einem der beiden anderen Spieler, die im Zuge der bisherigen drei Wettrunden noch nicht aus dem Spiel ausgestiegen waren. Der eine war Nybråten, der andere ein dunkelhäutiger, eigentlich tiefschwarz zu nennender Mann, der ein fleckiges, von Schweiß und Öl gemustertes, weinrotes T-Shirt trug mit einem verwaschenen Spruch darauf: *Live Your Nightmare.*

Es war nun an Nybråten, als erster zu setzen. Mit einem leicht hingesagten »all-in« und der großzügigen Geste des Operateurs, der ein Organ an seinen Platz zurücksetzt, schob er den gesamten Komplex seiner getürmten Jetons hinüber zum Pot.

Ich dachte mir: »Herr im Himmel!«

Das war jetzt schon sehr wie im Film, wenn sich alles zuspitzt und die Übertreibungen das Leben diktieren. Als wüchsen einer Rose die Dornen nicht nur aus den Stengeln, sondern auch noch aus den Blüten.

Der Nightmare-Mann und ich, wir waren somit beide gezwungen, entweder zu passen oder ebenfalls sämtliche unserer Jetons in den Pot einzubringen.

Als nächster war der Nightmare-Mann an der Reihe, der erneut seine Karten betrachtete. Sein rasierter Kopf glänzte in der Art der alten Lokomotiven. Ich konnte mir seine Kleidung nur damit erklären, daß er als Maschinist oder Reinigungskraft auf diesem Schiff tätig war. Ein wirklich schöner Mann. Dem schönen Mann geriet für einen Moment das Gesicht in Unordnung. Gleich einem Nachhall der einst chaotischen Natur. Die Lokomotive schlingerte. Im Schlingern schob der Nightmare-Mann sein Kartenpaar von sich weg und kapitulierte.

Ich kam als letzter an die Reihe. Verunsichert ob meines Kartenglücks, das ja nicht nur darin bestand, über einen Joker zu verfügen, sondern auch über eine Herz-Zwei. Es war das erste Spiel, bei dem Frederik mir nichts zugeflüstert, mir kein Zeichen gegeben hatte. Ich konnte nicht mal sagen, ob er meine Karten überhaupt gesehen hatte, ob ihm also die volle Leere der Jokerkarte sowie die ergänzende Kraft meiner Herz-Karte aufgefallen war. Oder ob ihm nun doch die Müdigkeit – trotz eisgekühlter Coca-Cola – im entscheidenden Moment zusetzte. Dennoch vermied ich es, auf die Seite zu blicken und sichtbar seinen Rat zu suchen. Und immerhin hatte er mir in der kurzen Zeit das Spiel beigebracht. Mich eingewöhnt. Wie in eine Kultur, in der Singvögel in Suppen landen.

Angesichts der beiden Paare auf dem Tisch und der Karten in meiner Hand befand ich mich im Besitz einer *Macht.* Da vereinbart worden war, daß die Jokerkarte für alle Kombinationen gelten sollte, war ich also nicht nur imstande, ein Full House zu formen, sondern vor allem aus sämtlichen Zweiern – den drei echten und dem einen aus dem Schoß des Jokers geborenen – einen noch höher stehenden Vierling zu bilden, somit ein Ding, das im Bereich von Mehrlingsgeburten recht selten zu nennen war.

Eine Geburt, die Nybråten nur dann würden überbieten können, wenn es sich bei seinen beiden Handkarten um Ass-Pik und Ass-Karo handelte und er durch deren Offenlegung ebenfalls Vierlinge gebar. Vierlinge, die zu meinen standen wie eine Königsfamilie zur Brut eines… sagen wir mal, eines kinderreichen Schneiderleins.

Doch wie oft kam das denn vor, daß bei zweiundfünfzig Karten plus einem Joker und wo doch bereits zwei Asse den Weg in die Gemeinschaftskarten gefunden hatten, die beiden anderen ausgerechnet bei einem einzigen Spieler gelandet sein sollten und somit weder im Deck geblieben noch bei bei den bereits ausgestiegenen Spielern untergekommen waren? Wahrscheinlichkeitsmäßig war das wohl eher unwahrscheinlich zu nennen. Andererseits mußte Nybråten einen guten Grund haben, seinen gesamten Spieleinsatz zu verwenden, um damit seine Gegner zu zwingen, es ihm gleichzutun oder aus dem Wettbewerb um die beste Geburt oder beste Flurbereinigung auszusteigen.

Stimmt, da gab es noch das Phänomen des Bluffens, welches diesem Spiel ja erst zu seiner Popularität verholfen hatte. Im Spiel das gleiche zu tun, was man so gerne im Leben unternahm – denn das meiste, was wir im Leben taten, war ein Wonderbra.

Dazu kam, daß ich weder wußte, welche Summe ich einbüßte, falls ich nun verlor, noch, was ich gewann, wenn sich meine Vierlinge als die bessere Kombination erwiesen. – Würde ich bis ans Ende meiner Tage in der Küche dieses Schiffes arbeiten müssen? Oder wäre ich in der Lage, das ganze Schiff zu kaufen?

Ich bemerkte jetzt, wie mich die Hand Frederiks erreichte und für einen Moment auf meinem Oberschenkel zu liegen kam.

Dabei spürte ich, wie er mit einem seiner Finger gegen den Stoff meiner Hose trommelte.

Versuchte er zu morsen?

Es mochte für einen Polizisten eine Schande sein, aber ich war in dieser Kommunikationsform überhaupt nicht bewandert. Wenn's denn mal über SOS hinausging. Und ein bloßes SOS war es ja nicht, was Frederik mir da mitteilte. Für mich blieb es ein einziges haptisches Gebrabbel. Und als er nun die Hand wieder wegzog, war ich ohne Rat.

So ganz ratlos, umfaßte ich meine Stöße aus Jetons, umfaßte meinen ganzen Flunderschwarm und schob ihn in die Mitte. Dabei schaute ich zu Nybråten und schenkte ihm das Grinsen eines Menschen auf dem Weg zu seinem letzten Abenteuerurlaub.

Er sagte: »Nun, mein lieber Herr Kommissar, das gibt jetzt ein böses Erwachen.«

Ich antwortete betont gelassen: »Also, mir ist Geld wirklich nicht so wichtig.«

»Wer sagt Ihnen, es ginge um Geld.«

»Es geht immer um Geld in unserer Welt.«

»Welche davon meinen Sie?«

Ja, welche meinte ich? Ich runzelte die Stirn zu einem mächtigen Faltenwurf. Einem Faltenwurf im Norden meines Gesichts.

»Voilà!« verlautete Nybråten und legte seine beiden bislang verdeckten Karten offen auf. Bei der linken handelte es sich um eine Herz-Dame, die aber in dieser Konstellation von Flurbereinigung nur dann von Bedeutung gewesen wäre, hätten Nybråten und ich über die gleiche Kombination verfügt. Die zweite Karte jedoch ... Pik-As. Und somit war ein Drilling geboren, der sich mit den beiden Zweiern zu einem vollen Haus verband.

Ich tat ein wenig so, als wäre ich erschrocken. Und öffnete meine erste Karte. Meine Herz-Zwei. Unternahm meinen ersten Schritt zur soldatischen Aneinanderreihung von Karten mit gleicher Zahl.

Dann aber ...

In dem Moment, als ich die Karte mit dem Joker auf den Rükken drehte – meinen weißen Joker, der sogleich die Gestalt einer

Karo-Zwei annehmen und somit einen triumphierenden Vierling würde bilden können –, in diesem Moment …

Es erinnerte an ein Verfahren, das ich jüngst in einer TV-Sendung gesehen hatte und bei dem der Benutzer eines Computers … nein, zweier Computer – also, der Mann wischt mit seiner rechten Hand über den rechts von ihm stehenden Bildschirm und verschiebt eine darauf sichtbare Graphik nicht nur von einer Ecke zur anderen, sondern über die linke Kante hinaus auf den Bildschirm des knapp daneben stehenden zweiten Computers. Überbrückt somit die Lücke zwischen den beiden Geräten. Weil er aber gleichzeitig mit seiner linken Hand in derselben Weise eine andere Graphik vom linken Bildschirm auf den rechten Bildschirm überträgt, ergibt sich ein gleichzeitiger und gleichwertiger Tausch der Orte, haben die Bilder die Seite und damit den Computer gewechselt.

Und genau so etwas geschah in diesem Augenblick an unserem Tisch.

Indem ich die Karte offenlegte, *wischte* ich sie. Ich wischte sie auf die andere Seite. Logischerweise verschwand sie vor unseren Augen.

Keine Ahnung, wer drüben im Traum wischte, dort, wo eigentlich alles in der stillstehenden Zeit eingefangen war. Oder ob nicht ohnehin jeglicher Wischer automatisch eine gegengleiche Bewegung hervorrief. Praktisch ein geisterhaftes Strömen.

Tatsache war: Indem ich daranging, die Jokerkarte an der unteren Kante anzuheben und sie vom Bauch auf den Rücken zu drehen – durchaus mit einer Bewegung, die etwas spatzenhaft Raffiniertes besaß und die das Wort »flugs« verdient hätte –, wischte ich sie, die Karte, in die andere Welt hinüber. Gleichzeitig aber tauchte über unserem Tisch das abgefeuerte Projektil aus Nybråtens Pistole auf und übernahm den Platz der Spielkarte.

Mochte das Projektil in der Spatzenwelt auch wie eingefroren in der Luft gehangen haben, hier befand es sich augenblicklich in Bewegung. Sprich: Es flog. Und zwar ganz knapp über die Spielfläche. Knapp, aber schnell.

Die Richtung, in der die Kugel unterwegs war, entsprach der

Drehung, mit der ich die Jokerkarte gewendet hatte, um sie offenzulegen, nach rechts führend. Dorthin, wo zwei der Männer saßen, die schon zuvor aus der Partie ausgestiegen waren, aber natürlich noch immer auf ihren Stühlen saßen.

Wäre es denn nicht gerecht gewesen, hätte die Kugel Nybråten getroffen?

Gerecht schon. Aber immerhin war sie nicht so ungerecht, in einen der beiden an der Sache unbeteiligten Spieler einzudringen, sondern sie flog zwischen den zweien hindurch und verfehlte auch knapp den am Rand stehenden jakobinischen Schiffsoffizier, der an diesem Abend für die Sicherheit zuständig war. Als er zusammenzuckte, da hatte die Kugel bereits die metallene Wand durchdrungen.

Was auch immer jenseits dieser Wand war, wir hörten keinen Schrei und auch nicht den Aufschlag eines gestürzten Körpers. Niemand war getroffen worden. Indem die Kugel die Seite getauscht hatte und somit die Welt, hatte sie nicht nur ihr eigentliches Ziel verfehlt, sondern auch kein neues gefunden.

»O Mann, was war das denn!?« fragte jemand.

Und ein anderer: »Heilige Maria!«

Der Rest schwieg verdattert. Die meisten sahen hinüber zu dem Loch in der Wand, wo die Kugel verschwunden war. Einige an unserem Tisch jedoch starrten auf die Stelle, wo gerade noch die Jokerkarte gewesen, dann die Kugel wie aus dem Nichts aufgetaucht war und nun gar nichts mehr zu sehen war.

Nur Nybråten schaute weder auf das eine noch das andere, sondern mir ins Gesicht. Sein Ärger ließ sich nun nicht mehr verbergen. Er sagte: »Verdammt, Blind, ist das Ihr dummer Polizistenehrgeiz, daß Sie diesen Spatzen unbedingt retten wollen? Einen Vogel! Ich bitte Sie!«

»Ich fühle mich dem Vogel äußerst verbunden«, antwortete ich. »Und wer sagt mir denn, daß, wenn der Vogel stirbt, ich nicht zusammen mit ihm sterbe?«

»Unsinn. Wenn der Vogel einmal tot ist, wären Sie endlich befreit, von ihm träumen zu müssen. Und könnten was anderes, Besseres träumen.«

»Na, ich finde es ganz gut, daß es nicht ist wie bei Ihnen, der Sie da wie dort der gleiche sind und da wie dort ein Krimineller.«

»Konsequenz ist eine Tugend«, erklärte Nybråten.

»Ach was, konsequent ein Arschloch zu sein ist so wenig tugendhaft, wie konsequent zu spät zu kommen.«

Nybråten schüttelte den Kopf und sagte: »Die meisten Menschen, die pünktlich sind, sind Leute, die immer zu früh kommen, sich aber sogar *dabei* verspäten.« Dies aussprechend, lächelte er voller Erhabenheit. Er hatte sich offenkundig wieder im Griff und meinte: »Na, jedenfalls haben Sie das Spiel verloren. Mit Ihrer Herz-Zwei sind Sie zu schwach.«

Das stimmte natürlich. Auch wenn die Regeln dieses Spiels eigentlich besagten, daß ich über zwei Handkarten hätte verfügen müssen und nicht nur über eine. Aber schließlich war das hier ein verbotenes Spiel, so wie es auch nicht ganz korrekt gewesen war, ein Kind mit an den Tisch zu bringen. Zudem bestand für niemand hier ein Zweifel daran, daß ich selbst das Verschwinden meiner zweiten Handkarte verschuldet hatte.

Nybråten verfügte über ein einwandfreies volles Haus. Während ich bloß noch einen Drilling anführen konnte, im Grunde eine schöne Kombination, aber nun mal eine Stufe darunter.

Der Pot gehörte Nybråten. Und er nahm ihn sich auch.

Beziehungsweise gab er einem der Angestellten ein Zeichen, welcher die Jetons auf ein Tablett stapelte und fortbrachte. Ich wußte nicht, wohin. Sowenig ich wußte, was – beziehungsweise wieviel von was – ich hier eigentlich verspielt hatte. Und wem ich es schuldig sein würde.

Kein Kredithai trat an mich heran. Und auch das »Haus« in Gestalt der Generälin blieb stumm.

»Ich werde jetzt schlafen gehen«, gab Nybråten bekannt.

Ich erhob mich und sagte: »Wir sehen uns dann nachher.«

»Gewiß«, meinte der Mann der Waffen und trat aus dem Raum.

Ich schaute neben mich. Der Junge, der Frederik war, war jetzt ein Junge namens Clemens. Oder wenigstens würde er das demnächst sein. Denn Frederik war eingeschlafen. Weder die Cola noch das kühlende Eis, noch die Spannung eines All-in-Spiels hatte dies verhindern können. Er hatte aus seinen Armen eine eckige Grube geformt und seinen Kopf in seitlicher Lage in diese gebettet. Seine Augen waren geschlossen, und aus dem leicht geöffneten Mund drang der sanfte Ton einer flüsternden Bohrmaschine. Ein dreizehnjähriges Schnarchen.

Aber sein Gewicht war doch eher das eines Zehnjährigen, fand ich, als ich ihn jetzt von seinem Stuhl hochhob und ihn mir mit seinem Kopf über die linke Schulter legte, seine Beine um meine Hüften spannte und meine Hände unter seinem Popo verzahnte, so daß der Hauptteil seines Körpers gegen meine Brust lehnte. Er fühlte sich ziemlich warm an, vielleicht ein wenig zu warm, was von der Anstrengung kommen mochte, ein Anflug von Fieber. Aber was wußte ich schon, wie warm schlafende Kinder waren? Ich hatte schon schlafende Frauen bei mir gehabt, die weit wärmer gewesen waren.

Als ich kurz nach Nybråten ebenfalls den Raum verlassen wollte, trat der Jakobiner von der Seite an mich heran. Er hatte einen Zettel in der Hand, den er zweimal faltete und mir in die äußere Brusttasche meines Jacketts schob, wobei er den Stoff ein wenig unter dem Körper des Kindes hervorziehen mußte. Er tat dies sehr ruhig und sorgfältig, derart, daß man das Papier für ein Einstecktuch hätte halten können.

»Was ist das?« fragte ich.

»Ihr Schuldschein natürlich.«

»Wegen der paar Jetons in einem nicht mal legalen Spiel? – Und was, wenn ich nicht zahle, werden Sie dann drohen, mir ein Ohr abzuschneiden?«

Er blieb ganz würdig, als er jetzt erklärte, es sei nicht an ihm, irgendwelche Drohungen auszusprechen. Er habe hiermit seinen Auftrag erfüllt. Und wünsche nun eine geruhsame Nacht.

Ich dankte ihm und ging. Das Kind in den Armen.

Ging den ganzen Weg zurück, verlief mich aber und geriet an einer anderen Stelle als der, durch die wir hereingekommen waren, zurück in den Passagierbereich. Dennoch fand ich rasch zur zentralen Rezeption, wo ich die Zimmernummer des Jungen erfragen wollte.

Als ich mich näherte, sah ich bereits Frederiks Eltern, die an der Theke standen und mit einem Schiffsoffizier sprachen. Ganz offensichtlich waren sie von ihrem ferienüblichen Alkoholgenuß weniger betäubt gewesen, als ihr Sohn angenommen hatte. Ich erkannte ihre Aufregung und Sorge. Und die Panik in ihren Gesichtern, als sie nun ihre Köpfe in meine Richtung wandten und …

»Ihr Kind schläft!« rief ich ihnen zu. »Es ist alles in Ordnung.«

Der Vater nahm mir rasch den Jungen aus den Armen, um ihn in einer ganz ähnlichen Weise auf seiner Brust und Schulter abzulegen. Derweilen hatte die Mutter meinen Oberarm gefaßt. Es war ein Griff zwischen Gut und Böse, zwischen der Möglichkeit, mir zu danken, und der Möglichkeit, mich bis ans Ende meiner Tage zu verfluchen.

Es war aber der Schiffsoffizier, der mich mit dem Deutsch eines Skandinaviers fragte, was mit dem Jungen geschehen sei.

»Kommissar Blind, ich bin Polizist«, stellte ich mich vor.

Die Mutterhand glitt von meinem Oberarm herunter. Das Wort »Polizist« tat sofort seine Wirkung.

Um die Wirkung noch zu verstärken, zog ich meinen Ausweis hervor und hielt ihn kurz vor den Offizier und die Eltern hin, dann erklärte ich, bei einem Spaziergang durch das Schiff den Jungen schlafend in einer Ecke auf dem Autodeck gefunden zu haben. Er sei aber nicht etwa verletzt, sondern bei seinem nächtlichen Ausflug offenkundig dem simplen Umstand seiner Müdigkeit erlegen.

Nein, das Wort »erlegen« verwendete ich nicht, sondern sagte: »Der Schlaf holt halt auch die kleinen Abenteurer.« Obwohl das gleichfalls ein wenig klang, als redete ich vom Tod, der letztlich einen jeden vom Leben abholt.

Wie auch immer, das Kind war wohlbehalten, und den Eltern wie dem Offizier erschien meine Erklärung so plausibel wie beruhigend. Kein Wort über Poker. Kein Wort darüber, daß ihr Sohn woanders schlecht in der Schule war, aber gut im Tiereretten.

Die Eltern trugen das schlafende Kind zurück in ihre Kabine. Ich stand noch kurz mit dem leitenden Seemann zusammen. Er wollte nun doch wissen, in welcher Funktion ich an Bord gekommen sei.

Ich sagte: »Ich bin im Urlaub.«

»Dann genießen Sie ihn bestens«, empfahl er in seinem Norwegerdeutsch und salutierte.

Ich salutierte zurück, und wir gingen auseinander.

Ich bewegte mich hinüber zu den Aufzügen. Da fiel mir ein … Ich hatte doch eben meinen Dienstausweis vorgezeigt. Und sosehr Ausweise dafür gedacht waren, sie anderen Personen unter die Nase zu halten, ergab sich doch für mich idealerweise die Möglichkeit nachzusehen, wie mein Vorname lautete. Ich holte das Ding wieder aus meiner Tasche und wollte … Aber verflucht noch mal!

Wäre die Stelle, an welcher der Vorname aufgedruckt war, nun zerkratzt gewesen oder anderswie undeutlich gemacht worden, okay, damit hätte ich leben können. Ich hätte einen böswilligen Akt derer vermutet, denen ich meine siebenundvierzigtägige »Pause« verdankte. Doch es war allein so, daß die transparente Schutzschicht über dem Ausweis, genau dort, wo mein Vorname stand, eine derart heftige Spiegelung hervorrief – einen perfide blendenden Glanz –, daß es mir gänzlich unmöglich wurde, die Buchstaben zu erkennen. Der Name Blind war ganz deutlich zu sehen, nicht aber der ihm so knapp vorgelagerte Vorname. Ganz egal, wie ich den Ausweis drehte und wendete, es gelang mir auch unter Mühen nicht. Auch nicht, als ich durch Schnelligkeit versuchte, den Glanz auszutricksen. Es war zum Schreien.

Gut, ich wollte es später versuchen. (Allerdings gehört es zu den Merkwürdigkeiten dieser Geschichte, daß ich künftig zwar immer wieder mal den Makel meiner Vornamenlosigkeit beklagte – einmal davon abgesehen, von Milena den Namen *Matthew* erhalten zu haben –, aber völlig vergaß, mir noch einmal meinen Polizeiausweis anzusehen. Oder es statt dessen mit meinem Paß zu probieren, der sich irgendwo in meiner Pan-Am-Tasche befinden mußte. Immerhin würde ich mich bei verschiedenen Gelegenheiten bemühen, diesen Namen über mein Smartphone und über das mit dem Smartphone verbundene Internet herauszufinden. Doch umsonst. Da war niemand, der mich mit meinem Vornamen ansprach. Auch nicht die Presse, nicht die Freunde, nicht mal meine eigene E-Mail-Adresse. Alle redeten nur von Blind oder Herrn Blind oder Kommissar Blind. Und wo der Vorname zwingend hätte sein müssen, war er quasi ausradiert worden. Es war wie bei jenen Leuten, die vergeblich nach eigenen Spuren in der Welt suchen und irgendwann das Gefühl bekommen, nie existiert zu haben. In meinem Fall zumindest nie mit einem Vornamen.)

Als sich die Türen der Liftkabine schlossen, schloß ich gleichzeitig meine Augen. Ich wollte nur kurz … Ich schlief schneller ein, als eine Pistolenkugel und eine Jokerkarte ihre Plätze tauschen können.

20

Als ich erwachte … Ich spürte sofort den Spatzenkörper, in dem ich steckte: diese so viel kompaktere Zusammenstellung flugfähiger Einzelteile, während sich das Menschsein, das ich in meinen Träumen erlebte, ein wenig … unorthodox anfühlte, ausufernd, mitunter schwerfällig, mitunter als Strafe. – War ich darum, weil ich so fühlte, ein Rassist? Weil ich im Vergleich Mensch/Vogel doch eine gewisse Überlegenheit des Lebens in der Luft feststellte? Eine Schönheit und Eleganz des gefiederten, fliegenden, leichtgewichtigen Wesens, die ich *so* beim Menschen nicht erkennen konnte? Eine Überlegenheit des Vogels, die der Mensch nur mühsam dadurch auszugleichen vermochte, indem er die Luft, in der Vögel sich bewegten, verpestete. Das machte den Menschen ja weder schöner noch eleganter. Kleidung aber schon. Und ich habe ja auch bereits zugegeben, daß ich die Menschen um ihre wechselnden Kleidungen beneide. Ich möchte aber trotzdem nicht in ihrer Haut stecken, nur in ihrer Kleidung.

Nein, Vogel ist gut.

Allerdings hatte ich einen kurzen, aber schrecklichen Moment lang gemeint, mein Leben als flugfähiges Landwirbeltier, als Schönheit, würde jetzt gleich zu Ende sein. Fürchtete, im nächsten Moment von einer Pistolenkugel getroffen zu werden.

Aber es war nicht das Projektil, das auf mich zuraste, sondern die aus einer weißen Fläche bestehende Jokerkarte. – Keine Frage, eine mit hoher Geschwindigkeit ausgestattete Spielkarte wäre dank ihrer scharfen Kanten sicher in der Lage gewesen, den Hals eines Spatzen zu durchtrennen … Doch mein Kopf durfte bleiben, wo er war. Denn das Tempo, mit dem »das volle Weiß« auf mich zukam, entsprach dem moderaten Impuls, den Kommissar Blind beim Aufdecken derselben erzeugt hatte. Weshalb der Joker es nicht einmal bis zu mir hin schaffte, sondern ein ganzes Stück davor auf dem Tischchen landete, auf dem ich saß. Die Karte schlitterte auf ihrem Rücken noch ein wenig weiter auf der glatten Fläche, um schließlich in einem Abstand weniger Zentimeter zu mir zu ermatten.

Ich schaute zu ihr hinunter, hob dann den Kopf und sah gerade noch, wie ein Mann aus dem Raum stürmte und die Türe hinter sich zuwarf: Nybråten!

Ich fragte mich, wieso er nicht versucht hatte, einen zweiten Schuß abzugeben. Doch dann entdeckte ich die schwarze Spur, die sich entlang der Vorzimmerwand hinzog, eine Brennspur, die noch etwas rauchte. Außerdem bemerkte ich die Generälin, die, in der Luft stehend, flatterte. Seitlich ihres Helms stand eine metallene Röhre vor – ich hatte schon davon gehört. Daß nämlich Sperks nicht nur über radikal gute Rüstungen verfügten, sondern auch über eine in ihre Schulter- und Helmteile integrierte Bewaffnung: Raketenwerfer. Es hieß, einige der Gefechtsköpfe seien mit einem speziellen Brandmittel versehen. Einem Brandstoff, der angeblich auf den meisten organischen wie anorganischen Materialien leicht bis mäßig löschbar war, auf menschlicher Haut jedoch eine gänzlich unlöschbare Kraft entwickelte. Eine Kraft, deren »Intelligenz« darin bestand, sich, sobald entzündet, sehr rasch auch auf einem unbrennbaren Material – siehe Schutzanzug – fortzubewegen, bis eine Lücke gefunden war, eine brennbare Stelle, eben die menschliche Haut. Diese Waffe schien geradezu einen Instinkt für die menschliche Haut zu besitzen, sie zu riechen, etwa den entblößten Oberarm des Soldaten oder das entblößte Gesicht eines im übrigen mit einer kugelsicheren und auch feuerabweisenden Schutzkleidung ausgerüsteten Kämpfers. Auf einer simplen Zimmerwand hingegen verlöschte und verendete sie schnell und hinterließ eine nicht allzu dramatische Sengspur.

Kein Wunder, daß Nybråten, dem das wohl auch schon zu Ohren gekommen war, es scheute, dieses Gerücht zu überprüfen und, anstatt einen zweiten Schuß auf mich abzugeben, aus dem Zimmer geflüchtet war.

Ich sah, wie die Generälin mit einer kurzen Kopfbewegung die Abschußvorrichtung des Raketenwerfers zusammenklappte und in der Innenseite ihres Helms verschwinden ließ.

»Toll!« rief ich aus, während sie neben mir landete. Und dankte ihr.

Sie aber sagte: »Wir müssen schnell hier raus und zurück zur Station.«

Mit Station konnte nur die Sperksetage des *Aurora Building* gemeint sein, der ja höchstwahrscheinlich ein Angriff durch Agenten und Söldner der Totalisten bevorstand. Wenn er nicht bereits begonnen hatte.

Dazu aber mußten wir erst einmal aus diesem Hotelzimmer hinaus. Eine *ge*schlossene Türe war für einen Spatzen immer auch eine *ver*schlossene, das Herunterdrücken einer Klinke selbst für einen Sperk unmöglich. Dafür waren Sperlinge zu leichte Vögel.

Ich sagte: »Schießen Sie die Türe einfach auf!«

Die Generälin sah mich streng an und erklärte: »Bin dabei.« Sie flog los, landete gegenüber der Türe und stellte ihren linken Flügel waagrecht. Und indem sie eine Kraftanstrengung vollzog – ich sah, wie sie preßte und dabei ihre Augenschlitze schmaler wurden –, drückte sie eine Reihe von vier kurzen Geschützrohren hervor, um aus einer davon eine Rakete abzufeuern. Eine Rakete ohne Brandmittel, aber mit Sprengkopf. Die Raketenspitze traf präzise auf das Türschloß, explodierte, schuf ein Loch und bewirkte, daß die Türe aufsprang.

»Raus!« rief O'Neill und brachte auch ihren zweiten Flügel in Position.

Ich hob ab und folgte O'Neill durch die so gewaltsam geöffnete Türe.

Erneut den Aufzug benutzend, über viele »blinde« Menschen steuernd, gelangten wir in die Lobby und aus dem Gebäude hinaus und erreichten in kurzer Zeit das *Aurora Building*. Über dem

Hochhaus kreisten Hubschrauber, die Straßen waren abgesperrt, und man hatte schweres Militärgerät in Position gebracht. Augenscheinlich setzten die Totalisten nicht darauf, in aller Stille ihr Werk zu verrichten.

»Was soll das?« fragte ich.

»Ganz typisch für die Menschen«, meinte O'Neill. »Egal, was sie unternehmen, sie nennen es einen Kampf gegen den Terrorismus. Und die Frage in unserem Fall ist nur, ob's ein IRA-Terrorismus sein soll oder ein muslimischer. Einer schreit *Terrorismus*, und alles ist erlaubt.«

Was aber bedeuten mußte, daß die Totalisten mit den staatlichen Behörden zusammenarbeiteten. Die Sache somit offiziell als Einsatz des nordirischen *Police Service* sowie britischer Militärkräfte galt und nur insgeheim französische Totalisten den Vorgang bestimmten. Möglicherweise mit ebenso insgeheimer Unterstützung des MI5.

Es hatte übrigens stark zu regnen begonnen, was sich ja mit der Theorie deckte, menschliche Krieger würden besonders gerne bei schlechtem Wetter einen Angriff starten.

Jedenfalls war es laut. Draußen wie drinnen. Aus dem Gebäude drang der Lärm von Explosionen und Schüssen. Glas splitterte. Allerdings nicht das Glas zwischen der 33. und 34. Etage, dessen Unverwundbarkeit nahe an absolut reichte (ein Glas, das jedoch keine Erfindung der Sperks war, sondern die einer kleinen englischen Firma, die ihre Ware nur an wenige Kunden verkaufte, dies aber zu horrenden Preisen; und unter diesen Kunden waren eben auch die Mittelsmänner der Spatzenkrieger gewesen).

Soeben seilten sich mehrere Soldaten aus den Hubschraubern aufs Dach des Hochhauses ab.

»Wir gehen durch die Skulptur rein«, bestimmte O'Neill.

Doch als wir über die Scharfschützen hinweg, die das Gebäude umstellt hatten, in die Halle gelangten, erkannten wir gleich, was geschehen war. Dort, wo sich inmitten der kruzifixartigen Karambolage der Eingang in den Schacht der Sperks befand, hatten Soldaten, die auf Seilen von der Decke herunterhingen, eine Maschine angebracht. Einen Kompressor.

Offensichtlich hatte der »Bäcker« – der Verräter unter den Sperks – auch dieses wichtige Detail an die Totalisten verraten. Gar keine Frage, es mußte sich um irgendein Gas handeln, das die Angreifer in den Schacht bliesen. Ein Gas, um zu töten oder um zu betäuben.

»Hier rüber!« rief O'Neill, die an den rechten Rand der Skulptur geflogen war.

Ich folgte. Keine Sekunde zu früh. Scharfschützen hatten mich entdeckt. Ich konnte den Luftzug der Kugel spüren, die mich knapp verfehlte. Endlich erreichte ich O'Neill, die mich mit ihrem Körper hinter ein Blechteil drückte. Und von dort tiefer hinein in einen Spalt. Wie in eine Höhle. Tatsächlich befand sich an dieser Stelle ein schmaler Gang, auf dem wir ins Dunkel hüpften. In unserem Rücken das Schmettern der Projektile, die zwar uns galten, aber nur noch imstande waren, die Kunst zu beschädigen.

Es herrschte jetzt das, was man zappenduster nennt. Zugleich war es aber auch so eng, daß man keine Chance hatte, die Flügel aufzuspannen. Der Weg führte bald steil aufwärts, wobei Querbalken auf dem Boden halfen, nicht abzurutschen.

»Wo sind wir?«

»In einem alten Gang, von dem niemand weiß. Nicht einmal Fein und Kelly.«

»Kelly?«

»General Kelly. Der dritte General.«

Ich staunte. Nicht darüber, daß jemand Kelly hieß. Sondern daß es wirklich möglich sein sollte, es könnte einzig und allein O'Neill über diesen weiteren Zugang zur Sperksetage Bescheid wissen.

»Mein Vater hat ihn mir gezeigt, als ich ein Kind war«, erklärte die Spatzenfrau. »Er wurde mein Geheimnis und mein Spielplatz. Und als ich älter und General wurde, behielt ich das Geheimnis. Aus einer puren Laune. – Na, vielleicht eher aus einer Ahnung.«

»Wer, glauben Sie denn, hat uns verraten? Fein oder Kelly?«

»Schwer zu sagen. Jedenfalls haben die beiden sich nie gemocht.

Fein ist Traditionalist, Kelly jemand, der am liebsten die Spatzen ins Weltall führen würde. Zudem ein Menschenhasser.«

»Dann spricht eigentlich wenig dafür, daß er uns denen ausliefert.«

»Ach was! Kelly ist Stratege. Und würde stets seinen Haß einer Strategie unterordnen. Typen, die die Welt ändern wollen, nehmen auch in Kauf, daß sie vorher untergeht. – Aber wir werden sehen.«

Doch das, was wir vorerst zu sehen bekamen, war ein hoch führender Schacht, der im Licht von Neonröhren lag und mit einer Unmenge von Kabeln vollgestopft war. Es war echt haarig, da hochzufliegen. Allerdings ließ ich mich, wie an einer Schnur gezogen, von O'Neill dirigieren, die wohl selbst mit verbundenen Augen durch diesen technischen Salat gefunden hätte. Den geheimen Spielplatz ihrer Kindheit.

Auf diese Weise kamen wir bis zum 33. Stockwerk, schlüpften durch ein Loch in einen Toilettenraum – wo es derart fleischig roch, als befinde man sich in einer Wurstfabrik – und zwängten uns durch eine weitere Ritze im Plafond hinauf ins Sperkstockwerk. Beziehungsweise in die Wandverkleidung der zentralen Raumsäule, in deren Innerem der nun mit Gas gefüllte Schacht lag, der den Spatzen bislang als geheimer Zu- und Ausgang gedient hatte. Außen an der Säule waren diverse Apparaturen montiert, die die »Wohnmaschine« der Sperksetage steuerten, vor allem den Schwebezustand und die Rotation der Boxen. Im Schatten einer solchen Apparatur befand sich eine kleine Öffnung, ein Türchen, von dem wiederum allein O'Neill wußte und durch das wir nach drinnen gelangen würden.

Bevor wir aber diesen Schritt taten, steckte O'Neill ihren Schnabel in eine dunkle Ecke und pickte ein kleines, helles Objekt hervor. Ich glaubte zunächst, es handle sich um einen Krumen, ein Stück altes Brot. O'Neill legte es mir auf den Scheitel.

»Nicht schütteln«, sagte sie.

Ich blieb still, bewegte mich nicht.

Dann spürte ich es.

Es war anfangs so, als würde sich ein flüssiger Inhalt aus diesem

Kügelchen über meinem Kopf entleeren, sehr viel mehr Flüssigkeit, als eigentlich in eine solche Form hineinpaßte. (Für Kommissar Blind hätte es sich angefühlt, als zerbreche ein Ei auf seinem Kopf und als verteilten sich in der Folge das Eiweiß und der Dotter über sein Haar.)

Doch es handelte sich weder um ein Ei noch um einen Brotkrumen. Sondern um einen Helm. Um einen Sperkshelm. Einen Helm, auf den ich noch keinen wirklichen Anspruch besaß. Aber Gefahr war im Verzug. Und mit größter Wahrscheinlichkeit war der Raum, in den wir uns anschickten einzudringen, ebenfalls kontaminiert.

Die Flüssigkeit umgab meinen Schädel: ein Fluß, der sich strömend meiner Gesichtsform anpaßte.

Panik erfaßte mich, als ich spürte, wie die zügig gleitende Masse nun auch meine Augen und meinen Schnabel einhüllte. Einen Moment dachte ich, das verdammte Ding sei defekt und würde mich ersticken. Doch es hatte alles seine Ordnung. Der jetzt vollständig geschlossene und hart gewordene Helm versorgte mich mit Sauerstoff. Wie auch bei O'Neills Helm nun keine Öffnung mehr bestand. Wir waren Astronauten. Und ich verstand endlich die Bemerkung, General Kelly würde das Kriegervolk der Sperks am liebsten ins Weltall führen.

»Also los!« sprach O'Neill. Ich konnte sie gut hören. Eigentlich noch besser als zuvor, als funktioniere der Helm wie ein Verstärker. Wie auch mein Blick schärfer gestellt schien. Ich empfand alles eine Spur intensiver und genauer. Zugleich ergab sich aber auch eine Dämpfung, als O'Neill nun einen Deckel zur Seite schob und wir uns durch einen engen Spalt nach draußen quetschten und zwischen die Teile der Steueranlage gerieten.

Schon eingangs hatten wir die Schüsse und Explosionen vernommen. Nun kam der Rauch dazu, der den Raum füllte. Lichtblitze. Flammen. Körper. Menschenkörper und Spatzenkörper. Wie man vielleicht überhaupt sagen kann, daß der Krieg immer auch eine Art von Vereinigung darstellt. Denn was wäre verbindender, als gemeinsam zu sterben? Etwas, wonach sich oft Frischverliebte sehnen oder Paare, die schon sehr lange und glücklich miteinander sind und wo der eine ohne den anderen weder leben noch tot sein mag.

Ein Großteil der Boxen schwebte nicht mehr, sondern bildete an einer Stelle des Raumes, knapp an der Fensterfront, eine Barrikade, hinter der sich die Sperks verschanzt hatten. An der gegenüberliegenden Seite – nahe jener Öffnung, durch die man nur gelangen konnte, wenn man die Pläne des *Aurora Building* kannte – hatte sich ein ganzer Pulk von Elitesoldaten verteilt. Sie sahen allerdings aus wie Vulkanologen in ihren silber- und goldfarbenen Schutzanzügen und mit ihren Atemmasken. Da war kein Stückchen Haut frei. Ganz offensichtlich wußten sie um das spezielle Brandmittel der Sperks. Freilich waren sie ebenfalls in Deckung gegangen, denn die Munition der Sperks schien durchaus imstande, die Schutzkleidung der Angreifer zu durchdringen und dem Brandmittel doch noch einen Zugang zur Haut des Trägers zu verschaffen. Beziehungsweise einen Soldaten einfach abzuknallen. Schließlich bestand die Sperksche Bewaffnung auch aus konventionellen Projektilen – Kugeln, wie man harmloserweise dazu sagt, als spreche man von Süßigkeiten.

Derlei Kugeln querten den Raum. Machten ihn zu einer unbetretbaren Zone. Die leblosen Menschen- und Spatzenkörper am Boden bewiesen die Unbetretbarkeit, wobei ich im Falle der Spatzen nicht sagen konnte, was mit ihnen geschehen war. Schließlich waren sie doch eigentlich dank ihrer Rüstungen unverwundbar. (Nun, die Wahrheit war die, daß eine Sperksrüstung nach einiger Zeit derart mit dem Körper des Spatzen verschmolz, daß sie sich nur schwer wieder von diesem lösen ließ. Der von einer Gewehrkugel getroffene Spatz wurde zwar nicht durchbohrt, der Aufprall des Projektils konnte jedoch eine Erschütterung bewirken, heftig genug, einen Herzstillstand zu verursachen. Nicht die Rüstung wurde in Mitleidenschaft gezogen, aber der mit ihr symbiotisch verbundene Sperling. – Später hörte ich auch noch die Theorie, daß mancher Sperk, der getroffen wurde, sich spontan, gegen besseres Wissen, tödlich verwundet fühlte, also meinte, die Kugel hätte seine Rüstung durchdrungen und sein Fleisch ebenfalls. Und der dann im Zuge dieses schrecklichen Verdachts einem

Schock erlag, vergleichbar einem Menschen, der irrtümlich in eine Kühlkammer gerät, eingeschlossen und vergessen wird und schließlich erfriert, nur daß man hinterher feststellt, die Kühlung sei gar nicht in Betrieb gewesen. Man kann eben auch an seiner Einbildung erfrieren sowie an einer Kugel sterben, die niemals wirklich in einen eingedrungen ist.)

»Gut!« sagte O'Neill, meinte damit aber wohl: »Schlecht!«

Auch wenn die übereinandergetürmten Boxen eine kugelsichere Wand bildeten, saßen die Spatzen dennoch in der Falle, denn ihr einziger Weg ins Freie führte durch die hinter ihnen liegenden Fensterscheiben. Scheiben, die sich sowenig bewegen ließen, wie man sie durchschießen konnte. Die Scheiben selbst wurden zur Falle. Während die Falle, welche die Sperks für ihre Angreifer vorbereitet hatten, entweder nicht funktioniert hatte oder zu schwach gewesen war. Jedenfalls hatten die Söldner der Totalisten, die von den britischen Einheiten nicht zu unterscheiden waren – man bewies hier eine englisch-französische Freundschaft –, die Oberhand. Soeben drangen durch jenen Schacht, der dazu gedient hatte, größere Gerätschaften wie die Wohnboxen der Sperks anzuliefern, weitere totalistische Kämpfer herein, von denen mehrere mit tragbaren Raketenwerfern ausgestattet waren.

»Brandneue RPOs«, erklärte O'Neill.

RPOs?

Russische Waffen! – Wieder einmal schoß mir ein Wissen ganz plötzlich in den Kopf, und wieder einmal ergänzt von einer in meinem Hirn aufleuchtenden Wikipedia-Weisheit, die da lautete: »Die RPO-A wurde mit großem Erfolg in Tschetschenien eingesetzt.« Ich fragte mich, ob später einmal auf Wikipedia stehen würde: »Die Weiterentwicklung des RPO-Modells wurde mit großem Erfolg gegen die Belfaster Spatzen eingesetzt.«

Auch bei RPOs bestand sowohl die Möglichkeit einer Brand- wie einer Explosivladung. Keine Frage, es sollte versucht werden, die Deckung der Sperks zu zerstören. Allerdings schienen die Boxen mit demselben Material umhüllt, welches die Rüstung der Spatzenkrieger so ungemein widerstandsfähig machte. Fragte sich, ob diese Boxen – übereinandergestapelt, wie sie standen – zu einer so kompakten Einheit verschmolzen waren, daß die einem Raketenangriff standhalten konnte.

Soeben gingen zwei der mit RPOs ausgestatteten silberbeschichteten Soldaten in eine kniende Position. Sie hatten die Startrohre über ihre Schultern gesetzt und fixierten das Ziel. Ebenso rasch stieß sich O'Neill ab und flog in ihre Richtung. Noch bevor die beiden RPO-Männer feuern konnten, gab O'Neill zwei Schüsse ab, nur zwei. Beide durchstießen den jeweiligen Sichtschutz im Helm der Soldaten und drangen auf Höhe der Augen in die Menschenköpfe ein, wo sie explodierten und einen definitiven Schaden anrichteten. Die Männer fielen fast gleichzeitig um. Mit ihnen ihre RPOs.

Sofort geriet O'Neill ins Visier mehrerer Scharfschützen. Einige Kugeln trafen sie, allerdings nicht mittig am Leib, sondern an den Seiten. Sie kam ins Trudeln. Ich startete, flog zu ihr hin, dann aber an ihr vorbei, nahe an die Angreifer, flatterte, machte auf mich aufmerksam.

Mein Gott, ein armer Irrer war ich! Hatte ich denn ganz vergessen, zwar einen Sperkshelm zu tragen, aber keine durchgehende Rüstung? Wahrscheinlich wäre es sogar besser gewesen, ohne Helm zu sein, dann nämlich wäre ich dank des Betäubungsgases auch betäubt gewesen, gar nicht in der Lage, hier auf verrückte Weise mein Leben aufs Spiel zu setzen. Ein Leben, welches im Zuge des »Seitenwechsels« einer Kugel und einer Spielkarte doch eben erst erhalten worden war.

Aber ich hatte nun mal damit begonnen und keine Chance mehr, es rückgängig zu machen. Ich flog wie unter Drogen und geriet ins Visier der Scharfschützen, während O'Neill eine weite Kurve zog und erneut zwischen den Teilen der zentralen Säule Schutz fand.

Hätte mich Kommissar Blind jetzt gesehen … Nun, er sah mich ja und fluchte wohl im Schlaf darüber, mich mit aller Mühe – nicht zuletzt irgendeine Art von Vermögen beim Pokern verlierend – aus dem Schlamassel geholt zu haben, nur damit ich nun in fataler Weise den Helden spielen konnte. Dennoch, die Generälin, eine Frau mit sichtbarem Herzen, gerettet zu haben …

Man könnte auch sagen: Es *beflügelte* mich. Ich flog Figuren, die ich noch nie geflogen war, gar nicht gedacht hätte, dazu überhaupt fähig zu sein. Figuren, in deren komplizierter Anmut auch ihre Stärke lag, wie bei einem Barockgemälde, dessen Überfülle und aufwendiges Dekor den Betrachter davon ablenkt zu erkennen, was hier überhaupt dargestellt ist. Ein Betrachter, der, nachdem er ein Rubens-Bild gesehen hat, vom Glanz des Fleisches schwärmt, aber nicht sagen könnte, *wessen* Fleisch.

Die Kugeln verfehlten mich. Offenkundig hatte meine Flugakrobatik die Schützen genügend verwirrt. Der Albatros in meinem Kopf hingegen meinte, die Projektile selbst seien es gewesen, die sich hätten verwirren und ablenken lassen. Daß sie ob der Absurdität meiner Verrenkungen im Flug – meiner Flugkomödie – ihr Ziel verfehlt hätten.

»Ja, ja, schon gut«, sagte ich.

Allerdings war es nicht so, daß die Projektile sich mit einem Mal in harmlos dahinsegelnde Pokerkarten verwandelt hätten, sondern sie blieben, was sie waren, und dementsprechend bedrohlich.

Und dann kam eine Kugel, die sich nicht verwirren ließ. Kurz bevor ich mittels einer Folge kleiner Innenloopings mich zu jener Stelle hinflüchten konnte, wo O'Neill Deckung gefunden hatte, erwischte sie mich. Und zwar am Kopf, was in der Regel als ein großes Unglück gilt. Hier aber war es ein Glück, schließlich der einzige Teil von mir, der im Genuß einer sperkschen Ummantelung war. Zudem traf mich die Kugel nicht mitten im Gesicht, sondern seitlich an der Wange, leider noch immer stark genug, mich aus der Flugbahn zu werfen, so daß ich weit weg von der Stelle geriet, an der ich in Deckung hatte gehen wollen.

Ich prallte auf dem Boden auf. Rappelte mich schnell hoch und entging dem Einschlag einer Granate. Ich befand mich jetzt nahe der Schutzwand, die die Sperks aus ihren Wohnschachteln geformt hatten (wenn es nicht vielleicht sogar so war, daß diese Boxen sich ganz automatisch gruppierten, sobald Gefahr drohte: triebgesteuerte Architektur gleich jenem triebgesteuerten Brandstoff).

Wie auch immer, ich eilte dorthin, wo das Gros der Sperks sich verschanzt hatte. Hinter die Phalanx, die nach oben hin sowie auf einer Seite offen war.

Einen Moment lang erstarrten sämtliche Sperkkrieger – ich denke, fünfzig, sechzig waren es. Sie erstarrten in ihren Tätigkeiten: nämlich der Erwiderung des totalistischen Feuers von der oberen Mauerkante; Vorbereitung einer Sprengfalle; Versuch, ein kreisrundes Loch in das dicke Panzerglas zu schneiden und somit doch noch einen Fluchtweg zu schaffen. Sie erstarrten und schauten zu mir herüber. Sogar die Totalisten auf der Gegenseite stellten für einen Moment das Feuer ein.

Die Welt war eine Pause. Und ich ihr Grund.

Keine Ahnung, ob diese Unterbrechung meiner so effektiven wie geisteskrank anmutenden, am ehesten an Eiskunstlauf erinnernden Flugtechnik zu verdanken war. Oder dem Eindruck, ich sei ein Alien, ein außerirdischer Sperk, der zwar einen Helm nötig hatte, aber weder Brustpanzer noch geschützte Flügel.

Auch meinerseits betrachtete ich die versammelten Krieger. Ich hielt Ausschau nach zwei deutlich sichtbar klopfenden Herzen. Fand aber nur eines. Das von General Fein.

»Wo ist Kelly?« fragte ich.

»Er holt Verstärkung«, antwortete irgendein Sperk.

»Blödsinn!« rief ich aus. »Er hat euch verraten.«

»Aber …«

Zu mehr an Gespräch reichte es nicht. Einer der Spatzen oben an der Kante der Barrikade gab ein Alarmzeichen, das einen weiteren Versuch der Totalisten anzeigte, eine WB-Rakete abzufeuern, eine »Wall Breaching«. Woraufhin eine Einheit Sperks aus der Deckung ging, eine breite Formation flog – etwa in der Art, wie eine angreifende Rugbymannschaft das Feld auseinanderzieht – und die Soldaten an den Panzerfäusten unter Beschuß nahm.

Einer der Angreifer wurde getroffen, fiel nach hinten, doch das Geschoß löste sich trotzdem, flog nun allerdings nicht hinüber zu der dreißig Meter entfernten Schutzwand der Sperks, sondern schräg hinauf zum Plafond, der dieses nummernlose Stockwerk von der 34. Etage trennte. Dort, wo die Büros einer weltweit agierenden Steuerberatungsfirma untergebracht waren. – Es gab Leute, die sicher gemeint hätten, es sei höhere Gerechtigkeit, wenn nun eine Panzerfaust, ironischerweise die der britischen Armee, die Räume dieser für Diktaturen in Ost und West arbeitenden Steuerberatung demolierte. Aber selbstverständlich waren die Mitarbeiter längst evakuiert worden. Vor allem wollte es ein teuflisches Schicksal, daß die Verwüstungen, die dort oben geschahen, zur Vernichtung von Akten führten, die man Tage später, im Zuge einer lange geplanten Razzia, hätte beschlagnahmen wollen.

(Im Leben der Menschen existierte offenbar ein merkwürdig absichtsvoll wirkender Zufall, der mit großer Regelmäßigkeit dazu beitrug, daß sich das Böse durchsetzte. Ein Zufall, der in Umkehr zu einem berühmten deutschen Zitat Teil jener Kraft war, die stets das Gute will und stets das Böse schafft.)

Aber auch die zweite mauerbrechende Waffe wurde abgefeuert, und zwar gemäß ihrer Bestimmung in Richtung Sperksmauer.

Durch den Aufprall und die zweifache Explosion war der Druck derart heftig, daß es mich und andere gegen das Glas der Fenster schleuderte. Mir wurde schwarz vor Augen. Ich sah nichts. Aber ich hörte … hörte Musik. Das Klavierstück von Bach aus dem Bauch des Schiffes, mit dem Kommissar Blind nach Oslo unterwegs war. Beziehungsweise spürte ich, daß Blind in der Liftkabine zusammengesackt war und folglich auf dem Boden lag und schlief. Wie das eigentlich sonst nur extrem besoffene oder extrem wohnungslose Menschen tun.

In diesem Augenblick also geschah etwas vollkommen Neues. *Ich*, Quimp, und *er*, Blind, waren vereint im Zustand der Bewußtlosigkeit, er schlafend, ich bewußtlos. In Bachs *Wohltemperiertes Klavier* mischten sich der hochtemperierte Klang von Schüssen und Explosionen – die Fieberkurve des Kriegs – sowie das aufgeregte Rufen der Spatzen.

Ich öffnete meine Augen. Ich war zurück. Und sah, daß die Barrikade gehalten hatte. Was nicht gehalten hatte, war, wie schon erwähnt, die Decke hinauf zum 34. Stockwerk. Ein riesiges Loch klaffte, Schutt hing herunter, es rauchte und dampfte und brannte, und die offenen Leitungen zischten. Eine chaotische Art von Silvester.

Ich befand mich jetzt ungeschützt seitlich der Sperksmauer, hatte dadurch aber auch einen guten Blick auf die Totalisten. Ich lag ja noch immer auf meiner linken Flanke, reglos, und konnte von meiner Position aus sehen, wie die Soldaten eine dreibeinige Lafette aufstellten, aus deren beiden Abschußbehältern je eine goldgelbe Rakete ragte. Keine Frage, der Sinn dieser Konstruktion bestand im gleichzeitigen Abfeuern von zwei Geschossen. Auch verriet mir mein in mich hineinfließendes Wissen, es handle sich hierbei um Lenkflugkörper, sogenannte Fire-and-Forget-Objekte, was ein hübscher Begriff dafür war, ein explosives Ding einfach loszuschicken und es ihm dann selbst zu überlassen, sein Ziel zu finden und den hoffentlich größtmöglichen Schaden anzurichten. Die Verantwortung quasi auf die Waffe zu übertragen. Auf die *denkende Bombe.* – Bereits jedes Menschenkind und jeder Jungspatz überlegten sich, ob so eine Bombe wohl ein Gewissen besitze und ob man sagen könne, sie sei schlecht. Und wenn schlecht, ob eigentlich von Natur aus oder erst geworden.

Angesichts der Ereignisse der letzten Tage fragte sich auch, ob Bomben träumten. Und wenn, was eigentlich? Blumen zu sein? Krankenschwestern? Heilige? Oder doch eher, erneut als Bombe zu existieren, im Traum aber größer, besser, stärker, rücksichtsloser?

Im konkreten Fall kam noch hinzu, daß es gleich *zwei* Bomben waren, die – sobald losgeschickt – sich auch untereinander noch einigen mußten. Und wenn sie mal den Werferarm verlassen hatten, sicher nicht mehr träumten. Sondern für die Zeit ihres Fluges vollständig und eigenverantwortlich im Leben standen.

Und ich? Noch lag ich auf meiner Seite. Und sah ja nicht nur, wie die Totalisten soeben ihre für Innenraumverhältnisse wohl schwerste Waffe in Stellung brachten, sondern auch, daß es den Sperks tatsächlich gelungen war, ein Loch in die Fensterscheibe zu brennen. Kaum größer als die Öffnungen jener Vogelhäuser, die sentimentale Menschen so gerne für Singvögel errichteten.

Und durch dieses Öhr drängten nun in rascher Folge die Sperkkrieger ins Freie. So dicht an dicht, daß die Bewegung in der Summe eine sehr viel effektivere und schnellere darstellte als die des einzelnen Vogels.

Ich müßte mich sofort …

Was war das? Ich konnte meine Beine nicht bewegen. Beziehungsweise konnte ich sie nicht mehr spüren. Und als ich jetzt seitlich an mir herunterschaute, erkannte ich, daß beide Beine umgeknickt waren; die unteren Hälften standen beinahe im rechten Winkel ab. Es sah schrecklich aus, der schlimmste Beinbruch, den man sich denken kann. – Richtig, als Vogel war man bei weitem nicht so auf seine Beine angewiesen wie nichtfliegende Wesen, allerdings schien auch mit meinen Flügeln etwas nicht in Ordnung. Mit mir war insgesamt etwas nicht in Ordnung. Ich schrie auf. Ja, in diesem Moment erst spürte ich den Schmerz, den mehrere gebrochene Knochen mir bescherten. Nur mein Kopf war unversehrt. Natürlich war er das, so gänzlich von *Feathers* umgeben. Der Rest von mir allerdings bloß von *Federn*.

Ich dachte: »Scheiß Belfast, wär ich doch in Paris geblieben!« Ich spürte sie wieder, die ungeweinten Tränen meiner Wut. Kleine Splitter in den Augenwinkeln. Ich hätte um Hilfe rufen können. Unterließ es aber. Ich wollte nicht in die Geschichte eingehen als jemand, den man hatte retten müssen. Sondern umgekehrt, siehe Generälin. Ohnehin würde die Zeit nicht ausreichen, um mich rechtzeitig wegzubringen. Soeben wurden die zwei sich selbst lenkenden Raketen »gefeuert und vergessen«.

Wäre ich jetzt gezwungen gewesen, das Wesen des modernen Lebens in einem einzigen Wort zusammenzufassen, ich hätte gesagt: *Wiederholung.*

Schon wieder flog etwas auf mich zu, schon wieder etwas Todbringendes, auch wenn ich diesmal nicht das eigentliche Ziel darstellte. Und schon wieder …

Gar keine Frage, ich dachte mir, daß meine einzige Chance erneut darin bestünde, augenblicklich einzuschlafen und in der Aufzugkabine eines nach Oslo fahrenden Schiffes zu erwachen.

Doch auch wenn mein Denken mitunter schneller als Licht

war, der Schlaf wollte sich diesmal nicht einstellen. Nicht innerhalb der kurzen Zeit, die mir bis zum Einschlag der zwei Raketen blieb. Wobei die beiden gar nicht nebeneinander herflogen, sondern in zwei entgegengesetzten Bögen auf die Sperksmauer zurasten.

Ich spürte den Windzug der einen Rakete, wie sie über meinen Schädel donnerte. Flitzendes Gelb. Und gleichzeitig mit diesem flitzenden Gelb stülpte sich ein milchiger Schatten über mich.

War das bereits der Tod? Der Tod, der immer etwas früher kam als das Sterben, einen Sekundenbruchteil nur, aber doch zeitig genug, bereits dazustehen, wenn das Ende sich einstellte.

Dann die Explosionen zweier Sprengköpfe. Ein ohrenbetäubender Lärm, den ich jedoch stark gedämpft empfand; dank des Schattens, der mich nun vollständig und so geschmeidig wie ein zweites Gefieder umhüllte.

Und in diesem Schatten … ein pulsierendes Rot. Das Rot eines Herzens. O'Neills Herz. Sie hatte mich im letzten Moment erreicht und mit ausgebreiteten Flügeln meinen Körper umspannt. Umspannt und gewappnet gegen die herumfliegenden Splitter, die an ihrer Rüstung abprallten. Hätten diese Splitter mich erreicht, sie hätten zwar nicht meinen Kopf zerfetzt, aber alle anderen Teile meines Körper.

Mit einem Kopf allein ist es kein richtiges Leben.

So überlebte ich, auch ohne in den Schlaf gefunden zu haben.

21

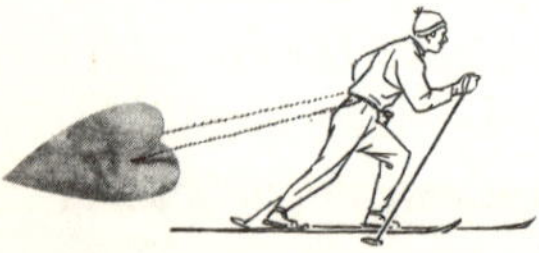

»Aufwachen!«

Ich öffnete meine Augen.

Eben noch waren mir die Lider eines Spatzen zugefallen, nun gingen sie wieder hoch, um meinen Menschenaugen den Blick zu ermöglichen. Den Blick auf eine Welt, die derzeit aus einer Aufzugkabine bestand, deren Türen sich gerade schlossen. Ich schaute hoch zu der Person, die vor mir stand. Die Person war ein Junge. Der Junge war Frederik.

Ich fragte ihn: »Schon wieder wach?«

»Fünf Stunden Schlaf sollten reichen.«

»Die Empfehlung der Weltgesundheitsbehörde für Zwölfjährige ist das aber nicht«, stellte ich fest.

Wieder vermied er es, sein wahres Alter zu nennen. Nun, vielleicht war zwölf ja auch ganz richtig geraten.

Frederik erklärte, seine Schlafzeit habe bestens ausgereicht, um auf der anderen Seite, in der anderen Welt, wo er Clemens heiße und blöde Eltern habe, ebendiese blöden Eltern doch noch zu überreden, mit ihm nach Belfast zu fliegen.

»Einfach so?« fragte ich.

»Ich hab den Flug bezahlt. Wissen Sie, meine Eltern drüben kriegen geldmäßig gar nichts auf die Reihe. Vor allem mein Vater, der Karten spielt und dabei ständig verliert und darauf auch noch stolz ist, weil er findet, das sei der Sinn des Spiels, und nur die Nichtskönner und Versager und Anfänger würden gewinnen. – Egal, ich bin ja vielleicht auch darum so schlecht in der Schule, weil ich so viel mit dem Geldverdienen beschäftigt bin.«

»Und wie verdienst du es dir?« fragte ich, während ich mich endlich vom Boden des Lifts hochrappelte, wo ich offensichtlich bis dahin unbemerkt geschlafen hatte.

Frederik erklärte mir, darüber nicht reden zu können, auch sei das ja gar nicht von Bedeutung, sondern allein der Umstand, drüben in der anderen Welt über das Kapital zu verfügen, seine Eltern auf eine Flugreise und ein Hotel einzuladen und damit auch sich selbst nach Belfast zu befördern.

»Ich hätte gleich auf die Idee kommen können«, meinte Frederik. »Wenn meine Eltern was umsonst kriegen, nehmen sie es. Und fragen auch nicht, woher das Geld dazu kommt.«

Die Aufzugtüre öffnete sich. Wir traten hinaus. Es war sechs Uhr in der Früh, die Gänge leer, und hinter den Scheiben dämmerte ein schneeverwehtes Meer. Die ohnmächtigen Teenager füllten die Ecken und Nischen der Reling.

Frederik faßte mich am Unterarm und verlangte Auskunft über das Schicksal Quimps. – War er überhaupt noch am Leben?

»Würde ich sonst hier stehen?« fragte ich.

»Als ich Sie da im Aufzug gefunden hab«, erinnerte Frederik, »da standen Sie nicht, sondern lagen. Und ich hab mir gedacht: Oje, ein schlechtes Zeichen.«

»Nein, Quimp lebt«, versicherte ich, obgleich das so hundertprozentig nicht war. Und mußte anfügen: »Ich will jetzt nicht sagen, er sei unverletzt, das nicht, ich glaube … seine Beine sind gebrochen, seine Flügel, möglicherweise das Brustbein, und sehr wahrscheinlich sind er und die Generälin in die Gefangenschaft der Totalisten geraten. – Aber die Kugel, die Pistolenkugel hat ihn nicht erwischt.«

»Weil Sie beim Pokern gewonnen haben?«

»Nein, weil ich verloren habe«, erklärte ich. Aber als das geschehen war, hatte Frederik offenbar bereits geschlafen.

»Immerhin«, sagte der Junge. »Ich fliege also nicht umsonst nach Belfast. Und opfere mein Gespartes.«

Mußte ich mir diese Eltern in der Spatzenwelt wirklich so denken, daß sie alles nahmen, was umsonst war, und nie nachfragten? Nicht einmal, woher ihr Kind so viel Geld hatte?

Im Gegensatz zu Frederiks Eltern an Bord dieses Schiffes, die ganz sicher hätten wissen wollen, wie er dazu gekommen war.

Daran denkend, fragte ich: »Und deine Eltern hier?«

»Die schlafen noch.«

»Das hast du gestern Nacht auch schon behauptet. Derweil waren sie auf der Suche nach dir. Gar nicht betrunken, aber voller Sorge.«

»Wirklich? – Also, jetzt schlafen sie aber ganz sicher. Erst recht, wenn sie so spät noch in der Nacht unterwegs waren, um mich zu finden. Logisch, oder?«

»Sophist!« schimpfte ich.

»Was für ein Soph?«

»Ein anderes Wort für Klugscheißer«, erklärte ich.

»Aha«, sagte er, als sei er ernsthaft dankbar, etwas dazugelernt zu haben. Sodann sprach er davon, Hunger zu verspüren.

Wir bewegten uns auf der noch leeren Flaniermeile auf eine Art Straßencafé zu, das soeben aufsperrte und wo ich den Jungen auf zwei Törtchen einlud. Ich selbst trank einen Espresso, der im Unterschied zu der extrem doppelten und extrem starken Ausgabe, die ich nächtens in der Bar konsumiert hatte, etwas von einer Kartoffel besaß, die von einem starken Mann in seiner Faust zerquetscht worden war, wobei sich dann allerdings herausstellt, die Kartoffel war weichgekocht. So ein Kaffee war das. Ein billiger Trick.

Frederik hingegen schien zufrieden mit seinem Frühstück, verzehrte genußvoll die Süßspeisen, kaute wenig, schluckte viel, spülte mit einem Orangensaft hinterher und machte sich schließlich auf den Weg zur Kabine seiner Eltern. Ich hielt ihn kurz zurück und fragte, wie er habe wissen können, daß ich in einem der Aufzüge eingeschlafen war.

»Wußte ich nicht. Woher auch? – Ich sagte Ihnen doch, ich bin Detektiv. Detektive suchen, bevor sie finden. Ich bin oft unterwegs und weiß nicht immer genau, wieso. Ich sag mir: Hauptsache, in Bewegung.«

»Ich dachte, in deinem Alter chillt man eher.«

»Sie wissen doch gar nicht, wie alt ich bin«, antwortete er und ging.

Ich hätte ihn noch gerne begleitet und unversehrt bei der Kabine seiner Eltern abgeliefert, gleich, wie alt er war. Aber es war deutlich, daß er alleine gehen wollte. Also saß ich noch eine Weile bei einem zweiten Kaffee, der ein bißchen mehr Kraft zu haben schien; weniger eine zerkochte Kartoffel, mehr eine Nuß, die der gleiche starke Mann zwischen seinen nicht mehr ganz jungen Zähnen zerbeißt (denn wie stark etwas auf uns wirkt, hängt ja von unserer eigenen Schwäche ab, in beiderlei Hinsicht des Wortes).

Kurz nach sieben ging ich wieder hinauf in meine Kabine, legte mich nochmals ins Bett und döste so lange, bis mich die Stimme des … Wie sagt man auf einem Schiff? Sicher nicht Stadionsprecher. Aber so ähnlich. Die Stimme jedenfalls kündigte an, man werde in einer halben Stunde in Oslo anlegen. Die Passagiere seien ersucht, sich im Ausgangsbereich einzufinden. Und im übrigen nichts zurückzulassen. Was ein interessantes Thema ist, wieso Menschen, die sich tausend Mal umsehen, ob sie auch sicher nichts vergessen haben, dann sehr wohl etwas vergessen, manchmal sogar ihre Kinder, wodurch diese Leute es sogar ins Fernsehen schaffen. – Was sind das für Dinge, die wir trotz unserer Kontrollgänge dennoch liegenlassen? Opfer an die Götter? Im Falle »liegengelassener« Kinder also Menschenopfer? Oder Sachen, die wir insgeheim sowieso loswerden wollen? Vergessene Ehepartner schaffen es zwar nicht ins Fernsehen, sowenig wie vergessene Krawatten oder vergessene Ohrringe, aber Zufälle sind das wohl kaum, sondern insgeheim gewollte Mißgeschicke.

Als ich nun nach meinem Jackett griff, da wurde mir klar, wie gerne ich dieses Kleidungsstück hier vergessen hätte. Nicht das Jackett an sich, sondern den gefalteten Zettel, der ähnlich einem Einstecktuch noch immer die äußere Brusttasche füllte und den ominösen Schuldschein darstellte, den ich mir in der letzten Nacht beim Pokern – also Quimp-Retten – eingehandelt hatte. Klar, ich hätte zumindest einmal nachsehen können, worin die Schuld überhaupt bestand und wer genau der Gläubiger war. Die Fährgesellschaft? Nybråten? Ein ominöser dritter Mann?

Doch weder ließ ich das Jackett liegen, noch überprüfte ich das Wesen und die Höhe meiner Schuld, sondern kleidete mich an, nahm meinen Mantel aus dem Koffer, einen leichten Regenmantel, was sich in der Folge als Understatement erweisen sollte, schloß den Koffer, setzte mich auf die Bettkante, legte meine Hände auf den Schenkeln ab und wartete, bis es kurz vor zehn war. Sodann verließ ich meine Kabine und begab mich hinunter zu den Passagieren, die in der Manier eines Schwarms fast die gesamte Einkaufsstraße füllten und gleichmäßig schwingende Bewegungen vollzogen, als wollten sie einen Freßfeind verwirren.

Im vorderen Drittel der Straße öffnete sich nun eine breite Glastüre, so daß der Schwarm hindurchdrängte, hinaus aus dem Schiff, das ihm zwanzig Stunden lang Nest gewesen war.

Stimmt, bereits während der Nacht hatte ich die Schneeflocken gesehen und die kleinen Schneeversammlungen auf der Reling, aber hier in Oslo war nun wirklich Winter. Und das an einem 26. März (während man, wie ich hörte, bei frühlingshaften Temperaturen in Kiel abgelegt hatte). Vor dem Ankunftsgebäude herrschte Chaos. Offensichtlich war der Busverkehr eingestellt worden. Am Tag zuvor war ein nur leichter Schneefall angekündigt worden, und nun hatte es so heftig wie rücksichtslos die gesamte Nacht durchgeschneit. In einer Weise, die auch die wettererprobten Osloer in einen Zustand der Hilflosigkeit versetzte. Die wenigen Taxis, die es hierhergeschafft hatten, waren bereits vollbesetzt wieder abgefahren. So drängte sich die verbliebene Masse der Angekommenen unter dem Vordach des Gebäudes und erwärmte sich an der Diskussion und am Ärger.

Ich stand am Rand der Menge und überlegte, ob es nicht endlich an der Zeit wäre, nach meinem Smartphone zu greifen und Dr. Arntz anzurufen. Auf daß er veranlaßte, man möge mir einen Kollegen der Osloer Polizei schicken. Einen winterfesten Mann, der mich in ein Hotel bringen könnte.

Ich griff in meine Pan-Am-Tasche und wollte mein Mobiltelefon herausholen, da hörte ich, wie jemand meinen Namen rief. Ich ließ das Gerät stecken, schaute auf und erkannte im Schneetreiben Nybråten, der im Unterschied zu mir, der ich einen hauchdünnen Burberry trug, mit einem dicken Mantel und einem eleganten, festen schwarzen Hut bekleidet war. Als er mich rief, war er soeben dabei, in den einzigen Wagen weit und breit einzusteigen. Kein Taxi, aber eine Limousine mit Fahrer. Neben Nybråten …

Hatte sie denn nicht versprochen, in Zukunft einen großen Bogen um den Norweger zu machen? Die Frau, die ich Milena getauft hatte. Und die nun also wieder an der Seite Nybråtens stand. Übrigens überhaupt nicht nuttig aussah. Sondern ausgesprochen apart und damenhaft in ihrem knielangen mattgelben, mit Pelzkragen versehenen Wollmantel (ein Schaf, das einen Fuchs auf der Schulter trägt), einem Mantel, dessen breiter Gürtel etwas von einer Umarmung hatte, so einer Umarmung, die einen jeden Betrachter neidisch machte. Fast alle Männer hier und wohl auch einige Frauen wären liebend gerne dieser Gürtel gewesen (und es hätte mich schon sehr interessiert, welche Person oder welchen Gegenstand dieser so eng um die Taille gebundene Gürtel auf der anderen Seite, der Spatzenseite, verkörperte). Milena war barhäuptig. Die Schneeflocken sanken in der Art zeitlupengebremsten Staubzuckers auf ihren blonden Scheitel. Glückliche Teenager, die dort ihre letzte Ruhe fanden und, zu Wasser aufgelöst, tiefer in die Frisur einsickerten.

Als ich diese Frau an der Bar angesprochen, sie mit in meine Kabine genommen und sie mir eine Befriedigung verschafft hatte, war mir natürlich ihr Sex-Appeal ins Hirn gestochen, ihre Hübschheit, aber nicht ihre Schönheit. Die Schönheit dieser Frau zu erkennen, dazu brauchte es die Art und Weise, wie sie da in hohen hellen Stiefeln – erwachsenen Schuhen – im Schnee stand und zu mir herübersah. Keine *Dame to kill for*, sondern eine *Dame to live for*. Ja, eine Frau, die man allein dadurch würde gewinnen können, indem man richtig lebte. Wobei ich jetzt einen bitteren Moment lang dachte, daß Quimps Charakter sehr viel eher geeignet wäre, das Herz dieser Frau zu erobern.

Ich konnte mir nicht helfen, aber allein ihr Anblick führte zu dem Gedanken, sie könnte die Frau sein, nach der ich ein Leben lang gesucht hatte. Verrückt natürlich, daß ich mich noch eine

Nacht zuvor gezwungen gesehen hatte, sie zu fesseln. So wie ich in dieser Nacht anscheinend ihre ungemeine Anmut übersehen hatte, weil sie da quasi im Schatten meiner sexuellen Begierde gestanden hatte. In einem Schatten, den – ja, ich muß es so ausdrücken – mein Schwanz geworfen hatte. (Wobei man vielleicht in Abwandlung eines berühmten Zitats von Karl Kraus, das angeblich gar nicht von Karl Kraus stammt, sagen könnte, daß, wenn die Sonne der Vernunft niedrig steht, selbst Zwerge einen langen Schatten werfen.)

Nicht zuletzt war es mir wohl schwergefallen, mir eine Prostituierte als die Frau meiner Träume und meines Lebens vorzustellen.

Und jetzt? Fiel es mir jetzt leicht?

Nun, in erster Linie kam mir die Idee, daß ihr Hurenspiel gespielt gewesen war. Eine Rolle, die sie kurz übernommen hatte, um mich ins Bett und vor allem in den Schlaf zu bringen. Und daß sie mir letztlich das »Ehrenwort einer gefesselten Frau« gegeben hatte, wir würden uns nicht mehr sehen.

Gott, was für ein Geschenk, daß das eine Lüge gewesen war!

Ich nahm den Koffer und trat in meinen viel zu dünnen Schuhen auf die verschneite Straße, um mich hinüber zu dem Wagen zu begeben.

»Darf ich Ihnen meine Frau vorstellen, lieber Kommissar Blind?«

Frau? Allen Ernstes? Mußte sie das auch noch mimen?

Sie reichte mir ihre in einem beigen Lederhandschuh steckende Hand und verriet mir ihren richtigen Namen: Grace.

Ich bemerkte: »Slawisch ist das nicht.«

»Nein, es ist englisch«, antwortete sie, als rede sie mit einem Mann von langsamer Auffassungsgabe. Und beließ es dabei.

Grace also.

Ich fragte mich, wieso Nybråten so tat, als wüßte er nicht, daß ich seiner sogenannten Frau bereits begegnet war, und noch dazu in welcher Form. Auch schien er meine Bemerkung bezüglich des Slawischen überhört zu haben. Überhaupt, während er mir freundlich anbot, mich mit in die Stadt zu nehmen und doch bitte vorne beim Fahrer einzusteigen, tat er so, als ließe sich die Verbindung zwischen ihm und mir allein auf das gestrige Abendessen, den Casinobesuch und ein amüsantes Gespräch über diese gewisse Nähe unserer beider Berufe reduzieren. Ohne No-Limit-Pokerspiel tief im Bauch des Schiffs sowie die vereitelte Tötung eines Spatzen. Und ohne den Versuch, mich auftragsgemäß in den Schlaf vögeln zu lassen.

Als wir alle saßen, erkundigte sich Nybråten, in welches Hotel er mich bringen dürfe. Und fragte lachend: »Oder müssen Sie in einem Polizistenheim schlafen?«

»Nein, das nicht. Aber ich fürchte, es wurde kein Zimmer für mich reserviert.«

»Stimmt, ich vergaß. Sie wollen ja eigentlich nach Belfast, nicht wahr?«

»Genau. Allerdings möchte ich doch einen Tag in Oslo bleiben und mich sortieren.«

»Sortieren. Was für eine hübsche Formulierung«, kommentierte Nybråten und schloß daran an: »Ich will jetzt nicht aufdringlich sein, aber ich kann Ihnen gerne anbieten, bei mir zu wohnen. Ich verfüge über zwei übereinanderliegende Appartements. Eins ist für Besucher und Freunde. Mitten in der Stadt, im neuen Tjuvholmenviertel. Grace liebt die modernen Gebäude.«

»Tjuv... Sagten Sie nicht Holmenkollen?«

»Holmenkollen? Nein, da haben Sie sich verhört.«

Hatte ich das wirklich?

Und was würde geschehen, wenn ich nun Quimp erwähnte?

Ich tat es, ich sagte: »Erinnern Sie sich an den Spatzen?«

»Ach, lieber Kommissar, sprechen Sie jetzt wieder davon, mit Kanonen auf Spatzen zu schießen und was so alles in unseren Träumen geschieht und ich in einem der Ihren vorkomme?«

»Ich hatte eine schwere Nacht«, wich ich aus.

»Sie sollten Ihre Träume unter Kontrolle bringen.«

»Glauben Sie mir«, erwiderte ich, »das versuche ich.«

Ich überlegte, daß es zwei Möglichkeiten gab: Entweder war ich verrückt geworden und bildete mir Dinge ein; verwurstete das reale Leben zu einem irrealen Brät, zusammengehalten von der

Darmhaut eines dehnbaren Verstandes. Oder aber der gute Herr Nybråten meinte mich irreleiten zu können, indem er zum bereits zweiten Mal so tat, als existierte keine Spatzenwelt. Beziehungsweise so tat, als wäre die Frau an seiner Seite nicht die, die er mir am Vorabend geschickt hatte.

Entweder – oder.

Nun gut, nicht wenige Menschen lebten im *Entweder – oder*. Das war fast ein Biotop zu nennen, eine Sphäre, in der man sich ein wenig wie auf dem Mond fühlte, schwer bekleidet, schwer atmend, einerseits ein bißchen unbeweglich, andrerseits aber leicht schwebend und sehr hübsche Fußabdrücke hinterlassend.

Wobei ich weiterhin zum »Entweder« tendierte, also zur Anschauung, es existiere gleichermaßen eine Blind- wie eine Spatzenwelt, und Nybråten ziehe hier erneut die Show des Unwissenden ab. Ich ließ ihn spielen und nahm sein freundliches Angebot an, mich bei sich aufzunehmen. Erklärte aber: »Eine Nacht genügt.«

»Ganz wie Sie mögen, Herr Kommissar. Außerdem wäre es mir eine Freude, Sie heute abend in die Oper einzuladen. Sie wissen ja, wir haben hier in Oslo eine großartige Oper. Zumindest architektonisch.«

Stimmt, da gab es diesen massiven weißen Komplex am Ufer, von dem es hieß, er würde oder solle an einen treibenden Eisberg erinnern; wie es auch hieß, frischer Schnee würde dem Bauwerk nicht guttun, weil der frische Schnee nämlich um einiges weißer war als der sich verfärbende Marmor, aus dem die Oper größtenteils bestand.

Arme Oper, wenn man bedachte, wie sehr Oslo gerade im Schnee unterging. Der Fahrer hatte einige Mühe, den mächtigen Wagen über die nahezu ungeräumten Fahrbahnen zu lenken. Hin und wieder fluchte er unterdrückt in einer Sprache, die ich nicht verstand und die nichts Skandinavisches besaß. Er war sehr klein und tat sich schwer, über das Lenkrad zu sehen. Ich hätte ihm gerne ein Kissen geschenkt.

22

Dennoch, wir erreichten unversehrt das Viertel, das den Namen Tjuvholmen trug und bei dem es sich – sehr typisch für das neue Oslo – um die Verwandlung alter Dockanlagen in ein superteures und superfeines Büro- und Wohnhausviertel handelte. Absolut schick und originell und voll mit frei im Raum stehender Kunst und exklusiven Restaurants sowie Bewohnern und Benutzern, die größtenteils auch ganz neu wirkten. Ich will nicht sagen: geklont. Ich will sagen: als würden sie aus lauter kleinen, glänzenden, supersauberen Kacheln bestehen. Zu diesem Ensemble gehörte zudem ein von Renzo Piano errichtetes Museum von der Art der gestrandeten Raumschiffe, wie es sie überall auf der Welt gibt und die den Verdacht nahelegen, die erwartete Invasion Außerirdischer habe längst stattgefunden, aber halt auf eine künstlerische Weise: Wir erwarteten einen Krieg und bekamen Kunst.

Und inmitten dieser Anlage befand sich jenes hohe Gebäude, in dessen oberem Abschnitt – auf den Büros einer Versicherung aufbauend – sich die zwei Wohnungen Nybråtens befanden. Verbunden durch eine frei hängende Wendeltreppe, die aussah wie die DNA einer Mundharmonika. Besonders markant an diesen Wohnungen waren die unterschiedlich großen und unterschiedlich ovalen Fenster, deren ausgepolsterte breite Rahmen aus jedem Fenster auch ein Sofa machten. Sofas, von denen aus man auf genauso tolle Häuser sehen konnte wie das, in dem man sich gerade befand.

Das alles gefiel mir, und es gefiel mir nicht.

Auch in bezug auf die Einrichtung: edles Design, edle Materialien und natürlich Stücke aus der bereits erwähnten Kunstsammlung Nybråtens, darunter sogar ein kleiner, aber echter und sehr geschickt den Blick einfangender Piet Mondrian. – Sobald man solche Einrichtungen sieht, fragt man sich: Was muß einer tun, um sich so was leisten zu können? – Nun, im Falle Nybråtens besaß ich ja bereits eine ungefähre Ahnung. Klar, Waffenhandel zählte kaum zu den christlichen Berufen, andererseits hatte Grace – als sie noch Milena gewesen war – schon recht gehabt, als sie meinte, es gebe einfach keine gottgefällige Art, um zu richtig viel Geld zu kommen. Eine Wahrheit, die sich keineswegs dadurch änderte, daß auch arme Verbrecher existierten.

Pikanterweise bezog sich der Name dieses Viertels auf den Umstand, daß hier im 18. Jahrhundert mehrere Diebe – »tjuv« wie »thief« – gehängt worden waren. (Und ich erinnerte mich jetzt daran, wie ich am Anfang meiner Begegnung mit Nybråten mir gedacht hatte, es würde mich noch einige Mühe kosten, diesen Mann an irgendeine Art von Galgen zu befördern.)

Vorerst einmal führte mich Nybråten die Wendeltreppe hinunter in einen großen Wohnbereich. Auch hier viel Kunst und viel Design, aber doch spürbar unbenutzt und wenig geschaut – ja, man sieht auch einem Gemälde an, ob es schon von vielen oder nur wenigen Leuten betrachtet wurde. Die ungeschauten oder nur selten betrachteten Bilder wirken gleichzeitig frischer wie auch trauriger. Man könnte sagen: gesund, aber unglücklich.

»Machen Sie es sich bequem«, empfahl Nybråten und vollzog eine halbkreisförmig einladende Bewegung. »Sie haben hier unten eine Küche. Der Kühlschrank ist voll. Die Bar ebenso.«

»Sie wissen doch, wie vorsichtig ich mit dem Alkohol bin.«

»Vorsichtig schon. Doch nicht abstinent. – Jedenfalls lasse ich Sie jetzt ein wenig allein. Aber wenn Sie Lust haben, könnten wir gemeinsam zum Mittagessen gehen, danach zeige ich Ihnen etwas von der Stadt und abends … Wie gesagt: Oper. Haben Sie Lust?«

Ich antwortete: »Ich möchte gerne die Zeit bis zum Abend alleine bleiben. Es ist einiges zu klären und zu erledigen. Aber später in die Oper … ja, sehr gerne.«

»Und davor ein frühes Abendessen? Direkt im Foyer des

Opernhauses? Die haben dort eine recht gute Küche, versprochen.«

»Wenn Sie es sagen.«

»Also abgemacht. Hier Ihr Schlüssel. So sind Sie ganz unabhängig. Um neunzehn Uhr beginnt die Vorstellung. Ich würde vorschlagen, um halb sechs Uhr im Restaurant. Grace und ich erwarten Sie. Sie finden selbst dorthin, in Ordnung?«

»Natürlich. Außer ich gerate in irgendein Schneeloch, das mich direkt nach Belfast spült.«

Er lachte in seiner bekannten, leicht vom Rost befallenen Art. Dann stieg er die Wendeltreppe zurück nach oben. Zurück zu der Frau, deren Anblick von heute früh mir nicht mehr aus dem Kopf ging.

Als ich alleine war, legte ich mich auf einen der gepolsterten Fensterrahmen und zog mein Smartphone aus der Pan-Am-Tasche. Noch einmal betrachtete ich meine Mails. Sicher, es war bemerkt worden, daß ich mich eine Zeitlang nicht gemeldet und keinem geantwortet hatte. Andererseits kann man nicht sagen, ich sei irgend jemand wirklich abgegangen. Da war keine Frau, waren keine Kinder, auch keine engen Freunde, niemand, den mein Verschwinden – ein Verschwinden, das sich allein in einem elektronischen Schweigen manifestierte – zu etwas anderem als einer kleinen Beschwerde animiert hätte. Mir kam vor, am meisten bedauerte Amazon mein Fernbleiben vom Leben.

Von den Lebewesen schien allein Dr. Arntz ernsthaft besorgt. Gut, der war erstens mein Vorgesetzter und zweitens schon berufsmäßig verpflichtet, dem Verlorengehen von Personen nachzugehen. Und dennoch meinte ich sagen zu können, Dr. Arntz sei der einzige Mensch auf der Welt, dem ich gefehlt hatte (aber das stimmte nicht, wie ich noch begreifen würde).

Jedenfalls war er es, dem mein erster Anruf galt.

»Ja, hier Dr. Arntz«, meldete sich seine lyrische Stimme, verträumter noch als in meiner Erinnerung.

»Ich bin's, Blind.«

»Mein Gott, Blind!« Und noch einmal: »Mein Gott! Was bin ich froh, Sie zu hören. Ich dachte, irgendwelche verfluchten … unsere organisierten Freunde, Dschihadisten oder irgendein Verrückter aus einem Ihrer alten Fälle … man hätte Sie umgebracht und verschwinden lassen.«

»Man hat mich auch verschwinden lassen.«

»Und wer?«

»Nicht, daß ich es Ihnen genau sagen könnte. Aber es muß mit der Nelson-Geschichte zusammenhängen.«

Natürlich verlor ich kein Wort über den Spatzen Quimp. Dafür war es zu früh. Wobei, wenn meine Theorie stimmte, dann spielte auch Dr. Arntz in der Traumwelt eine konkrete Rolle als Tier, Mensch oder Gegenstand. Nur daß er selbst es noch nicht durchschaut hatte. (Und kein Begriff wäre geeigneter als der des Durchschauens: einen Blick zu spannen, der gleichermaßen durch beide Welten führte.)

»Ja, aber wo waren Sie denn die ganze Zeit gefangen?« wollte Dr. Arntz wissen.

»Ich weiß es einfach nicht. Ich bin gestern … wie soll ich es ausdrücken? *Erwacht.*«

»Gestern? Und da melden Sie sich erst heute?«

»Ich mußte mich mal sortieren«, verwendete ich den Begriff, der Nybråten so gut gefallen hatte. Berichtete dann immerhin, mich in der Kabine eines Schiffes wiedergefunden zu haben, eines Schiffes auf dem Weg nach Oslo.

»Oslo!?« rief Dr. Arntz aus, wie man ausruft: Frösche!? Und damit jene meint, die manchmal vom Himmel fallen.

»Ja, Oslo. Ich bin soeben angekommen. Sie werden es nicht glauben, hier liegt ein halber Meter Schnee.«

»Und Sie werden es nicht glauben, wohin Frau Sterlitz gestern in den Urlaub geflogen ist.«

»Oslo?«

»Exakt.«

»Nun, ich weiß, daß sie da schon immer mal hinwollte«, sagte ich, sagte aber nicht, worin mein Versprechen bestanden hatte für den Fall, Frau Sterlitz wäre bereit, einen Abend mit dem Parachutisten zuzubringen.

»Und das soll jetzt also ein Zufall sein?« erkundigte sich

Dr. Arntz, der zwar als aufgeklärter Mensch durchaus Zufälle für wahrscheinlich hielt, aber seinem skeptischen Ton nach zu urteilen nicht alle.

Ich murmelte etwas über das unglückliche Wesen des Zufalls, nicht an sich selbst zu glauben, dann fragte ich, wieder deutlicher sprechend: »Wissen Sie, ob Frau Sterlitz alleine geflogen ist?«

»Keine Ahnung. Vielleicht mit ihrer Schwester.«

»Sie hat keine Schwester.«

»Wie auch immer, ich werde Frau Sterlitz Bescheid geben, daß Sie ebenfalls in Oslo sind. Ich gebe ihr die Handynummer durch, mit der Sie mich gerade angerufen haben, einverstanden?«

Richtig, diese Nummer war bisher sowohl Arntz wie auch Sterlitz unbekannt gewesen. Eine echte Geheimnummer eben. Ich sagte: »Ja, tun Sie das.«

Arntz fragte, für wann er mir einen Rückflug buchen lassen könne. Außerdem erwarte er schnellstmöglich einen Bericht über die Ereignisse.

»Dazu muß ich erst mal herausbekommen, was geschehen ist. Genau der Grund, nicht sofort nach Hause zu kommen.«

»Bei allem Respekt, lieber Blind, aber Ihren Urlaub haben Sie bereits mehr als zur Gänze aufgebraucht.«

»Ich weiß. Aber was ich jetzt tue, tue ich offiziell.«

»Und wie soll ich das begründen?«

»Ach, Dr. Arntz, erzählen Sie halt, ich würde Hinweisen zu einer bislang namenlosen und inaktiven islamistischen Terrorzelle folgen. Einer gefrorenen Zelle, die fatalerweise am Auftauen sei.«

»Sie können aber nicht so einfach alleine herumwerken. Schon gar nicht im Ausland.«

»Na, Frau Sterlitz ist ja bald bei mir.«

»Sie wissen, was ich meine.«

»Ich denke, daß ich zügig nach Belfast weiterreise. Sehr zügig. Angesichts meiner beträchtlichen Verspätung. Sie können mich ja den dortigen Kollegen ankündigen.«

»Das ist alles schon ein bißchen viel, was Sie mir da zumuten.«

»Sie waren es«, erinnerte ich, »der mich bat, Frau Nelson aufzusuchen.«

»Ich bat Sie, die Frau zur Vernunft zu bringen«, korrigierte er. »Und jetzt ...«

»Hab ich selbst den Verstand verloren«, schloß ich.

»So will ich es nicht ausdrücken. Aber offensichtlich haben Sie sich in die Sache verbissen. Abgesehen davon, daß Sie mir nicht sagen wollen, wo Sie die letzten sechs Wochen verbracht haben.«

»Das ist keine Frage des Wollens. Die Zeit ist wie ausradiert.«

»Dennoch, ich müßte Sie zwingen, augenblicklich die Heimreise anzutreten und ...«

»Bitte!« sagte ich. Genau in dem Tonfall, der einen Mann mit einem anderen Mann verbindet. Männer, die sich quasi seit Jahrtausenden kennen, weil sie einst – vorgebeugt und stark behaart – durch irgendwelche Ödnisse oder furchteinflößende Dickichte marschierten, und deren Einverständnis mitunter abseits der Regeln Bestand hat.

»Gut. Ich decke Sie«, sagte Dr. Arntz, obwohl er nicht einmal richtig hätte sagen können, wofür genau er mich deckte.

Aber man muß schon sagen, daß dieser Vorgesetzte und Abteilungsleiter so gar nicht dem entsprach, was wir aus den stilbildenden Serien des Fernsehens kennen, wo übergeordnete und schreibtischgebundene Individuen immer nur kurz hereinschneien, um unrealistische, oft geradezu idiotische Forderungen zu stellen, in der Art von: »Ich will von jedem Verdächtigen jedes Detail. Womit diese Leute sich die Zähne putzen, wem sie in den Arsch kriechen, wer ihnen in den Arsch kriecht, was sie frühstücken, welchen Sport sie treiben, Gewicht, Blutdruck. Ich will alles auf den Tisch, und zwar vorgestern.« Und dabei nicht begriffen haben, daß es noch gar keine Verdächtigen gibt. Nein, Dr. Arntz war sicher nicht das kleinmütige Gegenstück zu den originalen »Helden« seiner Abteilung. Er hatte mich in diesem speziellen Fall beauftragt, und jetzt trug er die Konsequenzen.

Dr. Arntz erklärte, er werde mir Zeit verschaffen. Natürlich müsse er mein Auftauchen bekanntgeben, um so mehr, als mein Verschwinden mediales Interesse hervorgerufen habe. Viele Fragen, auf die er keine Antworten hatte geben können. Und auf die er also auch weiterhin keine Antworten geben werde. Um statt dessen auf die laufenden Ermittlungen zu verweisen. Wie auch auf die gute Nachricht, ich sei am Leben und in Freiheit – und vor allem im Einsatz.

Ich versprach Dr. Arntz, mich damit zu beeilen, ihm so etwas wie eine Begründung zu liefern. Eine Begründung für mein Verschwinden, mein Auftauchen und welche Rolle darin der Fall Nelson wirklich spiele. Und wieso ich in Oslo statt in Belfast gelandet war. Und ich versprach ihm, mich morgen früh wieder zu melden. Ja, von nun an jeden Tag.

Er bat: »Passen Sie auf sich auf, Blind. Und geben Sie Bescheid, wenn ich Sie da rausholen soll.«

Es hörte sich an wie im Krieg, wenn man einen Mann hinter die feindlichen Stellungen schickt.

Hernach ging ich unter die Dusche. – Ich gestehe, ich stelle mich oft unters Wasser. Es hat, glaube ich, weniger mit meinem Bedürfnis nach Sauberkeit zu tun als mit dem Gefühl ständiger Verschmutzung. Ich will also nicht sauber werden, sondern mich nicht mehr ganz so dreckig fühlen. Wie jemand nicht gleich ein guter Mensch werden will, gar ein Heiliger, aber doch meint: Nicht mehr ganz so schlecht wie bisher wäre schon in Ordnung.

Gerade als ich aus der Dusche trat, läutete mein Mobiltelefon. Es war Frau Sterlitz. Im Unterschied zu Dr. Arntz machte sie wenig Aufhebens ob des Umstands meiner langen Absenz und daß ich nun ausgerechnet in der norwegischen Hauptstadt aufgetaucht war. Nein, ich selbst war es, der meinte: »Um Himmels willen, Frau Sterlitz, was tun Sie in Oslo?«

»Sie hatten mir doch versprochen, wir sehen uns die Stadt gemeinsam an.«

»Ja, schon, aber ...«

»Und Sie versprachen, mich zum Essen auszuführen.«

Hatte ich es genau *so* gesagt? Zum Essen ausführen? Oder nicht eher zugestimmt, daß wir halt im selben Hotel sein und uns zu den Mahlzeiten treffen würden.

Anstatt zu antworten, fragte ich: »Und wie sieht es mit dem Parachutisten aus?«

»Wie soll es aussehen? Fragen Sie mich, ob ich ihn heirate?«

»Ach, hat er Ihnen einen Antrag gemacht?«

»Hat er.«

»Und?«

»Ich bitte Sie! Wir sind dreißig Jahre auseinander.«

Ich wandte ein: »Bei Männern regt das auch niemanden auf.«

Sie darauf: »Bin ich ein Mann?«

»Nun, so habe ich es nicht gemeint.«

»Natürlich«, ruderte Sterlitz zurück, »das war unnötig. Sie wollten mir schließlich nur was Gutes tun. Und ... ich muß auch gestehen, daß Sie mir etwas Gutes getan haben mit dieser Sache. Seit dem Abend bei der Modenschau treffe ich mich regelmäßig mit ihm. Und ich will es gestehen, Herr Blind: Ihr Freund und ich, wir schlafen miteinander. Es ist, körperlich gesehen – Sie verzeihen meine Offenheit –, das Beste, was ich je erlebt habe. Ich wußte nicht, daß es so etwas gibt. Daß man sich derart für seinen Körper freuen kann. Das ist ganz wunderbar und darf durchaus einige Monate dauern. Aber keine zehn und keine zwanzig Jahre und eben nicht im Rahmen einer Ehe. Das ist mir klar, und es muß auch Para klar werden.«

»Sie nennen ihn Para?«

»Na, es wäre wohl anstrengend, immer vom Parachutisten zu sprechen, als schlafe man mit einem Bundespräsidenten.«

Jetzt staunte ich wirklich. Allein die Art und Weise, wie Frau Sterlitz das Thema der Sexualität ansprach. Ich hatte sie mir völlig frei davon gedacht. Fühlte mich allerdings sehr gut dabei, als ich nun erklärte: »Genießen Sie die Zeit, Frau Sterlitz, und wenn Sie meinen, die Zeit sei vorbei ... na, dann schauen Sie vielleicht noch mal in Ihr Herz hinein und überprüfen, ob die Sache mit dem Alter und den Altersunterschieden nicht allgemein sehr überschätzt wird.«

»Ich werde daran denken«, antwortete sie, ihrem Ton wieder das gewohnt Strenge verleihend, um sodann zu erklären, man müsse sich treffen. Sie bestimmte: »Dreizehn Uhr vor dem Rathaus. Da haben Sie es nicht weit.«

»In Ordnung, bis gleich«, sagte ich und legte auf.

»Interessant«, meldete sich meine innere Stimme, die eigentlich Quimps innere Stimme war beziehungsweise die Stimme eines alternden Albatros.

Ich fragte: »Was ist interessant?«

»Daß Frau Sterlitz weiß, wie nahe es für dich zum Rathaus ist. Kaum anzunehmen, jeder Punkt der Stadt sei nahe beim Rathaus oder? So klein ist Oslo schließlich nicht.«

Das konnte Frau Sterlitz tatsächlich nicht wissen. Auch nicht von Dr. Arntz, dem ich mit keinem Wort angedeutet hatte, wo in Oslo ich für den ersten Tag und die erste Nacht untergekommen war. – Okay, sie war meine Sekretärin, die perfekte dazu. Und keine Frage, die meisten wirklich guten Sekretärinnen sind hellsichtige Wesen. Aber steckte vielleicht noch mehr dahinter? Nicht nur eine helle Sicht, sondern auch eine *Über*sicht? Eine Übersicht über beide Welten?

Mal sehen.

Was ich aber gleich sah, waren zwei dunkle Objekte auf der ersten Stufe der Wendeltreppe. Sie waren vorher nicht an dieser Stelle gewesen, und im ersten Moment dachte ich an zwei schwarze Kätzchen, die brav nebeneinanderhockten und ohne Regung zu mir herüberschauten. Nicht echt, sondern aus Plastik.

In der Tat erkannte ich beim Näherkommen, daß die Gebilde aus Gummi waren. Allerdings keine Katzen, sondern Überzieher. Nicht die dünnen Wegwerfdinger, wie man sie aus Krankenhäusern kannte, sondern feste, dicke Exemplare, die anmuteten wie aus einem Taucheranzug herausgeschnitten. Ich würde bald merken, wie viele Osloer solche Überzieher trugen, vor allem natürlich Leute auf dem Weg ins Büro, aber auch in die Oper. Und wie praktisch diese wasserdichten und rutschsicheren Überschuhe nicht nur dann waren, wenn Schnee lag, sondern vor allem, wenn der Schnee zu Wasser wurde. Was nämlich alsbald geschah, woraufhin überall in der Stadt sich kleinere und größere Seen bildeten, besonders dort, wo man als Fußgänger vom Gehweg auf die Fahrbahn trat und für einen Moment in einen geradezu unterseeischen Bereich geriet.

Schuhe für die Schuhe!

Entweder hatte Nybråten sie mir hingestellt oder Grace … nein, ich wollte sie nicht Grace nennen, ich wollte bei Milena bleiben. Das mochte nicht der richtige Name sein, aber es war ebender, den ich ihr gegeben hatte. So wie sie mich Matthew getauft hatte. Dabei sollte es bleiben. Wobei ich zudem überlegte, ob für diese Frau vielleicht das gleiche wie für Frederik galt, der in der anderen Welt, der Spatzenwelt, Clemens hieß und schlecht in der Schule war. Und sich die Frage stellte, worin Milena schlecht war, dort drüben, in der anderen Welt, in der sie ja nicht etwa ein Tier oder Ding war, sondern eben eine Frau von ähnlichem Aussehen. Und vor allem, worin sie dort gut war. Und zwar vom Standpunkt eines Spatzen aus betrachtet.

Ich schlüpfte in die Überzieher. Genau meine Größe beziehungsweise genau die Größe meiner Schuhe. Perfekt. Ich spazierte eine Weile auf dem glänzenden Parkett herum, ließ die Überschuhe dabei gleich an, genehmigte mir noch einen Kaffee, einen auf Knopfdruck, und verließ bald die Wohnung, verließ das Gebäude und trat in die kalte Luft, in der aber schon eine Ahnung von Wärme lag. Ähnlich Spinnenfäden, die man streift, wenn man am Morgen aus dem Haus geht. Und wie ein solcher Faden, selbst wenn man ihn zerstört, das Versprechen eines ganzen Netzes in sich trägt.

Ich sog die Luft in mich ein und marschierte los.

23

Der Schnee lag auf den Gegenständen – den Bänken und Sockeln und Dächern, den Geländern, Kunstwerken und Wegen – und bedeckte alles mit einer vergänglichen Schicht. Nicht zuletzt auch jene Passanten, die an diesem Tag schon länger unterwegs waren und auf deren Hüten oder Kappen oder Frisuren wie auch auf ihren Schultern kleine Schneehauben gewachsen waren. Am eindrucksvollsten aber zeigte sich dieser weiße Bewuchs auf den Häuptern der überlebensgroßen Bronzefiguren, die auf der Hafenseite den Eingang zum Rathaus schmückten. Es sah wirklich aus, als bedürfte es einer übermenschlichen Leistung, um diese Brocken von Schnee zu stemmen.

Zwischen diesen Figuren stehend, sah ich Frau Sterlitz. Sie trug einen beigen Mantel ähnlich dem von Milena heute morgen, als ich ihre Schönheit erkannt hatte. Ich zuckte zusammen angesichts der Ähnlichkeit der Mäntel. Allerdings bestand bei Frau Sterlitz der Mantelkragen nicht aus Fuchsfell, sondern aus rotem Stoff. – Waren solche Mäntel im Kamelton gerade Mode? Und seit wann kümmerte es Frau Sterlitz, was zur Zeit als schick galt? Das war nie ihr Ding gewesen. Aber gut, Evolution geschah und ließ meine Sekretärin recht verändert aussehen. Nobel und damenhaft. Ihr Haar steckte unter einem seidenen Kopftuch von der Farbe ihrer goldbraunen Stiefel. Und sie hatte eine mächtige Sonnenbrille hochgeschoben, die man bei diesen Wetterverhältnissen auch für eine Skibrille hätte halten können, aber eine von Chanel. Überhaupt stellte ich mir vor, Frau Sterlitz hätte in solcher Aufmachung bestens auf einen Achttausender gepaßt, um nämlich zu beweisen, daß man auch in eleganter Weise auf derartige Berge steigen und auch in dünner Luft ein ansehnliches Make-up tragen konnte.

Ein Glück jedenfalls, daß sie ihre Brille nicht vor den Augen hatte. Ich hätte sonst Schwierigkeiten gehabt, sie zu erkennen. Ein Glück auch, daß wir beide dem Irrtum erlegen waren, der Haupteingang liege an der Hafenseite des Gebäudes, was nicht der Fall war, selbiger befand sich auf der Nordseite, zur Stadt hin, wo auch die beiden Türme standen, die, beiläufig betrachtet, gleich hoch schienen, bei genauem Hinschauen sich aber unterschieden, offiziell um drei Meter.

Schon beim Näherkommen hatte ich mich gefragt, ob dieses Rathaus in der Spatzenwelt ebenso existierte oder ob es – umgekehrt zum dort gebauten *Aurora Building* in Belfast – zwar in gleicher Weise geplant worden war, man es jedoch im Zuge der üblichen Schwierigkeiten, die bei solchen symbolträchtigen und identitätsstiftenden und nicht ganz billigen Prestigebauten anfallen, niemals realisiert hatte. – Sollte das wirklich der Fall sein, dann fragte sich natürlich, wo in der Spatzenwelt der Friedensnobelpreis überreicht wurde. Dieser dümmste und sinnloseste aller Preise, nicht nur weil einige Kriminelle ihn erhalten hatten, sondern weil der ganze Preis etwas von einem Mann hatte, dessen wesentlichste Eigenschaft es war, sich selbst auf die Schulter zu klopfen. So daß der Mann eigentlich nur noch aus einer Schulter und einer klopfenden Hand bestand und der Friedenspreis eher einem Surrealismuspreis glich. (Auch wenn der Mann hin und wieder eine Frau war.)

Aber wie gesagt, ich befand mich auf der falschen Seite des Gebäudes. In Bezug auf Frau Sterlitz hingegen auf der richtigen, stieg nun einige Stufen hoch, reichte meiner Sekretärin die Hand und sagte: »Was für ein verrückter Zufall, daß Sie ausgerechnet *jetzt* in Oslo sind.«

»Glauben Sie wirklich, das sei ein Zufall?«

»Sondern?«

»Kommen Sie, gehen wir ins Warme«, schlug sie vor.

Also gingen wir ins Warme. Wobei mir nun endlich der Irrtum

bezüglich des Haupteingangs klar wurde, da wir eben nicht in jene berühmte Halle aus norwegischem Marmor mit ihrer immensen Ausdehnung und den gewaltigen farbenreichen Malereien gelangten, einen Raum, den man von den Feierlichkeiten zum Friedensnobelpreis kannte. Vielmehr betraten wir einen nüchternen, schmalen Eingangsbereich, der im Moment dazu diente, die in jeder Hinsicht »kleinen Bilder« junger Künstler auszustellen. – Ich hätte mir das eigentlich denken können, quasi den Hintereingang zu benutzen, denn bei den Skulpturen draußen – den Schneeträgern – handelte es sich schließlich um die Darstellung der Handwerker und Arbeiter, die nötig gewesen waren, dieses leicht überdimensionierte Rathaus zu errichten, ein Rathaus, welches man für die monumentale Geometrisierung eines Scheißhaufens halten konnte. Aber eines schönen Haufens.

Ich spürte, wie ich in der Wärme der Halle zu tropfen begann. Ich tropfte zwischen schlechter Kunst. Wobei ich noch immer meinen dünnen Burberry trug, von dem ich nicht hätte sagen können, ob ich ihn früher schon besessen hatte oder ob er mir von jenen, die mich zwei Monate lang im Zustand der Bewußtlosigkeit gehalten hatten, in den Koffer gepackt worden war. Was wiederum bedeutet hätte, daß selbst diese Leute nicht in der Lage gewesen waren, den Osloer Wintereinbruch vorauszusehen.

Frau Sterlitz anscheinend schon. Sie knöpfte ihren winterfesten Mantel auf und schob die Seiten ein wenig auseinander, damit die warme Luft hineinströmen konnte. So gewann ich einen Blick auf ihre darunter liegende Garderobe: ein helles Kleid von der Art der dunklen, eine Sturmwarnung von Kleid, das in jener Weise hochgeschlossen war, wie ich es von Frau Sterlitz bestens kannte, allerdings hier auf eine löcherige Weise. Dank der Spitze, die auf Höhe des Brustansatzes begann und bis zu den Schlüsselbeinen – ihre Form zitierend – reichte. Und auf diese Weise die Haut viel mehr zur Geltung brachte, als sei hier gar nichts beziehungsweise ein tiefer Ausschnitt gewesen.

Somit bewies auch diese raffinierte Verhüllung den Wechsel, den Frau Sterlitz vollzogen hatte.

War das dem Parachutisten zu verdanken? Der sie ja immerhin

gleich beim ersten Rendezvous auf eine Modenschau eingeladen hatte. Und dem es anscheinend gelungen war, der Sterlitzschen Sexualität zu ihrer Entdeckung zu verhelfen.

Ich sagte: »Sie haben sich sehr verändert.«

»Überhaupt nicht. Ich war schon immer so.«

»Das muß ich übersehen haben.«

»Nein, daran liegt es nicht. Ich bin nicht die, die Sie kennen. Beziehungsweise nur sehr bedingt.«

Ich gab ein »Wie?« von mir und ersuchte: »Genauer bitte.«

»Die Frau Sterlitz, mit der Sie in den letzten Jahren zusammengearbeitet haben, ist die Frau, die ich in meinen Träumen bin. Auch wenn die Frau in meinen Träumen es natürlich umgekehrt sieht. Aber dieses Phänomen, daß jeder sich für echt hält und den anderen für ein Traumgebilde, sich aber nach und nach nicht mehr ganz so sicher ist, ob das wirklich stimmt, kennen Sie ja bereits, nicht wahr?«

»Stimmt, drüben bin ich ein Spatz.«

»Formidable! Das ist ungewöhnlich. Und sicher eine schöne Erfahrung.«

»Und Sie?« fragte ich. »Was sind Sie auf der anderen Seite? Wohl kaum eine Sekretärin.«

»Nun, genau das bin ich aber im Moment, indem ich die Rolle jener Frau, die Sie kennen und Frau Sterlitz nennen ... ich bezeichne sie gerne als meine *Traumpartnerin ...*, indem ich also deren Rolle angenommen habe. So wie meine Traumpartnerin die meine. Sie ist es jetzt, die auf der anderen Seite lebt, dort den Namen Kapeller trägt und mit meinen beiden Hunden und meinen beiden Liebhabern ... na ja, es ist ganz typisch für sie, daß ihre erste Handlung darin bestand, die Liebhaber aus dem Haus zu werfen. Dem Haus, das eine Villa ist. So wie meine erste, na, sagen wir, meine zweite oder dritte Handlung die war, mit Para ins Bett zu gehen. Sie selbst wäre wahrscheinlich lieber gestorben.«

»Aber nicht doch«, warf ich ein, »als wir beide vorher telefoniert haben, klang es, als sei der Sex mit dem Parachutisten ein ganz neues Erlebnis für Sie. Der Sex als solcher.«

»Ist er auch«, erklärte die Frau, die jetzt Sterlitz war, die *neue* Sterlitz. »Die Dinge mit ihm fühlen sich anders an. Nicht besser, nicht echter, der Apfel ist nicht apfeliger, das Rot nicht röter, aber ich meine zu spüren, was hinter den Dingen steckt, was sie antreibt.«

»Beim Sex würde ich sagen: Fortpflanzung.«

»In meinem Alter?«

»Ich meine, prinzipiell.«

»Dann wäre Sex im Alter also ein Echo? Ein Fortpflanzungsecho? Nein, das glaube ich aber nicht. Und Sie glauben es auch nicht. Was uns wirklich antreibt, ist nicht der Erhalt der Spezies. Sondern im anderen weiterzuleben. Im Kind, im Mann, in der Kunstsammlung, im Erbe, manchmal in der Person, die man träumt. Oder mit der man den Traum tauscht. Wir haben alle etwas von einer unsterblichen Krebszelle.«

Jetzt wollte ich aber wirklich wissen, wann überhaupt Frau Kapeller und Frau Sterlitz ihren Wechsel vollzogen hatten.

Kapeller berichtete, wie sich meine *alte* Frau Sterlitz sofort nach meinem Verschwinden auf die Suche gemacht habe. »Sie ist eine treue Seele, das wissen Sie. Denn wenn diese Frau in den letzten Jahren je etwas für einen Mann empfunden hat ... Schön, das ist nicht das Thema, auch wenn ich meine Traumpartnerin gut verstehen kann.«

Ich lächelte leicht und sagte: »Danke«, sagte aber auch: »Sie irren sich.«

»Kaum. Man lernt ja sein träumendes Gegenüber schon ein wenig kennen, oder? Sie wissen schließlich auch einiges darüber, was Ihr Spatz so denkt.«

»Ja, und was der Albatros so denkt.«

»Welcher Albatros?«

»Vergessen Sie's«, sagte ich, froh darüber, daß meine neue Sekretärin doch nicht über alles Bescheid wußte.

Jedenfalls erzählte sie mir, meine alte Frau Sterlitz habe zwei Tage nach meinem Verschwinden den Anruf jenes Gerichtsmediziners erhalten, der im Sommer 2013 die Leichen von Karel Nelson und Mona Oldenberg untersucht und damals einen Unfall ohne Fremdeinwirkung bestätigt hatte. Ohne aber die Frage zu beantworten, ob Nelson absichtlich oder unabsichtlich in diesen einzigen Baum weit und breit gerast war.

Zu der Zeit, als ich meine Ermittlungen aufgenommen hatte, war dieser Arzt, ein gewisser Dr. Janik, gerade auf einem Kongreß gewesen, weshalb ich ihn via Mail gebeten hatte, sich mit mir in Verbindung zu setzen – wir kannten uns von anderen Fällen –, um mir seinen Bericht zum Tod Oldenbergs und Nelsons zu erklären. Vor allem die Stelle, in welcher er die »Einbeinigkeit« Nelsons ansprach. Einbeinigkeit? Das hatte ich nicht verstanden, weil schließlich Karel Nelson nicht beinamputiert gewesen war, definitiv nicht, ich hatte da noch einmal bei seiner Frau Greta nachgefragt, unangenehm genug, jedenfalls hatte sie spöttisch gemeint, wie ich mir vorstelle, ein einbeiniger Mensch fahre in einem normalen Auto. Nun gut, das hing freilich davon ab, auf welcher Seite sich die Prothese befand, so konnte etwa ein rechtsseitig amputierter Mensch einen Wagen mit Automatikgetriebe auf Linksgas umrüsten lassen. Auch ein Mensch ohne Beine konnte ein Auto steuern. Allerdings war bei dem Unfallwagen keine irgendwie geartete Spezialausstattung aufgefallen.

Eine Behinderung von Karel Nelson hätte den Unfall sehr viel plausibler erscheinen lassen, aber wie gesagt …

Dr. Janik erschien persönlich in meinem Büro, um die »schwierige Sache« in aller Ruhe zu besprechen. Nur daß ich in diesem Büro nicht mehr anzufinden war und es nach zwei Tagen meines Verschwindens immer unwahrscheinlicher wurde, ich könnte im nächsten Moment vergnügt durch die Türe der Abteilung spazieren. Da nun Dr. Janik um das enge Vertrauensverhältnis wußte, das mich mit Frau Sterlitz verband, dachte er sich, es sei klüger, wenn schon nicht mich, dann zuerst einmal meine Sekretärin ins Vertrauen zu ziehen.

Meine Nachricht und Nachfrage hatten ihn dazu gebracht, sich noch einmal das Ergebnis seiner Untersuchung anzusehen, vor allem die Notizen, aus denen er seinen Bericht verfertigt hatte. Er rekapitulierte, was er damals festgestellt hatte, nämlich in der Tat die Einbeinigkeit des rechtsseitig amputierten Toten wie auch –

nur daß davon nichts in seinem Bericht stand – die Vermutung, die Prothese müsse sich stark deformiert im Unfallwagen befunden haben. Möglicherweise derart in Mitleidenschaft gezogen, daß man sie irrtümlich für einen Teil des Wracks gehalten hatte. Auszuschließen war – was die Retter offenbar zunächst angenommen hatten –, das Bein sei im Zuge der extremen Verletzungen des Unfallopfers abgetrennt worden. Denn erstens war ein solches abgetrenntes Bein nirgendwo aufgetaucht, weder im Wagen noch an der Unfallstelle, und zweitens war trotz des schlechten Zustands des Toten klar zu erkennen, daß dort, wo sein Bein endete, nämlich unterhalb des Knies, eine ordnungsgemäße Bedeckung des Knochenendes mit dem Muskelhautlappen vorlag, sprich ein medizinisch korrekt hergestellter Stumpf.

Dr. Janik war also von einem beinamputierten Wagenlenker ausgegangen, hatte dies erwähnt, jedoch daraus weder einen Schluß über die Fahrtüchtigkeit gezogen noch den Verbleib der Beinprothese thematisiert. Sein Hauptaugenmerk hatte der Frage gegolten, inwieweit eine schwere, eine todbringende Erkrankung vorgelegen hatte, die vielleicht die Selbstmordabsicht Nelsons hätte begründen können. Er fand aber nichts dergleichen und sah auch in einer lange zurückliegenden Amputation keinen Grund für Suizidgedanken. Das wäre reine Spekulation gewesen. Und eine solche war nicht seine Aufgabe. Um so mehr, als auch das Gespräch mit Nelsons Hausarzt keinen derartigen Hinweis ergeben hatte. Ein Gespräch, in dem freilich nie die Einbeinigkeit Nelsons zur Sprache gekommen war. So, wie sie offensichtlich kein Thema gewesen war im Gespräch zwischen Janik und den zuständigen Kriminalbeamten. Das konnte man als Nachlässigkeit oder Schlamperei empfinden, aber Dummheit war es keine. Das fehlende Bein schien einfach ohne Bedeutung zu sein.

Außer wenn es gar nie gefehlt hatte. Zumindest nicht jenem Karel Nelson, dieser Person des öffentlichen Interesses, dessen Name Dr. Janik natürlich ein Begriff gewesen war, über dessen Versehrtheit oder Unversehrtheit er aber in keiner Weise Bescheid gewußt hatte. Nicht, bevor der Tote da auf seinem Seziertisch gelandet war. – Und seien wir doch ehrlich, wissen wir so genau, wie die Körper selbst recht prominenter Namensträger genau aussehen? Wer eine künstliche Niere hat, wer einfach über eine gute Haut verfügt oder doch eher über einen guten Operateur, wer ein Toupet trägt, einen künstlichen Darmausgang, wer mit einem Tumor im Kopf noch letzte Fernsehshows durchsteht? Wessen hinkender Gang auf eine alte Sportverletzung, auf eine bloße Eigenheit beim Gehen oder eben doch auf eine Prothese zurückzuführen ist? Selbst eine noch so offene Gesellschaft besitzt ihre Unklarheiten, Geheimnisse und Mißverständnisse. Klar, manche reden darüber, manche machen daraus eine Staatsoperette, aber andere verschweigen es, einige sogar vor sich selbst.

Erst indem ich Dr. Janik gebeten hatte, mir das mit der Einbeinigkeit in seinem Bericht zu erklären, war er auf die Idee gekommen zu überprüfen, ob der oft porträtierte Begründer eines Imperiums innovativer Produkte – Prothesen? – jemals über ein solches Handicap gesprochen hatte. Hatte er aber nicht, beziehungsweise es war nichts darüber zu finden. Vor allem aber konnte Nelsons ehemaliger, zwischenzeitlich in Pension gegangener Hausarzt bestätigen, daß Karel Nelson bis zu seinem dramatischen Tod ganz sicher über zwei funktionstüchtige Beine verfügt hatte. Jetzt auch noch die Witwe Nelson erneut zu belästigen hatte Janik unterlassen. Die sich auftuenden Schwierigkeiten waren bereits immens genug gewesen.

Und all das hatte er nun Frau Sterlitz berichtet, so peinlich es war, seine unsaubere Arbeit zugeben zu müssen. Hätten freilich die untersuchenden Beamten Janiks Bericht genau gelesen, hätten sie auf dieselbe Frage kommen müssen, die sich mir gleich beim ersten Durchsehen aufgedrängt hatte. Wobei mir der Begriff »Einbeinigkeit« eher als ein symbolischer Begriff erschienen war, ohne jedoch sagen zu können, ein Symbol wofür – darum meine Nachfrage. So wie später Frau Sterlitz von Dr. Janik hatte wissen wollen, wer der tote Mann in dem verunfallten Wagen wirklich gewesen war.

Dr. Janik hatte ihr versichert, alles noch einmal durchgegangen zu sein und festgestellt zu haben, sämtliche Daten würden übereinstimmen. Sämtliche bis auf das fehlende Bein.

Nicht zuletzt hatte Dr. Janik die DNA überprüft, um die Identität des Fahrers zweifelsfrei zu bestimmen. Und zwar dank des Vergleichs mit einer DNA-Sequenz-Analyse, die Nelsons früherer Arzt noch von seinem Patienten besaß, weil dieser auf Grund einer bei seinen Vorfahren häufig auftretenden Bluterkrankung – nicht bei seinen steinalten Nazieltern, aber einigen englischen Verwandten – Vorsorge getroffen hatte. Ohne daß aber je ein diesbezügliches Problem aufgetreten wäre. Jedenfalls benötigte Janik keinerlei Haare oder Schuppen aus Nelsons Wohnung. Der Vergleich von Nelsons DNA-Probe mit der des Unfallopfers verschaffte Janik absolute Gewißheit. Und wenn man sich dann auch noch die Photos des Toten ansah – denn sein Kopf, sein Gesicht waren ja vergleichsweise unversehrt geblieben –, dann war nur der eine Schluß zulässig, es nämlich mit Karel Nelson zu tun zu haben. Oder wenigstens mit seinem Zwillingsbruder.

»Aha! Und …?« hatte Sterlitz gefragt.

»Nein, ich habe bereits nachgesehen: kein Zwillingsbruder«, war Dr. Janiks Antwort gewesen, der ja auch schon den einen oder anderen Kriminalroman gelesen hatte. »Vor so was brauchen wir uns nicht zu fürchten, zudem können wir heutzutage bereits unterschiedliche Punktmutationen feststellen.«

»Somit würden Sie also sagen«, hatte Frau Sterlitz gefolgert, »der Tote im Wagen war Karel Nelson, aber ohne Bein.«

»Das klingt komisch, aber genauso ist es.«

»Und Mona Oldenberg, die tote Frau auf dem Nebensitz?«

»Ja, die habe ich mir natürlich auch gleich noch mal angesehen.«

»Sagen Sie nicht …«

»Nein. Kein fehlendes Bein.«

»Na, vielleicht war sie dafür ja *vor* dem Unfall einbeinig«, hatte Frau Sterlitz gemeint und verächtlich gegrinst ob der eigenen abstrusen Idee, hier könnte im Zuge eines heftigen Zusammenpralls ein Bein den Besitzer gewechselt haben, also vom zweibeinigen Nelson auf die einbeinige Oldenberg übergesprungen sein.

Dr. Janik war ganz ernst geblieben, als er ihr versichert hatte, im Falle Mona Oldenbergs scheine alles seine Richtigkeit zu haben, auch wenn kein DNA-Vergleich vorliege wie im Falle Nelsons. Sondern eigentlich nur der Tatbestand, daß die Tote ihren Ausweis bei sich gehabt hatte und daß eine Frau dieses Namens am selben Tag nicht mehr nach Hause zurückgekehrt war. Hinzu komme natürlich, daß die Mutter der toten Mona Oldenberg die Leiche ihrer Tochter einwandfrei identifiziert habe.

Woraufhin Frau Sterlitz erklärt hatte, dies müsse ja wohl ebenso für Karel Nelson gelten, daß nämlich dessen Witwe, Greta Nelson, mit dem Leichnam ihres Mannes konfrontiert worden sei. Oder nicht?

»Selbstverständlich«, hatte Dr. Janik bestätigt. Mußte aber einschränken, daß in solchen Fällen immer nur der Kopf der toten Person zur Ansicht freigegeben werde, wie auch die hinterbliebenen Betrachter sich naturgemäß auf das Antlitz des Verstorbenen konzentrieren würden und nicht auf den von einer Plane verdeckten Leib. In diesem Fall einen stark deformierten und – man müsse es so ausdrücken – *verkleinerten* Körper. Es brauche kaum zu überraschen, wenn die Witwe Nelson schwerlich habe realisieren können, daß sich unter dieser Abdeckung ein zerquetschter Unterleib befinde, dem ab dem rechten Knie das Bein fehlte.

So also hatte sich das zugetragen.

Als wäre Frau Sterlitz der Polizeichef, hatte Dr. Janik wissen wollen, wie er weiter vorgehen solle. Mit Dr. Arntz sprechen?

»Warten wir mal ab«, hatte Frau Sterlitz gesagt.

Darauf der erstaunte Mediziner: »Womit?«

»Es wäre gut, wenn sich als erstes Kommissar Blind die ganze Sache anhört.«

»Aber Sie sagten doch, er sei verschwunden.«

»Das stimmt. Aber ich werde ihn aufstöbern, glauben Sie mir«, hatte die perfekteste Sekretärin, die je in diesem Hause gearbeitet hatte, versprochen. Um dann tatsächlich damit zu beginnen, abseits jeglicher Hierarchie und Zuständigkeit diesen Fall … nun, man kann es so sagen: ihn zu übernehmen. Auf eine insgeheime Weise. Insgeheim, aber zugleich wie von einer höheren Instanz genehmigt, einer Instanz nicht nur über Dr. Arntz stehend, sondern ebenso über dem Polizeipräsidenten oder der Staatsanwaltschaft.

Dr. Janik hatte es geschehen lassen. Er hatte wohl gespürt, daß es besser so war. Und daß es auch genau das war, was *ich* ihm, wäre ich aus meiner Bewußtlosigkeit heraus dazu in der Lage gewesen, vorgeschlagen und angeraten hätte.

Frau Sterlitz hatte also den Fall übernommen und suchte mit Hilfe des von Liebe geradezu verseuchten Parachutisten jenen Felix aus der Gruppe der Golderwachten auf, von dem Sterlitz immerhin wußte, daß ich mit ihm zusammen gewesen war. Felix aber hatte sich zunächst vollkommen bedeckt gehalten. Mit der Begründung, kürzlich einen Anruf erhalten zu haben. Ihm sei ein schreckliches Ende versprochen worden für den Fall, daß er die Flugzeuggeschichte weiter verfolge. – Dennoch, Frau Sterlitz hatte insistiert. Was für eine Flugzeuggeschichte? Felix hatte sich gewehrt mit der Erklärung, er sei Künstler, nicht Krieger. Er zähle zu jenen Leuten, die einer Folter erliegen würden, bevor sie noch so richtig begonnen hatte.

»Eigentlich bestens«, hatte die in diesem Moment herzlose Frau Sterlitz gemeint, »wovor fürchten Sie sich dann?«

Doch Felix hatte auf seiner Angst bestanden. Und einfach nicht sagen wollen, was genau unter »Flugzeuggeschichte« zu verstehen war. Immerhin aber hatte er erwähnt, mir berichtet zu haben, die letzte Nachricht Mona Oldenbergs habe mit dem Begriff *Aurora Building* geendet. Möglicherweise der Name eines ins Belfast stehenden Hochhauses.

Beim Namen »Belfast« hatte es bei Frau Sterlitz geklingelt, schließlich war ihr mein Plan bekannt gewesen, die Ermittlungen auf die nordirische Hauptstadt auszudehnen. Sie selbst hatte die Buchung des Flugs vorgenommen. Nur daß ich nachweislich nicht in jenes Flugzeug gestiegen war, für das mir ein Platz reserviert worden war. Und auch in kein anderes Flugzeug.

»Sie hat beschlossen, selbst nach Belfast zu fliegen und sich dieses Hochhaus anzusehen«, berichtete meine neue Sekretärin, die nun ihre Brille herunternahm und ihr Kopftuch löste, wodurch ein richtiggehender Schwung von halblangem silbergrauem Haar sich entfaltete. Ganz ähnlich dem Haar, das ich von früher kannte, nicht etwa gepflegter, denn auch *meine* Frau Sterlitz war immer bestens frisiert gewesen war. Doch dieses Haar nun war… ich kann es nicht besser beschreiben als: Es war williger.

Ich wendete ein, selbiges Belfaster Hochhaus existiere doch gar nicht. Nicht in dieser Welt.

Sterlitz – noch bestand ich darauf, sie mir mit ihrem alten Namen zu denken – lächelte und sagte: »In der Tat, das tut es nicht. Doch Ihre alte Sekretärin war zu sehr vernarrt in die Möglichkeit, das Rätsel um Ihr Verschwinden dadurch zu klären, sich dieses Hochhaus… man kann sagen, es sich vorzuknöpfen. Welches aber – richtig! – gar nicht steht, wo sie dachte, daß es steht. Doch das Mißverständnis ist sowieso die Domäne der Verliebten.«

Es gefiel mir nicht, welche Andeutungen Kapeller machte. Ich sagte ihr das auch.

Sie sah mich an wie ein Kind schaut, das glaubt, Wiener Schnitzel würden in Wien aus der Erde wachsen und seien darum vegetarisch zu nennen, sodann erzählte sie weiter.

Erzählte, wie Frau Sterlitz sich Urlaub genommen und darum bei Dr. Arntz vorgesprochen habe, dessen Reaktion eine verzweifelte gewesen sei: »Soll das heißen, Sie springen in das gleiche tiefe Loch, in das unser Herr Blind gesprungen ist?«

Sterlitz darauf: »Hoffen wir, es ist das gleiche Loch. Damit sich der Sprung auch lohnt.«

Der Sprung hatte zuerst einmal darin bestanden, zum Flughafen zu fahren und den zuvor so günstig wie kurzfristig gebuchten Flug nach Belfast anzutreten (im Buchen von Flügen besaß die Sekretärin Sterlitz eine Gabe, gegen die Internet-Vergleichsportale eher wie Guillotinen wirkten, bei denen quasi nur der abgeschlagene Kopf mitfliegen durfte, das war zwar echt billig, aber eben…).

Mit Kopf und dem ganzen Rest war Frau Sterlitz auch tatsächlich in Belfast angekommen und hatte somit jenes Ziel erreicht, das ich selbst anvisiert hatte, jedoch zu diesem Zeitpunkt war ich noch weit davon entfernt gewesen, mich auch nur in Richtung der nordirischen Hauptstadt zu bewegen. Wo auch immer sich mein bewußtloser Körper da gerade befunden hatte.

Frau Sterlitz hatte ein kleines Zimmer in einer kleinen Pension am Stadtrand bezogen, ein kleines Abendmahl eingenommen und sich »after dinner« noch eine Weile mit den katholischen Hotelbesitzern unterhalten, die doch recht erstaunt gewesen waren, wie vehement eine Witwe aus dem deutschen Süden den Zusammenschluß Nordirlands und der Republik forderte. Nun, Frau Sterlitz war definitiv und unbeugsam eine römisch-katholische Christin. Sie empfand die Grüne Insel als eine gottgewollte Oase, die Trennung aber als Schande, als britische Bösartigkeit.

Nach dem Gespräch, dem Konsum von Tee und einem kleinen Glas Connemara-Whiskey war sie früh schlafen gegangen, früh aufgestanden, hatte vor allen anderen Gästen gefrühstückt und war bald aufgebrochen, um in die Stadt zu fahren und sich das *Aurora Building* anzusehen. Sie traute ihrem Instinkt wie ihrem genauen Blick, war überzeugt gewesen, mittels des Gebäudes einen Hinweis auf den Verbleib ihres Vorgesetzten zu finden. Jahrzehnte der Arbeit im Polizeidienst hatten zwar aus Sterlitz keine Kriminalistin gemacht, aber doch einen detektivischen und »von Spuren inspirierten« Geist.

Als sie dann an der Stelle angekommen war, an dem sie das Gebäude erwartet hatte, war ihr endlich klargeworden, daß etwas nicht stimmte. Sie hatte im ersten Moment geglaubt, sich geirrt zu haben, in der Straße, in der Ecke, in der Nummer. Aber Nachfragen bei Passanten hatten ergeben, daß niemand ein Hochhaus dieses Namens kannte – allerdings konnte sich auch niemand erinnern, ein solches sei einst geplant gewesen. Weshalb sie sich einem kleinen Laden genähert hatte, in der Meinung, es handle sich um eine Touristeninformation. Doch in Wirklichkeit war es ein Lokal der irisch-republikanischen Sinn-Féin-Partei. Als Sterlitz sich darauf zubewegte, trat soeben ein grauhaariger Mann mit weißem Bart heraus. Man hätte meinen können, es sei Nybråten, aber es handelte sich allen Ernstes um Gerry Adams, den Vorsitzenden dieser Partei, die übersetzt heißt *Wir selbst*, was nun wirklich ein grandioser Name für eine politische Bewegung ist, der eigentlich als Beifügung zu sämtlichen weltanschaulichen Vereinigungen auf diesem Globus bestens gepaßt hätte.

Gerry Adams, angeblich ein ehemaliges Mitglied der IRA, später einer der Architekten des Karfreitagsabkommens zur Befriedung des nordirischen Konflikts, war eine dubiose Figur der Geschichte, weil nämlich alle Menschen, die darangehen, Geschichte zu schreiben (anstatt Geschichten), dubios werden müssen. (Das Schreiben von Geschichte führt so gut wie immer zu einer Widersprüchlichkeit: Der Geschichte Schreibende schafft den Boden, auf dem er steht, als wäre er ein Künstler, der das Brot malt, das er später essen wird. Darum kommen sich diese Leute auch immer wie kleine Götter vor und sind es ja auch. Sie schaffen eine Geschichte, nur daß diese Geschichte – der Boden, auf dem sie stehen und gehen und ihr zuvor gemaltes Brot essen – mit jedem neuen Schritt neu geschrieben werden muß, was zu einem großen Gehetztsein führt, trotz der Routine, die es natürlich gibt, trotz eines Hangs zu Wiederholungen. Aber man schreibt ja Geschichte nicht alleine, sondern in einem Autorenkollektiv, das zwangsläufig irrenhausartige Züge trägt.)

»Was that Gerry Adams?« hatte Frau Sterlitz gefragt, nachdem sie in das kleine Parteilokal getreten war.

Die Dame hinter der Theke hatte mit einem Lächeln genickt.

Sterlitz darauf, ungewöhnlich enthusiatisch: »Gosh! He looks great, very handsome.«

Allerdings war sie verblüfft gewesen, diese lebende Legende ganz ohne Leibwächter angetroffen zu haben, als er da aus dem Lokal getreten, über die Straße marschiert und in sein Auto gestiegen war, so, als wäre er der normalste aller Iren.

Die Parteidame hatte erneut gelächelt und gemeint, Adams sei ein couragierter, mutiger Mann, eine historische Figur, aber auch jemand, der gut zu unterscheiden vermöge, wo und wann eine Gefahr drohe und wo und wann es eigentlich klüger sei, gänzlich unbeschützt zu bleiben. Und hatte dann Frau Sterlitz gefragt, ob sie ihr vielleicht mit einem signierten Porträtphoto von Gerry Adams eine Freude machen könne.

»I'd love to!« hatte Frau Sterlitz geantwortet, um sich dann aber nach dem *Aurora Building* zu erkundigen.

Und wirklich, der Parteidame war es durchaus noch in Erinnerung gewesen, wie 2007 die Planung dieses *»tallest proposed building in the whole of Ireland and iconic landmark for Belfast«* veröffentlicht worden war, so, wie sie auch noch gut wußte, daß die nötigen Baugenehmigungen nicht erteilt worden waren und schließlich 2011 Bauunternehmer Mervyn McAlister bankrott gegangen war.

Sie kommentierte: »What a luck!« und meinte damit das Glück, welches sich ergab, wenn Typen vom Schlage eines McAlister den Weg in die Vergessenheit antraten. »McAlisters are coming from hell and going to hell.«

Frau Sterlitz war ratlos gewesen. Wie sollte sie eine Spur, einen Hinweis auf das Verschwinden ihres Vorgesetzten in einem Gebäude erhalten, welches gar nicht existierte?

Sie hatte das Lokal verlassen, nach rechts, dann nach links geschaut und einen Schritt auf die Fahrbahn gemacht. Wobei ihr Blick in beide Richtungen offensichtlich allein dem Gehweg gegolten hatte, vielleicht hatte sie geschaut, ob Gerry Adams zurückgekommen war, vielleicht hatte sie mit offenen Augen geträumt und sich nach einem bloß im Traum bestehenden *Aurora Building* umgesehen (und das hätte ja nun wirklich seine Berechtigung besessen). Tatsache war, daß sie auf die Fahrbahn getreten war, ohne das Auto zu bemerken, welches soeben heranfuhr und durch keinerlei Ampel oder Fußgängerstreifen in seiner Fahrt und seinem Tempo behindert worden war. Und dessen Fahrer auch viel zu spät erkannte, wie da eine Frau die Straße querte. So rasch er auch gebremst hatte, es hatte nichts daran geändert, daß er in die Frau – die Frau, die Sterlitz war – hineingefahren war.

Nein, ganz stimmte das nicht beziehungsweise nur halb.

Kapeller erklärte es mir: »Eine Verwischung fand statt.«

»Eine was?« fragte ich, obwohl mir das Mysterium ja bereits untergekommen war. Nicht aber der Name.

Kapeller berichtete, wie im Laufe der letzten Jahrzehnte sich immer mehr Menschen des Faktums zweier Welten bewußt geworden waren und somit auch, daß ein jeder zwei Existenzen führte, mitunter einander sehr ähnliche, mitunter das Gegenteil von ähnlich. Natürlich wurde dieses Phänomen auch Gegenstand geheimer Forschungen und Untersuchungen sowie ein Sehnsuchtsgebiet für jene, denen es Freude bereitete, Schicksal bei anderen zu spielen. Oder dem eigenen Schicksal überraschende Wendungen zu verleihen. Vor allem war die Idee entstanden *umzuverteilen*. Anders gesagt: Existenzen zu verschieben. Ein Phänomen zu kontrollieren, das man »Wischen« nannte. Genau das, was Quimp davor bewahrt hatte, von einer Pistolenkugel getroffen zu werden, indem diese Kugel mit der ihr traummäßig gegenübergestellten Jokerkarte den Platz getauscht hatte. Und damit die Welt.

Der Vorgang des Wischens schien anfänglich ein völlig unkontrollierbarer und unvermutet auftretender Vorgang. Etwas, das man allein beobachten konnte, wenn es geschah, und man benötigte Glück, um dabei zu sein, wenn es geschah, um es beobachten und messen zu können: diesen Austausch von Materie, der ja ein wichtiges Prinzip des Universums konterkarierte, welches lautet, nichts komme hinzu, und nichts gehe wirklich verloren. Das war hier deutlich anders, denn naturgemäß besteht ein beträchtlicher Unterschied zwischen dem Aufbau einer Spielkarte und dem einer Pistolenkugel und erst recht zwischen dem eines Spatzen und dem eines mittelgewichtigen mitteleuropäischen Kommissars der Kriminalpolizei. Dennoch wurden Theorien entwickelt, nach denen es einen summarischen Ausgleich gab und somit beide Welten unter dem Strich dann doch nichts einbüßten und nichts gewannen. Aber wie gesagt, es bedurfte vielerlei Spekulationen, um sich das Phänomen zu erklären und es in Einklang mit den Naturgesetzen zu bringen – außer für die, die die Naturgesetze umschrieben. Und die, die das taten, waren es dann wohl auch – und zwar auf beiden Seiten –, denen es gelang, diesen speziellen Vorgang des Wischens willentlich zu beeinflussen beziehungsweise gezielt hervorzurufen. Systeme der »Überredung« zu schaffen. Die Manipulatoren waren geboren. Wobei eine Vermutung besagte, daß diese Manipulatoren – eine Kaste aus Wissenschaftlern und Technikern – dazu tendierten, auf der jeweils anderen Seite einen »Traumpartner« zu besitzen, der ihnen zum Verwechseln ähnlich war, weshalb es so gut wie nie auffiel, wenn einer von ihnen mal die Seiten wechselte, um dann das jeweils andere System zu sabotieren. Denn auch zwischen diesen beiden Welten herrschte Krieg. – Der Krieg setzte sich überall durch gleich einer besonders aktiven und prägenden Erbinformation. (Man könnte von einem Kriegsgen sprechen.)

Wissenschaft braucht Unterstützung. Wissenschaft braucht einen Grund. Wobei die pure Erkenntnis ein viel zu geringer Grund ist, um die Wissenschaft zu fördern. Man fliegt nicht zum Mond, bloß um festzustellen, daß dort oben gar nichts ist. Wenn man aber trotzdem feststellt, daß dort gar nichts ist, nicht einmal Erdöl, sprich Mondöl, hört man natürlich auf, weiter zum Mond zu fliegen.

Die Möglichkeiten des Wischens erschienen, so gesehen, weit attraktiver. Nämlich die Welt zu verpesten, aber eben nicht die eigene, sondern die andere. Wozu es nötig war zu wissen, wie die Entsprechung einer Person oder eines Gegenstands auf der anderen Seite aussah. Denn natürlich wäre es Bockmist gewesen, einen unliebsamen Terroristenführer zu transferieren und dafür im Gegenzug einen noch weit raffinierteren und noch weit rücksichtsloseren zu erhalten. Oder den größten Rohdiamanten der Welt zu überführen, in der Hoffnung auf einen noch weit größeren, dann aber leider ein Dingelchen im Format einer Erbse auf dem Labortisch liegen zu haben. Nein, es war dringend angeraten herauszufinden, wie der jeweilige Traumpartner genau aussah, um nicht etwa beim Versuch, sich einen gefürchteten Kritiker vom Hals zu schaffen, einen Massenmörder ins Haus zu holen.

Die Sache war nicht einfach. Das Feststellen des Traumpartners nicht wie auch der Austausch nicht, um so mehr, als beide Seiten daran arbeiteten und der Eifer oft größer war als die Übersicht, der Wille zum Experiment größer als die Fähigkeit zur Kontrolle.

Unglücke geschahen, Versehen. Nicht in einem komödiantischen Sinn, indem sich etwa Atome vermischten und ein Mann plötzlich mit dem Kopf eines Hirschen dastand oder einem anderen Mann statt seiner Arme die Flügel eines Vogels herunterhingen. Nein, es waren vor allem die Versuche, vollständige Komplexe und wohlersonnene Einheiten zu vertauschen, die zu Unfällen führten: ganze Schiffe, Flugzeuge, überbordende Mülldeponien, vor dem Kollaps stehende Atomkraftwerke oder auch ein sich ausbreitendes Virus. Die Bemühung, ein Problem einfach hinüberzuwischen. Etwa ein von Terroristen entführtes Flugzeug – das Flugzeug, die Passagiere, die Entführer, also die Einheit – auf die andere Seite zu schieben und dafür im besten Fall ein Flugzeug zu erhalten, in dem gerade *keine* Entführung stattfand. Möglich war es aber ebenso, etwas ganz anderes zu bekommen, weil manche Einheiten – verklebte Körper – sich sehr viel konträrer verhielten als einzelne Personen oder einzelne Gegenstände. Das Flugzeug samt Terroristen und Passagieren mochte ja auf der anderen Seite ankommen, dort wie aus einem Traum erwachend, was manchmal heilsam wirkte, manchmal jedoch zu einer aus der Verwirrung heraus noch heftigeren Eskalation führte. Doch das, was im Austausch dafür auf jene Seite geriet, von welcher das Flugzeug herstammte, war oft etwas ganz anderes; immerhin dem Medium angepaßt, etwa ein Heuschreckenschwarm für ein Flugzeug, ein Fischschwarm für ein Schiff oder U-Boot, eine sich ausbreitende Krankheit für eine sich ausbreitende Panzerkolonne. Oder begrifflich angepaßt: eine Tsunamiwelle für eine Flüchtlingswelle. Ein Kursrutsch für einen Erdrutsch. Manches auf dieser Welt, was so plötzlich und unvermittelt geschah, war nicht eine Folge logischer Entwicklungen, sondern einem Wischen zu verdanken.

Das Verschieben von ganzen Einheiten barg ein großes Risiko. Mit Atomkraftwerken »spielen« war eben etwas anderes als mit Rohdiamanten.

Aber eines stimmte auch, daß nämlich dort, wo sich das Negative einstellte, wo Menschen verschwanden und dafür Heuschrekken auftauchten, auch das Positive lauerte. Es ist nicht der Teufel, der sich im Schatten Gottes nähert und plötzlich aus diesem heraustritt, es ist genau umgekehrt.

Mancher Tausch diente der Rettung, so wie es im Falle der Jokerkarte und der Kugel geschehen war. Wobei diese Rettungen selten auf Eingriffe der Manipulatoren zurückgingen, sondern ... nun, es schien, als würde die Natur selbst sich darum kümmern oder ein guter Geist – für die, die an gute Geister glauben. Geister, die zwischen den beiden Welten standen und die vielleicht als einzige *nicht* in einem Traum lebten. Und die den Menschen einen Gedanken einimpften, den Gedanken, es könnte funktionieren.

Und das tat es manchmal auch. Mal zum Vorteil von Spatzen, mal zum Vorteil von Sekretärinnen. Denn in dem Moment, da Frau Sterlitz gedankenverloren – von einem *Aurora Building* träumend – auf die Straße getreten und von einem Wagen erfaßt worden war, vollzog sich ein Wischen, vollzog sich ein Wechsel zwischen Sterlitz und ihrer Traumpartnerin Kapeller. Frau Kapeller, die tatsächlich in diesem Augenblick träumte, in Belfast zu sein und, ohne auf den Verkehr zu achten, auf die Straße zu marschieren. Und die, als sie nun mit einem Schrecken, einem Zittern, einer schweißnassen Haut erwachte, soeben von einem Auto angefahren wurde, während Frau Sterlitz da bereits fest schlief, in einem großen Bett in einer großen Villa. Um dann einige Stunden später zu erwachen und ebenfalls mit Schrecken festzustellen, daß sich links und rechts von ihr zwei nackte, stark behaarte Männer rekelten – deren Behaarung in Wirklichkeit gar nicht so schlimm war, aber auch die Bedeutung von »schlimm« liegt im Auge des Betrachters. Es würde dauern, bis Sterlitz begriff, wo sie war – genau dort, wo sie so oft in ihren Träumen gewesen war. Jetzt aber wirklich und wahrhaftig. Und daß sie darum selbst bestimmen konnte, was hier zu geschehen hatte und was nicht. Es stand ihr frei, die beiden Typen aus dem Bett und in der Folge aus dem Haus zu werfen. Die zwei Hunde am Fußbett hingegen, Australien Shepherds, behielt sie, obwohl sie nicht etwa eine Hundefreundin war. Doch sie fühlte sich ihnen moralisch verpflichtet. Nicht aber den Männern.

Frau Kapeller war also in Belfast gelandet, besser gesagt, sie wurde soeben durch die Luft geschleudert und flog über die

Motorhaube des Wagens, der ihren Körper gerammt hatte. Sie trug ihren Pyjama, denn offensichtlich ging die Kleidung, die jemand am Körper trug, immer mit der Verwischung mit. Es hatten also jene recht, die meinten, Kleidung sei eine zweite Haut und ihre Entwicklung durch den Menschen in der Evolution genauso festgeschrieben wie die Herausbildung von Schuppen oder Fell.

Logisch, daß umgekehrt Frau Sterlitz angezogen zwischen den beiden stark behaarten Männern erwachte. Und das erschien ihr bei allem Schock doch als ein großes Glück.

Das noch viel größere Glück war freilich, daß die nach Belfast herübergewischte Frau Kapeller in ihrem Leben niemals Sekretärin gewesen war, sondern viele Jahre als Stuntfrau für den Film gearbeitet hatte. Lange genug, um sich jene Villa erwirtschaftet zu haben. Trotz ihres fortgeschrittenen Alters verfügte sie noch immer über ausreichend Reaktionsfähigkeit und Körperbeherrschung, um bei aller Plötzlichkeit, mit der die Sache geschah, nicht wie ein willenloser Sack über das Auto zu segeln. Nein, sie drehte sich geschickt im Flug und rutschte mittels einer über die Schulter gezogenen Rolle über das Wagendach, glitt von diesem herunter und bewältigte mit einer zweiten Rolle die Landung auf dem harten Beton der Fahrstraße. Sie kam in der Manier der Bodenturner auf beiden Beinen zu stehen. Ohne einen Kratzer. Aber eben im Nachtgewand. Was sie raschest zu ändern gedachte. Sie war wahrlich nicht prüde, aber ein Punk war sie auch nicht. Sie benötigte passende Kleidung. Und hatte rasch die passende Idee.

Denn auch der Fahrer des Wagens konnte sein Glück kaum fassen, daß hier nicht mehr passiert war. Und daß Frau Kapeller weder darauf bestand, die Polizei zu holen noch einen Arzt, noch irgendeine Fahrzeugnummer aufzuschreiben. Dem Belfaster erschien es als ein Wunder, und er dankte der Mutter Gottes und war gerne bereit, die Angefahrene und Unverletzte wunschgemäß zur nächsten Boutique zu chauffieren und sie auf ein elegantes Businesskostüm einzuladen, ein Kostüm, das beim Hineinschlüpfen zu seufzen schien, und zwar vor lauter Zufriedenheit, an diesem schlanken, trainierten Damenkörper einen Platz gefunden zu haben.

Nachher brachte der Fahrer Frau Kapeller zu ihrem Hotel, denn sie wußte ja, welches Hotel, kannte die Details dieser Reise aus ihrem eigenen Traum. Der Belfaster durfte dann auch noch die Nacht mit ihr verbringen, die eine nur. Er würde noch ewig von ihr träumen.

Bei aller Unterschiedlichkeit zu ihrer Traumpartnerin blieb Kapeller dennoch nichts anderes übrig, als diese neue Existenz anzunehmen, Belfast zu verlassen, zurückzureisen, Frau Sterlitz zu werden, eine Sekretärin im Dienste der Abteilung zur Bekämpfung des organisierten Verbrechens, vor allem eine Sekretärin im Dienste des Kommissars Blind, auch und gerade weil der verschwunden war. Dies allerdings in neuer Kleidung, anderen Schuhen, endlich einer eleganten Sonnenbrille, die ihr auch während der kalten Jahreszeit gut stand, endlich einem Zigarettenetui, darin auch wirklich Zigaretten waren. Ja, als Dr. Arntz sie erstmals rauchend sah, meinte er: »Meine Güte, ich erkenne Sie nicht wieder.«

»Das hat Gründe«, antwortete sie knapp und blies den Rauch aus, als tapeziere sie die Luft. Und zwar mit einem Muster aus wirbelnden Kondensstreifen.

Sie bezog also die Wohnung und die Stelle ihrer Traumpartnerin, bemerkte aber vor allem, wie gut ihr der Parachutist gefiel. Sie besaß seit jeher ein Faible für kräftige Männer. Sicher, der Parachutist war nicht kräftig, sondern fett, aber sie mochte die Art, wie er seinen Leib trug. Und sie mochte seinen Humor – auch seine Ängstlichkeit in manchen Dingen und seine Unverfrorenheit in anderen – und stellte bald fest, daß dieser Mann bei aller Korpulenz über eine erstaunliche Leichtfüßigkeit und Schwerelosigkeit in vielem verfügte, also möglicherweise seinen Namen sehr zu Recht trug. Und nicht als eine ironische Brechung, wie viele dachten.

Auch wenn sie stark im Bewußtsein ihrer Träume gelebt hatte und also nicht nur die PIN der Sterlitzschen Kreditkarte kannte, so war es nicht so, daß sie sofort die gleiche Perfektion als Sekretärin an den Tag legte wie ihre Vorgängerin. Sowenig Sterlitz ihrerseits mit der Gewandtheit einer ehemaligen und noch immer bestens in Schuß befindlichen Stuntfrau aufzutreten vermochte. Aber beide arrangierten sich. Es gelang Kapeller, sich einzufinden und einzufügen in die Büroarbeit, während sie freilich ihre Freizeit im alten Stil gestaltete. SEX großgeschrieben. Bereichert um die Erfahrung, wie gut es sein konnte, nur *einen* Mann dafür heranzuziehen: Para.

In einer Sache blieb sie ihrer Vorgängerin absolut treu, in der Suche nach *mir*, Kommissar Blind. Und das, obwohl sie den Verdacht hegte, mir könnte das gleiche wie ihr und Frau Sterlitz zugestoßen sein, nämlich im Zuge einer Wischung den Platz gewechselt zu haben (so daß man hätte sagen können, Frau Sterlitz sei mir einfach nachgefolgt). Wenn das so war, wer oder was hatte dann meine Stelle eingenommen?

Kapeller begann, sich in den Fall Nelson einzuarbeiten, besuchte dessen Witwe Greta und überzeugte sich ihrerseits davon, daß hier ein Mann mit zwei Beinen gelebt hatte, der dann aber mit nur einem Bein gestorben war.

Sie sammelte Material. Daneben bewältigte sie die Arbeit im Büro, ohne die Zielstrebigkeit ihrer »Vorgängerin« zu erreichen. Praktizierte dafür aber ein reiches Freizeitleben. Und trat schließlich die Reise an jenen Ort an, nach dem ihre Traumpartnerin sich immer gesehnt hatte. Ein Ort, an dem sie der Anruf von Dr. Arntz erreichte, welcher vermeldete: »Sie werden es nicht glauben. Blind ist aufgetaucht, in Oslo, ausgerechnet in Oslo. Sie sind doch gerade in Oslo, nicht wahr, Frau Sterlitz?«

»Das bin ich«, antwortete sie ruhig, auch wenn sie deutlich spürte, nun doch ein wenig aufgeregt zu sein.

Die Sache mit Oslo war nun etwas gewesen, was man vielleicht einen *halben* Zufall nennen konnte. Kapeller hatte nicht wirklich ahnen können, ich würde dort auftauchen, aber sie wußte aus der Erinnerung ihrer Träume, daß ich und Frau Sterlitz uns einst für diese Stadt verabredet hatten. Und als sich nun die Möglichkeit von ein paar arbeitsfreien Tagen aufgetan hatte, hatte sie beschlossen, genau diese Reise zu machen. Ohne mich, aber zusammen mit dem Parachutisten. Mehr aus einem sentimentalen Gefühl heraus denn aus dem Glauben, diese Reise könne etwas bewirken oder erbringen.

Aber siehe da! Sie und ich standen nun auf der falschen Seite des Osloer Rathauses, inmitten miserabler Kunst.

»Und wo ist Para?« fragte ich.

»Den habe ich im Hotel gelassen. Wir hatten eine lange Nacht, er kann ein wenig Ruhe gut vertragen.«

Ich stellte eine andere Frage: »Wie konnten Sie wissen, daß ich bei Nybråten wohne?«

»Nybråten? Wer ist Nybråten?«

»Hallo!« sagte ich laut, als versuche ich sie aufzuwecken. »Als Sie mit mir am Telefon sprachen, wußten Sie, daß ich von meinem Fenster aus auf das Rathaus schauen kann.«

»Ach was!« überging sie meinen Einwurf. »Diesen Kasten sieht man wirklich von überall.«

»Wohl kaum«, antwortete ich. »Schon gar nicht, hätte ich ein Zimmer im Erdgeschoß.«

»Im Erdgeschoß gibt's keine Zimmer, oder? – Ehrlich, ich wußte es nicht. Ich habe das einfach so dahingesagt. Vielleicht Intuition, weibliche, wenn es Sie beruhigt. – Und wer soll das jetzt bitte sein, dieser Nybråten?«

»Das ist eine lange Geschichte.«

»Sie wird nicht kürzer, wenn Sie darauf verzichten, sie mir zu erzählen.«

»Okay. Es fing alles mit dem Spatzen an.«

»Ihrem Traumpartner?«

»Genau«, sagte ich und begann zu beschreiben, wie das gewesen war, als ich nach und nach meine Verbindung zu diesem Pariser Sperling begriffen hatte. Und wie mir nach und nach der Verdacht gekommen war, der Mann, der zweimal auf Quimp geschossen hatte, einmal auf dem Wiener Westbahnhof, das andere Mal in einem Hotelzimmer in Belfast, sei derselbe wie jener Nybråten, der mir auf dem Schiff nach Oslo begegnet war, beziehungsweise nicht derselbe, aber doch der gleiche, einmal hier, das andere Mal drüben. Nybråten, auf den ich siebenundvierzig Tage nach meinem Verschwinden gestoßen war, siebenundvierzig Tage, über die ich absolut nichts berichten konnte. Ein Stromausfall in meiner Lebenszeit.

»Das ist schon ein starkes Stück«, sagte Frau Kapeller, »ich meine das mit den Spatzentieren, die Krieger sind. Obgleich die ja aus meiner Welt stammen und dort natürlich ein paar Sachen anders sind. Etwa das Hochhaus in Belfast. Aber was ist ein Hochhaus, welches dann doch gebaut wurde, gegen Spatzen, die Raketen abschießen und über phantastische Rüstungen verfügen?«

»Darum dreht sich alles«, bekräftigte ich, »um die Rüstungen, um das Material, woraus auch immer es bestehen mag.«

Kapeller warf ein, ihr sei aber die Rolle Nybråtens nicht ganz klar. »Ist das jetzt ein Waffenhändler, der in der anderen – wie sagen Sie dazu? –, der in der *Spatzenwelt* ein Scharfschütze und Killer ist, der für die Totalisten arbeitet?«

Ich gestand, mir gar nicht sicher zu sein, ob Nybråten im Dienste des französischen Konzerns stehe. Sicher sei nur, daß wir bei ihm die präzisen Pläne des *Aurora Building* gefunden hatten und daß jene als Antiterroreinheit getarnte Gruppe aus britischen Soldaten und totalistischen Söldnern über dieselben geheimen Zugänge, wie sie auf diesen Plänen aufgezeichnet waren, ins Sperksreich eingedrungen war. Das schließe aber nicht aus, daß die Generälin recht habe, wenn sie meine, Nybråten verfolge eigene Ziele.

Kapeller fragte mich, ob ich schon herausgefunden hätte, in welcher Gestalt diese Generälin hier in unserer Welt auftrete.

»Ich dachte einen Moment, sie sei die Croupière bei dem illegalen Pokerspiel auf dem Schiff nach Oslo. Aber ich weiß nicht so recht. Das ist wirklich schwierig zu erkennen, wer welche Rolle auf der jeweils anderen Seite übernimmt, auch wenn der kleine Junge – ich meine Frederik, Frederik, der im Traum Clemens ist – glaubt, man könne sich an der Ähnlichkeit der Gesichter orientieren. Das mag ja in Ihrem Fall stimmen, bei Nybråten ebenso. Und bei der Frau, die Grace heißt, für mich aber Milena ist.«

»Welche Milena?«

Stimmt, das hatte ich in meiner Erzählung übergangen. Den Beischlaf mit Milena, in dessen Folge ich meiner Erschöpfung hätte erliegen und richtig einschlafen sollen. Es wäre mir peinlich gewesen, dies zu beschreiben. Geschlechtsverkehr von hinten. Auch wenn Frau Kapeller in sexuellen Dingen bekennenderweise eine andere Position vertrat als meine alte Frau Sterlitz. – Nein, wirklich peinlich war mir zu berichten, wie ich es mit dieser Frau getrieben hatte, und sie mich dann fast erstickt hatte, worauf ich sie niederschlug und fesselte, und wie ich einen Morgen später dem Anblick genau dieser Frau im Schnee restlos verfallen war.

Ich sagte jetzt nur, Grace – meine Milena – sei da wie dort Nybråtens auffallend hübsche und viel zu junge Gefährtin, und wenigstens hier in unserer Welt seine angebliche Ehefrau. Ja, und auch sie sei auf beiden Seiten leicht wiederzuerkennen. Bei mir selbst jedoch wäre das schon sehr viel schwieriger, man bedenke den Unterschied zwischen Spatz und Mensch. Und erst recht, wenn man das »Gesicht« einer Pistolenkugel vergleiche mit der einer absolut weißen Jokerkarte. Außerdem gebe es noch immer viele Menschen, viele Tiere und Dinge, die sich gar nicht bewußt seien, über einen speziellen Traumpartner zu verfügen.

Dann aber fragte ich: »Mögen Sie Oper?«

»Sie meinen, die im Theater, nicht wahr?«

»Richtig.«

»Ich will ehrlich sein«, erklärte Kapeller, »ich mag die Oper, weil man sich da hübsch anzieht und weil man nachher noch was trinken geht, und ich mag sie, weil es in vielen Opernhäusern bequeme Sessel und ganz wunderbare Logen gibt und man dort mehr attraktive Männer trifft, als wenn man – zum Beispiel – ein Handballspiel besucht.«

Ich räumte ein, noch nie beim Handball gewesen zu sein.

Sie darauf: »Nehmen Sie von mir aus den Besuch eines Weinfestes, oder nehmen Sie eine Aktionärsversammlung, und ich kenne Aktionärsversammlungen …«

»Als Stuntfrau?«

»Nein, als Aktionärin. Jedenfalls, finde ich, schauen die Männer, die in die Oper gehen, besser aus, auch wenn sie vielleicht Aktionäre sein mögen. Die Oper selbst, also die musikalische

Form … nun, es gibt ein paar grandiose Ouvertüren, aber für die bräuchte es ja nicht eine ganze Oper. Und das Singen … Hand aufs Herz, ein Lied von Schumann, Hugo Wolf oder Debussy … Oder nehmen Sie Alban Berg, und der hat ja nun wirklich zwei heftige Opern geschrieben, aber wenn Sie sein Violinkonzert *Dem Andenken eines Engels* dagegenhalten, allein der Titel, wieviel besser das klingt als *Lulu* oder *Wozzeck.*«

»Also, Sie mögen die Oper nicht.«

»Ich mag sie nicht, und ich gehe trotzdem gerne zu einer. Wieso?«

»Nybråten hat mich eingeladen, ihn heute abend dorthin zu begleiten, also in die Osloer Oper. Ihn und seine Frau. Und ich denke mir, ich würde Sie gerne mitnehmen, damit Sie ihn kennenlernen. Schließlich sind Sie meine neue Sekretärin.«

»Ich bin Ihre alte Sekretärin. Jedenfalls sollten Sie so tun, als wäre ich das.«

»Sie haben recht«, sagte ich und fragte, ob sie noch Lust habe, sich den vorderen Teil des Osloer Rathauses anzusehen, dort, wo der berühmte Saal …

»Nein danke. Ich gehe jetzt. Ich will Para nicht so lange warten lassen. Apropos, es ist doch sicher in Ordnung, wenn er heute abend dabei ist?«

Ich nahm mein Handy und wählte die Nummer, die mir Nybråten gegeben hatte. Er meldete sich, und ich fragte ihn, ob es möglich wäre, zwei Bekannte mitzubringen, denen ich zufällig in Oslo begegnet sei.

»Bekannte?«

»Meine Sekretärin und ihren Freund.«

»Zufällig?«

»Nun, meine Sekretärin hat geplant, hier Urlaub zu machen. Ich nicht. Also, wenn das kein Zufall ist …«

Nybråten unterbrach mich. Eigentlich sei die heutige Vorstellung ausverkauft. Aber er wäre nicht Nybråten, ließe sich da nicht etwas machen.

Ich dachte bei mir: »Ach was! Werden da einfach zwei, drei Plätze freigewischt?« Sagte aber: »Wie schön.«

»Und natürlich sind Ihre Freunde ebenfalls zu unserem kleinen

Essen eingeladen. Die Vorstellung dauert immerhin drei Stunden. – Halb sechs, wie vereinbart.« Er legte auf.

Ich erklärte Kapeller, es gehe in Ordnung und daß wir uns zuvor mit Nybråten im Foyer-Restaurant treffen würden.

»Was wird eigentlich für eine Oper gespielt?« fragte Kapeller.

»Keine Ahnung. Sie dauert drei Stunden.«

»Das tun einige. Na gut, wichtig ist, welches Kleid ich tragen werde. Auch Abendkleider sind Rüstungen.«

»Ganz sicher«, stimmte ich zu und ließ mir ihre Handynummer geben sowie die Adresse des Hotels, in dem sie zusammen mit Para abgestiegen war. Parkveien 78. Ich kündigte an, kurz vor fünf in die Lobby zu kommen. Und dann könne man gemeinsam ein Taxi zur Oper nehmen. Falls die Taxis dann wieder fuhren.

»Para wird sich freuen«, sagte Kapeller.

»Auf die Oper?«

»Auf Sie. Er verdankt Ihnen immerhin, mit mir zusammen zu sein. – Und denken Sie bitte dran: Ich bin Sterlitz.«

Sie zwinkerte mir zu, spannte wieder ihr Kopftuch übers Haar, schloß ihren Mantel, schob ihre Sonnenbrille vors Augenpaar, fuhr mit einem Pflegestift kurz über ihre Lippen, zog ihre Handschuhe an … es war, als schließe sich eine Blume noch vor der Nacht.

Dann ging sie, und ich blieb noch ein wenig stehen.

24

»Sind Sie's wirklich?« fragte ich den Mann, der in Begleitung von Frau Kapeller aus dem Lift trat und sich auf mich zubewegte, um mir die Hand zu reichen.

Keine Frage, mir war dieser spezielle Händedruck vertraut, der genau das besaß, was Kapeller mit »bei aller Korpulenz leichtfüßig und schwerelos« gemeint hatte; wie man sich vielleicht vorstellt, Drachen oder Männer in Fledermauskostümen würden einem die Hand drücken.

Ich wiederholte mich, indem ich fragte, ob er es wirklich sei. Die Möglichkeit bedenkend, daß auch er, der Parachutist, die Welt – den Traum – gewechselt hatte und nun in einer schlankeren, auch viel gesünder aussehenden Variante vor mir stand.

»Da staunen Sie, was?« meinte der Parachutist. »Zwanzig Kilo in zwei Monaten.«

»Gratuliere. Was haben Sie getan. Sport? Weniger essen?«

»Ach wissen Sie, ich war doch vorher schon kein starker Esser. Ein Genießer, keine Frage, aber kein Schlemmer. Nach Kalorien bemessen, hätte ich immer ein dünnes Bürschchen sein müssen. Aber ich sag mal so: Die Psyche bringt halt auch einiges an Kilo auf die Waage. Das wird gerne vergessen. Manche haben eine schwere Psyche. Beziehungsweise, es lagert sich ein Teil der Psyche dort ab, wo das Fett ist. Manche machen Muskeln aus ihrer Psyche. Aber Muskeln waren nie mein Ding.«

»Und jetzt?« fragte ich grinsend. »Hat Ihre Psyche etwa abgenommen?«

»Unter uns«, sagte er und flüsterte mir zu, während Kapeller noch an der Rezeption stand und mit einer jungen Angestellten sprach, »das ist echt dem Sex zu verdanken. Den hatte ich zwar früher auch schon, aber es scheint, es war der falsche. Das ist ja keine Frage der Bewegung wie beim Turnen. Und keine Frage der Menge wie beim Essen. Es ist eine Frage der Freude. Ich freue mich auf jeden Moment mit dieser Frau, und ich habe ständig Sex mit ihr… Damit meine ich nicht, ich würde pausenlos mit ihr schlafen, sondern das alles, was wir tun, Plaudern, Spazierengehen…«

»Spazierengehen?«

»Ja, neuerdings«, sagte er und setzte fort: »Zusammen fernsehen, zusammen kochen – meistens sind wir schon satt, wenn wir fertig gekocht haben –, zusammen in der Badewanne liegen, zusammen zum Pferderennen gehen, das alles ist Sex, guter Sex. Ich spüre manchmal eine Art von Orgasmus, wenn ich zusehe, wie sie sich eine Zigarette anzündet. Oder wie sie die Blumen, die ich mitgebracht habe, an den unteren Enden kürzt, bevor sie sie in die Vase stellt.«

»Meine Güte«, sagte ich. »Zwanzig Kilo. Wirklich ohne Sport.«

»Ohne Sport. Ich schwöre. Auch wenn einige Leute meinen, der praktizierte Sex habe etwas von einer schweren Leichtathletik. Aber wer das glaubt, nimmt sicher nicht ab.«

»Wenn Ihre Methode funktioniert, könnten Sie Millionen damit machen.«

»Sie wissen, daß ich nie darauf aus war, Geld zu verdienen.«

»Stimmt.« Ich sah ihn mir erneut mit einem Ausdruck der Verwunderung an. Auch sein Haar, seine Haut wirkten frischer.

Er darauf: »Sie scheinen mir aber auch verändert.«

»Finden Sie mich dünner?«

»Überhaupt nicht. Ein wenig stärker eher. – Sagen Sie, wo waren Sie die ganze Zeit? Wir haben uns Sorgen gemacht.«

Stärker geworden? Ja, auch das wäre eine gute Frage gewesen, was ich nämlich in den siebenundvierzig Tagen zu mir genommen hatte. Beziehungsweise auf welche Weise ich ernährt worden war. Jedenfalls schien der Parachutist nichts von dem zu wissen, worüber ich Kapeller berichtet hatte. Natürlich nicht. Denn dann hätte sie ihm ja auch von sich selbst erzählen müssen, von sich und der Frau, die jetzt in ihrem Bett auf der anderen Seite lag.

Ich sagte einfach die Wahrheit oder wenigstens einen Teil davon, indem ich erklärte: »Ich weiß auch nicht, wo ich war. Fast zwei Monate sind wie ausgelöscht.«

»Amnesie?«

»Möglicherweise. Vielleicht auch eine Betäubung.«

»Betäubung? Hat das mit der Sache zu tun, derentwegen Sie mit Felix, dem Golderwachten, gesprochen haben?«

»Sehr wahrscheinlich.«

»Na, Sie müssen mir nicht alles sagen. Aber wie Sie ausgerechnet nach Oslo kommen, interessiert mich schon.«

»Mit dem Schiff«, antwortete ich korrekterweise.

»Ach ja.«

Eine kleine Pause entstand. Wir sahen beide hinüber zu Frau Kapeller... nein, ich mußte mir jetzt angewöhnen, von ihr als *Frau Sterlitz* zu denken und zu sprechen. Wir schauten also hinüber zu Sterlitz, die sich gerade mit jemand anders unterhielt, vielleicht dem Hotelchef. Das Kleid, das sie trug – bodenlang, Chiffon, Spitze, ärmellos, erdbraun, ein wenig goldene Verzierung, eine Ahnung von Durchsichtigkeit an manchen Stellen –, dieses Kleid also betonte ihren für eine sechzigjährige Frau grandiosen Körper, von dem ich beim besten Willen nicht glauben konnte, allein guter Sex hätte ihn geformt.

Offensichtlich dauerte es noch ein wenig, bis sie zu Ende gesprochen hatte. Darum wandten der Parachutist und ich uns einander wieder zu. Er sagte: »Und Sie mögen also Carmen.«

»Carmen?«

»Die Oper heute abend.«

»Ach so. Ich wußte nicht...«

»Sie wußten nicht, daß heute *Carmen* aufgeführt wird?«

»Wir sind alle Gäste eines Mannes namens Nybråten. Hat Ihnen Frau Sterlitz das nicht erzählt?«

»Ja, natürlich hat Vera davon gesprochen. Und da habe ich mal nachgesehen, was heute überhaupt auf dem Programm steht. – Ist das kleinlich?«

Vera also. – Gott, mir war gar nicht bewußt gewesen, wie sie mit Vornamen hieß. So wie es mir ja auch unmöglich war, mich an meinen eigenen Vornamen zu erinnern. An dessen Stelle Milena den Namen Matthew gesetzt hatte. Matthew Blind. Vera Sterlitz.

Endlich kam sie zu uns, die Frau in Braun und dunklem Gold in Form kleiner Applikationen. Altem Gold.

Sie lächelte und sagte: »Ich habe uns ein Taxi organisiert, in Ordnung, das ist heute nicht so einfach. Zehn Minuten.«

Wir nickten.

Der Taxifahrer war Engländer, der hier als Gastarbeiter unterwegs war. Das übersieht man nämlich gerne, daß auch Leute aus den sogenannten reichen Staaten ins Ausland gehen, meistens in noch reichere. Er schien froh, daß wir Deutsche waren, und äußerte sich abfällig über die Arroganz der Norweger. Das hatte ich schon oft gehört, Norweger seien Schnösel und besäßen einen Standesdünkel. Welcher die Verachtung gegenüber englischen Taxifahrern einschließe, wenn diese nicht in England arbeiteten.

Jedenfalls fuhr der Mann auch auf der rechten Seite ganz anständig.

Als wir den hohen Foyerraum der Osloer Oper betraten, dachte ich bei mir: »Wow! Wer hier seine Holzlatten verkauft hat, muß wirklich ein Bombengeschäft gemacht haben.«

Wobei in und an diesem Gebäude natürlich auch einiges an Marmor, Glas und Beton verarbeitet worden war, aber der Innenkörper wurde derart von Holz dominiert, daß man sich wie in einer monströsen Zahnstocherkonstruktion fühlte.

Das Restaurant jedoch befand sich seitlich des geschwungenen Holzkörpers, noch vom Weiß bestimmt, das die Außenhülle dominierte. Mit einem schönen Blick auf Hafen und Meer.

Und einen mindestens so aufregenden Blick bot die Frau an Nybråtens Seite, Grace, meine Milena. Sie trug ihr silberblondes Haar wieder zu den Spitzen hin gelockt und war bekleidet mit einem Hosenanzug von der Farbe einer sehr hellen, sandigen Wüste, genau wie bei ihrem Wintermantel am Vormittag.

Wie heißt es einmal in *Lawrence von Arabien*? »There is nothing in the desert and no man needs nothing.« Dieser Satz fiel mir ein, und ich dachte: »But how beautiful nothing can be.«

Nybråten erhob sich, als wir näher traten. Er trug einen Smoking. Aber egal, was er trug, es gab mir das Gefühl, er sei auf der Jagd, der Entenjagd, der Fuchsjagd, sonst einer Jagd, und zugleich war ich überzeugt, daß er auch in einem Jagdanzug bestens in die Oper gepaßt hätte.

Ich stellte ihm Frau Sterlitz vor, er küßte ihr die Hand, andeutungsweise. Dann begrüßte er den Parachutisten und machte die beiden mit seiner Ehefrau Grace bekannt.

»Stimmt. Verdammt jung«, flüsterte mir Sterlitz zu, während wir alle Platz nahmen.

Nybråten zeigte sich wieder als der perfekte Gastgeber, sprach auch hier mit dem Kellner in jenem vertrauten Ton, der mir auf dem Schiff aufgefallen war. Er wählte eine Flasche Weißwein aus und erlaubte sich, ein dreigängiges Menü vorzuschlagen, nichts Großes und Schweres. Wir waren einverstanden.

Dieses Menü kam dann so rasch, als hätte Nybråten es bereits vorbestellt gehabt, überzeugt, niemand würde widersprechen. Dazu eine Flasche trockener Weißburgunder.

»Großartiger Wein«, kommentierte der Parachutist und behauptete, den Geschmack sogenannter Ringlotten zu bemerken, die er in seiner Kindheit als Marmelade konsumiert hatte. Eine gute Kindheit. Ein guter Wein.

Er hatte sich übrigens – nachdem ich gezögert hatte – selbst mit seinem Namen vorgestellt: Para.

Woraufhin Nybråten gefragt hatte, ob das ein Vorname oder ein Nachname sei.

»Beides.«

»Para Para also.«

»Nein«, hatte der Parachutist geantwortet, »man kann ihn immer nur entweder als Vornamen oder als Nachnamen verwenden, aber nicht gleichzeitig.«

»Ach ja, interessant«, akzeptierte Nybråten diese Sonderlichkeit und wollte wissen, woher der Name stamme.

»Aus dem Gälischen«, war Paras Antwort. Mehr sagte er nicht.

Ich schenkte ihm einen Blick aus Stirnrunzeln. Er aber lächelte zufrieden und legte seine Hand auf dem Handrücken seiner Geliebten ab. Ein deutliches Zeichen, diese Frau mit niemandem teilen zu wollen. Eine Geste, die auch Nybråten einige Male bei seiner angeblichen Ehefrau unternahm. Wobei ich mir bei dieser dachte: »Stimmt, ich will sie ja gar nicht teilen.«

Nun, da saßen wir, genossen den Wein, genossen das Essen, und Nybråten erzählte etwas über das Opernhaus. Offensichtlich gehörte er zu dessen großzügigen Förderern.

Einmal sagte er, er liebe an der Oper ganz besonders, daß sie unter den mit Menschenfiguren spielenden Kunstformen jene sei, die mit dem richtigen Leben – obwohl selbiges ständig zitierend – am wenigsten zu tun habe. Bei einem Theaterstück, einem Film, einem Roman fühle er sich schmerzlich an die Realität erinnert, darüber könne keine Phantastik oder Künstlichkeit hinwegtäuschen, gerade das Abstruse einer Geschichte etwa bei Kafka verweise überdeutlich auf unser Leben. »Ich gehe in die Oper, um mich von der Wirklichkeit auszuruhen. Allein der herrlich banale Umstand, daß hier Leute miteinander singen und nicht reden. Oder singend reden.«

»Das gilt für Punkmusik aber ebenso. Oder Rap«, meinte Para.

Nybråten darauf: »Aber die reden mit dem Publikum. Das ist etwas anderes. Übrigens muß ich bei Punk immer an eine Stelle aus einem Woody-Allen-Film denken, wo der Protagonist bei einem Punkkonzert sitzt und erklärt, daß, wenn die dort oben zum Spielen aufhören, sie wahrscheinlich anfangen werden, Geiseln zu nehmen. – Aber ich will gerne zugeben, daß die meisten Hip-Hop-Texte besser sind als viele Libretti. Doch das muß so sein. Ein guter Text würde die Oper zunichte machen. Je schlechter der Text, desto besser die Musik, das wußten und wissen alle Opernkomponisten.«

Es war jetzt ausgerechnet Sterlitz, die meinte, daß *Carmen*, so gesehen, keine besonders ideale Oper sei, die sei doch ziemlich realistisch. Eine Vorläuferoper des Verismo.

»Na, fassen wir mal zusammen«, sagte Nybråten und faßte zusammen: »Ein Wachsoldat läßt sich von einer Arbeiterin aus der Zigarettenfabrik um den Finger wickeln; Akazienblüten, Pflichtgefühl und Pflichtverletzung; eine Frau als brave Waise, eine andere Frau als Messer schwingende Furie; dazu die Zukunft in den Karten – und dann kommt auch noch ein Torero daher, ich meine, ich weiß schon, daß Toreros wirklich existieren, wie auch manchmal Frauen mit Messern umzugehen verstehen, aber ich bitte Sie: verkleidete kleine Männer, die Stiere töten, das ist an und für sich schon Oper – und ich gestehe, es besitzt eine gewisse Logik, daß in der Arena ein Stier stirbt, während vor der Arena Carmen stirbt.«

»Das klingt, mein Schatz«, mischte sich jetzt Milena ein, »als hättest du eine diebische Freude an ihrem Tod.«

»Sie verdient es«, sagte Nybråten, »aber daß sie es verdient, löst kein Gefühl bei mir aus. Ihr Gesang berührt, nicht ihr Schicksal.«

»Kann man das auseinanderhalten?« fragte der Parachutist und gestand: »Mir kommen am Ende immer die Tränen. Mir geht die Kunst schon zu Herzen, bei allem Blödsinn und aller Übertreibung, die dazugehört.«

»Die Musik verursacht die Tränen«, sagte Nybråten. »Sie allein. Nicht die Geschichte, auf der die Musik dahingleitet. Die Geschichte ist wie ein paar Ski; natürlich, für die Ski wird Werbung gemacht, und wenn ein nationaler Held mal nicht gewinnt, ist das Wachs auf der Gleitfläche seiner Bretter schuld, aber wirklich interessant bleibt allein der Fahrer. Bizets Musik ist der Fahrer, Carmen und Don José und Escamillo, das sind nur die Ski, auf denen die Musik fährt.«

»Darf ich fragen, was Sie arbeiten?« kam es von Sterlitz. »Irgendwas mit Wintersport?«

»Hat Ihnen denn Herr Blind nicht gesagt, daß ich im Waffengeschäft tätig bin?«

»Nicht so genau«, log Sterlitz. »Aber er hat von Ihrer Kunstsammlung erzählt.«

»Man kann sein Geld nicht nur sparen.«

»Als Sekretärin schon«, erklärte Sterlitz.

»Ich kann Sie mir schwer als Sekretärin denken«, sagte Nybråten. »Oder eigentlich nur als eine getarnte Sekretärin.«

»Wieso, weil ich ein Abendkleid trage?«

»*Wie* Sie es tragen.«

»Sie wollen jetzt aber nicht sagen, Sekretärinnen seien prinzipiell unfähig, ein hübsches Kleid auch hübsch zu bewegen.«

Nybråten meinte, Sterlitz habe ganz recht, wenn sie es auf diese Weise ausdrücke, daß man nämlich ein Kleid nicht nur trage, sondern ihm, dem Kleid, auch eine Bewegung verleihe, die sehr unterschiedlich ausfallen könne. Selbst schöne Menschen seien nicht unbedingt in der Lage, ihrer Kleidung eine schöne Bewegung – einen harmonischen Drive – zu verleihen. Er sagte: »Sie aber sind es.«

»Das beantwortet meine Frage nicht, wieso Sekretärinnen zu so was nicht in der Lage sein sollten.«

»Weil sie einfach zuviel sitzen. Beim Sitzen verlernt man das Gehen. Und erst recht das Schweben.«

Ich fragte mich, ob Nybråten ahnte, wer Frau Sterlitz wirklich war. Eine Frau, die sich in der Tat in ihrem Leben viel bewegt hatte. Und die gelernt hatte, auch inmitten fingierter Explosionen gut auszusehen.

Nun ja, wir unterhielten uns. Etwa über das Reisen, eingedenk der Tatsache, daß sowohl Nybråten und Milena als auch ich mit dem Schiff gekommen waren. Para und Sterlitz hingegen mit dem Flieger, wobei Para erklärte, es immer wieder zu bereuen, wenn er in die für einen Menschen seines Umfangs viel zu engen Sitzreihen geriet, während andere Passagiere, die dünnen und verhungerten und die Kinder, mitunter über Gebühr Platz hätten. Man stelle sich intelligente Sitze vor, die sich dem Körper ihrer Benutzer anpassen. Wobei unter dem Strich das Flugzeug gleich groß bliebe, weil schließlich nicht immer nur dicke und nicht immer nur dünne Menschen es benutzten. Para nannte das Prinzip »atmende Flugzeuge«.

Ich dachte mir: »Eine Idee für Nelson, würde er noch leben.«

Kurz vor sieben brachen wir auf.

Ich erlaubte mir festzustellen, daß wir noch nicht mal eine Rechnung erhalten hatten.

Nybråten reagierte mit einer knappen Geste, in der die Bedeutungslosigkeit von Rechnungen zum Ausdruck kam, die bereits bezahlt waren. Auf welche Weise auch immer.

Der aus dunklem Eichenholz gestaltete große Saal sah aus, als habe die Möbelfirma Habitat ihn gestaltet. Dazu ein riesiger runder Kronleuchter, ein hübscher Achttonner, gewichtiges Licht.

Das Stimmengewirr verebbte wie eine Welle am Strand, die noch einige Sekunden herumgurgelt und friedlich schäumt.

Keine Ahnung, wie Nybråten bei einer seit längerem ausverkauften Vorstellung zu drei zusätzlichen Karten gekommen war – er war es. Noch dazu in bester Lage, erste Reihe auf dem ersten Balkon, wobei ich eigentlich lieber am Rand gesessen hätte. In der Mitte fühlte ich mich angreifbar, zudem fand ich, daß man eigentlich von der Seite besser sah. Sehr viel stärker die Tiefe des Raums spürend, die ja nicht nur die kennen, die schon mal auf einem Fußballplatz gestanden haben.

Als Kind war ich öfter in der Oper gewesen. Meine von meinem Vater verlassene Mutter nahm mich regelmäßig dorthin mit. Nicht zu den Kindervorstellungen, nein zu den Erwachsenenvorstellungen, was mir häufig ein spätes Schlafengehen und Müdigkeit am Folgetag bescherte. Anders, als von Nybråten behauptet, wurde ich mittels der Oper nicht vom Leben weg-, sondern darauf hingeführt und sehr früh mit menschlichen Verhaltensweisen wie dem Streit und dem Töten konfrontiert – und wie sehr die Liebe dazu diente, das Dasein zu verkomplizieren, und dabei in eine Vielzahl von Verbrechen mündete. Gerade *Carmen* war dafür ein gutes Beispiel. Wobei die Idee meiner Mutter sicherlich gewesen war, mittels der Oper einen besseren und klügeren, einen dank der Kultur gefestigten Menschen aus mir zu machen. So, wie sie mich auch vorzugsweise in die Ausstellungen alter Meister schleppte, wo ich ebenfalls ziemlich viele Verbrechen und detaillierte Darstellungen von Folter, Krieg und Elend zu sehen bekam. Ich selbst fragte mich später oft, ob nicht die Oper und die Kunst der alten Meister schuld daran waren, daß ich Polizist geworden war. Trotz meines Versuchs, mich von der Germanistik verführen zu lassen. Letztlich hatte ich zurückgefunden zu jenem frühen Thema meiner Jugend: der Dramatisierung der Welt mittels Verbrechen. Verbrechen aus Liebe. Verbrechen aus Gier. Oder LL-Verbrechen. Lust und Langeweile.

Es war also keineswegs so gewesen, daß in dem Moment, da Nybråten mich in die Oper eingeladen hatte, es mir völlig gleichgültig gewesen war, um *welche* Oper es sich handelte. Eher war es ein Unbehagen gewesen. Wenn ich eine Opernaufführung sah, so sah ich praktisch die Verbrechen, die in meiner Kindheit und Jugend eine Rolle gespielt hatten, bevor sie ersetzt wurden durch jene Verbrechen, mit denen ich mich als erwachsener Kriminalist zu beschäftigen hatte.

Es wurde dunkel. Und aus der Dunkelheit erhob sich die bekannte Ouvertüre, etwas, das man einen Ohrwurm nennt. Ein Begriff, der mir als Kind ebenfalls Sorgen bereitet hatte. Und gerade *Carmen* ist ja voll von Ohrwürmern. In meinem damaligen Verständnis folglich Musik, die sich über den Gehörgang ins Gehirn frißt und – wie bei Würmern üblich – die Hirnmasse hinter sich wieder herausscheißt, so daß nicht etwa das Hirn verlorengeht, aber doch ein von Musik durchweichter Brei verursacht wird, ein Brei, der das Denken wesentlich verändert und erschwert. Ich hatte also nie zu denen gehört, die sich von der Musik irgendeine Rettung erwarteten. Die eingängigste Musik war ja auch immer die wurmigste.

Und dann also die Oper mit Wachsoldaten und superhübschen Fabriksarbeiterinnen, die wahrscheinlich nicht nur Zigaretten, sondern auch Make-up in ihrer Fabrik herstellten. Josés Versuchung, Carmens Talent, viel Tanz, viel Streit und ein von Gott verlassenes Spanien.

Und dann eine Pause von alldem mit Erholung bei Sekt und Wein und einem Gespräch über die Stimmen der Sänger.

Und dann die zweite Spielhälfte mit Schmugglern, weiteren Verführungskünsten, erneut von Liebe blinden Männern und einem großen Finale, das kaum eine solche Größe hätte erreichen können, wäre nicht das Sterben die treibende Kraft gewesen. – Man stelle sich das plötzliche Auftreten der Vernunft vor: Einsicht, wahrer Takt, ein nie getöteter Stier, ein nie verhafteter José. Der vierte Akt als Triumph der Versöhnung.

Statt dessen ein großes, weil tödliches Finale.

Und daran anschließend der begeisterte Applaus.

Ein Applaus, den man ganz unterschiedlich interpretieren konnte. Für Frau Sterlitz war er schlichtweg ein Ausdruck der Erleichterung, daß es endlich vorbei war und man wieder den Mund aufmachen durfte. Um so begeisterter, um so erleichterter. Für den Parachutisten hingegen war das Klatschen gleich einem Wind, der die Tränen in seinen Augenwinkeln und auf seinen Wangen trocknete. Auch hier Erleichterung, aber ganz anders. Für Nybråten wiederum galt der Applaus – eingedenk seiner Vergleiche mit dem Skifahren – der soeben durchs Ziel gefahrenen Musik, die auf den Körpern der getöteten Carmen und ihres Mörders, des Sergeanten José, bravourös über die Ziellinie glitt.

Und Milena? Wie empfand Milena diesen Applaus, diese tosende Reaktion eines vielleicht erleuchteten, vielleicht erleichterten Publikums? Ich beugte mich ein wenig nach vor, beugte mich über die eigenen dauerklatschenden Hände, um Milena mit einem kurzen Blick zu erfassen. Was ich sah … nun, für mich schaute es aus, als würde sie nicht klatschen, sondern beten. Die Finger blieben geschlossen, nur die Handballen klappten leicht aufeinander. – Wenn es wirklich ein Beten war, ein Beten wofür? Für Carmen? Nur weil sie die Frau war? Oder für Don José, dem all das Leid angetan wurde, das ihn letztlich zum Mörder machte?

Ich lehnte mich zurück und überlegte für einen Moment, wie richtig es denn war, den ganzen Fall »Nelson« als etwas zu sehen, was mit dem fabulösen Material einer Spatzenrüstung, mit Agenten auf beiden Seiten, Nybråtens undurchsichtigen Geschäften und einem noch vor der Zeit seines Absturzes aufgefundenen Flugzeugwrack zu tun hatte. Ging es vielleicht doch einfach um Liebe? Liebe und Eifersucht und das quälende Verlangen, sich im anderen wiederzufinden. Vielleicht aber gar nicht die Liebe zwischen dem alten Nelson und der jungen Oldenberg, vielleicht eine ganz andere Liebe, eine Liebe, an die ich bisher nicht gedacht hatte, weil mein Blick darauf verstellt gewesen war.

So verstellt wie anfangs der Blick auf meine eigene Liebe, als ich in Milena die »geile Frau an der Bar«, die »Prostituierte auf einem Schiff«, einen »bezahlten Körper« gesehen hatte. Während sie mir seit heute morgen, als ich sie da unter dem Schneefall stehend entdeckt hatte, als leibhaftiger Traum erschienen war. Ein Geschenk, ein unbezahlbares.

Wegen des Schnees? Des Lichts? – Fakt war, daß ich endgültig beschlossen hatte, meine Zuneigung zu ihr bestimmt nicht zu verleugnen. Sondern eine Konsequenz an den Tag zu legen, die man vielleicht *parachutistisch* nennen konnte. Geduld und Sturheit und der richtige Augenblick.

Vorerst aber verließen wir die Oper. Zwei Taxis brachten uns hinüber nach Tjuvholmen, wo wir nahe von Nybråtens Wohnung eine Bar aufsuchten. Ein reservierter Tisch wartete. Der Eigentümer begrüßte uns, auch er schien Nybråten zu mehr als purer Höflichkeit verpflichtet. Er befragte einen jeden nach seinen geschmacklichen Vorlieben und servierte sodann Cocktails, in denen besagte Vorlieben wie in kleine, aber komplizierte Zauberkunststücke eingebunden schienen. In meinem Fall die Vorliebe für den Geschmack von Kokos. Ein Relikt aus den Tagen, als ich süchtig war nach einem Schokoriegel, den so gut wie jeder unter dem Namen jenes für eine Meuterei berühmten Schiffes kennt. Wobei ich nie direkt in den Riegel gebissen, sondern mit meinen Zähnen fein säuberlich die Schokoladenhülle heruntergebrochen und verzehrt hatte, um in der Folge den fettigen Kokoskörper alleine genießen zu können. Allerdings begreifend, daß ohne die Schokoladenhülle der Inhalt ganz anders und auch lange nicht so gut geschmeckt hätte. Bei einem nackten Körper schien es ja auch nicht ganz bedeutungslos, worin er gesteckt hatte, als er noch nicht nackt gewesen war.

Das Prinzip des Cocktails ist im Endeffekt, nicht zu wissen, welche Einzelkomponenten man da überhaupt trinkt. Sicher, man erkennt die eigene Vorliebe oder bildet sich ein, etwas herauszuschmecken, von dem einem zuvor mitgeteilt wurde, es sei darin – wie man Liszt erkennt, wenn man vorher im Programmheft seinen Namen gelesen hat –, aber letztlich handelt es sich um einen uneindeutigen Mischmasch, eine Addition, von der man halt die Summe im Mund hat. Doch auch Mischmasch kann schmecken. Um so mehr, wenn die Summe im Mund einen schönen Namen trägt. Wir schmecken nämlich immer auch den Namen, die Farbe, die Atmosphäre des Raums, in dem uns etwas serviert wird, nicht zuletzt schmecken wir die Intention der Person, die uns dieses Getränk zusammengestellt hat, wohinter manchmal mehr steckt als das bloße Verdienen von Geld.

In meinem Fall trug die Cocktailkreation, die über eine mattgrüne Färbung verfügte, den Namen *Song of a person with no regret*, ein langer Name für ein Mixgetränk, aber in jedem Fall geeignet, mein Geschmackserlebnis zu unterstützen. Und eigentlich auch recht passend für meinen noch so neuen, frischen Zugang zu alkoholischen Erzeugnissen.

Alle waren zufrieden mit ihren Cocktails. Es waren übrigens auch alle zufrieden mit der Aufführung, so unterschiedlich die Ansprüche an die Oper als Gattung sein mochten. Unsere Gespräche kreisten um die Kunst, ein wenig um die Politik, berührten kurz den Sport ... nicht direkt, es ging um die Frage der gesellschaftlichen Bedeutung im Vergleich zur Kultur und inwieweit man endlich aufhören sollte, solche Unmengen von Geld in den Sport zu stecken – was freilich gerade angesichts der Kosten, die dieses Opernhaus verschlang und die eine jede Aufführung verschlang, vielleicht die falsche Frage war. Mir kam der Gedanke, der Sport sei der Traumpartner der Kunst wie eben auch umgekehrt, während die Politik ... die Politik schien ganz ohne Traumpartner, immer nur sich selbst sehend, wahrscheinlich sogar unfähig zu träumen, zu schlafen.

Vor allem aber war bemerkenswert, daß – obgleich hier vier der fünf Personen sich der weitreichenden Bedeutung ihrer Träume bestens bewußt waren – kein einziges Wort darüber fiel. Und wahrscheinlich nicht, weil mit dem Parachutisten ein »Unwissender« unter uns saß (zumindest glaubte ich, er sei das). Unsere

Gespräche erinnerten an das, was man als »um den anderen herumschleichen« bezeichnet. Die ganzen Erörterungen zum Thema der Kultur dienten einer Sondierung, einer Einschätzung, was vom jeweils anderen zu halten war. Mittels scheinbar harmloser Plauderei die Schwachstelle desjenigen zu entdecken, mit dem man sich möglicherweise demnächst in einer Duellsituation wiederfand. Oder in einer Liebesbeziehung, was als der Kulminationspunkt von »Schwäche« gelten kann.

Hin und wieder war ich abwesend, besser gesagt, ganz auf mich konzentriert, weil ich einen Druck auf meiner Brust verspürte. Ich hielt dann den Atem an und horchte in mich hinein. Und wäre gar nicht unglücklich gewesen, wenigstens den Albatros zu vernehmen. Aber kein Wort aus seinem Mund.

Es ging auf zwei Uhr zu, als wir die Bar verließen, vor der ein Taxi wartete, um Sterlitz und Para in ihr Hotel zu bringen. Als ich die Wagentüre für meine Sekretärin öffnete, gab sie mir einen Kuß auf die Wange, etwas, das die echte Frau Sterlitz in tausend Jahren nicht getan hätte. Wobei die falsche Sterlitz diese Nähe vor allem herstellte, um mir etwas zuzuflüstern. Sie erklärte: »Sie sind verliebt.«

»Scheiße, merkt man das?«

»Na, es ist die Art, wie Sie Nybråtens Frau ansehen. Man kann ja auch mit den Augen ficken, wenn ich das so sagen darf.«

Durfte man das so sagen?

Ich postulierte: »Ficken ist nicht gleich Liebe.«

»Mit den Augen schon«, erklärte Frau Sterlitz und stieg in den Wagen.

Ich schlug die Türe zu und überlegte, ob es ein Fehler gewesen war, mich mit meinen Blicken zu verraten. Kein Fehler gegenüber Sterlitz, ein Fehler gegenüber Nybråten.

Der Wagen fuhr davon. Ich ging mit Nybråten und Milena hinüber zu dem modernen Hochhaus. Als ich mich in der Wohnung von Milena verabschiedete, schaute ich in ihr Gesicht, als wäre das meine letzte Chance. Als müßte ich sie mir für alle Zeiten einprägen. Wobei ich erkannte, daß ihr Gesicht dieselbe Qualität auszeichnete wie zuvor die Art, mit der sie betend geklatscht hatte. Es war etwas Religiöses darin. Bei aller Anmut eine Zurückhaltung. Eine Abwehr der äußeren Welt, ohne darum eine innere Einkehr oder Verschlafenheit auszudrücken. Ihr Gesicht war in der Mitte. In der Mitte und in der Gegenwart, während die meisten Gesichter eher etwas Zukünftiges ankündigen oder etwas Vergangenes verherrlichen oder beklagen.

Ich wünschte ihr also und dann auch Nybråten eine gute Nacht und stieg die Wendeltreppe in die Gästewohnung hinunter.

Trotz Müdigkeit, weit größer noch war das Bedürfnis nach einer Dusche, nach einer Reinigung und nach Wärme auf meiner Haut. Ich spürte den späten Winter in den Knochen. Dazu kam, daß ich unbedingt dieses Badezimmer auskosten wollte. Es war das feinste, das mir je untergekommen war. Ein fensterloser Raum mit Wänden aus grob behauenem hellen Stein, wobei schmale, längliche Leuchten in die Fugen eingelassen waren, einige davon ein rötliches Licht spendend, kein Pornorot, ein griechisches Rot aus Sonnenuntergängen, das dem Stein optische Wärme verlieh. Jedoch nirgends ein Spiegel, auch kein Glas, um den Duschbereich einzuengen. Das freistehende weiße Waschbecken mutete ausgesprochen sakral an. Der durchgehende Duschboden war zart gewellt und verlief ganz leicht schräg. Ja, in der Tat, man mußte ein wenig schief stehen, wenn man sich unter die in die Decke eingelassene ringförmige Brause stellte. Jedenfalls konnte das Wasser auf diese Weise bestens abfließen. Ein Stück Seife lag in einer Einbuchtung des Steins. Ein Ei in einem Felsennest. Dazu drang ungefragt Musik aus irgendwo versteckten Boxen. Ein Klangteppich, der die feinen sandfarbenen Wellen auf dem Boden zitierte.

Wäre ich gezwungen gewesen, die letzten Minuten meines Lebens in einem Badezimmer zu verbringen, dann in diesem hier. Auch war da kein böser Geist am Werk, der jetzt alles zunichte machte, indem zum Beispiel nur kaltes Wasser aus der Deckenbrause geströmt wäre.

Alles war gut. Ich war nackt und das Wasser hochwarm. Und der Druck auf meiner Brust, der mir in der Bar zeitweise Angst bereitet hatte, hatte sich gelegt. Ich fragte mich, ob auch Quimp hin und wieder diesen Druck verspürte, das Gefühl eines zu großen Herzens in einem zu kleinen Brustkorb. Nicht jeder Gedanke und nicht jede Empfindung dieses Vogels waren mir vertraut. Nur manches drang zu mir durch. Vor allem fragte ich mich, wo Quimp erwachen würde, dann, wenn ich heute in den Schlaf fiel. Ich ahnte Schlimmes. All die gebrochenen Knochen, den Schmerz, die Bewegungslosigkeit, die totalistischen Soldaten. All die Leute, die wild waren auf Spatzenrüstungen, und zwar *ohne* Spatzen.

Ein Grund mehr, den Moment hinauszuzögern.

Zu welchem Zweck ich jetzt Hilfe erhielt.

Die Türe öffnete sich, und Milena trat herein. Sie trug noch immer ihr Abendkleid, ein dünnes Gewebe über einem etwas dichteren. Aber sie war barfuß. Frauen, die barfuß waren, hatten immer etwas von kleinen Mädchen. Aber klar, ab den Knöcheln sah ich wieder die erwachsene Frau, die erwachsene Schönheit. Und wie sie nun höchst gelenkig hinter sich griff, auch ohne meine Hilfe den Reißverschluß öffnete und das Kleid mehr von ihr herunterfiel, als daß sie aus ihm herausglitt. Sie kickte es mit ihrem Mädchenfuß zur Seite. Sie trug keine Unterwäsche. Ich verglich ihren Körper mit dem, dem ich eine Nacht zuvor begegnet war. Er erschien mir eine Spur voller, als hätte Milena in diesen wenigen Stunden leicht zugenommen. Wie ein Mond zunimmt, was ja nichts anderes bedeutet, als mehr von der eigenen Gestalt preiszugeben.

Sie tat einige Schritte zu mir hin. Stellte sich aber nicht gleich unters warme Wasser, sondern blieb knapp vor der Regensäule stehen und fragte: »Ist das okay, wenn ich komme?«

Sie meinte natürlich, unter die Dusche zu kommen, aber ich dachte gleich daran, daß es auch sehr okay wäre, könnte ich ihr zu einem Höhepunkt verhelfen.

»Und Nybråten?« erkundigte ich mich durch den Regen hindurch.

»Er schläft bereits. Er hat einiges zu erledigen, drüben, du weißt schon.«

»Ach ja, *drüben!*« Und fügte an: »Willst du ihm also einen Vorsprung verschaffen?«

»Denkst du das wirklich?«

»Ich bitte dich, genau das war der Grund, warum wir gestern Sex hatten. Zuerst Sex, dann Kampf. Schon vergessen? Du wolltest mich erwürgen.«

»Erwürgen!? Du übertreibst«, lächelte Milena. »Ich wollte dich zurückhalten, daraufhin hast du mich überwältigt und mich mit einem Büstenhalter gefesselt. – Ist es das, was du gerne tust, mich fesseln?«

Mir fiel ein, daß das zur Zeit fast alle taten, wenigstens redeten alle darüber, als sei es die letzte originelle Weise, sich zu vereinen. Ähnlich wie schon gestern versicherte ich ihr: »Nein. Ich hatte in diesem Moment einfach keine Wahl.«

»Gut«, sagte Milena, »ich mag das eh nicht so.«

Ich war aber noch nicht fertig, äußerte, ich hätte letzte Nacht noch keine Ahnung gehabt, daß sie mit Nybråten verheiratet sei.

Sie darauf: »Wär dir lieber, er wäre mein Zuhälter?«

»Also, am liebsten wäre mir, ich wüßte, warum du hier bist.«

»Um etwas wiedergutzumachen. Wir hatten gestern einen schlechten Start, das stimmt. Aber es wäre doch dumm, den Anfang für das Ganze zu nehmen. Oder? Und noch etwas: Vielleicht will ich diesmal ja *dir* einen Vorsprung verschaffen.«

Es war die Stimme des Albatros, die sich höhnisch in meinem Kopf meldete und erklärte: »Wer soll das bitte glauben?«

Ich antwortete ihm: Ich.

Mußte nun aber spüren, wie er den Schnabel hin und her schwenkte. Es tat mir richtiggehend weh. (Vielleicht würde man bezüglich Migräne klüger werden, wenn man die Köpfe der Patienten auf Albatrosse untersuchte.)

Ich wehrte die Einsprüche der Stimme ab und reichte Milena endlich meine Hand. Sie faßte danach und ließ sich von mir unter den sanft eingestellten warmen Regen ziehen.

Die ringförmige Anordnung der Düsen brachte es mit sich, daß in der Mitte eine kleine runde Fläche vom Regen ausgespart blieb. So standen wir mit unseren Rückseiten im warmen Schauer, aber unsere Gesichter blieben frei davon.

»Hör zu …«, sagte ich.

»Ja?«

»Als ich dich heute morgen sah ... Ich habe nie etwas Schöneres gesehen. Und ich konnte gar nicht fassen, daß ich es nicht schon vorher gesehen habe.«

»Was hast du denn gesehen?«

»Dich im Schnee.«

»Bin ich im Schnee hübscher?«

»Es ist wirklich schwer zu erklären. Es ist so, wie wenn man plötzlich eine Fremdsprache versteht, die man nie gelernt hat.«

»Zum Beispiel?«

»Französisch.«

»Französisch ist gut, mein Schatz.«

»Schatz? Redest du mit allen so? Zu Nybråten sagst du das auch immer.«

»Erstens nicht immer. Und außerdem muß ich bei ihm die Ehefrau spielen.«

»Was soll das heißen? Bist du's jetzt oder nicht?«

»Macht das einen Unterschied? Eigentlich nur, wenn du mich selbst heiraten möchtest.«

Ich wollte etwas sagen. Aber das konnte warten. Es mußte warten.

Ich griff ihre Oberarme, sie meine Hüften. Unsere Bäuche lagen eine Handbreit auseinander, bildeten eine Lücke, die uns beiden gehörte. Eine Lücke, in der leichte Winde kreisten, feucht vom nahen Regen. So standen wir eine Weile und gaben uns schauend ein Versprechen. Ein Versprechen, für das die richtigen Worte zu finden mir schwergefallen wäre. Darum heiraten Menschen so gerne, weil sie dann »ja« sagen dürfen und somit ihrer Liebe ein Wort hinterherschicken können. Ein kurzes, effizientes Wort, das so ungemein robust klingt, aber nicht selten unter der Last eines Neins zerbricht. Oder unter ein paar bösen Blicken.

Endlich gerieten wir näher aneinander, ihr Busen an meiner Brust, ihre Knie gleich einem schwebenden Schemel unter den meinen, meine Hände auf ihren Schulterblättern, ihre geschlossenen Lippen an meinen geschlossenen. So standen wir lange da, ohne etwas zu verändern. Allein die Tropfen auf unserer Haut waren in Bewegung.

Minuten später lagen wir auf dem weichen, gewellten Boden, im herumwirbelnden Dampf, in den unser beider Atem kurzlebige Tunnels blies. Wir hatten bloß noch die Füße im Wasserstrahl, ich auf ihr, sie soeben dabei, mein Glied sachte in sich einzuführen – gleichermaßen zärtlich wie praktisch. Sie bat: »Sei so lieb, schau mir dir ganze Zeit in die Augen. Schau mich an dabei.«

»Gestern hat sie anders geredet«, meinte der Albatros.

Mich kümmerte aber viel eher, daß ich genau das noch nie getan hatte: meiner Sexpartnerin in die Augen gesehen. Kurz, beiläufig, das schon, aber in der Regel hielt ich entweder die Augen geschlossen oder schaute an ihr vorbei oder schaute – man muß es so sagen – in die Luft. Ein kleines Loch in die Luft starrend, absurderweise eine Art Guckloch.

Aber ich war nicht hier, um Wünsche unerfüllt zu lassen. Also sah ich Milena in die Augen, während ich jetzt in sie eindrang und mit dem Auf und Ab meines Unterleibs sie und mich zum Glücklichsein reizte. Und konnte dabei diese Augen genau betrachten. Ein Blau, wie es die Bäume im Sommer haben, wenn sie gegen Abend in den Schatten geraten und ihre aus dem Grün gebrochene Farbe an Meerwasser erinnert, bevor es tiefer geht und schwarz wird.

Für einen Moment meinte ich eine Träne zu erkennen, nicht im Augenwinkel, sondern direkt auf dem Scheibchen der Hornhaut, quer über Pupille und Iris… Ich mußte an den greisen Maler denken, bei dem der älteste aller Sperlinge, Pinesits, lange gelebt hatte. Und der einen Tropfen gemalt hatte, der Wirklichkeit geworden war. Drüben freilich. Hier jedoch schien es mir umgekehrt, als sei dieser Tropfen nicht echt, sondern gemalt, das Auge real, natürlich, der Tropfen jedoch ein Produkt der Kunst.

Dann schloß Milena kurz ihr Lid und verwischte den gemalten Tropfen.

Einbildung?

Mag sein. Aber wer weiß, was ich bisher alles übersehen hatte, weil ich nie in die Augen der Frauen gesehen hatte, auf denen ich gelegen hatte.

»Matthew!« seufzte Milena.

Genau, mein geschenkter Name.

Ich fügte dem Rhythmus meiner heftiger werdenden Stöße ein adäquates Keuchen bei. Ein schnelles Gehen. Mein Herz pochte. Schweiß vermischte sich mit dem Duschwasser. Die Geräusche des Wassers, die Musik aus versteckten Boxen, Milenas Stöhnen, mein eigenes – all das drang jetzt ungleich stärker in meine Gehörgänge, vermischte sich zu einer Art von Blut, das durch mich hindurchschoß und meinen Körper weiter erhitzte. Vor allem aber vergaß ich nicht, fortgesetzt meinen Blick auf das Gesicht meiner Geliebten zu richten; nicht zuletzt in der Erwartung, es könnte erneut etwas auftauchen, das mir *gemalt* vorkam.

Milenas offenes Lippenpaar ging noch ein wenig auseinander. Sie bat: »Komm, fick mich zu Ende!«

War das nicht genau die Formulierung gewesen, die sie verwendet hatte, als ich es ihr in der Kabine auf dem Schiff, wie man so sagt, besorgt hatte?

Während derzeit von »besorgen« keine Rede sein konnte. Wir waren hier nicht im Supermarkt. Nicht mehr. Supermarkt war vorbei. Dennoch hatte sie die gleiche Phrase benutzt wie die, als es ihr Auftrag gewesen war, mich zum Sex und in der Folge zum Schlaf zu verführen.

Aber gut, heute war es wohl ernstgemeint. Und sollte kaum dazu dienen, daß ich einschlief, sondern daß ich wach blieb.

Also griff ich unter ihre Pobacken, hob ihren Unterleib zu einer kleinen Brücke an und ging wieder näher an ihre Augen. Hätte ich es hinauszögern wollen, hätte ich jetzt anfangen können, ihre Wimpern zu zählen. Doch ich drang tiefer und stärker und rascher in sie ein.

Im Gegensatz zu unserem Akt in der Schiffskabine, wo wir gleichzeitig gekommen waren, zumindest *vermutlich* gleichzeitig gekommen waren, war es jetzt anders. Sie kam früher, und das war gut so. Es war, wie wenn man einer Dame den Vortritt läßt, in einer Weise, die ihr auch wirklich Genuß bereitet – die guten

Manieren als ein Vehikel zur Besserung der Welt. Denn der Mann, der *vor* der Frau kommt, ermattet zumeist in der unfreundlichsten Weise vor der Zeit.

Freilich war ich ein wenig abgelenkt, denn als ich so nahe an ihrem rechten Auge war, mit meinen beiden alleine dieses eine betrachtend, da erkannte ich erneut … Diesmal aber schien der gemalte Tropfen nicht auf der äußeren Hornhaut zu liegen, sondern darunter, so, als sei er direkt auf das Weiß, auf die weiße Augenhaut gemalt worden. Und zwar derart geschickt gemalt – ein Trompe-l'œil –, daß auch ein an dieser Stelle tatsächlich vorhandenes Blutgefäß durch den Tropfen hindurchschimmerte, an dieser Stelle somit ebenfalls gemalt erschien, jenseits davon hingegen als realer Teil der Augenhaut.

Wenn zuvor noch ein Zweifel bestanden hatte, ob der Tropfen ein zweidimensionales Kunstprodukt war oder nicht, so war es hier eindeutig, denn die Bildung einer Kugelform unterhalb der Hornhaut war auszuschließen. Dafür war bei einem normalen Auge schlichtweg kein Platz.

Wenn man sagen konnte, Milena verfüge über *normale* Augen.

Und während ich nun mit größter Faszination diesen Tropfen betrachtete, der langsam wieder schwächer wurde und vor dem Weiß der Lederhaut sich nach und nach auflöste, erlebte Milena ihren Höhepunkt. Es waren ein Schrei und ein Zucken und ein Ausbruch, und hätte ich es auf den Punkt bringen müssen, ich hätte gesagt: Orgasmus ist ein Zustand purer Verwischung. Nicht die Verwischung von Personen oder Gegenständen. Sondern die Verwischung von Zeit. Die Verwischung von Ende und Anfang.

In dem Moment, da es Milena kam und somit ein Ende mit einem Anfang tauschte, tat sich bei mir die angenehme Freiheit auf, es ihr nun bedenkenlos nachtun zu können. Doch da meldete sich erneut der Albatros in meinem Kopf und mahnte mich, ohne jede Verhütung zu sein. – Meine Güte, mußte ich mich wirklich von einem Vogel, eigentlich Quimps Vogel, an so etwas erinnern lassen?

Ich hätte aufhören müssen, ich hätte mein Glied herausziehen und mir auf andere Weise Erleichterung verschaffen müssen.

Warum tat ich es nicht?

Nur weil Milena mich fortgesetzt festhielt, gegen sich drückte und mir ihr Becken wie eine Taufschale entgegenhielt? Weil ich die »Gefahr« der Vaterschaft ausschloß? Und wenn ich das tat, sie ausschließen, dann wieso? Weil ich ohnehin nicht an meine Zeugungsfähigkeit glaubte? Nicht mit diesem fremden Herzen, obgleich es unlogisch war, von meinem Herzen zu sprechen?

Oder aber – und das war's vermutlich, auch wenn es nie so sicher ist, was man genau denkt –, ich entschloß mich in dieser Situation, mir trotz meiner sechsundfünfzig Jahre vorzustellen, ein Kind mit einer vielleicht fünfundzwanzigjährigen Frau zu teilen. Oder noch besser, nicht zu teilen, sondern das Kind als Ganzes gemeinsam anzunehmen und aufzuziehen.

Das waren viele Überlegungen und Gedanken für die kurze Zeit, die mir blieb. Und als ich kam, war ich noch immer in Milena. Während ich laut aufstöhnte und meinen Hals weit nach vorne schob, mein Kinn gegen Milenas Stirn preßte und damit erstmals meinen Blick von ihr nahm, dachte ich mir, daß, wenn Gott eher auf der Seite des Kinderkriegens stand, er wohl soeben seine Hand recht gewichtig – gleich Milena ihre beiden – auf meinem Rücken gehabt hatte.

Das war ein Bild, das mir, dem halb Gläubigen, halb Ungläubigen, ganz gut gefiel: diese Dreifaltigkeit auf meinem Rücken.

Nach einiger Zeit lösten wir uns, setzten uns auf und gingen wieder unter das warme Wasser. Dort lehnten wir uns aneinander. Ich schlief einen kurzen Moment ein. Lang genug, um wieder zu Quimp zu werden. Ich spürte den Schmerz am ganzen Körper. Und ich spürte, daß ich bewegt wurde. Konnte aber nicht viel erkennen. Die Dinge lagen in einem milchigen Nebel. Und auch die Stimmen um mich herum blieben undeutlich. Allerdings meinte ich vorbeiziehende Lichter über mir zu erkennen, wie wenn man auf einer Trage durch den Gang eines Krankenhauses oder Labors geschoben wird. Ich mußte befürchten, daß es in meinem Fall eher ein Labor war. Unwahrscheinlich, daß ich durch die Gegend gerollt wurde, um die Vorzüge des Tierschutzes zu erfahren.

Ich war übrigens sicher, noch immer den Sperkshelm zu tragen. Mein Schädel war warm, mein Leib hingegen kalt. Es war zu befürchten, daß das zentrale Interesse an meiner Person diesem Helm galt, beziehungsweise wie er von meinem Kopf herunterzubringen war. Dennoch kam mir jetzt ein ermutigender Satz in den Sinn: »Wo ein Vogel ist, ist auch ein Weg.«

»Ich muß gehen, bevor er sich fragt, wo ich so lang bleibe.«

Es war Milena. Sie hatte mich wachgerüttelt.

»Wieso?«

»Was denkst du denn?« fragte Milena, während sie aufstand und das Wasser abdrehte. »Daß wir jetzt hinaufgehen und ihm sagen, wir sind ein Paar?«

»Das wäre eine Möglichkeit.«

»Du kennst ihn nicht.«

»Na, vielleicht der richtige Moment, ihn wirklich kennenzulernen«, sagte ich und lachte.

»Nicht der richtige Moment«, bestimmte Milena.

»Willst du mich loswerden?«

»Ganz sicher nicht, Matthew. Aber ... da ist noch etwas, das du begreifen mußt. Aber nicht jetzt, bitte, später.«

»Ich werde dich auch später noch lieben«, versprach ich.

»Das ist gut«, antwortete Milena und beugte sich zu mir. Sie küßte meine Schläfe.

Dann nahm sie ihr Abendkleid, das vollkommen naß geworden war, faltete es zu einem feuchten Quadrat und hielt es sich wie einen kleinen Schrein vor den Bauch.

Ich erhob mich, um sie noch einmal in die Arme zu nehmen. Dabei schaute ich ihr in die Augen. Ihre Augen schienen derzeit frei von Malerei.

»Wir sehen uns beim Frühstück«, sagte sie. »Hab Geduld.«

»Na, vielleicht sehen wir uns schon vorher, oder?«

»Ach komm, dort drüben bist du ein Spatz. Und ich ein ziemliches Luder, eine völlig andere Person. Nimm dich in acht vor dieser ... *Frau.*«

»Als Spatz?«

»Auch noch als Kühlschrank. Und erst recht, sollte ich je mit dieser Schlampe den Platz wechseln müssen. Derartiges geschieht. Schau sie dir an, du wirst schnell erkennen, daß nicht ich es bin.«

»Heißt sie denn ebenfalls Grace, die Frau dort, die ganz anders ist?« wollte ich wissen.

»Nein, nicht Grace, Gott sei Dank, sondern Tracy. Und sie ist ja auch eine ganz typische Tracy. Außerdem funktioniert dieser Name ebenso als Männername.«

Die letzte Bemerkung verstand ich nicht. Und fragte darum nach.

Doch Milena legte mir eine Fingerkuppe an die Lippe und sagte: »Bitte!«

Ihr Finger glitt von meinem geschlossenen Mund. Sie drehte sich um, zeichnete eine scharfe Kurve in die Luft und verließ nackt das Badezimmer.

Ich hatte wenig Lust, mich zurück in den Schlaf und damit in den Körper eines stark lädierten Spatzen mit schlechten Zukunftsaussichten zu begeben. Aber Lust war vielleicht vor zehn Minuten das Thema gewesen. Jetzt lautete es Pflicht. Abgesehen von der Unabwendbarkeit des Schlafs.

Als ich das Schlafzimmer betrat, einen Raum aus rotem Lack und schwarzem Stein, dachte ich mir: »Design kann auch nerven.«

Ich schlüpfte unter die Decke.

25

Ich schlief als Kommissar Blind ein und wachte als Spatz Quimp auf.

Zuerst schaute ich wieder in das milchige Licht. Spürte aber gleich, nicht mehr transportiert zu werden. Nach und nach nahm die Umgebung um mich Form an, der Raum mit seinen Deckenlichtern, den Bildschirmen und Apparaturen, den Menschen in weißen Kitteln, die die Maschinen bedienten oder sich besprachen. Auch ihre Stimmen gewannen zusehends an Kontur. Mein Bewußtsein erfaßte die Welt, wie sie war. Und meine Situation, wie sie war. Mein Körper steckte in einem liegenden Gerüst, das alles fixierte: meine ausgebreiteten Flügel, meine gebrochenen Knochen, meine vernähten Wunden, meinen verbundenen Leib, meine begradigten Beine, meinen behelmten Kopf. Schwer zu sagen, ob man mich hier heilen wollte, aber bislang hatte man einiges getan, um mich am Leben zu erhalten – was leider nicht immer das gleiche ist wie *heilen*.

Ich atmete fortgesetzt durch den in meinem Schnabelstück integrierten Filter und schaute durch das Visier, das meine Augenpartie schützte und dessen Glas seine diamantene Härte einem durchsichtigen Pilzmycel verdankte, das die Menschen sträflich übersehen hatte. Zudem besaß der Helm einen Empfänger, der mir die Möglichkeit gab, einzelne Stimmen und Geräusche herunterzudrehen, andere hingegen lauter zu stellen. Vielleicht auch war es der Helm selbst, der die akustische Bedeutung oder Bedeutungslosigkeit bestimmte. Ich konnte nicht ausschließen, daß mein Kopf nicht nur in einer extrem robusten, sondern auch ziemlich geistreichen Ummantelung steckte, in einem Helm, der quasi sein eigenes Hirn besaß, welches mit dem meinen symbiotisch verbunden war. Oder wenigstens kompatibel.

Auch wenn ich sie nicht sehen konnte, so war ich mir sicher, daß die Generälin sich rechts von mir in einer ganz ähnlichen Situation befand, zwar unverletzt, weil vollständig von ihrer Panzerung umgeben, jedoch gleichfalls gefangen in einer sie fixierenden Konstruktion. Zudem dachte ich sie mir derzeit bewußtlos, da, entgegen der Möglichkeit einer Art von Funkverkehr zwischen unseren beiden Helmen meine gemurmelten Rufe ohne Antwort blieben. Sehr wohl vernahm ich hingegen die Stimmen eines Mannes und einer Frau, die links von mir standen und sich über die Maßnahmen unterhielten, mir den Helm zu entfernen.

Offensichtlich war es zwar gelungen, eine sehr kleine Materialprobe zu gewinnen, doch die Analyse bereitete große Schwierigkeiten. Obwohl man Parallelen mit einem 2013 entwickelten Werkstoff namens *Aerograph* nachgewiesen hatte – eine durch Gefriertrocknung hergestellte Mischung aus Kohlenstoffgebilden und offiziell der leichteste Feststoff der Welt –, erhielten die Wissenschaftler derart irritierende, sich in einer Weise widersprechende Daten, daß man davon ausgehen mußte, die Legierung würde sich durch die Betrachtung verändern, ja als würde die entnommene Probe begreifen, untersucht zu werden, und sich einer Art Verschlüsselung bedienen, um den Beobachter zu verwirren. Daten freigeben, die den Zustand aus extremer Leichtigkeit und extremer Festigkeit nie und nimmer rechtfertigen konnten. Als gelänge es einer schlanken, muskulösen Frau – sagen wir mal, einer Frau wie Kapeller –, im Zuge einer medizinischen Untersuchung und diverser bildgebender Verfahren den Eindruck zu erwecken, es mit einem übergewichtigen Mannsbild zu tun zu haben. Den Betrachter also durchaus, geradezu höhnisch, darauf aufmerksam zu machen, er werde soeben betrogen. – Was die Besessenheit der Totalisten nicht schmälerte, bei der Aussicht, die ein superleichtes und superfestes Material barg, welches zusätzlich die Fähigkeit besaß, sich unter dem Mikroskop für etwas anderes auszugeben.

Offenbar hatte man bereits bei der Generälin festgestellt, wie sehr deren natürlicher Körper mit dem künstlichen Material ihrer Panzerung verbunden war. So waren Teile ihres Gefieders in die Rüstung eingewachsen und hatten eine zusätzlich stabilisierende Gitterstruktur gebildet: ein nachträgliches organisches Skelett in einer anorganischen Körperhülle. Es war für die totalistischen Wissenschaftler schwer zu sagen, was geschehen würde, wenn man versuchte, die Rüstung vom Körper der Generälin zu befreien, sie zu rupfen und aus der Panzerung herauszuschälen. Weniger den Tod der Spatzendame fürchtend, natürlich nicht, aber doch mutmaßend, auf diese Weise die Rüstung zu *verderben*. (Abgesehen davon, daß man nicht sicher war, welche Methoden sich eigneten, diesen Panzer irgendwie zu brechen oder zu öffnen.)

Bei mir war das anders. Ich war erst kürzlich zu meinem Helm gekommen. Die Verbindung der Federn auf meinem Kopf mit dem Material des Helms stand erst an ihrem Anfang, erkennbar allein in einer Annäherung, einem Vorgang, den die Wissenschaftler als ein »Anschmiegen« definierten. Ich konnte ja hören, wie sie davon sprachen, sie, die Frau, und er, der Mann, die ich aus dem Augenwinkel erkennen konnte, beide großgewachsen und mit einer reptilischen Ausstrahlung. Sie wollten nicht länger zögern, den Helm von mir herunterzubekommen, bevor mein Gefieder – angeregt durch Material, das die Wissenschaftler ironischerweise als *Feathers* bezeichneten – sich ausbreiten konnte und den Helm auf eine gewisse Weise ... sie sprachen von »Verunreinigung«.

Es war nun so, daß ich mir diesen Helm sowenig absetzen konnte, wie ich ihn mir aufgesetzt hatte. Er war ja aus einem krümelartigen Stückchen, das mir die Generälin auf den Scheitel gelegt hatte, herausgewachsen, besser gesagt, herausgeflossen, hatte sich Partikel für Partikel, Element für Element ausgeweitet, um schließlich in geschlossener Form meinen gesamten Kopf zu umgeben. Ein Prozeß, den die Wissenschaftler nicht umzukehren verstanden. Wie auch ich selbst es nicht konnte. Hätte ich nämlich liebend gerne vermocht. Angesichts dessen, was ich soeben zu hören bekam.

Nach mehreren erfolglosen Versuchen, mich vom Helm zu lösen, war geplant, eine Durchtrennung meines Halses vorzunehmen und dann die Kopfteile aus dem Helminneren herauszukratzen. Außerdem durch Analyse der Kopfteile und einer Nekropsie des Restkörpers mögliche Unterschiede zwischen von *Feathers* animierten und von *Feathers* nicht animierten Körperpartien festzustellen. Vor allem aber solcherart über einen Helm zu verfügen, der noch nicht vom Gefieder seines Benutzers »infiziert« war. Denn man besaß mit der Generälin ein vollständig gepanzertes und vollständig in Symbiose mit seiner Rüstung befindliches Exemplar. Welches man derzeit am Leben zu lassen gedachte. Nicht aber mich. Ich erschien tot von größerem Nutzen. Vor allem ... Sie sprachen von »dekapitieren«, was ja wohl nichts anderes bedeuten konnte, als mir den Kopf abzuschlagen.

Ich hörte, wie der Mann sagte: »Wir haben gerade von oben das Okay bekommen.«

Dann ging er auf mich zu, lächelte zu mir herunter und erklärte: »Na, mein Kleiner. Keine Angst, du kriegst jetzt mal eine Narkose.« Ich sah sein blödes Grinsen, obwohl er einen Mundschutz trug.

Er schaute zu seiner Kollegin, die sich von der anderen Seite genähert hatte, und sprach zu ihr: »Wäre schon interessant zu wissen, wie gut die uns verstehen können.«

»Na, hoffen wir zumindest«, gab sie zurück, »daß der liebe Gott keiner von denen ist.«

Auch ihr Grinsen war unverkennbar. Es schien wie auf die Maske aufgezeichnet.

Ich fragte mich, ob man im Zustand einer Vollnarkose träumen konnte. Und wenn ja, ob es dann schnell genug geschah, um noch die Chance zu bekommen – wie zuvor im Hotelzimmer des *Fitzwilliam* –, dank Kommissar Blind eine rettende Intervention vorzunehmen. Eine Verwischung. Ja, das wäre jetzt der richtige Moment gewesen, um zwei Leute zu verwischen. – Wen oder was auch immer Herr und Frau Doktor auf der anderen Seite verkörperten, es konnte kaum schlimmer sein.

Ein weiterer Mann schob eine Apparatur heran, die offenkundig der Durchführung der Narkose diente. Daß meine Körperfunktionen bereits aufgezeichnet wurden, versteht sich. Ich war vollständig verkabelt.

Und wäre jetzt gerne in der Lage gewesen, die menschliche Sprache nicht nur zu verstehen, sondern sie auch sprechen zu können, um diesen Typen in ihren Arztkitteln zu erklären, daß es sich beim »lieben Gott« vielleicht um keinen Spatzen handelte, aber ganz bestimmt nicht um einen Menschen, eher noch um einen Albatros.

Klar, sie mußten mich intravenös anästhesieren, denn das Schnabelstück meines Helms filterte fortgesetzt die Atemluft. Auch muß gesagt werden, daß ich nüchtern war. Ich spürte meinen Hunger, meinen knurrenden Magen, überhaupt das Schwindelgefühl im Zuge zu geringer Nahrungsaufnahme. Sollte ich hier lebend herauskommen …

Ich imaginierte Berge von Croissants.

Erblickte dann aber die Injektionsnadel. Sie glitzerte im Licht der Operationsleuchte wie ein metallischer Libellenschwanz. Ich fühlte mich, als würde mein Blutkreislauf … als würde er im Angesicht der Bedrohung eindicken, wehrhaft erstarren. Erst recht, als nun auch in der Hand des Operateurs die scharfe Klinge eines Skalpells sichtbar wurde. Ich hatte eigentlich mit einem Lasergerät gerechnet, mit einer *trockenen* Operation, bei der die Blutgefäße praktisch verschweißt wurden und nicht gleich das Blut spritzte. Aber offensichtlich war das für eine Enthauptung zu langwierig.

Menschen werden in solchen Situationen gläubig. Was tun Spatzen? Beten? Bereuen? Klagen? – Ich dachte mir: »Verdammt, jetzt erreiche ich nicht mal die durchschnittliche Lebenserwartung.«

»Das kommt drauf an«, hallte die Stimme des Albatros in den Gängen meines Bewußtseins, »ob man auch die Jungvögel in die Statistik einbezieht. Und du bist ja noch ein Jungvogel. Dann wäre es schon eher so ziemlich Durchschnitt.«

»Dein Senf hat mir wirklich gefehlt«, sagte ich. »Was machst du, wenn mein Schädel ab ist, he?«

»In einen neuen geraten. Es gibt genug leere Köpfe. Es gibt immer einen, der mich nötig hat.«

»Bild dir nur nichts ein«, sagte ich.

Die Injektionsnadel war jetzt ganz nahe, ich konnte ihre häßliche Spitze sehen. Ihren hohlen Blick.

»Fürchte dich nicht«, sagte der Albatros.

»Was Besseres fällt dir nicht ein?«

»Das Bessere kommt gleich«, äußerte er. Ich konnte ihn, den Albatros, zum ersten Mal nicht nur hören, sondern auch sehen: seinen langen Schnabel, die dunklen Augen, die im weißen Gefieder wie hingepinselt wirkten, seine Mächtigkeit, sein hohes Alter. – Was hatte er gesagt? Was kommt? Das Bessere?

Es kam tatsächlich.

Ich konnte nicht erkennen, was geschah. Aber ich vernahm das Geräusch der sich öffnenden Labortüre, die mit dem Zischen einer gestochenen Luftmatratze auseinanderglitt. Dann Schritte, zugleich bewegten sich die Köpfe des Anästhesisten, des Operateurs und dessen Assistentin dorthin, wo die Türe aufgegangen war. Und auch noch der Kopf von jemand viertem, der drüben bei den Bildschirmen saß. – Ich meinte geradezu die Knochen und Knorpel zu hören, die an diesem Schwenken der Häupter beteiligt waren.

Und gleich darauf – in kurzer Folge – vier gedämpfte Schüsse und vier Körper, die nacheinander zusammensackten und auf den Boden fielen.

Es hatte keine fünf Sekunden gedauert.

Endlich sah ich ihn, den Mann, der in den Raum gelangt und die vier Personen ausgeschaltet hatte. Und wahrscheinlich auch noch andere Leute, da dieses Labor ja wohl kaum unbewacht war. Ich sah sein fleischiges, rotbackiges Gesicht und jenes Lächeln, in dessen »Scharnier« der Kommissar Blind einen »rostigen Nagel« zu entdecken gemeint hatte.

Ja, es war Nybråten.

Die Generälin hatte recht behalten. Nicht auszuschließen, daß Nybråten anfangs – damals auf dem Wiener Westbahnhof – für die Totalisten gearbeitet hatte, nun aber definitiv nicht mehr.

Möglicherweise hatte er den Auftraggeber gewechselt. Wahrscheinlicher aber war, daß er das, was er hier und jetzt unternahm, ohne Auftrag tat. Seine ganz eigenen Interessen verfolgte.

Jedenfalls befreite er mich aus der Konstruktion, in die ich eingebunden war. Ohne jedoch die Schienen zu entfernen, die zur Stabilisierung meiner gebrochenen Knochen eingesetzt worden waren (als man noch vorgehabt hatte, mich am Leben zu erhalten). Es tat scheißweh.

Der Albatros sprach: »Wie gut, daß es scheißweh tut.«

Damit hatte er nun wirklich recht.

Nachdem Nybråten mich mit der nötigen Eile – ich vernahm jetzt das Brüllen einer Sirene – gelöst hatte, tat er das gleiche mit der noch immer bewußtlosen Generälin und packte uns beide in einen Rucksack, den er über demselben Jackett trug, das er auch damals in Wien angehabt hatte. Ein Umstand, der mich fast wehmütig stimmte, wie hier derselbe Mann im selben Anzug, der mich einst zu töten versuchte, mich nun vor dem Tod bewahrte. Zumindest vorläufig.

Es wurde dunkel und eng. Ich spürte den Körper der Generälin dicht an mir. Ja, und ich sah ihr Herz in der Schwärze des Rucksackinneren leuchten. Wie schön dieser Anblick war. Und wie gut, daß ich das noch erleben durfte, gleich, was Nybråten mit mir, mit uns vorhatte.

Pause

26

Keine Frage, Nybråten war in Eile.

In dem Rucksack hockend, durchgebeutelt, spürte ich in jedem meiner gebrochenen Knochen die Rasanz, mit der dieser mindestens neunzig Kilo wiegende massive Mann einen Weg aus dem Gebäude suchte. Zudem vernahm ich fortgesetzt die Sirene, auch das nahe Getrampel schwerer Stiefel in den Fluren und Stiegenhäusern. Doch nach und nach entfernten sich die Geräusche, blieben allein das Keuchen und die rasche Bewegung Nybråtens, die ihn tiefer unter die Erde führte, offenkundig einen unterirdischen Gang nutzend, bevor es wieder aufwärts ging, eine Leiter hoch. Durch mein behelmtes Gehör drang das Knirschen eines zur Seite geschobenen Kanaldeckels und in der Folge das Lärmen städtischen Verkehrs. Dazu jenes Gepfeife, das der Wind schafft, wenn er heftig ist und sich an den Dingen reibt.

Kurz darauf wurde eine Autotüre geöffnet, und ich spürte, wie der Rucksack auf einem Sitz landete. Der Wagen wurde gestartet, vier Räder setzten sich in Bewegung und beförderten das Vehikel in den Belfaster Nachmittagsverkehr.

Wie konnte ich wissen, daß Nachmittag war? Nun, es fühlte sich so an. Als Vogel ohne Uhr erkennt man die Tageszeit ja nicht nur am Stand der Sonne und der Farbe des Lichts, sondern man ahnt das »Alter« des Tages. Frühmorgens ist der Tag oft wie ein junger Hund, geradezu blödsinnig vor Lebensfreude und Bewegungslust. Der Nachmittag hingegen verströmt eine beträchtliche Melancholie, etwas Schmerzliches. Der Nachmittag – auch im Sommer, auch im Frühling – hat etwas von Herbst. Der Nachmittag ist immer ein fallendes Blatt und zeigt immer eine Verfärbung. Bevor dann der Abend zurückführt zu einer gewissen Ausgelassenheit, die alkoholisch anmutet. Der Abend verfügt über die Schlieren, die sich beim Schwenken eines Weinglases bilden. Der Nachmittag ist der Tod, der Abend das Hurra im Jenseits.

Klar, im Moment dominierte die Hektik des Berufsverkehrs, ähnlich blödsinnig wie die Bewegung junger Hunde, aber ich meinte die Schwermut des Nachmittags aus den Verkehrsgeräuschen herauszufiltern. Die Schwermut zu riechen. Wie man riecht, ob der Schweiß von einem Kind oder einem Erwachsenen stammt.

Ich hätte gesagt: Nicht später als siebzehn Uhr.

Sowenig ich die Uhrzeit an einer Uhr ablesen konnte, so wenig konnte ich sehen, wohin wir fuhren. Und dennoch meinte ich nach einiger Zeit zu bemerken, wie es aus der Stadt hinausging, das Stockende der Fahrt durch ein Fließendes ersetzt wurde und auch die Haltung des Mannes, der neben mir und der Generälin hinter dem Steuer saß, eine ruhigere wurde. Was wohl dem zügigen Fortkommen genauso geschuldet war wie der Wahrscheinlichkeit, den Verfolgern entwischt zu sein. Verfolger, die vermutlich damit gerechnet hatten, Nybråten würde versuchen, den Flughafen zu erreichen oder Nordirland nach Süden hin zu verlassen, um von der Republik aus seine Rückkehr auf den Kontinent anzutreten. Aber wir bewegten uns – auch das spürte ich ganz deutlich – Richtung Norden, Richtung Küste, wenn mich meine Erinnerung an eine Karte der irischen Insel nicht täuschte und es außerdem stimmte, daß dort, im Norden, der Atlantische Ozean lag, allerdings nicht mit seiner üblichen Weitläufigkeit, sondern an dieser Stelle einen Kanal bildend. Einen Kanal, dessen gegenüberliegendes »Ufer« zu einem Land namens Schottland gehörte, wo auch nicht alle darüber glücklich waren, mit den Engländern in einem königlichen Verband festzustecken. Als handle es sich um die Küche einer Wohngemeinschaft, in der man über einen einzigen gemeinsamen Kühlschrank verfügt, wo alle auf die Joghurts ihre Namen draufschreiben. Wobei die Krux freilich ist, daß manche schummeln.

Wir fuhren und fuhren, und ich empfand immer wieder eine

nahe Ohnmacht, ohne dann aber richtig das Bewußtsein zu verlieren. Vielleicht auch, weil mich der Albatros durch seine Bemerkungen wach hielt. Etwa: »Na, habe ich nicht recht gehabt, als ich sagte, es komme was Besseres?«

»Ja, schon«, antwortete ich, »aber wie geht es jetzt weiter? Werde ich überhaupt jemals wieder fliegen können? So zerstört, wie ich bin.«

»Auch wenn die Totalisten dich enthaupten wollten«, erklärte der Albatros, »sie haben zuvor gute Arbeit geleistet. Du bist medizinisch bestens versorgt. Aber klar wird das eine ganze Weile dauern, bis du wieder gerade stehst.«

»Die Frage ist vor allem, ob ich auch wieder gerade *fliegen* werde.«

»Man muß den Menschen lassen, daß sie einem das ganz gut vormachen: mit Handicaps zu leben. Sicher, sie verdanken das ihrem Hang zum Sentimentalen, sich nämlich gerade im Zustand der Behinderung aufzubäumen beziehungsweise anderen beim Aufbäumen zu helfen. Rollstühle zu erfinden und Blindenhunde abzurichten.«

»Kein Vogel würde sich dafür hergeben«, sagte ich.

»Wer weiß, könnten die Menschen fliegen, würden sicher auch die Blinden fliegen wollen und sich Blindenvögel anschaffen.«

Ich war skeptisch. Ich sagte: »Vielleicht Tauben, aber keine Spatzen.«

Fragte mich allerdings, ob mein Dasein überhaupt einen Sinn hätte ohne die Möglichkeit, in die Lüfte zu steigen. Von den Überlebenschancen ganz abgesehen. Das sollte kein Plädoyer für den Unwert behinderten Lebens sein, aber die Frage stellte sich doch, was man für eine Person ist, wenn man den wesentlichsten Aspekt seiner Fähigkeiten aussparen mußte. – Was war ein Schriftsteller, der nicht schrieb? Ein Klischee, immerhin. Ein Spatz, der nicht flog, war nicht einmal ein Klischee. Sondern im besten Fall ein Haustier. Und was ist schlimmer?

Der Albatros hielt dagegen, daß das Fliegen demnächst sowieso nicht das Thema sein würde. Nicht nur wegen des wahrscheinlich langwierigen Heilungsprozesses, sondern vor allem weil ich ja nicht etwa frei war, sondern ein Gefangener Nybråtens. Der weiß Gott was mit mir vorhatte.

»Soll das heißen«, fragte ich den Albatros, »du weißt nicht, was der Kerl plant?«

»Keine Ahnung.«

»Aber du wußtest doch, daß er auftauchen würde, um mich zu retten.«

»Retten ist das falsche Wort«, korrigierte der Albatros, »entführen ist das richtige.«

»Trotzdem, du wußtest es.«

»Schau, mein Lieber, ich bin ein Albatros und kein Wahrsager. Aber ich habe halt ein Gespür für die Dinge, die quasi um die Ecke stehen. Die also in Kürze geschehen. Mehr ist es nicht.«

»Und was geschieht als nächstes?«

»Du bleibst in diesem Sack.«

»Danke für diese Auskunft.«

»Gerne.«

So sahen die Gespräche aus, die wir führten. Dazwischen verfiel ich in ein Dämmern, wobei endlich auch der Schmerz in meinem Fleisch und meinen Knochen etwas Diffuses annahm. Milder wurde. Als produziere mein Körper sein eigenes Schmerzmittel.

Eine allzu lange Fahrt wurde es nicht. Zwei Stunden vielleicht, dann hielt der Wagen, die Fahrertüre wurde geöffnet, gleich darauf die Beifahrertüre, und es wehte die Luft des Nordatlantiks herein. Sie drang gleich einem Schwarm winziger Fliegen durch das Gewebe des Rucksacks. Luft, die ich zwar wegen meines Helms nicht riechen konnte, jedoch deren spezielle Frische auf der Haut spürte. Dermatologisch gesehen, eine Salzpackung.

Ich fühlte jetzt, wie es in die Höhe ging und aus dem Auto heraus. In diesem Moment öffnete sich der Schnabel der Generälin, sie gab ein Stöhnen von sich und fragte: »Wo sind wir?«

Ich erklärte es ihr.

»Nybråten also«, sagte sie nachdenklich. »Hoffen wir, daß sich das als Gewinn herausstellt. Im Vergleich zu den Totalisten.«

»In meinem Fall sicher.«

»Wieso?« fragte sie. »Weil du dir denkst: Hauptsache, am Leben?«

Stimmt, es gab auch Situationen, da war man lieber tot. Situationen, die ich mir aber gar nicht vorstellen wollte. Ich sagte, um mich zu beruhigen: »Nybråten ist kein Experimentator und kein Sadist, sondern Geschäftsmann.«

»Er ist ein Killer«, berichtigte die Generälin.

Nun, da hatte ich wohl den Nybråten aus der Blindwelt mit dem Nybråten aus der Spatzenwelt durcheinandergebracht. Dennoch, auch den Nybråten, der ein Killer war, dachte ich mir ausgesprochen geschäftsmäßig. Ich sah ihn nicht als jemand, dem es Spaß machte, eine Kreatur zu quälen, sondern als jemanden, der auch hier die Dinge zu einem Abschluß zu führen wußte.

Freilich braucht mancher Abschluß seine Zeit. Und dieser ganz gewiß.

Denn es waren zwei Dinge, die nun geschahen. Einerseits schien Nybråten tatsächlich ein Interesse zu haben, meine Heilung zu begünstigten – mich lebend zu wollen, so, wie er mich vorher tot wollte. Und zweitens diente ihm der Ort, an dem wir untergekommen waren, als Schutz gegen die Totalisten. Es war keiner der Plätze, an dem diese Leute ihn suchten. Leute, die in Parisdimensionen und Wiendimensionen und Belfastdimensionen dachten und, wenn es mal fernab der üblichen Routen ging, sich vorstellten, jemand flüchte nach Alaska oder nach Madagaskar, aber nicht daran, daß sich Nybråten nur zwei Autostunden von Belfast entfernt in einen Küstenort namens Cushendun begeben hatte, ein kleines Dorf mit vielleicht hundertvierzig Bewohnern und einer sehr hübschen und sehr dichten Aneinanderreihung von Häusern im »Cornish-style«, einer aufs Meer hinausgehenden Gebäudefront aus den zwanziger Jahren, die im Auftrag eines unionistischen Vertreters der Konservativen Partei entstanden war. Zu Ehren seiner aus Cornwall stammenden verstorbenen Frau. – Pompöser ging's wohl nicht. Aber dieser Übertreibung war letztlich zu verdanken, daß ich zusammen mit der Generälin in einem dieser Gebäude – darin ein Hotel so wie ein Pub – unterkommen konnte. Genauer gesagt, hinter dem Haus, in einer historischen, aber restaurierten Voliere, in deren ungefährer Mitte ein Gitter mich und O'Neill trennte. Zudem mußte diese Konstruktion mit irgend etwas ausgestattet sein, was einen bislang wichtigen Aspekt meines Lebens verhinderte: nämlich zu träumen. Wie es auch verhinderte, daß die Generälin träumte. Wovon ich wußte, weil das Gitter zwischen uns zumindest nicht die Möglichkeit unterband, sich zu unterhalten.

So vergingen Wochen ohne Traum. Oder zumindest, ohne mich an einen Traum oder auch nur an das Gefühl, geträumt zu haben, erinnern zu können. Mir blieb verborgen, was mit Kommissar Blind geschah. Beziehungsweise kam mir der Gedanke, in all der traumlosen Zeit würde Kommissar Blind nicht wirklich existieren – also genau in der Weise, die es mit sich gebracht hatte, daß Blind dort drüben, in seiner eigenen Welt, siebenundvierzig Tage verschollen gewesen war; wie auch er selbst nicht hätte sagen, wo und wie er diese Tage verbracht hatte.

Und weil ich ja bereits begriffen hatte, daß im Verhältnis von Blindwelt und Spatzenwelt eine Verschiebung der Zeiten erfolgte, zumindest der Jahreszeiten, begann ich recht bald, die Tage zu zählen, die ich traumlos verbrachte. Es brauchte mich nicht zu überraschen, daß es genau siebenundvierzig werden sollten, bis der Tag kam beziehungsweise die Nacht, in der ich wieder zu träumen anfing. Und auf diese Weise Kommissar Blind erneut zum Leben erweckte.

Dazwischen aber vergingen eineinhalb Monate: ein Sommer am Meer, auch wenn ich das Meer bloß hörte, jedoch nie zu Gesicht bekam. Dazu der Geschmack von Salz in der Luft. Und gar keine Frage, daß diese Luft einen günstigen Einfluß auf die Heilung meines zusammenwachsenden Fleisches und meiner zusammenwachsenden Knochen hatte, so daß ich letztlich wieder zu einem flugfähigen Vogel werden konnte. Und nicht etwa als Pinguin oder, noch schlimmer, als ein Dodo enden mußte (es ist eine schreckliche Phrase, die die Engländer benutzen, wenn sie »aussterben« mit »to go the way of the dodo bird« umschreiben).

In dieser Zeit, diesen siebenundvierzig Tagen, fand nun nicht nur meine körperliche Genesung statt, sondern ich geriet – recht spät im Jahr, so wie ich ja recht spät im Jahr auf die Welt gekommen war, ein Kind des Septembers – nun endgültig in den

Zustand der Geschlechtsreife. Etwas, von dem ich gewußt hatte, es müsse unweigerlich geschehen und würde mir ein Verlangen bescheren, gegen das kein Wille und kein Intellekt etwas ausrichten konnte. Vielleicht beim Menschen, der sich im Zuge seiner Beziehung zu Gott oder zu Computerspielen für die Keuschheit entschied, aber ganz sicher nicht bei einem Sperling.

Mein Bedürfnis überkam mich. Eine Welle, eine Hitze, ein Frieren, eine Geilheit, ein Glücksgefühl, eine Scham.

Und bei Sperks? Konnten sich Sperks, die Krieger waren, aus dem Geschlechtlichen herausnehmen? Dem Sex entsagen und ihre gesamte erotische Spannung und erotische Kraft auf den Kampf übertragen? Im Stil der Samurai, für welche die höchste Form der Liebe darin liegt, sie für sich zu behalten und selbst der geliebten Person sein Herz nicht zu öffnen.

Doch genau das zu tun, mein Herz nicht zu öffnen, gelang mir nur halb. Wie ich ja durch den Helm auch nur halb zum Sperk geworden war (wobei ich übrigens schon längst wieder ohne den Filter die reine Meerluft atmete und ohne die Sichtscheiben vor den Augen in die Welt schaute, denn offensichtlich wußte der Helm von sich aus, wann Gefahr drohte und wann nicht; doch so klug er auch war, von Geschlechtsreife hatte er, glaube ich, keine Ahnung). Zwar unternahm ich es nicht, im Gespräch mit der Generälin ihr Komplimente zu machen, ihr meine Gefühle zu gestehen, poetisch oder obszön zu werden, doch immer wieder entfuhr mir ein Affekt, Laute, die klipp und klar dem Balzruf männlicher Spatzen zuzuordnen waren.

Es war mir peinlich, zumal die Generälin wegzuhören schien. Keinesfalls antwortete sie. Aber Peinlichkeit hin oder her, es war mir unmöglich, diese Rufe, verstärkt noch durch die unwillkürliche Aufplusterung meines Gefieders, zu unterdrücken. Das Gefieder setzte sich einfach durch. Was mir zustieß, war ein Kraftakt der Natur.

Um so mehr konnte ich froh sein um die Absperrung, die mich »im Zaum« hielt. Meinem brennenden Verlangen nach der Generälin stand ein Gitter im Weg.

Allerdings endete nach den siebenundvierzig Tagen nicht nur

die Traumlosigkeit, sondern auch die räumliche Trennung von der Sperkgenerälin. Nach meiner letzten traumfreien Nacht erwachte ich, um festzustellen, daß der Draht zwischen mir und O'Neill verschwunden war. Meine Hormone gingen sofort mit mir durch, ich tanzte herum, plusterte mich auf und wirbelte in einer Ecke des Käfigs Sand auf, um symbolisch einen Brutplatz anzudeuten. Sodann schwoll auch noch mein Brustlatz an. Mein Körper war eine Oper.

»Mach dich nicht zum Affen«, kommentierte die Sperkgenerälin zum ersten Mal mein Verhalten.

Ich brachte meinen durchgedrehten Körper zur Räson und erwiderte: »Ich wollte nur einen guten Morgen wünschen.«

»Das hatten wir doch schon mal«, erinnerte O'Neill, »daß Spatzen sich keinen guten Morgen wünschen.«

»Ja, und Spatzen tragen keine Rüstungen.«

»Sperks schon, oder was denkst du, was du da auf deinem Kopf hast, Junge?«

Ich war jetzt verärgert ob der demütigenden Situation. Mein Gott, so schlimm war das bißchen Gebalze nun auch wieder nicht. Und wenn ich nicht ganz falschlag, dann mußten sich schließlich auch Sperks fortpflanzen. Zumindest einige. Ich erklärte darum, ich sei nun fast ein Jahr alt, ich sei erwachsen (um das Wort »geschlechtsreif« zu vermeiden) und würde darauf bestehen, daß wir uns entweder beide duzten oder beide siezten. Es falle mir auf die Nerven, hier wie »ein kleiner Bub« dazustehen.

O'Neill ersparte mir den Hinweis, Spatzen seien keine kleinen Buben, und schlug vor, daß wir in Zukunft beide beim Sie blieben.

»Einverstanden«, sagte ich, auch wenn es mir andersherum lieber gewesen wäre.

Es war nun nicht nur so, daß das trennende Gitter verschwunden war und ich somit mehr Platz hatte, um mein notwendig gewordenes Flugtraining fortzusetzen, sondern soeben begannen Arbeiter damit, unter Anleitung von Nybråten jene dünnen metallenen Stangen zu entfernen, die wie eine eng gesetzte Reihe von Blitzableitern die gesamte Voliere umgaben. Und deren Demontage mich sofort zu der Aussicht verleitete, in der kommenden Nacht erstmals wieder träumen zu können, um so mehr, als die von mir tageweise mit dem Schnabel in eine Gitterstange geritzten kurzen Striche an diesem Morgen die Zahl 47 ergeben hatten.

Es wäre übrigens noch wichtig zu erwähnen, daß die Generälin zwar so gut wie unverletzt den Angriff auf das *Aurora Building* und vor allem die selbstlose Rettung meiner Wenigkeit überstanden hatte, es aber offensichtlich den totalistischen Experimentatoren gelungen war, die Bewaffnung an ihrer Rüstung zu verschließen – zu »verkleben« –, und es ihr darum unmöglich geworden war, etwa ihre Raketenwerfer auszufahren und zu aktivieren. Eine Beschränkung, die auch Nybråten nicht rückgängig machte. Wobei ich mich in diesen siebenundvierzig Tagen ohnehin immer wieder fragen mußte, was Nybråten eigentlich plante. Es schien beinahe, er mache hier Ferien. Als treibe er Vogelschutz und Vogelbeobachtung. In all den Tagen war er immer nur in den Käfig gekommen, um meine Genesung zu überprüfen.

Und jetzt?

Nun, er betrat die Voliere und nahm mich in die Hand. Ich wehrte mich nicht. Wohin auch hätte ich flüchten sollen? Es galt sich zu gedulden, was er vorhatte, und auf den Moment zu warten, da ein Fluchtversuch auch wirklich Chancen auf Erfolg haben konnte.

Nybråten betrachtete mich durch eine Brille, die er immer aufhatte, wenn er mich studierte. Ich lag mit dem Rücken in seiner Innenhand, mit der er nur leicht gegen meine beiden Flanken drückte. Mit einem Finger der anderen Hand berührte er meinen Helm auf der Rückseite. Ich spürte …

Oh Mann, verdaaaammt!

Ein höllischer Schmerz fuhr durch meinen Kopf, nur durch den Kopf, derart, daß ich meinte, doch noch die Abtrennung desselben erleben zu müssen. Aber er blieb dran. Was nicht dranblieb, war der Helm. Ja, indem mir Nybråten diesen sehr speziellen Schmerz zufügte – was sich so anfühlte, als wollte ich mich selbst verschlucken –, begann der Helm sich zu lösen, die Teile schwebten einen Moment wie kleine Hoovercraftboote auseinander, nur um dann einzelne Stapel zu bilden und sich würfelweise zu verschränken. Sie wurden ungemein dicht, bis letztlich wieder jene krumenartige Winzigkeit übrigblieb, die leicht und locker auf meinem Kopfgefieder lag. Von dort nahm Nybråten sie mit einer Pinzette herunter und steckte sie in eine kleine metallene Hülse. Er tat dies mit großer Ruhe.

Als er fertig war, äußerte er: »Hat weh getan, was?«

Aber sein Blick galt nicht mir, sondern der Generälin, die auf einer Querstange in der gegenüberliegenden Ecke saß. Er erklärte ihr, um wieviel größer der Schmerz ausfalle, wenn nicht nur der Kopf, sondern der ganze Körper betroffen sei. Kein Spatz, auch nicht der sturste und mutigste, würde das lange aushalten. Und selbst wenn, man würde dabei verrückt werden. Wer glaube, so was ertragen zu müssen, dem würden sämtliche Gehirnzellen absterben, der würde als ein geistloses Stück beweglichen Vogelfleisches enden.

Das, was Nybråten uns in diesen siebenundvierzig Tagen angetan hatte, war kein Schlafentzug, sondern ein Traumentzug gewesen. Eine spezielle Form der Deprivation, die offensichtlich zu einer Veränderung des Verhältnisses zwischen Sperling und Sperlingsrüstung führte und die symbiotische Verbindung negativ beeinflußen konnte. So hatten sich bei O'Neill ihre Gefiederspitzen wieder aus dem Material der Rüstung herausgezogen, während sie bei mir gar nicht erst darangegangen waren einzudringen.

Rüstung und Spatz wurden wieder zwei. Und wenn man nun wußte, an welchen Stellen des Panzers man zudrücken mußte – und Nybråten wußte es sehr gut –, dann entstand ein Schmerz, der in kontrollierter oder unkontrollierter Form zur Loslösung von der Rüstung führte. Die dann wieder ihre kleinstmögliche Gestalt annahm.

In meinem Fall unkontrolliert, bei O'Neill hingegen war es wohl eher eine Frage, ob sie dem Druck standhalten konnte. Konnte und vor allem wollte. Denn was, wenn Nybråten recht hatte? Wenn jegliche Auflehnung dazu führte, daß von O'Neills Verstand nichts anders übrigbliebe als ein leeres Gefäß? Ihr Intellekt im Zuge des Schmerzes verlöschte?

Während Nybråten mich in einem tragbaren Käfig unterbrachte – einem doppelten Käfig, in dessen Inneren ein kugeliges Drahtgeflecht hing, mit einem Balken, auf dem ich hocken konnte –, wandte er sich erneut an die Generälin und fragte: »Also?«

Nicht, daß Nybråten in der Lage gewesen wäre zu verstehen, was O'Neill jetzt sagte, sie sagte es aber trotzdem. Sie sagte: »Es kommt nicht nur aufs Ausholen an, sondern ebenso aufs Durchschwingen, du Aas!«

Wie?

In meinem Kopf leuchtete ein Fragezeichen. Und selbst der Albatros schwieg.

Doch was auch immer es mit dem Ausholen und dem Durchschwingen auf sich hatte – richtig, »du Aas«, das hatte ich wenigstens verstanden –, es schien, daß O'Neill sehr gut wußte, wie gering ihre Chancen gewesen wären, hätte sie sich gewehrt. Es war jedoch nicht die Qual, welcher sie auswich, dem Gefühl, sich selbst zu verschlucken, sich selbst zu verdauen, nein, natürlich nicht, sondern der Wahrscheinlichkeit, im Zuge dieser Schmerzen ihr Denkvermögen, ihr Bewußtsein und vor allem ihre Erinnerung einzubüßen und zum bloßen Tier zu werden.

Sie sagte also etwas, was ich nicht verstehen und Nybråten nicht hören konnte, und im selben Moment begann ihre Rüstung sich von ihrem Körper gleichsam abzuschuppen. Die Teile brachen auf, bildeten auch hier kleine Stapel, die wie beim Mischen von Karten ineinandergriffen, um letztlich, eng aneinandergepreßt, zu einem einzigen kleinen, flachen Ding … Man hätte meinen können, es sei ein USB-Stick, der vom Gefieder der Generälin abfiel und im Sand landete.

Nybråten nahm die komprimierte Rüstung an sich, dann umfaßte er mit seiner behandschuhten Linken O'Neill und tat sie zu mir in den Käfig.

Sie versuchte nicht einmal, nach ihm zu picken. Wozu auch? Sie hatte wohl Effektiveres im Sinn. Ihr kriegerisches Bewußtsein war auf einen Moment in der Zukunft gerichtet. Ich nehme an, auf genau das, was sie unter »Durchschwingen« verstand.

Nybråten verschloß die Türe des Kugelbehältnisses, dann die des äußeren Käfigs.

Ich und O'Neill – nackt und gefangen.

Ein Moment der Scham und Trauer. Aber immerhin auch der Gewißheit, sich weiterhin im Besitz eines Verstandes zu befinden, der es uns überhaupt ermöglichte, so etwas wie Scham und Trauer und Verlust zu empfinden. Wie auch das Bedürfnis, Rache zu üben.

In diesem »Käfig im Käfig« gelangten wir zum ersten Mal hinüber in das Pub, das im vorderen Teil des Gebäudes untergebracht war und von einem einzelnen Mann namens Maurice White geführt wurde.

Mr White war ein Typ, der in erster Linie rund war. Dick oder fett hätte es nicht getroffen, es mußte *rund* heißen. Eine Kirsche war auch nicht fett, sondern rund. White war ein Kirschenmann. Er lenkte diese Bar, dieses Hotel, dieses Haus, so wie er früher Flugzeuge gelenkt hatte. Als er Pilot gewesen war. Zuerst in der Armee, später als Akrobat des Sportfliegens. Vom Krieg zur Kunst. 1982 war er im Falklandkrieg dabeigewesen, damals noch nicht ganz, aber doch ansatzweise so rund wie heute, beim Angriff auf Port Stanley, verließ jedoch ein Jahr später die Royal Air Force, um bei Flugshows zu arbeiten, in den späten Neunzigern auch für den Film.

Von alledem zeugten eine Menge Photographien, die seitlich der Theke die ganze fensterlose Wand schmückten. Wobei eins der Bilder derart auffällig in der Mitte plaziert war – mit einem leichten Abstand zu allen anderen –, daß feststand, wie wichtig diese Erinnerung für Mr White sein mußte.

Kurz nachdem Nybråten uns mitsamt unserem Käfig neben einer mit rotem Leder gepolsterten Garnitur abgestellt hatte – wie alles hier besaß sie den Schick des Vergänglichen, das sich beim Vergehen Zeit läßt –, betrat eine kleine Gruppe von Touristen das Pub. Sie hatten die nahe gelegenen Höhlen besucht, die in irgendeiner verfilmten Romantrilogie als Szenerie dienten, um nun pflichtbewußt nicht nur eine Runde Guinness zu bestellen, sondern ebenso pflichtbewußt die Photos zu bestaunen, vor allem jenes den Blick einfangende im Zentrum der Bilderwand.

Sofort war Mr. White bereit, die Geschichte dieses einen Photos zu erzählen. Er mochte sie bereits hundert Mal zum besten gegeben haben und wiederholte sie ebenso gerne auch zum hundertersten Mal.

Es war 1997/98 gewesen, er lebte damals gerade in den Staaten, als eine amerikanische Produktionsfirma ihn engagierte, und zwar für den neuesten Film von Woody Allen, *Celebrity*, eine Komödie über das Dasein der Reichen und Schönen – wie auch über das Dasein des einen, dem es nicht gelingt, ein echtes Mitglied dieser Gemeinde zu werden.

Für die Eingangsszene des Films benötigte man einen Kunstflieger, der über der Skyline von New York mittels Rauchdüsen einen Schriftzug, eine sogenannte Himmelsschrift, plazieren sollte. Und zwar das Wort HELP, weithin sichtbar. Im Film wird nämlich ebenfalls ein Film gedreht, eine Szene, in der die über die Straße eilende Hauptdarstellerin sich plötzlich im Laufen umwendet, zum Himmel blickt und den Schriftzug erkennt. Das dramatische Flehen des Piloten. Wobei übrigens nie klar wird, wer der Pilot ist und wieso er fleht.

White nahm diesen Auftrag gerne an, sowenig er die Filme Woody Allens mochte. Denn obgleich White selbst kein Jude war, sondern nordirischer Protestant, mißfiel es ihm, daß ein Jude sich ständig über andere Juden lustig machte. Er fand, daß dies den Nichtjuden vorbehalten bleiben sollte, so wie er es konsequenterweise eher einem Katholiken zugestand, sich über Protestanten lustig zu machen. Er sagte gerne: »Man pißt nicht ins eigene Bett.«

Man hätte einwenden können: In welches denn sonst?

Wie auch immer, als White nun über den wolkenlosen Himmel flog und auftragsgemäß mit hellem Rauch Buchstaben in die Luft zeichnete, da geschah es, daß er – ohne es vorgehabt zu haben – statt des Wortes HELP das Wort HELL schrieb. Was einem Flugfehler zu verdanken war. Denn White hatte den letzten Buchstaben, das P, von der falschen Seite her angegangen, den

Längsbalken von oben nach unten ziehend. So daß er dann automatisch nach links abgebogen war, zu spät sein Mißgeschick erkannte und, anstatt nun ein auf dem Kopf stehendes P zu fabrizieren, ein korrektes L in die Luft zeichnete.

Wenn auch optisch ähnlich, war das doch inhaltlich ein ganz anderes Wort. Weshalb die gesamte Szene noch einmal gedreht werden mußte, also auch die ersten drei Buchstaben, die sich naturgemäß noch früher aufgelöst hatten als das falsche L am Ende. Das kostete Geld und kostete Zeit. Doch als Woody Allen später – er war nicht direkt bei dem Dreh dabeigewesen – auch die mißlungene Aufnahme sah, war er begeistert. Zwar hielt er sich an das ursprüngliche Konzept, daß die über die Straße laufende Frau im Umdrehen das Wort HELP am Himmel liest, doch in der allerersten Einstellung, wenn der Pilot den letzten Buchstaben in den Himmel schreibt, kann der genaue Beobachter erkennen, wie hier HELL steht. Erst ein, zwei Sekunden später – Angestellte eines Büros eilen zum Fenster und sehen hinaus – erkennt man das soeben zu Ende geschriebene HELP. Und dabei bleibt es dann, als die über die Straße laufende Frau ihren Auftritt hat.

Jedenfalls war Maurice White mächtig stolz darauf, daß der von ihm ungeliebte, aber nun mal eine »Celebrity« erster Güte darstellende Woody Allen seine Idee übernommen und zumindest in der Eingangsszene den Himmel als »Hölle« beschriftet hatte.

(Mir würde später klarwerden, daß diese Version der Geschichte alleine für meine, also die Spatzenwelt, galt, während in der Blindwelt ein Mr. White vielleicht existierte, vielleicht nicht, ganz sicher jedenfalls ein Mann namens Woody Allen, der einen Film namens *Celebrity* gedreht hatte, nur daß in der dortigen Eingangsszene allein die ersten drei Buchstaben zu sehen sind, die das Flugzeug auf den Himmel schreibt, also HEL, während gleich darauf das fehlende P aufscheint und es somit allein der Phantasie des Zusehers überlassen bleibt, sich für einen sehr kurzen Moment vorzustellen, hier hätte das englische Wort für Hölle entstehen können.)

Genau jenes HELL war auf dem Photo in Mr Whites Bar in

Weiß auf Schwarz zu sehen – ein Schwarzweißphoto eben, weil ja der ganze Allen-Film in Schwarzweiß gedreht worden war.

Mr White strahlte über sein rundes Gesicht, während er diese und andere Geschichten zum besten gab. Allerdings keinen Satz über Falkland verlor, aber viele Sätze über die Grandiosität des Kunstflugs. Und über die Kunst, etwas in den Himmel zu schreiben oder zu zeichnen.

Er bekannte freimütig, sich fürs Fliegen nicht mehr zu eignen, in die üblichen Cockpits auch gar nicht mehr hineinzupassen. Sowenig wie auf die Sitze der üblichen Passagierflugzeuge. Außerdem sei er jetzt beinahe fünfundsechzig, und er finde es gut, wenn man im Alter Dinge habe, an die man sich gerne erinnern könne, ohne sich die Erinnerung dadurch zu verderben, dieselbe Tätigkeit noch immer zu betreiben, nur sehr viel schlechter.

Ich mußte an Pinesits denken. Was wohl mit ihm geschehen war? Das letzte Mal hatte ich ihn gesehen im Quartier der Sperks, bevor ich mich mit O'Neill auf die Suche nach Nybråten gemacht hatte, um in dessen Falle zu gehen. Später, als wir wieder in das *Aurora Building* zurückgekehrt waren und den Angriff der Totalisten erleben mußten, hatte ich Pinesits nirgends entdecken können. Ich konnte nur hoffen, daß er entkommen war, so ungeschützt, ganz ohne Panzer, wie auch wir nun.

Ich schaute hinüber zu O'Neill. Ihr Herz fehlte.

Nun, es fehlte nicht richtig, war aber nicht mehr sichtbar, verborgen unter ihrer Körperhülle. Man hätte die Sperkkriegerin sezieren müsse, um ihr Herz anschauen zu können. Nichtsdestotrotz besaß O'Neill auch ohne wahrnehmbares Herz, ohne Rüstung, ohne die sperkschen Insignien der Macht eine ganz spezielle Ausstrahlung. Eine Würde auch im Moment der Entkleidung und Gefangenschaft. Eine Erhabenheit der puren Gestalt.

Was von mir selbst leider gar nicht gesagt werden konnte in dieser Situation, da wir beide auf der schmalen hölzernen Plattform keinen Krumenwurf voneinander entfernt hockten. Sie war so nahe, daß ich sie riechen und spüren und mich in ihren Augen spiegeln konnte. Erneut verlor ich die Fassung, verlieh meinem Gefieder eine derartige Fülle, daß ich wie eine springende Handyhülle aus Plüsch wirken mußte. Und begnügte mich diesmal nicht nur mit dem gattungstypischen Kopulationsruf, sondern bemühte auch meine poetische Kraft, indem ich ihr ankündigte, ganz offen sein zu wollen.

Sie erklärte gleich: »Nein, bitte, bleiben Sie verschlossen.«

Dennoch sagte ich: »Ich hatte ja gehofft, Sie wären ohne Rüstung weniger anziehend. Aber das ist einfach nicht der Fall. Eigentlich sind Sie noch anziehender.«

»Sie meinen wohl, ich sei schöner, weil ich keine Waffen mehr trage, mit denen ich mir einen jeden vom Hals halten kann.«

»Nein, so meine ich es nicht«, sagte ich sehr bestimmt, bemüht, dem Hysterischen meiner Bewegungen eine gewisse Kontrolliertheit der Sprache entgegenzusetzen. Meine Begeisterung auszudrücken, ohne mich blöd anzuhören. Ich bat sie, keine Notiz von meinem Gebalze zu nehmen, mir aber dennoch zu erlauben, sie zu bewundern. Ich sagte: »Wie man ein Kunstwerk bewundert.«

»Meine Güte«, stöhnte sie, »das ist doch alles nur das Resultat von körpereigenen Stoffen, die man Hormone nennt. Eine Frau ist kein Kunstwerk, sondern ein Werk der Natur.«

»Sind Sie denn frei von Hormonen?« fragte ich.

»Ich bin eine Kriegerin. Und als solche weiß ich meine Hormone zu kontrollieren. Zumindest sehe ich nicht überall Kunstwerke, wo keine sind. – Wissen Sie übrigens, daß der Begriff Hormon von einem Mann namens Starling stammt?«

Ich wußte es nicht. Tat aber so, als sei dies selbstverständlicher Teil meiner Allgemeinbildung, und erklärte sodann, die ganze Sache – meine Gefühle, meine Bewunderung – auch für mich behalten zu können.

»Wenn Sie das können«, sagte O'Neill, »dann bitte tun Sie es. Das beste Mittel, Nybråten scheitern zu lassen.«

Das verstand ich jetzt nicht.

»Ja, was denken Sie, Quimp, wieso wir hier zusammen eingesperrt sind?«

»Eine Maßnahme.«

»Natürlich eine Maßnahme. Aber Sie müssen doch den Grund begreifen. Nybråten will, daß wir uns paaren, er will eine Nachkommenschaft, die er ganz nach seinen Vorstellungen domestizieren kann. Er benötigt ein Modell der Sperksrüstung, das hat er jetzt, bravo, und er benötigt neue Sperks, die er selbst konditionieren kann. Bei uns würde ihm das nicht mehr gelingen. Lieber sterbe ich, und lieber sterben Sie, nicht wahr?«

»Absolut«, versicherte ich.

»Darum benötigt er unsere … Kinder. Wollen wir ihm die geben?«

»Natürlich nicht.«

»Dann verhalten Sie sich bitte danach.«

Ich rückte ein wenig von ihr weg und begann zu singen, um mich zu beruhigen. Ich *quimpte*, auch wenn es eigentlich *tschilpte* heißt.

O'Neill betrachtete mich streng von der Seite – streng und abschätzig – und meinte: »Was soll das jetzt wieder?«

Ich hätte etwas sagen können wie: »Das ist immerhin ein freies Land«, aber im Falle von Nordirland war ich mir da gar nicht so sicher. Auch hätte ich argumentieren können, daß Männchen nun mal sangen, Weibchen nicht. Aber bereits der Begriff »Weibchen« hätte O'Neill sicher auf die Palme gebracht.

Ich sagte gar nichts, sondern setzte meinen Gesang einfach fort.

Es war eine von den Frauen aus der Touristengruppe, die sich mir mit einem fassungslosen Blick zudrehte, gleichzeitig ihre Nachbarin anstieß und meinte: »Hörst du das, kann das sein, daß der Spatz dort grad *Always on my mind* pfeift?«

Da hatte sie absolut recht. Ich kannte das Lied noch vom Gare Montparnasse, wo es in einem der Bistros ständig als Hintergrundmusik gelaufen war. Keine Ahnung, ob die Betreiber gemeint hatten, es würde die Kauflust fördern, jedenfalls hatte ich den Text wie die Musik in- und auswendig gelernt. Nicht, daß ich den Mann, der es sang, je gesehen hatte, jemand mit Namen Elvis Presley. Ein Mann, der soeben seinen achtzigsten Geburtstag feierte. (Was aber nicht alle glaubten; einige meinten, dieser hochbetagte und noch immer auf der Bühne stehende Superstar wäre eine Fälschung, und der echte Elvis Presley wäre vor fast vierzig Jahren gestorben.) Während ich wiederum dank des Wissens, das mir träumend zuteil wurde, erkannte, daß es in Kommissar Blinds Welt genau umgekehrt war, Elvis Presley lange tot, es allerdings Leute gab, die überzeugt waren, er lebe noch immer, nur unter anderem Namen und an geheimen Orten. Hier wie dort war der Mann ein Rätsel, eine Ikone, ein König – vielleicht ein toter König, vielleicht ein lebender.

Jedenfalls hatte ich in meiner Pariser Zeit Tag für Tag dieses Lied gehört, und es erschien mir in diesem Moment, da ich sowohl meinen Körper als auch meinen Geist unter Kontrolle gebracht und aufgehört hatte, von Liebe und Sex zu sprechen und dabei eindeutige Laute auszustoßen … nun, es erschien mir als ein passabler Ausgleich, es singen zu dürfen, allein die Melodie, in der aber der Text wie eine Folge von Morsezeichen steckte oder wie die kleinen fühlbaren Erhebungen bei der Brailleschrift.

Girl, I'm so sorry I was blind
You were always on my mind

Man kann sagen, daß meine rauhe Spatzenstimme recht gut geeignet war, die Stimme des *King* zu kopieren, zudem waren Spatzen ganz grundsätzlich in der Lage, sich kompliziertere Melodien zu merken. Allerdings war es nicht mein Ehrgeiz, hier ein paar Touristinnen eine Überraschung zu bereiten, die ihnen spirituell erscheinen mußte. – Ich verstummte.

»Gott sei Dank«, ließ sich O'Neill vernehmen.

Dennoch dachte ich mir: »Eigentlich mag sie mich. Es ist bloß schwer für eine Frau, die *vom* und *für* den Krieg lebt, sich so was einzugestehen.«

»Träum weiter.« Das war der Albatros.

Ich entgegnete, es gehe O'Neill einfach nur darum, Nybråten nicht den Gefallen zu tun, Eier zu legen und zu brüten, auf daß er nachher aus dieser Brut seine Privatarmee formen könne.

Doch der Albatros schüttelte sein Haupt: »Sie würde dich auch nicht ranlassen, wären die Sperks vom Aussterben bedroht. Denk doch mal nach, Quimp, euer Nachwuchs würde aus lauter Bastarden bestehen. Du bist kein echter Sperk, schon vergessen?«

Es tat weh, das zu hören. *Bastard* war ein häßliches Wort. Wieso sagte der Albatros nicht Mischling oder Kreuzung oder gab sich wissenschaftlich und sprach von Hybriden, warum dieses eine kränkende Wort? Um es mir leichter zu machen, auf O'Neill zu verzichten? Oder war er einfach nur fies?

Ich sagte, ich hätte vielleicht – den Helm noch eine Weile tragend – ein Sperk werden können.

»Ein Helm allein macht noch keinen …«

»Ich versteh schon.«

»Ohnehin sind die Helmzeiten vorbei«, gab der Albatros von sich, dann schwieg er.

Auch ich schwieg. Saß einfach da. Bekümmert. Kraftlos. Nicht einmal froh ob des Gedankens, es könnte Nybråten ärgern, wenn in diesem Käfig jegliche Nachkommenschaft ausblieb. Ich war zu sehr mit meiner eigenen Natur verbunden, dem Bedürfnis nach einer lebenslangen Liebe, einer Liebe, die ihren perfektesten Ausdruck darin fand, Kinder zu bekommen, die Welt reicher zu machen, auch wenn die Pessimisten immer nur von Überbevölkerung sprachen.

Das Wort *Bastarde* hallte durch die Gänge meines Bewußtseins. Mein Herz war kalt und schwer. Ich wurde ganz müde, meine Augenlider fielen herunter, und der Schlaf kam. Der Schlaf und – mit siebenundvierzigtägiger Verspätung – endlich auch wieder der Traum.

27

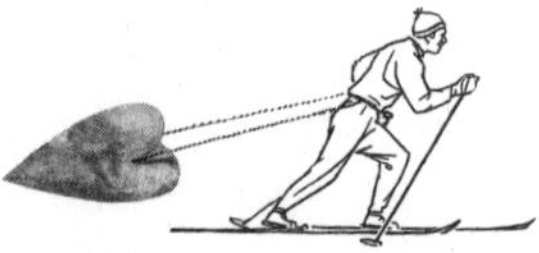

Draußen hell und draußen Oslo. Kein Schnee mehr, der vom Himmel fiel, aber Schnee auf den Straßen, Schnee von gestern, der sich zügig in Wasser verwandelte. Ich lag in einer der ovalen gepolsterten Fensternischen, als ich erwachte. Offensichtlich hatte ich es nicht mehr ins Bett geschafft … Nein, das stimmte nicht. Nachdem Milena gegangen war, hatte ich das Schlafzimmer aus rotem Lack und schwarzem Leder betreten und mir noch gedacht, es würde hier wie in einem von Rolf Benz gestalteten Stundenhotel aussehen. Auch war ich unter die seidene Decke gekrochen, Kreise von Orange und Braun. Aber wie es schien, mußte ich irgendwann in der Nacht schlafwandelnd das Bett verlassen haben, um hinüber ins Wohnzimmer zu einer der »Fensterbänke« zu wechseln und auf ihr den Rest der Nacht zu verbringen.

Und dort war ich nun aus meinem Spatzentraum erwacht. Mir taten die Glieder weh von der gekrümmten Haltung, in der ich geschlafen hatte. Oder doch eher vom Sex auf dem Badezimmerboden? Etwas, dem mein Traumpartner Quimp hatte entsagen müssen, wobei mir bewußt war, um wieviel komplizierter der Geschlechtsverkehr für einen Spatzen war, der ja über keinen klassischen Penis verfügte, mit dem eine vergleichsweise zielgenaue Begattung hätte stattfinden können. Vielmehr war er auf etwas angewiesen, was schon als Begriff fürchterlich klang. Fürchterlich wie das Wort *Bastard*, nämlich das Wort *Kloake*. Also jene Körperöffnung, mittels deren sowohl die Verdauung ihr Ende findet als auch genaugenommen das Leben seinen Anfang nimmt. Und darin das männliche Geschlechtsorgan in Form kleiner Höckerchen steckt, sämtliche »nichtausstülpbar«. Darum hatte der Geschlechtsakt der Sperlinge (so wie der meisten Vögel) etwas Verzweifeltes, da eine Unmenge von Versuchen nötig war, die Kloake des Männchens paßgenau an die Kloake des Weibchens zu pressen, es immer wieder zu unternehmen anzudocken, in der Hoffnung, eine Vielzahl von Manövern würde den gewünschten Effekt zeitigen. Der Eindruck großer Potenz, großer Ausdauer und eines nimmersatten Begehrens war allein der Notwendigkeit geschuldet, fleißig zu sein, wo Faulheit sowenig zum Ziel geführt hatte wie irgendeine bravouröse Trickserei. »Mit links« ging gar nichts im Sex der Spatzen.

Das alles dachte ich. Und wie ungerecht es von der Natur war, Spatzen auf diese Weise ausgestattet beziehungsweise *nicht* ausgestattet zu haben.

»Er hat ohnehin keine Chance bei dieser O'Neill.«

Grandios! Da war sie wieder, die Stimme des Albatros. Nicht einfach nur meine innere Stimme, der ich zuletzt eher scherzweise eine albatrosartige Qualität zugewiesen hatte. Nein, es war wirklich der große Vogel aus Quimps Kopf. Ich erkannte die tiefe, etwas heisere Klangfarbe, den arroganten, spöttischen Ton. Allerdings so, als spreche er aus großer Ferne. Beziehungsweise so, als rede er durch eine dicke Wand.

Ich sagte: »Ich bin da gar nicht so pessimistisch. Quimp hat ziemlich gewonnen in letzter Zeit.«

»Wann soll er denn gewonnen haben?« fragte der Albatros. »In den vergangenen siebenundvierzig Tagen?«

Richtig, das war schon bemerkenswert, daß die Quimpsche Episode der letzten Nacht insgesamt den gleichen Zeitraum in Anspruch genommen hatte, wie der, den ich benötigt hatte, um drei Tage zuvor in einer Schiffskabine zu erwachen. Die Übereinstimmung der Zeitspanne erschien mir jedoch logisch, das schon, denn weil Quimp außerstande gewesen war zu träumen, war meine eigene Existenz wie ausgelöscht gewesen. Erst als Nybråten die traumverhindernde Maßnahme beendet hatte, war Quimp wieder in der Lage gewesen zu träumen. Auf diese Weise war ich auferstanden.

Wenn das so stimmte, war es ganz schön erschreckend. Wie sehr nämlich mein Lebendigsein von der Traumfähigkeit eines Spatzentiers abhängig war. Einerseits. Andererseits fragte sich, wieso ich nicht erst heute, sondern bereits vor drei Tagen erwacht war. Und wieso auf dem Weg nach Oslo.

Ich fand, das war eine Frage, die ich dem Albatros stellen konnte, wenn er schon meinte, nun auch mir auf die Nerven gehen zu müssen.

Der Albatros sagte: »Entscheidend ist doch, daß die Zahl der Tage stimmt. Ich möchte es so ausdrücken: Der Zug des Lebens fährt immer gleich lang. Dabei hat er manchmal Verspätung. Und ist manchmal zu früh. Doch eine Woche dauert immer eine Woche, und ein Tag hat immer vierundzwanzig Stunden. Es stimmt nämlich nicht, was die Leute meinen: Im Traum vergehe die Zeit schneller. Schneller als was? Allerdings gibt es Verschiebungen, ebender Züge wegen, zu deren Natur es gehört, sich zu verspäten oder zu früh dran zu sein.«

Ich entgegnete, nur von Zügen zu wissen, die sich verspäten, aber nicht verfrühen.

Der Albatros darauf: »Das einzige, was es nicht gibt, sind pünktliche Züge. Aber weil viele Leute immer zu spät dran sind, ohne sich das einzugestehen, halten sie die Züge, die zu früh kommen – und das sind ebendie, die sie dann erreichen –, für die pünktlichen. So ist das.«

»Ich weiß nicht«, sagte ich skeptisch.

Der Albatros antwortete: »Auch wenn man etwas nicht weiß, es geschieht trotzdem. Es mag sein, daß nur Dinge existieren, die wir beobachten, aber ganz sicher existieren sie auch dann, wenn wir sie nicht verstehen.«

Da hatte er wohl recht. Dennoch wich ich aus, indem ich fragte: »Sag mal, was anderes, hast du eigentlich einen Namen? Du bist immer nur *der Albatros.*«

»Ja, genau der, den du verdienst.«

War es wirklich so wie bei den Bürgern, die die Politiker bekamen, die sie verdienten? Gab es ernsthaft eine Wahl? Oder war es in Wirklichkeit nur die Wahl zwischen Möhren und Karotten, wenn ich das als Spezialist fürs Österreichische so ausdrücken durfte?

Übrigens, ich hatte mich in Vogelfragen ein wenig kundig gemacht und im Internet nachgeforscht, weshalb ich nun auch sagen konnte: »Du hast bei alldem gut reden. Albatrosse werden im Vergleich zu Spatzen steinalt.«

»Ich werde sowieso steinalt«, gab er zurück und spielte auf seine angebliche Fähigkeit an, den »Wirtskopf« zu wechseln.

»Mag ja sein«, sagte ich und grinste, »aber du bist keine Ente.«

»Natürlich bin ich keine Ente.« Er war hörbar irritiert.

»Das sind nämlich die«, erklärte ich, »die über einen ausstülpbaren Penis verfügen. Anders als die Albatrosse, habe ich recht?«

»Menschen«, gab der Albatros zurück, »überschätzen dieses Thema gewaltig. Ihre Fixierung auf den Sex ist ihre Krankheit. Je weniger sie davon haben, um so mehr reden sie darüber.«

So gelassen er sich gab, bemerkte ich, wie er sich noch während des Satzes weiter zurückzog. Weiter hinter die dicke Wand. Ich dachte mir: »Okay, damit also kann man ihn verscheuchen.«

Ich rutschte von der Fensterbank herunter, streckte meine Glieder, begab mich in die Senkrechte, vollbrachte meine obligaten dreißig Liegestütze – sehr langsam, präzise, gleichmäßig, den Brustkorb schonend, die Überdehnung scheuend –, dann wechselte ich ins Badezimmer und machte einen gewaschenen und rasierten Mann aus mir. So gereinigt, griff ich nach meiner kleinen Pillendose und schluckte jenes Medikament, das meinem Immunsystem schon so lange half, eine gewisse xenophobe Tendenz einzudämmen. Nicht allzu aktiv zu werden ob des Spenderherzens in meinem Körper, ob des »Fremden«. (Allerdings ein Medikament, das mir in den siebenundvierzig Tagen meiner »Pause« nicht abgegangen zu sein schien.)

Von draußen, von der Stiege her, vernahm ich die Stimme Milenas: »Frühstück!«

Ich öffnete die Türe einen Spalt und versprach, gleich hochzukommen. Dabei erhaschte ich einen Blick auf Milena, wie sie da auf den Stufen stand. In einem baumwollenen, gelbgrauen Sportanzug. Das silberblonde Haar zu einem Zopf zusammengebunden. Ihr Gesicht glänzte wie diese alten Gemälde, von denen man immer nur einen bestimmten Teil erkennt und die man immer betrachtet, als schaue man um die Ecke. – Ich überlegte, welche Sportart zu Milenas Erscheinung am besten passen würde. Und dachte: Speerwurf. – Keine Frage, eine Speerwerferin liebt am meisten ihren Speer. Gleich nach dem Speer kommt aber ein Mann oder eine Frau, die am ehesten an die Gestalt und Eleganz eines Speers heranreichen.

Um eine solche speerartige Eleganz bemüht – grauer Anzug, weißes Hemd, das Haar glatt nach hinten gekämmt –, stieg ich nun die Wendeltreppe hoch und gelangte in den Penthousebereich des Gebäudes. Durch eine breite Glasfront sah man den Oslofjord. Aus einer Wolkenlücke brach ein Streifen Licht. Vier Personen saßen um einen Glastisch, darauf ein Frühstück. Eine kleine, dicke, beschürzte Frau servierte. Ich fragte mich sofort, welche Rolle sie wohl auf der anderen Seite spielte. Das fragte ich mich neuerdings bei jedem, dem ich begegnete, und ob der Betreffende sich der »Zweischneidigkeit« seines Daseins bewußt war. Der zweiten Auflage seines Dramas.

Vor allem aber erstaunte mich, daß Sterlitz und der Parachutist mit Nybråten und Milena zusammensaßen. Ich mußte überhört haben, wie Nybråten am Vorabend meine Sekretärin und ihren Partner für den nächsten Tag eingeladen hatte.

»Na, kommen Sie, lieber Kommissar«, winkte mir Nybråten und wies auf den fünften Stuhl am Kopfende.

Ich nahm Platz. Die kleine, dicke Frau erschien mit einer Kanne in der Hand und erkundigte sich: »Káva?«

Ich nickte in der Vermutung, sie frage mich, ob ich Kaffee wolle (und nicht etwa das spannungslösende Getränk aus Teilen der Kavapflanze). War mir aber unsicher, ob sie soeben Slowakisch oder Norwegisch gesprochen hatte.

Sie schenkte ein – jawohl, schwarzen Kaffee – und verschwand.

Ich süßte und milchte und nippte an meiner Tasse und hörte Nybråten zu, der sich mit Sterlitz … einen Moment war ich verwundert, daß die beiden über Staubsauger sprachen, über eine neue Generation, die demnächst auf den Markt kommen sollte. Begriff dann aber den Grund, als nämlich der Begriff »Invisible Helpers« fiel, womit jene kleinen Putzteufel aus dem Nelson-Konzern gemeint waren, die Staub fraßen, wo kein Staubsauger hinreichte.

Sterlitz berichtete, zwei Jahre zuvor Aktien dieses Unternehmens erstanden zu haben, als deren Kurs im Zuge des mysteriösen Todes des Firmengründers für kurze Zeit gefallen war. – Das konnte nur gelogen sein. Außer sie meinte ihre Vorgängerin und Traumpartnerin, bei der ich mir aber einen Aktienkauf nicht so richtig vorstellen konnte.

Jedenfalls erklärte sie: »Ich gebe es zu, es waren die romantischen Umstände des Todes, die mich zu diesem Kauf motiviert haben, gar nicht so sehr der günstige Preis. Ich bin wie die, die auf ein Pferd setzen, weil sein Name so hübsch ist.«

»Fanden Sie Nelsons Tod hübsch?« fragte Nybråten und griff nach einer mit Paprika gefüllten Olive, die er wie einen farbigen Zeppelin zwischen zwei Fingern hielt.

Sterlitz antwortete: »Ein sehr viel älterer Mann, der mit einer sehr viel jüngeren Frau in den Tod geht ... nun, das hat etwas von einer erlesenen Leidenschaft. – Jetzt ist es aber so, daß ich, wenn ich heute die Aktien verkaufen wollte, einen beträchtlichen Gewinn erzielen könnte. Und es fragt sich ja wirklich, ob es nicht besser wäre, sie bald abzustoßen. Bevor irgend etwas auf der Welt geschieht, was dem Vertrieb hochmoderner Staubsauger und kleiner unsichtbarer Helfer schaden könnte. Weil die Leute vielleicht demnächst andere Sorgen haben als Sauberkeit noch in der hinterletzten Ecke.«

Ich verstand, was Sterlitz hier tat. Sie testete Nybråten. Sie versuchte, ein Loch zu bohren.

Er blieb allerdings ungerührt. Erklärte, auch er habe damals Aktien des Konzerns erstanden, den günstigen Kurs genutzt und in ein gesundes Unternehmen investiert, dessen Ansehen unter dem angeblichen Selbstmord ihres Firmengründers und damit verbundenen Gerüchten kurzfristig gelitten habe. Er sagte: »Ich würde sehr davon abraten, die Aktien jetzt zu verkaufen, trotz des vergleichsweise hohen Standes. Da ist noch Luft nach oben. Vor allem wenn die Nelson-Leute anfangen, manche Modelle so billig auf den Markt zu bringen, daß auch die, bei denen es immer drekkig ist, sich überlegen, so was zu kaufen. Wenn selbst die armen Schweine sich das Saubersein leisten können.«

»Und wer putzt bei Ihnen?« fragte Sterlitz und schwenkte ihren Blick über den glänzenden weißen Kunststoffboden, der so glatt und sauber und spiegelnd war, daß ein einzelnes Staubkorn darauf wohl einen agoraphobischen Anfall erlitten hätte.

»Mensch *und* Maschine«, antwortete Nybråten. Und erklärte, sich kaum vorstellen zu können, daß einmal die Maschinen allein den Haushalt erledigen würden. Nicht einmal das Putzen der Toiletten würden die Menschen jemals den Maschinen ganz überlassen. Wer das bezweifle, solle nur überlegen, wie viele Geräte im Dienste des Hausarbeit in den letzten hundert Jahren erfunden worden seien und wie sehr die Menschen trotzdem immer noch unter der Last haushälterischer Tätigkeit stöhnen. »Wir haben die Waschmaschine und die Geschirrspülmaschine, und trotzdem leiden wir unter Bergen von Wäsche und Geschirr. Wir leiden gerne. Wir brauchen das. Wir haben in den ersten wohnlichen Höhlen angefangen zu leiden und wollen in unseren Doppelhaushälften und Einfamilienhäusern nicht damit aufhören.«

»Sie meinen, die Frauen wollen nicht aufhören«, sagte Sterlitz, die freilich in ihrer anderen Welt auch keine große Küchenmamsell gewesen war.

»Die Frauen«, sagte Nybråten, »leiden einfach lieber. Lieber und besser. Aber Sie täuschen sich, wenn Sie glauben, ich verstünde es nicht, einen Geschirrspüler einzuräumen.«

»Und stauben Ihre Gemälde selbst ab, nicht wahr?« äußerte Sterlitz und lächelte in der Art einer Rosenschere.

»Würde ich es tun, es würde keinen besseren Menschen aus mir machen. Aber sehen Sie, Frau Licko, meine Haushälterin wäre ehrlich beleidigt, würde ich anfangen, den Boden eigenhändig zu schrubben. Oder das Besteck einzuräumen. Sie würde denken, ich sei unzufrieden mit ihr. Bin ich aber nicht, ganz im Gegenteil. –

Würden Sie einem Maler beim Malen dazwischenfahren? Kaum. Ich wäre ein Banause, mischte ich mich in Frau Lickos Arbeit ein. Und ich wäre ein Banause, würde ich sie für ihre ausgezeichnete Arbeit schlecht bezahlen. Das Unglück im Haushalt ist ja nicht die Frage, ob Männer oder Frauen sich darin betätigen, sondern wie wenig die meisten dafür bekommen. Wenn überhaupt etwas.«

Das erinnerte mich an eine frühere Bemerkung Nybråtens, als er auf dem Schiff gemeint hatte, wie wichtig es sei, ein ordentliches Trinkgeld zu bezahlen, und wie dumm, sich ständig mittels Geiz Feinde im Personal zu schaffen.

Licko also. Doch auch jetzt blieb ich unsicher, ob das ein norwegischer oder slowakischer Name war.

Milena und der Parachutist hatten zum Thema häuslicher Arbeiten nur insofern etwas beizutragen, als sie ihre weichen Eier öffneten und Brote schmierten, wobei die Art, wie Milena ungemein dünne, schleierhafte Schichten von der Oberseite des Butterquaders auf ihr Messer aufzog und sodann auf die plane Fläche der Brotscheibe mehr ablegte als aufstrich, einer spirituellen Praxis gleichkam. Als ginge es darum, einen symbolischen Leib zu betten.

Ich hätte sie gerne ersucht, mir ein solches »gesegnetes« Butterbrot zu schmieren, sagte freilich nichts, sondern versuchte, das Gespräch wieder auf Nelson zu bringen, indem ich Nybråten ganz offen fragte, ob er noch wisse, wie ich bei unserem ersten Treffen in der Schiffsbar über den Unfall und Tod des großen Erfinders gesprochen hatte.

»Stimmt«, tat Nybråten so, als fiele es ihm erst jetzt wieder ein, »Sie erzählten davon, den alten Fall neu aufzurollen. Und deshalb nach Belfast zu wollen, nun allerdings auf einem Schiff nach Oslo aufgewacht zu sein, was nur bei großzügigster Auslegung auf dem Weg liegt. – Woran ich mich jetzt aber nicht erinnern kann: Wieso nach Belfast?«

»Es gab einen Hinweis.«

»So kryptisch?«

»Die junge Frau«, sagte ich, »die man ebenfalls tot im Wagen fand und von der es hieß, sie sei die Geliebte Nelsons gewesen, hat eine letzte schriftliche Notiz hinterlassen. Wenn Sie so wollen, ein Testament, in der Tat äußerst kryptisch. Einen Namen. Den Namen eines Hochhauses, das gar nicht existiert. Zumindest nur als Plan.«

Klar, das alles wußte Nybråten. So wie er von einem Vogel auf der anderen Seite wußte, von Sperks, von Rüstungen, von der Möglichkeit des Wischens. Doch er gab jetzt vor, das erste Mal von diesem Hochhaus zu hören, als hätte nie ein illegales Pokerspiel stattgefunden, das mir einen Schuldschein beschert hatte, der da fortgesetzt in meiner Brusttasche steckte. Und als ginge ihn, Nybråten, das alles nur insofern etwas an, als er mir seine Großzügigkeit beweisen konnte.

Er erkundigte sich: »Wollen Sie noch immer nach Belfast?«

Ich nickte. »Am besten heute noch.«

»Gut«, sagte Nybråten. »Wir kümmern uns um ein Flugticket. Grace macht das.«

Ich staunte: »Sie wollen mich wirklich in Belfast haben?«

»Ich wüßte nicht, wieso mir das schaden sollte.«

Nun, vor allem stellte sich die Frage, inwieweit es mir selbst nützen sollte. Immerhin war meine alte Frau Sterlitz bereits vor Ort gewesen, um sich vom Nichtvorhandensein des *Aurora Building* zu überzeugen. Aber ich war nun mal in dieser ganzen Geschichte zum Getriebenen geworden, zu jemand, der sein Heil in der Bewegung suchte. Und ich hoffte, die Bewegung würde mich an die richtige Stelle und in die richtige Situation befördern. Nicht auszuschließen, daß ich mich in Wirklichkeit im Inneren eines Laufrads befand – und Spatzenwelt und Blindwelt bloß die beiden verschiedenen Laufrichtungen darstellten –, wenn ich aber schnell genug lief und wenn Quimp schnell genug lief, beziehungsweise flog und wenn wir beide den höchsten Punkt erreichten, würden wir in der Lage sein, uns an diesem einen Punkt zu treffen. Traumpartner mit Traumpartner. Hoffentlich geschickt genug, nicht gleich auf fatale Weise zusammenzustoßen. Zusammenstoß war eine unglückliche Form der Umarmung.

Ich nahm also Nybråtens Angebot an, mir einen Flug buchen zu lassen. Beziehungsweise ihn von Grace buchen zu lassen. Grace, die meine Milena war und der ich ein Zeichen gab, indem ich Zeigefinger und Mittelfinger zu einem V anhob, nicht aber das Victory-Zeichen meinte, sondern sie aufforderte, nicht bloß *ein*, sondern *zwei* Tickets zu besorgen. Für mich *und* sie. Es mochte kindisch anmuten, mit ihr flüchten zu wollen, aber die Vorstellung, sie dabeizuhaben, wenn ich nach Belfast ging, erschien mir so viel besser. Wobei mein eigentliches Ziel gar nicht mehr Belfast war, sondern natürlich Cushendun.

Genau davon berichtete ich Sterlitz, als wir uns zu zweit für einen Moment hinaus auf die Terrasse begaben, angeblich des herrlichen Ausblicks wegen.

»Cushendun, nie gehört«, sagte sie.

»Na ja, ich habe das eigentlich nur aus meinem Traum. Aber wenn man nachsieht: Den Ort gibt's auch bei uns.«

»Alle Orte gibt es da wie dort.«

»Mit gewissen Abweichungen allerdings«, wandte ich ein.

»Natürlich. Die Abweichungen dienen dem Gleichgewicht und der Anziehung. Wären die Welten vollkommen identisch, sie wären so glatt, daß sie voneinander abgleiten und davondriften würden. Die Unterschiede aber, das sind die Elemente, die jeweils in die Lücke auf der anderen Seite passen. So entsteht eine Verbindung. Zwischen einem Hochhaus, das es gibt, und einem, das es nicht gibt.«

»Wissen Sie eigentlich von den Sperks in der Welt drüben?«

»Was soll das sein?«

»Spatzenkrieger. Vögel, die sich bewaffnet haben und die über eine perfekte Rüstung verfügen. Und die genau in diesem Hochhaus untergekommen sind.«

»Haben Sie das aus einem Comic?«

»Nein, ich habe es von einem Spatzen.«

»Aha, Sie reden mit einem Spatzen?«

»Nein, ich träume, ich wäre einer. Wenn ich also drüben bin.«

»Ach so! So einer sind Sie.«

»Was soll das jetzt heißen?« beschwerte ich mich.

»Na, halten Sie das für normal?«

»Und Sie?«

»Ich bin drüben eine Frau und hier eine Frau. Mit Unterschieden, das schon, aber diese Unterschiede sind moralischer und ästhetischer Natur. Dieselbe Frau, die sich einmal für schöne und einmal für häßliche Schuhe entscheidet.«

»Frau Sterlitz hat nie häßliche Schuhe getragen«, verteidigte ich meine alte Sekretärin.

»Sie haben ihre Schuhe doch gar nie angeschaut.«

»Unauffällig muß nicht häßlich sein«, erklärte ich, und das meinte ich auch so. Ließ dabei nicht unerwähnt, daß des Parachutisten Begeisterung schließlich bereits der »alten« Frau Sterlitz gegolten hatte.

»Natürlich«, lachte mein Gegenüber. »Und dafür bin ich ihr sehr dankbar. Aber Sie müssen schon erkennen, daß der Spaß, den ich und Para haben, eine ganz andere Qualität hat, vor allem körperlich. Ich weiß, wovon ich rede, schließlich träume ich ja jede Nacht von dem öden Leben, das die Frau führt, deren Schuhe Sie verteidigen.«

»Nicht eigentlich die Schuhe …« Ich unterbrach mich und fragte Sterlitz, was sie nun vorhabe.

»Ich bin hier im Urlaub, schon vergessen? Zwei Tage noch, die ich mit Para genießen will, bevor wir zurückfliegen. Zu Hause wartet stupide Büroarbeit auf mich, aber auch die Fortsetzung eines erfreulichen Privatlebens. – Und falls Sie wieder verschwinden, Herr Blind, weiß ich wenigstens, wo ich nachschauen muß.«

Das erinnerte mich daran, ihr darzulegen, meine lange Absenz würde möglicherweise mit einer siebenundvierzigtägigen Traumunfähigkeit jenes Spatzen namens Quimp zusammenhängen, mit dem ich traummäßig verbunden sei. Obgleich das nur eine Theorie sei.

»Gefällt mir, die Theorie«, sagte Sterlitz und meinte, sie stelle es sich recht heilsam vor, mal einige Zeit ohne Träume auszukommen.

»Nicht für den«, versicherte ich, »der in diesem Traum steckt. Das kann ich Ihnen verraten. Als ich auf dem Schiff erwachte, habe ich mich gar nicht frisch gefühlt.«

»Manche Männer«, verkündete Sterlitz kokett, »brauchen auch

gar nicht frisch auszusehen, um attraktiv zu sein. Manche Männer wirken müde viel besser.«

War das ein Kompliment?

Während ich mich das noch fragte, bemerkte ich eine Bewegung. Den raschen Flug eines kleinen Körpers. Und dachte auch gleich an ein Projektil. Aber so klein war die Kugel gar nicht. Zudem flog sie mindestens zwanzig Meter an uns vorbei.

»Haben Sie das gesehen?« fragte ich.

»Was denn?«

»Den Ball. Dort drüben.« Ich zeigte in Richtung auf die Uferpromenade. »Ein Golfball, denke ich.«

»Dann fehlt nur noch ein Golfplatz«, merkte Sterlitz an. »Aber gut, es soll Leute geben, die von Dach zu Dach spielen.«

In der Tat, an dieser Stelle war wirklich nicht das Gelände für einen Golfplatz. Auch hatte ich den Ball ja nur aus dem Augenwinkel heraus wahrgenommen. Einen weißen Ball vor hellem Himmel. Und doch war ich mir fast sicher.

Sterlitz meinte, ich solle mir wegen eines Balls nicht den Kopf zerbrechen. Dann ging sie wieder nach drinnen. Ich blieb noch eine Weile stehen, dachte nach. Stimmt, Golf war *meine* Sportart. Und auch diesen Umstand verdankte ich – wie die Kenntnis vieler Opern – meiner Mutter. Ich war zehn gewesen, als sie mich das erste Mal mitgenommen hatte. Man kann nicht sagen, daß meine Mutter reich war. Sie war unglücklich, nachdem mein Vater sie und uns verlassen hatte. Und auch wenn das jetzt merkwürdig klingt, aber ich denke, weil sie unglücklich war, fing sie mit dem Golf an. Es war etwas an diesem Abschlagen des Balls und diesem kurzfristigen Füllen einer kleinen Vertiefung in der Erde, was sie zutiefst befriedigte. Vor allem aber unter Leuten zu sein, die sich diesen Sport leisten konnten. Unter denen sie sich zu Hause fühlte.

Immerhin verfügte meine Mutter über ein moderates Erbe ihres Vaters, an das mein Vater nie herangekommen war. Und weil wir in vielem eher bescheiden lebten – kein Auto, eine kleine Wohnung, eine öffentliche Schule, Ferien auf dem Lande, und zwar dort, wo das Land nahe war –, reichte das Geld für andere

Dinge. Dinge, die meine Mutter als ihr »Parfüm« bezeichnete; das Golfen und der Besuch einer Oper waren ihr Parfüm. Und natürlich die »Ausrüstung«, die man für derlei Tätigkeiten benötigte. Zumal damals, wo das eine wie das andere noch sehr viel mehr den Geruch des Elitären besaß. Wenn ich allerdings in der Schule erzählte, ich ginge zum Golfen, dachten alle an Minigolf, sosehr ich mich bemühte, sie aufzuklären. Aber sie dachten ja auch, meine Müdigkeit an manchen Tagen käme vom langen Fernsehen und nicht von den langen Opern.

Ich verfügte durchaus über ein Talent für diese Art der Ballbeförderung. Sehr viel mehr als für jene Ballsportarten, bei denen die Bewegung des Balls ständig behindert wurde durch die vielen Füße und Hände konkurrierender Gruppen und Personen. Fußball, Volleyball, selbst noch Tennis, in all diesen Sportarten erschien mir der Ball ein entwürdigter Gegenstand. Golf hingegen bestätigte die eigentliche Natur des Balls. Allerdings, was ich am Fußball tatsächlich am wenigsten mochte, waren die schreienden Väter am Spielfeldrand. Sie erinnerten mich daran, daß mein eigener Vater fehlte.

Golf also. Ein Sport ganz ohne schreiende Väter. Ein Sport gewissermaßen im Vorfeld der Oper.

Ich besaß einen schönen Schwung. Etwas Steifes und Festes innerhalb der elastischen Bewegung des Durchschwingens. Zudem eine gute Nase für Wind und Gelände. Eine kindliche, dann jugendliche und schließlich erwachsene Freude an der gebändigten Landschaft. Ich wurde ein ziemlich guter Golfspieler und war eine Zeitlang Topamateur, bevor dann eine gewisse Schwäche eintrat. Die aber keinen körperlichen Hintergrund besaß, sondern einen geistigen; man könnte sagen, ich begann, mich zu verlieren. Meine Schläge hatten weiterhin Kraft und Tempo und landeten auch nicht ständig außerhalb der Bahnen. Aber was ihnen nun fehlte, war der alte Zug zum Loch. Eher haftete ihnen eine gewisse Genügsamkeit an, eine Zufriedenheit mit sich selbst. Natürlich fand ich auch weiterhin ins Ziel, aber es dauerte eben länger, bis ich zum Grün gelangte und erst in unmittelbarer Nähe des Lochs dessen starke Anziehungskraft spürte.

Dennoch war mir ein vorbeifliegender Golfball auch hier in Oslo, abseits jeglicher dafür geeigneten Abschlagsplätze, nicht ganz gleichgültig. Zudem mußte ich daran denken, wie sich Quimp manchmal erinnerte – allerdings nur verschwommen –, in seinen frühen Träumen auf Golfplätzen gestanden zu haben.

Ich wartete noch ein wenig. Aber kein zweiter Ball folgte. Endlich ging ich zurück zu den anderen.

Zwischenzeitlich hatte sich Milena um mein Ticket gekümmert. Der Fahrer – auch er trug den Namen Licko, so daß ich mich fragte, ob er eher der alte Sohn der Haushälterin oder doch deren junger Ehemann war – würde mich um vierzehn Uhr zum Flughafen bringen. Da sämtliche Linienverbindungen nicht ohne einen Zwischenhalt auskamen, entweder über London oder Amsterdam führten, war mir ein Platz in einem Privatjet reserviert worden, der an diesem Nachmittag direkt nach Belfast flog.

»Um Gottes willen«, sagte ich, als ich mit Milena allein in einem Durchgang zwischen zwei Räumen stand, »dieser Flug wird von meiner Polizeibehörde bezahlt. Da kriege ich Probleme, wenn ich denen so ein Luxusticket vorlege.« (Denn, wie gesagt, mein Urlaub war aufgebraucht, die Fortsetzung meiner Reise dienstlich.)

»Braucht dich nicht zu kümmern, du fliegst umsonst«, versprach Milena. Und erklärte: »Nybråten ist befreundet mit dem Chef der Chartergesellschaft.«

»Mit wem ist er nicht befreundet?«

»Mit seinen Feinden«, sagte Milena.

Ich griff nach ihrer Hand. Sie wich zurück.

»Später«, sagte sie.

Was später? fragte ich mich. Später am Tag? Später im Leben? Später in einem anderen Leben?

Jedenfalls ließ sie mich stehen.

Kurz darauf verabschiedeten wir uns alle. Nybråten hatte einen Geschäftstermin, Milena ging zum Yoga, und Sterlitz und Para brachen auf, um hinüber auf die Halbinsel Bygdøy zu fahren und das Kon-Tiki-Museum zu besuchen.

Ich schaute ein letztes Mal hinüber zu Nybråten, der mit der Leichtigkeit des tanzenden Bären in seinen Wintermantel schlüpfte. Alles, was er tat, hatte etwas von der Akrobatik starker Männer und starker Tiere, wie sie früher auf Jahrmärkten aufgetreten waren.

Ich ging wieder hinunter in die Gästewohnung und rief Dr. Arntz an, um ihm zu berichten, noch heute den Weg nach Belfast anzutreten. Nicht auf Staatskosten.

»Sondern?«

»Eine private Möglichkeit«, verriet ich, verriet aber nicht, daß ich diese Möglichkeit den Kontakten eines Waffenhändlers verdankte.

Dr. Arntz kündigte an, die Kollegen in Belfast zu benachrichtigen.

»In Ordnung«, sagte ich, »aber sobald ich in Belfast bin, werde ich weiter nach Cushendun fahren.«

»Wohin bitte?«

»Ein kleiner Küstenort im Norden.«

»Und wieso?«

Was sollte ich sagen? Von Spatzen konnte ich schwerlich reden. Ich erklärte: »Eine neue Spur.«

Man konnte geradezu hören, wie sich Dr. Arntz am Kopf kratzte. Als versuche er, mit einem Fingernagel ein Geduldszeichen in seine Schläfe zu ritzen.

»Also gut«, sagte er, »Sie melden sich. Und seien Sie so gut, mir bald mal etwas Handfestes zu liefern. Sie müssen verstehen, Blind ...«

»Versprochen!« Ich sagte es laut.

Rückkehr

28

Was ist wahrer Luxus? Jetzt einmal abgesehen vom Luxus, auf den Luxus verzichten zu können, was im Endeffekt nur für Heilige eine Alternative ist oder für jene Leute, die schon einmal reich waren, jedoch vom Reichsein nicht so recht glücklich wurden. Für die anderen aber, ob sie nun einmal im Jahr auf den Seychellen Urlaub machen oder sich einmal im Leben ein Bram-Stoker-Autograph leisten, für all die besteht der wahre Luxus darin, sich nicht anstellen zu müssen. Denn sosehr Warteschlangen als ein Phänomen der Staaten des ehemaligen Ostblocks gelten, sind sie doch ein typischer Ausdruck des modernen westlichen Lebens. Ich will nicht sagen, daß man als Kommissar ohne jegliche Bevorzugung bleibt, geschieht ein Mord, geschieht ein Attentat, so darf man auch mal auf dem Pannenstreifen durchrasen … aber es passiert halt nicht immer ein Mord, der einem quasi den Weg ebnet. Auch einem Polizisten kommt immer mal wieder eine Schlange in die Quere: eine enervierende Ansammlung Wartender vor Postschaltern oder Supermarktkassen, vor den Ausgabetheken von Nespressokapseln, vor dem Eingang in Sportstadien und Schwimmbädern und vor allem – ganz schlimm! – in Arztpraxen. Vorfahrt haben dort eigentlich nur die, die gerade am Sterben sind.

Daß in der deutschen Sprache jenes schlängelnde Kriechtier, welches die Erbsünde auslöste, als Synonym für aufgereihte Menschen gilt – die einzig durch das gleiche Elend verbunden sind –, ist ganz sicher kein Zufall.

Wahrer Luxus besteht aus der Umgehung einer Warteschlange.

Und genau das erlebte ich nun, privilegiert durch meine Bekanntschaft mit Nybråten, der seine Hände in so vielen Unternehmungen zu haben schien, ohne daß richtig klar wurde, womit er sein Geld verdiente. Was mich daran erinnerte, über keinen einzigen Beweis für die Waffengeschäfte Nybråtens zu verfügen, weder war mir sein Name zuvor bekannt gewesen, noch hatte eine rasche Anfrage in meiner Dienststelle und bei Interpol zu einem Ergebnis geführt. Nybråten galt als Förderer der schönen Künste, der schönen Frauen (sechsmal verheiratet), sogar schöner Sportarten, spendete für diverse Zoos (in Wien war ein Gehege nach ihm benannt worden, angeblich im Robbenbereich), nicht zuletzt schien er sogar ein Förderer der katholischen Kirche, indem er den Umbau und Anbau einer kleinen, aber architektonisch herausragenden Pfarrkirche maßgeblich finanziert hatte. All das war bekannt, aber kein einziger Waffendeal, obgleich er natürlich bereits angedeutet hatte, sehr spezielle Gerätschaft an sehr spezielle Kunden zu verkaufen und im Grunde eine Illegalität zu praktizieren, die etwas Unsichtbares hatte. – Mir kam aber noch ein anderer Gedanke. Was, wenn Nybråten mir gegenüber nur so tat, als wäre er ein Krimineller? Der Nybråten in der Spatzenwelt war definitiv ein Killer, er hatte im Labor der Totalisten ein Blutbad angerichtet, um an die Spatzen und damit an die Spatzenrüstung zu gelangen, doch der Nybråten in meiner Welt … Stimmt, er hatte gepokert, ungesetzlich, ich aber auch, und Pokern war nun mal kein Waffenhandel, auch wenn diese Karten ebenfalls eine Menge Unglück unter die Menschen und in die Familien der Menschen brachten (und es recht bezeichnend erscheint, wenn eine Kugel und eine Spielkarte eine Traumpartnerschaft lebten).

Ich war ein wenig berauscht von der Vorstellung, Nybråten *spiele* mir gegenüber bloß den Waffenhändler. Der Gedanke kam mir, während ich in seiner Limousine saß und von Herrn Licko zum Flughafen gebracht wurde. Wobei der Luxus nicht nur aus dem geräumigen Fond des Wagens bestand, sondern auch dank der Stille, die ein schweigender Chauffeur mit sich bringt.

Ein Luxus, der nun noch beträchtlich zunahm, als ich bei der Ankunft am Osloer Flughafen nicht das übliche Prozedere des

Check-ins, der Kontrollen und aus den Kontrollen erwachsenden Anhäufungen auf mich zu nehmen hatte, sondern an einem gänzlich schlangenlosen Durchgang nur kurz meinen Polizeiausweis vorzeigte, den ich in der inneren linken Brusttasche trug. Während in der äußeren Brusttasche der Schuldschein steckte. Die beiden »Dokumente« befanden sich somit Rücken an Rücken, durch eine Schicht feinen Gewebes voneinander getrennt. Duellisten auf der Höhe meines Herzens.

Ich wurde von einer freundlichen jungen Dame empfangen, die mich in eine spezielle Lounge führte, wo ich dann ganz alleine saß, bedient von einem freundlichen jungen Mann, der über eine bestens ausgestattete Bar verfügte. Er fragte mich, was er mir servierе dürfe. Woraufhin ich mir den Spaß erlaubte, einen *Song of a person with no regret* zu bestellen, ohne ernsthaft zu glauben ... Er aber nickte kurz und ging daran, mehrere Flaschen vom Regal zu holen und hinter dem weißen Bord seiner Theke die üblichen alchimistischen Handlungen – abmessen, schneiden, pressen, stoßen, löffeln – vorzunehmen. Schließlich hob er den gefüllten Shaker hoch und schüttelte das verschlossene Gefäß mit einer kraftvollen Gleichförmigkeit, wie jemand, der alles Böse derart geschickt durcheinanderwirbelt, damit in Summe etwas Gutes herauskommt. Dann schenkte er ein, kam herüber und stellte das gefüllte Glas vor mich auf den niedrigen Tisch. Mattgrün-sämig. Ich probierte. Keine Frage, eindeutig ein *no regret*, wobei ich im Unterschied zum Vorabend einen Kokosgeschmack erlebte, bei dem das *freigebissene* Bountystück doch noch einige Streifen der Schokoladenhülle aufwies. Womit ich nicht sagen will, der Cocktail schmeckte schlampig. Wirklich nicht.

Ich sagte: »Ausgezeichnet! Danke!«, rutschte tiefer in das Sitzmöbel und entspannte mich. Ohne Zeitung, ohne Nachrichten, ohne Gespräch. In den Alkohol versunken. – Erstaunlich, wie schnell man zum Trinker werden konnte. Wogegen sich mein Arzt, meines implantierten Herzens wegen, vehement ausgesprochen hätte. Doch mein Arzt war weit weg, auch konnte ich mich kaum noch an ihn erinnern: ein Mann in einem Sessel, der vor dem Leben warnte.

Fast schlief ich ein. Einen Moment lang meinte ich, Quimps kürzlich geheilte Flügel zu spüren, sein Bedürfnis, sich in die Lüfte zu erheben, wäre da nicht ein Käfig im Käfig gewesen; nicht zu sprechen von seinem Bedürfnis, sich auf die Generälin zu stürzen, wäre da nicht der Keuschheitsgürtel ihrer Ablehnung gewesen – dieser Blick des Angewidertseins (auch wenn Quimp sich einredete, O'Neill würde sich zu diesem Blick zwingen, ihn als Ausweg aus dieser schwierigen Situation empfinden).

Aber ich wurde geweckt, bevor ich richtig einschlief. Mein Handy läutete. Weil es das so selten tat, erschrak ich. Auch wegen der gleichzeitigen Vibration. Das hatte schon etwas sehr Lebendiges an sich. Ein Schnurren, in dem auch etwas Drängendes, Verlangendes steckte: ein Hunger.

Ich holte das Ding aus meiner Sakkotasche. Ich hatte mit einem Anruf von Arntz oder Sterlitz gerechnet. Nicht aber mit einer mir unbekannten Nummer. Dennoch hob ich ab.

»Ja?«

»Hier spricht Frederik.«

»Hey, woher hast du meine Nummer?«

»Na, die haben Sie mir doch gegeben.«

»Wirklich?«

»Woher sollte ich sie sonst haben?«

»Du hast sicher deine Möglichkeiten, oder?« Halb meinte ich es ernst, um so mehr, als ich mich wirklich nicht erinnern konnte, ihm meine Nummer aufgeschrieben zu haben. Allerdings war mein Erinnerungsvermögen in diesen Tagen etwas eingeschränkt. Um es in der Sprache des Golfs zu sagen: Ich war mir nicht immer sicher, auf welchem Loch ich gerade spielte.

Ich fragte den Jungen: »Wo bist du denn gerade?«

»Na, hier in Oslo natürlich. Mit meinen Eltern, im Museum. Da ist so ein Bild von einem Maler, der gemalt hat, wie einer schreit. Meine Eltern sind ganz verrückt nach dem Bild.«

»Und du?«

»Ich find's nicht schlecht, doch daß man wie durch eine Flughafenkontrolle muß, nur um den *Schrei* zu sehen, finde ich schon crazy. – Aber darum rufe ich Sie nicht an. Ich muß erfahren, wo

Quimp ist. Sie wissen doch, ich bin mit meinen anderen Eltern – das sind die, denen man Geld geben müßte, damit sie ein Museum besuchen – nach Belfast geflogen. Oder haben Sie das auch vergessen?«

»Nein, Frederik, ich erinnere mich.«

»Und Sie erinnern sich doch, daß ich gesagt habe, ich bin ein guter Detektiv. Hier wie dort. Aber trotzdem, ich kann Quimp drüben nicht finden und auch den Mann nicht, der versucht hat, Quimp zu töten, und der nicht weiß, wer ich bin. Der Mann mit einem Namen wie Fleisch auf einem Teller. Der Mann, der hier pokert und drüben schießt. Sie wissen doch?«

»Ja, auch daran erinnere ich mich. Und ich kann dir sagen, der Mann ist nicht mehr in Belfast und Quimp auch nicht.«

»Sondern?«

»Cushendun. Der Ort heißt Cushendun, nördlich von Belfast.«

»Das muß ich auf der Karte suchen. Also, auf der Karte von meinem iPad.«

Ich erklärte Frederik, wie man Cushendun schrieb, damit ihn Google Earth auch an die richtige Stelle leiten konnte. Und erzählte ihm, daß dort, in Cushendun, Quimp in einem Käfig saß, in den Nybråten ihn gesperrt hatte.

»Da hole ich ihn raus«, versprach der Vogelretter Frederik. »Darum gibt es ja Käfige, damit man sie aufmacht. Und ein kleines Dorf ist sowieso viel besser als eine große Stadt, wo man sich ständig verirrt.«

Natürlich, jede Information, an die Frederik gelangte, gab er träumend an Clemens weiter, damit dieser in der Spatzenwelt agieren konnte. Und – wer weiß – vielleicht war es ja auch umgekehrt. Frederik und Clemens schienen das zu sein, was man kongenial nannte.

»Und Sie?« fragte mich Frederik. »Was werden Sie tun?«

Ich sagte ihm, in den nächsten Minuten in ein Flugzeug nach Belfast zu steigen, um von dort dann ebenfalls nach Cushendun aufzubrechen. Auf dieser Seite eben.

»Kuscheln dann«, meinte er kichernd. Und gleich darauf, ernster: »Guten Flug.«

»Und du grüß mir Clemens.«

Ich dankte ihm, und er dankte mir. Ich versicherte Frederik, er könne mich jederzeit anrufen – und daß er wirklich der erste Mensch sei, dem ich ein solches Angebot mache.

»Wieso, weil Sie ein Hypochonder sind?«

»Ein Hypochonder?«

»Ja, ein Handyhasser.«

Das war mir neu, daß Hypochonder ein Synonym für Handyhasser war. Auch wenn natürlich einige Leute um jedes mobile Gerät herum eine giftige Aura entdeckten.

Ich sagte: »Es stimmt schon, Frederik, wenn ich telefoniere, kommt mir das immer vor, als würde ich mir eine kleine Pestsäule ans Ohr halten. Aber trotzdem, du kannst mich immer erreichen. Tschüß!«

Wenig später betrat eine Gruppe von Menschen lautstark die Lounge. Eigentlich hatte ich erwartet, zusammen mit Geschäftsleuten zu reisen, die solche Flugzeuge charterten, um in gediegener Atmosphäre eine Konferenz, eine Sitzung oder Präsentation vorzubereiten. Den Verkauf ihres Unternehmens zu klären und eine freundliche oder unfreundliche Übernahme zu besprechen (wobei es freundliche Übernahmen eigentlich nur im Märchen gibt, das wäre gewesen wie ein freundlicher Krieg oder ein freundlicher Mörder). Aber es waren keine klassischen Firmenleute, die da hereinmarschierten, sondern eine Gruppe von Männern und Frauen … Nun, bei einem Teil der Männer handelte es sich offensichtlich um Musiker, Rockmusiker, auch wenn sie keine Instrumente bei sich hatten. Aber es war zu offensichtlich: in die Jahre gekommene Bandmitglieder, in deren faltigen Gesichtern sich die Spuren jenes Luxus abzeichneten, die entstehen, wenn man so gut wie alles bekommt, jedes Mädchen, das man will, jedes Rauschmittel, jeden Swimmingpool, zur Not auch gefüllt mit Champagner, wenn grad das Wasser sanktioniert wird, jedes Motorrad, jeden Whisky, goldene Schallplatten, Grammys, auch dafür, noch immer am Leben zu sein, nicht zuletzt akademische und adelige Titel: Professor, Ritter, Sir.

Diese Jungs hier, die mindestens in meinem Alter waren, eher einiges über sechzig, getönte Sonnenbrillen, Armbänder, Piratenkopftücher, zwei mit langen blonden Haaren, T-Shirts von Vivienne Westwood, goldene Ringe, von denen ich nicht hätte sagen können, ob es Eheringe oder Schlagringe waren (was bei manchen Ehen ohnehin auf das gleiche herauskommt) … eigentlich hätte ich sie erkennen müssen. Weil sie ja wohl Berühmtheit erlangt hatten, als ich selbst noch jung gewesen war. Aber die Musik der Rock- und Popstars hatte mich weder je berührt noch wirklich erreicht. Und ich muß gestehen, daß mir Musik insgesamt stets verdächtig erschienen war. Obgleich ich mich später der Schönheit eines Schubert, eines Bach natürlich, aber auch der Schönheit der Minimalisten, Steve Reich, John Adams, nicht ganz entziehen konnte. Als Jugendlicher jedoch schon. Auch wenn meine Mutter mich in die Oper geschleppt hatte. Aber gerade bei der Oper hatte ich das Gefühl gehabt, daß hier ein Betrug stattfinde. Daß hier die Menschen auf eine ziemlich schändliche Weise verführt würden. (Wenn gesagt wird, Religion sei Opium für das Volk, so finde ich, daß das noch viel mehr für die Musik gilt. Sie ist im Gegensatz zur Religion, die Marx als den »Seufzer der bedrängten Kreatur« bezeichnet, der Schrei der bedrängten Kreatur.)

Jedenfalls war ich recht zurückgeblieben auf dem Gebiet der Superstarmusik. Wären das hier die Rolling Stones gewesen, gut, die hätte ich erkannt und ABBA auch, schon wegen der übersichtlichen Verteilung von Geschlecht, Frisur und Haarfarbe. Aber diese Herren hier? Sie sprachen Englisch, das ich jedoch nur schwer verstand. Mehr einzelne Wörter als ganze Sätze.

Sweet!

Jemand hatte »sweet« gesagt, was aber nicht heißen mußte, es handele sich bei diesen Leute um die Gruppe The Sweet beziehungsweise um die Nachfolgeband oder eine der Nachfolgebands. Von The Sweet kannte ich natürlich *Love is like Oxygen*, das war schon klasse.

Ich konnte es einfach nicht sagen. Vielleicht waren es auch Deep Purple oder Status Quo, oder einer von denen war Rod Stewart und die anderen halt seine Begleitmusiker. Jedenfalls gab es unter den Männern auch einige, die nicht wie gealterte Popstars aussahen und die wohl eher die Tourmanager der Musiker waren. Oder deren Buchhalter und Anwälte. Die Frauen wiederum ... es waren drei, wobei es sich aber ganz sicher nicht um Groupies oder Ehefrauen oder bezahlte ... na, bezahlt vielleicht schon, aber wohl kaum für irgendeine Art von Sex. Alle drei Damen erinnerten in verblüffender Weise an Frau Licko: klein, dick, mit runden Gesichtern. Nicht ausgesprochen häßlich, aber auch nicht ausgesprochen hübsch oder gar sexy. Und schon gar nicht ausgesprochen jung. Eher im Alter der Musiker, von denen man doch annehmen konnte, sie hätten ihre gleichaltrigen ersten Ehefrauen zwischenzeitlich durch jüngere ersetzt. – Hand aufs Herz, es war deprimierend, zusehen zu müssen, wie die eigene Frau in gleicher Weise wie man selbst alterte. Hand aufs Herz, für viele Frauen war das genauso. Der Anblick verfallender Männer war kaum hübscher anzusehen als der verwelkender Frauen.

Jedenfalls war ich gespannt, was die drei Frauen hier verloren hatten.

Ich selbst blieb völlig unbeachtet. Gott sei Dank! Obgleich ich als einziger Passagier nicht zu dieser Gruppe gehörte, denn offenkundig war die Chartermaschine allein zur Beförderung der Altrocker und ihrer Entourage gemietet worden, was schließlich ganz normal war. Ich selbst war wohl so etwas wie ein geduldeter *blinder* Passagier.

Es versteht sich, daß wir keinen Shuttlebus benötigten. Das Flugzeug parkte direkt vor dem Ausgang der Lounge, eine kanadische Bombardier. Wir mußten wirklich nur ein paar Meter gehen, um über die kurze Treppe in das Innere zu gelangen, dem die vertraute Enge der großen Flieger fehlte. Viel Beinfreiheit und Sitze so breit, daß auch der Parachutist es bequem gehabt hätte. Edle Spannteppiche, eine Menge glattes, spiegelndes Holz und zwei Stewardessen, die schon eher dem entsprachen, was ich mir zur Begleitung einer Rockband vorstellte. Freilich war das hier kein Bordell und die beiden Damen professionell allein darin, vorerst zu schauen, daß jeder seinen Platz hatte und bequem saß.

Ich befand mich im hintersten Teil der Maschine, linker Hand auf einem Einzelsitz und gegen die Flugrichtung, während auf der anderen Seite dieses separierten Bereichs die drei Frauen Platz nahmen. Ihre Funktion war mir ein Rätsel. Vor allem aber deren Ähnlichkeit mit Nybråtens Haushälterin. Alle zusammen – Frau Licko und diese drei – hätten bestens in einem Stück mit dem Titel *Vier Schwestern* spielen können.

(Was ich freilich in diesem Moment gar nicht wissen konnte – und was wohl auch die anderen Passagiere nicht ahnten – war, daß wir uns in einem Flugzeug befanden, dessen Prototyp zwar bereits 2010 präsentiert worden war, die ersten Maschinen jedoch erst 2016 in den Dienst gehen sollten. Ein Jahr nach jenem, in dem wir uns gerade befanden. Hätte ich es gewußt, ich hätte mich gefragt, ob ich Teil eines Versuchs war. Aber das fragte ich mich dann ohnehin.)

Was an diesem Flugzeug am meisten begeisterte, waren die großen Fenster. Gar keine Frage, solche hätte man sich für jeden Flieger gewünscht. Denn die üblicherweise kleinen Sichtscheiben suggerierten einem ja, draußen wäre etwas, was man lieber nicht sehen sollte. Und daß diese Fenster in einem früheren Leben als Schießscharten gedient hatten.

Nein, der Blick hier war grandios. Grandios auch, daß sich ein Stück weiter, Richtung Flugzeugheck, ein Schlafzimmer mit einem komfortablen Doppelbett befand. Ich hatte einen kurzen Blick hineingeworfen. Es sah so ungemein aufgeräumt aus, eigentlich mehr wie das Photo eines Betts, welches ewig in diesem sauberen, unangetasteten, gerichteten Zustand verbleiben würde. Allein sich zeigend. – Wie so oft bei modernem Design schien der Betrachter aufgefordert, die Betrachtung als ausreichend zu akzeptieren. Brav zu sein.

Aber sitzen mußte man schon. Ich tat es.

Dann kam der Start. Das Abheben der Maschine, was sich immer so anfühlt, als geschehe es erst im allerletzten Moment und gelinge allein unter allergrößten Mühen.

Ich schaute hinüber zu den drei Damen Licko. Sie unterhielten sich in einer slawischen Sprache – da war ich mir jetzt sicher –, in die aber auch Brocken von Englisch und Deutsch einflossen. Sie waren ganz mit sich beschäftigt, doch bereits kurz nachdem wir unsere Flughöhe erreicht hatten, standen sie auf und begaben sich nach vorne.

Ich wartete ab, ließ mir einen Kaffee servieren und betrachtete den Himmel: reines, unbeschriftetes Blau. In der Folge erhob ich mich und ging ebenfalls Richtung Cockpit. Getrieben von der Neugier, wissen zu wollen, welche Rolle den drei Licko-Damen an Bord zukam.

Nachdem ich die Manager und Buchhalter passiert hatte, erreichte ich jenen Abschnitt, in dem die Altrocker saßen, fünf Männer, von denen drei soeben »bedient« wurden: Zahnpflege, Fußpflege, Gesichtspflege.

Genau das.

Bei den drei Licko-Damen handelte es sich um eine Zahnpflegerin, eine Podologin und eine Kosmetikerin. Alle drei hatten ihre Werkzeuge auf kleinen Tischchen plaziert und trugen blaue Arbeitsmäntel, was vor dem Hintergrund der in den hohen Himmel weisenden Fenster weniger medizinisch anmutete als astronautisch – nein kosmonautisch, wenn man die wahrscheinliche Abstammung dieser Frauen bedachte.

Von den beiden Männern, die im Moment ohne direkte Pflege waren, hatte der eine seine nackten Füße in eine mit Wasser gefüllte kleine Wanne gestellt, während der andere mit einem Lätzchen auf der Brust und Kopfhörern im Ohr entweder auf eine Behandlung seines Gesichts oder seiner Zähne wartete. Wobei hier in erster Linie eine Kosmetikstimmung herrschte, nichts vom Schrecken des Zahnärztlichen. Schließlich wurden auch keine Löcher gebohrt, sondern nur eine gewisse Helligkeit und Strahlkraft der Zahnreihen bewirkt.

Ich verstand. Sobald diese Männer auf Tournee waren, und das waren sie ganz sicher, nutzten sie die Zeiten in der Luft, um in den Genuß einer geruhsamen Schönheitspflege zu gelangen. Zum Beispiel etwas für ihre gequälten Füße zu tun. Das lange Stehen auf Bühnen wurde im Alter sicher nicht leichter.

Ich dachte mir: »Alles logisch.« Und meinte damit, wie logisch es sei, daß die fünf, die wahrscheinlich jahrzehntelang das wilde

Leben von Halbgöttern geführt hatten und aus verschiedenen Gründen nicht in den Ruhestand gehen konnten, hier nicht etwa vor knienden Frauen saßen, die ihnen einen bliesen, sondern vor sitzenden Frauen, die sie pflegten. Die den Rockern eine sehr viel fortgeschrittenere Art der Erleichterung verschafften: warme Füße, gepflegte Hände, von Verfärbungen befreite Zähne, besänftigte Haut.

Soeben schmierte die Kosmetikern eine Paste auf eines der Männergesichter, die durch ihr mattes Grün sehr an den *Song of a person with no regret* erinnerte.

Ich bewegte mich weiter Richtung Cockpit, um nicht etwa den Eindruck zu erwecken, mich als ein einsames Groupie an Bord geschwindelt zu haben. Vor mir eröffnete sich ein schnittiger Küchenbereich, eine richtiggehende Einbauküche. Auf einer weißen glänzenden Anrichte bereiteten die beiden Flugbegleiterinnen Fingerfood zu. Ich fragte nach einem Glas Wein. Einen Italiener, wenn möglich. Ich hätte auch Franzose oder sonstwas sagen können, sagte aber Italiener, als sei ich selbst einer und mein Magen absolut allergisch gegen »fremden Wein«.

Eine der beiden Stewardessen ließ mich zwischen einem Barbera aus dem Piemont, einem Sangiovese aus der Toskana und einem Amarone aus Fumane entscheiden.

Einzig der Begriff »Barbera« war mir vertraut und natürlich »Amarena«, aber das war diese Kirsche, die sich in eine Eissorte verwandelt hatte. Ich wählte den toskanischen Wein und begab mich wieder zurück zu meinem Sitzplatz. Nie saß ich besser und bequemer und hatte einen schöneren Ausblick, zwar nicht hinunter auf die Erde, aber hinauf in den Weltraum, der sich über uns erstreckte. Das satte Blau der oberen Atmosphäre war wie eins dieser langbeinigen Mädchen, die bei Boxkämpfen mit einer Nummerntafel durch den Ring spazieren und die nächste Runde ankündigen. Das Blau kündigte das Schwarz des Alls an.

Ich bekam meinen Wein, dazu einen Teller mit appetitlich aufgereihten »Geschenkartikeln«: Brötchen mit schmuckvoll gefaltetem Schinken, Kaviarhäppchen, handliche Quiches, Mischmasch in Algen verpackt, speckummanteltes Fleisch.

Ich aß und trank und war völlig ruhig. Für eine ganze Weile vergaß ich, mich in einem Flugzeug zu befinden.

Dann aber …

Das Häßliche an einem Flugzeug ist, sobald es *komische* Geräusche macht. Geräusche in der Art, wie wenn jemand einen Werkzeugkoffer trägt und durch die Bewegung ein paar Gegenstände aneinanderstoßen. Hammer, Zangen und Schrauben.

Die Geräusche aus dem Boden des Flugzeugs – jedenfalls schien mir, als kämen sie von unterhalb – verursachten mir ein Gefühl, als öffne sich für einen Moment mein Brustkorb.

»Das Herz wird schon nicht abhauen. Wohin auch?« Natürlich der Albatros. Quimps Albatros. Neuerdings auch mein Albatros.

Ich sagte: »Na, zum Beispiel könnte es den Geist aufgeben. Ebenfalls eine Art von Flucht.«

»Bleib ganz ruhig. Das ist ein völlig neues Flugzeug.«

Ich erwiderte, es seien immer die ganz neuen und die ganz alten Dinge, die sich als anfällig erwiesen.

Der Albatros aber: »Im Ernst, mein Lieber, das mit Abstand Beste an dir ist dein Herz. Tipptopp. Zudem frei von Angst. Dein Kopf ist das Problem, was ich darum so gut weiß, weil ich darin schließlich hocke und mir alles ansehen muß. Dort sitzt die Angst, so groß und rund, daß man meint, man schaue auf ein Straußenei. – Also: Was jetzt gefragt ist, ist Gelassenheit. Und denk dran, ein bißchen zu atmen.«

Da hatte er recht. Ich vergaß in solchen Momenten – wenn *komische* Geräusche sich in mein Leben mischten –, Luft zu holen.

»Und hör auf, deine Hände in den Sitzlehnen zu verkrallen.«

Ich löste meine Hände. Nicht, daß ich mir von einem Seevogel in meinem Kopf Anweisungen geben zu lassen brauchte. Dennoch schob ich die Handflächen ineinander, legte sie auf meinem Unterbauch ab und war insgesamt bemüht, meinem Körper eine lockere Haltung zu verleihen.

Um mich abzulenken, fragte ich den Albatros, wieso einer wie er, der doch üblicherweise in den südlichen Ozeanen zu Hause sei, sich ausgerechnet den Kopf eines mitteleuropäischen Spatzen beziehungsweise mitteleuropäischen Polizisten ausgesucht habe.

»Na, da würde sich doch eher die Frage stellen«, erwiderte er, »wie jemand mit einer Flügelspannbreite von über drei Metern überhaupt in einen Menschenkopf, geschweige denn einen Spatzenkopf hineinpaßt. Oder?«

Ich dachte mir: »Arschloch!«, mußte aber grinsen.

Diese Ablenkung wie auch meine gelungene Bauchatmung änderten leider nichts daran, daß zu den komischen Geräuschen sich nun auch Turbulenzen gesellten, obgleich ein Blick nach draußen ruhiges Wetter suggerierte. Aber klar, es gibt starke Höhenwinde, die auch ohne Wolken auskommen. Und die von verschiedenen Seiten herwehen sowie in verschiedenen Geschwindigkeiten, wodurch ein Flugzeug quasi zwischen die Fronten geraten kann.

Der Kapitän der Bombardier bat die Passagiere, sich an ihre Plätze zu begeben und sich anzuschnallen. Gleich darauf saßen die drei Licko-Damen wieder schräg vor mir. Noch immer in blauen Kitteln. Sie wirkten ausgesprochen beherrscht, obwohl die Maschine jetzt wirklich stark durchgeschüttelt wurde. Nicht minder beherrscht tönte die Stimme des Piloten, der von *kleinen* Turbulenzen sprach, die wir bald hinter uns hätten. Dies erinnerte mich an eine Szene aus einem Film, in der Robin Williams nach einer heftigen Befragung durch den von Al Pacino gespielten Polizisten und bezugnehmend auf die Aussage, Al Pacino sei ein *good cop*, meint: »I'd hate to see the bad cop.«

Und so sagte ich: »I'd hate to see the *big* turbulences.«

Die drei Lickos schauten streng zu mir herüber. Ich lächelte sie an. Dann führte ich das Glas Rotwein, das ich seit Beginn der »Unruhen« fest an seinem Stiel gehalten hatte, an meine Lippen und trank es zur Gänze aus. Ich hätte mir dabei die Zähne ausschlagen können an dem harten Rand, hatte aber das Glück, es im entscheidenden Moment geleert und abgestellt zu haben, als wir zuerst nach oben, dann nach unten gedrückt wurden und das Glas sich aus meiner Hand verabschiedete, durch den Raum segelte und an einer Wand zersplitterte.

Es war übrigens kein Vorteil, jetzt in einer kleineren Maschine zu sitzen. Mehr Masse hätte gutgetan. Der Luxus wendete sich gegen uns. Der Kapitän wiederum versicherte im Ton eines hörbaren Schmunzelns, dieses Flugzeug sei gebaut, um auch derartige Verwirbelungen der Luft gut auszuhalten.

Das sagte er.

So, wie er eine halbe Stunde später erklärte, es sei durch die heftigen Turbulenzen – ja, jetzt waren es plötzlich *heftige* und nicht mehr *kleine* –, ein Schaden an der Elektronik entstanden, weshalb aus Sicherheitsgründen eine Zwischenlandung auf dem Flughafen Sumburgh auf den Shetlandinseln vorgesehen sei. Es gebe keinen Grund zur Besorgnis, dennoch sei diese Maßnahme nötig, um jegliches Risiko auszuschließen.

»Shetlands?!« überlegte ich. Was wußte ich von den Shetlands? Eigentlich bloß, daß von dort eine Ponyart herkam. Oder hießen die nur so, stammten aber von woandersher? Und gehörten die Shetlands eigentlich zu Europa? – Nun, richtig war, daß sie zu Schottland gehörten, woraus sich wiederum die Frage ergab, ob denn Schottland zu Europa gehöre. (Europa! Nur wenig später in diesem Jahr sollte eine große Flüchtlingswelle den Kontinent treffen, wobei sich zeigte, daß plötzlich eine Menge europäischer Staaten gar nicht mehr so richtig zu Europa zählen wollten, zumindest nicht, wenn es mal um was anderes ging, als EU-Gelder einzusacken oder Banken zu retten. Das mag eine sehr verkürzte Darstellung sein, die sich aber als Tatsache genau in dieser Kürze ereignete. Wobei letztlich ausgerechnet die Schotten in Liebe zu diesem Kontinent entbrannten. Um endlich ihren ungeliebten WG und dem Jogurththeater zu entkommen.)

Was mich irritierte, war der Umstand, daß mir die *komischen* Geräusche bereits aufgefallen waren, bevor noch die Turbulenzen eingesetzt hatten. Hatte ich mir das nur eingebildet? In der Art einer Vorahnung? Nicht, daß ich sie noch immer hörte, der Flug gestaltete sich wieder vergleichsweise ruhig und gleichmäßig, während wir nun unsere Flughöhe verließen und der Landeanflug auf die Hauptinsel der Shetlands begann.

Ich blieb nervös. Um mich erneut abzulenken, drehte ich ausnahmsweise den Spieß um und tat so, als sei *ich* eine Stimme im Kopf des Albatros. Ich meinte: »Schon merkwürdig.«

»Was?« fragte der Albatros, der sich zu Recht angesprochen fühlte und in diesem Moment zu übersehen schien, daß ein Tausch der Rollen erfolgte.

Ich erklärte ihm, mich zu wundern, warum Albatrosse so ein eigentümliches Image hätten. Etwas Blödelhaftes. Obwohl sie doch eigentlich im Vergleich der Vögel besonders gut abschnitten, eher Superlative bedienten: die schon angesprochene größte Flügelspannbreite unter den heutigen Vögeln; das enorme Gewicht, ohne daß dies aber zu einer Flugunfähigkeit führte; das hohe Alter; zudem der markante Blick und der scharfe Schnabel – überhaupt hatten sie etwas Supervogelartiges. Und doch … gleich vielen anderen Menschen meiner Generation fiel mir immer, wenn ich an diese Vogelart dachte, der eine Albatros namens Orville ein, der in einem Disney-Film den titelgebenden Mäusen Bernard und Bianca als Personalunion aus Pilot, Flugzeug und Fluggesellschaft dient. Und der dabei nicht nur den liebenswürdig vertrottelten Eindruck eines ältlichen Charmeurs hinterläßt, sondern die bekannten Schwierigkeiten beim Starten und Landen zelebriert. Ein Vogel, der sich in erster Linie über seine Schwächen definiert, die eine Folge seiner Stärken sind.

Ein gutes Beispiel dafür, was das Kino anrichten konnte. Es war unmöglich, auch nur den Namen dieses Seevogels auszusprechen, ohne dabei an jene Szene zu denken, in der Orville – während auf seinem Rücken Bernard und Bianca in einer zur Passagierreihe umgewandelten offenen Sardinenbüchse sitzen – seinen langen, mühevollen, von asthmatischem Gekeuche begleiteten Startvorgang entlang eines Hochhausdaches absolviert, bevor er dann mit Karacho senkrecht die Häuserschlucht hinabstürzt. Erst knapp vor Erreichen des New Yorker Straßenverkehrs zieht er eine scharfe Kurve und geht endlich in einen waagrechten, souveränen Gleitflug über.

Nicht weiter überraschend, daß die Landung später in den unerforschten Teufelssümpfen ebenfalls nicht ganz problemlos ausfällt, so wie schließlich auch die Albatrosse der Wirklichkeit beim Landen an ein Prinzip des menschlichen Fortschritts erinnern: den Unfall.

Als ich nun an diese Filmszene dachte, fiel mir natürlich auch ein, mit welcher Zuversicht, welchem Gottvertrauen und welchem Mut die weibliche Heldin, Bianca, auftritt, während Bernard sich in dieser ersten Flugszene als Zauderer und Angsthase erweist. Was sich freilich ändern wird.

Ein Mann, ob Maus oder Spatz oder Mensch, benötigt eine Gefährtin. Erst sie macht ein würdevolles Wesen aus ihm. Es ist nicht der Sex, es ist nicht die Fortpflanzung, es ist das Zusammensein im Moment der Gefahr – und das Leben ist ja voll von Gefahren. Wenn Beziehungen scheitern, dann, weil Partner nicht in der Lage sind, die Gefahr zu teilen. Das Teilen ist wichtiger als die Bewältigung. Ein Bernard ist ohne eine Bianca nicht nur schwer denkbar, sondern nicht wirklich vorhanden, nicht unter diesem Namen.

Ich dachte mir, daß das der wirkliche Grund für Quimp war, mit der Generälin vereint sein zu wollen. Wonach er sich sehnte, war nicht eigentlich eine Aktivierung seines Penisverschnitts. Auch war ihm unwichtig, den Fortbestand seiner Art zu garantieren. Und seien wir doch ehrlich, angesichts einer tatsächlichen Gefährtin, eines tatsächlichen Gefährten, ginge uns das drohende Aussterben der Menschheit doch auch am Arsch vorbei. Es würde uns reichen, die letzten Menschen zu sein. – Arterhaltung ist wenigstens beim Menschen eine Ausrede, schlechte Beziehungen fortzuführen.

Was mir im Moment fehlte, war Milena. Und was mich wirklich ängstigte, war die Vorstellung, ohne sie abstürzen, ohne sie sterben zu müssen. Oder ohne sie zu überleben und ihr nie wieder zu begegnen. Obgleich ich mir durchaus sicher war, bei einem möglichen Überleben zumindest Nybråten wieder über den Weg zu laufen.

Was aber meinte der Albatros zu meiner These, ein Klischee aus einem Disney-Film bestimme die Sicht auf seine ganze Art?

Er sagte: »Ich kann mir Schlimmeres denken. Etwa die Klischees, die über Polizisten im Umlauf sind, worüber es ja so viel mehr Filme und Bücher gibt als über Albatrosse. Es ist ein Fluch, einen Beruf auszuüben, der die Literatur anzieht: Polizisten und der Alkohol, Polizisten und ihre vielen Neurosen, und daß Polizisten angeblich nie zu Hause sind und entweder schlecht oder nie schlafen und ungewöhnlich oft zum Schreien und Brüllen anfangen. Und es am Herzen haben.«

»Ich kenne keinen Roman, wo ein Polizist mit einem Spenderherzen …«

Ich sah jetzt die Positionslichter der Landebahn, die in einem frühen Dämmerdunkel und im Dunst einer von vielen Tropfen gefüllten Luft lagen. Ich hätte gerne ein frisches Glas Rotwein serviert bekommen, aber die beiden Flugbegleiterinnen saßen brav auf ihren Plätzen und hatten sich angeschnallt.

Der Boden kam näher, gut zu erkennen in den großen Fenstern. Näher und näher. Eine graue Piste. Ich hielt meinen Blick eisern darauf gerichtet. Als schaute ich einem Löwen ins Maul. Dann das Aufsetzen, ein leichtes Ruckeln nur, ein Stöhnen der Maschine, wie wenn jemand, der eben noch seinen Schmerz zurückhielt, endlich ein wenig jammern darf. Mehr war's nicht. Die Bremsung setzte ein, wir wurden zügig langsamer und rollten auf das Flughafengebäude zu. Einen Moment dachte ich: ein IKEA-Center am Meer.

Nachdem wir das Flugzeug verlassen hatten, wurden wir in einem Hotel direkt auf dem Gelände einquartiert. Eine der Flugbegleiterinnen teilte mir mit, daß die Maßnahmen zur Behebung der Fehler in der Elektronik eine Fortsetzung des Fluges erst am nächsten Morgen ermöglichen würden. Man bedauere dies sehr, aber die Sicherheit gehe vor.

In der Tat war ich froh, unversehrt am Boden zu sein. Ein Boden, der während des Abends aus einem Restaurant und einer Bar bestand, wo ich für mich blieb, in Magazinen blätterte und bald müde wurde. Dann ging ich hoch in mein Zimmer. Bevor ich mich schlafen legte, rief ich Dr. Arntz an und erklärte ihm, wo ich war.

»Hat das irgendeine Bedeutung für den Fall?« fragte er.

»Nein, keinerlei. Morgen werde ich in Belfast sein.«

»Warum habe ich nur das Gefühl, mich darauf nicht verlassen zu können.«

»Sie können«, sagte ich mutig. »Übrigens ... hat Frau Sterlitz Ihnen ... hat sie, bevor sie wegfuhr, mit Ihnen über das Bein gesprochen? Nelsons Bein?«

»Nelsons Bein? Ich verstehe nicht.«

Ich bereute gleich, es erwähnt zu haben. Viel zu früh noch. Um so mehr, als Dr. Arntz ja nicht zu denen gehörte, die um die Möglichkeit eines Austauschs zwischen Blindwelt und Spatzenwelt wußten. Aber für einen Rückzieher war es zu spät. Zudem war ich getrieben von dem Bedürfnis, Arntz endlich etwas anbieten zu können. Also berichtete ich, was der Gerichtsmediziner Dr. Janik, von dem die Leiche Nelsons untersucht worden war, in seinem Bericht vermerkt hatte. Den Umstand einer fehlenden Prothese, die ein fehlendes Bein ersetzt hatte.

»Einbeinig?!« ließ sich Dr. Arntz erregt vernehmen. Immerhin hatte dieser Bericht auf seinem Tisch gelegen. Aber wenn man um die Menge der Berichte wußte, die Dr. Arntz zu überfliegen hatte ... Jedenfalls bestätigte er, Karel Nelson niemals anders erlebt zu haben als einen Mann auf zwei gesunden Beinen. Und kündigte darum an: »Wir müssen den Leichnam exhumieren lassen. Und wir müssen uns eine gute Erklärung für diese Schlamperei ausdenken. Abgesehen von der Erklärung, wer da in Nelsons Grab liegt. Oder wenn es doch Nelson ist, ob es möglich sein kann, daß niemand, auch seine Frau nicht, die Amputation seines rechten Beins bemerkt hat. Und wie eine Prothese verschwinden kann. – Meine Güte, die Presse wird sich freuen!«

»Und vor allem unsere Pressesprecherin«, merkte ich an, eine Dame erwähnend, die ich für keine große Dichterin hielt (und ja, ich glaube, die Welt wäre besser, zumindest interessanter – und interessanter *ist* besser –, wenn unter den Pressesprechern mehr Dichter wären). Wandte aber ein: »Wir sollten mit der Exhumierung abwarten, Herr Dr. Arntz. Bis ich aus Belfast zurück bin. Ich denke, da ist keine Gefahr im Verzug, der Leichnam läuft uns nicht davon, und ich wäre gerne dabei. Und vielleicht habe ich dann ein paar Fakten mehr, um das alles zu erklären.«

Was für Fakten? – Die Frage stellte ich mir selbst. Wie sollten die Fakten aussehen, die ich meinem Vorgesetzten vorlegen konnte? Eine Spatzengeschichte? Eine Albatrosgeschichte? Oder mußte ich herausbekommen, wer eigentlich der Traumpartner des Dr. Arntz dort drüben in der Spatzenwelt war?

Ich fragte mich nun immer seltener, ob ich verrückt geworden sei. Weil ich dies alles ja mit der größten Klarheit erlebte und selbst das Ungewöhnlichste einen gewöhnlichen, einen folgerichtigen, zwangsläufigen und alltäglichen Eindruck machte. Freilich war zu befürchten, daß Dr. Arntz das anders sehen würde. Beziehungsweise argumentieren könnte, es sei geradezu ein Beweis für meine Verrücktheit, die ganze Geschichte mit solcher Eindeutigkeit und Schärfe wahrzunehmen. Während es ja immer die Gesunden oder halbwegs Gesunden waren, die ihren Geisteszustand in Frage stellten.

Jedenfalls schien Dr. Arntz im Moment verzweifelt genug, auf für ihn ungewohnte Weise laut zu werden und doch noch an einen klassischen Oberchef zu erinnern. Er verfügte: »In zwei Tagen, Herr Blind, stehen Sie in meinem Büro, ist das klar? Und ich will dann keinen Anruf bekommen, daß Sie grad auf den Orkney-Inseln oder den Hebriden sind!«

Ich gab ihm – nicht zum erstem Mal – mein Versprechen.

Danach schaute ich noch eine Weile in den Fernseher wie in einen Strudel, dessen ganzer Sinn darin besteht, eine Spirale zu sein, die nach unten führt. Eine Stromschnelle.

Gegen elf drehte ich alles ab bis auf die kleine Lampe an meinem Bett. Draußen das Meer. Vereinzelte Schreie von Möwen, die sich nicht an die Nachtruhe hielten. Ich schloß die Augen und hörte eine Weile meinem Herzen zu, das mich pochend in den Schlaf sang.

29

Es war mein erster Gedanke, als ich erwachte und das Dämmerlicht eines sehr dunklen Morgens durch das zweifache Drahtgitter des Käfigs fiel, um ein engmaschiges Muster auf mein Gefieder zu werfen. Der Gedanke an den Jungen, der als Frederik in der Blindwelt lebte, in der Spatzenwelt jedoch Clemens war, schlecht in der Schule, gut im Geldverdienen. Ich fragte mich, ob es Clemens gelingen würde, Cushendun zu erreichen. Und zwar rechtzeitig. Denn am Abend zuvor hatte ich eine Bemerkung Nybråtens aufgeschnappt, wie dieser mit dem Wirt Mr. White gesprochen hatte. Es war um Geld gegangen, Geld für eine Überfahrt nach Schottland. Ich fragte mich vor allem, wie es Clemens schaffen sollte, seine Eltern zu bewegen, die Küste im Norden anzusteuern. Gut, immerhin hatte er die beiden zu einem Flug nach Belfast überredet. Hatte das sogar bezahlt. Andererseits war schon klar, woran sein Vater interessiert war, nämlich Geld, das er nicht besaß, in Pokerrunden in Belfast aufs Spiel zu setzen. In Belfast, nicht in Cushendun.

Daran dachte ich. Zugleich war es ein gutes Gefühl, um diesen Jungen zu wissen, dessen Bedürfnis, Spatzenleben zu retten, mit seinem Bedürfnis nach Abenteuern und einem detektivischen Ehrgeiz zusammenfiel. Und welcher ganz sicher nicht aufhören wollte, sich einzumischen. Der Spur auch dann folgen würde, wenn sie wieder von Cushendun wegführte.

Ich konnte in der nur schwach aufgeweichten Dunkelheit des Käfigs kaum die Generälin sehen. Einzig einen Fleck in der gegenüberliegenden Ecke.

Klick!

Das Licht ging an. Das Licht im Raum. Es war Mr. White, der den Lichtschalter betätigt hatte und nun in kurzen Schritten hereinschlurfte. Nachttrunken. Mit dem Blick eines Chinesen. Das sind die, bei denen es mir so vorkommt, als hätte ihnen Gott mit einem scharfen Fingernagel das Augenpaar elegant ins Gesicht geritzt. Während bei den Europäern die Augen eher ausschauen wie mit zwei ausgestreckten Fingern in weichen, hellen Ton gedrückt.

Der Wirt ging hinter den Tresen, wo er die Kaffeemaschine einschaltete und eine Flasche Kilkenny öffnete, die er sich an die Lippen setzte und den längsten Schluck tat, den ich je bei einem lebenden Menschen gesehen hatte. Danach gingen seine Lider weiter auf, und ich erkannte einen fiebrigen Glanz in seinen Augen. Das Schwarz der Pupillen schimmerte gleich eingelegten Pflaumen. Ja, mir schien fast, es würde sich in diesem Schwarz jene Person spiegeln, die Mr. White war, wenn er träumte. Eine Person, die ihm bis aufs Haar und bis auf die Seele glich und ganz sicher nicht den Namen Black trug. Und hätten die beiden ihre Positionen vertauscht, es hätte zu rein gar nichts geführt. (Was nämlich auch geschah, beziehungsweise gab es Traumpartner, die waren sich derart ähnlich, daß es keinem außer ihnen selbst auffiel, wenn das Schicksal sie in die jeweils andere Welt befördert hatte.)

Nachdem Maurice White den Kaffee in eine Tasse gefüllt und mit Zucker versetzt hatte, querte er den Raum und trat vor unseren Käfig hin. Er betrachtete uns kopfschüttelnd, dann leerte er klein zerhackte Nüsse in einen grün-weiß gestreiften Strohhalm, der durch beide Käfiggitter führte. Die Stückchen landeten auf dem dünnen Balken zwischen mir und O'Neill. Wenigstens einige davon.

Stimmt, es ist immer heikel, sich von denen füttern zu lassen, die einen gefangenhalten. Doch Essensverweigerung war schon in den vergangenen siebenundvierzig Tagen keine Alternative gewesen und war es auch an Tag achtundvierzig nicht. Hungerstreik ist nur sinnvoll, wenn die Welt davon erfährt. Tat sie aber im Moment nicht. Also pickten wir die Nüsse auf, zerrieben sie in unseren Schnäbeln und schluckten sie hinunter. Ich gierig, O'Neill mit der Noblesse einer Sachlichkeit, die darin bestand, nicht mehr zu essen als nötig. Sie wollte unbedingt vermeiden, in der Gefangenschaft fett zu werden. Eine Sperksarmee brauchte keine fetten Generäle. Generäle, von denen man dann sagte, ihnen sei »das Herz schwer geworden«.

Klar, auch ich selbst mußte auf meine Kondition achten. Ich war lange zur Untätigkeit verdammt gewesen und konnte hier drinnen keine großen Sprünge machen. Und Gymnastik war für einen Vogel schwer zu realisieren. Vor allem aber gehörte ich nicht zu denen, die in einer deprimierenden Situation ihren Appetit einbüßten. Eher kam ich mir wie diese Maus vor, die auf einer Postkarte links von Mr. Whites Bar zu sehen war. Aus einem Käseloch schauend, erklärt sie, sich schwerzutun, zwischen Hunger und Langeweile zu unterscheiden.

In diesem Zwiespalt lebte ich. Allerdings fühlte ich auch, wie sehr sich das alles bald ändern würde. Vor allem nachdem ich wieder zu träumen begonnen hatte. Indem ich wieder … nun ja, *halb blind* war.

Die Türe ging auf, die zu den Zimmern des Hotels führte. Nybråten kam herein. Und hinter Nybråten ein zweiter Mann, den ich noch nie gesehen hatte. Die beiden bewegten sich zu der ledernen Sitzecke neben unserem Käfig. Dabei fiel mir eine gewisse Unregelmäßigkeit im Gang des zweiten Mannes auf. Er schien mir im gleichen Alter wie Nybråten, mit einer Haarfarbe zwischen Grau und Weiß, das Haar sehr voll, halblang, mit schönem Schwung und schönem Glanz, die Augenbrauen buschig, fast schwarz, der Mund bartlos. Sein Körper ausgesprochen schlank, die Haut an Händen, Hals und Gesicht faltig. Keine Spur von jener Rosigkeit, die Nybråtens Wangen etwas teils Gesundes und teils Ungesundes verlieh.

Entscheidend aber war mein Eindruck, daß dieser Mann sein rechtes Bein ein wenig hinterherzog. Es war aber kein Hinken, wie es sich aus einer Verkrüppelung ergab, sondern jene leichte

Verzögerung, von der ich mir vorstellte, sie resultiere aus dem Tragen einer Prothese.

Bildete ich mir das nur ein, weil ich in meinem letzten Traum erfahren hatte, daß ein gewisser Dr. Janik in seinem Bericht die Einbeinigkeit des Mannes erwähnt hatte, der angeblich Karel Nelson gewesen war? Was nun einigen Leuten in der Blindwelt Kopfschmerzen bereitete. Den möglicherweise falschen Mann beerdigt zu haben.

Ich wußte nicht, wie Karel Nelson aussah. Denn so vollständig ich in letzter Zeit die Handlungen meiner Träume im Kopf behielt, so nebulös blieb mitunter die Erinnerung an die äußere Erscheinung der einen oder anderen Person, des einen oder anderen Gegenstands. Erst recht natürlich, wenn es jemand betraf, den auch Kommissar Blind nur von Photos kannte, und es zudem bereits einige Träume zurücklag, seit er diese Photos gesehen hatte.

Also: Ich konnte nicht wissen, ob dieser Mann wirklich Karel Nelson war. Aber ich war mir dennoch sicher, daß er auf seiner rechten Seite eine Beinprothese trug.

Dieser Mann und Nybråten warfen einen kurzen Blick in den Käfig, dann nahmen sie Platz. Mr. White kam und nahm die Bestellung eines Frühstücks entgegen. Man kann vielleicht sagen, die irische Küche gehört nicht zu den drei besten auf der Welt. So wie man sagen kann, sie rangiert knapp vor oder knapp hinter der belgischen.

Eine Weile waren die beiden Männer ganz still.

»Wissen Sie, was merkwürdig ist? So merkwürdig wie ärgerlich«, unterbrach der mir Unbekannte die Stille.

»Was denn?« fragte Nybråten.

»Daß mein rechtes Bein schmerzt. Und das hat es ja nie. Erst seitdem ich hier bin. Erst seitdem ich die Seite gewechselt habe. Mit kommt es vor wie ein Fluch.«

»Was wollen Sie? Ihr Gegenstück liegt jetzt tot unter der Erde. Da ist das bißchen Rheuma doch auszuhalten, oder?«

»Rheuma ist das nicht«, sagte der Mann, der also in der Tat Karel Nelson sein mußte.

Jedoch ... Endlich begriff ich meinen Denkfehler. Denn natürlich handelte es sich um jenen Karel Nelson, der aus der Blindwelt stammte und der sehr wohl über zwei gesunde Beine verfügte. Sein Traumpartner hingegen lag an seiner statt in einem Grab, ein Traumpartner, der sich offenbar einzig durch seine Einbeinigkeit vom Karel Nelson der Blindwelt unterschieden hatte. Wie sich Frau Kapeller von Frau Sterlitz durch die Wahl der Schuhe unterschied sowie der ästhetischen wie sexuellen Konsequenzen, die sich aus der Wahl der Schuhe ergab.

Wenn ich also geglaubt hatte, eine Prothese zu erkennen, so war es allein der Schmerz gewesen, der als ein Fluch durch Karel Nelsons Bein ging, von Nybråten hingegen als rheumatisch abgetan wurde.

Somit saß hier ein Mann, der dem Tod im Zuge einer »Verwischung« entkommen war. Er lebte. Sein Traumpartner nicht. Der war gestorben, als der Wagen gegen den einzigen Baum weit und breit geprallt war. Sodann war er in der für ihn falschen Welt begraben worden. – Da stellte sich die Frage, wen oder was der Mann, der hier mit Nybråten zusammensaß, eigentlich noch träumen konnte. Ein Toter zu sein? Das Jenseits zu betrachten? Himmel oder Hölle? Oder schlafend in ein ewiges Nichts zu schauen? Abgesehen von der interessanten Frage, was er mit Nybråten zu schaffen hatte.

Die beiden unterhielten sich auf deutsch. Das ich genauso gut verstand wie jede andere Sprache. Allerdings nicht, wenn so leise gesprochen wurde, wie die beiden es gerade taten. Doch einen Satz hörte ich deutlich heraus, als nämlich Nybråten sich beschwerte: »Die verdammten Vögel wollen nicht vögeln.«

Wenn Begriffe wie *Bastard* und *Kloake* häßlich zu nennen waren, dann erst recht das Wort *vögeln*, das ja ursprünglich tatsächlich das Liebesspiel der Vögel meinte, vor allem der Hühner, dann aber auf dieselbe Tätigkeit beim Menschen übertragen worden war und einen anderen Klang angenommen hatte.

Dieses in seiner neuen Bedeutung vertraute Wort fiel nun in alter Bedeutung, hörte sich aber trotzdem widerlich an. Allerdings bestätigte es die Annahme O'Neills, es gehe Nybråten um einen möglichen Nachwuchs. Darum, Jungvögel abzurichten. Wobei ihn nicht zu stören schien, sich dann mit Bastarden abgeben zu müssen. Oder er hielt dies sogar für die ideale Lösung. Vielleicht aber sagte er sich: »Besser als gar nichts.«

Genau das, was O'Neill vorhatte: gar nichts.

Das Frühstück kam. Ich fand, es sah unheimlich aus. Wie die Sektion eines Alien.

Im Laufe des weiteren Gesprächs fiel alsbald der Begriff der künstlichen Befruchtung. Er stammte von Karel Nelson. Wobei ich in diesem Moment noch nicht wissen konnte, daß Nelsons Firma – und diese Firma existierte ja auf beiden Seiten und war lange Zeit praktisch nur durch die Beinsituation ihrer Gründer voneinander zu unterscheiden gewesen –, daß also Nelsons Konzern das Patent einer revolutionären Kloakensonde besaß, die mittels elektrischer Simulation eine »Samenspende« bei Vögeln herbeiführte.

Nybråten halbierte eine schwarze Blutwurstscheibe, die in einer mit weißen Bohnen versehenen Tomatensauce schwamm, und antwortete zweifelnd. Er prophezeite, die Generälin – er nannte sie wirklich so – würde sich massiv gegen eine Besamung wehren. Sicherlich könne man sie fixieren und zu ihrem Glück zwingen, aber leider seien Sperks in der Lage, sich zur Gänze oder Teile ihres Körpers zu vergiften. Ungenießbar zu werden wie auch unfruchtbar. Nein, er befürchte, künstliche Befruchtung sei der falsche Weg.

Nelsons Reaktion verstand ich wieder nicht, hörte dann aber, wie Nybråten meinte, es sei vor allem einmal wichtig, die »Viecher« nach Wien zu bringen.

Wien?

Hatte ich mich verhört? Hatte er wirklich den Namen jener Stadt genannt, in die mich die Reise ursprünglich geführt hatte?

Natürlich, ich hatte damals wenig von Wien gesehen, in erster Linie jene Ortschaft namens Inzersdorf, die an Wien klebte wie ein Mädchen vom Land am Rockzipfel ihrer großbürgerlichen Tante. Doch obgleich ich in Wien in die peinlichste Situation meines Lebens geraten war, jene Szene im Taxi, da ich mich in einem Blumenstrauß hatte verstecken müssen, so empfand ich doch so etwas wie Sehnsucht, als da der Name der Stadt fiel. Und Freude ob der Möglichkeit, an diesen Ort zurückzukehren. Fragte sich allerdings, wieso Nybråten dann eine Bootsfahrt plante.

Genau das, eine Bootsfahrt, war es dann, was am Nachmittag dieses Tages stattfand. Bei einem Wetter, das eher zum Daheimbleiben eingeladen hätte. Ein heftiger Wind wehte, als O'Neill und ich nach draußen befördert wurden. Ohne daß man ein Tuch über unseren Käfig warf. Wir sahen das Meer, unfreundlich. Wellen von kaltem Grau, stark bewegt. Dazu die Möwen im Stile abstürzender Papierflieger.

Über eine steinerne Brücke, die den Fluß Dun vom Meer trennte, erreichten wir ein natürliches Hafenbecken, in dem einige kleinere Boote heftig schaukelten. Das einzige größere Schiff, ein alter Kutter, war am Landesteg vertäut. Davor drei Männer in gelben Sturmjacken. Und eine Frau mit Koffern. Trotz der Entfernung erkannte ich sie an ihren Schuhen, und obwohl es nicht die gleichen waren wie damals im *Fitzwilliam Hotel* in Belfast, als genau diese Frau aus dem Hotelzimmer marschiert war und mit ihren von silbernen Nieten besetzten hochhackigen Sandaletten beinahe auf mich draufgetreten wäre.

Auch O'Neill bemerkte sie und kommentierte: »Ach, das ist die Nutte aus dem Hotel.«

»Auf der anderen Seite ist sie die Ehefrau«, erklärte ich. »Zumindest behauptet sie das.«

»Was für eine Ehefrau? Und was für eine andere Seite?«

Richtig, ich hatte mit O'Neill noch nie über die andere Seite gesprochen, die Blindwelt, und daß ich in meinen Träumen ein Polizist war, der meinte, es fehle ihm an Charme. Ein Charme, von dem er annahm, ich würde ihn besitzen. Der aber offenkundig nicht ausreichte, O'Neill zu gewinnen.

Jedenfalls war ich mir sicher gewesen, daß die Generälin über den Umstand zweier Welten, die entweder beide einen Traum darstellten oder beide keinen Traum, Bescheid wußte. Somit auch Bescheid wußte, wen oder was sie selbst auf der anderen Seite verkörperte.

Aber dem schien nicht so zu sein. Weshalb ich nun auswich. Es war kaum möglich, mit jemand über die Blindwelt zu reden, der sich ihrer nicht bewußt war. Ich sagte darum: »Wumm! Was für Schuhe bei einem solchen Wetter?!«

Kalt war es ja nicht, aber stürmisch. Obgleich es nicht regnete, war die Luft naß vom Wasser, das der Wind aus dem Meer schaufelte und übers Land verteilte. Und da stand diese Frau in einem kurzen Rock, dünnen Strümpfen, hohen Lackschuhen, die mindestens fünffarbig waren, den Oberkörper in einer kurzen wollenen Jacke, deren Saum bloß bis auf Nabelhöhe hinunterreichte. Was ich so genau sagen konnte, weil selbiger Nabel von jeglicher Textilie ausgespart blieb. Um so erstaunlicher, wie fest diese Frau im kräftigen Wind stand, als seien die dünnen Bleistiftabsätze auf dem Holz des Bootsstegs festgeschraubt. Ihr blondes Haar aber war ein Opfer der Turbulenzen. Sie vergrub ihre Hände tief in den Taschen der Jacke und machte ein finsteres Gesicht.

Als Nybråten sie erreicht hatte, fuhr sie ihn an: »Was soll der Unfug, bei diesem Wetter loszufahren? Und noch dazu mit so einem Boot. Das geht ja schon unter, wenn mehr als drei Personen an Bord gehen.«

»Erstens, meine Liebe«, sagte Nybråten, »verlangt niemand, daß du Klamotten trägst, als wolltest du zu deiner Pariser Strickgruppe. Und außerdem ist es darum ein gutes Schiff, weil wir damit nicht auffallen.«

»Ach komm, bei dem Wetter würden wir auch nicht auffallen, würden wir mit Nelsons Luxusjacht übersetzen.«

Nelson also. Jetzt war auch der Name gefallen und beseitigte den letzten Zweifel.

Dieser Nelson erklärte nun, seine Jacht liege nach einem Raketenangriff vor der somalischen Küste auf Grund. Eine verirrte Rakete, habe die Presse gemeldet, aber das sei natürlich Blödsinn. Vielmehr waren die Angreifer davon ausgegangen, er selbst sowie Nybråten seien an Bord. Darum der Anschlag. Was ganz gut zeige, wie sinnvoll es gewesen sei, die letzten Wochen an einem Ort wie Cushendun zuzubringen und nun auch bei der Überfahrt nach Schottland auf bescheidene Mittel zu setzen.

»Sie meinen«, feixte die Frau, bei der es sich um Tracy handeln mußte, Milenas ungeliebtes Gegenstück in der Spatzenwelt, »es wäre besser, mit einem miserablen Boot unterzugehen und zu ersaufen, als mit einer Luxusjacht in die Luft zu fliegen?«

Nelson lächelte stumm, dann gab er den wartenden Matrosen die Anweisung, das Reisegepäck an Bord zu bringen. Er selbst bot Tracy seinen Arm, um sie an Deck des Fischerbootes zu geleiten. Sie fluchte etwas Unverständliches, hakte sich aber doch unter.

Ein Matrose wollte Nybråten mit dem Käfig helfen. Doch dieser wehrte ab. Immerhin, es fühlte sich ganz gut an, so wichtig zu sein. Bei aller Bedrohung dennoch eingespannt zu sein in das Hin und Her der Kräfte und Mächte. In eine Geschichte, in der Raketen gegen Millionärsboote gleichermaßen wie gegen Sperkkrieger gerichtet waren.

Über das Fischerboot muß gesagt sein, daß es im Inneren sehr viel moderner und bequemer war, als es von außen wirkte. Es bestand in seinem Bauch aus drei Räumen, wobei O'Neill und ich im hintersten, kleinsten abgestellt wurden, aber durch die offene Türe einen guten Blick auf die zentrale Kajüte hatten, in der nun Nelson, Nybråten und Tracy saßen. Ein Mann kam herunter, der Kapitän, um sich von Nelson, nicht von Nybråten, die Anweisung zu holen, trotz des schlechten Wetters abzulegen. Er schien unglücklich darüber, aber sein Glück war hier ohne Belang.

Dennoch verzögerte sich die Abfahrt noch eine ganze Weile, weil irgend etwas mit dem Motor nicht stimmte. Erneut beschwerte sich Tracy. Diesmal aber wegen des Gestanks, von dem sie behauptete, es handle sich um den Geruch »verwilderter Männer« in Kombination mit jenen Küchengerüchen, die entstanden, wenn verwilderte Männer zu kochen versuchten. Und dieser Geruch würde jetzt in ihrer Kleidung, vor allem in ihrem Haar hängen. Zudem beklagte sie die durchdringende Feuchtigkeit und was sie wegen dieser »blöden Spatzen« alles auf sich nehmen müsse.

Aber nicht allein die Feuchtigkeit war durchdringend, sondern auch ihre Stimme, dieser klagende Ton, der ihre ganze Erscheinung zunichte machte. Und als sie nun begann, den Wein zu bemängeln, den Nelson soeben geöffnet und in drei langstielige

Gläser eingeschenkt hatte – und zwar bemängelte sie, daß es roter und nicht weißer war –, da hob Nybråten seine rechte Schulter an, beförderte fast ansatzlos seinen Arm in Richtung Tracy und verabreichte ihr mit dem Handrücken einen Schlag gegen die Wange.

Nein, nicht ganz. Er berührte sie nicht wirklich, auch wenn es im ersten Moment so ausgesehen hatte. Ja, ich konnte nachher, als er die Hand wieder wegnahm, sogar erkennen, daß sich die Wange leicht gerötet hatte. Aber eben nicht von der tatsächlichen Berührung, sondern allein von der Erwartung einer solchen. Was wahrscheinlich noch stärker wirkte, als hätte er sie wirklich geschlagen.

Tracy preßte ihre Lippen aufeinander. Dann erhob sie sich und wechselte in den vordersten Raum mit der kleinen Kombüse, in der die »verwilderten Männer« zu kochen pflegten.

»Na endlich.« Es war O'Neill, die das sagte. »Bei dem Gejammer kann einem ja schlecht werden, noch bevor einem vom Schiffsgeschaukel schlecht wird.«

Stimmt, denn obgleich im Schutze des Hafens, war das Gerüttel beträchtlich. Und steigerte sich weiter, als wir dann endlich losfuhren und das offene Meer erreichten.

Ich war noch nie auf einem Schiff gewesen. Also noch nie seekrank. Beides erfüllte sich an diesem späten Nachmittag. – Nicht vergessen, O'Neill und ich waren ja nicht etwa angeschnallt oder anderswie fixiert, sondern saßen auf unserem dünnen Holzbalken, darum bemüht, im Geschwanke die Balance zu halten. – Jetzt wird man einwenden, daß Landvögel ja auch hin und wieder auf schwingenden Ästen und in vom Sturm gepeitschten Bäumen hocken. Doch in diesem Käfig sitzend, wirkte jede Bewegung ungleich stärker. Ein Erdbeben auf einer Gartenterrasse stehend zu erleben war auch anders, als dabei in einem Lift zu stecken. Abgesehen davon, daß ich selbst schwingende Äste nicht wirklich gewohnt war, Bahnhofsspatz, der ich war.

Ich war bemüht, meinen Blick auf das Fenster gerichtet zu halten, in dessen Oval ich den Himmel beobachten konnte. Nicht zuletzt in der Hoffnung, dank solchem Konzentriertsein mein Übelkeitsgefühl einzudämmen. Mir schienen die Wolken so nah und schwer. Voll von Wasserfarbe, wie sie entsteht, wenn Kinder ihre Pinsel auswaschen.

Ich war wirklich froh, nicht umzukippen. Nicht vor einer Frau, die ich begehrte. Und um die ich auch in Zukunft werben wollte. Werbung – das hatte ich schon begriffen – lebte von der Wiederholung. Und von Wandlung innerhalb der Wiederholung. Das immer gleiche neu und anders und besser zu sagen. In meinem Fall, den Begriff der Liebe um Bilder zu bereichern, die O'Neill aus ihrem Panzer, dem Panzer ihrer generalischen Sittlichkeit, herauslocken könnte. Beziehungsweise eine Beifügung zu erfinden, die das alte Produkt neu erscheinen ließ, ähnlich wie das »Light« bei einer Coca-Cola, nur daß es bei mir eher auf ein »Heavy« – *Love Heavy* – hinauslaufen würde.

Eine Zeit lang hatte ich niemanden reden gehört, jetzt aber wurden wieder die Stimmen der drei Passagiere vernehmbar, während über mir die Schritte der vierköpfigen Mannschaft eine kleine Perkussion aufführten.

Ich spürte, wie das Boot sich durch die Wellen grub und schaufelte und das Wasser teilte und spaltete wie einen unwilligen Leib.

Das Wetter wurde nicht besser, die Wellen nicht kleiner. Gottlob liefen wir bald unser Ziel an. Schottland, wie ich mir dachte. Und ich dachte ja richtig. Wir erreichten den Hafen von Campbeltown an der Spitze der Halbinsel Kintyre. Dort gingen wir von Bord, sprich Nybråten nahm den Käfig und brachte ihn nach draußen. Und auch diesmal verzichtete er darauf, ein Tuch überzuwerfen, wie das Leute eigentlich tun, die Vögel transportieren. Man hätte meinen können, er wolle verhindern, daß wir einschliefen.

Ein Taxi wartete. Nelson setzte sich vorne neben den Fahrer. Nybråten und Tracy dahinter. Dazwischen wir Vögel.

Es wurde keine lange Fahrt. Sie führte uns zu einem Flughafen, was mich nicht wirklich wunderte. Es war kaum anzunehmen gewesen, wir würden mit dem Taxi von Schottland bis nach Wien reisen.

Der Campbeltown Airport war eine kleine Berühmtheit. Lange Zeit militärisch genutzt, verfügte er über eine ausgedehnte Landebahn, wobei die Betonung wirklich auf »landen« lag, denn diese Piste war nicht zuletzt errichtet worden, um amerikanischen Raumfähren Platz für eine Notlandung zu schaffen. Freilich nicht, um von dort zu starten.

Wir schon. Eine Maschine wartete auf uns. Ein Flugzeug, kleiner als die beiden, in denen ich zusammen mit Pinesits nach Belfast gelangt war. Eine Maschine nur für uns.

Der Flughafen lag in der Dämmerung. Lichter brannten. Es hatte zu regnen begonnen. Der Privatjet stand ganz einsam am Rande der Startbahn. Übrigens eine Topmaschine, das sah ich sofort. Andererseits wußte ich, wie sehr das Prinzip sich lockernder Schrauben auch dort galt, wo die Technik auf der Höhe der Zeit war. Denn dort, auf der höchsten Höhe – in der Technik, in der Wirtschaft, der Wissenschaft und der Liebe –, pflegte sich natürlich auch der Teufel gerne aufzuhalten. (Ich dachte oft an den Teufel, nicht wie an jemanden, den man persönlich kennenlernen möchte. Aber von dem man mehr und vor allem Genaueres in Erfahrung zu bringen versucht. Auch stellte ich mir vor, daß, wenn Gott wirklich existierte, er natürlich ebenfalls träumte. Und wen, bitte schön, würde er wohl träumen, wenn nicht den Teufel? Gott und der Teufel waren Traumpartner.)

Gar nicht teuflisch wirkten die beiden jungen Damen in ihren dunkelblauen Kostümen und den roten Halstüchern, die mit aufgespannten Schirmen vor dem schneeweißen Flieger standen und sich auf dem feuchten Beton spiegelten. Und mit deren Hilfe wir nun trocken in das Innere der Maschine gelangten. Äußerst komfortabel. Aber … ich hätte nicht genau sagen können, wie ähnlich diese Flugzeugkabine jener war, in der Blind unterwegs war. Jedenfalls kleiner, ohne Bett und ohne Küche, ohne drei kleine, dicke Frauen aus der Kosmetikbranche. Gleichwohl luxuriös.

Luxuriös und mit zwei Toiletten ausgestattet. Was darum zu erwähnen war, weil nämlich Nybråten unseren Käfig in einer dieser Toiletten abstellte, um dann das äußere wie auch das innere Türchen der Gitterkonstruktion zu öffnen. Und gleich darauf den Raum zu verlassen. Ein ziehendes Geräusch verriet, daß er ihn von außen versperrte.

»Das ist schon sehr durchsichtig«, kommentierte O'Neill.

»Was ist durchsichtig?« fragte ich, ungewiß, welche Bedeutung des Wortes sie meinte.

Nun, sie meinte nicht die Transparenz der Inneneinrichtung, sondern Nybråtens Handlungsweise, uns in eine Toilette *einzusperren* und gleichzeitig den Käfig *aufzusperren*.

»Der Gute glaubt nämlich«, sagte O'Neill, »daß wir eher Sex haben, wenn wir frei sind. Was natürlich ein Witz ist, sich eine verriegelte Toilette als einen Ort der Freiheit zu denken. Und zu glauben, wir würden wegen der paar Meter, die wir in einem Menschenklosett herumfliegen dürfen, zur Begattung schreiten.«

Nun, ich hatte noch nicht allzu viele Erfahrungen mit Menschenklosetts gemacht, kannte sie vor allem aus den Erinnerungen meines Traumpartners. Diese hier war jedenfalls supersauber und superchic. Was ich sagen will: So schlecht fand ich den Platz gar nicht. Keine ominösen Gerüche. Eher eine Andeutung von Frühling.

Ich flog aus dem Käfig hinaus, um auf eine schmale Leiste zu gelangen, die den unteren Abschluß eines rechteckigen Spiegels bildete. Dort hockte ich und wartete. Wartete auf O'Neill. Aber sie verharrte in der inneren Kugel des Käfigs.

Ich wollte ihr gerne sagen, sie könne ruhig nach draußen kommen, sie brauche nicht zu befürchten, ich könnte mich inmitten dieser »kleinen Freiheit« vergessen.

Doch ich hielt inne. Lauschte. Hörte Glocken aus der Ferne.

Kurz darauf spürte ich die Bewegung der anfahrenden, Geschwindigkeit aufnehmenden und schließlich vom Boden abhebenden Maschine.

Und auch ich selbst hob ab. Überprüfte mein Flugvermögen, indem ich mehrmals zwischen dem Waschbecken und der Kante eines gegen die Wand montierten Tisches – wohl ein Wickeltisch – hin und her flatterte.

Übrigens besaß die Toilette ein Fenster, so daß ich erneut in den Himmel schauen konnte. Der nun freilich die Farbe der Nacht annahm. Ich erblickte einen ersten Stern.

»Das ist kein Stern, sondern ein Planet«, kam es aus meinem Kopf.

»Das weiß ich doch. – Zufrieden, wenn ich *Gestirn* sag?«

Der Albatros antwortete nicht. Allerdings vernahm ich ein Geräusch, als würde er gähnen.

Auch ich selbst verspürte eine große Müdigkeit. Blieb darum am Rande des Waschbeckens hocken und schloß die Augen. Ich fühlte mich übermalt. Ganz nahe am Schlaf. Gleichsam gegen eine letzte Türe lehnend, hinter der ich ein Klingelgeräusch wahrnahm.

Ich dachte mir: »Blinds Wecker.«

30

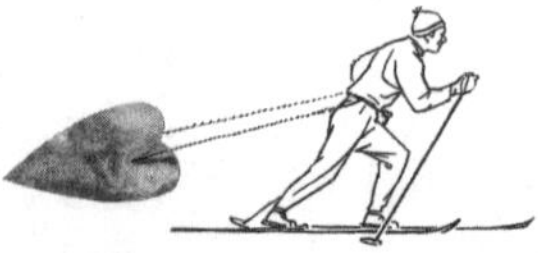

Da hatte Quimp schon recht, mein Wecker läutete. Beziehungsweise läutete das Gerät, das irgendwie auch ein Telefon war. Ich stieg aus dem Bett, zog die Vorhänge zur Seite und schaute hinüber auf den Flughafen und die Landebahn. – Sollte ich wirklich glauben, sie sei einst gebaut worden, um amerikanische Raumfähren, die es nicht mehr bis Amerika schafften, aufzunehmen?

Unsinn!

Allerdings *mein* Unsinn.

Als ich meinen Irrtum begriff, faßte ich mir an den Kopf. Denn soeben hatte ich meine eigene Welt mit der des Spatzen verwechselt. Nicht wegen der Spaceshuttles, für die ja tatsächlich da wie dort die Landepiste des Campbeltown Airport als »europäischer Ausweg« gebaut worden war, sondern weil ich für einen Moment gedacht hatte, ich befände mich – bloß traumversetzt – an derselben Stelle, von der Quimp soeben losgeflogen war. Aber natürlich war ich nicht auf der Westseite Schottlands, sondern östlich davon, auf einer der Shetlandinseln, in einem Hotel nahe dem Flughafen Sumburgh. Wo niemals geplant worden war, ein Spaceshuttle zu retten.

Nur eine Stunde später kehrte ich zurück an meinen Platz in der fliegenden Luxuskarosse, wo es so viel bequemer war als in der Hotelnacht zuvor. Die Matratze des Sumburgh Hotel hatte sich angefühlt, als wäre darauf der Film *Sieben* gedreht worden. Zudem bekam ich im Flieger augenblicklich einen ausgezeichneten Kaffee serviert. Der, den ich in meinem Hotel hatte trinken wollen, hatte einfach nicht den Weg aus dem Automaten herausgefunden. Weshalb man mir einen Tee hingestellt hatte. Nichts gegen Tee, aber er ist halt kein Kaffee.

Da saß ich also in meinem breiten Sitz, nippte an der Tasse, während der warme Dunst über mein Gesicht strich, schaute hinüber zum Meer und wartete. Ich spürte eine erstaunliche Gelassenheit vor diesem Start, obgleich wir so nahe am Wasser waren. Und obgleich der Kapitän kein Wort über die Technik verlor, sondern vom schönen Wetter erzählte, das man ja auch durchs Fenster ganz gut erkennen konnte und welches laut Durchsage bis zum Ende dieses eineinhalbstündigen Fluges anhalten sollte. Der Pilot erklärte: »Our kingdom is beautiful today.«

Es war nicht nur Gelassenheit, auch Zufriedenheit. Ein Gefühl wie zu Beginn der Schulferien. Dank der Überzeugung, es könne nun nichts mehr schiefgehen. Dank der Überzeugung, die Turbulenzen, die nach unserem Abflug aus Oslo aufgetreten waren und unsere Elektronik durcheinandergebracht hatten, besäßen die Wirkung eines Heilmittels. Um es mit Quimp zu sagen: ein den Teufel besänftigendes Heilmittel. Um es mit eigenen Worten zu sagen: Wenn man einem Unglück knapp entkommen war, hatte man eine Zeitlang seine Ruhe. Ich glaubte nicht an das Gesetz der Serie. Die Serie war eine literarische Übertreibung. Eine Konstruktion der Medien, um Unglücke besser verkaufen zu können.

Ich blieb ganz ruhig, als unsere Maschine von der Startbahn abhob, steil hochzog und mit einem scharfen Schlenker – der für einen Moment alles schief machte – in die richtige Richtung gelenkt wurde. Einem Faden folgend, der letztlich in ein Nadelöhr gefädelt würde, das Belfast war.

Nachdem mir ein Kaffee serviert worden war, setzte ich Kopfhörer auf und wählte aus dem reichhaltigen Audioprogramm ein Hörbuch aus. Joyce auf englisch, wobei ich den kaum auf deutsch verstand. Aber ich bereute es nicht. Denn ich mochte die Stimme des Sprechers, die Farbe der Stimme: ocker. Eine Stimme, die mich an die meines Vaters erinnerte, der zwar nie Englisch gesprochen hatte, aber immer so, als trage er etwas vor. Als schaue er an mir und an anderen vorbei, um von einem Bildschirm oder aufgespannten Blatt einen Text herunterzulesen, der nicht von ihm stammte. Den er aber wunderbar zu Gehör brachte; kein Schauspieler, ein Sprecher. Seine Stimme war sonor gewesen. – Allein das Wort *sonor* klang so, als wäre damit gemeint, hier rede ein Baum. Ein mindestens zweihundertjähriger, der schon mehr als zwei Weltkriege miterlebt hatte und sicher ein ganzes Dutzend Olympiaden. Und in dessen Rinde Generationen von Kindern ihre Namen geritzt hatten.

In meiner Rückschau war die Stimme meines Vaters auch schon der ganze Vater. Ich konnte mich kaum an sein Gesicht erinnern oder an eine bestimmte Berührung und auch gar nicht an die Dinge, die er gesagt hatte, gescheit oder dumm, milde oder streng, keine Ahnung, sondern allein an den Klang: sonor, und die Farbe: ocker.

Es tat gut, in diesem Flugzeug zu sitzen und James Joyce auf solch ockerne Weise zu hören. *Finnegans Wake*, ohne den Inhalt zu begreifen. Ich war ganz Ohr.

Ganz Ohr und die Augen geschlossen, fing ich an zu dösen. Und geriet in ein Zwischenreich, das den Raum bildete zwischen meiner Welt und jener Quimps. Es war wie eine Nische in einer Wolke, die man ergonomisch auf mich zugeschnitten hatte. Ich fühlte mich funktional umwölkt.

Irgendwann geriet ich aus dieser »kommoden Wolkennische« wieder heraus und nahm ein kleines, feines Mittagessen zu mir. Aus den vorderen Räumen drang Gelächter. Beziehungsweise wurde gesungen. Sehr schön, mehrstimmig. Wobei nun auch die Licko-Damen im Stil eines slowakischen Befreiungschors in den Gesang eingriffen. Ich dachte mir: »Vielleicht doch eher Uriah Heep.«

Über den Fisch auf meinem Teller konnte man sagen, daß er einmal eine Forelle gewesen war. Schon typisch, immer wieder an meinen vormaligen Vegetarismus erinnert zu werden, wie ein Soldat, der beim Töten an seine pazifistische Phase denken muß. Ohne darum mit dem Töten aufzuhören. Sprich, ich aß zu Ende.

Hernach bestellte ich noch ein Glas Wein, stülpte mir wieder den Kopfhörer über und machte es mir mit Joyce und Ockerstimme bequem. Ließ diesmal aber die Augen offen, die Wolkennische einer Zwischenwelt vermeidend.

Es waren dann andere Wolken, die ich sah. Tiefe Wolken dort, wo sich die nordirische Küste und Belfast befanden. – Surprise, Surprise! Und kein Wort vom Kapitän dazu.

Aber die Wolken waren nicht das Problem. Sondern Spatzen. Nicht, daß ich sie sofort als solche erkannte – das wurde mir erst später klar –, sondern allein die riesige schwarze Wand, die sich genau in dem Moment vor uns auftat, als wir durch die unterste Schicht der Wolkendecke brachen. Ein Vogelschwarm. Eine flirrende, flatternde Wabe aus Tausenden von Feldsperlingen, denen unsere Bombardier-Maschine nicht mehr ausweichen konnte. So, wie umgekehrt die Vögel nicht mehr ausweichen konnten.

Keine Frage, unser Flugzeug verfügte nicht nur über eine exzellente Auswahl an Rotweinen, sondern auch über modernste Technik, über SVS und FMS, über ein Wide Area Augmentation System und Wind Shear Escape, vor allem über eine spezielle Software zur Ortung kollisionsfähiger Objekte. Doch erstens war ja schon bei der Wettervorhersage geschlampt worden. Und zweitens … Wie hatte Quimp es ausgedrückt, als er über den Stand der Technik und die Höhe der Zeit nachgedacht hatte? Daß nämlich genau dort, auf der höchsten Höhe, auch der Teufel so gerne stand. Der Teufel war der Reinhold Messner des Bösen.

Es geschah, was geschehen mußte. Trotz »latest situational awareness technology«, oder genau darum. Mein Alptraum vom Fliegen wurde wahr. Nicht drüben bei Quimp, sondern hier bei mir. Indem wir nun nicht nur in den Schwarm gerieten, sondern einige der Vögel ihrerseits in unsere beiden Triebwerke. Auch dafür gab es Tests, auch dafür gab es Vorkehrungen. Und trotzdem: Wir waren in diesem Moment ein Butterbrot. Alles ging schief, was nur schiefgehen konnte. Ich sah es mit Schrecken, das Feuer, das aus dem rückwärtigen Triebwerkskörper auf meiner Seite schoß.

Kurz darauf ein Knall von der anderen Seite. Dort, wo die

Licko-Damen saßen, die auf ihre Sitze zurückgekehrt waren und sich angeschnallt hatten. Aller kosmetischer Gleichmut war aus ihren Gesichtern gewichen. Ihre Hände zum Gebet geschlossen. – Nur gut, daß ich mich nicht selbst sehen mußte.

Das Flugzeug verlor seine Linie, geriet in eine Schieflage. Der ganze Kasten wackelte, während wir endlich aus dem Schwarm gerieten, welcher praktisch unter uns durchtauchte. Der Sturzflug der Vögel war noch steiler als der unsere, dafür würde unserer länger dauern.

Was ich jetzt tat, tat ich aus einem Impuls heraus. – Nein, ich tat es, weil der Albatros in meinem Kopf dringend dazu riet. Er sprach mit einer gedehnten, verzerrten Stimme: »Schnollll düüch ab!«

»Ab?«

»Joooo, ab!«

Also schnallte ich mich ab, stand auf, hielt mich an der Wand fest und stolperte nach hinten in den Schlafraum, an dessen Ende sich eine Dusche und eine Toilette befanden.

Und genau zu letzterer drängte es mich hin. Und zwar im Bewußtsein, daß sich Quimp auf seiner Seite ja ebenfalls in einem solchen »fliegenden Menschenklosett« aufhielt. Bloß, daß seines nicht im Abstürzen begriffen war.

Noch drangen die Anweisungen des Kapitäns an mein Ohr, der durchgab, er werde eine Notlandung versuchen.

»Wo denn?« fragte ich spöttisch. »In Campbeltown?«

Nun, so weit entfernt lag das gar nicht. Allerdings waren es sicherlich irische Spatzen, keine schottischen, denen wir unser Unglück verdankten. – Oder waren es vielleicht irische Spatzen mit schottischem Hintergrund? Und hatte etwa jener englische Bischof recht, welcher zu den diversen Attributen des Bösen den Umstand zählte, schottische Vorfahren zu haben?

Ich schaffte es gerade noch in den Toilettenraum, als mit einem heftigen Ruck das Flugzeug in eine fast senkrechte Lage geriet, als wolle es den Sperlingen folgen. Ich fiel nach vorn und prallte mit Schulter und Gesicht gegen den Spiegel. Etwas Scharfes, Spitzes drang in meine Wange. Ein Splitter, in dem mein Blut sich spiegelte.

Und dann die Explosion.

Ich empfand das Klatschen, mit dem die Butter des Brotes auf dem Boden auftraf. Das schmatzende Geräusch, als küsse die Butter den Boden, feucht und innig und auf eine etwas vulgäre Weise. Ich spürte es, aber wie man etwas spürt, das man nicht eigenhändig tut, sondern nur im Fernsehen sieht. Und dabei einen Steifen kriegt, obwohl man gar nicht selbst der Küssende ist.

Um mich war Nacht. Dazu die Stimme des Albatros, sehr fern bereits, aber ocker leuchtend inmitten der Schwärze. Er wünschte: »Gute Nacht!«

31

Derselbe Albatros sagte nur einen Augenblick später: »Guten Morgen!«

Allerdings keine Sekunde zu früh. Es herrschte das, was man höchste Eisenbahn nennt. Höchste Eisenbahn für eine Verwischung.

Denn indem ich mit diesem Gruß des Albatros erwachte – in meinem Vogelkörper erwachte, meinem jüngst geheilten –, spürte ich die Explosion, den gewaltigen Druck, mit dem der Toilettenraum aus dem Flugzeugkörper herausgeschleudert wurde. Und wie gleich darauf die Verkleidung der Toilette unter der einwirkenden Druckwelle nachgab und in der Art von haarigen Löwenzahnfrüchten auseinandergeblasen wurde. Doch nun bereits in einiger Entfernung von dem von weiteren Explosionen erschütterten Flugzeug.

Mein Spatzenkörper verhielt sich in diesem Moment gleich den restlichen Teilen der Pusteblume, die der Wind davontrug. So geriet ich aus der zersprengten Toilette heraus, glücklich, dabei von keinem der Stücke erschlagen zu werden. Es wirbelte mich durch die Luft, bevor mir gelang, meine Flügel auszubreiten, der fremden Bewegung eine eigene anzufügen, Kontrolle zu gewinnen und mich in der Luft zu halten. Unter mir erkannte ich jenen dunklen Schwarm aus Artgenossen, der eine weite Kurve beschrieb, während seitlich davon der Vorderteil der Bombardier auf der Erde aufschlug und in Flammen aufging.

Bombardier? – Ich schaute hinter mich. Schaute, ob ich irgendwo O'Neill sehen konnte.

Unsinn! Ich wußte doch bereits, daß ich sie nicht entdecken würde, weder fliegend noch abstürzend, weder tot noch lebendig. Sie war nicht hier. Nicht sie, sondern ich allein hatte die Seite gewechselt. Ich war gewischt worden. Ich war aus dem Toilettenraum einer Maschine, die sich auf dem Weg nach Wien befand, hinübergeraten in den Toilettenraum einer Maschine im Anflug auf Belfast. Und die soeben mit einem Schwarm Tausender Feldsperlinge kollidiert war. Was also bedeutete, im Augenblick der Explosion erwacht zu sein. Genau an dem Ort, an dem sich Blind befunden hatte. Der nun an meine Stelle geraten sein mußte. Auf eine Toilette, die *nicht* abstürzte.

Wäre Blind noch immer hier gewesen, es hätte ihm nicht einmal genutzt, gleich mir ohne schwere Verletzung aus dem Flieger katapultiert worden zu sein. Spätestens jetzt wäre er in den Tod gestürzt, natürlich. Während ich selbst – von hohen Winden getragen und in abwärts führenden Wellen – mich sicher auf die unter mir liegende Welt zubewegte, allerdings Abstand zu den Spatzen hielt, welche die Katastrophe verursacht hatten. Die waren mir nun wirklich suspekt. Klar, Menschen hätten von einem Zusammentreffen unglücklicher Umstände gesprochen, aber als der Vogel, der ich war, wußte ich darum, wie absichtsvoll, durchdacht und willentlich so manches animalische Manöver war, welches Menschen als unbewußte Handlung der unschuldigen Kreatur interpretierten.

Wobei ich natürlich noch nicht sagen konnte, inwieweit die Spatzen der Blindwelt in dem gleichem Maße Verstand besaßen wie die in meiner. Und inwieweit auch hier jemand vom Rang eines Pinesits existierte beziehungsweise ein Sperksvolk jenseits offizieller Gattungsbezeichnungen. Ganz abgesehen von Sperks, die als sogenannte *Bäcker* auftraten – Verräter von Geheimnissen, Überläufer zu den Menschen.

Sicher war nur, daß jeder Sperk aus meiner Welt hier seinen Traumpartner besaß. – Aber war er hier dann auch wieder ein Sperk? Oder eher ein Kommissar?

Ich vermied es also, an der gleichen Stelle herunterzugehen wie der Sperlingsschwarm, suchte statt dessen Zuflucht in einem nahe gelegenen Wäldchen, wo ich in der Krone eines Baumes landete. Offensichtlich befand ich mich nicht unweit des Flughafens, denn ich hörte die Sirenen der nahenden Feuerwehr, die sonst kaum so rasch zur Stelle hätte sein können.

Ich fühlte mich unverletzt, nur ein wenig zittrig. Allerdings betrübt ob der Vorstellung, mich in einer möglicherweise unüberbrückbaren Distanz zu O'Neill zu befinden. Um so mehr war ich rasch entschlossen, dorthin zu gehen, wohin die Generälin wie auch Kommissar Blind unterwegs waren. Nach Wien. Auch wenn es bei denen natürlich das andere Wien war. Aber ich beschloß, in bezug auf den Ort eine Nähe, eine Übereinstimmung herzustellen. Denn dies schien schließlich von Bedeutung, wie es von Bedeutung gewesen war, daß Blind im Augenblick des Flugzeugabsturzes in den Toilettenraum geflüchtet war, was zu einer für ihn lebensrettenden Wischung geführt hatte. So, wie wohl auch zwei Jahre zuvor Karel Nelson rechtzeitig mit seinem einbeinigen Traumpartner die Seite gewechselt hatte und dem Tod entkommen war. Er schon, der andere nicht.

Da war es mir besser ergangen. Ich lebte.

Würde ich je wieder wagen, ein Flugzeug zu betreten? Ein Schiff? Würde mich bereits der Anblick vierrädriger Automobile in Panik versetzen? – Ich wußte, wie viele Leben Katzen besaßen. Aber wie viele Leben besaßen Spatzen?

Nun, fürs erste war ich aufs eigene Fliegen angewiesen, so sehr mir klar war, auf diese Weise kaum bis nach Wien zu gelangen. Nicht bei einer solchen Distanz und dem vielen Wasser dazwischen.

Übrigens bemerkte ich einen Ausfall meines Gefieders an Kopf und Hals, auch meinte ich, am Schwanz einige Federn eingebüßt zu haben. Es war nicht das, was Menschen eine Glatze nannten. Aber ich spürte doch, wie sich einige Lücken gebildet hatten und das verbliebene Gefieder den Zustand des Zerrauften annahm. Ein Grund mehr, jetzt die deutliche Kühle zu empfinden, die spätwinterliche. Schließlich war ich aus dem feuchten, aber warmen Spätsommer der Spatzenwelt in das kalte Märzende der Blindwelt geraten. Mit einer Plötzlichkeit, die vielleicht sogar die

Verwandlung meiner Kopftracht erklärte. Wenn die nicht doch dem Schrecken geschuldet war, aus einem explodierenden Flugzeug geschleudert worden zu sein. Die Menschen sprachen von Streß und Schock und bekamen über Nacht weiße Haare oder juckende Ausschläge, wir Sperlinge sagten dazu »Flucht der Federn«.

Es war kalt, es war diesig, und ich wußte weder, in welcher Richtung Belfast lag, noch, ob es überhaupt sinnvoll war, die Hauptstadt anzusteuern oder lieber einen anderen Weg zu wählen.

Aber ohnehin stand da nirgends ein Wegweiser. Ich startete los, einfach um weiterzukommen. Um die Zeit zu nutzen, die mir bis zum Einbruch der Dunkelheit blieb, die ja hier – in der Blindwelt, zu dieser Jahreszeit – früher eintreten würde. Zusammen mit einer Kälte, die ich als Bahnhofsspatz nicht gewohnt war.

Ich flog über Felder, pausierte auf den Ästen hoher Sträucher oder Bäume und fühlte mich bei alldem sehr einsam. So viel einsamer als damals im Zug, der aus Paris hinausgeführt hatte. Das Heimweh war jetzt doppelt und dreifach gegeben, nicht nur auf einen Ort bezogen, sondern ebenso auf die Dimension und das Klima.

Was ich im Moment aber am meisten fürchtete, waren die anderen Vögel, viele Krähen, auch Drosseln, die von mir so ungeliebten Stare sowie der Eindruck, in einiger Entfernung würden ständig Sperlinge vorbeifliegen. Feindliche Sperlinge. Schotten vielleicht. Schotten in Irland. Oder doch Sperlinge im Dienste dieser englischen Königin, die nicht sterben wollte. Oder aber im Dienste der IRA, die auch nicht sterben wollte. Mir kam jedenfalls vor, ich stünde unter Beobachtung. Dazu kam das Gefühl der landschaftlichen Wiederholung, wie bei Leuten, die im Kreis gehen.

Aber wenn es ein Kreis war, dann zumindest einer, der sich weitete, denn als es Abend wurde, erreichte ich den Rand jener Stadt, in der es vielleicht Sperks gab, aber definitiv keine Sperksetage zwischen den Stockwerken 33 und 34 eines bestimmten hohen Gebäudes.

Die Dunkelheit kam rasch, dazu ein Wind, der die fallende Temperatur in der Luft hielt – wie jemand, der im Abstürzen Auftrieb erhält. Vor allem verspürte ich einen drängenden Hunger. Weshalb ich auf einem Gartenzaun landete und Ausschau hielt. Einerseits nach einer Bedrohung in Form jener von Menschen idealisierten Monster, die Katzen heißen, andererseits nach Vogelfutter, das freundlicherweise von anderen Menschen ausgelegt wird, so daß Plätze entstehen, wo die Katzen besonders gut zuschlagen können.

Als ich da jetzt saß, vernahm ich Vogellaute, die mir exotisch erschienen, exotisch, aber nicht irisch. Papageien, dachte ich. Papageien und Kanarien, dumme Vögel, wenn ich das so sagen darf. Gute Sänger, das schon. Aber der Gesang an sich ist wie die pure Kunst, etwas Primitives, eine Form von Bewußtlosigkeit. Nicht zu vergleichen mit der Intelligenz der Spatzen. Ich könnte auch gar nicht sagen, was Papageien so reden, wenn sie nicht singen. Obgleich ich jeden Menschen verstehe, verstehe ich nicht jeden Vogel. So manche Stimme klingt in meinen Ohren *zerhackt*.

Dennoch flog ich jetzt um die Ecke, um nachzusehen. Und entdeckte eine an ein Gemäuer angeschlossene Voliere. Zwei fenstergroße Öffnungen in der angrenzenden Wand führten in ein geziegeltes Häuschen. Draußen im hohen Käfig saßen bloß ein gelber Kanarienvogel und zwei kleine grünblaue Papageien, aber aus dem Inneren vernahm ich das Gezeter einer großen Gruppe von Individuen. Ein Gezeter, aus dem ich vereinzelt auch die Rufe heimischer Singvögel vernahm. Um bald zu begreifen, daß seitlich der Anlage, knapp unterhalb des Holzdaches, ein kleines Loch in der Mauer jenen Vögeln als Eingang und Ausgang diente, die gar nicht in diesem Vogelhaus lebten, es aber aus dem gleichen Grund aufsuchten, aus dem auch ich mich jetzt hindurchzwängte. Denn natürlich waren mir die mit Futter gefüllten Schalen aufgefallen, die das Innere der Voliere zu einem »nahrhaften« Gefängnis machten.

Als ich in den Innenraum gelangte, meldete sich die Stimme des Albatros, des alten Schlaumeier, der da meinte: »Wäre gut, jetzt eine Eule zu sein?«

Stimmt schon, Eulen besaßen eine empfindlichere Netzhaut. Aber ich kann sagen, daß ich niemals in meinem Leben, in keiner Situation, ein anderer Vogel hätte sein wollen als der, der ich war. Trotz meiner Klagen über das beschränkte Alter der Sperlinge nicht. Schon gar kein Albatros. Dem ich jetzt versicherte, mich schon zurechtzufinden.

Was ich vorerst dadurch tat, zielstrebig auf die nähere der beiden Öffnungen zuzufliegen, in der das Dämmerlicht ein sichtbares stehendes Viereck bildete. Zwar streifte ich ein paar fremde Flügel, gelangte aber ins Innere der Voliere und landete auf einer der Sitzstangen nahe einer halbierten Kokosschale, in deren Füllung ich gierig meinen Schnabel steckte. Eine Mischung aus allerlei Getrocknetem, sehr bunt, ein Farbfernseher von Futter. Bekanntes wie Erbsen und Mais und die unvermeidlichen Sonnenblumenkerne, aber auch etwas, was mir ganz neu war. Neu und hervorragend, auch wenn ich nicht wissen konnte, daß es Rosinen waren. (Man könnte auch sagen: die Kadaver von Weintrauben.)

Während ich mich labte, landete ein kleiner Papagei neben mir. Sein Gesicht und sein Ausdruck erinnerten an die Dekoration eines Kindergeburtstages. Er sagte etwas, was ich nicht verstand. Ich meinte: »Hau ab!« Aber ich glaube, er verstand mich genausowenig.

Nachdem ich genug Getrocknetes hinuntergeschluckt hatte, trank ich aus einer kleinen Schale, die seitlich ans Gitter montiert war. Hernach hockte ich eine ganze Weile in der Voliere und genoß den Zustand der Sicherheit in diesem Gefängnis. Vor kleinen Papageien, Wellensittichen und Kanarienvögeln brauchte ich mich nicht zu fürchten. Und kein Raubvogel und keine Katze würden an diesen Ort gelangen. Auch kein totalistischer Vogelfänger. (Wobei sich natürlich die Frage stellte, ob es Totalisten in der Blindwelt überhaupt gab. Aber sicher ein Äquivalent, da schließlich auch jegliche Institution über eine Art von Traumpartner verfügte.)

Als nun die Kälte doch sehr spürbar das Luftpolster meines Gefieders unterwanderte – polare Luft, die es auch in geheizte

Zimmer weht –, wechselte ich wieder in das Innere, wo das übliche Gemurmel und Geflüster herrschte, das einem jeden Zubettgehen vorgelagert ist. Der Unwille zu schlafen bei gleichzeitiger Müdigkeit. Ja, es ist eigentlich kein Wunder, daß wir uns vor dem Schlafengehen fürchten, vor den Dämonen, die in unsere Träume dringen. Und vor dem einen Dämon, der wir möglicherweise selbst sind.

Ich war jetzt so gut wie blind, erspürte aber eine kleine freie Ecke, einen Vorsprung, an dessen Rand ich landete. Ich nahm eine bequeme Haltung ein und dachte nach. Man konnte schon sagen: Mein Leben war ein Abenteuer.

Doch erneut fragte ich mich, ob es einem Zufall zu verdanken war? Oder beruhte es eher auf Bestimmung? Und wenn ja, *wer* bestimmte?

Der Albatros meldete sich: »Kein Vogel ist ganz frei.«

»Ja, aber heißt das denn schon, man sei Opfer eines Plans?«

»Im Rahmen.«

»In welchem Rahmen bitte?«

»Der Rahmen ist eine starre Umrandung«, erklärte der Albatros.

»Ach ja.«

»Vier Ecken, vier Leisten, manchmal schnörklig verziert, manchmal simpel glatt, aber in jedem Fall eine Begrenzung. Die Grenze unseres Verstands. Und eigentlich ist auch das Bild im Rahmen starr. Getrocknete Farbe, versteht sich. Allerdings steht uns frei, wo auf dem Bild wir uns aufhalten. Und welchen Teil des Bildes wir wahrnehmen und welchen nicht. Abgesehen von der Sehschwäche, die einige von uns dazu bringt, die Gegenständlichkeit eines abstrakten Bildes zu übersehen. Oder daß hier ein hübscher Kopf in einen monströsen Körper mündet. Die Schädel dreier Rotkehlchen auf dem Leib eines Zerberus. Oder, wie sehr das viele Gold im Bild nichts daran ändert, daß es schlecht gemalt wurde.«

»Oder«, sagte ich, »daß die Darstellung eines Vogels in Wirklichkeit die Darstellung eines Flugzeugs ist.«

»Richtig«, nickte der Albatros. »Jetzt verstehen wir uns.«

Ich dachte mir: »So gesehen, besteht alles Leben darin, ein *bestimmtes* Bild zu erkennen, ein fremdbestimmtes, das aber im Zuge einer gescheiten oder dummen, einer richtigen oder falschen Interpretation zum eigenen wird.«

»Ja«, sagte der Albatros, der natürlich auch meine Gedanken lesen konnte, »nur daß mitunter dumme Interpretationen für gescheite gehalten werden und falsche für richtige.«

Ich sagte »Hauptsache, man lebt!« und schloß die Augen. Dunkler wurde es dadurch nicht. Aber geschmeidiger.

In einer fremden Welt hockend, schlief ich ein.

32

In eine fremde Welt geratend, wachte ich auf.

Stimmt, eingedenk des Traums, den ich soeben geträumt hatte, brauchte es kaum zu verwundern, nun nicht mehr in einem abstürzenden, sondern in einem *nicht* abstürzenden, vielmehr fortgesetzt auf Reisehöhe dahingleitenden Flugzeug zu sein. Beziehungsweise in einer Toilette, die ein wenig kleiner war als die, aus der ich kam. Dafür aber intakt. Meine Güte, ja!

Zum ersten Mal in meinem Leben sah ich nun mit eigenen Augen einen Sperksvogel. Wobei im Moment nichts darauf hinwies, es mit etwas anderem als einem weiblichen Spatzen zu tun zu haben. Da war keine Rüstung, da war keine Bewaffnung, da war kein leuchtendes Herz. Allein ein Sperlingsweibchen, das reglos auf dem Klodeckel hockte und mit großen Augen zu mir herübersah.

Wie ich meinerseits mit großen Augen sie betrachtete. Sosehr ich um die Umstände wußte, die zu dieser Situation geführt hatten, kostete es mich einiges an Geisteskraft, das alles auch zu akzeptieren. Zum Phänomen der Traumpartnerschaft war nun auch noch der lebensrettende Weltenwechsel gekommen. Nicht nur als ein kleines Zauberkunststück, wie während der Pokerrunde, sondern am eigenen Leib erfahren.

Ich sagte laut: »Quimp ist in Sicherheit! Relativ. Jedenfalls lebt er.«

Ich wußte, daß die Generälin mich verstand. Was freilich nicht bedeuten mußte, daß sie mir auch glaubte, wenn ich von Quimps Unversehrtheit sprach. Immerhin meinte ich an ihrem Blick zu erkennen, wie sehr nicht nur mein Auftauchen sie überraschte, sondern ebenso meine Kenntnis von Quimps Namen.

Wie diesem schon aufgefallen war, hatte die Generälin keinerlei Ahnung von der Existenz zweier Welten. Sie konnte nicht wissen, wie sehr der Mann, der da eine Armlänge von ihr entfernt wie aus dem Nichts aufgetaucht war, mit dem Vogel, der soeben wie ins Nichts verschwunden war, in einer Art von *verträumter* Symbiose lebte.

»Hör zu«, sagte ich, korrigierte mich aber, indem ich zu »hören Sie bitte zu, Generälin« wechselte. Ich wollte mir nichts erlauben, was auch Quimp sich nicht erlaubte.

Ich versuchte, es ihr zu erklären. Sprach von Traumpartnern, von Verwischungen, von Gebäuden, die einmal errichtet worden waren, einmal nicht. Und daß es einen Nybråten hier wie dort gab, während Leute wie ich und Spatzen wie Quimp offenkundig im Traum gerne in exotische Rollen schlüpften. Und daß es nicht ganz uninteressant gewesen wäre herauszufinden, mit wem sie, O'Neill, eine Traumpartnerschaft führte.

Stimmt, hätte mich jemand jetzt sehen können, wie ich da vor einem Sperling in einer Flugzeugtoilette stand und auf das stumme Tier einredete, er hätte den Arzt gerufen. Dem Arzt dann aber auch erklären müssen, wie ich überhaupt in diesen Raum gelangt war. (Das ist nämlich ein interessanter Aspekt, den die Aufgeklärten und die Skeptiker und die albatrosartigen Besserwisser mal aufdröseln sollten: woher die vielen Verrückten kommen, wo doch die Welt so normal ist. Oder ist es umgekehrt?)

Vor allem versprach ich O'Neill zu versuchen, sie zu befreien. So, wie ich versuchen wollte, an ihre geschrumpfte Rüstung zu gelangen, deren sich Nybråten bemächtigt hatte. Nicht zuletzt wollte ich darangehen, meinen eigentlichen Auftrag zu erfüllen und das Rätsel um Karel Nelson zu lösen. Denn dieser Mann hatte ganz eindeutig ein Verbrechen begangen, indem er jemand anders an seiner Stelle hatte sterben lassen. Wofür man ihn zwar kaum verurteilen würde. Nicht in dieser Welt. Und wahrscheinlich auch in meiner eigenen nicht. Aber vielleicht für etwas anderes. Etwa für den Tod Mona Oldenbergs. Dazu müßte ich es allerdings hinbekommen, Karel Nelson wie mich selbst in unsere ursprüngliche Welt – die Blindwelt – zurückzukatapultieren.

»Das wird bei dir leichter gehen als bei diesem Nelson«, meldete sich der Albatros, nun viel deutlicher vernehmbar als bislang. Er sagte: »Mit wem sollte Nelson denn tauschen? Mit einer einbeinigen Leiche?«

Etwas Derartiges wollte ich mir gar nicht vorstellen, daß ein Lebender den Platz mit einem Toten tauschte. Da war mir die Vorstellung, Karel Nelson könnte über einen neuen Traumpartner verfügen, schon sehr viel lieber. Denn indem er nun in der Spatzenwelt lebte, hatte er sich vielleicht in jemand neuen hineingeträumt. Jemand, der frei war.

»Wir werden sehen«, beschwichtigte ich den Albatros in meinem Kopf.

Und überlegte nun, was zu tun war. An O'Neill gerichtet, meinte ich: »Es wäre nicht wirklich klug abzuwarten, bis das Flugzeug gelandet ist. – Also, ich schlage vor, ich öffne jetzt diese Türe, und Sie fliegen hinaus, in Ordnung? Suchen Sie sich ein Versteck, sehen Sie zu, daß Nybråten Sie nicht in die Hände kriegt. Übrigens, wenn ich das noch erwähnen darf, ich finde, Quimp wäre … ja, er wäre ein guter Partner. Ich meine, er ist sympathisch, couragiert und sieht gut aus. Er ist ein gewitzter Kerl, und ich möchte behaupten: Er wird durch mich nicht blöder. – Das soll jetzt keine Werbung sein, aber …«

»Das ist ungemein peinlich«, mischte sich der Albatros ein.

Stimmt, welcher Teufel ritt mich da? Dennoch machte ich weiter, indem ich erklärte, hin und wieder den Eindruck gehabt zu haben, der rotleuchtende Fleck, der O'Neills Herz markiert hatte, habe sich mehrmals auf dem Gefieder Quimps gespiegelt. Wie eine Sonne sich im Wasser spiegelt. Und daß solche Zeichen geschahen, um den Menschen gleichermaßen wie den Tieren den Weg zu weisen.

»Wer weist denn hier? Der liebe Vogel im Himmel?« spottete der Albatros.

Nun, ich war lange nicht so gottgläubig – oder wenigstens gottbedenkend –, wie Quimp es war. Eher erschienen mir Zeichen als sicht- und spürbare Manifestationen eines natürlichen Plans. Indem wir den Plan ignorierten, ignorierten wir die Natur. Nicht zuletzt die Natur der Liebe, ohne die die Welt nicht nur ein kalter, sondern auch ein ziemlich leerer Ort wäre.

Aber Scheiße auch, das waren wohl nicht die Argumente, die eine Sperkkriegerin hören mochte.

Ich bat sie, sich bereitzumachen. Sodann legte ich mein Ohr an die Toilettentüre. Keine Stimme von draußen. Nur das gleichmäßige Dröhnen der Triebwerke. Ich schob den Riegel zur Seite, öffnete vorsichtig die Türe zu einem Spalt und lugte hinaus. Da war niemand. Ich weitete den Spalt. O'Neill startete, flog nach draußen und war so rasch verschwunden, daß ich nicht hätte sagen können, wo genau sie in Deckung gegangen war.

Hinter den beiden Toilettenräumen befand sich ein sehr kleiner Küchenbereich, nicht vergleichbar mit den Bombardier-Verhältnissen der Rockstars. Wobei es hier nicht nur keine Licko-Damen gab, sondern auch keine Stewardessen. Es schien, daß die Crew sich allein aus den beiden Piloten im Cockpit zusammensetzte. Ein Vorteil für mich, solange keiner der Passagiere nach hinten kam, um etwa die Kaffeemaschine zu bedienen. Was ich nun aber selbst tat. Ein Anfall von Sucht angesichts der kleinen roten, wie aus einem Ferrari herausgefrästen Apparatur; genauso eine, wie sie bei uns in der Dienststelle stand. Daneben ein Behälter mit Kapseln. Ich wählte eine violette, so eine, wie auch Frau Sterlitz sie gerne … Meine Güte, richtig, ich befand mich nun in der gleichen Sphäre wie meine alte Sekretärin, ohne aber zu wissen, wo sie sich aufhielt. Wo die Villa stand, aus der sie die beiden Liebhaber Kapellers entfernt und nur die zwei Hunde behalten hatte. Aber mir bescherte die Vorstellung ein warmes Gefühl, ich könnte Sterlitz, *meiner* Sterlitz, wiederbegegnen.

Ich schob die Kapsel in die Vorrichtung, drückte das Oberteil herunter, so daß eine Perforation in der Art eines einzahnigen Vampirbisses entstand, stellte eine Tasse unter die Düsen und drückte den Knopf. Was freilich ein Geräusch erzeugte, das kaum geeignet war, ungehört zu bleiben. Eher geeignet, auf mich aufmerksam zu machen. Aber wo hätte ich mich auch verstecken sollen? Ich war kein Spatz, meine Körpermaße ungünstig.

Und die Zeit zu kurz.

Ich registrierte in der getönten Scheibe oberhalb der Kaffeemaschine eine Bewegung. Eine Bewegung und eine Gestalt. Ich sah das lange Haar, oben glatt, nach unten hin gewellt, und erkannte im Rauchbraun des Glases den silberblonden Glanz.

Milena!

Nein, nicht Milena. Sondern Tracy natürlich. Die Tracy der Spatzenwelt.

Wie hatte Milena ihre Traumpartnerin bezeichnet? Als »Schlampe« und »verrottetes Luder«. Vor allem aber hatte es so merkwürdig höhnisch geklungen, als sie von dieser Person als *Frau* gesprochen hatte. So wie man umgekehrt den Begriff *Mann* abschätzig betont, wenn man meint, jemand habe keine Eier.

Nun, in diesem Fall waren Eier nicht das Problem.

Das dämmerte mir, als ich mich rasch umdrehte und der Person, die ja auch von O'Neill immer nur als »Nutte« tituliert worden war, ins Gesicht schaute. Mir fiel auf, daß sie eine Spur größer war als Milena, und zwar nicht auf Grund höherer Absätze. Etwas größer, eine Spur breiter, jedoch keineswegs weniger hübsch oder weniger elegant. Nur daß sie … Was ich erkannte, war eine Art Prothese – eine künstliche Stütze, die eine falsche Natürlichkeit vorspielte. Eine Prothese in Form eines ausgestopften Push-up-BHs sowie falscher Wimpern und eines insgesamt raffinierten Make-ups über der epilierten Gesichtshaut. Vor allem aber die Prothese in Form der Kleidung dieser Person: ein gar nicht nuttiges Sommerkleid aus blauer Seide mit weißen Tupfen und einem breiten Gürtel aus Chiffon, der so hoch angesetzt war, daß der darunter liegende Körper schlangenhaft schlank anmutete.

Was ich sah, war eine Fälschung. Aber natürlich, es gibt Fälschungen, die in ihrer Perfektion zum Original werden. Wenn man denn sagen kann, ein Schatten – sosehr er von dem Objekt abhängt, das ihn wirft – sei an sich ein Original.

Faktum war, daß ich keiner Frau gegenüberstand, sondern

einem Mann. Wobei es weniger die Merkmale der Männlichkeit waren, die mir auffielen – etwa die Armmuskeln, die zudem nur unwesentlich größer waren, als ich sie bei Milena erlebt hatte –, sondern eher die Perfektion des Weiblichen. Der hohe Grad an Übertreibung. Vergleichbar den Abbildungen von Landschaften, die mittels phototechnischer Manipulationen nachgebessert werden und dadurch einen unrealistischen Ort zeigen.

Ja, es war die Makellosigkeit dieser Person, die mich dazu brachte zu begreifen, was sie – geschlechtlich gesehen – wirklich war.

Ich sagte: »Verdammt noch mal!«

Sie darauf: »Ja. Auch verdammt noch mal. Wie kommen Sie hierher?«

Nun, die Stimme war eindeutig. Wobei auch gar kein Bemühen vorlag, Mimikry zu treiben und den tiefen, rauhen Ton abzuschwächen oder ihn als bloßes Resultat von zuviel Zigaretten und einem lasterhaften Weiberleben erscheinen zu lassen. Die Stimme war der pure Mann. (Die Stimme allein hätte auch gut und gerne die des Albatros in meinem Kopf sein können.)

Ich fragte ihn, wie ich ihn nennen solle.

Er sagte: »Das wissen Sie doch. Tracy.«

»Und wenn Sie keine Frauenkleider tragen, wie heißen Sie dann?«

Tracy warf mir einen Blick à la Lauren Bacall zu – ein Blick wie ein Strahl aus rotem Licht, der imstande ist, kleine Löcher in untadelige Männer zu brennen – und erklärte: »Was denken Sie denn, daß ich nur an ungeraden Tagen Frauenkleider trage und an geraden Tagen mit Anzug und Krawatte herumlaufe?«

War Tracy transsexuell? Eher nicht. Eher ein lupenreiner Transvestit. Ich spürte, daß hier keine anhaltende Verwandlung vorlag, sondern eine perfekte Verpackung.

So, wie bei mir eine perfekte Verwischung vorlag.

Sollte ich also von Tracy als einem *er* oder einer *sie* sprechen? Nun, Tracy war ein Er-als-sie.

Darum *sie*. Tracy, die ungeliebte Traumpartnerin Milenas.

Ich erklärte: »Sie wissen doch, normalerweise bin ich auf dieser Seite ein Vogel.«

»Was für ein Vogel?«

»Sie wissen es nicht?«

»Nein, aber ...«

Offensichtlich hatte Nybråten, der hiesige Nybråten, Tracy in diesem Punkt nicht weiter aufgeklärt. Und in der Tat war es ja auch zwischen mir und Milena kein Thema gewesen, wen oder was ich träumte.

Doch Tracy begriff rasch. Woraus ihre Frage folgte: »Sind Sie das Männchen oder das Weibchen?«

Ich antwortete: »Ich bin die Polizei.«

»Ja, schon, aber nicht bei uns«, entgegnete Tracy, lachte schrill und holte mit dem Arm aus.

Es ging so schnell, wie manchmal im Traum Dinge schnell gehen.

Der Faustschlag, der mich traf, war weder männlich noch weiblich, sondern geschlechtslos effektiv. Erwischte mich am Kinn und schleuderte mich zur Seite. Zwar verlor ich nicht das Bewußtsein, aber den Boden unter den Füßen.

Als ich mich jetzt halb aufrichtete – die eine Hand auf den Boden gestützt, die andere gegen das schmerzende Kinn gehalten –, da tauchte hinter Tracy Nybråten auf, der Nybråten der Spatzenwelt. Als er mich sah, fluchte er. Er wußte natürlich sofort, mit wem ich den Platz getauscht hatte. Was ihm aber immer noch lieber war, als wäre es O'Neill gewesen, jene reinrassige Sperkin.

Sogleich riß er die Toilettentüre auf, blickte hinein. Dann schrie er: »Wo ist sie?«

Wäre das hier eine alte Zugtoilette gewesen, ich hätte vorgegeben, O'Neill durch den Lokus ins Freie gespült zu haben. So aber meinte ich triumphierend: »Ein kluger kleiner Vogel findet eine Menge guter Verstecke in so einem Flieger. – Aber wo? Ich weiß es wirklich nicht. Sie brauchen mir auch gar nicht zu drohen.«

»Was heißt drohen? Vielleicht macht es mir einfach Freude, Sie aus diesem Flugzeug zu werfen. Wenn Sie ohnehin keine Ahnung haben, wohin die Generälin verschwunden ist.«

Das hätte in der Tat eine unvergleichliche Wendung ergeben:

aus einem explodierenden Flugzeug gerettet zu werden, damit man mich jetzt aus einem völlig intakten wieder hinausschmiß.

Aber als dritter nach Tracy und Nybråten erschien Karel Nelson, drängte sich an den beiden vorbei, kniete sich zu mir und fragte: »Haben Sie meine Frau gesprochen?«

»Sie hält Sie für tot«, erklärte ich. »Aber sonst geht es ihr gut.«

»Ich vermisse sie sehr.«

»Ihre Frau Sie auch. Sie hat in der ganzen Zeit nicht aufgehört, bei der Polizei nachzuhaken. Überzeugt davon, daß das damals kein Unfall war, als Sie mit Oldenberg gegen einen Baum rasten. Vor allem daß Oldenberg nicht Ihre Geliebte war. Seit zwei Jahren nervt sie Dr. Arntz damit ... Sie erinnern sich an Dr. Arntz?«

»Ich erinnere mich.«

»Jedenfalls hat Dr. Arntz mich gebeten, mir die Sache noch einmal anzusehen. Das habe ich. Und ich darf sagen: Es hat mein Leben verändert. Und wie! Sehen Sie mich an. In der falschen Welt steckend, im falschen Flugzeug, von einem Transvestiten niedergeschlagen. Eigentlich sollte ich in meiner Welt Terroristen jagen und helfen, Europa zu retten. Das gute Europa, die verzweifelte Dame.«

»Glauben Sie mir«, sagte Nelson, »sie ist auf dieser Seite nicht weniger verzweifelt.«

Ich äußerte: »Immerhin bin ich am Leben. So, wie Sie am Leben sind, zweibeinig.«

»Ja«, sagte Nelson, »das fand ich auch erstaunlich, als ich davon erfuhr, niemand da drüben solle bemerkt haben, statt eines Mannes mit zwei Beinen einen mit nur einem Bein begraben zu haben. Als wäre das nicht so wichtig.«

»Fehler geschehen«, erklärte ich, eine so banale wie nicht geringe Wahrheit aussprechend und damit auch die ganze Polizei verteidigend. »Da wie dort. Aber Fehler geschehen nicht zuletzt, damit man sie behebt. In diesem Fall wortwörtlich. Arntz wird demnächst das Grab ausheben lassen, um nachzusehen.«

»Aha, Sie sind also ein Sprachspieler.« Es klang nicht mal böse. »Haben Sie das von Ihrem Spatzen?«

»Nein, nein, das war vorher schon so.«

»Vorher? Es gibt kein Vorher«, erklärte Nelson. »Man kommt mit seinem *Gegenstück* auf die Welt. Von dem Moment an, da man träumt. Und man träumt ja früh.«

»Also, das glaube ich kaum«, sagte ich und erwähnte die Tatsache, daß es sich bei dem Spatzen Quimp um einen Jungspatzen handelte, bei mir hingegen um einen alten, zumindest halbalten Kommissar.

Nelson erwiderte, daß das Verhältnis der sich gegenseitig Träumenden zu Dehnungen und Verformungen der Zeit führe. Zudem gelte möglicherweise, daß der Traum noch vor dem Leben beginne. Déjà-vus seien Ereignisse, die wir bereits geträumt hätten.

Sodann reichte er mir die Hand und sagte: »Na, kommen Sie mal hoch, Kommissar.« Im Hochhelfen aber fragte er, ob ich bewaffnet sei.

»Wie dumm!« dachte ich. Nicht wegen der Waffe. Sondern wegen der Pan-Am-Tasche, in der die Waffe lag. Eine Tasche, die ich im Bombardier-Jet zurückgelassen hatte und die wohl kaum die Explosion, den Aufprall und das Feuer überlebt haben konnte. Auf diese Weise war mein Vater endgültig gestorben.

»Keine Waffe«, sagte ich. Doch als ich stand, überzeugte sich Tracy persönlich davon, daß sich in meinem Jackett nichts anderes befand als eine Polizeimarke, die in dieser Welt wohl nicht galt, sowie ein Handy, das in dieser Welt wohl nicht funktionierte.

Ich verstand schon, wieso Milena derart sauer auf eine Person war, die versuchte, sie zu kopieren. Ein Trickspieler des Optischen. Der einen Betrug an ihr beging, an ihr, der echten Frau. Der echten Frau, die ich liebte.

Ich konnte nicht an mich halten, als Tracy nun die Taschen meines Jacketts, die Taschen meiner Hose und den rückwärtigen Hosensaum sowie den Bereich meiner Fußgelenke überprüfte. Ich sagte: »Na, wollen Sie nicht auch noch meine Unterhose checken?«

Tracy schaute mich an, als vermute sie in meinen Shorts etwas sehr viel Horribleres als einen Revolver. Nichts, was sie anfassen wollte. Zumindest zeigte sie sich ob meines Angebots angewidert, ließ meine Unterwäsche unangetastet, zog dafür aber den gefalteten Zettel – den Schuldschein als Einstecktuch – aus meiner

Brusttasche. Eine Schuld beschreibend, von der ich immerhin hoffen konnte, sie habe in dieser Welt ihre Gültigkeit verloren.

Tracy öffnete das Papier, las es, runzelte die Stirn, faltete es wieder zusammen und tat es zurück an seinen Platz. Dann drehte sie sich hin zu Nybråten und erklärte: »Er ist sauber, soweit man das von jemand sagen kann, der eigentlich ein Vogel ist.«

Ich dachte mir: »Na, du hast es nötig, jemand, der eigentlich ein Mann sein sollte.«

Jedenfalls fiel kein Wort über den Schuldschein, wobei Nybråten ja ganz sicher wußte, was darauf stand. Nur ich selbst nicht. Ein Unwissen, das ich mir auch so lange wie möglich erhalten wollte. Ähnlich jenen Frauen, die ihr echtes Alter nicht kennen und tunlichst vermeiden, sich die diesbezüglichen Unterlagen anzusehen. Die den Traum vom Nichtwissen leben. (Übrigens kam mir in diesem Augenblick in den Sinn, daß Quimp ja spätestens auf dem Schiff von Cushendun nach Schottland die Stimme Tracys gehört hatte, die ihm jedoch einwandfrei als die einer Frau erschienen war. Da war nie der leiseste Zweifel gewesen. – War es möglich, daß für einen Spatzen der Klang der menschlichen Stimme vom Anblick abhing, den der jeweilige Mensch bot? Was ja seine Berechtigung hatte. Ähnlich dem Umstand, daß manche Synchronstimme besser zu einem Charakter paßte als das Original.)

Es war nun Karel Nelson, der vorschlug, hinüber in den Kabinenraum zu wechseln.

»Und die Generälin?« fragte Nybråten.

»Solange wir fliegen«, meinte Nelson, »und solange dieses Flugzeug geschlossen bleibt, wird sie uns schwerlich entkommen. Außerdem haben wir ihre Rüstung. Ehrlich, ich glaube nicht, daß sie vorhat abzuhauen, um als ungeschützter Vogel ein neues Leben anzufangen. Sobald wir gelandet sind, werden meine Leute jeden Winkel durchsuchen. Ich denke, wir können uns derweilen setzen. So redet es sich leichter.« Und an mich gewandt: »Sie wollen doch reden, oder?«

»Ich will vor allem verstehen«, sagte ich und fragte, ob ich mir die jüngst gefüllte Tasse Kaffee mitnehmen dürfe.

»Gerne. Ohnehin muß ich mich entschuldigen, daß wir in diesem Flugzeug ganz ohne Bedienung sind. Es gab einige Personalprobleme. Anders gesagt: Loyalitätsprobleme.«

»Daß mich Ihre freundliche Mitarbeiterin Tracy niedergeschlagen hat, haben Sie aber schon mitbekommen, oder?«

»Ich denke, so was braucht sich nicht zu wiederholen«, meinte Nelson, während Tracys Bacall-Blick eine hübsche kleine Drehung vollzog.

Ich nahm also meine Tasse, tat einen kleinen Löffel und ein vakuumverpacktes Milchdöschen dazu und folgte den dreien in den vorderen Kabinenabschnitt, wo rechts und links je zwei zueinanderweisende, breite, weiche, fast weiße Ledersitze zum Sitzen einluden. Zwei zusätzliche Sessel weiter vorn blieben unbesetzt. Der Boden war mit einem dicken Wollteppich ausgelegt vom gleichen Fastweiß wie die Sitze und die Wandverkleidung. Farbe von altem Schnee.

Im Gegensatz zur eben abgestürzten Bombardier auf der Blindweltseite hatte dieser Flieger schon viele Jahre auf dem Buckel – da hatte Quimp doch ein wenig falsch gelegen, der den Flieger für neu gehalten hatte. Die Einrichtung besaß den Charme von verblaßtem Luxus. Siebziger-Jahre-Möbel, die trotz Pflege deutlich ihr Alter verrieten, wie bei den meisten Dingen aus den siebziger und achtziger Jahren. Man kann dem Plastik, dem Leder, dem Holz und der Wolle aus dieser Zeit stets die Vergänglichkeit ansehen, die Dinge haben etwas Verschmiertes, den Charakter von Gegenständen, die von vielen gewaschenen und vielen ungewaschenen Händen berührt worden sind. Markiert.

»Setzen wir uns«, sagte Nelson.

Und das taten wir. Er mir gegenüber, auf der rechten Seite, gegen die Flugrichtung, mit Blick... ja, man könnte sagen, mit Blick auf die Vergangenheit. Während ich in die Zukunft sah, auf ein Stück Himmel, das wir demnächst erreichen würden.

Ich goß Milch in meine Tasse, rührte um und trank.

»Erzählen Sie mal«, forderte Nelson, »was Ihnen drüben zugestoßen ist.«

Eigentlich wollte ich ja, daß er, Nelson, mir berichtete, erklärte nun aber, auf der anderen Seite ebenfalls in einem Flugzeug gewesen zu sein. Das mit einem Schwarm von Vögeln kollidiert sei. »Ich glaube sogar«, sagte ich, »es waren Sperlinge. Aber keine Sperks. Einfach Sperlinge. Die Triebwerke brannten, dann folgte eine Explosion. Ich wurde herausgeschleudert, aber nicht nur aus dem Flugzeug, sondern zusätzlich aus der ganzen Welt. Ich hätte sonst auch kaum eine Chance gehabt.«

»Und der Vogel?«

»Der Vogel heißt Quimp und hat überlebt, wo ich gestorben wäre.«

»Seien Sie froh.«

»Ich bin froh.«

»Nicht nur für den Vogel«, meinte Nelson und sagte, er wisse, wovon er spreche. Zwar habe die Verwischung damals, als er mit Mona Oldenberg gegen einen Baum geprallt war, sein Leben gerettet, aber seither könne er nicht mehr träumen. Sein Schlaf sei tatsächlich ein Zustand des Todes. Kein Zustand, den man als geruhsam erlebe, wirklich nicht, sondern als eine Bewußtlosigkeit, die einem ständig bewußt sei. Ein Absurdum wie das, trotz dauernden Trinkens durstig zu bleiben. »Im Grunde ist es so«, sagte er, »als treibe man willen- und orientierungslos durchs All, in der einzigen Hoffnung, in dieser gewaltigen Leere irgendwann mit jemand zusammenzustoßen, mit dem man träumen kann. Der eine den anderen. – Ich weiß, was es bedeutet, wirklich allein zu sein. Der traumlose Schlaf ist kein Spaß. Das ist viel schlimmer als das Alleinsein vor dem Fernseher oder im Hotel oder plötzlich allein zu sein mit einem Vermögen und es allein ausgeben müssen. Im Schlaf aber … Ich beneide Sie um Ihren Vogel … um Quimp.«

»Wenn ich nicht falschliege«, sagte ich, »dann hat Ihr Freund hier, Herr Nybråten, bereits zweimal versucht, genau diesen Vogel zu eliminieren. Einmal auf einem Wiener Bahnhof und das andere Mal in einem Belfaster Hotelzimmer.«

»Ja, das hat er«, antwortete Nelson, »das war sein Auftrag. Damals. Zu verhindern, daß der kleine Kerl sich mit Pinesits trifft. Sie wissen ja, wer Pinesits ist, oder?«

»Das weiß ich.«

»Sie wissen aber nicht, welche Figur Pinesits auf der anderen Seite verkörpert. In Ihrer und meiner ehemaligen Welt.«

»Nein, keine Ahnung.«

»Mona Oldenberg.«

»Mona Oldenberg ist tot«, erinnerte ich.

»Ja und nein«, sagte Nelson. »Stimmt, sie ist gestorben. In diesem Wagen, neben mir. Und anders als bei mir geschah bei ihr auch kein Wechsel, der sie hätte überleben lassen. Was sie selbst wohl auch gar nicht gewollt hätte. Denn es ist ja so, daß einige von denen, die sich ihres geträumten Gegenübers bewußt sind, die andere Identität für die wertvollere halten. Oldenberg war viel lieber der superalte Spatz ihrer Träume als die junge Frau, die sie wirklich war. – Aber was ist schon *wirklich* in solchen Zusammenhängen, Herr Kommissar? Bei mir war das übrigens nicht der Fall. Ich war mir selbst stets näher als dem Einbeinigen meiner Träume. Nicht, daß es mir Freude bereitet hätte, ihn zu opfern, ihn an meiner Stelle sterben zu lassen. Aber da gab es nun mal keine Alternative. Er oder ich.«

»Es war *Ihr* Auto, und es war *Ihre* Depression«, stellte ich fest.

»Ach, Sie meinen, ich wäre lebensmüde gewesen, hätte mich töten, aber auf der anderen Seite weiterleben wollen?«

»Die Idee kam mir gerade.«

»Kommt Ihnen diese Idee vielleicht, weil sie sich soeben aus einem explodierenden Flugzeug verabschiedet haben, um an Ihrer Stelle einen Spatzen das Problem ausbaden zu lassen?«

War das wirklich so gewesen war? Hatte ich mich bewußt entschieden, mein Leben sei wichtiger als das meines Traumpartners Quimp? Daß ein Mensch mehr zählt als ein Vogel, wie ein Zweibeiniger mehr zählt als ein Einbeiniger? Sicher, Quimp hatte überlebt. Eine glückliche Fügung. Aber das hatte ich nicht ahnen können. War ich also tatsächlich bereit und willig gewesen, seinen Tod in Kauf zu nehmen, um mich selbst zu retten? Oder war es nicht eher so, daß mein Glaube an die Überlebensfähigkeit des Spatzen größer war als an meine eigene?

Konnte man eine Verwischung tatsächlich herbeiführen? Oder

wenigstens ihr Eintreten begünstigen, indem man dafür bereit war? Vielleicht ähnlich den Dingen, die allein geschehen, wenn man an sie glaubt. Placebo. Unsicher ob der eigenen Intention, wich ich Nelson aus und fragte ihn, wieso eigentlich Mona Oldenberg überhaupt mit ihm in diesem Wagen gewesen sei.

Nelson darauf: »Wissen Sie um das Leben und Sterben der Flugzeuge?«

»Nun ja, ich komme gerade aus einem sterbenden und bin derzeit in einem lebenden. Aber vielleicht reden wir über die Leichname von Flugzeugen, die in den unterirdischen Hangars von oberirdischen Konzernen zusammengeflickt werden. Das, was von ihnen halt übrig ist.«

»Oha! Ich sehe, Sie sind weiter, als ich dachte.«

Ohne nun Felix' Namen beziehungsweise die Mitglieder einer kleinen Gruppe namens *Golden Awakening* zu erwähnen, allein von einem Informanten sprechend, erklärte ich, davon zu wissen, was Mona entdeckt habe, als sie versuchte, in eins der Nelsonschen Labore einzubrechen: ein ganzes Stück zerstörtes Flugzeug. Erstaunlicherweise ein Flugzeug, das damals niemandem abging. Noch nicht.

Nelson darauf: »Mit diesem Flugzeug hat alles angefangen. Das ist halt kein geringes Problem, wenn man das Wrack von einer Passagiermaschine findet, die noch gar nicht abgestürzt ist. Sondern sich in Betrieb befindet. Ein Wrack, das niemand braucht und niemand will und dessen Existenz man vor der Öffentlichkeit zurückhält. Ich wurde beauftragt, mich darum zu kümmern und das Rätsel zu lösen. Nicht zum ersten Mal. Aber noch nie war ein Rätsel so verzwickt gewesen.«

Nelson berichtete, wie die Überreste der Maschine, die die Mitarbeiter einer Forschungsstation auf der Île Kerguelen entdeckt hatten, sauber verpackt und ohne irgendein Aufhebens nach Europa gebracht worden waren. Wo dann seine Spezialisten begonnen hatten, das Puzzle zusammenzusetzen.

»Île Kerguelen?«

»Eine Insel tief im Süden des Indischen Ozeans. Gehört den Franzosen. Von denen erhielten wir auch den Auftrag, den Hergang zu rekonstruieren. Wir haben bei solchen Ereignissen – Flugzeugereignissen – sehr oft für die Franzosen gearbeitet.«

»Für die Totalisten?«

Er lachte. »Nein, das ist jetzt ein Irrtum. Totalisten gibt es nur hier, in dieser Welt. Manche Träume sehen eben doch ein wenig anders aus. Drüben erhielten wir unseren Auftrag von SGDN, dem Geheimdienst des Premierministers, der erfahren wollte, was von diesem Wrack zu halten sei. Wie das möglich sein konnte, es eindeutig mit Bestandteilen einer Maschine zu tun zu haben, die ebenso eindeutig noch immer im Dienste der Malaysia Airlines unterwegs war. Dieselbe Seriennummer, dasselbe Kennzeichen. Jetzt abgesehen davon, daß niemand ein Flugzeug dieser Größe vermißte. Vor allem aber: Da waren Wrackteile, aber keine Leichenteile.«

»Und Gepäckteile?«

»Sehen Sie, das habe ich mich auch gefragt. Ich habe mich gefragt, ob uns die Franzosen wirklich alles geliefert haben, was sie dort auf der Insel fanden. Denn das einzige Objekt, das nicht zum Flugzeug gehörte, war ein Stofftier. Gut, das ist einerseits wenig, andererseits könnte man ein Stofftier geradezu als Beweis für eine menschliche Existenz ansehen. Kein Teddybär ohne den kleinen oder großen Menschen, der ihn mit sich herumträgt.«

Ich erinnerte mich, daß Felix mit einigem Ärger erwähnt hatte, Mona habe etwas mitgenommen. Mitgenommen, ohne etwas anderes dort zurückzulassen, wie es doch dem Prinzip aller Aktionen der Golderwachten entsprochen habe. Ich sagte: »So eine gelbe Babyrobbe, nicht wahr?«

»Richtig. Wir hatten sie zwischen zwei verkohlten Sitzen eingeklemmt gefunden und nach einer eingehenden Materialanalyse auch wieder an die alte Stelle zurückgetan. Denn bei einer Rekonstruktion muß jedes Teil an seinen Platz. Selbst ein Stofftier. Aber Sie wissen ja wahrscheinlich, daß Mona gleich gegen zwei Verbote verstoßen hat. Gegen das ihrer goldangehauchten Künstlerfreunde, dieser Neo-Klimtianer; das Verbot, nie etwas mitgehen zu lassen, ohne etwas Vergleichbares einzusetzen. Und natürlich gegen das simple Verbot von Einbruch und Diebstahl.«

»Sie hat Ihnen also davon erzählt.«

»Das hat sie! Wenige Tage später. Es war dieses Stofftier, denke ich, was sie so beschäftigt hat. Das kennt man doch, man sieht ein Spielzeug und denkt an das Kind, dem es gehört. Und dann denkt man an sich selbst als Kind. Oder man denkt an das Kind, das man einmal haben wird. Oder an das Kind, das man vielleicht nie bekommt. Und alles wird schwermütig. Abgesehen von der Schwermut, die daher rührt, in den eigenen Träumen ein fliegendes Wesen zu sein. Aber das muß ich Ihnen ja wohl kaum erklären. – Mona wollte Antworten, die ich ihr damals nicht geben konnte. Vor allem wollte sie, daß ich an die Öffentlichkeit gehe. Denn nach Monas Logik stellte dieses Flugzeugwrack einen Hinweis auf ein Unglück dar, das erst noch geschehen würde.«

»Das scheint ja wohl die richtige Logik gewesen zu sein.«

»So klar war das damals noch nicht«, sagte Nelson. »Außerdem gab es eine strikte Vereinbarung mit den Franzosen, wie Sie sich vielleicht denken können. Und das sind nun mal nicht die Leute, mit denen man etwas ausmacht und dann erklärt, man habe es sich anders überlegt. Gleichgültig, ob es sich um eine Börsenmanipulation handelt oder die Untersuchung eines Flugzeugabsturzes. Das wollte Mona aber nicht einsehen. Wie alle sentimentalen Geister – und dabei war sie Wissenschaftlerin und keine schlechte – glaubte sie, die Wahrheit könne den Menschen heilen. Was für ein Irrtum! Die Menschheit – Sie erlauben, daß ich das so sage – scheißt auf die Wahrheit. Und zwar nicht nur die dumme Mehrheit, auch die gescheite Minderheit. Jeder will die Lüge hören, die seine Sicht des Lebens bestätigt.«

»Und welche Lüge wollten *Sie* hören?«

»Eine sehr einfache und leider auch sehr schwierige: nämlich daß Mona mich liebte. Wenn nachher gesagt wurde – und ich habe ja trotz des Seitenwechsels mitbekommen, was nachher gesagt wurde –, wir seien ein Liebespaar gewesen, muß ich sagen: leider nein. Nicht im üblichen Sinn. Aber ich war bemüht. Somit auch bemüht, Mona begreiflich zu machen, welche Gefahren es mit sich brächte, würden wir die Öffentlichkeit über diesen anscheinend so unmöglichen wie offenkundig geschehenen Absturz informieren.«

Ich hörte zu und verstand. Zwei Monate waren den beiden geblieben, zwei Monate, in denen Karel Nelson und Mona Oldenberg eine »Beziehung« geführt hatten, in der Tat der eine den anderen *ziehend.* Nelson hatte Mona in die Untersuchung der Maschine einbezogen, allerdings unter der Bedingung, zunächst nichts davon weiterzugeben. Und auch ihre golderwachten Freunde zum Stillschweigen zu verpflichten. Wobei die natürlich ohnehin ein Schweigegelübde praktizierten und in keiner Weise an die Kraft der Offenlegung glaubten.

Mona schon. Ihre Sentimentalität war ebendie der Aufklärung.

Im Grunde hatte Nelson auf Zeit gespielt. Er wollte Mona bei sich haben. Er war schon vorher in sie verliebt gewesen, aber sie hatte nur Augen für Greta Nelson gehabt, nur Augen für das wichtigste Beispiel ihrer Arbeit über »reiche Frauen«. Indem nun aber dieses Flugzeug aufgetaucht war und indem Karel Nelson die Macht über die Teile dieses Flugzeugs erhalten hatte, war er für Mona in den Mittelpunkt ihrer Betrachtungen gerückt. Sie hatte ihre Arbeit über »reiche Frauen« ausgesetzt, um sich Klarheit über diesen einen »reichen Mann« sowie das »unmögliche Flugzeug« zu verschaffen. Ein Flugzeug, welches ihr als eine archäologische Fundstätte erschien, die in die Zukunft zeigte.

»Ich hoffte«, sagte dieser reiche Mann, denn ein solcher war er auch hier drüben, »es würde etwas Körperliches dabei herauskommen. Ich wollte sie einfach. Die erste junge Frau, die ich wollte. Aber es ist nun mal eine Wahrheit auch für reiche und berühmte Menschen, nie das zu bekommen, was man möchte. Wenigstens ein Teil aller hohen Gebäude und aller wertvollen Kunstsammlungen und verrückten Aktiengeschäfte ist eine Kompensation dafür, etwas nicht bekommen zu haben. – Für Mona blieb ich einfach nur der Mann, der ihr Zugang zu diesem Wrack verschaffen konnte. Sie war besessen davon. Wobei natürlich alle, die damit zu tun hatten, besessen waren. So ist das, wenn man an einem Wunder teilnimmt. Als wäre man in ein Buch gefallen, am besten in die Bibel, und stellte fest: Alles ist wahr.«

Und dann begannen auch Mona und Karel sich ihrer Träume bewußt zu werden. Beziehungsweise der Figuren, die sie auf der anderen Seite verkörperten. Karel begriff, dort drüben ein Einbeiniger zu sein, der aber, von dem fehlenden Bein abgesehen, als sein Zwilling hätte durchgehen können. Mona hingegen erkannte als ihr geträumtes Gegenstück den legendären Spatzen namens Pinesits. Und dachte sich, daß das eigentlich übertrieben sei, so wie wenn Leute behaupten, in einem früheren Leben Napoleon, Goethe oder Kleopatra gewesen zu sein anstatt irgendein kleiner, unbedeutender Bauer oder Bürger oder irgendeine Magd.

Aber die Übertreibung war nun mal gegeben. Und indem Mona sich ihres superalten Traumpartners immer bewußter wurde, erfuhr sie nicht nur von dessen Inzersdorfer Leben an der Seite eines ehemaligen Blumen- und aktuellen Tropfenmalers, vielmehr sickerte das ganze Wissen Pinesits', seine ganze Erinnerung in sie ein. Und damit auch die Kenntnis von der Existenz der Sperks. Sowie die Kenntnis von einem Belfaster Hochhaus, das den wehrhaften Vögeln als Geheimquartier diente. Wir alle, die wir träumen, sind zwei. Und zu den Wahrheiten in diesem »Spiel des Lebens« beziehungsweise in diesem »Spiel zweier Leben« gehörte, daß sämtliche Figuren, die in der einen Welt zusammentrafen, es auch in der anderen taten. Aber eben nicht nur die Menschen, wie Nelson jetzt bestätigte, auch die Gegenstände, die Artefakte, die die Menschen da wie dort planten und manches davon auch realisierten.

Die Boeing-Maschine war in der einen wie der anderen Welt gebaut worden, das *Aurora Building* einmal bloß geplant, das andere Mal auch errichtet worden. Zudem gab es Unterschiede in der Schnelligkeit mancher Entwicklungen, Unterschiede von einigen Monaten oder sogar Jahren. Das blieb in der Regel ohne Bedeutung, ob die Berliner Mauer in der einen Welt fünf Wochen früher gefallen war beziehungsweise in der anderen fünf Wochen später und inwieweit die Mondlandung in der einen Welt tatsächlich stattgefunden hatte und in der anderen eine Fälschung gewesen war, wobei sogar Beobachter, die sich beider Welten bewußt waren, nicht immer hätten sagen können, in welcher das eine geschehen war und in welcher das andere.

Das alles wäre einerlei gewesen, hätte es nicht die Verwischungen gegeben. Verwischungen, von denen so schwer zu sagen war, wieso sie auftraten und ob sie einem Plan oder Zyklus oder einer Laune zu verdanken waren. Ergebnis einer Intervention oder ganz frei entstanden. Und warum sie mitunter geschahen, um jemanden vor dem Tod zu bewahren.

Immerhin meinte Nelson das Prinzip zu verstehen. Er verglich es mit dem Effekt der Quantenverschränkung, bei dem zwei Photonen so miteinander verschmolzen, daß sie einen gemeinsamen Quantenzustand bildeten. Egal, wie weit nun die Photonen auseinandergerieten, ihre identischen Eigenschaften blieben stets erhalten, über jede Entfernung.

»Auf uns übertragen«, sagte Nelson, »bedeutet das, daß der Träumer wie der Geträumte zunächst einmal über das gleiche Wesen verfügen. Der Quantenzustand ist immer derselbe – das Bewußtsein, der Geist, das Ich, selbst die Gestalt. – Aber dann kommt etwas hinzu. Eine Veränderung. Wenn Sie so wollen: eine Verunreinigung. Das ganze Spektrum, von einer winzigen Narbe angefangen über ein fehlendes oder nicht fehlendes Bein bis hin zum Unterschied zwischen Mensch und Tier.«

»Oder zwischen einer Frau in Frauenkleidern und einem Mann in Frauenkleidern«, sagte ich und tat einen Blick hinüber zu Nybråtens schlagkräftiger Assistentin. Welche sich in diesem Moment erhob, um nach hinten zu gehen, wo die Kaffeemaschine stand. Ich vermutete, um ihr Make-up aufzufrischen, die Strümpfe nachzuziehen, ihre Frisur zu ordnen und jegliches Detail zu überprüfen, das ihre Perfektion gefährden könnte.

Nelson beschrieb diesen Umstand der Änderung mit Hilfe einer Eigenart der Quantenverschränkung. Wenn man sich nämlich zu dem System zweier Photonen ein drittes Lichtteilchen dachte, welches ebenfalls mit einem der beiden Photonen verschränkt wurde (man könnte auch sagen, verheiratet wurde), dann löste sich der Quantenzustand dieses dritten Teilchens auf, wurde jedoch auf das entfernte Partnerteilchen übertragen, welches sich somit in ein Abbild dieses dritten Teilchens verwandelte. Wenn das so war, dann fragte sich freilich: Wer war zuerst da, der Kommissar oder der Spatz? (Der Kommissar natürlich, dachte ich mir. War mir aber bewußt, daß ich, sobald ich schlief und träumte, sagen würde: der Spatz natürlich.)

Verwischungen waren nach dieser Theorie Rückkoppelungen, bei denen das verwandelte »Teilchen«, der Spatz *oder* der Kommissar, seine Information an das erste Photon zurückschickte. Von der Information befreit, erhielt das zweite Photon wieder seinen ursprünglichen Quantenzustand. Während hingegen das erste Photon nun zur Kopie des dritten wurde.

Eine Verwischung bedeutete also nicht wirklich ein Vertauschen der Plätze, sondern eine Verwandlung des ersten Teilchens in den Zustand des dritten sowie eine Rückkehr des zweiten Teilchens zu seinem alten Stadium.

Die eigentliche Frage dabei war: Woher stammte das dritte Teilchen? Wer war der Versender dieses Teilchens? Der Versender der Information, die den Unterschied bewirkte, den Unterschied zwischen Tier und Mensch, zwischen Mann und Frau, zwischen Gebautem und Nichtgebautem, zwischen Objekt und Gespenst?

War dies etwa neidischen Göttern zu verdanken, die es nicht hatten ertragen können, wie perfekt die Welt war, die sie selbst doch geschaffen hatten, wie perfekt und harmonisch, viel harmonischer als ihre eigene? Und deren Neid sie dazu verführt hatte, das dritte Teilchen als ein spaltendes, trennendes, veränderndes Element zu entsenden?

Und weiter noch: Wenn das alles stimmte, war ich dann hier und jetzt endlich wieder der Kommissar, der Mensch, der ich von Anbeginn gewesen war? Oder hatte ich jenen Zustand angenommen, den die Intervention des dritten Teilchens bewirkt hatte, was bedeutet hätte, ursprünglich, da wie dort, ein Spatz gewesen zu sein?

»Sie sehen bleich aus«, meinte Nelson.

»Ich fühle mich auch bleich.«

»Stellen Sie den Kaffee weg. Wir machen eine Flasche Wein auf. – Nybråten, wären Sie so nett.«

Nybråten war so nett.

Allerdings bemerkte ich die Andersartigkeit. Eine gewisse Grobheit, mit der Nybråten nach der Flasche griff, den Korkenzieher ansetzte und den Korken herauszog. Der andere Nybråten, jener, dem ich auf dem Schiff nach Oslo begegnet war, hätte die Flasche eine ganze Weile in der Hand gewiegt und das Etikett auch dann gewürdigt, wenn es ihm aus vielen Betrachtungen vertraut gewesen wäre. Er hätte etwas zu dem Wein gesagt und ihn nicht einfach in vier Gläser geschenkt. Er hätte geredet. Er hätte begründet. Aber der Begründer hier war Karel Nelson.

Keine Frage, der Nybråten der Blindwelt besaß ganz sicher eine größere Bedeutung als jener der Spatzenwelt, so gut dieser auch im Schießen und Töten und im rechtzeitigen Verlassen von Tatorten sein mochte.

»Wollen wir anstoßen?« fragte mich Nelson.

»Wir werden aber keine Freunde werden«, prophezeite ich. »So versöhnlich es sich anhören mag, wenn Gläser klingen.«

»Dann lassen wir doch zumindest den Klang zu«, schlug Nelson vor.

Unsere Gläser krachten milde aneinander.

Nybråten dagegen war eingenickt, während Tracy noch immer hinten stand, Augenbrauen nachzog, Strümpfe nachzog, die Konturen ihrer Lippen.

Überhaupt Nybråten. Wieso hatte er auf Quimp geschossen?

»Alles der Reihe nach«, sagte Nelson, der weitererzählte, wie er und Mona und ein kleines Team von Spezialisten die Wrackteile untersucht hatten. Wobei man sehr wohl auf Spuren von Menschen gestoßen war: auf Fingerabdrücke, Haare, auf Fussel, die von Kleidung stammten, auf das eine Stofftier eben, aber auf absolut nichts, was darauf hinwies, bei diesem Absturz sei irgend jemand getötet worden oder habe irgend jemand überlebt.

»Wir sind zu der Ansicht gekommen«, erklärte Nelson, »daß dieses Flugzeug leer war, als es abstürzte. Gänzlich leer, somit auch ohne Piloten. Und daß es also aus jener Traumwelt stammte, in der gewisse Ereignisse früher stattfinden als bei uns, andere möglicherweise später oder gar nicht. Es blieb keine andere Variante als die, daß dieses Flugzeug im Zuge einer Verwischung in unsere

Welt geraten war. Einzig das Flugzeug, nicht die Menschen an Bord. Es ist doch evident, wie sehr eine nahende Katastrophe, ein Unglück, ein drohender Tod einen solchen Wechsel hervorbringen können, Herr Kommissar. Da brauchen Sie nur sich selbst herzunehmen. Verwischungen sind wie letzte Rettungsversuche. Im Angesicht des Todes kann ich um Hilfe schreien, Gott anrufen, die Polizei, klein beigeben oder eine Verwischung erzwingen. Wir müssen die Frage, die einmal Philip K. Dick gestellt hat, ob nämlich Androiden von elektrischen Schafen träumen, erweitern um die Frage, ob Flugzeuge von sich selbst träumen. Jedenfalls scheinen manche von ihnen in solche Verwischungen zu geraten.«

»Dann wundert mich aber, daß die abgestürzte Maschine absolut dieselbe Seriennummer und dasselbe Kennzeichen hatte wie die Maschine, die dann ein Jahr später verschwand. So gar kein Unterschied? Kein Einfluß eines dritten Teilchens?«

»Zumindest nicht bei den Nummern. Aber Sie haben richtigerweise von *verschwunden* gesprochen, nicht von abgestürzt. Auch hier hat ein Wechsel stattgefunden, allerdings mit einer Verzögerung von einem Jahr. Solche Verzögerungen entstehen durch Phasen der Traumlosigkeit.«

Ich stöhnte und sagte: »Siebenundvierzig Tage.«

»Was?«

»Ich habe siebenundvierzig Tage verloren, weil Quimp in dieser Zeit nicht träumen konnte. Nur leicht in die Vergangenheit verschoben. Aber das wissen Sie ja.«

»Es war unvermeidlich. – Trotzdem: *Ich* sitze hier, und *Sie* sitzen dort, und wir trinken Wein, obwohl wir doch von Rechts wegen jeder in seinem Grab liegen müßte.«

Das erinnerte mich an die Frage, wieso Mona sterben mußte. Ich stellte sie.

»Ich bereue das sehr«, sagte Nelson. »Glauben Sie mir, ich habe das Mädchen geliebt, ich gestehe, weniger die Frau, denn als *Frau* war mir immer Greta die Liebste. Allerdings war Mona auch kein Kind für mich, nein wirklich: ein junges Mädchen, eine frühe Form von Frau. Leider auch sehr stur. Wir hatten Streit an diesem Tag, als wir mit dem Auto unterwegs waren. Es ging nicht einmal um das Flugzeug, auch wenn sie immer wieder gedroht hat, die Sache publik zu machen, weil ein solches Mirakel, wie sie sagte, allen gehöre. Nein, wir stritten uns, weil sie mit einem Kerl etwas angefangen hatte. Und was mich dabei rasend machte, war, daß der Kerl nicht mehr ganz jung war. Einen jungen Mann hätte ich verstanden. Zumindest hätte ich einen jungen Mann als naturgemäße Schwärmerei ansehen können. Aber nicht einen Mann meiner Generation, der aussah wie Pierre Brice.«

»Der Darsteller von Winnetou?«

»Ein falscher Indianer und Bambipreisträger«, reduzierte Nelson den einst bekannten Schauspieler. Und sagte weiter: »Wir stritten. Laut. Laut und heftig. Und dann war da diese Straße und dieser eine Baum. Ich wollte eigentlich nur meinen Ärger loswerden, nur kurz aufs Gas steigen, ihr meinen Zorn zeigen, siebzehnjährig sein statt siebzig. Mein Gott, ich war überarbeitet.«

»Man ist immer überarbeitet«, erklärte ich, weil diese Ausrede mir wirklich auf die Nerven ging.

»Nun, der Baum stand da und hatte plötzlich etwas ungemein Verführerisches. Ich denke sogar, ich ahnte, daß hier und jetzt eine Verwischung stattfinden könnte. Allerdings glaubte ich, sie würde uns beide, mich *und* Mona, betreffen. Der irre Gedanke, in einer neuen Welt neu anfangen zu können.«

»Mit einem uralten Spatzen namens Pinesits.«

»Stimmt, ich hatte mir das anders vorgestellt. Wobei … Wissen Sie, das wirklich Verrückte war, daß ich hinterher, nachdem ich die Welten gewechselt hatte, über Umwege erfuhr, die Sache mit diesem Pierre-Brice-Menschen habe gar nicht stattgefunden. Daß es in Wirklichkeit Greta, *meine* Greta, gewesen war, mit der Mona ein Verhältnis hatte. Mona war wieder zu ihrer Studie über reiche Frauen zurückgekehrt und damit auch zurück zu Greta. Nur hatte sie sich diesmal in die reiche Frau auch richtig verliebt.«

»Und damit hätten Sie eher leben können?« fragte ich.

»Es wäre mir nicht egal gewesen, praktisch gleich von zwei Frauen betrogen zu werden, aber ich hätte es gut verstehen können. Schließlich war ich ja auch einmal Greta verfallen gewesen.«

»Greta oder ihrem Geld?«

»Sowohl als auch. Greta und ihrer Großzügigkeit. – Wie gesagt, ich wußte nicht, daß Greta die Geliebte war. Sondern sah allein einen französischen Indianerdarsteller vor meinem geistigen Auge. Und auch wenn viele meinten, ich sei weder zur Eifersucht noch zur Wut fähig … leider falsch! Mona mußte zusehen, wie ich da auf den Baum zuraste. Sie begann viel zu spät zu schreien. Ich wollte noch auf die Bremse treten. Aber auch dafür war es zu spät.«

»Sie meinen aber nicht, daß Mona selbst schuld war, weil sie so spät zu schreien angefangen hat.«

Nelson antwortete erst nicht. Irgendwann sagte er: »Eine Idiotie.«

Ich sah die Träne in seinem Auge, die einen Moment wie gemalt wirkte, bevor sie begann, einen Schatten zu werfen, der ihr eine überzeugende Körperlichkeit verlieh.

Eine ganze Weile schwiegen wir.

Dann fiel es mir ein.

Mir fiel ein, auf einem der Photos, die dem Untersuchungsprotokoll zu Nelsons Unfall beigelegt gewesen waren, den deformierten Körper eines Spatzen entdeckt zu haben, der inmitten des Wracks sichtbar tot gelegen hatte, wobei die Position des Vogels eigentlich suggeriert hatte, daß er – eingeklemmt zwischen der Frontscheibe und dem oberen Teil des Armaturenbretts – *innen* im Wagen gewesen sein mußte. Dieses Bild hatte ich zusammen mit dem Porträtphoto von Mona Oldenberg in meine Pan-Am-Tasche getan. Eine Tasche, die kaum den Absturz auf der anderen Seite überstanden haben dürfte. Ich sprach nun von diesem Detail, fragte Nelson, ob irgendein Spatzenerlebnis dem Unfall unmittelbar vorangegangen war.

Er erinnerte mich daran, den Unfall selbst ja gar nicht mehr miterlebt zu haben – man könnte auch sagen: nicht mitgestorben zu sein –, da einen Moment davor die Verwischung stattgefunden habe. Wandte allerdings ein: »Ich will wirklich nicht ausschließen, daß in diesem Baum ein Vogel war. Und daß dieser Vogel ebenfalls ein Opfer dieses Unfalls wurde. Ein Kollateralschaden. Jedoch … also, die Stelle von der Sie sprechen, direkt über dem Handschuhfach … nun, da hatte Mona die gelbe Robbe hingetan,

Sie wissen schon, das Stofftier aus dem Malaysia-Wrack. Dieses halb verbrannte Ding. Sie hatte es wirklich überall dabei. Zumindest immer in ihrer Tasche. Und als sie zu mir in den Wagen stieg, hat sie die Robbe dorthin gelegt. Wie um mich zu erinnern.«

Ich dachte nach. War es möglich, daß es sich bei dem Traumpartner dieses Stofftiers, das im Zuge einer Flugzeugverwischung in die Blindwelt geraten war, um einen Spatzen gehandelt hatte? Einen Spatzen, der im Zuge einer nochmaligen Verwischung in den Unfallwagen geraten war und den somit das gleiche Schicksal ereilt hatte wie den einbeinigen Karel Nelson? So daß wiederum das gelbe Stofftier – halb verbrannt, aber nicht gestorben – weiterexistieren konnte? Zurückgekehrt in seine alte Welt? Die ja nun auch die meine war.

Nun, das war bei aller scheinbaren Abstrusität die einzig logische Erklärung. Denn Logik war ja sehr viel weniger an das Plausible gebunden, als die Plausibilitätsforscher uns weismachen mögen.

Eine Weile schwiegen wir wieder.

Eine ganze Weile war allein das Dröhnen der Flugmaschine zu hören. Allerdings glaubte ich eine Art Verdoppelung festzustellen. Ein Doppeldröhnen. Und begriff nun, daß der Albatros in meinem Kopf den Klang des Flugzeugs imitierte beziehungsweise persiflierte, die Töne des Flugzeugs nachäffte. Was mich auf die Idee brachte, daß für einen Vogel – auch für einen Vogel, der allein in meinem und Quimps Kopf existierte – ein Flugzeug etwas Ähnliches darstellte wie der Mann links von mir, welcher Frauenkleider trug. Eine Travestie.

Ich war mir ziemlich sicher, daß der Albatros in meinem Kopf Flugzeuge verachtete, die sich die Gestalt von Vögeln angeeignet hatten, ohne welche zu sein.

»Unsinn«, konterte der Albatros, »das hängt ganz vom Flugzeug ab. Mir ist ein gescheites Flugzeug lieber als ein dummer Vogel. Sich allein auf seine Natürlichkeit zu verlassen … nein!«

33

Es besteht eine auffällige Parallele zwischen der Kunst der Illusionisten und dem politischen wie auch organisierten Verbrechen: das Prinzip der Ablenkung. Den Blick der Zuseher auf ein dramatisches Ereignis zu lenken – die Explosion, die theatralische Geste, die atemberaubende Gefahr –, um so gut wie ungesehen die eigentliche Tat begehen zu können.

Da wird also eine Bank überfallen, man nimmt Geiseln, stellt politische Forderungen, stiftet Verwirrung, bringt die Religion ins Spiel, die Ideologie, die Medien und provoziert polizeiliche Entscheidungen, während zur gleichen Zeit eine andere Bank mit der größten Übersicht und Ruhe und ohne irgendein Bekenntnis ausgeraubt wird, um an etwas zu gelangen, von dem das große Publikum nichts zu wissen braucht. Oder: Eine ganze Reihe gleichzeitiger Anschläge findet statt (mit Hilfe nützlicher Idioten, die das Leben in Übermaßen produziert), um am selben Tag etwa einen Zug entgleisen zu lassen, mit mehreren Toten, die aber medial so gut wie nichts wiegen im Vergleich zu den Toten der Anschläge. Und die ganze Welt sieht auf die Anschläge, niemand sieht auf den Zug und auf eine bestimmte Person, die in diesem Zug starb.

Es geschehen Verbrechen, bei denen überhaupt nur das Ablenkungsmanöver je bekannt wird, während das, worum es wirklich ging, oft unsichtbar bleibt. Oder bloß in Form von Verschwörungstheorien stark verspätet in die Öffentlichkeit tritt. Beziehungsweise als kleine Meldung im Schatten einer großen, was dasselbe ist wie unsichtbar.

Nicht zuletzt besteht die Möglichkeit, die eigentliche Tat in einer Ansammlung vieler Taten zu verbergen. Und zwar genau nach dem Prinzip, ein halbes Dutzend Leute scheinbar wahllos zu erschießen, um den einen beabsichtigten Mord dahinter zu tarnen. Raketen auf ein Hauptquartier abzufeuern und dabei leider auch ein Krankenhaus zu treffen, nur daß dieses Krankenhaus immer schon das eigentliche Ziel war.

Diese Gedanken kamen mir soeben. Kleine Fischchen in meinem Kopf, nach denen der Albatros gierig schnappte.

Ich fragte mich, ob ich hier war, um nicht woanders zu sein. Jedenfalls würde es mir nicht gelingen, erneut Dr. Arntz anzurufen, um ihm zu erklären, es leider nicht bis nach Belfast geschafft zu haben und höchstwahrscheinlich auch demnächst nicht zur Verfügung zu stehen. Daß zu den siebenundvierzig Tagen – plus ein paar Zerquetschte – wohl noch viele weitere Tage dazukommen würden. Und ich möglicherweise niemals wieder an meine alte Dienststelle zurückkehren könnte.

Da war es schon wahrscheinlicher, hier in dieser Welt dem Traumpartner des Dr. Arntz zu begegnen. Doch würde ich ihn auch erkennen?

Vor allem aber wollte ich jetzt wissen, wieso Nybråten gleich zweimal versucht hatte, Quimp zu töten. Ich fragte Nelson: »War das *Ihr* Auftrag?«

»Nein. Als das geschah, stand Herr Nybråten noch nicht in meinen Diensten.«

»Aber durchaus, als er so frei war, Quimp und die Generälin für eine ganze Weile zwar nicht um den Schlaf, aber um den Traum zu bringen. Und mich damit um fast zwei Monate meines Lebens.«

»Sie müssen das nicht persönlich nehmen.«

»Ach, wie denn sonst?«

»Sie hängen an Ihrem Spatzen, natürlich. Aber Quimp ist da nicht zufällig hineingeraten. Niemand gerät zufällig in etwas hinein. Alle, die in der einen Welt miteinander zu tun haben, haben es auch in der anderen. Wir nennen das eine parallele Verklumpung. Nehmen Sie zum Beispiel den Vogel, der Quimp auf den Kopf fiel ... Haben Sie schon einmal überlegt, wen der Mann, den

Sie bei sich drüben den Parachutisten nennen, im Traum verkörpert? Besser gesagt, verkörpert hat?«

»Ach du liebes bißchen!« rief ich aus.

»Ein bißchen ist der Mann ja nicht. Und war auch als Spatz kein Leichtgewicht. Wobei ich es für unwahrscheinlich halte, daß er sich dessen bewußt war. Der Parachutist wird in letzter Zeit bloß festgestellt haben, wie traumlos und darum auch unangenehm sein Schlaf ist. Jedenfalls kann man nicht von einem Zufall sprechen. Aber ebensowenig von Bestimmung. Verklumpungen entsprechen einfach nur der Gesetzmäßigkeit, nach der da wie dort die gleichen Leute zusammenkommen.«

Nelson schenkte mir nach, dann erklärte er, daß, egal in welcher Welt, die Technologie der Sperks von unschätzbarem Wert sei. Und wie bei jeder unschätzbaren Technologie sei es eine gute Frage, in welche Hände sie gerate.

»Ach, und Sie meinen, Ihre Hände und die Hände Ihres Konzerns sind gütiger und sauberer als die der Totalisten.«

»Die Totalisten leben vom Krieg, ich vom Frieden. Ich will gar nicht sagen, das sei eine moralische Entscheidung. Aber als ich geboren wurde, ging der Krieg gerade vorbei, ich bin in den Frieden hineingewachsen. Sicher, dieser Frieden war nie ganz vollständig, und das Wirtschaftsleben erinnert gelegentlich an eine dauerhafte militärische Auseinandersetzung. So gesehen, war immer Krieg und ist immer Krieg. Aber es gibt den Krieg im Krieg und den Krieg im Frieden. Ich ziehe den zivilen Konsum den militärischen Waffen vor. Den Geschirrspüler dem Raketenwerfer. Die zukünftige robotische Altenpflegerin dem zukünftigen Maschinensoldaten. Langlebigkeit der Unverwundbarkeit. Als unser Herr Nybråten das erste Mal schoß, tat er das tatsächlich im Auftrag der Totalisten, die meinten verhindern zu müssen, daß ein Pariser Spatz sein Wissen an einen legendären Sperling in Wien weitergibt. Dieser Pinesits ist merkwürdig gefürchtet.«

»Mona Oldenberg.«

»Ja. Sie können sich vorstellen, daß ich begierig bin, Pinesits zu begegnen. Auch wenn er, äußerlich gesehen, nicht viel zu tun hat mit der Person, in die ich einst verliebt war und an deren Tod ich die Schuld trage. Jedenfalls habe ich mich darum gekümmert, Quimp schützen zu lassen. Um damit auch Pinesits zu schützen. Jemand zu engagieren, der achtgibt. Sie haben den Jungen kennengelernt, nicht wahr?«

»Frederik?«

»Nein, Clemens.«

»Sie wollen mir jetzt nicht sagen, einen Zehn- oder Zwölfjährigen beauftragt zu haben …«

»Es gibt Aufträge, da sind Kinder wahrlich die bessere Lösung. Und glauben Sie mir, ich bezahle den Buben gut. Sehr gut.«

Das kam mir eigentlich vor wie ein Argument Nybråtens, *meines* Nybråtens, wie sehr es nämlich auf eine gute und sehr gute Honorierung ankomme. Ja, der Nelson hier und der Nybråten der Spatzenwelt argumentierten in einer derart ähnlichen Weise, daß ich mir überlegte, ob es möglich sein konnte, daß Menschen da wie dort ihre Traumpartner wechselten. Wohl kaum mir nichts, dir nichts und sicher nicht mit einem Daumenschnippen und sicher nicht mit der Hilfe eines Anwalts. Aber vielleicht mit einem alten Hausmittel: Ausdauer.

Erneut witterte ich Betrug. Daß nämlich Nelson in seinen Träumen gar nicht so allein war, wie er behauptete, sondern gekoppelt mit dem Nybråten der Blindwelt, während der Nybråten der Spatzenwelt in dieser Hinsicht verödete. So kam er mir ohnehin vor. Es lag eine große Müdigkeit in seinem Schweigen. Und etwas von der Leere des Alls, durch das er im Schlaf möglicherweise trieb.

Wieviel lebendiger und munterer wirkte dagegen Nelson, der soeben betonte, es gehe auch im Falle von Kinderarbeit in erster Linie um gerechte Entlohnung. Und um den Wert der Arbeit. Schließlich habe er das Kind nicht engagiert, mit Malkreide eine Häuserwand zu beschmieren. Er sagte: »Ich glaube, der Junge ist glücklich, einen Spatzen gerettet zu haben.«

»Dafür ist er aber schlecht in der Schule.«

»Man kann nicht in allem gut sein!«, sagte ausgerechnet er, das Universalgenie. »Wenn jemand in allem gut ist, dann steckt meistens der Teufel dahinter.«

»Was denn, Sie glauben ebenfalls an den Teufel?«

»Wer denn noch?«

»Mein Spatz.«

»Viele Tiere glauben daran«, sagte Nelson, und wie er es sagte, klang es, als habe er es in einer wissenschaftlichen Abhandlung gelesen: *Gott- und Teufelsglaube in der globalen Fauna.* Aber wahrscheinlich hatte er sogar recht.

Ich erinnerte jetzt an das zweite Attentat auf Quimp, im *Fitzwilliam* in Belfast, als die Generälin dabeigewesen war, allerdings kein Clemens.

»Als Clemens konnte er da nicht helfen«, erklärte Nelson, »aber als ein Junge namens Frederik durchaus. Sie erinnern sich doch an Ihr Pokerspiel.«

»Ja, der Bub war klasse. Ohne ihn hätte ich kaum gewußt, was überhaupt zu tun ist.«

»Sehen Sie, wie gut es war, in dieses Kind zu investieren«, meinte Nelson. Und indem er sich ein wenig in Richtung des soeben aus seinem Kurzschlaf erwachten Nybråten neigte, erklärte er: »Und dann war mir auch noch vergönnt, Herrn Nybråten hier davon zu überzeugen, daß es besser wäre, für mich zu arbeiten anstatt für die Totalisten.«

»Weil Sie besser zahlen als die Franzosen?«

»Ich bezahle alle gleich gut. Das ist mir ganz wichtig, daß meine Putzfrau, der kleine Junge als Leibwächter des Spatzen und eben auch Herr Nybråten den gleichen Lohn erhalten.«

»Sie scherzen.«

»Gar nicht. Den gleichen Lohn, und zwar den gleich hohen. Das müssen alle Leute, die für mich arbeiten, begreifen, daß es nur um die Qualität geht: eine saubere Wohnung, ein geretteter Spatz, das Erlangen einer Sperksrüstung – das alles ist gleich viel wert.«

»Wofür Herr Nybråten ein Blutbad anrichten mußte. Ich hoffe, Ihre Putzfrau benötigt weniger Aufwand, um ein Zimmer sauber zu kriegen.«

Endlich tat Nybråten seinen Mund auf und erklärte, er hätte Quimp und die Generälin wohl kaum aus dem Totalistenlabor herausbekommen, hätte er höflich darum gebeten. »Ihr Vogel«, fuhr er mich an, »wäre jetzt tot und Sie ebenfalls. Also bitte keine Tränen wegen dieser Leute, von denen die meisten ohnehin auf der anderen Seite weiterleben.«

Stimmt, wenn man starb, hatte man immer noch seinen Traumpartner. Außer man hatte den bereits überlebt. Davor aber existierte man doppelt.

Ich erkundigte mich nach der Rüstung, die O'Neill abgenommen worden war und um die sich ja alles drehte, zumindest in der Spatzen- und Totalistenwelt.

»Das genialste Material, das je geschaffen wurde«, versicherte Nelson. »Wir wissen nicht einmal, ob es von den Spatzen selbst stammt. In jedem Fall verstehen die es, sich seiner zu bedienen. Im Unterschied zu den Menschen. Immerhin, ein erster Schritt ist getan, endlich im Besitz einer solchen Rüstung zu sein. Den Totalisten hingegen bleibt derzeit nicht viel mehr als die Genugtuung, das Hauptquartier der Sperks in Schutt und Asche gelegt zu haben.«

»Wissen Sie, ob Pinesits entkommen konnte?«

»Wenn nicht, wir hätten es erfahren«, sagte Nelson und holte jenen kleinen silbergrauen Würfel hervor, der die »zusammengelegte« Sperksrüstung verkörperte, die man O'Neill mittels Traumentzug vom Körper entfernt hatte. Nelson hielt das Objekt zwischen sich und mich in die Höhe und sagte: »Wir müssen lernen, es zu verstehen.«

»Sie kriegen das Ding nicht auf, nicht wahr?«

»Das ist leider richtig, es sperrt sich im wahrsten Sinne. Aber ich habe natürlich meine Spezialisten, die sich darum kümmern, sobald wir gelandet sind. Wir stehen erst am Anfang. Wobei ich hoffe, die Generälin überreden zu können, uns beim Verstehen zu helfen. Sie soll wissen, daß wir ihr, sobald wir diese Technologie beherrschen, die Rüstung zurückgeben. Ich habe überhaupt nicht vor, Krieg gegen Singvögel zu führen.«

Ich erklärte, ich würde kaum glauben, daß sich Sperks für Singvögel hielten. Sowenig ich glaubte, O'Neill würde mit sich reden lassen. Eine Kriegerin sah naturgemäß in jeder Handlung den impliziten kriegerischen Akt. Und ganz sicher, wenn die Handlung praktisch darin bestand, ihr die zweite Haut vom gefiederten Leib zu ziehen.

Dennoch meinte Nelson, er halte mich für den idealen Verbindungsmann. Allein, wenn man bedenke, wer ich sei, wenn ich träumte. »Ihnen wird die Generälin vertrauen. Bedenken Sie, die Sperks werden nicht umhinkönnen, sich Partner unter den Menschen zu suchen und Koalitionen zu bilden.«

Während er das sagte, legte er mir den kleinen Würfel in die Hand. Welcher sich anfühlte wie Watte, Watte in ihrer Fliegengewichtsklasse; zugleich war die kompakte Form zu spüren, die ungemeine Dichte. Ich wog das so gut wie Gewichtslose und meinte, an Nelson gerichtet: »Dann müßten Sie mich aber auch bezahlen.«

»Natürlich muß ich das«, antwortete er und nahm den Würfel wieder an sich. »Aber ich glaube kaum, daß ich Sie mit Geld zufriedenstellen kann, oder?«

Ich grinste. Und zwar angesichts des Gedankens, Geld sehr wohl zu benötigen. Denn wer auch immer in dieser Welt hier die Position innehatte, die ich drüben in der meinen vertrat – Leiter des Dezernats für organisierte Kriminalität und besondere Deliktsformen innerhalb des LKA –, ich selbst war es nicht. Niemand würde mir ein Gehalt überweisen. Auf was für ein Konto denn auch? Quimps Konto? Oha! Und trotzdem hatte Nelson recht, auf Geld als Lohn würde und wollte ich verzichten.

Wenn ich mir etwas wirklich wünschte, dann, daß auch Milena eine Verwischung erlebte und mit Tracy den Platz tauschte. Daß sie zu mir kam. Aber das war natürlich nichts, worum ich Nelson bitten konnte. Milena selbst mußte bereit sein – bereit zu springen, sobald sich eine Brücke auftat, von der man springen konnte.

Ich erklärte Nelson, weiterhin ein Polizist zu sein, der die Umstände und die Verantwortung für den Tod Mona Oldenbergs zu klären habe.

»Soweit ich weiß«, meinte Nelson, »sind Sie für organisiertes Verbrechen zuständig, für den organisierten Wahnsinn. Da braut sich gerade einiges zusammen in unserer alten Welt.«

»Und hier? Gibt es hier keine Radikalen?«

»Die gibt es immer. Die muß es geben. Sie sind ein Mittel der Politik. Wenn Sie Geschirrspüler produzieren, werden Sie auch zusehen, daß es Geschirr gibt und die Leute nicht vom Boden essen. Wenn Sie Waffen herstellen, wie die Totalisten das tun – ganze Systeme von Waffen, Generationen, Waffenfamilien –, dann benötigen Sie eine Welt der Unruhe. Ließe man die Welt in Frieden leben, wir wären wohl nicht über den Trommelrevolver hinausgekommen.«

»Sie lenken ab.«

»Ja, ich lenke ab. Also gut, Sie wollen mich für den Tod Monas ins Gefängnis bringen. Und wahrscheinlich auch dafür, daß ein Mann in meinem Grab liegt, der ich nicht bin. Obgleich er dieselbe DNA hat. Einverstanden. Tun Sie das. Sobald wir wieder drüben sind, wenn wir das je sein werden. Wobei uns dort möglicherweise beiden die Psychiatrie droht. Aber vorher ... vorher helfen Sie mir mit den Spatzen.«

Was sollte ich auch sonst machen? Riskieren, daß mich Nybråten doch noch aus dem Flieger warf? Abgesehen davon, daß ich nicht wußte, wohin gehen, sobald wir gelandet waren. Und abgesehen davon, daß ich wohl ebenfalls dem Prinzip der Verklumpung unterlag und es seine Richtigkeit besaß, in Nelsons Bannkreis geraten zu sein.

Ich erklärte, ich sei einverstanden. Ich wolle mit der Generälin reden, wenn die überhaupt mit sich reden ließe.

Nelson sagte: »Sie werden es nicht bereuen.« Dann schaute er auf die Uhr und kündigte an, man lande in zwanzig Minuten in Wien.

»Wieso denn Wien?« fragte ich angesichts der Tatsache, daß die Nelsonsche Firmenzentrale und die Nelsonschen Labors ganz woanders lagen. In Süddeutschland, nicht in Ostösterreich.

»Das ist eine kritische Situation derzeit«, antwortete Nelson. »Es gab ein Attentat auf meine Jacht, weil man mich dort mit Herrn Nybråten glaubte. Angeblich eine verirrte Nato-Rakete. Typisch für die Totalisten. Und das sage ich nicht, weil es Franzosen sind. Bei denen sitzen ja auch Engländer und Deutsche und

Norweger. Jedenfalls halte ich es derzeit für angebracht, die Sicherheit von Umwegen zu wählen. Ich habe meine besten Leute nach Wien beordert, ein kleines Team, dem ich vertrauen kann. *Vertrauen* und *klein* gehören nun mal zusammen. Und auch das Haus ist nicht groß, wo wir sein werden. Wo wir uns an die Untersuchung des Würfels machen. Ein Einfamilienhaus. Ein guter Platz, an dem keiner uns vermutet, wie man uns ja auch in Cushendun nicht vermutet hat. Und … keine Frage, ich will zugeben, die Wahl ist nicht zuletzt darum auf Wien gefallen, weil ich glaube, daß Pinesits dorthin zurückkehren wird.«

»Na, auf die Idee könnten die Totalisten aber ebenso kommen.«

»Diese Leute wissen von Wien, das ist richtig, aber sie wissen nicht von Inzersdorf. Herr Nybråten war so frei, dieses Detail für sich zu behalten.«

Ich blickte hinüber zu Nybråten. Kein Lächeln, keine Regung, massives Versunkensein. Ein Mann wie ein Mörser.

»Ich gehe mal nach hinten«, sagte ich und stand auf. »Schauen, ob ich die Generälin finde.«

Nelsons Bemerkung bezüglich der Psychiatrie hatte etwas für sich. Ich stellte mir vor, wie ich als Zeuge vor Gericht von einem Gespräch mit einem Sperlingsweibchen erzählte. Dazu das Gesicht des Richters. Das Gesicht des Staatsanwaltes. Die Gesichter der Journalisten. Und wie ich dann einem jeden versicherte, wie schnell man sich an solche Dinge gewöhnte, an Sperks, an Verwischungen, an Traumpartner. Weil nämlich jegliche Wahrheit in der Anpassung begründet liege.

Die Anpassung bestand nun darin, daß ich nahe der Kaffeemaschine eine gegen die Wand gelehnte Sitzfläche herunterklappte, Platz nahm und mit einer Sperkgenerälin redete, die ich nicht sehen und von der ich auch nur hoffen konnte, sie würde mich hören. Ich erzählte ihr von meinem Gespräch mit Nelson. Ich redete, ich malte die Möglichkeiten aus, die bestanden, falls sie mit Nelson kooperierte. Vor allem auch die Möglichkeit, erneut Pinesits zu begegnen. Und daß es im Grunde besser sei, freiwillig mit nach Inzersdorf zu gehen, als nach der Landung aus irgendeiner Ecke dieses Flugzeuginneren hervorgescheucht und betäubt zu werden. Und in der Hand eines Nybråten oder einer Tracy zu enden. Ich versicherte sie meines Schutzes. Jawohl, ich sagte mit einer Heftigkeit in der Stimme, die wohl auch mich selbst überzeugen sollte: »Keiner wird Sie mehr anrühren, wenn Sie es nicht wollen. Nur über meine Leiche.«

»Was nützt ihr deine Leiche?« meldete sich der Albatros.

Was hatte ich von dem auch erwartet?

Doch entgegen des Albatrosschen Pessimismus bemerkte ich nun eine nahe Bewegung und wie da aus einem Spalt zwischen Teilen der Kücheneinrichtung die Generälin hervorschlüpfte. Sie hüpfte in klassischer Spatzenmanier über die glatte Fläche aus marmoriertem Kunststoff und kam eine halbe Armlänge vor mir zum Stehen. Wir konnten uns wirklich in die Augen sehen. Wie gerne hätte ich jetzt Quimp dabeigehabt. Doch der schlief ja zusammen mit Kanarienvögeln und Zwergpapageien in einer nordirischen Voliere. Immerhin, er träumte mich.

Wie sagen Menschen oft, wenn sie sich ans Eingemachte wagen und wenigstens einem von zweien die Worte ausgehen? *Man muß ja nicht immer reden.*

Ich studierte den Blick der Sperkgenerälin, ihre ganze Gestalt, ihre Haltung, ja ich muß sagen, ihre Grazie und Schönheit. Sie stand sehr gerade, beherrscht, wachsam. Aber es fehlte ihr eindeutig die Rüstung. Ich wollte nicht so weit gehen, sie als *nackt* oder *halbnackt* zu bezeichnen, wie Quimp es getan und dabei auch sich selbst gemeint hatte, aber ich spürte diese Wehmut, die man beim Anblick eines Baums empfindet, dem die Rinde abgezogen wurde. Oder angesichts eines Films, der seine ursprüngliche Länge verrät, man aber halt leider mit der Kinoversion für eine Stunde und dreiundzwanzig Minuten vorliebnehmen muß.

Ich erkannte O'Neills Einverständnis. So, wie O'Neill erkannte, daß ich alles daransetzen würde, ihr zu ihrer Rüstung zu verhelfen, ihre Rückkehr zur Vollständigkeit zu begünstigen.

»Und du meinst«, sagte der Albatros, »daß sie dann Quimp heiraten wird?«

Ich wollte ihm sagen, er könne mich mal, wurde dann aber

ruhig und meinte: »Na, laß uns mal schauen, ob am Ende nicht doch eine Vogelhochzeit herauskommt.«

Ich hob so bedächtig wie zügig meinen Arm und öffnete die Hand in Richtung der Sperkgenerälin. Sie sprang ohne Zögern auf die Innenfläche, die ich wie ein Tablett nach oben schob, zu meiner Schulter hin. Auf deren Höhe sie einen Sprung hinüber tat und sich mittig plazierte. Sie drückte ihre Krallen in den Stoff meines Jacketts, um einen sicheren Halt zu finden. Dazu gab sie ein kurzes Geräusch von sich, das so klang, wie wenn jemand eine Mineralwasserflasche öffnet.

Auf dieser Schulter blieb sie auch, als ich in den Fluggastraum zurückkehrte und mich setzte.

Ich war jetzt ein Mann mit Vogel.

Ein Mann mit Vogel auf der Schulter und einem anderen im Kopf. Und natürlich war ich mir bewußt, wie sehr dies im deutschen Sprachraum als Ausdruck von Verrücktheit gilt, weil man einst gedacht hatte, bei Irrsinnigen hätten sich in deren Köpfen Vögel eingenistet. *Kleine* Vögel allerdings, keine Albatrosse.

Während wir uns jetzt im Landeanflug auf Wien befanden, griff ich mir an die Brust. Ein leichter Herzschmerz. Aber in diesem Schmerz auch eine Freude. Eine Vorfreude. Ein Hüpfen. Und angesichts der Herkunft dieses Herzens hätte ich gesagt, wie man hüpft, wenn man Skifahrer ist und selbst im Sommer beim Wandern überall Buckel und Wellen sieht, von denen man weiß, wie gut sie sich nach dem ersten heftigen Schneefall eignen werden.

Wir setzten auf der Landebahn auf, glatt und ruhig, aber ich spürte, wie es O'Neill für einen Moment in das Gewebe meines Schulterteils hineindrückte.

Das Kapitel zwischen dem 33. und 34.

Am Gesichtsausdruck der beiden jungen Männer war deutlich zu erkennen, daß es auch in ihrer Welt – die ich für mich die Spatzenwelt nannte und in der ich nun mein Leben fortsetzen würde – keineswegs üblich war, einen kleinen Sperlingsvogel auf der Schulter zu tragen. Außer man war im Zirkus oder der Kasperl beim Kindergeburtstag.

Die zwei Anzugträger hatten das Flugzeug betreten, kurz nachdem unser Jet seine Parkposition erreicht hatte. Es handelte sich natürlich um Nelsons Leute. Sie meldeten ihm, zwei Limousinen stünden zur Abholung bereit. Und tatsächlich konnte man die beiden Audi am Rande der Rollbahn warten sehen. Sie hatten etwas von motorisierten Sonnenbrillen an sich. Gepanzerte Fahrzeuge, deren Gewicht deutlich über dem normaler Autos lag. Gut vorstellbar, wie begierig nicht nur die Totalisten waren, mit dem Material, das sie *Feathers* nannten, aus solchen schweren Audi einmal ungemein leichte Audi zu machen und den Eliten dieser Welt fahrbare Sperksrüstungen um die bedrohten Körper zu schneidern.

Doch nicht die Könige des Kriegs waren am Zug, sondern Nelson, der Meister des Zivilen.

»Sehr gut«, sagte er zu seinen beiden Angestellten, »dann machen Sie jetzt bitte das Folgende: Jeder von Ihnen steigt in eine der Limousinen und läßt sich zu einem Wiener Nobelhotel fahren.«

Irritiert fragten die Männer, welche Hotels Nelson überhaupt meine.

»Ganz gleich«, sagte der. »Ich will es gar nicht wissen. Suchen Sie sich jeder eins aus. Fahren Sie dort vor, steigen Sie aus, und weisen Sie die Chauffeure an, die Wagen zurück zum Verleih zu bringen. Sie selbst nehmen sich den Rest des Tages frei. Spazieren Sie herum, trinken Sie etwas, suchen Sie sich ein Mädel, gehen Sie ins Kino, egal. Und kommen Sie morgen früh nach Inzersdorf. Sie wissen ja, wohin. Benutzen Sie U-Bahn und Bus. Neun Uhr. Und bringen Sie frisches Gebäck mit. Dann können wir gemeinsam frühstücken.«

Die beiden wirkten immer noch verwirrt, wollten wissen, wie er, Nelson, jetzt weiterkomme.

»Wir fahren mit dem Taxi«, erklärte Nelson. »Das ist sicherer.«

Die jungen, drahtigen Männer waren Nelsons Leibwächter. Doch heute würde ihre Leibwächterei darin bestehen, falsche Fährten zu legen. Und ihren Auftraggeber dadurch zu schützen, sich von ihm zu entfernen. Befehl war Befehl. Sie stiegen wieder aus dem Flieger, um in den Fonds der mit allen Raffinessen ausgestatteten Karossen Platz zu nehmen und sich davonfahren zu lassen.

»Solche Autos«, sagte Nelson, »sind auch nicht der Weisheit letzter Schluß. Sie verstehen, falls sich da wieder mal eine Nato-Rakete verirrt. Ein Taxi hingegen … Wie viele Anschläge galten gepanzerten Limousinen und wie viele ungepanzerten Taxis? – Das Gefährlichste an einem Taxi ist, daß einen der Fahrer totredet.«

Wir verließen also unseren Jet und marschierten vom privaten in den öffentlichen Flughafenbereich und von dort zu den Taxis. Ich folgte Nelson in eines davon, Nybråten und Tracy stiegen in ein dahinter wartendes.

Unser Fahrer wollte nicht nur wissen, wohin wir wollten, sondern auch, woher wir kämen. Dabei blickte er in den Rückspiegel, schien aber den Vogel auf meiner Schulter zu übersehen. Oder aber er war Schlimmeres gewohnt. Wobei … nein, er rauchte nicht. Nicht im Moment. Aber ich fand, er habe ein verrauchtes Gesicht.

Nelson nannte in einem sehr bestimmten Ton eine Adresse und

bat den Fahrer, er möge im übrigen einfach vergessen, daß diese Fuhre überhaupt stattfinde. Während er das sagte, reichte er dem Taximenschen drei Hundert-Euro-Scheine und äußerte: »Ich nehme an, das sollte für die Fahrt reichen. Und dafür können Sie uns doch sicher auf dem direkten Weg ans Ziel bringen, nicht wahr?«

»Sehr gerne, der Herr«, sagte der Fahrer, nahm das Geld und erwähnte noch die Überlegenheit seiner Seitenstraßenkenntnis gegenüber dem Navigationssystem, erklärte aber sofort, gar nicht zu wissen, mit wem er da überhaupt rede, bereits alles vergessen zu haben, über verschlossene Ohren zu verfügen und im übrigen gerne darauf zu verzichten, sich weiter mit seinen Fahrgästen unterhalten zu wollen.

Nun, die Fahrgäste selbst unterhielten sich miteinander.

Es gab einige Fragen, die ich noch beantwortet haben wollte. Etwa die Frage nach dem Flugzeug, jener Passagiermaschine der Malaysia Airlines, die in der Blindwelt am 8. März 2014 von den Radaren verschwand, aber bereits ein Jahr zuvor, im April, auf einer Insel im südlichen Indischen Ozean zerschellt war und deren Überreste man in einem Hangar der Nelsonschen Firmenzentrale rekonstruiert hatte. Dort, wo im Mai 2013 Mona Oldenberg auf sie stoßen sollte. Ich wollte mehr wissen, wenn es mehr zu wissen gab.

Und das tat es nun wirklich.

Nelson schaute mit einem kleinen Lächeln zu mir herüber – als lächle eine Zitronenschale – und erklärte, sich natürlich gleich nach dem Auffinden der Wrackteile und der Überführung nach Europa mit der Île Kerguelen beschäftigt zu haben: dem Ort der Absturzstelle, den ganzen Verhältnissen dort, der Geologie, dem Wetter, der Historie, auch den Ariane-Raketen, die Telemetriedaten zu einer Basis auf den Kerguelen sendeten, sowie dem Umstand, daß es sich bei der einzigen menschlichen Besiedelung um eine französische Forschungsstation handelte: Port-aux-Français; etwa fünfzig Gebäude, von etwa sechzig Menschen betrieben. Und daß die Verpflegung dieser Leute allein mittels eines Versorgungsschiffes erfolge. Obwohl man die Stelle eigentlich so ausgesucht habe, um im vergleichsweise windgeschützten Bereich eine Landebahn zu errichten. Eine Landebahn geplant habe, die jedoch nie realisiert worden sei.

Ich dachte: »Aurora!« Genau, ich dachte sofort an jenes einmal gebaute und einmal nicht gebaute Belfaster Hochhaus. Und dieser Gedanke war durchaus passend. Denn wie Nelson jetzt darlegte, gehörte zu den ersten Dingen, die er herausfand – nachdem er im Zuge jenes Autounfalls und jener Verwischung die Plätze und damit die Welten getauscht hatte –, daß in dieser anderen Welt kein rekonstruiertes Wrack existiere. Das nicht. Aber sehr wohl der Tatbestand eines offiziell im April 2013 verschollenen Passagierflugzeugs, das auf dem Weg von Kuala Lumpur nach Peking gewesen war. Verschollen und nicht wieder aufgetaucht. Auch nicht aus dem Meer.

»Es erschien mir glasklar«, sagte Nelson, »wenn ich das eine mit dem anderen verglich. Die Wrackteile, die in meiner alten Welt aufgetaucht waren, einerseits und andererseits das Flugzeug, das in meiner neuen Welt wie von der Erde verschluckt schien. Während wiederum die Situation auf der Kerguelen-Insel in beiden Welten die gleiche war: die gleiche Geographie, die gleiche Tierwelt, die gleiche französische Forschungsstation sowie gleichermaßen eine geplante, aber nie realisierte Landebahn. Eine Landebahn, von der ich beschloß sie errichten zu lassen. Eiligst und mit eigenem Geld. Denn mir kam vor, als wäre das, was mir zugestoßen war, allein darum geschehen, um rechtzeitig den Bau dieser Landebahn zu ermöglichen. In schwierigem Gelände unter schwierigen Verhältnissen und offiziell als ein Beitrag zur wissenschaftlichen Erforschung des subantarktischen Raums. Jawohl, ein verrückter Millionär mit einem Faible für entlegene Inseln, der den Franzosen eine Betonpiste spendiert! Und zudem ein schönes Beispiel, wie schnell etwas gehen kann, wie schnell etwas gebaut werden kann. Trotz Greenpeace. Klar, mit denen muß man rechnen. Auf beiden Seiten. *Rechnen*, sage ich, weil, die leben ja auch nicht von der guten Luft allein, außerdem habe ich diese Leute in die Planung miteinbezogen. Sie bekamen ihre robbenfreundliche Landebahn trotz beträchtlicher Ausmaße. So was geht. Also: Im europäischen Sommer 2013 wechselte ich die Welten. Nur ein halbes Jahr später, Januar 2014, war der bedeutendste Teil der Landebahn fertig. Genug für eine Notlandung.«

»Welche Notlandung?«

»Das Wunder von Grande Terre. Ein anderer Name für die Île Kerguelen. Aber seitdem das passiert ist, sprechen alle nur mehr von Grande Terre. *Le grand miracle de Grande Terre*. Weil nämlich am 8. März über dem Luftraum der Insel eine Maschine wie aus dem Nichts auftauchte, genau jene Maschine, die fast ein Jahr zuvor verschwunden war. Eine Maschine, die mit dem letzten Tropfen Treibstoff und sehr viel weiter südlich, als vermutet, keine andere Chance hatte, als auf dieser Insel notzulanden. Auf der von mir – Wunder Nummer zwei! – finanzierten Piste. Ohne diese Piste hätten sich die Piloten wohl eher für eine Bruchlandung auf dem Wasser entscheiden müssen, oder sie hätten es auf einer der Hochebenen versucht, jedenfalls wäre die Sache kaum gut ausgegangen. So, wie sie nicht gut ausgegangen ist, als der erste Teil der Verwischung geschah und eine Maschine dieses Typs und dieser Nummer auf der Insel, der anderen Insel, zerschellte. So aber erfolgten ein treibstoffloser Gleitflug sowie eine gelungene Landung auf dieser absolut jungfräulichen, einwandfreien Landebahn. *Le don de Nelson*. – Ich glaube, Sie können sich die öffentliche Aufregung vorstellen. Eben nicht nur die Aufregung ob des Rätsels um ein so lange verschollenes und dann urplötzlich wieder aufgetauchtes Flugzeug, sondern der verblüffende Umstand, daß ein Mann ohne erkennbares Motiv, der sonst nie etwas mit Landebahnen zu tun hatte, diese nun lebensrettende Piste für viel Geld hatte errichten lassen. Und zwar in einer Größe, die sich für die Landung einer Boeing 777 auch eignete. Ich stand weltweit im Zentrum, wurde mit Anfragen überhäuft, auch geheimdienstlichen natürlich, es sah ja so aus, als hätte ich vorausgesehen, wie wichtig diese Landebahn sein würde. Und Teufel noch mal, ich hatte es ja. Wenigstens geahnt, daß so etwas geschehen könnte: eine um elf Monate verschobene Verwischung. In jedem Fall wurde ich zum Helden vieler Menschen, zum Visionär, zu jemand, den man in China und Malaysia seither verehrt. Der Absatz Nelsonscher Produkte in diesen Ländern, der ganzen Region, hat sich verzehnfacht. Wobei es in der Tat einige Geschäftsfelder gibt, bei denen ich mit den Totalisten – und die vertreiben halt nicht nur Waffen – in direkter Konkurrenz stehe, gerade auf dem asiatischen Markt. Und Märkte sind extrem irrational. Daß ich im richtigen Augenblick eine Landebahn gebaut habe, brachte und bringt die Leute zur Überzeugung, daß ein Tisch, auf dem Nelson draufsteht, ein Autolack, eine Kaffeemaschine, eine Haushaltsrolle, ein Sportschuh, daß all diese Gegenstände eine magische Qualität besitzen. Keine Frage, es hat mich ein kleines Vermögen gekostet, in Rekordzeit eine Landebahn auf einer derart entlegenen Insel zu bauen, aber mit dem Gewinn, der sich letztlich daraus ergeben hat, könnte ich mir Landebahnen bauen lassen, egal, wo ich gerade hinspucke.«

»Gut. Das verstehe ich«, sagte ich. »Was ich nicht verstehe: Wo waren die Leichen? Die Leichen des ersten Fluges, der ja tatsächlich abgestürzt ist und dessen Wrackteile Ihnen die Franzosen zur Rekonstruktion überließen.«

»Die Wrackteile schon, die Personen nicht, stimmt. Man kann natürlich davon ausgehen, daß es bei der ersten Katastrophe nur Tote gab. Und daß wiederum jene Passagiere, die dank meiner Landebahn später überlebten, beim ersten Unglück ihr träumendes Gegenstück verloren haben und somit elf Monate lang in etwas gefangen waren, was wir scherzhaft einen *Wintereinbruch* nennen. Einen Zustand, in der die Verwischung zwischen den zwei Zuständen blockiert ist. *Wintereinbruch* meint einen Ort, der von der Außenwelt, wie man so sagt, abgeschnitten ist. Wir können davon ausgehen, daß der französische Geheimdienst die Leichen, für die er nichts konnte und die halt da auf einer von Frankreich verwalteten Insel lagen, genauso verschwinden ließ, wie er die Wrackteile an mich weitergab. Leichen, die man zwischenzeitlich in unserer alten Welt wieder hätte ausgraben können, jetzt, wo Leichen dort ja abgehen, wie Wrackteile abgehen, aber … Es ist nachvollziehbar, daß man das Mysterium zurückhalten möchte. Auch wenn man wohl nach und nach ein paar Flugzeugteile freigeben wird. Vielleicht auch mal einen toten

Passagier. Damit es nicht ganz so unheimlich bleibt. Anders sieht die Sache hier drüben aus, natürlich, hier ist das Mysterium ein offenes, ein gefeiertes. Ein offizielles Wunder. Ein anerkanntes Mirakel.«

»Wäre interessant zu wissen, wie ähnlich oder unähnlich sich die Traumpartner all dieser Passagiere waren. Ich meine, Leute, die sich träumen, sind ja nicht völlig identisch.«

»Wissen Sie, im Grunde ist es recht selten, daß jemand hier ein Spatz und dort ein Kommissar ist, hier eine Frau in Frauenkleidern und dort ein Mann in denselben Kleidern derselben Frau und ihr auf diese Weise ähnlicher als sich selbst. Bei den meisten Leuten hingegen herrscht eine ziemlich genaue Übereinstimmung. Im Falle des Malaysia-Flugs war wohl der Unterschied nur darin gegeben, daß in dem Flugzeug, das am 14. März aus der alten Welt verschwand und dann in der neuen wieder auftauchte, um dort sicher zu landen, sich zwei Iraner befanden, die über die gestohlenen Pässe eines Österreichers und eines Italieners verfügten. Während hingegen in dem Flugzeug, das elf Monate zuvor auf der Île Kerguelen abgestürzt war, tatsächlich ein Österreicher und ein Italiener unter den Passagieren gewesen waren: die Traumpartner der beiden Iraner. Der iranische Teil dieser beiden Personen hat überlebt, der österreichische und italienische nicht. Während die Besitzer der beiden Pässe natürlich am Leben sind, zumindest keine Opfer eines Flugzeugabsturzes wurden. Keine Frage, der Umstand, daß sich unter den Überlebenden zwei Iraner befanden, die vorher nicht an Bord waren, zugleich aber ein österreichischer und ein italienischer Staatsbürger fehlten, hat einige Irritation hervorgerufen. Doch kein Wunder, das perfekt wäre.«

»Und Greta?« fragte ich.

»Greta? Wie kommen Sie jetzt da drauf?«

Ja, wieso denn? Nun, es war mir soeben eingefallen. Und darum wollte ich von Nelson wissen, ob er auch in dieser Welt mit einer Frau namens Greta zusammenlebe.

Er biß sich auf die Lippen und sagte: »Ja und nein. Optisch gesehen, ist sie die gleiche Person, aber erstens hat sie keine

Ahnung von der Bedeutung der Träume, ist sich weder der Parallelität noch der Verklumpung bewußt, und außerdem ist sie eine blöde Kuh. In keiner Weise die Frau, mit der ich so lange zusammengelebt habe. Mancher Mensch ist auf der anderen Seite ein Scheusal.«

»Aber zusammen sind wir komplett.«

»Das mag bei Ihnen sein, weil die Kombination Mensch und Spatz einen unleugbaren Reiz besitzt. Aber bei manchen Leuten wäre es besser, nur einen Teil zu kennen.«

Ich dachte an Milena, die hier Tracy war.

Die Fahrt vom Flughafen nach Wien hinein verriet in keiner Weise, daß wir uns auf eine derart von Geschichte und Architektur und Grandezza bestimmte Stadt zubewegten. Auf dieser Autobahn und angesichts der rechts und links wie abgeknallt daliegenden Landschaft hätte es ebenso der Weg ins Fegefeuer sein können. Wobei ich sowieso nichts von der aus Photobänden und Ansichtskarten bekannten, die historische Mitte Europas bildenden Metropole mitbekommen würde, da Inzersdorf im äußersten Süden der Stadt lag und der Flughafen südlich dieses Südens.

Die Straße, in die uns der Taxifahrer brachte, war nach beiden Seiten von eng gesetzten Gartengrundstücken und den darauf stehenden recht verschiedenen Einfamilienhäusern bestimmt. Eine Mischung aus alt und neu, aus zigfach Renoviertem und jüngst Hochgezogenem. Dennoch wirkte diese Straße einheitlich, als stammten alle Gebäude aus derselben Arbeiterfamilie, die zuletzt auch einige Maturanten und Akademiker hervorgebracht hatte. Eine Straße, in die man vom unteren Ende her einfahren mußte und die nach oben hin an der Stadtgrenze endete und dort in einen Radweg überging. Und die irritierenderweise Vösendorfer Straße hieß. – Vösendorf war der Ort, den man erreichte, wenn man Inzersdorf zu Ende dachte. Beziehungsweise in ziemlich gerader Linie hinüber nach Niederösterreich radelte. Inzersdorf und Vösendorf erschienen mir bald ebenfalls wie Traumpartner – die Stadtgrenze zwischen den beiden halt eine Traumgrenze. Der eine Ort träumte den anderen, ohne daß sie irgendwie spiegelbildlich gewesen wären. Aber man spürte durchaus, daß die beiden ursprünglich ein identisches Photon gebildet hatten.

Und diese in Inzersdorf gelegene Vösendorfer Straße fuhren wir jetzt von ihrer Mündung her hoch, fast bis ans Ende, zu einem der Häuser auf der linken Seite, bevor Felder, Hecken, der Radweg und ein Sportplatz den letzten Rest von Wien bildeten.

Als der Taxifahrer vor der Hausnummer hielt, die ihm Nelson genannt hatte, und wir aus dem Wagen stiegen, um einen kleinen, ruhigen Moment auf dieser von Bäumen locker bestückten, menschenleeren Straße zu stehen – im Ohr das ferne Rauschen der Stadtautobahnen wie das nahe Gezwitscher der paradiesisch versammelten Kulturfolger, die wir Singvögel nennen –, da empfand ich eine tiefe Geborgenheit, als wäre ich an den Ort meiner Kindheit zurückgekehrt und hätte von dieser Kindheit die schlimmen Momente vergessen: die Unzufriedenheit der Mutter, das Fehlen des Vaters, den Wahn der Schulnoten, die Angst vor dem Alleinsein, das Gefühl der Peinlichkeit, die ritualisierte Grausamkeit der Selektion. Es war, als würde ich mich nur an die Vorfreude erinnern und nicht an die Enttäuschung unerfüllter Wünsche. Vorfreude war der Kindheit süßester Traum. Und in der Tat war mir ja nicht einmal mehr mein Vorname präsent. Mein Vorname war in den siebenundvierzig Tagen meiner Traumlosigkeit steckengeblieben.

Mir kam der Gedanke, ob jenes Phänomen, das wir als altersbedingte Vergeßlichkeit ansahen und Demenz oder Senilität nannten, nichts anderem zu verdanken war als den im Alter verstärkt einsetzenden traumlosen Phasen oder überhaupt der Traumlosigkeit, die sich notgedrungen einstellte, wenn man seinen Traumpartner überlebt hatte.

Vielleicht. Nein, sehr wahrscheinlich.

34

Das Haus, vor dem wir standen, war ein häusliches Haus. Womit gemeint ist, daß es sich in erster Linie darüber definierte, ein »Dach über dem Kopf« zu bilden beziehungsweise über mehreren Köpfen. Daß also seine Form logisch dem Prinzip der Häuslichkeit folgte: gerade Wände, ein Satteldach, Fenster von der Größe, die sich eigneten, hinauszusehen, aber nicht wirkten wie ein Tor zur Welt oder ein Tor zur Hölle oder wie die Glasfronten bürgerlicher Politik, die Transparenz versprachen und augenschmerzende Spiegelungen servierten. Es war keins der Gebäude, die sich im besonderen Maße empfahlen, irgendeinen Angriff zu erleiden. Kein Gebäude, das etwa eine Bombe stark anzog, auch wenn man natürlich sagen muß, daß es viele verwirrte und verirrte Bomben gibt, die auf alles und jeden fallen. Aber es war sicher ein Haus, das weit davon entfernt war, die gleiche raketenanziehende Attraktivität zu besitzen wie die Nelsonsche Jacht vor Madagaskar. Dabei besaß das Haus sogar einen Pool, ein zirka sieben mal vier Meter langes wassergefülltes, steinumrandetes Bassin, das zur Straßenseite hin lag und beinahe über die Wirkung eines roten Teppichs verfügte, wäre es nicht blau gewesen. Das war das Merkwürdigste an diesem Haus, das vorgelagerte Becken, während viele Bewohner in dieser Gartenhausgegend ihre privaten Planschbecken in den rückwärtigen Teil der Grundstücke gesetzt hatten. Darin jedenfalls bestand die kleine Extravaganz dieser Immobilie – ihr neuzeitlicher Burggraben.

Auch war das Haus mit einer Alarmanlage ausgestattet, aber das war hier bei jedem zweiten Gebäude der Fall, die Angst vor

Einbrüchen so groß wie berechtigt, obgleich die Gegend keineswegs zu den noblen Wiens gehörte, wahrlich nicht, viel zu flach, erst unter Hitler eingemeindet, alte Industrie und neue Gewerbegebiete, dazwischen Wohnhäuser, die hier oft Gemeindebauten hießen, und natürlich dieser Friedhof mit seinem goldenen Christus, auf dem Quimp einst gesessen hatte. Um von dort aus jene Mauer anzusteuern, auf der er beinahe von einer Glöckchen tragenden, einzahnigen, alten Katze gekillt worden wäre, wäre da nicht Pinesits gewesen, unter dessen Anweisungen er sich hatte befreien können. Und gleich gegenüber mußte sich die Wohnhausanlage befinden, in welcher der alte Maler … Wie hatte er geheißen? Ich mußte jetzt scharf nachdenken … Richtig, Engel, Arthur Engel, der Mann mit den famos realistischen Blumen, der letztlich einem Tautropfen zum Leben verholfen hatte, unterdessen aber selbst gestorben war (wobei es kein schlechter Gedanke war, er hätte mit diesem Tropfen einfach den Zustand gewechselt. Weil man Verwischungen auch malen konnte).

Seine Wohnanlage jedenfalls lag westlich des Friedhofs, die Vösendorfer Straße parallel dazu auf der östlichen Seite. Es würde mich zu Fuß keine fünfzehn Minuten kosten, den ehemaligen Wohnsitz Pinesits' zu erreichen. Was mir freilich da noch nicht bewußt war. Aber bald.

Kurz nach uns erreichten Nybråten und Tracy die Adresse in der Vösendorfer Straße. Zu viert traten wir vor die Gartentüre, und Nelson drückte den Knopf der Gegensprechanlage. Eine Männerstimme meldete sich mit einem »Wir kaufen nichts«.

Nelson antwortete: »Schottland ist frei.«

Mit einem Surren sprang die Tür auf. Das würde ich noch kapieren, daß man, um in dieses Haus zu gelangen, auf die Bemerkung, hier würde nichts gekauft, mit dem Freiheitsanspruch einer jener Regionen antworten mußte, die um Separation bemüht waren. Und das waren in der Spatzenwelt grundsätzlich die gleichen wie in der Blindwelt. Die Schotten eben, die Basken und Katalanen, die belgischen Flamen einerseits und die belgischen Wallonen andererseits, die Bayern einerseits und die Franken andererseits, die Südtiroler natürlich, die Korsen und nicht zuletzt jene Grönländer, die einfach nicht verstehen wollten, wieso ihr Staatsoberhaupt ausgerechnet eine dänische Königin sein mußte. Der einzige diesbezügliche Unterschied war, daß es in der Spatzenwelt – und zwar gar nicht unweit von hier –, im einwohnerschwächsten Bundesland Österreichs, dem Burgenland, eine Bestrebung zur Loslösung gab, aber nicht etwa, um sich an die benachbarten Länder Ungarn, Slowakei oder Slowenien anzuschließen, sondern um die Position eines Zwergstaates zu erlangen. Und auf diese Weise ein nicht nur für seinen Wein, sondern auch für seine liberale Steuergesetzgebung berühmtes Land zu werden. Zu einer Schweiz des Ostens, jetzt, wo auch in der Spatzenwelt das Schweizer Bankenparadies wackelte.

Das gefiel mir, weniger wegen der Steuergeschichte als wegen der Vorstellung einer solchen kleinstaatlichen Unabhängigkeit. Weshalb ich in Zukunft beim Anläuten gerne sagte: »Das Burgenland ist frei.«

Durch die seitliche Haustüre, und nachdem wir ein quadratisches Vorzimmer passiert hatten, gelangten wir in einen weiten Wohnraum, dessen Fenster zur Straße hin auf den Pool zeigten, während auf der gegenüberliegenden Seite eine wandhohe Scheibe auf eine Terrasse führte, hinter der ein kleiner Garten lag. Mit dichten Hecken gegen die zwei Nachbargrundstücke und eine Reihenhaussiedlung. Die Einrichtung des Raums war konservativ gediegen, so im Landhausstil: viel Holz, bodenlange Vorhänge, Keramiken, viel renovierter Flohmarkt, sogenannter Used-Look, eine offen an den Raum anschließende italienische Küche – eine Halbinsel von Küche –, ein Kamin aus geschichteten Steinen, gerahmte Photos von Männern und ihren gefangenen Fischen, davor zwei Sofas, auf denen mehrere Kissen aufgereiht lagen. Hinter dem Glas von Vitrinen lagerten Gläser und Teller, die nicht aussahen, als dienten sie einer anderen Nutzung als jener der Betrachtung, während umgekehrt in einem auf Holz gemalten Bild mit Wildtieren mehrere Dartpfeile steckten. Der Raum lag im schwachen Schein des zu Ende gehenden Tages und im starken Schein dreier beschirmter Stehlampen. Ein einzelner junger Mann, der an die beiden anderen erinnerte, die uns am Flughafen empfangen hatten, saß gleich einer Empfangsdame hinter einem seitlich positionierten Sekretär, rechts und links zwei flache Bildschirme. Er war es wohl gewesen, der uns eingelassen hatte. Auch wenn ich keine Waffe an seinem Körper sah – etwa eine Beule im Sakko –, erkannte ich sofort seine grundsätzliche Bereitschaft, eine solche zu ziehen und zu nutzen. Er hatte so ein Funkeln in seinen Augen, eine Sehnsucht nach Eskalation, gepaart mit einer steifen Haltung und noblen Glätte, die der Sehnsucht einen Riegel vorschob. Der Riegel als Regel, und zwar die Regel, nicht alles umzunieten, was sich bewegte. Sondern nur das, was seinem Auftraggeber, Karel Nelson, hätte gefährlich werden können.

Nelson erklärte: »Sagen Sie den anderen, daß wir da sind.«

Der junge Mann nickte, erhob sich, durchschritt den Raum und verschwand durch eine schmale Türe seitlich der italienischen Halbinsel.

»Ich glaube, wir könnten einen Schluck vertragen«, fand Nelson und näherte sich einem wirklich gut bestückten Barwagen. Er warf einen kurzen Blick hinaus in den Garten, murmelte etwas von wegen roter Stunde und meinte, ein Campari würde sich jetzt anbieten. Alle waren einverstanden.

Als wir zwischen den karierten Kissen saßen und unsere Aperitifs genossen, erwähnte Nelson, es heiße ja immer, Alkohol sei keine Lösung. Er aber glaube, er sei eine ausgezeichnete Lösung. Alkohol sei wie eine Brille, die das Leben ungleich schöner erscheinen lasse. Indem er, der Alkohol, jedem Problem eine Farbe verleihe, die das Problem zwar nicht löse, aber sein Gewicht verringere sowie seinen Grad an Dunkelheit und damit die Gestalt des Problems deutlicher werden lasse. Das vielleicht gar nicht so unförmig sei. Nüchternheit führe oft dazu, die Welt nur noch als schwarzen Fleck wahrzunehmen. Das Dumme am Trinken sei freilich, daß kaum jemand es erlerne. »Wir lernen Autofahren, wir lernen Sprachen, wir lernen Yoga oder wie man einen Berg erklimmt oder einen Computer bedient, aber niemand lernt das richtige Trinken. Wir tun es ständig, ohne daß man es uns wirklich beigebracht hat. Darin besteht das Unglück mit dem Alkohol. Es ist so, als würden wir ins Meer springen, ohne vorher das Schwimmen erlernt zu haben. Woraus sich ein andauerndes Untergehen ergibt. Und bei einigen ein andauerndes Ertrinken.«

Ich beobachtete Nelsons Trinkweise. Was ja in meinem Fall auch wirklich passend war, nachdem ich eben erst mit dem Trinken begonnen hatte und ahnte, daß *learning by doing* allein nicht half.

Wenn man nun sah, wie Nelson den roten Saft aus dem Glas nippte – und auch jetzt fühlte ich mich wieder an den Nybråten der Blindwelt erinnert –, meinte man, jemand beim Küssen zu beobachten. Ohne übertriebene Leidenschaft, ohne ein Bestreben in Richtung Orgasmus, ohne einen heiligen Schwur und dennoch inniglich. Nicht, wie man ein Kind küßt und eben auch nicht eine Frau, sondern … wie man ein Tier küßt, natürlich nicht auf den Mund, sondern auf das Fell, oder wie man seine Lippen auf einen warmen Stein legt und nicht umhinkommt, sich den Stein lebendig vorzustellen. Ja, um jetzt ein populäres Beispiel zu nennen: so wie Sportler ihre Goldmedaillen küssen und Gerettete ihre Heimaterde. Den Wein konnte man küssen und im Küssen trinken. Saufen war etwas anderes. Saufen hatte Züge einer Vergewaltigung. Als wollte man jemandem die Zunge in den Mund schieben, der das gar nicht wollte. Alkohol war nicht selten ein Opfer.

Dieser hier nicht. Von Nelsons konzentriert-küssender Trinkweise inspiriert, verhielten auch wir anderen Trinker uns würdevoll und liebend.

Während ich mein Glas abstellte, flatterte O'Neill von meiner Schulter hoch, flog eine Kurve im Raum und gelangte durch eine offene Scheibe hinaus auf die Terrasse und hinaus in den Garten. Nybråten schien nach etwas greifen zu wollen, das sich im Inneren seines Jacketts befand, doch Nelson hielt ihn ab: »Ich sagte doch, sie wird nicht fliehen. Nicht, solange wir ihre Rüstung haben. Wir wollen ihr die goldene Stunde des Sonnenuntergangs gönnen, abgesehen davon, daß sie sich wahrscheinlich Nahrung sucht. Gefangene Sperks lassen sich ungerne füttern. Das ist ihr Kämpferherz.«

»Ich habe mich oft gefragt«, meinte ich, »wieso die Sperks sich eigentlich als Krieger sehen. – Natürlich, sie sind bewaffnet, klar, sie kämpfen verbissen, sie scheinen eine militärische Ordnung zu bevorzugen, aber … sie führen doch nicht wirklich Krieg. Mir scheint eher, sie wollen in Frieden gelassen werden. Ich kann keine Tendenz erkennen, jemand angreifen zu wollen. Aber Krieg ist doch eigentlich immer Angriff, nie Verteidigung.«

»Ich denke«, sagte Nelson, »daß die Sperks sehr zwischen dem Wesen des Kriegs und dem Wesen des Kriegers unterscheiden. Das ist weder klassischer Angriff noch klassische Verteidigung. Eher etwas Rituelles. Als wollte man den Krieg dadurch verhindern, daß man ihm entgegenkommt. Wie man jemand abzuschrecken versucht, indem man ihm einen Spiegel entgegenhält, damit er sich vor sich selbst erschreckt.«

»Was im Fall der Totalisten nicht ganz geklappt hat«, stellte ich fest.

»Vielleicht weil Totalisten blind sind, zumindest blind gegenüber Spiegeln.«

»Und wir? Wir sind die Sehenden oder was?«

»Sie sollten in Ihrem Beruf eigentlich gewohnt sein, zu den Sehenden, wenigstens den Einäugigen zu gehören«, fand Nelson. Und gleich darauf: »Kommen Sie, ich zeige Ihnen unseren *Keller*. Jedes richtige Haus braucht schließlich einen solchen.«

»Ich hasse Keller seit meiner Kindheit«, erklärte ich.

»Sind Sie darum Polizist geworden, um Ihre Angst zu fassen zu kriegen? – Na, dieser Keller jedenfalls könnte Ihnen gefallen.«

Ich folgte Nelson, während Nybråten und Tracy bei ihren Camparis zurückblieben. Wir gingen durch die gleiche schmale Türe, die zuvor der Sekretärmann genommen hatte, und gelangten über das abwärts führende Stiegenhaus in den unterirdischen Bereich. Vor einer Metalltüre hielten wir. Nelson klopfte und zeigte damit auch an dieser Stelle eine gewisse erfrischende Rückbesinnlichkeit in Sachen Sicherheit. Kein Finger- oder Netzhautscanner, sondern simple Klopfkunst.

Der Raum freilich, in den wir nun traten, verfügte durchaus über die Attribute modernster Technik. Er war weitläufiger noch als der Grundriß des Hauses, reichte somit bis in den hinteren Gartenbereich, während er nach vorne hin wohl gegen die Wand des Pools stieß. Entlang allen vier Wänden waren Computerbildschirme verteilt, die Bilder der Welt lieferten: Nachrichtensendungen, Aktienkurse, molekulare Modelle, Lottozahlen, DNA-Stränge, Filmsequenzen, Stammbäume von Menschen und Vögeln – und alles zusammen sah aus wie aus der gleichen Quelle strömend, unterschiedlich nur durch die Umgebung, durch die es floß (wobei mir übrigens vorkam, als würde auf einem der Monitore ein weißer Punkt sehr langsam an einem gelblichblauen Hintergrund vorbeiziehen, ein Golfball möglicherweise, vielleicht sogar derselbe, den ich in Oslo beobachtet hatte, allerdings eine Bewegung vollführend, die etwas von einem Planetentransit an sich hatte; wie man das kannte, wenn der kleine Merkur an der großen Sonne vorbeiflog).

Von den sieben Stühlen im Bereich der Computer waren vier besetzt. Vier junge Leute, drei Männer, eine Frau. Sie wandten sich auf ihren Drehsesseln mir und Nelson zu, grüßten und beobachteten erwartungsvoll, wie ihr Geldgeber in seine Tasche griff und ein silbernes Döschen herausholte.

In der Mitte des Raums stand eine Apparatur, die etwas von der Kreuzung eines Brutkastens mit einem Operationstisch besaß. Ohne daß aber im Moment irgendein Objekt oder Wesen ausgebrütet oder operiert worden wäre.

Nelson trat auf den Apparat zu, holte die zum Würfel komprimierte Sperksrüstung aus dem kleinen Behältnis und legte sie auf einen schmalen gläsernen Sockel in der Mitte des nach oben hin offenen »Brutkastens«. Augenblicklich glitten die Scheiben nach unten, während mehrere metallene Elemente nach oben fuhren, sich über das Objekt stülpten und sich zu einem schildkrötenartigen Gehäuse verbanden und verschlossen. So daß nun nichts mehr von dem Sperkschen Würfel zu sehen war, seine Gestalt hingegen auf mehreren der Bildschirme auftauchte. Bildschirme, denen sich die jungen Wissenschaftler sogleich zuwandten.

Nelson erklärte mir, es würden nun verschiedene Analyseverfahren erfolgen, um den Zustand und Aufbau zu analysieren.

Oder aber, festzustellen, was angeblich die Totalisten bereits leidvoll herausbekommen hatten, nämlich wie sehr sich die Eigenschaften dieses Objekts durch die Betrachtung änderten und man völlig unglaubwürdige Daten erhielt. Wenn das aber stimmte, konnte es auch bedeuten, daß dieses superleichte Material eine Art von Willen besaß und damit nicht zuletzt den Willen, sich mal *nicht* mit Absicht für jemand auszugeben, der es gar nicht war.

»Sie glauben ehrlich«, fragte ich, »das Material reagiert freundlich darauf – und das würde in diesem Fall heißen: ehrlich und offen –, wenn Sie es unter so eine Glocke stecken und es – na was? – magnetischen Wechselfeldern aussetzen? Eher denke ich, daß es *beleidigt* reagieren wird.«

Und dachte mir dabei, daß das so manchen Irrtum in der Wissenschaft erklären würde, wenn nämlich Dinge beobachtet wurden, von denen man nicht den *wirklichen* Zustand erforschte, sondern nur den *beleidigten*. Die im Moment des Beleidigtseins ermittelte Verfassung.

Doch Nelson behauptete erstens eine gewisse Einfühlsamkeit der hier zum Einsatz gebrachten Röntgenfluoreszenzmessung wie auch der weiterführenden Methoden der Betrachtung und meinte zweitens, daß selbst das Beleidigtsein immerhin der Ausdruck von etwas Echtem sei.

»Echt, aber irreführend«, sagte ich und erwähnte den Umstand, daß Nelson seine Frau Greta hier in dieser Welt als Scheusal erlebe, in der anderen aber als großzügige Grande Dame. »Wer ist echter, das Scheusal oder die großzügige Frau?«

Nelson darauf nur: »Schauen wir mal, was bei der Messung herauskommt. Ein Scheusal oder eine Grande Dame. Und immerhin haben wir noch die Sperkgenerälin. Jetzt zeige ich Ihnen aber Ihr Zimmer.«

Ich staunte: »Ich schlafe hier im Haus?«

»Natürlich. Wir sind jetzt alle mal zusammen. Wir praktizieren das Prinzip der Verklumpung. Wir bilden Cluster. Versuchen also eine Weile, alle am selben Ort zu bleiben.«

Ich folgte Nelson in den ersten Stock in einen zentralen Flur, von dem rechts und links mehrere kleine Räume wegführten. Ich fragte nach den Besitzern des Hauses.

»Ich bin der Besitzer«, erklärte Nelson, »allerdings kenne ich die Leute nicht, die sich in diesen Zimmern gestalterisch ausgetobt haben. Der Ankauf des Hauses samt Mobiliar lief über einen Strohmann. Sinnvollerweise. Ich habe aber alles so gelassen, wie es war. Außer dem Keller natürlich. Ich hoffe … Nun, es muß nicht so weit gehen, daß es Ihnen gefällt. Es genügt, wenn Ihnen von dem Interieur nicht schlecht wird.«

»Es ist ganz okay«, sagte ich, als ich mein Zimmer sah. Auch hier der obligate Landhausstil, jedoch im miniaturisierten Format. Ein Gefängnis für einen Zwerg. Puppen auf dem Regal, Puppen aus dem 19. Jahrhundert. Ein Hauch von Grusel angesichts der Rosentapete. Rosen von der Art durchstochener Herzen. Ich sagte nochmals, es sei okay.

Nelson meinte: »Ruhen Sie sich ein wenig aus. Wir sehen uns in einer Stunde zum Abendessen. Danach haben wir Besprechung. Vielleicht wissen wir dann schon ein wenig mehr über das Material der Sperksrüstung.«

Nachdem Nelson gegangen war und die Türe hinter sich geschlossen hatte, legte ich mich auf das Bett, dessen Länge gerade ausreichte, um mich aufzunehmen. Es roch nach Duftkerzen. Es roch nach Weihnachten im Spätsommer. Ich schloß die Augen, döste. Allerdings bemüht, nicht einzuschlafen. Somit bemüht, Quimp nicht aufzuwecken.

Es gelang. Ich segelte auf einer grenzbildenden Welle dahin und fand auf diese Weise Erholung, ohne die Erholung meines Traumpartners zu gefährden, die Erholung einen dösenden Kommissar zu träumen.

Als ich die Augen öffnete, bemerkte ich das frische weiße Hemd, das über dem vorderen Teil des Bettgestells hing. Hatte es bereits vorher da gelegen? Kaum. Jedenfalls war es mit der größten Berechtigung hier deponiert worden. Mein eigenes stank. Ich stand auf, nahm das Hemd, wechselte ins Badezimmer, wechselte unter die Dusche und reinigte meine Achseln, als versuchte ich, eine Muschelschale auszukratzen. Ich dachte an Milena, ohne hart zu werden. Eher fühlte ich mich weich. Aber weich in der Art von Gelée royale, mit dem die Honigbienen ihre jungen Königinnen füttern. Und genau in diesem Moment, da ich an Milena dachte, kam Tracy ins Badezimmer. Offensichtlich hatte ich vergessen abzusperren. Tracy erstarrte. Sie trug jetzt einen Trainingsanzug, nicht unähnlich dem, den ich zuletzt in Oslo an Milena gesehen hatte, und betrachtete mich durch die Scheibe der Duschkabine. Ich sagte nichts, beschwerte mich nicht, drehte mich nicht weg, denn ich entdeckte in den Augen Tracys den Blick Milenas, wie sie da aus ihrem Leben verträumt zu mir herüberschaute. Ich meinte zu erkennen, daß sie mich nicht aufgegeben hatte. Schließlich wußte sie, daß ich den Absturz überlebt hatte. Obgleich die Meldungen ganz sicher die sein würden, neben den Mitgliedern einer legendären Rockband sei auch ein deutscher Kriminalpolizist an Bord der verunfallten Maschine gewesen. Ausgerechnet der eine aus der Abteilung zur Bekämpfung organisierter Kriminalität, der für fast zwei Monate spurlos verschwunden gewesen war, nur um nach kurzem Wiederauftauchen diesmal endgültig zu verschwinden. Dessen Körper sich wohl im Zuge der heftigen Explosion in unauffindbare Stücke und Partikel zerlegt hatte. Ja, die Frage tat sich vermutlich auf, ob dieser Polizist ein Opfer war oder vielleicht sogar selbst diese Explosion bewirkt hatte. Vom Terrorbekämpfer zum Terroristen geworden war. Und somit der Tod der Rockband als ein Angriff auf die westliche Welt zu gelten hatte. Auf den Westen und seine Musik.

Milena wußte es besser. Ihr Blick – ihr Blick aus den Augen eines verkleideten Mannes, um dessen superschlanke Beine ihn wohl jede Frau beneidet hätte – war ein Versprechen. Das Versprechen zu warten. Vielleicht auch das Versprechen, die Seite zu wechseln.

Aber einen Moment später war der Ausdruck wieder der von Tracy. Tracy, die leicht angewidert wirkte ob meines nackten Körpers. War das nur bei mir so? Oder war Tracy gar nicht so schwul, wie ich dachte? Sondern vielmehr ein Transvestit als Lesbe? Oder mochte sie einfach das Weiß meiner Haut nicht?

Tracy verließ den Raum, ich verließ die Dusche.

Rasiert, gekämmt und frisch gehemdet begab ich mich nach unten. Eine Hitze lag auf meiner Stirn, eine Röte auf meinen Ohren und ein leichtes Zittern in meiner Brust.

Es gab Salat. Zubereitet von einem der jungen Männer, die unten im Keller ihren wissenschaftlichen Dienst verrichteten. Es war deutlich zu spüren, daß eine neue Erkenntnis darauf wartete, mitgeteilt zu werden. Und doch wollte man sich bis nach dem Essen gedulden. So wie man Geschenke nicht gleich auspackt, sondern sie eine Weile unter dem Baum oder auf dem Gabentisch liegen läßt. Um während dieser Zeit lustvoll zu spekulieren, was darin sein könnte.

Wir saßen zu acht um einen großen Eßtisch und verspeisten diesen ganz wunderbaren Salat, in dem sich eine Unzahl von Zutaten befanden. Ein Urwald von Salat. Ein Salat als Schöpfungsgeschichte. Dazu ein geniales Brot, das die jungen Leute offensichtlich selbst gebacken hatten beziehungsweise der Brotbackautomat, der mit seiner sargähnlichen Form und einer Sichtscheibe im oberen Drittel aussah, als sei er für Schneewittchen gedacht. – Man stelle sich ein Brot auf dem Weg zum Jupiter vor.

Die Gespräche blieben harmlos: Sport und Mode, die Nahrungsmittelpreise in Österreich, die Frage, wer eingeteilt sei, später nach draußen zu gehen und die Plane über den Pool zu ziehen. Doch nachdem alle fertig gegessen hatten, der Tisch freigeräumt war und jeder ein volles Glas Rotwein vor sich stehen hatte, griff die Frau aus der Forschertruppe nach einer Fernbedienung, um einen großen Bildschirm seitlich des Kamins zu aktivieren.

Fernsehen?

Nein, es war kein Fernsehen, sondern die Übertragung einer Live-Kamera aus dem unterirdischen Labor. Auf jenen »Brut-Kasten« gerichtet, der nun wieder einen Blick auf den Inhalt erlaubte, obwohl auch nach oben hin eine Scheibe den durchsichtigen Kubus abschloß. Darin sich nun …

Ich war verblüfft, O'Neill zu sehen. Auch Nelson wirkte erstaunt. Wir hatten die Generälin noch draußen im Garten vermutet, aber mitnichten gefangen in diesem Behältnis. Ich schimpfte auch gleich los. Immerhin war doch vereinbart worden, O'Neill in Freiheit zu lassen, was ja wohl kaum bedeuten konnte, an ihr einen Test vorzunehmen, bei dem man sie einsperren mußte.

»Das ist gar nicht Ihr Vogel«, erklärte die junge Wissenschaftlerin, die alle mit Xilef ansprachen, so benannt nach der Figur einer philippinischen Kindergeschichte. Wobei mir bald aufgefallen war, daß der Name Xilef von hinten nach vorn gelesen den Namen Felix ergab. Ja, diese ganze Gruppe von Jungforschern konnte man gut und gern für das traumpartnerische Gegenstück der *Golden-Awakening*-Truppe halten.

Und das Xilef-Mädel also meinte: »Das ist gar nicht Ihr Vogel.«

Stimmte.

Denn in diesem Moment flog O'Neill zu der noch offenen Terrassentür herein und landete erneut auf meiner Schulter, den Blick auf den Bildschirm gerichtet, auf dem die Gestalt eines Sperlings zu erkennen war, der O'Neill zum Verwechseln ähnlich sah. Jedoch kein Doppelgänger war. Keiner aus dem Garten und keiner, der sich aus einem Traum hierher verirrt hatte.

Die Frau, die Xilef war und die das Wissenschaftlerteam anführte, schilderte nun, wie man im Zuge einer elementaren Mikroanalyse – mittels zweier mit einem Elektronenmikroskop gekoppelter Röntgenfluoreszenzsonden – versucht hatte, ein Profil der Kohlenstoffkonzentration zu eruieren. Dabei aber auf Strukturen gestoßen war, die in verblüffender Weise der Gestalt von Mitochondrien ähnelten.

»Auf deutsch«, bat ich und bekam beschrieben, bei einem Mitochondrion handle es sich um den Teil einer Zelle, ein Organell – also ein Zellorgan mit einer eigenen Erbsubstanz, das für die Atmungskette vieler Lebewesen von größter Bedeutung sei. Ein Zellbereich, der sich als besonders eigenwillig erweise, indem er immer nur von der Mutter vererbt werde.

Ich überlegte, ob man eine solche Erscheinung – eine matriarchale DNA – für einen Ausdruck des »Beleidigtseins« halten konnte.

Xilef berichtete weiter, daß, während man den kleinen Würfel beobachtet hatte, das ganze Objekt angefangen habe, seinen Zustand zu verändern. Womit ja irgendwie zu rechnen gewesen sei. Allerdings nicht mit einer Verwandlung vom Anorganischen zum Organischen. Doch genau das geschah. Der Würfel begann sich zu öffnen und die Teile der Panzerung glitten auseinander, nur daß diesmal nicht die superleichte Panzerung eines Sperks entstand, sondern ein ganzer, vollständiger, atmender Vogel, ein lebendiges, normalgewichtiges, verletzliches Wesen. *Verletzlich* war dabei das entscheidende Wort. Denn so faszinierend dieser Vorgang auch sein mochte, er führte zum Gegenteil dessen, was hier beabsichtigt worden war, nämlich das noch nie dagewesene Rätsel eines absolut unverletzbaren Materials zu lösen. Statt dessen würde man sich nun mit dem recht alten Rätsel der Hinfälligkeit irdischer Organismen auseinandersetzen müssen.

Der Albatros drückte es so aus: »Das ist, wie wenn man einen Schlüssel sucht und ein Schloß findet.«

An der Art, wie O'Neill sich an mir festkrallte – viel unsicherer, als es zu ihr paßte –, erkannte ich, wie sehr auch sie dieser Anblick in höchstem Maße irritierte. Offensichtlich hatte sie schon kapiert, daß es sich bei dem Sperlingsweibchen im Glaskasten um die Metamorphose ihrer Sperksrüstung handelte. Einer Sperksrüstung, die O'Neill bei aller zauberischen Qualität und hohen Wandlungsfähigkeit, ja trotz einer spürbaren Eigenwilligkeit und Intelligenz, bestimmt immer für etwas Synthetisches gehalten hatte – eine Konstruktion ihrer Vorfahren. Wobei diese Vorfahren sich nie über die Herkunft und das wahre Wesen dieser Rüstungen ausgelassen hatten. Diese Rüstungen waren einfach ein Erbe. Ein Erbe von Soldat zu Soldat, von General zu General, von Generation zu Generation. Starb ein Vogel – und sosehr die Rüstungen Kugeln aufhielten, Viren hielten sie nicht auf, und auch der Alterungsprozeß war letztlich stärker als dieses superleichte und superfeste Material –, so schälte sich die Rüstung ab und ging über auf den nächsten wartenden Jungvogel. Das war eine Notwendigkeit, die kein Sperk je in Frage gestellt hätte. Sowenig wie einer gesagt hätte, er würde auf das Zeug pfeifen. Ein Mensch erklärte auch nicht, er pfeife auf seine Haut (und kaum einer, der meinte, er pfeife auf sein Auto, wenn er nicht ein besseres dafür bekam). Eine Sperksrüstung war immer die bestmögliche.

Außer natürlich ... außer, sie begann zu leben.

»Dieser Vogel«, sagte Xilef, »ist keine Illusion und keine Täuschung. Er ist echt. Wir müssen uns natürlich genau anschauen, was ihn von dem anderen Sperling unterscheidet. Beide sind Weibchen. Und natürlich bilden sie eine Einheit.«

»Jetzt nicht mehr«, kommentierte Nybråten.

»Wir werden sehen«, sagte Xilef, »ob dieser Zustand erhalten bleibt. Und wie die beiden Vögel sich verstehen. Wie sie kommunizieren. Sie gehören ja zusammen – und wenn das wirklich stimmt, waren sie sogar miteinander verwachsen. Das Ganze erinnert mich schon sehr an eine Theorie – eine umstrittene, okay, aber doch! –, die ebenso für Mitochondrien Anwendung findet: die Endosymbiontentheorie.«

Erneut verlangte ich Deutsch.

Erneut war Xilef so freundlich, mich aufzuklären.

Diese mit einem schwer nachzusprechenden Namen ausgestattete Theorie (weshalb ich sie für mich einfach Xilef-Theorie nannte) ging von der Behauptung aus, einige Inhaltsstoffe – gewissermaßen die Möblierung der Wohngemeinschaft Zelle – sowie einige spezielle Zellorgane verdankten ihr Entstehen einer Großzügigkeit. Einer Gastfreundschaft. Indem nämlich jene zellkernlosen Organismen, die ganz am Anfang des Lebens standen, Bakterien bei sich aufnahmen, die wiederum mit Dankbarkeit reagierten. Die Dankbarkeit, die ein jeder empfindet, der keins auf die Nase kriegt, wenn er in eine wildfremde Wohnung einbricht. Eine Dankbarkeit, die darin mündete, daß die Gastzellen innerhalb der Wirtszellen die Gestalt nutzbringender Organellen annahmen, anstatt einfach nur herumzustehen und in die Zelluft zu schauen. So daß sich im Zusammenleben der beiden ein völlig neues Dasein ergab. Und man darum sagen konnte, die Entwicklung höheren Lebens sei einer Immigration zu verdanken. Rassisten würden meinen, einer Verschmutzung.

Und genau das vermutete man übrigens auch bei den mutterlastigen Mitochondrien, die von Doppelmembranen umgeben waren: zwei eng aneinandergeschmiegte Biomembranen als Resultat jener Kombination aus Gastfreundschaft und Dankbarkeit. Zwei einfache Biographien zu einer komplexen verwachsen.

»Was ich sagen will«, erklärte Xilef, »ist, daß die Hülle dieses Vogels, sein sogenannter Panzer, möglicherweise eine Art mehrfach geschichteter Membran ist, das Resultat einer Symbiose.«

»Einer Symbiose zwischen wem? Jemand mit Kern, der jemand ohne Kern kennenlernt?«

»Wenn Sie wollen. Wobei man auch mutmaßt, zellkernige Zellen seien erst dadurch entstanden, daß Zellen ohne einen Zellkern sich mit Bakterien – also ebenfalls Zellen ohne Zellkern – vereinten.«

Ich lachte und meinte, es komme mir vor, als würde die Kombination zweier leerer Gläser zu einem vollen führen.

»Oder die von zwei Vögeln zu einem perfekten«, sagte Xilef.

»Na, oder perfekt bewaffnet«, erklärte ich.

Sie darauf: »Bewaffnung erscheint in der Natur als ein wesentliches Mittel des Überlebens. Allerdings … nun, wo die beiden Vögel wieder getrennt sind, fehlt auch die Bewaffnung. Wie die Unverwundbarkeit. – Ich kann nicht ausschließen, daß die Separation eine hysterische Reaktion auf unsere Beobachtung darstellt.«

»Nicht hysterisch, sondern beleidigt«, wiederholte ich meine eigene Theorie. So vieles, was geschah, vor allem das Beleidigtsein, erschien mir als eine Reaktion auf die Enge und Fülle des Lebens. Eine Reaktion auf das Zuviel von allem. Und daß die Beobachtung den Höhepunkt dieses Zuviels darstellte. Letztlich würde es uns passieren, Sonnensysteme zu entdecken, die allein in unseren Teleskopen auftauchten. Die allein als Bilder existierten. Als reale Bilder nicht realer Erscheinungen.

Mit der Enge meinte ich allerdings nicht den Umstand, daß jeder von uns bewußt oder unbewußt einen Traumpartner besaß, sich siamesisch fühlen mußte. Und auch nicht die Möglichkeit, daß manche Lebewesen über partnerähnliche Hüllen verfügten. Sondern ich meinte die Einmischungen. Ich meinte gewissermaßen jene Bakterien, die nicht willkommen waren und dennoch eindrangen. Die Symbiosen erzwangen. Weil so eine Symbiose schlußendlich bedeutete, ohne den anderen völlig aufgeschmissen zu sein, nicht existenzfähig. Ganz in der Art, wie in Mel Brooks' Science-fiction-Parodie *Spaceballs* die verwöhnte Tochter des Königs mitten auf der Flucht und mitten in einer Sandwüste tobend erklärt, sie könne ohne ihren Hochleistungshaarfön nicht leben. – Wir alle können ohne unsere Hochleistungshaarföns nicht leben.

Nach *einer* Symbiose freilich sehnte ich mich. Milena!

Ich erklärte, ich sei verdammt müde und wolle nach oben gehen, um mich hinzulegen. Immerhin hätte ich an diesem Tag einen Flugzeugabsturz überlebt und eine Welt gewechselt. Aber es war nicht wirklich die Müdigkeit, die mich antrieb. Sondern die Sehnsucht. Indem ich wieder Quimp wurde, würde ich zumindest in der gleichen Welt wie Milena sein, auch wenn sie sich in Oslo befand und Quimp an irgendeinem Flecken nahe Belfast.

Süße Träume!

35

Kaum anzunehmen, es könnte irgendwann der Moment kommen, an dem ich nicht froh wäre, wieder meinen Spatzenkörper zu spüren. Es tat mir stets aufs neue gut, in diese bewegliche, leichte Konstruktion zurückzukehren, die in Verbindung mit einer Sperksrüstung ihren perfekten Ausdruck gefunden hätte. Freilich schreckte mich das, was ich in meinem Blindtraum gesehen hatte: das Lebendiggewordensein der O'Neillschen Panzerung. Ich will nicht sagen, ich hätte alles verstanden, was jene Frau, die Felix hieß, bloß von hinten gelesen – manchmal kam mir die ganze Blindwelt wie von hinten gelesen vor –, was diese Frau also über Zellen und mutterlastige Zellfunktionen von sich gegeben hatte. Vor allem hatte sich mir die Frage aufgedrängt, inwieweit es wirklich stimmen konnte, die Entstehung intelligenten Lebens habe ihren Anfang genommen, indem eine Zelle einen Virus bei sich aufnahm. Daß also Gott das Leben mittels einer Krankheit geschaffen habe.

Wie sehr doch Krankheit etwas war, was im Auge des Betrachters lag.

Mir war klargeworden, daß der Helm, den ich eine kurze Zeit getragen hatte, gewissermaßen ein zweiter Kopf gewesen war und daß zu diesem zweiten Kopf auch irgendwo ein zweiter Körper existieren mußte. Und somit beide zusammen etwas ergaben, was auf den ersten Blick wie ein Klon von mir wirkte. Auf den zweiten Blick bot sich jedoch ebenso die Möglichkeit an, dieser »andere« sei bereits vor mir dagewesen und somit ich selbst der Klon.

»Na und?« meinte der Albatros, der offensichtlich mit einiger Leichtigkeit die Welten wechseln konnte und der nur wenig Schlaf benötigte. »Dachtest du wirklich, du seist einmalig?«

»Keiner«, sagte ich laut, mich verteidigend, »keiner denkt in der Art, wie ich denke. Selbst wenn ich Unsinn denke, ist es origineller Unsinn. Vielleicht ... vielleicht ist es egal, ob man ein Klon ist oder nicht, solange das Denken kein geklontes ist. Wenn einer genauso ausschaut wie ich – na, Gratulation und viel Spaß damit! –, Hauptsache, er denkt nicht wie ich. Hauptsache ...« Und jetzt ließ ich meine Worte aufgehen wie so eine hübsch perlende Brausetablette in einem Glas Wasser. »Hauptsache, der Albatros in meinem Kopf ist nur in *meinem* und natürlich in Blinds Kopf, aber sonst in keinem. Und ich weiß genau, daß es so ist.«

Das letzte war geraten. Aber ich spürte am Schweigen des Albatros, daß ich recht hatte. Und es tat gut, recht zu haben.

Ich streckte und beutelte mich und brachte Bewegung in meinen Körper. Es war noch ziemlich dunkel in dem Gemäuer, aber durch die beiden Öffnungen erkannte ich das aufkeimende Licht des Tages. Ich stieß mich ab und flog in die Voliere, wo ich zusammen mit einigen anderen Frühaufstehern in den Futterschalen herumpickte.

Ich bemerkte ihn nicht sofort, den anderen Spatzen. Erst nachdem zwei kleine Papageien etwas zu nahe an mich herangerückt waren und ich die beiden mit einem moderaten Fluch auf ein anderes Gestänge gejagt hatte, sah ich, fünf Flügellängen von mir entfernt ... ich sah das Sperlingsweibchen.

Ich dachte mir auch gleich, sie gehöre vielleicht sogar zu jenem Schwarm, der mit dem Blindschen Flugzeug kollidiert war. Wobei ebensogut ein Fehler in der Elektronik mitgespielt haben mochte, ein Fehler, der sich ja bereits nach dem Abflug aus Oslo angekündigt und eine Pause auf den Shetlands erzwungen hatte.

Sie schaute zu mir herüber. Ich sagte: »Is was?«

Freundlich war das nicht. Aber sie reagierte völlig souverän und fragte mich, woher ich stammte. Offensichtlich sah man mir an, oder man hörte mir an, daß ich von woanders herkam. Oder man roch es. Ich erklärte ihr, Quimp zu heißen und aus Paris zu sein, erklärte aber nicht, daß das Paris, das ich meinte, auf der anderen Seite lag.

»Und was tust du hier?« wollte sie wissen.

Stimmt, die Englischsprachigen siezten sich nicht, denn auch wenn Spatzen sich untereinander verstanden, so blieben dennoch Eigenheiten erhalten. Etwas Dialektales, eine bestimmte Tonlage, eine Usance. – Hier also wurde prinzipiell geduzt.

Ich sagte ihr, daß ich mich auf dem Weg nach Wien befinde.

Sie darauf: »Das ist aber ein ziemlich irrer Schlenker, wenn du aus Paris kommst.«

Ich antwortete ihr, das sei schwer zu erklären. Allerdings sei ich mir über die Entfernung durchaus im klaren und hätte auch nicht vor, aus eigener Kraft den ganzen Weg zu bewältigen. Nein, ich würde statt dessen …

Gerade erst war ich einem explodierenden Flugzeug entkommen. Wollte ich wirklich schon wieder in eines steigen? War das nicht ein wenig zu viel des Mutes oder eher Übermutes?

Ich sagte, ich plane, mit dem Flugzeug von Belfast nach Wien zu reisen. Über London, das gehe wohl nicht anders. Aber mit einer Linienmaschine. Nicht mit einer privaten. »Ich mag die großen Maschinen lieber.«

»Da fällt man auch nicht so auf«, sagte die Spatzin.

»Bist du schon mal geflogen?« fragte ich. Dachte aber gleich: Gott, was für eine Frage bei einem Vogel.

Sie verstand mich aber und sagte: »Nein, nie. Wieso auch? Ich war noch nie woanders als hier. Hier und in der Stadt.«

»Du kennst dich aus in Belfast?«

»Mhm.«

»Ich bräuchte nämlich jemand, der mir hilft, zum Flughafen zu kommen. Es gibt da so einen, der nach einem Fußballer benannt ist, wenn ich das richtig im Kopf habe.«

»Hier in der Nähe?«

»Ich glaube schon.«

»Dann weiß ich, welchen du meinst. Keine Ahnung, wie der heißt, aber ich kann dich hinbringen.«

»Bist du alleine?« fragte ich.

»Was verstehst du unter alleine?«

Ja, was verstand ich darunter? Fragte ich sie, ob sie ohne Familie war? Ohne eine Truppe, eine Gang? Nun, das war sie wahrscheinlich nicht. Eher bezog sich meine Frage darauf, ob sie mit jemand zusammenlebte, einem Partner. Sie schien in meinem Alter. Ich sagte also: »Na, vielleicht wird jemand sauer, wenn du mir hilfst.«

»Laß das meine Sorge sein.«

Es sollte erwähnt sein, daß Spatzen zu Dauerehen tendieren. Was freilich nicht bedeuten mußte, daß so eine Sperlingsdame nicht auch mal jemand anders zum Flughafen begleiten konnte. Und möglicherweise war sie wirklich ... die Menschen nannten es solo oder frei, ich hätte dazu gesagt: wählerisch.

Sie war übrigens eindeutig ein Haussperling, kein Feldsperling. Darum auch war es ein Fehler gewesen zu denken, sie hätte sich vielleicht in jenem Schwarm aufgehalten, der in das Flugzeug geraten war. Das waren Feldsperlinge gewesen. Wahrscheinlich hätte ich einen Feldsperling auch gar nicht verstanden. Die redeten ... Pardon, wenn ich das so sage, aber das waren echte Hinterwäldler.

»Hast du einen Namen?« fragte ich die Spatzendame.

»Zweifelst du daran?«

»So habe ich das nicht gemeint«, umkurvte ich meine Ungeschicklichkeit und versuchte es noch einmal: »Wie heißt du?«

»Cleo.«

»Ist das irisch?«

»Eher griechisch. – Und Quimp, ist das Französisch?«

»Wenn man es französisch ausspricht, schon«, sagte ich, gestand aber, daß alle, auch die Franzosen, meinen Namen *Kwimp* aussprachen, nie *Kömp*.

Cleo und Quimp also. Die Namen klangen als Duett in meinem Kopf.

»Hört sich verdächtig an«, meinte der Albatros. Ich spürte sein Schmunzeln, als würde er eine kleine Kurve in die Innenwand meines Schädels kratzen. Ein Cleo-&-Quimp-Graffito.

Wir zwängten uns durch die Öffnung, die ins Freie führte. Ich folgte Cleo in die Bodenlosigkeit der Lüfte.

Keine Frage, ich hatte noch nie jemand so gut fliegen gesehen, selbst die Generälin nicht. Es war wohl in erster Linie die Selbstverständlichkeit, mit der Cleo es tat. Eine aus den Flügeln geschüttelte Kunstfertigkeit. Auch eine gewisse Verspieltheit, die aber nie ins Gewicht fiel, immer leicht blieb. Im Vergleich dazu besaß mein Flugstil ein gewisses Übergewicht. Nicht nur mein Stil. Ich hatte trotz der vielen Abenteuer zugenommen. Das war wirklich erstaunlich. (War es das, worunter auch viele erwachsene Menschen litten, auf unerklärliche Weise zuzunehmen?)

Wir erreichten den Flughafen ohne Schwierigkeiten, obgleich Nebel die Landschaft verfremdete. Aber für Cleo war das kein Problem. Sie brachte mich sicher und direkt zum Flughafen – richtig, George Best, so hieß der Fußballer, ich erinnerte mich wieder, wobei ich übrigens auch über ein Gebäude flog, das zur Bombardier-Gruppe gehörte. Wo man derzeit wohl ziemlich aufgeregt war und einige Mühe darauf verwendete, das Unglück zu analysieren und den Vögeln die Schuld zu geben. – Das taten die Menschen gern, die Natur verantwortlich machen. Selbst wenn von »menschlichem Versagen« die Rede war, war damit ja die Natur gemeint, der man den Schwarzen Peter zuschob. Das war komisch. Jede andere Kreatur hätte eher versucht, die Technik anzuschwärzen. Der Mensch hingegen schien viel eher bereit, die Technik in Schutz zu nehmen.

Im Flughafengebäude patrouillierten Polizisten mit Maschinengewehren, aber auf fliegende Spatzen achteten auch sie nicht. Wir landeten gegenüber einer großen Anzeigetafel, und ich entschied mich für einen Flug mit der irischen Gesellschaft Aer Lingus. Zumindest mal bis London-Heathrow. – Ich gestehe, es war das Firmensymbol, das mich animierte, ein grünes Kleeblatt. Dreiblättrig, wobei sich beim Fliegen eigentlich ein vierblättriges, also Glück bringendes Kleeblatt angeboten hätte. Das Glück, oben zu bleiben. Trotzdem, mir gefiel das Blattsymbol sehr viel besser als etwa diese Seidenschleife von British Airways. Ich war halt eher der optische Typ, und die Frage nach den Ticketkosten spielte ohnehin keine Rolle.

»Wäre es nicht schön«, meinte Cleo, »würden wir über Dublin fliegen?«

»*Wir?*« staunte ich.

»Ach, weißt du, ich habe zwar vorher behauptet, es gebe keinen Grund, woanders zu sein, als dort, wo man schon immer war. Aber eigentlich gibt es auch keinen Grund, eine Regel nicht mal zu mißachten. Mit der Routine auszusetzen. Außerdem, wenn ich schon am Flughafen bin … Ich bin neugierig, wie das ist, wenn man fliegt, ohne selbst zu fliegen.«

Ich sagte ihr jetzt nicht, es sei eigentlich kaum zu spüren. Ich war viel zu glücklich darüber – ja, ich fühlte mich wie ein lebendes Kleeblatt –, daß sie mich begleiten wollte. Erstens, weil ich gar nicht so gern alleine war. Und außerdem hatte ich wirklich etwas für sie übrig. Sie gefiel mir. Und wie sehr sie mir gefiel, konnte ich daran sehen, daß mich ein schlechtes Gewissen plagte. Und zwar gegenüber der Generälin. Wie ungemein schnell das nämlich gehen konnte, jemanden aus den Augen zu verlieren, um die Augen für jemand anders freizumachen. Nicht nur, weil ich selbst die Welten gewechselt hatte wie andere die Futterstelle. Nein, ich war jetzt ganz in Cleo verschossen und gleichzeitig überzeugt – trotz der eben festgestellten erstaunlichen Wankelmütigkeit von Gefühlen –, es würde dabei bleiben. Cleo für immer.

Dublin also hieß der Vorschlag, von wo aus ebenfalls Direktflüge nach Wien starteten. Und wir auch weiterhin die Möglichkeit hätten, mit dem Kleeblatt zu fliegen.

»Wir könnten wenigstens einen Tag in Dublin bleiben«, schlug Cleo vor.

Ich bestand jedoch darauf, keine Zeit zu verlieren und den nächsten Anschlußflug nach Wien zu nehmen.

»Warum so eilig?« fragte Cleo.

»Ich mache dort keinen Urlaub«, erklärte ich ihr.

»Sondern?«

»Ich muß jemanden treffen. Pinesits. Hast du schon einmal von ihm gehört?«

»Ach komm, das ist doch eine Gutenachtgeschichte. Pinesits, der ewige Spatz. Von dem die Erwachsenen erzählen, damit die Jungvögel, wenn sie Angst vor einem frühen Tod haben, darüber phantasieren können, wie alt man selbst als Sperling werden kann.«

»Das dachte ich anfangs auch. Aber es gibt ihn wirklich. So, wie es wirklich Sperks gibt.«

»Sperks!? An die habe ich auch einmal geglaubt, als ich klein war. – Also wirklich, Quimp, das sind doch Kindergeschichten.«

»Ich schwör's dir«, drängte ich.

Cleo fragte: »Bist du ihm denn schon einmal leibhaftig begegnet?«

»Das kann mal wohl sagen.«

»Okay, gut«, erklärte sie mit einem resignierten Schulterzukken, wie man sagt: Wenn die Eier hart sind, kriegt sie halt der Osterhase.

Sodann wollte sie wissen, wieso ich mich mit Pinesits treffen wolle und wieso ausgerechnet in Wien.

In diesem Moment begriff ich meinen Irrtum. Schließlich befand ich mich in der Welt des Kommissars Blind, wo doch weder von Pinesits noch von Sperks je die Rede gewesen war, so daß der Kommissar vermutet hatte, sie würden in seiner Welt gar nicht existieren.

Natürlich fiel auf, wie sehr die Welten sich glichen und nur in Details und in zeitlichen Verschiebungen sich unterschieden. Und natürlich im Zuge von Verwischungen sich das eine oder andere änderte. Und daß Lücken existierten. Man könnte auch sagen Schlüssellöcher. Etwa das fehlende *Aurora Building* oder die fehlende Landebahn auf der Île Kerguelen und eben auch fehlende Sperks, fehlende Totalisten, vielleicht ein fehlender Pinesits.

Pinesits! Nun, was ich leider genau wußte, war, daß der Pinesits, den ich kannte, in dieser Welt hier, in Cleos Welt, seinen Traumpartner verloren hatte: Mona Oldenberg. Und daß es somit wahrscheinlich wurde, daß der Pinesits der Blindwelt tatsächlich nur eine Märchenfigur verkörperte, wie Cleo soeben behauptet hatte. Eine Figur, von der die Kleinen träumten, wenn sie den Tod fürchteten.

Ich mußte Cleo gestehen, es gebe kein vereinbartes Treffen. Und deutete zudem an, es sei derzeit nicht ganz leicht, mit Pinesits in einen direkten Kontakt zu treten. Zumindest zu jenem Pinesits, den ich kannte.

»Wieso, gibt es zwei?«

Ich wich aus, äußerte aber, überzeugt zu sein, Pinesits in irgendeiner Form in Wien zu begegnen. Erklärte jedoch nicht die Möglichkeiten dieser Formen, fügte nur an: »Ich denke, ich sollte in seiner Nähe sein. Da braut sich was zusammen. So was spürt man, weißt du?«

»Der dreizehnte Sinn.«

Das war so eine Redensart unter den Spatzen, die gerne Begriffe wie »sechster Sinn« vermieden und aufbauend auf den zwölf Sinnen aus der Sinneslehre Rudolf Steiners sowie basierend auf der angeblichen Unglückszahl Dreizehn, einen dreizehnten Sinn definierten. Einen Sinn, der es einem ermöglichte, ein Unglück zu riechen.

Ich sagte: »Ja. Darum Wien. Ich bin dem Alten das schuldig. Es gibt nämlich auch einen *Schuld*sinn.«

»Na gut«, meinte Cleo, »wahrscheinlich sagt mir mein Schuldsinn, daß ich dich begleiten muß.«

So kam eine Schuld zur anderen.

Leider stellten wir fest, wie ungemein kompliziert es war, von Belfast aus ins nahe gelegene Dublin zu fliegen. Geographische Nähe schien bei der menschlichen Fliegerei ein ziemliches Hemmnis und provozierte erstaunliche Umwege. Da hätte sich eher ein Bus oder Zug angeboten. So beschlossen wir nun doch, den Weg via London zu wählen. Und wenigstens bis dorthin einen Kleeblattflug zu absolvieren.

Vorbei an den Kontrollen, vorbei an den Geschäften und Passanten, uns an den Richtungspfeilen orientierend, durch die lange Röhre der Fluggastbrücke hinein, gelangten wir in die Mittagsmaschine, die sich soeben zur Gänze füllte. Es waren viele Kinder an Bord und Personal wie Eltern damit beschäftigt, die Kleinen zu bändigen. Freilich drohte von den Kindern die größte Gefahr, entdeckt zu werden. Und gleich zu Beginn sah ich eines, das seinen fleischigen Arm und seine fleischigen Finger in unsere Richtung streckte. Ich warf ihm einen bösen Blick zu. Und das mögen Erwachsene nicht glauben, aber Spatzen können sehr wohl böse dreinschauen, und Kinder können das auch gut erkennen. Der Junge jedenfalls zuckte zusammen, nahm seinen Arm herunter und begann ersatzweise, an den Haaren seiner Schwester zu ziehen.

Die Umstände brachten es mit sich, daß wir in ein Gepäckfach gerieten und froh sein mußten, nicht von einer der Taschen erdrückt zu werden. Bevor wir wieder nach draußen wechseln konnten, näherte sich jemand und verschloß das Fach. Es wurde vollkommen schwarz, ohne ein letztes Quentchen Licht. In einem vollen Tintenfaß steckend, wäre es nicht anders gewesen.

Cleo sagte, während sie oben auf einer der Taschen saß: »Du fürchtest dich doch nicht im Dunkeln, oder?«

Hätte ich jetzt *Ja* sagen sollen? Weil Ehrlichkeit sympathisch macht?

Ich entschied mich für den Heroismus der Lüge und erklärte: »Wenn du wissen willst, ob ich mir in die Hose mache? Definitiv nein!«

Wir Spatzen verwenden gerne Bilder, die gar nicht zu uns passen, sich etwa in die Hose zu machen. So ähnlich wie die Menschen, wenn sie von Eseln sprechen, wenn sie Blödheit meinen, oder von Kühen, wenn sie diese Blödheit geschlechtlich spezifizieren. (Sollte ich Cleo jemals als Kuh bezeichnen, dann bitte einen Blitz aus dem Himmel, der mich auslöscht.)

Ich rückte jetzt näher an sie heran. Auch um sie zur Seite hin abzusichern, falls da etwas verrutschte. Sie ließ es sich gefallen. Klar, da war kein Herz an ihr zu sehen, welches in der Schwärze hätte leuchten können, das nicht. Doch ich hörte es klopfen. Gleichmäßig, aber nicht gleichgültig. Sie sagte …

Vögel, auch Spatzen, verwenden zwar gewisse Phrasen, aber niemals in der Art von *Fick mich, Liebling!* oder *Besorg es mir!*, sie fragen nicht einmal *Willst du Liebe mit mir machen?*. Das, was Sperlinge in einem solchen Moment von sich geben, ist nicht wirklich übersetzbar, aber es hängt schon sehr damit zusammen, daß sie ein Leben lang zusammenbleiben, und zwar wirklich. Ohne einen Vertrag, den man brechen oder auflösen könnte. Das macht es um so eindeutiger. Ohne Vertrag ist es tatsächlich ein Versprechen vor Gott. Es ist fundamental.

Stimmt, wir waren etwas früh dran. Die übliche Brutzeit begann während der letzten Apriltage und endete im Spätsommer. August war noch okay. Aber August hatten wir in der Spatzenwelt. Hier, in der Blindwelt … es handelte sich wohl eher um die letzten Tage im März. In Oslo hatte es gerade noch geschneit. Allerdings waren wir nicht in Oslo, sondern über den Wolken, und in dieser dunklen Schale war es angenehm warm. Warm und still. Das Menschengeplapper ein ferner Sturm, während ich nun begann, die gewisperten Töne meines Verlangens auszustoßen. Cleo erwiderte leise in derselben Art, wie alle Weibchen vor ihr. Gleich dem ersten Spatzenweibchen auf diesem Planeten. Aber nun das erste, das *mir* auf diese Weise antwortete.

Kein Gespräch folgte. Wir waren jetzt ganz Tier. Ich an ihr, sie an mir.

Ohne Worte.

36

Manches wiederholt sich.

Klar, beim Sex hat Wiederholung einen guten Grund, dient der Förderung des Wahrscheinlichen und naturgemäß Gewünschten. Und zumindest wenn man kein Mensch ist, wird einem die Wiederholung nicht langweilig.

Beim Menschen allerdings ist es wirklich das, was ihn in eklatanter Weise von anderen Wesen unterscheidet: der Horror vor der Langeweile. Das erklärt auch die absonderlichen Variationen sexueller Vorgangsweisen, die nur sehr bedingt der Fortpflanzung dienen. Turnerische Elemente, Handschellen, Peitschen, Spielzeug, Wäsche oder aber vorzugeben, jemand zu sein, der man gar nicht ist, etwa, ein bettelndes Hündchen, eine versierte Krankenschwester, ein Schulmeister aus dem neunzehnten Jahrhundert mit Rohrstäbchen. Oder zum Beispiel Polizist. Während richtige Polizisten, wenn sie Sex haben, eher vorgeben, Kriminelle zu sein. Für Spatzen jedoch existiert keine Langeweile, sie kommen also nicht auf die Idee, so zu tun, als wären sie Enten, nur weil Enten echte Penisse besitzen. Zudem setzt bei unsereins das Gefühl für die Zeit aus, es gibt allein die Gegenwart, die ja nicht lang oder kurz ist, sondern ein Punkt. Ein Punkt, der zwischen zwei Sätzen steht, von denen der linke die Vergangenheit ist, der rechte hingegen die Zukunft. Ja, Sex bei Spatzen ist trotz aller Mühen ein Punkt, eine ziemlich perfekte Form.

Als Cleo und ich die Landung spürten, fügten wir dem Punkt einen weiteren hinzu. Einen Schlußpunkt. Ich hörte auf, und sie schien einverstanden, daß ich aufhörte.

Manches wiederholt sich. Nicht nur im Sex.

Als wir jetzt aus dem Gepäckfach gerieten und hinaus aus dem Flugzeug – vielleicht gesehen, vielleicht ungesehen, jedenfalls nicht verfolgt –, kostete es uns einige Mühe, uns zu orientieren. Das war hier der größte Flughafens Europas, mehr ein Ameisenbau. Wir verflogen uns, gerieten aus dem Sicherheitsbereich, sodann sogar aus dem Hauptgebäude, was immerhin den Vorteil hatte, ein wenig frische Luft atmen zu können. Freilich waren wir in der Folge gezwungen, über den Köpfen der Passanten wieder in das Gebäude hineinzukommen und ein weiteres Mal den Bereich der Personenkontrolle zu durchfliegen. Dabei geschah, was mir noch nie passiert war: ein Flugfehler. Der nun zum zweiten Absturz meines Lebens führte, wenn man nämlich als ersten jenen berücksichtigt, bei dem mir ein halbtoter Spatz auf den Kopf gefallen war und mich mitgerissen hatte. Man andererseits jedoch nicht den Sturz inkludiert, der geschehen war, nachdem man mich auf dem Wiener Westbahnhof von einer Informationssäule heruntergeschossen hatte.

Ausgerechnet als ich an den Kontrollbereich gelangte, geriet ich zu tief und versuchte zwischen den oberen Kanten zweier benachbarter Tore hindurchzufliegen; offene, frei stehende Rahmen, so Dinger, die spätere Archäologen als religiös motiviert erklären könnten, bei denen es sich aber um Metalldetektoren handelte, durch die die Passagiere hindurchmußten. Zu allem Unglück drehte ich meinen Kopf etwas nach rechts, um nach Cleo zu schauen. Ich touchierte mit meinem linken Flügel die Detektortüre, verlor die Balance, krachte auch noch mit der Stirn gegen das Objekt und fiel im Zustand kurzer Betäubung hinunter auf ein Rollband, auf dem die durchleuchteten Gepäckstücke dahinglitten. Wenigstens befand ich mich damit bereits hinter dem Röntgengerät. Ungesehen blieb ich aber dennoch nicht. Bevor ich mich noch aufrappeln konnte, legte sich eine schwere Hand auf meinen Fünfundzwanzig-, vielleicht derzeit auch Dreißiggrammkörper. Die Finger umschlossen meinen Leib und hoben ihn in die Höhe. Ich blickte in das Gesicht eines Sicherheitsbeamten, der mich mit zusammengekniffenen Augen und gerunzelter Stirn betrachtete.

»That's mine!« Es war die Stimme eines Kindes, das soeben durch den Detektor getreten war.

Der Beamte schaute von mir hinunter zu dem Jungen, der näher gekommen war und ihm seine offene rechte Hand entgegenstreckte.

»Stop it!« sagte der Sicherheitsmensch und erklärte streng, es handle sich hier um einen Vogel, ein lebendes Tier, das man mitnichten so einfach ins Flugzeug nehmen könne. Es bestünden Quarantänebestimmungen …

Der Junge unterbrach ihn mit einem Lachen – einem gekünstelten Lachen, das konnte ich deutlich heraushören, aber gut gekünstelt – und versicherte dem verblüfften Flughafenangestellten, es handle sich hier um einen Plastikvogel. Was auch sonst? Nicht einmal einen ausgestopften, obwohl er so echt aussehe, aber nein, er bestehe allein aus Kunststoff, wie bei Seidenblumen, die würden auch täuschend echt ausschauen, oder diese Regenwürmer aus Gummi.

Das Englisch des Jungen war ganz gut, aber eindeutig Schulenglisch. Und ich hatte ja auch schnell begriffen, wer er war. Fast derselbe wie der, der mich damals auf dem Bahnhof gerettet hatte. Und der mich nun erneut rettete, aber nicht als der Clemens der Spatzenwelt, der schlecht in der Schule war, sondern als der Frederik der Blindwelt, der gut in der Schule war, ganz offensichtlich auch gut in Englisch. Jedenfalls zeigte er sich ziemlich beredt, wie er da dem Heathrow-Angestellten auseinandersetzte, das weiche Spatzentier in seiner Hand sei ein Spielzeug.

Es wiederholte sich somit die Szene aus dem Taxi, die mir so peinlich gewesen war. Dieser Moment der Lächerlichkeit. Allerdings blieb mir natürlich nichts anderes übrig, als die Lächerlichkeit zu wiederholen, hier und jetzt mitzuspielen, mich so steif wie möglich zu machen, die Luft anzuhalten, den Blick einzufrieren und auch dann noch stillzuhalten, hätte der Beamte begonnen, mir einzelne Federn auszureißen. Und wirklich meinte ich zu sehen, wie es ihn reizte, etwas Derartiges zu tun.

Doch vor ihm stand ein Junge mit einem bettelnden Blick. Und schließlich handelte es sich bei mir nicht um ein waffenartiges Objekt oder um eine Flüssigkeit – Flüssigkeiten waren seit einem Attentatsversuch auf genau diesem Flughafen der größte Feind der Sicherheitsbeamten. Sondern viel mehr um einen Spatzen als hyperrealistisches Stofftier.

Ganz offensichtlich hatte mich der Beamte erst bemerkt, als ich bereits auf dem Laufband gelegen hatte, und nicht schon vorher den Absturz beobachtet. Er schien sich jetzt selbst ein wenig dumm vorzukommen, mich für einen echten Spatzen gehalten zu haben. Vielmehr mußte ich aus dem Rucksack des Jungen gerutscht sein, ein Rucksack, der eine Handbreit hinter mir gelegen hatte. – Der Beamte schüttelte den Kopf ob der Absurditäten, die sein Beruf mit sich brachte, dann drückte er dem Jungen den vermeintlichen Spielzeugspatzen in die Hand und empfahl ihm, in Zukunft besser auf seine Sachen aufzupassen.

»I promise«, sagte der Junge, nahm mich in Empfang und stopfte mich in ein seitlich an dem Rucksack angebrachtes enges Netz. Dort steckte ich jetzt wie ein aufrecht stehender Fisch und blickte durch das großmaschige Gewebe. Wobei ich mich weiterhin nicht rührte. Cleo konnte ich nicht sehen. Aber ich hörte, wie der Junge mit seinen Eltern sprach, die wissen wollten, woher er plötzlich diesen Vogel habe.

»Den hat mir Kenny geschenkt.«

»Wer ist Kenny?« fragte die Mutter.

»Na, ein Bub, den ich im Hotel kennengelernt habe.«

»Hast du was gezahlt dafür?« wollte der Vater wissen. In seiner Stimme steckte ein kleiner Alarmknopf.

»Aber nein. Der war einfach nett.«

»Na gut«, sagte der Vater, »aber du weißt schon, daß man bei diesen Kontrollen aufpassen muß.«

»Also bitte, Papa, daß der Sicherheitsmann geglaubt hat, der Vogel ist echt... so was Blödes kann ich nicht wissen.«

»Trotzdem«, sagte der Vater, sagte aber nicht, *wieso* trotzdem.

Aha, das waren also die *guten* Eltern im Vergleich zu den schlechten Eltern auf der anderen Seite, wo der Vater den Glücksspieler gab.

Damit war jedenfalls das Thema beendet, und sie gingen weiter. Wobei mir an der Sprache der Eltern eines aufgefallen war: der gleiche Akzent, den ich vernommen hatte, als ich damals in Wien gewesen war, auch wenn das in meiner eigenen Welt gewesen war. Bei Frederik war dieser Akzent nicht zu erkennen, bei seinen Eltern durchaus. Und das war nun wirklich die gute Nachricht, daß ich nämlich aus diesem Netz nicht zu flüchten brauchte, um in das richtige Flugzeug zu gelangen. Was ohnehin schwer gewesen wäre, da das Netz nach oben hin von einem Gummi in Spannung gehalten wurde. Ich hätte mich schon sehr anstrengen müssen hinauszukommen und dadurch doch noch alle Aufmerksamkeit auf mich gelenkt. Nein, ohnehin würde der Flieger, auf den ich mich zubewegte – beziehungsweise in den ich hineingetragen wurde – genau der sein, der das richtige Ziel anflog: Wien. Vor allem aber konnte ich jetzt einen Moment lang Cleo sehen. Sie folgte uns.

Was aber war von einem derartigen Zusammentreffen zu halten? War es wirklich so, wie Kommissar Blind vermutete, daß alle Dinge und Personen, die in der einen Welt sich verbanden, es auch in der anderen taten? Daß eine Anziehungskraft existierte, die in den beiden Sphären zwar nicht auf die gleiche Weise wirkte, aber doch ein ähnliches System von Abhängigkeiten und sich überschneidenden Wegen schuf? Wobei sicherlich auch so etwas wie Wille im Spiel war. Nicht zuletzt der Wille dieses Jungen – ob als Clemens oder als Frederik –, dort zu sein, dort aufzutauchen, wo ein bestimmter Spatz in Not war. Was ihm nicht immer gelang, aber doch erstaunlich oft. Wie eben auch mein Wille, nach Wien zu reisen, die Stadt, in der dieser Junge mit seinen Eltern lebte.

War der Junge gleichfalls von einem Gefühl der Schuld getrieben?

Wenn ja, dann mit Erfolg. Er beförderte mich in ein Flugzeug der Austrian Airlines und stellte den Rucksack sehr vorsichtig auf seinen Schenkeln ab. Er insistierte darauf, am Gang zu sitzen, so daß ich jetzt ganz kurz eine Bewegung in der Luft sehen konnte, die von Cleo stammen mußte. Während ich selbst mich etwa in der Mitte des Fliegers befand, versuchte Cleo offensichtlich, im hinteren Teil ein Versteck zu finden.

Da spürte ich einen Blick auf mir. Einen kritischen Blick. Den Blick einer Frau von gegenüber. Es war sicher Einbildung, denn auch Zufälle und selbst noch die Kraft der Anziehung hatten ihre Grenzen, und doch, ich fühlte mich bei der Häßlichkeit dieses Gesichts und der Perfidie des Ausdrucks an jene schreckliche Person erinnert, in deren Blumenstrauß ich eine Taxifahrt lang hatte ausharren müssen.

Auch Frederik schien die Alte bemerkt zu haben. Er glotzte die Frau herausfordernd an. Sie wollte sich beschweren, murmelte dann aber nur etwas von wegen »verzogener Jugend« in ihren Damenbart und wandte sich wieder ihrem Magazin zu, einer dieser Zeitungen, die die Krebserkrankungen beliebter Schauspieler ausbreiteten und deren Artikel als letzte echte Rechtfertigung für das Bestehen europäischer Königshäuser fungierten.

Dennoch wollte Frederik offenbar auf Nummer sicher gehen und sich weitere Nachfragen etwa durch das Personal ersparen. Er weitete sachte den Gummizug des Netzes und holte mich heraus. Ich hätte ihm leicht entkommen können, blieb aber so unbeweglich, wie Stofftiere unbeweglich sind.

»Das ist aber ein schlechter Platz, um einen Vogel freizulassen«, kommentierte sein Vater. Er meinte es natürlich zynisch. Es schien ihm nicht zu gefallen, daß sein Sohn von einem fremden Jungen ein Geschenk angenommen hatte.

Frederik jedenfalls verweigerte eine Antwort, öffnete den Hauptraum des Rucksacks und ließ mich vorsichtig hineingleiten, so daß ich auf irgendeinem zusammengeknüllten Pullover zu stehen kam. Dann schloß er über mir wieder den Reißverschluß, ließ allerdings eine Lücke, durch die ich schauen konnte, ohne selbst gesehen zu werden. Zudem erhielt ich auf diese Weise etwas Luft. Luft, die ich ungeniert einatmen konnte, ohne weiterhin ein lebloses Wesen markieren zu müssen.

Während des Starts wurde Frederik angehalten, den Rucksack unter den Sitz zu klemmen; sobald wir aber unsere Flughöhe erreicht hatten, nahm er ihn wieder zwischen seine Arme.

»Du tust so«, sagte sein Vater, »als wäre das ein Fallschirm.«

»Ich halte mich halt gerne fest.«

»Ist das schon die Pubertät?«

Gott, was wollte dieser Vater? Wobei ich bei »Fallschirm« natürlich sofort an den Parachutisten denken mußte. Und mich fragte, ob ich ihm hier begegnen würde, dem Mann, dessen Traum von einem sterbenden, vom Himmel fallenden Spatzen all das ausgelöst hatte. Ja, ich dachte mir, indem ich vielleicht einmal auf den Parachutisten träfe, könnte sich der Kreis schließen.

Nach etwa zwei Stunden, in denen ich ohne viele Gedanken gewesen war und in dem leicht geöffneten Rucksack wie in einer gemütlichen kleinen Baumhöhle gehockt hatte, setzte das Flugzeug an seinem Zielflughafen auf. Keine Turbulenzen, kein Vogelschwarm, kein Umweg, dafür eine saubere, glatte Landung. Danach Walzerklänge aus den Boxen, während der Flieger seine Parkposition erreichte und die Passagiere begannen, ihre Gepäckstücke aus den Fächern zu holen. In der Reihe vor uns befanden sich Geschäftsleute, und man spürte die kindliche Aufgeregtheit, mit der sie ihren Terminen zueilten. Geschäftsleute besaßen einen speziellen, unverkennbaren Schritt, sie gingen immer wie am Rande eines Abgrundes, in den sie hinunterschauten, als sei dort das Paradies. Eine verrückte Form von Akrophilie lebend.

Frederik zog jetzt das letzte Stück des Reißverschlusses zu und sagte leise: »'tschuldige«. Dann schulterte er sein Gepäck. Er tat es mit großer Sorgfalt. Ich hätte ihm gerne zu verstehen gegeben, daß sich noch ein zweiter Spatz an Bord befand, ein Spatz, von dem er noch nicht wissen konnte. Das war schon schade, mit Menschen nicht direkt kommunizieren zu können, bloß zu verstehen, was sie sagten. (Ich sollte vielleicht lernen, einen Computer zu bedienen. Etwas, was zumindest den Sperks in der Spatzenwelt mit einigem Erfolg gelungen war.)

Vorerst aber blieb ich still in der Dunkelheit sitzen, die glücklicherweise durch zwei kleine Löcher eine bescheidene Aufhellung erfuhr.

Erst als sich die Akustik veränderte und ich mir sicher sein konnte, daß wir das Flugzeug verlassen hatten und in eine Halle getreten waren, entließ ich einen Pfiff, der meine Position bekunden sollte. Ich konnte nur hoffen, daß Cleo mir, beziehungsweise dem Jungen und seinem Rucksack weiterhin folgte.

Ich vernahm die gedämpften Stimmen der Eltern, die mit der Suche nach den Koffern beschäftigt waren, dann mit der Suche nach einem freien Taxi. Von Frederik kein Wort.

Als die Familie später im Taxi saß, der Vater vorne, hinten die Mutter, neben ihr Frederik, der erneut seinen Rucksack umarmte, da meinte die Mutter leise, wie zu sich selbst sprechend und mit einem Ausdruck größter Verachtung in ihrer Stimme: »Hier stinkt's nach Bier.«

Ja, das tat es. Ich konnte es durch den erneut zu einem Spalt geöffneten Zippverschluß riechen. Ich hatte diesen Geruch ganz gern. Er besaß etwas Verwegenes, wobei mich aber der Anblick des Schaums, der als vergänglicher Gipfel oben auf den Bieren thronte, traurig machte! Als sterbe eine Wolke. Doch störte mich das weit weniger als die Ahnung, Cleo würde nun wohl endgültig meine Spur … Aber nein, sie verlor sie nicht, denn ich bemerkte jetzt einen Ruf, der von der Bodenseite des Fahrgestells kam, und in diesem Ruf die Worte Cleos, wie sie da tönte: »Ich bin da!« Anscheinend war sie uns nicht nur bis zu dem Taxi gefolgt, sondern hatte sich auch zwischen den Teilen der Hinterachse verkrochen, um die Fahrt mitzumachen. Das war jetzt wirklich actionmäßig. Man hätte auch sagen können: lebensmüde. Oder naiv, denn ich konnte mir nicht vorstellen, daß Cleo je in ihrem Leben so etwas schon mal versucht hatte.

Der Albatros aber meinte, daß es immerhin zum Sinn des Lebens gehöre, Dinge ein erstes Mal zu versuchen, um sie beim zweiten Mal bereits mit Lust an der Routine zu vollziehen.

»Und wenn man das erste Mal nicht überlebt?« fragte ich.

Der Albatros darauf: »Ewiges Zaudern ist auch keine Lösung. Hättest du mehr gezaudert, würdest du jetzt nicht in diesem schönen Abenteuer stecken.«

»Ich stecke in einer Tasche«, merkte ich an.

Der Albatros grunzte.

Der Wagen startete und fuhr los.

Es wurde eine lange Fahrt. Und sie führte nicht nach Inzersdorf. Aber durchaus in eine Gegend, die ich bereits einmal gesehen hatte. Als ich nämlich das letzte Mal auf dem Wiener Westbahnhof knapp dem Tod entkommen war, bei meiner Flucht in eine breite Einkaufsstraße gelangte und schließlich einen zwischen alten Häusern liegenden Park erreicht hatte. In diesem Park stand ein hoher Flakturm aus dem Zweiten Weltkrieg, aus dessen einer Fassade die Glaskonstruktion eines viele Stockwerke hohen Vogelhauses herausragte. (Genaugenommen war es ein Tropenhaus mit ausgesprochen populären Äffchen darin, Schildkröten, Fischen und knallbunten Fröschen, aber ich erkannte das Primat der Vögel in diesem Raum: deren Überlegenheit gegenüber anderen Kreaturen – und damit ist nicht die Überlegenheit gemeint, anderen auf den Kopf kacken zu können, obgleich natürlich auch dies ein Resultat der Lufthoheit darstellt; nein, gemeint ist das Engelhafte eines jeden Vogels. Wenn man davon ausgeht, daß Engel noch vor den Vögeln existierten, dann könnte man sagen, Vögel seien von Engeln inspiriert, so wie Flugzeuge von Vögeln inspiriert sind.)

Das Haus, vor dem das Taxi hielt und in dem die Wohnung lag, in der Frederik mit seinen Eltern lebte, befand sich am Rand des Parks, mit Blick auf die Nord- und Westfassade des Weltkriegturms. Und sie befand sich im obersten Stockwerk des Gebäudes, wobei sich aus der Schräglage des Geländes ein sehr günstiger Blick eben nicht nur auf den Flakturm ergab, sondern auch hinüber auf den tiefer gelegenen Teil der Stadt, wo jener große Markt sich dahinstreckte, an dessen Rand ich das erste Mal in meinem Leben in einem Taxi gelandet war. Und meine erste Olive verspeist hatte.

Frederiks Eltern waren offenkundig keine Armen. Auch keine Superreichen, aber doch so vermögend, sich ein derartiges Dachgeschoß leisten zu können. – Als ich etwas später am Tag einen ersten Rundflug außen um das Dach unternahm, vorbei an den hohen Atelierfenstern und an gleich zwei Terrassen, eine davon oben auf dem Dach, stark begrünt … also, ich schätzte, daß das mindestens hundertsechzig Quadratmeter waren. Und zwar für drei Personen.

Nun, es waren nicht drei, sondern vier. Aber es brauchte noch ein bißchen Zeit, bis ich das begriff.

Vor allem aber war ich auf der Suche nach Cleo. Eine Suche, die bald Erfolg hatte, nachdem Frederik mich aus dem Rucksack genommen und mir ein Fenster geöffnet hatte, durch das ich hinausfliegen konnte, hinunter auf die Straße und hinüber in den Park. Ich entdeckte Cleo auf der Rückenlehne einer Parkbank hockend. Das durch die Blätter fallende Abendlicht lag auf ihrem Gefieder wie ein Teppich aus kleinen roten Glassteinen. So, wie sie da saß, hätte ich sofort Lust gehabt, sie …

Aber auch die Lust bei Spatzen ist eine Frage des richtigen Moments. Denn sowenig ich es mochte, vor aller Augen meine Notdurft zu verrichten, so sehr galt dies ebenso für den Geschlechtsverkehr. Nicht auf einer Parkbank. Nicht zwischen Meisen und Tauben und einem mißtrauisch herüberschauenden Buntspecht.

»Was ist denn geschehen?« fragte Cleo.

Ich erklärte ihr mein Mißgeschick, auf dem Flughafen Heathrow gegen das Tor des Metalldetektors geprallt zu sein, und beschrieb sodann die Geistesgegenwart des Jungen, der mich davor bewahrt hatte, in einen Käfig der englischen Zollbehörde zu geraten. Ließ freilich unerwähnt, auf welche Weise ich diesem Jungen bereits einmal begegnet war.

»Und was jetzt?« fragte Cleo.

»Für Inzersdorf ist es heute zu spät. Morgen dann. Laß uns mal hochfliegen zu Frederik.«

»Du kennst seinen Namen?«

»Nun, seine Eltern nennen ihn so.«

»Wir sollten vielleicht aufpassen«, meinte Cleo, »daß uns dein Frederik in keinen Käfig steckt. Manche Menschen sperren die Tiere, die sie lieben, vor lauter Liebe ein.«

»Er ist nicht so. Er ist eher ein Held.«

»Wie du, richtig?« Es war ein Kichern in ihrer Stimme. Aber nicht unfreundlich. Außerdem, wer war hier ein Held? Der Spatz in der Tasche oder der Spatz, der unter einem Auto mitfährt? Und wo hatten wir uns kennengelernt? In einem Käfig, nicht wahr?

Wir stießen uns ab und flogen hoch zum obersten Stockwerk des Gründerzeitbaus, um auf dem Sims des offenen Fensters Platz zu nehmen.

»Mach das Fenster zu, es ist kalt«, hörte ich Frederiks Mutter rufen.

Stimmt, warm war es nicht, es würde noch einige Tage dauern, bis die Temperaturen in die Höhe gingen und der Frühling seinen Namen auch verdiente.

Jetzt aber mußten wir uns entscheiden. Hineinfliegen oder draußen bleiben?

»Hinein«, bestimmte ich. »Der Kleine wird uns nicht fressen.«

Nicht nur, daß er uns nicht fraß, er gab uns etwas zu fressen: Sonnenblumenkerne, Hanfsaat und Teile einer Nuß, die ich zum ersten Mal verspeiste. Darunter war auch ein ganzes Stück, welches die Form einer Niere besaß. Cashew! Es schmeckte ganz wunderbar, und angeblich half es sogar gegen Depressionen. Dazu passend hatte Frederik noch ein wenig Schokolade bereitgelegt. Schokolade hatte mir schon in Paris nicht geschadet, außerdem hieß es von der ja ebenfalls, sie sei ein Mittel im Kampf gegen die Schwermut.

Cleo war anders als die Generälin, es schien sie nicht zu stören, Futter von einem Menschen anzunehmen. Andererseits war das hier auch keine Gefangenschaft, obgleich Frederik, nachdem wir hineingeflogen waren, das Fenster hatte schließen müssen. Er versprach aber gleich, es später wieder zu öffnen. Ohnehin war das Leben der Spatzen wie der Menschen offenbar sehr stark von einem Hinaus und Hinein geprägt, egal, ob in diesem Zusammenhang von Häusern oder Bäumen, Unterkünften oder Unterschlüpfen die Rede war.

Frederiks Zimmer besaß eine erstaunliche Höhe für ein Kinderzimmer. Es hatte wohl früher einem Maler oder Bildhauer gedient, aber zu den auffälligen Veränderungen menschlicher Wohnkultur zählte, daß die Maler und Bildhauer aus den lichtdurchfluteten Ateliers ausgezogen und in die lichtarmen Souterrain- oder Kellerwohnungen eingezogen waren, während jetzt Leute die Ateliers bevölkerten, die das viele Licht gar nicht nötig hatten. Anwälte oder Vermögensberater oder Werbemenschen, von den Kunstschaffenden noch am ehesten die Architekten. Oder die Familien von Anwälten oder Architekten. Frederiks Vater war zwar kein Anwalt und kein Architekt, besaß jedoch eine PR-Firma. PR war die Kunst, daran zu erinnern, daß ein schwarzes Loch ursprünglich ein hübscher Stern gewesen war oder mehrere hübsche Sterne, die dann leider zusammengestoßen waren. Diese Erinnerung wurde so massiv betrieben, daß der von der PR Angesprochene nach und nach nur noch die hübschen Sterne sah, die einst vorhanden waren, nicht das übriggebliebene schwarze Loch.

Von Frederiks Plafond hingen diverse selbstgebastelte Mobiles herunter, und an den Wänden klebten Poster, die aus dem sogenannten *Star-Wars*-Universum stammten beziehungsweise von jenen Leuten, die dieses Universum hier auf der Erde mittels Kinofilmen und anderen Materialien … nun, *ausschlachten* ist ein böser Begriff, aber vielleicht doch der richtige. Und es wäre sehr interessant gewesen zu erfahren, ob dort, in diesem *Star-Wars*-Universum, ähnliche Vermarktungen bezüglich unserer Erde erfolgten. Ob man dort auf die gleiche Weise versuchte, die Geschichte Lichtjahre entfernter kriegswütiger Gesellschaften in verkaufsträchtige Episoden aufzuteilen.

Nachdem Cleo und ich uns ausgiebig gesättigt hatten, löschten wir unseren Durst in einer Schale mit Wasser, einer Schale, breit genug, um darin auch ein kurzes Bad zu nehmen. Durchaus zur Freude Frederiks. Alltägliche Handlungen von Tieren provozierten bei Menschen fröhliche, romantische oder sentimentale Gefühle, während mir selbst etwa der Anblick Geschirr spülender Menschen wenig bis nichts bedeutete.

»Kommt mit«, wandte sich Frederik an uns und hob ein wenig seinen angewinkelten Arm hoch, um uns eine freie Sitzstelle anzubieten. Die wir auch annahmen. Es gab keinen Grund, hinter der Freundlichkeit des Jungen einen üblen Trick zu vermuten. Eine Wendung hin zu einer schrecklichen Episode zu befürchten, in dem Vögel gebraten auf Tellern endeten. Einem italienischen Alptraum.

Wir landeten also auf dem Arm jenes Jungen, dessen Lebensalter Kommissar Blind immer wieder unterschiedlich eingeschätzt hatte, während ich selbst – mit irgendeinem Sinn zwischen dem sechsten und dem dreizehnten – genau sagen konnte, Frederik zähle elf Jahre.

Dieser Elfjährige trug uns hinaus in den Flur. Durch die offene Türe des Wohnzimmers drang die Stimme seiner Mutter, die verkündete, man würde in einer halben Stunde ein kaltes Abendessen einnehmen.

»Ich gehe nur kurz zum Opa, ihm hallo sagen, okay?« rief Frederik.

»Gut«, gab die Mutter zurück. »Aber in einer halben Stunde bist du da.«

Die Essenszeiten gaben den Menschen eine Struktur, die ihnen half, die Uhr besser zu lesen.

Der Großvater also. Am Ende des Ganges trat Frederik durch eine Türe, hinter der gewundene Stufen noch eine weitere Etage nach oben führten. Hölzerne Stufen, die knarrten, während die übrige Wohnung etwas stark Gedämpftes besaß. Als steckte sie in einem wattierten Hausmantel.

Nicht aber diese Treppen. Und nicht der Raum, den wir nun erreichten und dessen Holzboden ebenfalls einiges mitzuteilen hatte. Ein Raum, der zur einen Seite hin aus einer Dachschräge bestand, in die ein langes, breites, in quadratische Scheiben unterteiltes Fenster eingelassen war. Scheiben, die vom Dreck derart verklebt waren, daß das Abendlicht nur als ein grauer Nebel hereinfiel. Gegenüber davon ragte eine hohe, weiße, leere Wand auf. – Nun, ganz so leer war sie nicht, allerdings hatte ich das Bild nicht gleich erkannt, welches in der Mitte hing, gänzlich ungerahmt, nur ein gegen die Mauer genageltes grundiertes Leinen, das mir so leer schien, wie mir zuerst die Wand leer erschienen war. Aber auch das stimmte nicht. Beim genaueren Hinschauen waren die Linien einer feinen Bleistiftzeichnung zu erfassen, wenn man Augen hatte, mit denen man sehen konnte. Was jedoch nicht für den Mann galt, der seitlich dieser Wand in einem großen ledernen Stuhl saß. Und der mir für einen Großvater viel zu jung schien. Und für einen Maler viel zu blind. Denn das begriff ich schnell, daß dieser Mann nicht mehr sehen konnte. Da lag eine taubengraue Verschwommenheit in seinen Augen, zudem besaß er die typische gereckte Haltung eines Menschen, den sein Gehör leitet. Er wußte gleich, daß es nur sein Enkel sein konnte, der ein solches Trittgeräusch verursachte, und nicht etwa einer der Erwachsenen.

»Hallo, Frederik.«

»Hallo, Opa.«

»Komm, laß dich herzen, mein Junge.«

»Ja, aber ich muß zuerst die Vögel absetzen.«

»Vögel absetzen?«

»Du weißt doch, der Vogel, den ich in meinem Traum gerettet habe …«

»Ja?«

»Also, der ist jetzt hier. Ich kann dir nicht sagen, wieso und warum und wie das überhaupt funktionieren kann. Aber es ist so. Ich habe ihn gleich erkannt, als er da in der Flughafenhalle auf dem Laufband lag.«

»Wie? Er lag auf einem Laufband?« zeigte sich der blinde Mann erstaunt, und zwar ob des Laufbands, zeigte sich aber nicht erstaunt ob der Aussage, ich sei der Spatz aus dem Traum.

»Ich war selbst überrascht«, berichtete Frederik, »wie ich ihn da plötzlich zwischen den Taschen gesehen hab. Aber ich war fix, wirklich, und er war auch fix, der Quimp … du weißt, daß er Quimp heißt. Quimp hat sich totgestellt. Und ich hab den Leuten gesagt, er sei mein Stofftier. Und daß die jetzt in China Stofftiere herstellen, die wie echt ausschauen. Jedenfalls haben sie mir erlaubt, ihn mitzunehmen.«

»Du hast aber vorher in der Mehrzahl gesprochen.«

»Ja, Opa, ich weiß auch nicht. Das sind jetzt zwei Spatzen. Der andere muß seine Freundin sein, woher auch immer die kommt. Also von hier oder von drüben, ich kann es wirklich nicht sagen.«

Frederik setzte uns vorne an der Kante des ledernen Sessels ab, in dem der blinde Mann saß. Wo wir artig hocken blieben.

Ich teilte Cleo mit, natürlich in jener Weise, die kein Mensch hören noch verstehen konnte: »Wenn uns einer sieht, er könnte uns für dressiert halten.«

»Na, dann laß uns fliegen.«

»In Ordnung«, stimmte ich zu.

Wir stiegen gleichzeitig hoch und umflatterten drei, vier Runden den Kopf des Malers, wie um ihm eine hübsche Gloriole zu weben. Und natürlich war er Maler, ein erblindeter Maler, was wohl schlimmer ist, als ein tauber Komponist zu sein, aber nur halb so schlimm wie ein stummer Schauspieler. Zudem war es eine bittere Ironie, daß hier oben also doch noch ein Künstler lebte, der jedoch mit dem großen Atelierfenster nichts mehr anfangen konnte.

»Kannst du sie hören, Opa, die Spatzen?«

»Ja.« Der Mann lachte.

Dabei waren es allein die Geräusche, die beim Wegschlagen der Luft entstanden. (Übrigens, wir Spatzen empfinden besonders heftigen Wind so, als würde da die Luft zurückschlagen.) Jedenfalls zogen Cleo und ich weiter den hohen Raum hoch und drehten größer werdende Kreise, während Frederik sich seitlich auf die Schenkel seines Großvaters setzte und ihn umarmte. Dann löste er sich wieder und nahm dort Platz, wo er zuvor uns abgesetzt hatte.

»Und wie war's in Oslo?« fragte der blinde Maler.

»Das Tollste war die Schiffsreise«, sagte Frederik, »na, und daß in Oslo so viel Schnee lag; das kannst du dir gar nicht vorstellen.«

Ich fragte mich, wann der blinde Maler Schnee wohl zum letzten Mal gesehen hatte. Und während ich mich das fragte, flog ich den Hocker an, der direkt vor dem an die Wand gehefteten Leinen stand. Cleo landete neben mir. Da saßen wir beide – und ich glaube, ich darf sagen: Mann und Frau – und betrachteten das Bild im Dämmerlicht. Denn es war ja ein Bild: viele geschwungene, zarte Linien, die gleichmäßig über die Fläche verteilt waren, sich aber nirgends zu überschneiden schienen. Als handle es sich um die Darstellung einer Art Strömung.

Da war aber noch etwas… ich konnte in der Mitte der Fläche… ich flatterte ein Stück hoch, um trotz der ungünstigen

Lichtverhältnisse besser zu erkennen, was da im Zentrum des Bildes haftete. Ja, *haftete*. Denn zuerst dachte ich, es habe sich von irgendwoher ein Wassertropfen gelöst und sei auf dem Leinen gelandet, um dort einen kurzen Moment zu verharren. Und es war ja tatsächlich ein Tropfen, aber keiner, der sich noch bewegen oder auflösen konnte, sondern der in gemalter Form diese Leinwand nie wieder verlassen würde.

»Heilige Scheiße!« stieß ich aus, flog noch näher heran und pickte kurz mit dem Schnabel auf das gemalte Objekt, um auch ganz sicher zu sein.

Ich vernahm Frederiks Lachen und wie er jetzt seinem Großvater sagte: »Der Tropfen ist so perfekt, Opa, Quimp hat ihn für echt gehalten.«

Ich hätte dem Jungen gerne erklärt, wie es wirklich gewesen war und daß ich sogar persönlich erlebt hatte, wie die letzten Pinselstriche an diesen *perfekten* Tropfen angelegt worden waren. Allerdings von einem anderen Maler, und wie ich danach das erste Mal eine Verwischung erlebte und der von Arthur Engel gemalte künstliche, zweidimensionale Tropfen mit einem nicht gemalten, realen, wirklichen, echten Tropfen die Seite tauschte.

»Der Tropfen da«, sagte ich zu Cleo, »ist von jemand anders gemalt worden.«

»Wie meinst du das?«

Nun, ich wollte damit nicht andeuten, daß Frederiks Opa ein Betrüger oder schlechter Maler war. In der Tat war die Gesamtkomposition des Bildes – das Meer aus ungemein feinen Linien einerseits, die illusionistische Gegenständlichkeit des Tropfens andererseits – überaus gelungen, die Linien wären ohne den Tropfen so schwächlich gewesen wie der Tropfen ohne die Linien. Ich wollte nur sagen, daß der Tropfen von Arthur Engel stammte und ich mir das alles nur erklären konnte, wenn ich mir vorstellte, daß einst an dieser Stelle, an der nun der Engelsche Tropfen saß, ein wirklicher gewesen war. Und daß ich mir auch gar nicht vorstellen konnte, daß Frederiks Opa gesehen hatte, wie sich da ein echter, vielleicht aus einem Trinkbecher gespritzter Wassertropfen auf seinem von Linien kunstvoll durchzogenen Bild zu einem hyperrealistisch gemalten verwandelt hatte. Und aus einem ganz passablen Bild ein hervorragendes geworden war. Das lag ja nicht allzu lange zurück. Und der Mann hier war wohl schon länger blind als ein paar Tage. Oder sollte ich mir vorstellen, daß sein Augenlicht genau in diesem einen Moment endgültig erloschen war?

So hätte ich darüber reden müssen, sagte aber zu Cleo: »Im Grunde kommt es auf die Wirkung an, und die ist klasse. Es sind halt zwei Maler, und das ist ja das eigentliche Wunder, wie harmonisch das zusammengeht.«

»Du, ich muß dich nicht immer verstehen, oder?« meinte Cleo.

Und da hatte sie natürlich recht, für die Liebe war es nicht nötig, immer zu begreifen, was der andere sagte. Bei vielen anderen Dingen schon, bei der Liebe nicht.

Wir flatterten noch eine Weile umher und landeten dann auf einer Stange, die hoch oben den Raum querte und auf der mehrere Leuchten montiert waren. Von denen aber keine brannte. Doch es war jetzt wirklich dunkel geworden, und Frederik schaltete eine Stehlampe an, die neben dem Fauteuil plaziert war und eine Insel warmen gelblichen Lichts spendete.

Frederiks Opa – der im übrigen (so hätte es nämlich Kommissar Blind definiert) wie der späte, reizvoll ergraute Richard Gere aussah – erzählte von Oslo, als er dort das letzte Mal gewesen war und es noch keine neue Oper gegeben hatte. »Allerdings«, sagte er, »kenne ich das Gebäude von Photos, die ich gesehen habe, als es mir noch möglich war, etwas zu erkennen.«

»Und jetzt siehst du wirklich gar nichts mehr?« fragte Frederik.

»Na, ich weiß schon, daß du gerade die Zunge herausstreckst.«

»Oh! Echt? Ich wollte nicht böse sein, nur ...«

»Weißt du, das erzeugt ein ziemlich heftiges Geräusch, eine Zunge aus dem Mund herauszuführen. Ich möchte nicht sagen, die Welt wird lauter, wenn man blind wird. Aber es sind einfach mehr Geräusche und für jedes Geräusch ein Bild.«

Als ich das hörte, fiel mir ein, daß der Kommissar in meinen frühen Träumen, als er noch vollblind gewesen war, so oft zum Tennis gegangen war und zur Verblüffung seiner Gegner immer wieder den Ball getroffen und in ziemlich optimaler Weise übers

Netz befördert hatte. Und daß er später zum Golf gewechselt hatte.

Hätte ich die menschliche Sprache gesprochen, ich hätte jetzt den blinden Maler gefragt: »Und? Spielen Sie Tennis? Oder etwa Golf?«

Cleo unterbrach mich in meinen Überlegungen, indem sie fand, es sei an der Zeit, sich einen Unterschlupf für die Nacht zu suchen.

Ich stimmte ihr zu. Wir flogen noch eine Runde um den Mann und das Kind herum und drangen in der Folge durch ein leicht hochgeklapptes Atelierfenster ins Freie. Gleich in der Nähe fanden wir eine hübsch verwinkelte Stelle unterhalb einer Regenrinne. So war es möglich, den Himmel zu sehen, erste Sterne, und sich gleichzeitig im Schutze einer Abdeckung zu befinden. Aber dennoch flüchten zu können, sollte das nötig sein, und nicht hilflos in einer Ecke zu kleben und dem Begriff des »Vogelfutters« einen häßlichen Doppelsinn zu geben.

Wir schmiegten uns eng aneinander, ganz dicht, steckten auch die Köpfe zusammen und verbanden unsere Schnäbel zu einem spitzen Hütchen.

Sowenig Spatzen »guten Morgen!« sagen, so wenig wünschen sie einander eine gute Nacht, aber eines wollte ich doch sagen, ich sagte: »Träum süß.«

»Und was genau?«

Das war nicht Cleo, das war der Albatros.

Allerdings wäre das wirklich was gewesen, hätte man sich das bestellen können.

37

Als ich erwachte, in diesem mit einer Rosentapete und auch sonst stark geblümten Inzersdorfer Zimmer, da dachte ich mir: »Verdammter Mist!«

Dachte es aber nicht wegen der Einrichtung, nicht einmal, weil da ein höchst unangenehmer Druck auf meiner Brust lastete, der wahrscheinlich vom Rücken kam, was wiederum mit der Matratze zusammenhing, die mir viel zu weich schien, nein, mein Fluch bezog sich auf die Ahnung, die Ahnung, Freund Quimp würde so bald keine Anstrengungen mehr unternehmen, die Welten wechseln zu wollen.

Es lag nur *einen* Traum zurück, da war er noch fest entschlossen gewesen, nicht bloß nach Wien zu reisen, sondern auch zurückzukehren zu seiner Generälin. Und jetzt? Jetzt hatte er sich verliebt in ein nordirisches Spatzenweibchen, das zwar weder über eine Rüstung verfügte noch über ein leuchtendes Herz, ihn aber dennoch betörte. Und wie! Er würde einen Teufel tun, mittels seines Willens die Voraussetzung für eine Verwischung zu schaffen. Was aber wohl nötig war. Ohne eine gewisse Bereitschaft nutzten auch noch so ideale Verwischungsbedingungen wenig (eine Bereitschaft, die auf eine uneingestandene Weise auch bei Kapeller und Sterlitz vorhanden gewesen sein mußte).

Das war interessanterweise etwas, was mir Xilef kurz darauf beim Frühstück erklärte, ein Frühstück, zu dem sich noch die beiden jungen Männer gesellten, die am Vortag am Flughafen gewesen waren. Ein tolles Frühstück, wie schon gestern der Salat toll gewesen war. Einer der Wissenschaftler war ein richtiger Meisterkoch. – In der Tat war sein Gehalt noch etwas höher als das der anderen, obgleich Xilef es war, die die Leitung hatte, und obgleich doch Nelson von gleich hohen Gehältern für alle gesprochen hatte, allerdings meinte er vielleicht, er müsse dem Schlußsatz eines Gedichts von W. H. Auden, den er gerne zitierte, Tribut zollen, welcher lautet: »Alles, worum wir beten können, ist, daß Künstler, Meisterköche und Heilige uns lang noch das Leben erheitern.«

Keiner hier war Künstler und ganz sicher keiner ein Heiliger, darum also diese enorme Wertschätzung für den einen Meisterkoch, dessen Kreationen einen dazu verführen konnten, sich ein Leben nach dem Tod weder ohne Hunger noch ohne Frühstück vorstellen zu wollen.

Und während wir also die diversen Leckereien genossen, erklärte mir Xilef, daß das Gelingen beziehungsweise Scheitern einer Verwischung in auffallender Weise vergleichbar sei mit jenem Phänomen, welches mit sich bringe, daß nicht nur gebutterte Toastscheiben vorzugsweise mit der Butterseite aufklatschten, sondern auch Smartphones lieber auf die heikle Displayseite fielen. Denn die spezielle Art, wie Menschen Buttertoasts und Smartphones auf Brusthöhe festhielten und dabei ihre Finger sich unter dem Schwerpunkt befanden, führe beim Entgleiten der Objekte zu einer anfänglichen Rotation, die letztlich die Landung auf der ungünstigen Seite bedinge. Wobei Studien eines bewiesen: Würden die Leute nicht versuchen, nach den aus der Hand flutschenden Smartphones und Butterbroten zu schnappen, die Wahrscheinlichkeit wäre bedeutend größer, daß die Dinger mal *nicht* auf der schlechten Seite aufkamen.

Ein solcher Effekt ergab sich auch bei Verwischungen, allerdings in einem verkehrten Sinn, da nämlich eine Verwischung darum so oft scheiterte, weil die träumenden Personen durch ihr Nachgreifen die Rotation des davonspringenden Traums in einer Weise beeinflußten, die eine Verwischung zusätzlich erschwerte. Die Butterseite war in diesem Fall der Umstand, *nicht* die Seite gewechselt zu haben. So gesehen, war Murphys Gesetz im Falle von Verwischungen für die meisten Menschen und Tiere und Objekte ein Glück. Außer sie wären gerne aus ihrer Welt geflüchtet, was ja auch vorkam.

Immer dort, wo eine Verwischung klappte, hatte der Träumende dem Impuls widerstanden, seinen Traum auffangen zu wollen. Das war bei Quimp so gewesen, beim einbeinigen Karel Nelson der Spatzenwelt, bei Frau Kapeller, die Frau Sterlitz das Leben gerettet hatte, und nicht zuletzt bei jener träumenden Pistolenkugel. Mag sein, daß manch einer dies später bereute oder auf eine Art tot war, daß er es nicht mehr bereuen konnte, wie der einbeinige Karel Nelson. Aber bei Quimp war es ganz sicher so, daß er nicht nur nichts bereute, sondern vor allem glücklich war, mit einem Weibchen namens Cleo zusammensein zu dürfen. Cleo, die vielleicht demnächst befruchtet sein würde. Und er demnächst Vater. Ein guter Vater wechselte keine Welten.

(Es gab übrigens Leute, die im Falle von Smartphones meinten, dies sei alles ein Betrug, weil eine hinterfotzige Software die prekäre Situation eines Entgleitens erkenne und ein Vibrationsmotor den Sturz in einer Weise steuere, die das Gerät unweigerlich auf der sensiblen Butterseite landen ließ und einen größtmöglichen Schaden verursachte. Wenn etwas Ähnliches auch bei Verwischungen geschah, stellte sich freilich die Frage, wer da, bitteschön, die »böse Software« aktivierte, um zu vermeiden, daß hier ein Träumender und sein Traumpartner die Welten wechseln konnten und alles beim alten blieb. Für Quimp wäre das wieder so eine Gott-oder-Teufel-Frage gewesen.)

Jedenfalls war mir nach diesem letzten Quimp-Traum klar, daß mein Bedürfnis, mit Milena ein Paar zu bilden, sich schwer würde verwirklichen lassen, indem ich in meine alte Welt zurückfand. Vielmehr überdachte ich jetzt verstärkt die umgekehrte Möglichkeit, sie also zu mir zu locken. Ihr begreiflich zu machen, daß dies im Moment der realistischere Weg wäre: uns in der *fremden* Welt zu treffen.

Vorausgesetzt, sie wußte, wo ich mich derzeit befand, mußte es ja kürzlich geträumt haben. Allerdings war ich mir nicht ganz sicher, ob sie alles restlos erfuhr, was Tracy erlebte. Ob da nicht mitunter so etwas wie eine Traumbarriere, eine ungute Stimmung zwischen den beiden manches verschwimmen ließ. Allerdings ganz sicher nicht kosmetische Fragen oder Fragen der Kleidung und des Stils. Darin waren die beiden eins.

Wie auch immer, ich entschied mich für die Strategie, eine Verwischung zwischen Tracy und Milena zu erwirken, wenigstens zu begünstigen. Stellte mir vor, auch Tracy würde vielleicht Sehnsucht nach der anderen Seite haben. Nach einem anderen, einem besseren Nybråten.

Ich wollte mich stärker auf Tracy konzentrieren. Und weniger auf die Sperksgenerälin. Ohnedies hatte mich O'Neill nicht mehr nötig. Sie hatte den »Platz« getauscht, war von meiner Schulter auf die Schulter Xilefs gewechselt und damit auch hinunter ins Labor, wo sich ihre lebendig gewordene Rüstung befand. Übrigens kein Weibchen, wie man auf Grund der Körpergestalt und Musterung anfänglich gemeint hatte, sondern ein Männchen, bei dem der Anteil der Mitochondrien in vielen Zellen sehr viel höher ausfiel als üblich. Was begründet war mit einem gesteigerten Energiebedarf dieser schon an und für sich für ihren hohen Verbrauch bekannten Zellen, etwa aus dem Muskel- und Nervenbereich. Im Grunde war dieser Vogel ein stark verdichtetes Kraftwerk, allerdings auch ein stark verwirrtes, ein unter einer Amnesie leidendes. So sehr dieser Vogel in metallener Form am Leben O'Neills beteiligt gewesen war, schien er ohne Erinnerung daran zu sein. An sein Leben als Panzerung. Er wirkte unglücklich, auch verweigerte er die Nahrungsaufnahme, die unter den neuen Verhältnissen seiner Beschaffenheit durchaus nötig gewesen wäre. Und auch O'Neill blieb auf Distanz. Möglicherweise hätte sie sich leichter getan, hätte es sich um ein Weibchen gehandelt. Letztlich waren O'Neill wie Xilef gleichermaßen interessiert, die Rückverwandlung dieses Spatzen in eine funktionierende Rüstung zu bewerkstelligen. Die Vorgänge zu kontrollieren. Aber die Natur sperrte sich noch. Was im Moment geschah, entsprach weniger der geplanten angewandten Forschung als einer Grundlagenforschung. War mehr Untersuchung und Feststellung als Eingriff und Veränderung.

Ich selbst betrieb meine eigene Forschung, indem ich Tracy und Nybråten beobachtete, die im Moment auch nicht wirklich etwas zu tun hatten. Nybråten befand sich in Warteposition. Er hielt sich in Bereitschaft für den Fall, daß es den Totalisten gelingen würde, das Inzersdorfer Versteck Nelsons ausfindig zu machen und zu versuchen, eine Rüstung zurückzugewinnen, die es in der alten Form gar nicht mehr gab. Oder einfach nur Rache zu nehmen, Schaden anzurichten, Agenten loszuschicken. Keine Frage, Nelson würde sich nicht ewig an diesem Ort aufhalten können, würde wieder an seine Konzernspitze zurückkehren müssen, zurück in seine Villa, zurück zu seiner ungeliebten Ausgabe von Greta, wieder in der Öffentlichkeit stehen müssen. Derzeit machte die Presse sich Gedanken über sein Verschwinden, und der Vorstand bastelte an seiner Nachfolge. (Würde er wirklich müssen? Was, wenn er diese ganze Sperksgeschichte dazu nutzte, für alle Zeiten unterzutauchen?)

Während die Leute in meiner eigenen, alten Blindwelt, allen voran Dr. Arntz, nicht daran vorbeikamen, mich für tot zu halten. Man würde mir ein Begräbnis organisieren, einen leeren Sarg spendieren. – Wer würde hinter dem Sarg gehen? Ich denke, neben Dr. Arntz sicherlich Frau Kapeller, die jetzt Sterlitz hieß, und neben ihr wiederum der Parachutist. Dahinter die Leute aus der Abteilung, vielleicht auch ein paar Frauen, mit denen ich einmal das Bett und die Liebe geteilt hatte. Möglicherweise sogar Felix und die Golderwachten, wobei Felix, falls er tatsächlich in seinen Träumen eine vielversprechende Wissenschaftlerin namens Xilef war, dann nur zu gut wüßte, daß dieser Sarg nicht nur leer war, sondern sich der angebliche Tote wenn schon nicht bei bester Gesundheit, so doch am Leben befand.

Und dieses Leben nützte ich nun, um mich … ja, ich mußte es so sagen, ich machte mich an Tracy heran. Keine Kleinigkeit, denn erstens war unser Verhältnis getrübt, und zweitens wollte ich ihr keinesfalls vermitteln, ein geheimes Faible für Männer in Frauenkleidern zu haben, das ich nun endlich auszuleben gedachte.

Ich begriff bald, daß Tracy zwar in einer Abhängigkeit zu Nybråten stand, aber niemals seine Geliebte oder sein Geliebter gewesen war. Wenn O'Neill Tracy als Nutte bezeichnet hatte, stimmte das nur halb. Es stimmte, daß Tracy mehrfach Personen, die zu töten Nybråten beauftragt worden war, an Orte gelockt hatte, wo diese ihr trauriges Ende fanden. Aber mit keinem davon hatte Tracy je Verkehr gehabt. Es hatte stets genügt, diese Männer und manchmal auch Frauen in ein bestimmtes Zimmer oder einen bestimmten Platz, ein bestimmtes Lokal zu dirigieren. All diese Leute waren tot gewesen, bevor sie noch hätten Sex haben können. Oder was für eine Art von Liebesspiel sie sich auch immer vorgestellt und gewünscht hätten. Tracy war zweifellos – ich verstand das immer mehr – nicht nur eine unglaubliche Schönheit, sondern mit einer immensen Verführungskraft ausgestattet. War man mit ihr eine Weile zusammen, vergaß man, es mit einer Imitation zu tun zu haben. Und das, obwohl sie ja nicht etwa ihre Stimme verstellte. Aber die Grazie ihrer Bewegungen – und im Grunde hatte das sogar für den einen Moment gegolten, da sie mich mit einem Faustschlag niedergestreckt hatte – war eine milenaisch perfekte. Wahrscheinlich lag es eben daran, daß Tracy Nacht für Nacht bei Milena quasi in die Schule ging. Sowenig sich die beiden mochten, Tracy lernte von Milena, und ich wollte nicht ausschließen, daß auch Milena etwas von Tracy lernte: die Kunst der Fälschung.

Ein Unterschied war allerdings wesentlich, daß nämlich Tracy doch um einiges älter schien als Milena. Was wiederum gut zu ihrer Männerstimme paßte, die vielleicht weniger männlich klang, als sie mir im ersten Moment erschienen war und mich an die Stimme des Albatros erinnert hatte. Ich dachte jetzt doch eher an ein von zu vielen langen Nächten geprägtes Leben. Ein Leben, welches zauberischerweise weder der Haut noch der Figur geschadet hatte, sich aber in der Stimme stark manifestierte: alter Whisky (jedoch kein irischer oder schottischer oder amerikanischer Whisky, sondern ein französischer; und hätte es dort Brennereien gegeben, ich hätte gesagt: ein Whisky von der Île Kerguelen – so eine Stimme war das).

Es folgten ruhige Tage. Im Keller die Forschung und zu ebener Erde eine gewisse Normalität des Alltags. Normalität als Tarnung.

Es herrschte noch immer ein warmer Spätsommer infolge eines sehr heißen Hochsommers, ideale Bedingungen, um den zur Straße gelegenen Pool zu nutzen. Ja, man hätte meinen können, eine wohlhabende WG habe an diesem Ort ihr Domizil. Zur Mittagszeit sonnten sich die jungen Leute und schwammen einige Runden. Auch Tracy kam im kurzen Bademantel, nahm allerdings ausschließlich im Schatten Platz – das war vielleicht eines ihrer Geheimnisse, zwar zu rauchen und zu trinken, aber konsequent die direkte Sonne zu meiden. Wenn sie dann so im Liegestuhl lag, mit einer gewaltigen Sonnenbrille, streckte sie ihre Beine unter dem Saum des minirockartigen Unterteils zu enormer Länge. (Ein Teil ihrer Fälscherkunst bestand auch darin, optische Täuschungen zu provozieren, also etwa ihre ohnehin schon langen Beine noch länger erscheinen zu lassen. – Xilef, keineswegs ein häßliches Entlein, sagte einmal: »Diese falsche Frau ist eine Frechheit. Wirklich unfair.«)

Obgleich ich selbst ja auch ganz gut gebaut war und durchaus des Schwimmens fähig, vermied ich es, in der Badehose umherzulaufen. Das mochte verschiedene Gründe haben, aber sicher spielte eine Rolle, daß ich – auch trotz Quimps diesbezüglichen Unwillens – eine plötzliche Verwischung nicht ausschließen konnte und die Vorstellung scheute, bei einem Wechsel in meine alte Welt plötzlich irgendwo in der Badehose herumzustehen. Wobei natürlich eine noch viel unerfreulichere Möglichkeit darin bestand, ausgerechnet in dem Augenblick die Welten zu tauschen, da sich Quimp gerade hoch oben in den Lüften aufhielt. Ich wäre dann einer dieser merkwürdigen Vorfälle gewesen, über die unseriöse Zeitungen gerne berichten: *Mann in Badehose vom Himmel gefallen.*

Anstatt also halbnackt den Poolbereich zu nutzen, arbeitete ich im Garten. Auch als Teil der Tarnung, denn wenn etwas in dieser Gegend aufgefallen wäre, dann die Nachlässigkeit, mit der man die Wiese und die Blumenbeete im rückwärtigen Bereich verkommen ließ. Denn so dicht und hoch die Hecken waren, nicht dicht und hoch genug, um von den Nachbarn völlig unbeobachtet zu bleiben. Ein perfekt gepflegter Garten war ein geeignetes Mittel, um den Verdacht zu entkräften, etwas sei nicht in Ordnung. Für perfekt gepflegte Gärten schien in ähnlicher Weise jener saublöde Spruch zu gelten, der da heißt: *Böse Menschen singen keine Lieder*. Und stutzen keinen Rasen, züchten keine Rosen, rupfen kein Unkraut, weil sie ja selbst Unkraut sind, und stellen auch keine Vogelhäuschen auf. Hat man je von Terroristen gehört, die Vögel und Blumen lieben?

Vogelhäuschen also. Wobei ich den Eindruck hatte, daß sich keiner von den anderen gefiederten Freunden – und es handelte sich um eine wahrhaft vogelreiche Gegend – in unseren Garten traute. Es schien sich rasch herumgesprochen zu haben, daß hier eine Sperksgenerälin residierte, die auch ohne Rüstung und Bewaffnung diverse Kampftechniken beherrschte. Vor allem wagten sich die Katzen nicht mehr herein. Ich war in der Nähe gewesen, als eine von ihnen versucht hatte, genau dort auf einen Baum zu klettern, wo ein Futterhäuschen hing. O'Neill war herangeflogen und im Sturzflug auf das kräftige Tier niedergeschossen, um ihren Schnabel in den Katzenschädel zu bohren. Mit einer Schnelligkeit und Wucht, wie ich das noch nie erlebt hatte. Die Katze wohl ebenfalls nicht. Mit einem Klagelaut war sie vom Baum gesprungen und am Haus vorbei auf die Straße geflüchtet. Das war dann das letzte Mal gewesen, daß ich eine Katze in unserem Garten sah. Kein Kothaufen nirgends. Allein Regenwürmer, die sich nicht davon abhalten ließen, unseren Garten zu frequentieren, auch wenn O'Neill sie dezimierte. Es herrschte eine große Ordnung in diesem Haus und diesem Garten.

Natürlich nützte ich gleich den ersten Tag, den Friedhof aufzusuchen, den großen goldenen Christus, der trotz des bedeckten Himmels dramatisch glänzte, um mir von dieser Position aus in etwa vorzustellen, in welchem der Häuser Arthur Engel gewohnt haben könnte. Ich fragte Tracy, ob sie mitkommen wolle. Sie zögerte einen Moment, war dann aber an meiner Seite, als ich den Christus erreichte. Sie trug ein Kleid in der Art des Satinbademantels und wieder einmal Schuhe mit schwindelerregend hohen Absätzen. Sie war begeistert von der Christusfigur, vielleicht auch, weil das Gold das gleiche war wie das auf ihrer Handtasche. Die anderen Friedhofsbesucher sahen zu ihr herüber, als sei ein UFO gelandet, um den Christus einzupacken.

Als wir dann später an den Häusern vorbeigingen, in denen ich die ehemalige Wohnung Engels vermutete, fragte Tracy mich, was ich eigentlich gegen sie hätte. Ich tat erstaunt und meinte: »Wir gehen hier zusammen spazieren, das würde ich doch wohl kaum tun, würde ich Sie verabscheuen. Ich nehme es Ihnen nicht mal übel, daß Sie mich geschlagen haben.«

»Hat es Ihnen gefallen?« fragte sie und lächelte mit Lippen, die aussahen wie aus einem Granatapfel gefallen.

»Na, das auch wieder nicht«, betonte ich und fragte: »Wieso überhaupt? Gehören Sie zu denen, die gerne hinschlagen, und und zwar am liebsten auf die, die sich gerne schlagen lassen?«

»Ein wenig schon, das gebe ich zu«, sagte Tracy. »Ich habe einen guten Schlag, präzise, effektiv, aber bitte auch kontrolliert. Ich würde nie jemand k.o. schlagen, den ich nur ein bißchen umhauen möchte, nie jemand totschlagen, nur, weil ich meine Kraft nicht im Griff habe. Ich habe wirklich geboxt früher, so richtig im Ring.«

»Mit diesen Beinen?« zeigte ich mich skeptisch.

Tracy merkte an, ihre Beintechnik habe als exzellent gegolten. »Doch ich gestehe, ich habe mich schon sehr verändert seit damals. Aber mein Schlag ist der alte.«

Ich griff mir ans Kinn, einen Phantomschmerz spürend, und betonte nochmals, keine Freude an derartigen Züchtigungen zu empfinden.

»Lieben Sie Milena eigentlich?« fragte Tracy. »Oder sind Sie nur einfach scharf auf sie wegen ihres Körpers? Oder weil sie die Frau von Nybråten ist?«

»*Sie* sind auch die Frau von Nybråten.«

»Ganz anders. Aber das ist keine Antwort auf meine Frage.«

War das jetzt vernünftig, die Wahrheit zu sagen? Eine Wahrheit, über die Tracy trotz ihrer Traumpartnerschaft mit Milena sich nicht im klaren zu sein schien. Oder war es Milena selbst, die sich unsicher darüber war, was genau ich für sie empfand? Trotz meiner Schwüre.

Ich sagte: »Es ist eine romantische Liebe. Müßte ich mich für Milena opfern, dann würde ich nicht nur keine Sekunde zögern, sondern ich würde mich bereits geopfert haben, bevor das noch jemand von mir verlangt.«

Das war ein Gedanke meiner Kindheit, daß man sich für einen geliebten Menschen oder ein geliebtes Wesen nicht erst opferte im Moment einer Gefahr, sondern bereits vorher. Daß die bedingungslose Bereitschaft – zum Beispiel an einer Krankheit zu erkranken, damit nicht der andere daran erkranken mußte – die Gefahr außer Kraft setzt. Dort, wo die Gefahr eintritt, ist sie somit die Folge eines Zauderns, eines Abwartens, einer Inkonsequenz. Jener Haltung, die lautet: Schauen wir mal, wenn es soweit ist. Doch ein Pakt wird immer *vorher* unterzeichnet.

Das wollte ich damit gesagt haben; den Pakt zur Rettung Milenas bereits unterschrieben zu haben.

»Schön für Milena«, sagte Tracy. Es klang nicht einmal gehässig.

Zweck dieses Spaziergangs war also herauszufinden, wo genau der Maler Engel einmal gelebt und seinen phantastischen Wassertropfen gemalt hatte. Den Ort, von dem ich meinte, Pinesits – der alte Vogel, dessen Traumpartnerin einst Mona Oldenberg gewesen war – würde früher oder später an ihn zurückkehren.

Allerdings waren hier kaum Passanten unterwegs. Die, die ich fragte, hatten den Namen nie gehört. Jemand erkundigte sich spöttisch, ob ich Kommunist sei, offensichtlich verwechselte er Engel mit Engels.

Vorbei an sozialem Wohnbau und privaten Kleingärten gelangten wir schließlich doch noch an einen stark bevölkerten Ort, eine »Konsuminsel«, eine Ansammlung von Kleider- und Supermärkten, einem Wirtshaus, einer Bank und einer sogenannten Trafik, wie die Wiener ihre Kioske nannten, als redeten sie von überlebensgroßen offenen Zigarettenschachteln. Nicht dort, aber im Supermarkt fand ich eine Verkäuferin, die Arthur Engel gekannt hatte und mir eine Adresse nennen konnte.

Und wirklich lag die Engelsche Adresse in einer der Straßen, durch die wir bereits gegangen waren. Beziehungsweise handelte es sich um einen Gehweg zwischen Reihenhäusern und der Friedhofsmauer. Ich wußte jetzt, welches Haus. Aber nicht, welche Wohnung. Also drückte ich einfach an der Gegensprechanlage, bis sich jemand meldete.

»Kriminalpolizei«, sagte ich.

Eine Stimme gab etwas von sich, was ich für Polnisch hielt. Eine häßliche Sprache, dachte ich mir, und wie zur Strafe für diesen Gedanken blieb die Türe ungeöffnet. Und dabei blieb es, niemand weiterer, der auf mein Geklingel reagierte oder den ich mit meiner blindweltbezogenen Polizistenfunktion hätte beeindrukken können.

Erst zwei Tage später – unser Spaziergang im und um den Friedhof, meiner und Tracys, hatte da schon etwas von einer Gewohnheit – öffnete uns jemand die Türe, kein Pole, sondern eine alte Frau, die sich darüber beschwerte, die einzige Österreicherin in diesem Haus zu sein. Sie sagte, natürlich würde sie sich an Arthur Engel erinnern, das sei immerhin damals der andere Österreicher im Haus gewesen.

»Und wer wohnt jetzt in seiner Wohnung?« fragte ich.

»Sind Sie wirklich von der Polizei?« wollte die Frau wissen, schaute dabei aber nicht mich an, sondern Tracy.

»Von der deutschen Polizei«, gestand ich.

»Wir sind aber nicht in Deutschland, gell!« stellte sie richtigerweise fest.

Ich erklärte ihr, es handle sich um eine grenzüberschreitende Ermittlung.

»Hier bei uns? In Inzersdorf?«

Ich erinnerte sie daran, doch selbst erklärt zu haben, die einzige Österreicherin im Haus zu sein. Das Internationale biete sich also an.

Sie wollte wissen: »Hat der Kerl was ausgefressen, der jetzt in der Wohnung vom alten Engel wohnt?«

»Nein, aber vielleicht kann er uns helfen«, antwortete ich, ohne selbst zu wissen, womit eigentlich. Aber ich wollte nun mal wissen, wo die Engelsche und damit Pinesitssche Wohnung lag.

»Da ist jetzt ein Russe drin«, verriet die alte Frau. »Der mit Z anfängt. Der ist aber kaum zu Haus. Ich frag mich eh, was der wirklich macht, wo er doch fast nie da ist.«

»Was tut er denn angeblich?« fragte ich.

»Im Museum arbeiten. Als Wärter.«

»In welchem Museum?«

Die Frau hörte nicht auf, Tracy anzustarren, und meinte nun an sie gerichtet: »Und in welcher Abteilung sind Sie bei der Polizei? Bei der Sitte?«

Anstatt zu antworten, wiederholte Tracy meine Frage, streng, hart: »In welchem Museum?«

»Is ja gut. Also, ich glaube, im Belvedere, das hat mir eine Frau aus dem Nachbarhaus erzählt, die auch Russin ist. Man könnt meinen, man lebe in Moskau oder in Warschau.«

Ich fragte: »Belvedere? Ist das dort, wo die Klimts hängen?«

»Ich denke schon«, antwortete die Frau. »Obwohl Klimt sicher kein Russe war. Wird jetzt aber von einem Russen bewacht.«

Wir verabschiedeten uns von der »letzten Österreicherin« und überprüften die Namensschilder an den Türen. Glücklicherweise begann nur ein Name mit einem Z. *Zwetkow. Fedot Zwetkow.* Allerdings war da tatsächlich niemand, der uns öffnete. Und auch nicht am nächsten Tag. Und weil ich nicht weiter abwarten wollte und ein Sonntag vor der Türe stand und ein Sonntag ganz sicher als idealer Museumstag gelten konnte, fragte ich Tracy, ob sie Lust habe, mich ins Belvedere zu begleiten, also zu jener Schloßanlage, die sich ein gewisser Prinz Eugen als pompöse Sommerresidenz hatte errichten lassen. Mit einer mehrstufigen Gartenanlage zwischen den beiden Gebäuden, einem Garten, dessen skulpturale Symbolik von unten nach oben den Aufstieg von der Unterwelt zum Olymp versinnbildlichte, und es somit nur konsequent war, daß der Prinz – letztlich auch nur ein Mensch – das sogenannte Untere Belvedere bewohnt hatte, während ihm das sogenannte Obere Belvedere ein Ort der Repräsentation gewesen war, also ein Platz, um göttliche Tätigkeiten nachzuspielen.

Heutzutage beherbergten beide Schloßteile die Kunstsammlung der Österreichischen Galerie. Am selben Abend las ich im

Internet nach, was alles dort ausgestellt wurde: die berühmten Klimts natürlich und die berühmten Schieles, weiters die Vertreter des österreichischen Biedermeier und die Vertreter der österreichischen Moderne. Ich konnte in keiner Weise feststellen, daß die Kunst hier sich von jener unterschied, dir mir bislang bekannt war. Also daß etwa eine spezielle Spatzenkunst oder Sperkskunst existierte oder daß plötzlich niemand wußte, wer van Gogh war und was der mit seinem Ohr gemacht hatte; die Unterschiede mochten in Details liegen, die ich auf die Distanz und den ersten Blick hin nicht erkannte. Unterschiede in der Biographie der Künstler oder in den Kunstwerken selbst. Vielleicht war die Goldfarbe auf Klimts superpopulärem Bild *Der Kuß* in der einen Welt ein wenig matter als in der anderen oder glänzender (Klimts *Der Kuß* erschien mir übrigens wie der Traumpartner von Edvard Munchs *Der Schrei*). Und natürlich war nicht auszuschließen, daß das eine oder andere bekannte oder auch nicht bekannte Gemälde in dieser Welt hier zwar geplant und auch skizziert worden war, aber der Künstler es nie zu Ende gemalt hatte. Oder ganz im Gegenteil. Vielleicht trug in dieser Welt irgendeine unvollendete Symphonie den Beinamen »Vollendete«. Und in der Tat brachten einige Stichproben in Sachen Literatur für mich Neues zutage, zum Beispiel daß Musils *Mann ohne Eigenschaften* in der Spatzenwelt vor allem wegen seiner abschließenden Kapitel gelobt wurde, ja überhaupt dafür, daß Musil ein solches Werk zu einem Ende gebracht hatte.

Tracy jedenfalls erklärte, mich begleiten zu wollen.

»Was meint Nybråten eigentlich dazu«, fragte ich, »daß Sie jetzt soviel mit mir zusammen sind?«

»Er meint, so hätte ich Sie wenigstens unter Kontrolle. Er traut Ihnen nicht.«

»Und Sie?«

»Ich traue Ihnen auch nicht.«

Na, und damit hatte sie auch wirklich recht, dachte ich mir und griff mir ans Herz. Beziehungsweise auf Brust und Schulter der Herzseite, wo ich den ganzen Tag schon einen mal stechenden, mal von innen drückenden Schmerz verspürt hatte. Als picke dort der Albatros herum. Doch der war und blieb in meinem Kopf. Nein, eher fürchtete ich, es handle sich um ein Beleidigtsein meines Herzens, vielleicht darum, weil wir uns jetzt in Österreich befanden und sich das Herz zwar am richtigen Ort wähnte, aber nicht im richtigen Körper. Vielleicht auch, weil die Medikamente, die ich einzunehmen hatte und die mir Xilef besorgt hatte, zwar die gleichen Namen trugen, aber doch ein wenig anders waren. Oder das Wasser, mit denen ich sie hinunterschluckte.

»Was haben Sie denn?« fragte Tracy.

»Schmerzen«, gestand ich. »Brust, Schulter, Arm, Nacken. Und vom Oberbauch her.«

»Das ist, weil Sie so gehen.«

»Wie gehe ich denn?«

»Schlecht. Immer, als müßten Sie jemand anrempeln, um weiterzukommen, auch wenn da gar niemand steht. Und Sie sitzen auch ganz schlecht. Stark zurückgelehnt. Obwohl Sie schlank sind, sitzen Sie so, als wären Sie dick.«

»Vielleicht, weil ich mich dick fühle«, sagte ich.

»Das macht es nicht besser, oder?«

Ich verteidigte mich, erklärte, daß ich viel Sport treiben würde. – Lächerlich, daß ich mich jetzt wirklich dazu hinreißen ließ, von fünfzig Liegestützen täglich zu sprechen. Erstens waren es eher dreißig als fünfzig, und außerdem war es peinlich, quasi mit der Länge meines Schwanzes anzugeben. Noch dazu, wo Tracy ja selbst einen Schwanz besaß, einen wirklichen wie auch einen in Form von Liegestützen, die sie wahrscheinlich sehr viel effektiver zuwege brachte als ich. Aber sie sagte nur: »Man kann Liegestütze schrecklich falsch machen. Da wäre es dann eigentlich besser, keine zu machen.«

Und bot mir eine Massage an.

»Wie bitte?« Meine Güte, was dachte sie eigentlich?

Sie aber erklärte: »Ich bin von Beruf Physiotherapeutin.«

Und das war sie wirklich. Und wirklich hatte ich Schmerzen und ein großes Bedürfnis nach Linderung. Eine halbe Stunde später lag ich in einem der oberen Räume auf einer mit einem Handtuch bedeckten Liege, bäuchlings, das Gesicht in eine Öffnung geklemmt, den Blick auf das Muster des Teppichs gerichtet. Über mir Tracy. Aber keineswegs in einem weißen Schwesternkostüm. Das hier war kein Rollenspiel und keine Sexmassage, sondern diente wahrhaftig dazu, Heilung in meinen Körper zu befördern. Beziehungsweise die Verspannungen zu lösen. Die Dämonen, die sich eingenistet hatten, herauszudrängen, wenigstens ihnen Schmerzen zuzufügen und damit die meinen zu verringern. Tracy tat es auf eine wundervolle Art. Die Bewegungen ihrer streichenden, drückenden und knetenden Hände wirkten gleich einer denkenden Welle. Es fühlte sich an, als würden die Hände tiefer in die Haut und in das Fleisch eindringen als schulmedizinisch erlaubt.

Ich begriff jetzt, daß die Männer und Frauen, die Tracy im Auftrag Nybråtens verführt hatte, gar nicht so sehr ihrem Aussehen gefolgt waren, sondern vor allem der Heilkraft ihrer Hände. So bedeutungsvoll der Sex auch zu sein schien, je älter die Leute wurden, um so mehr spielten die Rücken dieser Leute die entscheidende Rolle, die Rücken und der Rückenschmerz und alle sich daran anschließenden Zusatzschmerzen. Die Heilung dieser Schmerzen war die Alchimie unserer Zeit. Der Stein der Weisen fand sich wieder auf einem aufgeklappten Massagetisch.

Das ist nicht nur so dahingesagt, ich dachte wirklich an den Stein der Weisen, als Tracy mit einem gleichzeitig sanften wie heftigen Druck und auf eine *durchtriebene* Weise meinen Rücken bearbeitete. Und wie sehr dieser Stein, der angeblich für die Verwandlung unedler Metalle in Gold einerseits und kranker Menschen in gesunde andererseits verantwortlich ist, auch zwei Stockwerke unter uns, im Laborkeller, eine Rolle spielte. Nur daß man dort gerne einen unedlen Vogel wieder in eine edle Rüstung zurückverwandelt hätte.

Rücken und Rüstungen.

Für den Moment geheilt, nahm ich mit den anderen mein Abendessen ein und ging dann bald zu Bett. Ohne richtig müde zu sein, auf einer zu kurzen Matratze liegend, neben einer Schirmlampe mit Pferdemuster, auf meinem Bauch ein Buch über Singvögel, das ich im Regal gefunden hatte. Ich öffnete es und las darin. Eine sachliche Darstellung der Arten und ihrer Lebensgewohnheiten. Nach den ganzen Dingen, die ich in letzter Zeit erlebt hatte, kam es mir wie ein Märchenbuch vor. Bei allem aufklärerischen Gestus naiv, märchenhaft in seinem Glauben an eine *einfache* Natur, in der Vögel als trieb- und instinktgesteuerte Wesen unterwegs waren.

Über einer Beschreibung des Sexualverhaltens bei Spatzen schlief ich ein. Und geriet natürlich bald in die Blindwelt, hinüber zu Quimp. Doch es war wie schon in den Nächten zuvor, daß die Klarheit, die in meinen Träumen so lange geherrscht hatte, wieder abgenommen hatte: Ich war in Quimp drinnen, in seinem Körper, seinem Geist, das schon, aber eher so, wie dies vielleicht auch für den Albatros galt. Ohne freilich über den Witz und die Frechheit des großen Vogels zu verfügen. Was ich realisierte, war, wie sehr Quimp zu einer Routine des Alltags gefunden hatte. Wobei nicht gesagt sein soll, er sei plötzlich genauso geworden, wie in dem Singvogelbuch beschrieben, das soeben wie ein Stein der Dummen auf meinem im Auf und Ab befindlichen Brustkorb lagerte. Quimp hatte nicht etwa mit dem Denken und Nachdenken aufgehört, war nun aber doch sehr bestimmt von dem Bedürfnis, ein normales Leben zu führen. Mit dieser Frau, diesem Spatzenweibchen, er aus Paris stammend, sie aus der Gegend um Belfast, den Wiener Frühling erlebend, der heraufzog, zusammen in diesem Park und mit Blick auf diesen mit seinem animalischen Kuriositätenkabinett ausgestatteten Flakturm: Haifischbecken, Vogelspinnen, Giftfrösche, eine über zwei Stockwerke reichende Ameisenstraße, vor allem aber tropische Vögel von skurriler Gestalt, die nicht wie echte Vögel wirkten, sondern wie aus einer Faschingsgilde. Im Park hingegen brauste das Leben der einheimischen Kulturfolger. Wobei Quimp und Cleo etwas Distanz zu den anderen hielten und sich an der Stelle, an der sie ihre erste Nacht verbracht hatten, auch ihr Nest bauten, somit in einer Gebäudehöhe, die über der lag, die in der einschlägigen Literatur beschrieben wurde.

Ihr in eine Nische plaziertes, überdachtes Quartier entsprach dann aber doch dem für Sperlinge üblichen Kugelnest, zusammengesetzt aus den Materialien, die sich im und um den Park sowie im Inneren des großväterlichen Ateliers finden ließen. Wobei der zur Religiosität, wenigstens zum Gottglauben neigende Quimp aus einem Kruzifix, das der blinde Maler bei sich hängen hatte, einen Holzsplitter herauspickte, den er in der Innenverkleidung des Nests unterbrachte. Und zwar mit dem Gefühl, dies könne keinesfalls schaden. Cleos Eigenart wiederum entsprach es, der Außenschicht des globusartigen Nests, welches laut Singvogelbuch oft nachlässig verputzt ist, mit einigem Fleiß eine erstaunliche Glätte zu verleihen. Und da war es sicher kein Zufall, daß auch einige Scherben eines Spiegels, wohl vom Rückspiegel eines Autos, in die Außenhaut des Nests eingearbeitet waren.

Was ich von diesen Träumen also mitbekam, waren die Ordnung und Gleichmäßigkeit von Nestbau und Nahrungssuche sowie die Ordnung und Gleichmäßigkeit der Kopulation. Und das Glück, das sich daraus ergab. Nicht zuletzt das Glück, nicht alles zu hinterfragen, was geschah. Quimp verblödete nicht, aber es war schon so, als nehme er Urlaub vom Intellekt. Auch Urlaub von allzu anstrengender Konversation.

Nicht nur Quimp und Cleo bauten, auch Frederik baute, und zwar ein Futterhäuschen. Ganz klar, das konnte man überall lesen, daß so was wirklich nicht nötig ja schädlich sei, Vögel in der wärmer werdenden Jahreszeit noch zu füttern. Aber es war eben mehr ein Ritual. Wie bei einer Kirche. Die brauchte man ja auch nicht wirklich, um mit einem allgegenwärtigen, alles durchdringenden Gott zusammenzukommen. Und trotzdem! Ja, das Futterhäuschen war die Kirche, die den Kontakt zwischen Quimp und Frederik aufrechterhielt, zudem war Quimp, und zwar sehr im Unterschied zu Cleo, noch immer kein Freund der Jagd auf »wilde Tiere« – man stelle sich vor, eine Blattlaus zu schlucken – und auch wenig erpicht, sich die Samen von Wildgräsern einzuverleiben. Das Mädchen, das seine Überlebensfähigkeit und Würde infrage gestellt hatte, vergaß er. Er war mit Fast food aufgewachsen und wollte dabei bleiben. Es bedeutete ihm auch noch immer eine Freude, in den Cafés nahe des Parks an der Nahrung der Menschen teilzuhaben. Er sagte einmal: »Ich bin ein Dieb, aber ein guter Dieb.« Zudem war Wien schon sehr Paris.

Vielleicht war Wien sogar München. Denn einmal geschah es, daß Quimp im Vorbeifliegen ein Paar sah: eine schlanke, ältere Dame in modischer Kleidung, die ihre Zigarette wie einen Füllfederhalter in die Luft hielt, um damit kleine blaue Wölkchen in die Luft zu zeichnen, sowie einen sehr viel jüngeren Mann von beträchtlicher, aber nicht unschicker Korpulenz. Als Quimp den Mann sah, fühlte er sich getroffen. Ja, er fühlte sich auf eine ähnliche Weise getroffen wie damals, als alles begann und ihm mitten in Paris ein halbtoter Artgenosse auf den Kopf gefallen war, ihn mit zu Boden gerissen und ihm mit seinen letzten Atemzügen ein Versprechen abgerungen hatte. Das Versprechen, Pinesits aufzusuchen. War es möglich, daß dieser dicke Mann dort, der mit seiner Begleiterin auf der Terrasse eines Eckcafés saß, der Parachutist war? Nun, der Parachutist lebte in München, nicht in Wien. Aber wer weiß, vielleicht waren Para und die neue Frau Sterlitz ja umgezogen, oder sie waren auf Urlaub, vielleicht in einem dieser Urlaube, die nie aufhörten. Dann würde es stimmen, wie sehr die Figuren da und dort einander anzogen, bewußt und unbewußt, im Traum und jenseits davon. Daß sie sich verklumpten, wie Nelson es ausgedrückt hatte.

Und noch etwas: Indem ich Quimp träumte – aber eben aus einer gewissen albatrosartigen Distanz heraus, und somit auch Cleo beobachtend –, kam mir der Gedanke, es könnte sich bei ihr um die Traumpartnerin O'Neills handeln. Ich selbst hatte ja damals auf dem Schiff nach Oslo noch überlegt, inwieweit es die Croupière unseres Pokerspiels sein könnte, deren strenge und erhabene Weise und generalische Autorität mich an O'Neill erinnert hatte. Doch wenn ich jetzt mit den Augen Quimps die geliebte Spatzendame Cleo ansah, kam ich nicht umhin, im einen oder anderen Moment eine Bewegung, einen Blick, eine Haltung – ich möchte fast sagen: die Ahnung eines leuchtenden Herzens – festzustellen und mir zu denken, wie gut das zur Sperksgenerälin paßte. Eine Generälin, die ich ja derzeit auch durch meine eigenen Augen sah.

Daß Cleo behauptete, die Existenz von Sperks für eine Erfindung zu halten, konnte man damit erklären, daß sie sich entweder ihrer Traumpartnerin einfach nicht bewußt war oder dies bloß vorgab. Und daß sich bei ihr das kriegerische Element in ein partnerschaftliches und mütterliches verwandelt hatte. Vielleicht war Krieg einfach nichts anderes als ein Ersatz dafür, keine Kinder zu kriegen. Was ja eine gewisse Überzahl männlicher Akteure im Krieg plausibel erscheinen ließe.

Wie auch immer, ich empfand es als eine bezaubernde Lösung, meine und Quimps Verwischung hätte letztlich nicht nur dazu gedient, mir das Leben zu retten, sondern zugleich Quimp die Chance zu geben, O'Neills Traumpartnerin zu begegnen: Cleo. Einer Frau, die weder Kriegerin war noch sonstwie meinte, eine fruchtende Beziehung unterbinden zu müssen. Ja, ich stellte mir vor, daß vielleicht sogar O'Neill selbst glücklich war, auf diese Weise – träumend – eine Liebe zu leben. Eine standesgemäße.

Als ich an diesem Sonntag erwachte, hatte ich das Gefühl, ein Stück Croissant zwischen den Lippen zu spüren, ein Quimp-Croissant, bevor ich dann unten beim Frühstück mein eigenes, eigens vom Meisterkoch zubereitetes knuspriges Hörnchen zwischen die Lippen und Zähne bekam.

Sonntag bedeutete, daß auch wirklich alle frei hatten. Und daß alle außer Nelson und Xilef in die Stadt hineinfuhren. Mit dem Bus. Zwar verfügten wir über ein unauffälliges Familienauto, aber das parkte vor dem Haus, weil zu einem normalen Haus auch ein normaler Wagen dazugehörte und wir zudem einen Notfall nicht ausschließen konnten. Aber Notfall war ja nicht, sondern Sonntag, darum öffentliche Verkehrsmittel.

Nelson blieb in Inzersdorf, weil er fürchtete, es gebe drinnen in der Stadt Leute, die ihn vielleicht erkannt hätten. Zwar war sein Name – seiner und der seiner Produkte – viel berühmter als sein Gesicht, und zudem waren die Österreicher ein Volk, das dank eines gewissen Größenwahns die lokalen Größen gegenüber den internationalen stark bevorzugte und für die eine internationale Größe erst dadurch zu einer wurde, wenn sie aus Österreich stammte, siehe Arnold Schwarzenegger, Falco oder die sogenannten Mannerschnitten, aber Karel Nelson wollte nun mal nichts riskieren. Noch nicht. Xilef wiederum … nun, ich konnte mich nicht des Eindrucks erwehren, daß sie, die junge Frau, sehr viel mehr für diesen alten Mann schwärmte als einst die wohl ähnlich junge Mona Oldenberg es getan hatte. Und Nelson so doch noch in jenen Genuß kam, der ihm in seinem anderen Leben verwehrt geblieben war: mittels des Körpers einer Frau in die Jugend hineinzuschauen. Und zwar ohne dafür bezahlen zu müssen.

»Na ja, diese Xilef steht aber schon auf seiner Lohnliste, oder?«

Das hätte vom Albatros stammen können. Doch es war von Tracy, mit der zusammen ich nun in die Stadt unterwegs war. Die anderen waren schon vor uns gefahren, auch Nybråten, der mir eine Spur zu gleichgültig wirkte, was das Zusammensein seiner Assistentin mit mir betraf. Seine Gelassenheit hatte einen Sprung. So einen kleinen, den man nur sieht, wenn man das Glas gegen das Licht hält. Hätte man Nybråten gegen das Licht halten können …

In einem Punkt freilich war Nybråten gänzlich ohne Riß, und dies sehr im Unterschied zu vielen anderen. In der absoluten Loyalität, die er von seinem Traumpartner drüben in der Blindwelt erfuhr. So unterschiedlich die beiden erscheinen mochten – weniger optisch als in ihrer Bedeutung, in ihrem Auftreten, in der Beredsamkeit des einen und der Schweigsamkeit des anderen –, sie verhielten sich treu zueinander. Und als der Nybråten der Spatzenwelt den Auftrag der Totalisten übernommen hatte, jenen Spatzen Quimp auszuschalten, hatte der Nybråten der Blindwelt, jener eloquente, amüsante, die Oper gleichermaßen wie Zoos fördernde Waffenhändler, ihn in jeder Hinsicht unterstützt. Zuerst im Sinne des totalistischen Auftrags und dann im Sinne des Nelsonschen Auftrags.

Die beiden Nybråten waren wahrhaftige Brüder. Vollkommene Traumpartner.

Auch ich selbst fragte mich, wie meine große Nähe zu Tracy eigentlich entstanden war. Natürlich zuerst mal aus dem Grund, daß alles, was ich Tracy mitteilte, die Chance hatte, bei der träumenden Milena zu landen, etwa auch, daß wir an diesem Sonntag in die Kunstsammlung des Schloß Belvedere gehen würden, um dort nach einem Museumswärter namens Zwetkow zu suchen. Doch wenn ich ehrlich war, mußte ich zugeben, daß mir Tracys Gegenwart zusehends angenehm war. Ich registrierte weniger den Mann in Frauenkleidern als eine gewisse Geschlechtslosigkeit, die als das perfekte Innere für diese nach außen gerichtete Schönheit diente. Ich sah in Tracy nicht mehr die Karikatur oder Fälschung, sondern eher das Kunstwerk. Ein Kunstwerk, für das Milena Modell gestanden hatte. Erneut hatte ich das Gefühl, es mit einer lebenden Skulptur zu tun zu haben. – Erneut? Ich erinnerte mich, schon einmal etwas Derartiges gedacht zu haben. Und fragte mich, ob nicht sogar in bezug auf mich selbst.

Wir saßen da also in einem Bus der Wiener Verkehrsbetriebe und unterhielten uns über das Verhältnis von Xilef zu Nelson, wobei ich meinte, eine völlig lohnunabhängige Leidenschaft bei der jungen Wissenschaftlerin festgestellt zu haben.

»Unabhängig gibt es nicht«, meinte Tracy. »Nicht in einer Welt, die von der Schwerkraft bestimmt ist.«

»Ich weiß nicht«, sagte ich. »Immerhin könnte das Mädchen genausogut für die Totalisten arbeiten oder sonstwen.«

»Sonstwen kaum. Und wer weiß, vielleicht arbeitet sie ja für die Totalisten. So wie Nybråten einst für die gearbeitet hat. Wissenschaftler und Killer haben ein großes Sprungvermögen.«

»Aber Killern geht es wohl mehr ums Geld.«

»Das Geld gehört dazu. Aber glauben Sie mir, Nybråten wäre auch ein Killer geworden, hätte er vorher Millionen geerbt. Man wird, was man ist. Der Beruf verwirklicht die Seele.«

»Wie denn? Selbst bei Buchhaltern?«

»Haben Sie je einen Buchhalter erlebt, der es nicht verdienen würde, einer zu sein?«

Ich dachte mir eine Vielzahl der Berufe eher als »Schicksalsschläge«, ich glaubte nicht an die Verwirklichung einer Seele durch das Fahren etwa eines Taxis oder den Verkauf von Glühwein auf Marktständen. Aber Tracy widersprach. Sie sah im Beruf, in jedem, selbst noch in der Arbeitslosigkeit, eine wahrhaftige Verwirklichung des Selbst und hielt die Umstände des Arbeitsmarktes und der diversen Ausbildungsformen für eine überschätzte Größe. Sie erklärte: »Wären wir alle zur Orthopädie geboren, wir würden auch alle Orthopäden werden. Und es ist nur einem großen Glück zu verdanken, daß dem nicht so ist.«

»Sie halten nicht viel von Orthopäden, oder?«

»Gauner«, kommentierte Tracy. Und damit war das Thema beendet.

38

Das Belvedere.

Das Museum.

Als erstes beim Hineingehen fiel mir ein, wie lange ich schon in keinem Museum mehr gewesen war. Obwohl doch eigentlich an der Kunst interessiert, hatte ich immer wieder mit guten und schlechten Ausreden einen Bogen um die Sammlungen gemacht, die zwischen meiner Arbeit im Landeskriminalamt und meiner Wohnung lagen. Dabei mochte ich die Atmosphäre, gerade in solchen Schloßräumen, wo man sich stets wie bei einem Empfang fühlte. Und wirklich wäre es auch jetzt fein gewesen, mit einem Glas Champagner durch die barocken Säle des Oberen Belvedere zu spazieren, die Bilder mit einer freundlichen Nachlässigkeit betrachtend. Also weniger mit jener Hochachtung oder Aufgeregtheit, mit der man auch Gespenstern begegnet, sondern die Bilder und Skulpturen im Vorübergehen zu grüßen, manchmal wie alte Bekannte, manchmal in der Art, mit der man jemand ein Hallo zuwirft und sich nachher fragt, wer das eigentlich war.

Aber der Bilder wegen waren wir nicht gekommen. Nachdem wir in einem Seitengebäude eine Weile für Tickets angestanden und sodann vor dem Nordeingang auf das unter uns liegende Wien gesehen hatten, betraten wir den von vier – notwendigerweise atlantisch muskulösen – Säulenträgern gehaltenen Eingangsbereich und erkundigten uns bei einem Mitarbeiter der Informationsstelle, ob heute Herr Fedot Zwetkow im Hause sei und wenn ja, wo wir ihn finden könnten.

»Sind Sie Familie?«

Ich wußte jetzt nicht, ob er Zwetkows russische Mischpoke meinte oder die Museumsfamilie der Österreichischen Galerie, erklärte aber, von der Polizei zu sein. Erneut mußte ich mich fragen lassen, von welcher Polizei und worum es gehe.

Ich schaute ihn an und fragte, ob er ernsthaft vorhabe, mir Probleme zu machen.

»Ganz sicher nicht, Herr …«

»Kommissar Blind.«

Der Name wirkte. Auch ohne jetzt meinen Ausweis vorlegen und doch noch eine Begründung abgeben zu müssen. Wahrscheinlich war es einfach die richtige Stärke, die richtige Dosierung gewesen, mit der ich meinen Rang und Namen genannt hatte. Und zwar genau in dem Tonfall, in dem Fernsehkommissare sich vorzustellen pflegen: brummbärig, kantig, aber zugleich ein wenig verträumt, weil so müde vom vielen Verbrecherjagen.

Klar, auch dieser Mann hier hätte gerne gewußt, ob meine Begleiterin allen Ernstes ebenso zur Polizei gehöre. Tracy trug heute ein sehr leichtes hellgrünes Seidenkleid, das nur wenige Abschnitte ihres lingerierten Körpers verdeckte und die wenigen auch nicht richtig. Eigentlich bloß jenen Teil, den zu verdecken sich auch wirklich empfahl.

Immerhin, der Museumsmann unterdrückte seine Neugier, holte ein Funkgerät unter seiner Infotheke hervor, drehte sich ein wenig von uns weg, unterhielt sich kurz mit jemand, und als er sich wieder an uns wandte, teilte er mir mit, der Kollege Zwetkow befinde sich derzeit im Biedermeier.

Ich grinste, weil es sich anhörte, als sei Fedot Zwetkow gerade auf einer Zeitreise und dabei in jener Epoche gelandet, mit der wir heutzutage gleichermaßen eine Zurückgezogenheit des Individuums wie auch eine gewisse romantische Gemütlichkeit des Alltags verbinden, eine Gemütlichkeit als Kontrapunkt nicht nur zu den zensorischen Maßnahmen der Machthaber, sondern auch zur Zensur von Krankheit und sozialer Not. Eine Epoche, die mit der unseren in markanter Weise zusammenhing. Das ganze Internet war doch nichts anderes als eine Aneinanderreihung von biedermeierlichen Kabinetten. Und daß sich in diesen Kabinetten auch

Leute trafen, die aus entgegengesetzten Teilen der Erde stammten, änderte nichts an der Abgeschlossenheit, Intimität und Weltabgewandtheit der Kabinette. Räume des Tratsches, Räume der Privatlehren und des Privatgelehrtseins sowie der ständigen Versuche, immer tiefer gelegene Nischen innerhalb des Netzes zu finden. Kugelnester privaten Austauschs.

Der Museumsmann wies uns den Weg zum Biedermeier. Ich fragte ihn noch, wie Zwetkow aussehe.

»Das wissen Sie nicht?« staunte mein Gegenüber.

»Wir haben nur seinen Namen. Aber ich bin sicher, Sie können mir eine gute Beschreibung liefern.«

»Er ist etwa so groß wie Sie. Ein wenig rundlicher. Graue Haare, aber mehr silbrig. Brille mit dunklem Rand. Na ja, und er trägt natürlich die gleiche Uniform, wie ich sie trage, weil wir ja Wärter sind, aber nicht vom Zoo.«

Das war dennoch eine interessante Idee, sich Museumswärter in der Art von Tierwärtern vorzustellen, eingedenk der immer wieder behaupteten Gefährlichkeit der Kunst. (Abgesehen von der wichtigen Aufgabe, Besucher davon abzuhalten, etwas anzufassen, was ein Tier oder ein Bild war.)

Wir machten uns auf den Weg zum Biedermeier, stiegen die breiten, hellen Stufen hoch, vor uns eine breite Fensterfront, die auf die ebene Südseite zeigte, auf einen großen künstlichen Teich. Rundherum Scharen von Menschen, von weitem gesehen gleich buntem Getier. Nach einer Biegung erreichten wir einen großen Festsaal. Links ging es zu Klimt und Schiele. Man konnte die Aufregung der Besucher hören. War es die Erotik in diesen Bildern, die die Betrachter so entzückte? Zusätzlich zum Versicherungs- wie Erinnerungswert. Na, aber doch wohl auch der Tod, den alle diese nackten Körper so unverschämt in sich trugen. Als könne man den Tod zeigen, indem man eine Brustwarze malt.

Aus einem der Säle hörte ich jemand laut »Kokoschka!« sagen – es klang, als rufe er seinen Hund.

Wir bewegten uns jedoch nach rechts, weg von der Kunsterregung, hinein in den Biedermeier.

»Dort«, sagte Tracy. Ich dachte, sie hätte Zwetkow entdeckt. Aber es war kein Museumswärter, auf den sie mit einem ihrer in Zartrosa schimmernden Fingernägel zeigte, sondern das Bild einer in einem Bett ruhenden, mit entblößten Beinen und entblößter Brust daliegenden schlafenden Frau. Oder zumindest »schlummernd«, wie der Titel suggerierte, den Tracy laut vorlas. Ich hatte noch nie etwas derart Zartes gesehen: diese fein gewobene Haut; das körperwarme weiße Leinen des Bettzeugs; die Art, wie die Schlafende oder Schlummernde sich ein Stück der Decke auf den Unterleib drückt, so, als presse sie den fedrigen Körper eines Schwans zwischen ihre Beine; das entrückte Gesicht; das in die Bildmitte einfallende Licht, das auf dem Oberschenkel der Ruhenden eine ovale Himmelsscheibe bildete.

»Mann!« sagte ich.

»Phantastisch!« sagte Tracy.

Das Bild besaß die Kraft eines rückwärts fahrenden Objekts, dem man folgt, ohne zu sehen, wo es überhaupt hingeht.

»Abstand halten!« wies uns jemand an, der sich von hinten genähert hatte. Klar, wir waren zu dicht dran an dem Bild. Man hätte meinen können, wir wollten es füttern.

Ich wandte mich um und fragte den uniformierten Mann, ob er Zwetkow sei. Er trug zwar keine Brille, hatte aber graue Haare.

Er fragte zurück, ob wir die neuen Restauratoren seien, dabei betrachtete er Tracy, als sei Restauration ein anderer Ausdruck für »auf den Strich gehen«.

Ich ließ jedoch die Frage nach unserer Funktion unbeantwortet. Und weil ich ja bereits kapiert hatte, daß dieser Mann *nicht* Zwetkow war, fragte ich ihn, wo ich diesen finden könne.

»Der mußte gerade hoch zur Moderne«, erklärte der Angestellte.

»Danke. Das wär's.«

»Sind Sie jetzt die Restauratoren oder nicht? Ich meine, es ist immerhin Sonntag.«

Ich sagte: »Gefahr im Verzug kennt keinen Sonntag.«

Der Mann schüttelte den Kopf und entfernte sich wieder, schaute jedoch vom Nebensaal zu uns herüber.

Wir betrachteten noch eine Weile die Schlummernde, diesmal den Anstand und den Abstand wahrend. Wir hätten ewig so stehen können. Endlich aber unterbrach ich die Ewigkeit des Stehens und erklärte: »Es nützt ja nichts. Zur Moderne also.«

Allerdings nicht auf direktem Wege. Wir bewegten uns durch das gesamte Biedermeier, marschierten vorbei am Barock, durchwanderten Romantik und Klassizismus und traten schließlich in den hohen Saal, in dem einst der österreichische Staatsvertrag unterschrieben worden war und man hinterher erklärt hatte, Österreich sei frei, auch in der Spatzenwelt. Sodann wechselten wir ins Stiegenhaus, um hinauf ins oberste Stockwerk und hinein in die österreichische Moderne zu gelangen. In eine Moderne mit ihrem Arnulf Rainer und ihrem Markus Prachensky, mit dem verschnörkelten Surrealismus der phantastischen Realisten und vor allem natürlich in eine Moderne mit ihrem berüchtigten Wiener Aktionismus, der Bürgerschreckbewegung der sechziger Jahre, die sich nach und nach in eine Staatskunst verwandelt hatte. Kunst war nämlich gar nicht so gefährlich, sondern ging oft den Weg des geringsten Widerstands, einen Weg, der sich in ihrer Vermarktungsmöglichkeit ausdrückte. Sie besaß nun mal diesen Hang, dekorativ zu sein, eine Wand und den Menschen vor der Wand zu schmücken, auch wenn mit Blut und Exkrementen und Schlamm gemalt, egal. Die Dekorationstendenz der bildenden Kunst war einfach ein Teil ihres angestammten Wesens. Der größte Witz bestand in der Behauptung, die Kunst sei frei. Frei wovon? Von den Auktionshäusern? Da war eher noch Österreich wirklich frei.

Mir waren diese Bilder und Plastiken insofern vertraut, als sie mir zwangsläufig bei meiner Beschäftigung mit der österreichischen Literatur zwischen die Beine geraten waren. Ich war über diese Kunst gestolpert, über all diese Namen, ohne je für einen dieser Namen oder für ein aus diesen Namen geschlüpftes Kunstwerk in Liebe entbrannt zu sein. Die Literatur war mir immer als die wesentlichere Kunst erschienen. So viel unbelasteter von ihrem großen Erbe und ihren Förderern und Verdammern.

»Herr Zwetkow?« rief ich.

Ich erblickte ihn von schräg hinten, sein silbergraues kurzes

Haar, die stämmige Figur, den schwarzen Bügel seiner Brille. Er stand inmitten dieses Raums, welcher der Kunst nach 1945 gewidmet war. Als er sich umwandte …

Ich sagte: »Ich kenne Sie.«

»Meinen Sie?« kam es aus seinem Mund. Es sah nicht so aus, als könne er sich ebenfalls erinnern.

Nun, er war eine dieser Nebenfiguren, die für Geschichten deshalb so wichtig sind, weil sie gleich Fäden die verschiedenen Gruppen verbinden, die aus verklumpten Hauptfiguren bestehen. Sie tauchen da und dort auf, geben kurze Sätze von sich, verschwinden rasch wieder, servieren Kaffee, fahren Wagen vor, drükken Knöpfe, flüstern ein. Übergeben Post. Öffnen Fenster.

Jetzt fiel mir ein, wo ich ihn gesehen hatte. Auf der anderen Seite, in meiner eigenen Welt, damals, als ich mich auf der Fähre nach Oslo befunden hatte und im Bauch des Schiffs in eine halb legale, halb illegale Pokergesellschaft geraten war. *Er* war der Mann gewesen, der mit dem Habitus eines leitenden Angestellten die Einhaltung der Regeln überwacht hatte, sich anfangs gegen die Anwesenheit eines Minderjährigen ausgesprochen hatte, jedoch im Zuge von Nybråtens Intervention dann doch einverstanden gewesen war. Nybråten hatte ihn mit dem Namen »Jakob« angesprochen, während ich selbst ihn mir als »Jakobiner« gedacht hatte. Vor allem aber war er der Mann gewesen, der mir nach dem Verschwinden meiner Jokerkarte und der damit einhergegangenen Niederlage einen Schuldschein ausgehändigt hatte. Einen Schuldschein, den ich noch immer ungeöffnet und unbetrachtet in der Brusttasche meines Jacketts trug.

Mag sein, daß Zwetkow auf der anderen Seite nicht Zwetkow hieß und daß er dort auch eine Spur schlanker oder eine Spur größer war, seine Brille vielleicht dicker oder dünner, dennoch war ich mir jetzt ganz sicher. Es war unverkennbar seine Art, wie er sich zu mir herdrehte, wie er dabei den Körper äußerst gerade hielt, seinen Kopf jedoch ein wenig neigte und mit Augen auf mich schaute, in denen die Traurigkeit derer steckte, die seit Jahrtausenden Botschaften überbrachten, die absolut nichts mit ihnen selbst zu tun hatten. Das war der Mann, keine Frage.

Er faltete seine Hände auf Bauchhöhe zu einem kleinen, herzförmigen Laib und fragte: »Was kann ich für Sie tun?«

In dem Moment ging es los.

Ich bemerkte das offene Fenster. Immerhin in einem Museum, in dem Millionenwerte hingen. Gut, es war ein wirklich warmer Tag und ungemein stickig. Aber war es deshalb erlaubt, in der Kunst nach 1945 ein Fenster zu öffnen? Jedenfalls war ich überzeugt, nur Zwetkow selbst könne dafür verantwortlich sein. Und daß dieses offene Fenster zu mehr diente, als ein bißchen frische Luft hereinzulassen.

Zwetkow wartete nicht ab, bis ich ihm endlich sagte, was er für mich tun könne, sondern ging an von mir vorbei und aus dem Saal, die Zeit der Kunst rückwärtsmarschierend. Tracy und ich waren nun die einzigen Besucher im Raum. Allerdings hatte sich Tracy von mir wegbewegt, um ein bestimmtes Gemälde zu betrachten.

»Guck dir endlich den Schuldschein an!« mahnte der Albatros in meinem Kopf.

Er hatte einfach recht. Darum allein war Zwetkow hier gestanden: um mich genau daran zu erinnern. Und es war nicht wirklich wichtig, ob er sich dessen bewußt war oder nicht. *Ich* war es.

Ich griff nach dem Papier, das so lange über meinem Herzen gelegen hatte, und entfaltete es.

Kein Roman. Wahrlich nicht. Vier Wörter bloß. Vier gedruckte, fette Buchstaben. Ich las die Anweisung:

Drei Schritte nach rechts

Das war's auch schon. Da stand nicht geschrieben, wo oder wann. Aber ich wußte ja, *wo* und *wann*. Und zwar *hier* und *jetzt*. Es fügte sich, wie es sich fügen mußte. Wobei ich mich natürlich hätte weigern können, diese drei Schritte in die vorgegebene Richtung zu tun. Ich hätte ... Gar nichts hätte ich. Ich war an meinem Ziel angekommen. Und wäre da jetzt doch noch ein Gott gewesen, den ich nach dem Sinn dieses Ziels hätte fragen können, er hätte sicher geantwortet: »Laß uns später reden.«

Ja, später.

Jetzt aber hatte ich meine drei Schritte zu absolvieren. Und das tat ich. Und während ich das tat, den Körper nordwärts bewegend, jedoch den Blick weiter auf das gegen Süden zeigende offene Fenster gerichtet, sah ich den Vogel. Ich sah, wie er hereinflog. Ich erkannte seinen Spatzenkörper. Und erkannte zudem – wohl mit einem zwischen dem sechsten und dem dreizehnten Sinn gelegenen Wahrnehmungsvermögen –, daß es sich um Pinesits handelte.

Da flog er, der Älteste aller Spatzen – ehemaliger Sperk, selbst von vielen Spatzen für eine bloße Sagenfigur gehalten, für den Helden einer Gutenachtgeschichte – flog, deutlich gehetzt, in den mit österreichischer Meistermoderne behängten Raum, flatterte über meinen Kopf und gelangte auf diese Weise hinter mich. Ich ließ meine Beine, wo sie waren, drehte aber meine Hüfte, schaute rückwärts und erkannte, daß Pinesits oben auf der Rahmenleiste eines weiß grundierten Bildes gelandet war, auf dem sich zarte Bleistiftlinien horizontal schlängelten.

Aber ja, es ähnelte ganz stark jenem Bild, das Quimp gesehen hatte, als er das erste Mal im Atelier von Frederiks Großvater gewesen war. Ob sich freilich auf diesem Gemälde hier ebenfalls ein Tropfen befand, nun, ich konnte es nicht sagen, denn Tracy stand davor und verdeckte es teilweise.

Frau, Bild, Spatz.

Tracy in ihrem durchsichtigen grünen Kleid, das im hereinwehenden Wind leichte Falten warf, dazu der Spatz, der gleich einem vitalen Readymade das Gemälde nach oben hin abschloß.

Ich wandte mich wieder Richtung Fenster. Ich hörte, wie etwas näher kam. Mit großer Geschwindigkeit. Genau der Spur folgend, die Pinesits mit seinen Flügeln in die Luft geschlagen hatte. Viel zu schnell, als daß ich hätte sagen können, was genau da soeben durchs offene Fenster schoß. Keine Rakete wie in Belfast, aber doch wohl … am ehesten eine Drohne. Eine totalistische Kampfdrohne, die auch ohne Bewaffnung imstande war, einigen Schaden anzurichten. Vor allem inmitten eines Gebäudes. (Daß sich auf dieser Drohne das himmelblaue Globuslogo von Pan Am befand, nun, das mochte einer Einbildung zu verdanken sein, einer Art »Vaterreflex«, außer jedoch … außer, Pan Am war in der Spatzenwelt weiterhin im Geschäft und flog jetzt auch für die Franzosen, und zwar unbemannt.)

Hätte ich nicht dort gestanden, wo ich stand, sondern dort, wo ich noch kurz zuvor mit Zwetkow gewesen war, die Drohne wäre mit voller Geschwindigkeit auf Tracy … nun, nicht mehr auf Tracy, sondern auf Milena, denn in diesem Moment der Zuspitzung, der Lebensgefahr erfolgte eine erneute Verwischung: Tracy und Milena tauschten die Plätze und Seiten und Welten. Nicht Quimp, nicht das Gemälde, aber Tracy, der Mann in Frauenkleidern, an dessen Stelle Milena, die Frau in Frauenkleidern, nun eine Position innerhalb der Kunst nach 1945 einnahm. Im schlechtesten aller Momente.

Und genau weil dies der schlechteste aller Momente war, war es eben auch der einzige, richtige für mich, den Schuldschein einzulösen. Um zu verhindern, daß diese Aufklärungsdrohne, die Pinesits gefolgt war und die nun entweder mit Absicht zum Absturz gebracht wurde oder außer Kontrolle geraten war, daß dieses Ding also Milena tötete.

Ich sah die Drohne so wenig, wie Quimp damals die Rakete gesehen hatte, aber ich spürte den Moment, als das Objekt mit voller Wucht die Mitte meines Körpers traf, in mein Herz eindrang und es zerstörte, mich durch den Raum trug und gegen die Wand donnerte. Auf diese Weise aber auch seine Flugbahn änderte und weder Milena noch das Gemälde, noch den Spatzen erwischte, wie es passiert wäre, hätte ich nicht genau an dem Punkt gestanden, an den die Anweisung auf dem Schuldschein mich befördert hatte.

Da lag ich also. Tödlich verletzt von der an mir zerschellten Drohne.

Es war so wie oft beschrieben: Ich konnte mich sehen, wie ich da in meiner sterblichen Hülle ganz schwach und atemlos wurde, die Augen starr, mit blutenden Wunden und einem stark zur Seite verschobenen Kopf, mehr wie eine demolierte Puppe. Mein Rumpf lehnte gegen die Wand, während die geschlossenen Beine ein sich aufrecht haltendes Λ bildeten. Dazwischen mein Unterleib gleich einer Fettecke von Joseph Beuys. An mir klebten die Teile der zerstörten Drohne, die, wie ich selbst, nicht mehr in den Genuß einer Verwischung gekommen war. Zwei Wesen auf der anderen Seite hatten soeben ihre Traumpartner verloren.

Meine Brust war von einem Teil der Drohne derart zerfetzt worden, daß mein Herz jetzt offen lag, mein österreichisches Skifahrerherz. Und in diesem Herzen … nun, ich entfernte mich ja zügig und befand mich in eiliger Betrachtung des eigenen Leichnams. Dennoch meinte ich, dort, wo mein Herz war, eine kreisrunde Öffnung zu erkennen und in der Öffnung einen kugeligen weißen Körper. Einen weißen Ball, dessen Oberfläche nicht völlig glatt schien, sondern bestehend aus vielen kleinen, regelmäßig geordneten Dellen. Dazu der matte Glanz von Kunststoff. – Natürlich, es mußte sich um irgendein Objekt aus der Drohne handeln, vielleicht um einen Teil der Steuerung. Eine Lenkkugel etwa.

Eine Lenkkugel? Wirklich?

Ich konnte mir nicht helfen. Was ich da sah, erinnerte mich eindeutig an einen Golfball. Und wenn das stimmte, dann repräsentierte mein Herz in diesem Moment jenen Zielbereich, den man das *Grün* nannte oder in meinem Fall das *Rot*. Und in diesem *Rot* – nicht ganz in der Mitte, ein wenig seitlich – befand sich das Loch, jene zylindrische, kurze Höhlung, in die man den Ball zu lenken hatte und damit den Zweck des Spiels erfüllte. Einen Zweck, der soeben erreicht worden war.

In meinem Herzen steckte der geschlagene, geflogene, gelandete, gerollte, eingelochte, angekommene Ball.

Ich sah natürlich nicht nur mich selbst – mein Herz, das Loch im Herzen und den Ball im Loch –, sondern auch Milena, ihren Schrecken, den Schrecken ob der Verwischung wie den Schrecken ob des toten Mannes zu ihren Füßen. Nur Pinesits blieb ruhig.

Ich entfernte mich weiter.

Herrje, wie gerne hätte ich diese Frau noch einmal geküßt. Nur einmal noch. Aber letztlich ist es immer das gleiche: Wir jammern. Und würden alles geben für einen letzten Kuß, dann, wenn wir absolut nichts mehr in der Hand haben, um diesen Kuß zu bezahlen.

Was mir blieb, war immerhin das Gefühl, meine Schuld beglichen zu haben. Und dabei nicht eine dumme Bank oder einen dummen Kredithai reicher gemacht zu haben, sondern als Retter dieser einen besonderen Frau mein Ende gefunden zu haben.

Es waren schon Leute mit schlechteren Enden gestorben.

Als ich aus diesem Traum vom Sterben erwachte, war ich wieder Quimp. Neben mir Cleo, die noch schlief. Der Berufsverkehr früh aufstehender Menschen servierte ein Rauschen. Es dämmerte. Und es schneite. Trotz der dafür viel zu hohen Temperatur und des wolkenlosen Himmels. Es war ein würdiges Wunder, dieser Schnee. Schnee auf engstem Raum, einige Flocken, die über dem Dach herunterfielen. Ich rappelte mich schnell hoch und flog die wenigen Meter hinüber zum Rand eines Schornsteins, um mich in den Schneefall wie unter eine Dusche zu stellen. Die Flocken trafen auf mein Gefieder auf, wo sich ihre Gestalt im Zuge zarter Explosionen auflöste. Ich spürte gleich, was es war: ein letzter Rest meines Traumpartners, ein letzter Rest, den es herübergeweht hatte. Gleich einem Echo.

Und das war es dann.

»Du bist ja ganz naß«, sagte Cleo, als sie kurz darauf neben mir landete.

»Das trocknet schon«, antwortete ich.

Sie schüttelte den Kopf und sagte: »Komm.«

Wir flogen los.

»Ein sprachliches Feuerwerk.«

Deutschlandradio Kultur

Heinrich Steinfest

Gewitter über Pluto

Roman

Piper Taschenbuch, 432 Seiten
€ 10,99 [D], € 11,30 [A]*
ISBN 978-3-492-26366-5

Lorenz Mohn muss sein Leben ändern – und beendet seine Karriere als Pornodarsteller. Inspiriert vom Anblick einer Kollegin, die mit vermeerscher Ruhe und Würde an einem Pullöverchen häkelt, eröffnet er einen Strickwarenladen. Geldgeberin ist die von Gerüchten umwehte Grande Dame der Wiener Unterwelt. Ihre einzige Bedingung für das zinslose Darlehen: es auf den Tag genau in sieben Jahren zurückzuzahlen oder aber an ebendiesem 14. Juli 2015 ein Leben zu retten ...

PIPER

Leseproben, E-Books und mehr unter www.piper.de

* Cover- und Preisänderungen vorbehalten